中國古代文學史

明清

4

主編

馬積高、黃　鈞

本冊執筆

黃　鈞、黃仁生

顧問

姜亮夫

目　錄

第七編　明代文學（公元 1368～1644 年）

第七篇

明代詩文

（公元1368～1644年）

概　說

從明太祖朱元璋洪武元年（公元 1368 年）到明思宗朱由檢崇禎十七年（公元 1644 年），明代前後共計二百七十七年。

(一)專制極權統治下的明代社會

元末羣雄並起，最後推翻了腐敗的蒙古貴族的統治。佃農出身的義軍領袖朱元璋經過前後二十餘年的曲折複雜的鬥爭，終於登上了皇帝的寶座，建立明王朝，完成全國的統一。由於朱元璋出身貧苦，懂得「民急則亂」的道理，因而能夠斟酌歷代統治制度利弊得失，廢止元末苛政，在政治經濟諸方面採用了一些適合人民願望、推動社會發展的進步措施。如解放勞動力，用法律形式禁止奴隸買賣，廢除元代盛行的工奴和農奴制。鼓勵墾荒，實行軍屯，興修水利，減租減稅以扶植農業生產。明初還採用嚴厲措施懲治貪污，澄清元中葉以來腐敗的吏治。這些措施一直貫徹到正統初年，使全國荒地大多變成良田，糧食產量逐年提高①，社會經濟很快得到恢復和發展，出現了五、六十年的繁榮和安定的局面。

但是，我國封建社會到明代已進入晚期，統治階級為了維護已缺少生機的封建制度，在政治經濟方面都必然採取一系列專橫頑固的反動措施，這才是明代社會起主導作用的因素。這些措施在明初就已經開始，主要有：

一、加强封建專制主義極權統治，特別是強化君主獨裁

宋代還僅僅是採用中央集權以制止地方割據，而明代則把朝政大權集中於皇帝一人之手。洪武十三年（公元 1380 年），朱元璋藉口胡惟庸謀反，廢止了一千多年的宰相制度和七百多年的三省（中書、門下、尚書）制度，使六部直接隸屬於皇帝，皇帝一人獨攬大權。爲加强中央對地方的控制，又取消了元代的行中書省，設立各有系統、不相統屬的三司制，即由承宣布政司管行政，提刑按察司管司法，都指揮司管軍事，互相牽制，以防止地方割據。爲了鞏固皇權，還設立錦衣衞，以後又增設東西兩廠，專門對百官和人民進行監視②。動輒殘殺大臣，屢興大獄，實行恐怖的特務統治。

二、加强文化統治

明王朝一開始就大力提倡程朱理學，規定各級學校要「以孔子所定經書誨諸生，毋以儀秦縱橫壞其心術」（《明書・學校志》），把四書五經指定爲「國子監、天下府州縣學生員」的必修課本。還制訂了以經義，即稍後的八股文爲主要科目的科舉制度，用以籠絡和鉗制知識分子。這種八股文在文學上起著引導作家脫離生活，墨守成規的惡劣作用。明代還明令禁止讀書人關心時事，「軍民一切利病，並不許生員建言」（譚希思《明大政纂要》）。甚至對戲曲文藝，亦嚴加控制，規定「凡樂人搬做雜劇戲文，不許妝扮歷代帝王后妃、忠臣烈士、先聖先賢神像，違者杖一百。官民之家，容令妝扮者與同罪」（《大明律講解》卷二十六）。特別是明初洪武年間（公元 1368～1398 年），對意識形態的控制尤爲嚴酷。當時文人動輒得咎，「即文人學士，一授官職，亦罕有善終者。」（趙翼《廿二史箚記》）。明王朝規定：「寰中士夫不爲君用者」，處以極刑。蘇州文人姚潤、王謨被徵不至，朱元璋下令「誅而籍其家」（《明史・刑法志》）。明初還採用深文周內，鍛煉成獄，大量製造文字冤案以樹立絕對皇權。

由於朱元璋出身寒微，自幼為僧，又參加被稱為「賊」的起義軍，故凡在表章中見到與僧、賊、發等同音、叶音的字，均疑心為有意譏刺而妄加重罪③。在這種封建淫威之下，文人為了免禍，以致謹小慎微成了一時風氣。

三、專制皇權的强化引起兼併的加劇，特別是皇室大批兼併民田，成為明代的一個嚴重問題。

明仁宗時開始建立皇莊，到後來皇莊占田多達三萬七千五百餘頃。諸王莊田則達三十餘萬頃。在此風氣下，一些貴族官僚亦大肆兼併，廣大農民又失去了土地，農村經濟破產，引起激烈的反抗鬥爭，永樂十八年（公元 1420 年），山東唐賽兒領導平民起義。此後武裝反抗規模愈來愈大，直到明末，終於出現全國規模的大起義。

四、皇權高度集中導致了統治集團墮落，明中葉以後的一些皇帝荒淫腐化，較歷朝尤甚。

明武宗是個典型的無道昏君，明世宗崇信道教，經年不朝。明神宗昏庸貪暴，臣下說他酒色財氣四病俱全，非藥石可治。他三十年不朝，卻派大批宦官四出聚斂，礦使稅使，毒遍天下，引起不少城市此起彼伏的市民暴動，促使全國性各種矛盾激化。皇權集中和皇帝腐化必然導致宦官專權。從英宗時王振、憲宗時汪直、武宗時劉瑾，到熹宗時魏忠賢，他們把持朝政，貪污受賄，殘刻人民，無惡不作。宦官專權和朝政腐敗又促使黨爭加劇，特別是萬曆以後，開始出現東林黨和宣、昆、齊、楚、浙等邪黨的鬥爭，接下來是東林黨與閹黨的鬥爭，最後則為東林黨、復社與閹黨餘孽的鬥爭。這一系列鬥爭多數情況下都是邪黨得勢，好人遭難，最後導致明王朝的滅亡。

明王朝的政治腐敗並不能阻止歷史前進，近二千年的封建自然經濟由於商品生產的發展、城市經濟的繁榮，在明中葉前後開始產生了新的因素，即出現了資本主義生產關係的萌芽。主要在江南地區。隨著農業手工業的發展，生產技術的提高，在絲織、漿染、造紙、榨油、鑄鐵、陶瓷、印刷等行業中出現了一批雇工數十或百來人、並有一定分工的手工工場，因而產生了一些與生產資料完全脫離、可自由地把勞動力當作商品出賣的手工業技術工人。他們與雇主的關係是一種「機戶出資、機工出力」（《萬曆實錄》361）的商品貨幣關係。這是明代社會生活中的一個嶄新因素，也是促使明代文學中出現一些新特色的重要原因之一。

總之，明代是中國封建社會開始進入總危機的時代，又是新興市民階層、新的意識形態開始萌芽的時代，也是社會矛盾、思想鬥爭，包括文學領域各種流派和思潮的鬥爭特別尖銳、複雜的時代。

㈡明代文學的發展

明代文學的發展與經濟的發展並不完全同步。明初經濟得到迅速恢復和發展，又由於民族壓迫的解除，漢族文化傳統受到尊重，故元末明初文學上出現了短暫的繁榮，如《三國演義》、《水滸傳》等第一批長篇小說的寫定，南戲的中興，「四大傳奇」的修改完成和明初雜劇的繼續發展，以及宋濂、劉基、高啓等詩文作家的成就，都體現了初步繁榮的局面和新的風貌。但這一局面很快就被明初文化專制主義政策所扼殺。永樂以後，弘治以前，無論小說、戲曲、詩文都比較沈寂。明中葉經濟雖仍有發展，但統治集團更加腐化，社會矛盾越尖銳，在文學上的反映則是由沈寂到開始復甦。詩文領域如前七子對臺閣體的批判和要求擺脫宋元理學控制所作出的努力，戲曲方面有《寶劍記》、《浣紗記》、《鳴鳳記》等嘉靖三大傳奇的問世，小說方面有《西遊記》等的整理和寫定。儘管這一切還不足以挽回頹風，但卻預兆著高潮的即將到來。明末土地集中，生產遭破壞，社會危機嚴重，文學創作卻最爲繁榮，成爲明代的高峯。這種繁榮不僅表現爲作品多、成就高，更主要的在於出現了新的文學思潮和新的時代風貌。如文人獨創長篇小說《金瓶梅》的出現，標誌著小說創作進入一個新的歷史時期。「三言」、「二拍」的創作和編定使市民羣衆喜聞樂見的白話短篇小說由口頭文學發展爲書面文學，加速了白話短篇小說的傳播和技巧的成熟。臨川派和吳江派的競爭帶來了繼元雜劇之後戲曲創作的第二個高峯。在詩文領域中，無論是後七子對宋元理學的繼續批判、唐宋派的「直攄胸臆」、公安竟陵派的「獨抒性靈」以及晚明小品對傳統文道觀的衝擊，都表現出力圖掙脫宋元以來理學對文學的箝制，加强文學的獨立性和主體性的努力。

作爲反映明代社會現實的明代文學，還具有以下的一些主要特色：

一、明代文學的突出特色是：各類文學發展比較全面，初步呈現出百花爭艷的局面。

過去的文學多「一代有一代之勝」（焦循《易餘籥錄》），如唐之詩、宋之詞、元之曲等。明代則初步扭轉了這種現象。不僅一些新的文學樣式獲得了大的發展，傳統文學樣式（詩詞古文等）也有所發展，出現全面繁榮之勢。新興文學樣式的繁衍尤引人注目，如戲曲方面既有雜劇，又有南戲、崑曲和地方戲，相互爭奇鬥艷。從元代劇壇雜劇一花獨放到明代劇壇的百花齊放，是戲劇史上的重大發展。小說創作方面也是這樣：長篇、短篇、文言、白話，包括古代小說史上各種形式、各類體裁，在明代都有長足的發展。特別是章回小說的誕生和定型，是明代對中國文學最寶貴的貢獻。所謂「四大奇書」即《三國演義》、《水滸傳》、《西遊記》和《金瓶梅》，都是在明代最後完成的不朽傑作④。除此之外，還有《封神演義》之類神魔小說，《北宋志傳》之類歷史小說，《龍圖公案》之類公案小說，《好逑傳》之類言情小說。這些小說儘管水平不一，風格各異，卻共同形成了中國小說史上的第一個高峯。

但是，明代文學各種類型的成就並不一致。總的來說：詩詞散文這類傳統文學仍未能避免走向衰落的命運，小說戲曲這類通俗文學則全面勃興。詩文的衰落主要表現在缺少大家和名篇，在內容形式諸方面跳不出前人樊籬，格調卑下，缺乏獨創性。究其原因，前人多歸咎於八股文。如黃宗羲說：「三百年人士之精神，專注於場屋之業，割其餘以爲古文，其不能盡如前代文之盛者，無足怪也。」（《明文案序》）吳喬亦說：「明代功名富貴在時文，全段精神，俱在時文用盡，詩其暮氣爲之耳。」（《答萬季埜詩問》）八股文的腐蝕毒害，當然不能低估，但把它視爲明代詩文不振的唯一原因，則並不確切。作爲封建文人陶情寫意工具的詩詞，它的表現方法、藝術特色早已發揮殆盡，後人很難出新。生活在詩文高度發展的唐宋之後的元明兩代作家，難於爲繼，始終跳不出前人藩籬，這才是最爲重要的原因。具體而言，元代詩人依違於唐宋之間，取貌遺神，故成就不高。明代一些作家有鑒於此，力思振作，或倡言復古，以秦漢、盛唐詩文爲宗；或提倡性靈，欲自闢蹊徑。但前者過於強調模擬，藝術上缺乏獨創；後者又多好近遺遠，喜小厭大：故明代詩文的成就雖高於元，卻未能完成起衰救弊的任務。

二、與明代文學全面發展的情況相適應，作家隊伍也有所擴大，越來越多的下層文人和民間文人得以躋身於其中。

隋以前的作家隊伍，除極少數例外，大多爲與民衆聯繫較少的上中層階級的文學精英，無論作者和讀者的範圍都比較狹窄。唐宋時期由於科舉的實施和庶族地主進入政治舞臺，作家隊伍才相應有所擴大。但總的來說，文學仍然是上中層和部分下層士人的精英文學。除唐變文、宋話本之類少數通俗文學作家之外，作家隊伍仍然不夠廣泛。這種情況在宋末元初開始有了新的變化，下層文人、民間文人和通俗文學在文壇上取得愈來愈重要的地位。明代在元代基礎上又有所發展。留有姓名或筆名的五百多名戲曲作家和一百多名通俗小說作家，絕大多數都是民間文人或下層文人。就是歷來爲上層士大夫等視爲世襲領地的詩壇文壇，也有越來越多出身於下層和民間的文人躋身於其中。如唐寅、吳承恩、張鳳翼出身於商人，李東陽出身於軍籍，顧璘出身於工匠，李贄家世代航海經商、父親爲塾師，何景明、歸有光出身寒素。見之於錢謙益《列朝詩集》的市井詩人就更多了，其中最後幾卷多爲陋室窮巷中的民間詩人。明代文人中，雖不乏過去那種以詩文遊揚聲譽、一意追求功名的人，但也有不少僅憑興趣愛好才獻身文學，並以此爲終身事業的人。如羅貫中、施耐庵、梁辰魚、張鳳翼、王驥德、呂天成、梅鼎祚、周朝俊、孟稱舜等一大批小說家和戲曲家，沈周、王磐、唐寅、陳鐸、謝榛、徐渭、胡應麟、陳繼儒、譚元春、張岱等一大批詩文散曲作家，他們均終身不仕，也不汲汲於功名，而以文學爲主要事業，近似於專業文人。另外一些人如高啓、康海、王九思、楊愼、李開先、文徵明、祝允明、馮惟敏、李贄、沈璟、湯顯祖、馮夢龍、臧懋循、高濂、袁宏道、王思任等一大批作家，雖然偶涉官場，但都及早抽身，將自己的才華主要貢獻於文學事業。在他們的觀念中，都有看輕功名、看重文學的意識。他們對自己從事的文學事業的信心和熱愛，乃是明代文學得以發展的主要動力。

三、正由於大批下層文人進入文壇，雅文學（詩歌散文）與俗文學（戲曲小說）之間的森嚴壁壘開始被打破。

散文詩詞不再只是少數文學精英專擅的文學樣式，戲曲小說也得到前所未有的重視，吸引了不少詩文作家的注意和從事改編、創作的興趣，使之發展成熟。因此，從明代開始，出現了一大批跨越雅、俗兩類文學的新型作家羣，如高明、徐畛、朱有燉、康海、王九思、李開先、陳鐸、楊愼、吳承恩、梁辰魚、馮惟敏、徐渭、湯顯祖、汪道昆、張鳳翼、屠隆、梅鼎祚、高濂、葉憲祖、王驥德、馮夢龍、凌濛初、孟稱舜、阮大鋮、鍾惺、董說、吳炳等等。大批正統作家加入俗文學創作行列，一方面使詩文更爲通俗，另一方面也使戲曲小說更加成熟，即爲雅文學的「俗化」和俗文學的「雅化」作出了雙重努力。正是由於他們的精心編寫，「鄙俚淺近」（《曲律・雜論》）的戲文逐步成爲高雅的傳奇和崑曲；比較質樸粗糙的宋元話本被加工整理成我國文學史上第一批通俗短篇和長篇小說，包括《三國演義》、《水滸傳》這些傑出的作品。而另一些詩文作家雖未染指俗文學創作，但他們旣大力提倡詩文革新，又高度評價通俗小說和戲曲。如李夢陽第一次將《西廂記》與雅文學代表《離騷》並列，唐順之、王愼中將《水滸》與《史記》相提並論，李贄則極口讚揚《水滸》、《西廂》、《拜月》爲「古今至文」，而袁宏道也把《水滸》、《金瓶梅》等稱爲「逸典」，堪與六經論孟並列，甚至說《水滸》的奇變，使六經相形見絀⑤。諸如此類對通俗文學的正面肯定，是以前各朝所未曾有過的。這一切都提高了俗文學的價值和地位，極大地促進了它的繁榮，因而從實質上徹底結束了詩詞散文在文學史上一花獨放、唯我獨尊的壟斷地位。

四、明代作家組成情況亦較前代有所不同。

在明以前的文學史上，文學的格局大體上是以若干大家及圍繞或追隨這些大家的作家圈子組成。他們雖有某種共同的創作傾向，但彈性較大，彼此間的關係也比較鬆散，明代則缺少能以自己在文學上的獨特風格和造詣號召一時的大家，故主要按照文學觀念或活動地域形成各種流派或社團，如吳中四傑、臺閣體、茶陵派、前七子、吳中四才子、唐宋派、後七子、公安派、竟陵派、吳江派、臨川派、復社、幾社、雲間派等等，這些流派大多具有自己明確的綱領和主張，而不像前代那樣僅僅停留在風格、題材相接近之上。因此，他們應屬於比較嚴格意義上的文學流派。儘管他們的綱領，其價值有高有低，他們的成就有大有小，但就總的趨勢而言，都能在不同程度上，推動文學的發展，爲明代文學的全面繁榮作出自己的貢獻。不過這些流派也存在一些弱點：一是門戶之見較深。一些流派往往拉幫結派，相互吹捧，把持文壇，排斥異己；爲標新立異，理論上不惜走極端，常常陷入片面化泥坑而不能自拔。二是他們對文學的理解一般缺乏深度，他們爭論的主要問題往往集中在風格、宗法以及如何表現自我這些比較枝節的問題上，而對於文學與生活、文學如何反映國計民生以及文學的鬥爭作用這類本質問題，大多比較忽視，未能提出深刻的見解。

五、反對理學對文學的桎梏，破除把文學僅看作載道之器的狹隘觀念，追求文學的獨立性和主體性，要求文學表現眞情、肯定自我，以實現對個體意識和欲望的表達。

這是明代文學發展的新潮流，是明代文學所反映的時代精神，也是明代文學所體現的新的主題。這一新的主題在明初例如高啓等人的詩歌中即已萌芽，但由於明初文化專制主義的鎮壓，這種新的氣象很快就消失了。一些作家更強調文道結合和文學的教化作用，如詩文方面的臺閣體，戲曲方面朱有燉的雜劇都是此中代表，而通俗小說則乾脆消聲匿迹。經過近百年的消沈，到弘治、正德年間才開始復甦。以祝允明爲代表的吳中派和以李夢陽爲代表的前七子，都對程朱理學有著不滿和批判。李夢陽對當時市井流傳的、能反映眞情實感的民歌時曲大加讚揚，進而提出

「眞詩乃在民間」(《詩集自序》)。與之同時的王陽明則提出「心學」，强調「心外無物，心外無言，心外無理，心外無義，心外無善」(《傳習錄·與王純甫》)，甚至大膽地指出：「夫學貴得之於心。求之於心而非也，雖其言出於孔子，不敢以爲是也，而況其未及孔子者乎！」(《傳習錄·與羅整庵少宰》)到後來王學左派李贄等又提出不要以孔子之是非爲是非，就更進一步反映出對孔孟之道，特別是對程朱理學的尖銳抨擊。其目的都是力圖使文學擺脫「理」與「道」的控制，以增强作家的自我意識，進而要求文學能反映個體的感情、慾望等自然人性，以破除程朱理學「存天理、滅人欲」的說教對人性的窒息。從唐宋派主張的「直攄胸臆」、李贄的「童心」說，到公安、竟陵派的「獨抒性靈」，都顯示出强調文學的獨立性和主體性、强調尊情抑理的傾向，或明或暗地把理學和道統當作對立面來否定。

明中葉以後，出現了一大批才子佳人戲曲以及言情和世情小說，大都取材於普遍人的日常生活和愛情婚姻關係，表現了對普通人日常生活的重視。這些作品常以自由愛情來否定封建道德，正如馮夢龍所說的：「借男女之眞情，發名教之僞藥。」(《山歌序》)表現了對男女之情的崇高禮讚，具有强烈的反理學傾向。有些作品甚至從歌頌愛情滑入渲染色情的泥坑，包括《金瓶梅》及「三言」、「二拍」都有所流露。至於《肉蒲團》、《如意君傳》、《繡榻野史》之類作品，則幾乎以好色、誨淫爲主要內容。這是矯枉過正帶來的流弊，也是明代文學新思潮自身弱點所造成的惡果。

明代後期一些作家如公安、竟陵派雖力求從傳統思想和傳統文學的框架中解脫出來，但他們所提倡的，主要還是表現自我，而缺乏表現時代和社會的內容。因此，他們開拓的境界極其有限，而且他們都有意迴避以往進步作家所主張的風雅比興的傳統，把文學反映重大現實問題的任務遺忘了。他們對個性自由的追求沒有發展爲對封建羅網的勇猛衝擊，只是過多的表現爲一種名士的狂態。而明代後期的另一些作家雖强調言情，强調寫眞，但他們的所謂「眞」，並沒有與善、美相聯繫；所謂「情」，則往往與欲相等同。寫情慾而但求其眞，則流弊易生。從湯顯祖到馮夢龍，從袁宏道到譚元春，都不免涉筆猥褻。等而下之者，更是落入縱慾主義的泥坑。因此，明後期的一些作家，他們宣揚情欲的合理性以衝擊禮教枷鎖，但未能導致對扼殺情欲的封建制度進行否定，而是發展爲任性恣情的享樂主義。這一切正體現了明代文學革新的局限性。

附　註

①據不完全統計，從洪武元年至十六年（公元 1368～1383 年），各地新墾田土共達 1,805,216 頃，合當時全國土地數額的一半。洪武二十六年（公元 1393 年）全國田土總計達 8,507,623 頃，比元末增長了 4 倍有餘，也比北宋眞宗時 520 餘萬頃要多。這一年全國收入糧食爲 32,789,800 石，比元代差不多增加了 2 倍。（據《洪武實錄》）

②洪武十五年（公元 1382 年）設立一個保衞皇帝、並從事偵緝活動的準軍事機構錦衣衞。永樂十八年（公元 1420 年）又設立東廠，由皇帝信任的宦官統領。合稱「廠衞」。成化時，宦官汪直在東廠之外又建西廠。西廠「所領緹騎倍東廠」，專門在南北兩京偵察異己，並對人民的祕密結社進行鎮壓。正德時，宦官劉瑾又設立內行廠。內行廠的權勢更大，連東西廠人員也在被偵緝之列。（以上見《明史・刑法志》）

③據趙翼《廿二史箚記》記載：「浙江府學教授林元亮，爲海門衞作《謝增俸表》，以表內『作則垂憲』誅。北平府學訓導趙伯寧，爲都司

作《萬壽表》，以『垂子孫而作則』誅。福州府學訓導林伯璟，爲按察使撰《賀冬表》，以『儀則天下』誅。桂林府學訓導蔣質，爲布、按作《正旦賀表》，以『建中作則』誅。常州府學訓導蔣鎭，爲本府作《正旦賀表》，以『濬性生知』誅。澧州學正孟淸，爲本府作《賀冬表》，以『聖德作則』誅。陳州學訓導周冕，爲本州作《萬壽表》，以『壽域千秋』誅。懷慶府學訓導呂睿，爲本府作《謝賜馬表》，以『遙瞻帝扉』誅⋯⋯」

④「四大奇書」的概念有不同說法，明末笑花主人在《今古奇觀序》以三國、水滸、琵琶、西廂爲「四大書」。陳忱《水滸後傳略論》則以《水滸》爲「奇書」，因其兼南華、西廂、楞嚴、離騷等「四大奇書之長」。清初李漁在《三國志第一才子書序》中始以三國、水滸、西遊、金瓶梅爲「四大奇書」。後來劉廷璣《在園雜志》亦主此說。

⑤徐渭《徐文長三集》卷 19《曲序》中提到：「空同子稱董子崔張劇當直繼《離騷》，然則艷者固不妨於《騷》也。噫，此豈能人人盡道之哉！」按「董子崔張劇」實指雜劇《西廂記》。可見，李夢陽將《西廂》與《離騷》並提。唐順之、王愼中將《水滸》比《史記》則見李開先《一笑散・時調》：「崔後渠（銑）、熊南沙（過）、唐荊川（順之）、王遵巖（愼中）、陳後岡（束）謂《水滸傳》委曲詳盡，血脈貫通，《史記》而下，便是此書。」李贄在《雜說》中推崇《拜月》、《西廂》爲「化工也」。他還在《童心說》中提到：「詩何必古選，文何必先秦。⋯⋯變而爲院本，爲雜劇，爲《西廂記》，爲《水滸傳》⋯⋯皆古今至文，不可得而時勢先後論也。」袁宏道在《觴政》中提到：「傳奇則《水滸傳》、《金瓶梅》等爲逸典。」又在《聽朱生說水滸傳》詩中說：「少年工諧謔，頗溺《滑稽傳》。後來讀《水滸》，文字益奇變。六經非至文，馬遷失組練。」

第一章　明代詩文

明代享國時間與唐宋相近，但詩文的成就卻不如唐宋。雖然明代不少流派和作家，爲了挽救舊體詩文自元代以來形成的衰落趨勢，在理論和創作上做了大量努力，希圖起衰振弊，但由於外部條件和內在因素的限制，始終未能奏效。明代詩文的作家作品數量浩如煙海，僅《明詩綜》即收錄詩人三千四百多家，而著錄於《千頃堂書目》的明人別集則達四千九百多種。數量之巨，超過以往各朝。其中雖間有佳作，但終乏大家①，成就不高。其原因之一，就在於封建制度和統治階層已趨於腐朽，而詩文自宋以後就已逐步轉化爲文學中最保守的領域，較之其他領域，更易受到傳統思想的影響和控制。由於明王朝大力推行文化專制主義，包括屢興文字獄、提倡理學和推行八股取士制度，使得一些詩文作家壯志銷磨，謹小慎微，逃避現實。他們或談復古，或主性靈，思想認識片面，未能找出正確的康莊大道，因而很難寫出具有歷史深度的作品來。

但是，明代社會特別是後期具有雙向逆反性：既是封建社會的晚期，又是資本主義的萌芽期；既有封建專制主義的惡性膨脹，又可感受到新的民主思潮的激蕩。詩文領域同樣也受到雙重影響。這一方面體現在理學對文學的控制加強了，一些作家更強調使文統從屬於道統，因而從明初起就形成了文道結合和重風教的強固傳統。另一方面又逐步產生了以反對理學、肯定人的個性與欲望爲基本內容的文學新潮流。這兩種相反的傾向相互對峙，又相互滲透。因而造成明代詩文領域錯綜紛繁、流派林立、各種理論主張層出不窮、爭奇鬥艷的局面。

第一節　明前期詩文

明前期指從明太祖洪武元年到明憲宗成化二十三年（公元1368～1487年），共一百多年。除洪武初年曾出現短暫繁榮外，其餘時間大多爲臺閣體把持文壇，造成詩文創作的沈寂和衰落。

明初詩文作家大多由元入明，他們經歷了元末大動亂，對民生疾苦、社會瘡痍有著較深的感觸，寫出了一些揭露黑暗、抨擊暴政的作品，如著名作家宋濂、劉基等人都是這樣。但他們在入明以後文風都趨於保守，對重大社會問題的反映大爲削弱。作爲開國功臣，他們更關心的是使文學如何爲鞏固新王朝服務，故强調文學的教化作用，作品也以歌功頌德者居多。宋濂、劉基以及年輩稍晚的高啓等，都是一代宗師，是首開風氣的作家，他們的作品對於整個明代詩文影響頗大。

㈠宋濂

宋濂（公元1310～1381年），字景濂，號潛溪，浦江（今屬浙江）人。官至翰林學士承旨，爲明代開國文臣之首。明初的一些典章文獻，大多出自宋濂之手。致仕後因長孫宋慎犯法，謫茂州，道卒。

宋濂傳世的著作，有《潛溪集》、《蘿山集》、《龍門子》、《浦陽人物記》及《翰苑集》、《芝園集》等。後二種爲入明後之作，今編入《四部叢刊》本《宋學士文集》，共七十五卷，收文九百餘篇。而《四部備要》本《宋文憲公全集》五十三卷，則包括元末之作，計文一千四百餘篇，較爲完備。但這兩部集子均不包括詩集，宋濂不以詩名，故存詩不多，僅《列朝詩集》收其詩六十一首。

宋濂是元末明初散文家，文名極大，據《明史》記載：當時「外國貢使亦知其名，數問宋先生起居無恙否。高麗、安南、日本至出兼金購其文集」。他爲文主張「以六經爲根本，遷固二史爲波瀾」(《白雲稿序》)，以辭達、明道、養氣爲宗旨。故他的文章總的傾向是保守的，常以道學家的眼光看待事物，有不少迂腐之論。他的散文以傳記文最爲出色，善於融匯古代傳記文學寓褒貶於敍述之中的手法，「據事直言，而是非善惡自見」(鄭濤《浦陽人物記序》)。他的《秦士錄》、《王冕傳》、《李凝傳》、《胡長孺傳》、《杜環小傳》、《記李歌》都是這類名篇。這些傳記文都能抓住人物富有特徵性的細節，寥寥幾筆就刻畫出一個栩栩如生的形象來。如《秦士錄》就描寫了才兼文武而又坎坷不遇的狂生鄧弼的磊落性格和豪爽作風。杜環、李凝二傳分別敍寫兩個中下層人士仗義助人、憐貧恤老的高尚品質，並以對比手法抨擊了時弊。《王冕傳》則將這位元末詩人孤傲耿介的個性刻畫得十分鮮明。他的寓言體散文集《燕書》、《龍門子》常通過一些生動的故事說明抽象的哲理，寓意深刻，耐人回味。他的寫景、抒情散文亦間有佳篇，如《桃花澗修禊詩序》、《看松庵記》，都是筆致清秀之作。他的贈序《送東陽馬生序》、《送天臺陳廷學序》，更是長期流傳的名篇。

由於宋濂受正統儒家影響較深，故其文風，醇正有餘，恣肆不足。《明史》評之爲「醇深演迤」。《四庫總目》則評爲「雍容渾穆，如天閑良驥，魚魚雅雅，自中節度」。雖然寫得自然流暢，筆力雄健，能熔鑄經史，而又不見斧鑿，但總顯得缺乏一種宏大的氣魄。他的散文這種典雅溫潤的氣度，成了後來臺閣體的先聲。

㈡劉基

劉基（公元 1311～1375 年），字伯溫，處州青田（今屬浙江）人。元末進士，曾任江浙儒學提舉，後棄官歸隱。朱元璋起兵後，他被邀請出山，協助平定天下，因受重用，累遷御史中丞，以弘文館學士致仕。後受朱元璋猜忌，復爲胡惟庸構陷，憂憤而卒。

劉基留下的著作，有《覆瓿集》，主要收元末詩文；《犁眉公集》，乃晚年所作詩文；《寫情集》，收詞二百二十三首；《郁離子》，係寓言專集，共十八章一百九十五則；還有《春秋明經》等五種。後人更定次序，重編爲二十卷本《誠意伯文集》（有《四部叢刊》影印隆慶本），除《寫情集》、《郁離子》外，計收文二百二十篇，詩一千一百八十四首。

劉基無論在詩、文、詞諸領域都取得較高成就。但其文影響不及宋濂，詩詞影響不及高啓。他的散文風格古樸渾厚，體裁多樣，而以寓言體散文最爲出色。他的寓言集《郁離子》寫於元末隱居期間，徐一夔在《序》中說：「大概矯元室之弊，有激而言也。」書中雖有不少宣揚封建綱常和統治權術的糟粕，但也有一些指責時弊，對統治階級進行諷諫的好作品。例如《衞懿公好鶴》、《晋靈公好狗》、《濟陰之賈人渡河》、《屈子謂楚襄王》等則，都寫得精悍警厲，鞭辟入裡。特別是在《楚人養狙》、《靈丘丈人》兩則中，作者以養狙、養蜂爲例，說明統治者不應過分剝削人民，否則人民將起來反抗，剝削者必將自食其果。作者還在《北郭氏室壞》中明確指出「家政不修」、「賄賂公行」，必然「喪失人心，室家不保」。這些都說明他是統治階層中比較有遠見的政治家，對當時形勢有著清醒的認識。他曾指出：「吾聞天之將雨也，穴蟻知之；野之將霜也，草蟲知之。知之於將萌而避之於未至。故或徙焉，或蟄焉，不虛其知也。今天下無可徙之地、可蟄之土矣。」（《千里馬》）表達了作者對元末政治動亂的朦朧預感。除《郁離子》外，其文集中亦有少量寓言體雜文，如名篇《賣柑者言》就通過小販的議論，用形象的比喻，揭露了封建社會中「佩虎符、坐皋比」，「峨大冠、拖長紳」的文武百官，都不過是一些「金玉其外，敗絮其中」的醜類。全文構思巧妙，諷刺尖刻。

劉基在理論上，也同宋濂一樣强調作品的教化作用，他們以「師古」爲號召，力主恢復漢唐時期的文學傳統。他們的理論和著作，對於明初文風由纖麗轉向質樸，起了重要作用。

比之散文，劉基在詩歌方面成就更爲突出。詩歌之中，又以樂府、古體爲優。其詩風格多樣，或雄放，或婉約，或奇崛，或古樸。《四庫總目》說「其詩沈鬱頓挫，自成一家」。汪端《明三十家詩選》認爲只有元好問和劉基二人的詩歌能繼杜甫之後具有「沈鬱」的特點。沈德潛《說詩晬語》亦說：「元季都尚詞華，劉伯溫獨標骨幹，時能規撫杜韓。」

劉基早期詩歌描繪了元末社會動亂，反映出人民的疾苦。如《野田黃雀行》寫出了「王租未了私債多」，農民在租稅及高利貸雙重剝削下的痛苦生活。《雨雪曲》中刻畫了農民在連年戰亂中的流離慘況：「盜賊官軍齊劫掠，去住無所容其身。」他抨擊元末官吏「所務惟刻削」（《過東昌有感》），故而造成社會動亂，「官吏逞貪婪，樹怨結禍胎」（《感時述事十首》之七）。他還在《孤兒行》、《病婦行》、《田家》等詩中，表達了對弱者的同情。在《夏夜臺州城中作》、《贈劉宗周六十四韻》等詩中，抒發了爲民請命的志願。劉基入明以後的詩歌多爲個人悲窮嘆老之作，有價值的較少。但著名的神話長詩《二鬼》敍寫結鄰、鬱儀二鬼違背天帝意志，再造乾坤，終於得罪天帝；被幽囚於「銀絲鐵柵內」。詩中二鬼據說隱喻自己和宋濂，曲折地表達了他在朱元璋猜忌壓抑下的苦悶。全詩想像奇譎，語言瑰麗，是首難得的好詩。

㈢高啓

高啓（公元 1336～1374 年），字季迪，號青丘子，長洲（今屬江蘇蘇州）人。洪武初，召修元史，授翰林院編修，遷戶部侍郎。他堅辭求歸，回吳淞青丘授書自給。後應蘇州知府魏觀之請，爲他改修府治寫上梁文，明太祖大怒，將他腰斬於市，年僅三十九歲②。

高啓以詩名，他自編詩集有《吹臺》、《江館》、《青丘》、《南樓》、《婁江》、《鳳臺》、《姑蘇》、《缶鳴》等多種。後人合編爲《高太史大全集》十八卷，另附文《鳧藻集》五卷，詞《扣舷集》一卷。清初金壇又增補成《青丘詩集注》共二十七卷，收詩二千多首，詞三十二闋。

高啓在明初即頗有詩名，是「吳中四傑」中影響最大的詩人，在他居里的北郭，形成一個詩人集團，即「北郭十友」③。後人對他在詩歌上的成就更是推崇備至，《四庫總目》說：「高啓天才高逸，實據明一代詩人之上。」《明詩紀事》也說：「高啓天才絕特，允爲明三百年詩人稱首，不止冠絕一時也。」④高啓詩以才情奔放著稱，風格清新俊逸。他的爲人和詩風都近似於李白。尤其是他的歌行體，更表現了一種豪宕淩厲、奔放馳騁的特色。例如《登金陵雨花臺望大江》就以沈雄悲壯的筆調描繪了祖國河山的壯麗，抒發了激動的情懷。全詩波瀾壯闊、一氣呵成，懷古而不感傷，用典切合時地。這類詩受李白的影響較大。他在另一首自敍生平的《青丘子歌》中寫道：

青丘子，臞而清。本是五雲閣下之仙卿。何年謫降在世間，

> 向人不道姓與名。躡屩厭遠遊，荷鋤懶躬耕，有劍任鏽澀，有書任縱橫。不肯折腰為五斗米，不肯掉舌下七十城。但好覓詩句，自吟自酬賡……

這種不羡功名富貴、不爲禮法所拘、狂放不羈、恃才傲物的性格確實繼承了李白的遺風。他一天到晚沈醉在詩裡，吟詩成癖：「朝吟忘其飢，暮吟散不平……不憂回也空，不慕猗氏盈，不慚被寬褐，不羨垂華纓。不問龍虎苦戰鬥，不管烏兔忙奔傾……」成爲歷史上少見的一個背離傳統價值觀念、完全獻身於詩歌藝術的詩人。這種追求實現自我的精神給明中後期文學改革以新的啓示。

高啓的文學思想，主張取法於漢魏晋唐各代，認爲要「兼師衆長，隨事摹擬，待其時至心融，渾然自成，始可以名大方而免夫偏執之弊矣」(《獨菴集序》)。因此他的詩歌才如此風格多樣，《四庫提要》說他「擬漢魏似漢魏，擬六朝似六朝，擬唐似唐，擬宋似宋，凡古人之所長，無不兼之……然行世太早，殞折太速，未能熔鑄變化，自爲一家。故備有古人之格，而反不能名啓爲何格。」儘管他這種「仿古」主張實開明中葉復古派先聲，但他畢竟不是那種贋鼎僞觚者可比，他能在摹擬之中「自有精神意象存乎其間」，即能用古人的調子說自己的話。他的古題樂府詩，雖襲用舊題，但能別出新意。他的一些新題樂府詩如《牧牛詞》、《捕魚詞》、《養蠶詞》、《賣花詞》、《伐木詞》、《打麥詞》、《採茶詞》、《田家行》等，大都能描繪出一幅幅農村勞動生活的圖景，並在一定程度上反映出階級剝削和民主疾苦。他還寫過不少懷古詩，如著名的《明皇秉燭夜遊圖》，極寫玄宗沈溺於宮廷宴遊之樂，終於導致了馬嵬之禍。全篇係從《長恨歌》化來，但卻無一語相襲。從中可看出高啓在詩歌藝術上的功力。

㈣吳、閩、粵詩派及袁凱

明初文壇，除宋濂、劉基、高啓三家外，還有以楊基（公元 1326～1378 年，有《眉菴集》十二卷）、張羽（公元 1333～1385 年，有《靜居集》四卷）、徐賁（公元？～1379 年，有《北郭集》十卷）及高啓等「吳中四傑」爲代表的吳詩派。以林鴻（生卒年不詳，有《鳴盛集》四卷）、高棅（公元 1350～1423 年，有《嘯台集》二十卷）爲代表的閩詩派，以劉崧（公元 1321～1382 年，有《槎翁詩集》八卷）爲代表的江右詩派，以孫蕡（公元 1334～1393 年，有《西菴集》九卷）爲代表的粵詩派，以及因詠白燕詩而著名，被稱作「袁白燕」的袁凱（生卒年不詳，有《海叟集》四卷）。但這些詩人的成就都不如高啓、劉基。而且，他們大多遭到朱元璋的政治迫害，其中不少人死於非命⑤。面對明初文網漸密、文人動輒得禍的政治形勢，許多詩人開始迴避社會現實，更多地發出「位卑諫勿直，直諫君心疑」（楊基《感懷》）的個人感慨，抒寫「世路劍關險」、「吾志在山林」（張羽《寫懷》）的退隱情懷。在詩歌藝術上，則進一步發展了自元中葉以來宗唐之風。其中林鴻、高棅更明確提出專重盛唐的觀念。高棅編輯的《唐詩品彙》百卷，首次將唐詩分初、盛、中、晚四期，開始建立詩主盛唐的軌則。此書對明詩影響甚大，《明史・文苑傳》謂「終明之世，館閣宗之」。他們的主張如此，其作品自然也是摹擬居多。李東陽批評說：「林子羽（鴻）《鳴盛集》專學唐，袁凱《在野集》專學杜，蓋能極力摹擬，不但字句效法，並其題目亦效之，開卷驟視，宛約舊本。」（《懷麓堂詩話》）

㈤臺閣體

從永樂到天順（公元 1403～1464 年）的幾十年中，明代政治比較安定。文壇上出現了由宰輔權臣楊士奇（公元 1365～1444 年，有《東里全集》九十七卷）、楊溥（公元 1372～1446 年，有《楊溥文集》十二卷、《詩集》四卷）和楊榮（公元 1371～1440 年，有《楊文敏集》二十五卷）所倡導的「臺閣體」。三楊在政治上廉潔正直，歷事成祖、仁宗、宣宗、英宗四朝，位極人臣，倍受寵信。他們所寫的，除朝廷詔令奏議外，多屬應制、頌聖或應酬、題贈之作，飽含富貴福澤之氣，多以粉飾太平、歌功頌德爲主旨；貌似雍容典雅，平正醇實，實則脫離社會生活，既缺乏深湛切實的內容，又少縱橫馳驟的氣度。這種文風由於得到統治者的提倡，一些利祿之徒競相仿效，故而成爲風氣，到後來更是「嘽緩冗沓，千篇一律」。

在臺閣體壟斷文壇時，能不隨波逐流，表現出自己的特色的詩人，開始有于謙，後來有茶陵詩派的代表李東陽。

㈥于謙

于謙（公元 1398～1457 年），字廷益，錢塘（今杭州）人。他是著名的民族英雄，著有《于忠肅集》十三卷，係後人掇拾而成，其中存詩僅一卷。他身處英宗、景帝之際，面對嚴峻的邊患，寫出了一些悲涼慷慨的詩篇。他不以詩名，存詩也不多，但大都能表現自己關懷人民、爲國犧牲的情懷。如七絕《詠石灰》、七律《詠煤炭》都借物抒懷，流露出堅貞不屈、爲國忘身的意志。他寫過反映人民疾苦的詩篇如《憫農》、《田舍翁》、《荒村》等，也寫過反對侵略、關心祖國安危的詩篇如《出塞》、《夜坐念邊事》等。他的詩不事雕琢，信手寫成，有時未免推敲不足，失之平易。

㈦李東陽

李東陽（公元 1447～1516 年），字賓之，號西涯，茶陵（今屬湖南）人。累官至太子太保、禮部尚書兼文淵閣大學士，爲朝廷重臣。著有《懷麓堂集》一百卷，計文六十卷，詩三十卷，雜著十卷。他也是臺閣大臣，理論和創作都未能擺脫臺閣體氣息，但對臺閣體的弊端又有所匡救。他強調宗法杜甫，重視詩法和聲調，又成爲前後七子擬古派的先導。他實際上是從臺閣體到前後七子之間的過渡人物。但他的才氣較大，作品內容也較豐富，風格蒼健，自成一家。其詩作以擬古樂府百首較爲有名。這些詩或詠懷史實、抒發感慨，或指斥暴政、同情民生疾苦，大多能寫出新意。其餘五七言詩亦有佳作。

李東陽在當時文壇影響極大。他立朝五十年，入閣十八年，能注意培養新人，獎掖後學，推舉才士，故門生滿朝。以他爲宗者有邵寶（公元 1460～1527 年，有《容春堂集》六十一卷）、石珤（公元 ？～1528 年，有《熊峯集》十卷）、魯鐸（公元 1461～1527 年，有《魯文恪存集》十卷）、羅玘（有《圭峯文集》三十卷）、何孟春（有《何燕泉詩》四卷）、顧清（有《東江家藏集》四十二卷）和彭民望（有《老葵集》）等人。茶陵詩派一時成爲詩壇主流。後來的楊愼及前後七子都深受其影響。

第二節　明中期詩文

明中期指從孝宗弘治到穆宗隆慶年間（公元 1485～1572 年）。這段時期流派頗多，鬥爭複雜，但與理論上的建樹相比，創作方面顯得比較貧弱。主要流派有前後七子和唐宋派。

㈠前、後七子

前七子指李夢陽（公元 1472～1529 年，字獻吉，號空同子，有《空同集》六十六卷）、何景明（公元 1483～1521 年，字仲默，號大復山人，有《大復集》三十八卷）、王九思（公元 1468～1551 年，字敬夫，號渼陂，有《渼陂集》十九卷）、王廷相（公元 1474～1544 年，字子衡，有《王氏家藏集》六十八卷）、康海（公元 1475～1540 年，字德涵，號對山，有《對山集》十卷）、邊貢（公元 1476～1532 年，字廷實，有《華泉集》十四卷）、徐禎卿（公元 1479～1511 年，字昌穀，有《迪功集》六卷）。後七子指李攀龍（公元 1514～1570 年，字于鱗，號滄溟，有《滄溟集》三十卷）、王世貞（公元 1526～1590 年，字元美，號鳳洲、弇州山人，有《弇州山人四部稿》共三百八十一卷）、謝榛（公元 1495～1575 年，字茂秦，號四溟山人，有《四溟集》十卷）、徐中行（公元 1517～1578 年，字子輿，有《青蘿館集》六卷）、梁有譽（生卒年不詳，字公實，有《蘭汀存稿》八卷）、吳國倫（公元 1524～1593 年，字明卿，有《甔甀洞稿》八十一卷）、宗臣（公元 1525～1560 年，字子相，有《宗子相集》十五卷）。前七子主要活動於弘治、正德年間，後七子主要活動於嘉靖、隆慶年間。

前後七子所任官職都不高，一般不過是郎官、提學使之類，政治上大都比較方正。前七子多反對過劉瑾，後七子大多反對過嚴嵩父子。但他們都恃才傲物，結社訂盟，自吹自捧，把持文壇。《明史・文苑傳》說：「夢陽才思雄鷙，卓然以復古自命。弘治時，宰相李東陽主文柄，天下翕然宗之。夢陽獨譏其萎弱，倡言文必秦漢，詩必盛唐，非是者弗道。」王世貞則明確提出：「文必西漢，詩必盛唐，大曆以後書勿讀。」（《明史》本傳）這一主張的提出，一爲反對臺閣體的空洞無物，一爲反對時文八股的淺陋閉塞。故提倡秦漢盛唐，以矯其弊。更準確地說，他們根據「取法乎上」的原則，把秦漢古文當作最高典範來效仿，但並不排斥唐代古文⑥。論詩則古體宗漢魏，近體宗盛唐。他們這一主張的核心是排斥宋文、宋詩及其餘響元文、元詩。排斥宋元詩文的主要出發點是排斥理學。李夢陽說過：「宋儒興而古之文廢矣。」（《論學》）「宋人主理，作理語，於是薄風雲月露，一切鏟去不爲。」（《缶音序》）排宋的另一面是鼓吹眞情，讚揚民間文學。李夢陽說過：「眞詩乃在民間。」（《詩集自序》）何景明也認爲《鎖南枝》等民歌乃「時調中狀元也」（李開先《一笑散》）。前後七子的主張實際上是與尊情抑理的思想聯繫在一起的，故他們於詩要求眞情，於人要求眞人，包含有引導文學擺脫程朱理學和傳統道德束縛之意。這正是一種新的、與晚明文學新思潮相通的時代精神，歷來受到一些進步作家的讚揚和推崇⑦。

但是，前後七子在藝術方法上都存在程度不同的摹擬傾向，這也是他們不斷受到同代人及後人詬病的一個重要方面。《四庫提要》批評李夢陽「字擬句摹，食古不化……其文則故作聱牙，以艱深文其淺易。」李夢陽自己也承認，他是「以我之情，述今之事；尺寸古法，罔襲其辭。」（《駁何氏論文書》）他把古法看成一成不變的準則，甚至提出：「今人摹臨古帖，即太似不嫌，反曰能書。何獨至於文，而欲自立一門戶耶？」（《再與何氏書》）因此，連何景明也批評他「刻意古範，鑄形宿模，而獨守尺寸。」但前後七子在摹擬古人方面並不一致，立論也有的偏狹，有的通達。大抵二李較爲偏狹，而何景明、王世貞、謝榛、徐禎卿、宗臣、王廷相都比較通達。如何景明就認爲，摹擬應「領會精神」，「不仿形迹」，做到「達岸捨筏」、「以有求似」（《與李空同論詩書》）。王世貞則注意「師匠宜高，捃拾宜博」，强調「漸漬汪洋」，最終要求「一師心匠」，這樣才會「不犯痕迹」。他晚年已兼及蘇陸，不全廢宋調。而謝榛則明確反對「不老曰老，無病曰病」的過份摹擬，强調「人不敢道，我則道之；人不肯爲，我則爲之」的獨創性。至於在哲學上有反程朱唯心主義傾向的思想家王廷相，則更從變化的角度提出了「行於前者不能行於後，宜於古者不能宜於今」（《雅述下篇》）的進化觀。

前後七子在創作上一般都取得了較可觀的成果。他們掃蕩了「嘽緩冗沓、千篇一律」的臺閣文體，也打擊了違反藝術規律、枯燥淺俚的性理詩，使文壇耳目爲之一新。他們大多能寫出一些面對現實、揭露黑暗的作品，如李夢陽、何景明的《玄明宮行》、王九思的《馬嵬廢廟行》、王廷相的《西山行》都諷刺了宦官的横行不法，切中時弊。王世貞的《鈞州變》無情地揭露了貴族藩王的荒淫殘暴，《袁江流鈐山崗當廬江小吏行》則歷敍了嚴嵩父子專横擅國的種種罪行。特別值得注意的是，他們還能把揭露的矛頭指向皇帝，如李夢陽的《教場歌》、王廷相的《赭袍將軍謠》、邊貢的《迎鑾曲》、王世貞的《正德宮詞》都直刺明武宗，而王世貞的《西城宮詞》則對明世宗迷信道教、妄冀長生有絶妙的形容和深刻的揭露。明中葉的一些重大社會問題，幾乎都在他們的作品中得到反映。相對而言，他們的散文擬古傾向更爲明顯，成就不如詩歌。但何景明的《何子》十二篇，康海的《擬廷臣論寧夏事狀》都是針對時弊的議論散文。李夢陽的《康長公傳》，頗多新意。宗臣的《報劉一丈書》尖鋭抨擊了官場的腐敗，是傳誦的名篇。但他們畢竟由於理論上的迷誤，以摹擬代替創造，擬古而不能創新；學習古人，往往只著眼於形式方法。例如李攀龍就常用大話、空話來掩蓋內容的貧乏和感情的淺薄。他的《秒秋登太華山絕頂》四首，每首都有一句使用「萬里」一詞。翻開他的集子，類乎江湖、乾坤、天涯、浮雲、白日、風塵、中原之類的雄渾字眼，觸目皆是。前人因他喜用「風塵」一詞，稱他爲「李風塵」。錢謙益評他的詩集說：「舉其字則三十字盡之矣，舉其句則數十句盡之矣！」（《列朝詩集》）這話雖過於刻薄，但多少有幾分道理。

前後七子無論在理論上和創作上，都取得了不小的成就，但也有著嚴重的缺陷。他們在當時的影響極大，「一時士大夫及山人詞客、衲子羽流，莫不奔走門下」（《明史・王世貞傳》）。他們的追隨者和後繼者如後五子、續五子、末五子、廣五子以及所謂四十子中的某些人⑧，更把他們在理論及創作上的一些缺陷發展到極端。捨本逐末，字摹句擬，生吞活剝，甚至把剽竊當做創作，寫出了一些贗鼎僞觚式的假古董，被後人譏爲「優孟衣冠」。但就在擬古聲勢煊赫之時，也有一些作家不願盲目追隨，甚至公然反對。主要有吳中四才子和唐宋派。

㈡吳中四才子

以唐寅爲代表的吳中四才子包括祝允明（公元 1460～1526 年，字希哲，號枝山，有《懷星堂集》三十卷）、文徵明（公元 1470～1559 年，號衡山居士，有《甫田集》十五卷）和後來投奔了前七子的徐禎卿。除徐禎卿僅以詩賦見長之外，其他三人既能詩文，又善書畫。所作詩歌清麗秀逸，不傍門戶，而且才情爛漫，奇思常多。其中尤以唐寅較有特色。唐寅（公元 1470～1523 年），字伯虎，吳縣（今屬江蘇蘇州）人，一生不仕，著有《六如居士全集》二十卷。他的詩才情奔放，任意揮灑，自寫胸次，而又有天然之趣。他還好以俚語、俗語入詩，但卻能做到語淺而意雋。他在詩中常表現出一種「但願老死花酒間，不願鞠躬車馬前」（《桃花庵歌》）之類疏狂玩世、狷介自處的志趣。他一生不願屈節於權貴，在《把酒對月歌》中寫道：「我愧雖無李白才，料應月不嫌我醜。我也不登天子船，我也不上長安眠。姑蘇城外一茅屋，萬樹桃花月滿天。」他的詩也表達出一種追求自我的精神，但與高啓、李夢陽等注重自我精神方面的滿足不同，他更强調自我在物質方面的享受。他在詩中從不諱言對飲食之奉、聲色之樂，市廛之盛等世俗生活的羡艷之情，說明他的追求更帶有明顯的市民色彩。但他的詩也存在淺薄、浮滑的缺點，而且，吳中四才子在文學理論上缺少建樹，故不足與復古派相對抗。

㈢唐宋派

能夠在理論上與前後七子相對抗的主要是唐宋派。其主要成員有王愼中（公元 1509～1559 年，字道思，號遵巖居士，有《遵巖集》二十五卷）、唐順之（公元 1507～1560 年，字應德、義修，有《荊川集》十二卷）、茅坤（公元 1512～1601 年，字順甫，號鹿門，有《茅鹿門集》六十三卷）和歸有光等人。他們的活動年代主要在嘉靖年間，即與後七子同時而稍前。他們主張詩宗初唐，文宗北宋。理論上的建樹主要在散文方面，論及詩歌的較少。他們認爲復古派的文章死摹秦漢，既不通順又無生氣。所以他們只主張復唐宋之古，特別是北宋歐陽修、曾鞏諸大家。王愼中認爲：「學馬遷莫如歐，學班固莫如曾。」（《與道原弟書》）要求既「不背於古」，又能「自爲其言」。主張學習「自古以來開闔首尾經緯錯綜之法」（唐順之《董中峯文集序》），不贊成復古派的字摹句擬。强調借古人之法以表現出個人「眞精神與千古不可磨滅之見」（唐順之《答茅鹿門知縣》）。在方法上主張直據胸臆，信手寫出，如寫家書，「便是宇宙間一樣絕好文字」。總之，他們主張變秦漢爲歐曾，變詰屈聱牙爲文從字順；借與當時距離不遠的唐宋名家比較通順的文風，寫出自己的個性，這樣才能使文章有內容、有實感。這就是他們比復古派進步之處。在創作上取得較大成就的是歸有光。

歸有光

歸有光（公元 1506～1571 年），字熙甫，號震川，崑山（今屬江蘇）人。長於經術，尤善古文。嘉靖十九年（公元 1540 年）中舉，後來八次會試皆不第，至六十歲時始中進士，官至南京太僕寺丞。著有《震川先生文集》四十卷，共收散文七百七十餘篇。

他爲文上尊《史記》，下及唐宋諸家，受歐陽修影響最深。他對復古派深爲不滿，敢於以一個「窮鄉老儒」的身分斥責當時文壇霸主王世貞爲「妄庸巨子」。他的散文風格也接近《史記》和歐陽修文。他的文集中多數是表彰孝子節婦之文及壽序墓銘等，價值不大。寫得最好的是雜記一類，約五十篇。還有部分行狀、墓誌，雖文體不同，但有些也是極好的記敍文，特別是有關作者家世、親人的那些文章，尤爲出色。如《項脊軒志》、《寒花葬志》、《先妣事略》、《思子亭記》、《女如蘭壙志》、《杏花書屋記》等。這些文章儘管思想境界不高，社會意義不强，但較少道學家氣味，感情自然眞摯。他早歲喪母，先後娶妻室三人，元配魏孺人，結縭不到六年即逝去；他的長子十六歲夭折，兩個女兒也早亡。這些人世中的變故使他悲傷哀戚，故爲這些親人所寫的回憶文章具有情意綿長的意境。他最擅於在記敍中嵌入不經意的細節，以喚起對往事的憶念。淸方苞評之曰：「其發於親舊及人微而語無忌者，蓋多近古之文。至事關天屬，其尤善者，不俟修飾而情辭並得，使覽者惻然有隱。」（《書歸震川文集後》）

他的一些記事散文也能即事抒情，不避瑣屑，在簡明雅潔中表達出深摯的情感，題材雖小卻能歷久不減其感人的力量。他善於捕捉生活中最能代表人物關係和感情的瞬息，用淸淡的筆觸描繪出來，寫得饒有詩情畫意。他的寫作手法的最大特色是含蓄，有如「清廟之瑟，一唱三嘆，而歡愉慘惻之思，溢於言語之外」（王錫爵《歸有光墓誌銘》）。故他的文章貌似瑣屑，實則簡潔深沈。姚鼐曾評之曰：「於不要緊之處，說不要緊之話，卻自風神疏淡，是於太史公有深會處。」他用詞不避俚俗，不用奇字險句，但委婉條暢，神完氣足，「不事雕飾而自有風味」（王世貞《歸太僕贊》）。因而對當時和後世都產生了較大的影響。

王愼中和唐順之的散文都有一定成就，但不及歸有光。唐宋派另一成員茅坤，曾評選《唐宋八大家文鈔》一百六十四卷，影響極大，「其書盛行海內，鄉里小兒無不知有茅鹿門者」（《明史・茅坤傳》）。

㈣楊愼

明中葉於諸流派之外，卓然自成一家的詩人楊愼，在當時也占有重要地位。

楊愼（公元 1488～1559 年），字用修，號升菴，新都（今屬四川）人。正德六年（公元 1511 年）狀元，授翰林院修撰。嘉靖初，因反對皇帝加封其父帝號事，兩受廷杖，謫戍雲南永昌衞，他佯狂自縱，終死於戍所，前後共三十四年。他共有著作近三百種，今存一百餘種。《明史》認爲：「明世記誦之博，著作之富，推愼爲第一。」他的著作包括經學、史學、方志風俗、地理、民族、金石、音韻、文學等方面。僅就文學而言，在詩文、詞曲、戲曲、詩話詞話、筆記、小說、彈詞等方面，他幾乎都有作品，也都取得了一定的成就。他的詩文集有《升菴全集》八十一卷、《升菴外集》一百卷、《升菴遺集》二十六卷，留有詩歌二千三百多首。其詩內容廣泛，但以思鄉、懷歸之類題材爲多，也有不少寫景詩描繪了雲南一帶奇麗的邊境風光。他論詩主張「尊唐不可卑六代」，故其詩受六朝、初唐詩風影響較深，形成一種「濃麗婉至」的風格。他雖與前七子同時，但卻能「隨題賦形，一空倚傍，於何李諸事外，拔戟自成一隊」（張懷泗《楊詩所見選序》）。他的詞曲也寫得清新綺麗，不乏佳篇。楊慎的妻子黃峨，是明代著名的女詩人，所作散曲尤佳。今人輯有《楊升菴夫婦散曲》七卷，其中楊升菴《陶情樂府》四卷，黃峨散曲三卷。

第三節　明後期詩文

㈠明後期反復古運動的倡導

明後期包括從萬曆到明亡（公元 1573～1644 年）的七十餘年。這段時期的文壇，出現了以反復古主義爲號召，實質上鼓吹人的個性、情慾和文學的主體性，反對程朱理學對文學的桎梏爲主要內容的文學新潮流。也可稱爲一次文學的革新運動。這個運動雖然由於外患的加深和提倡者本身的弱點，成效不大。但其影響卻不能低估，它使過去某些被視爲無比神聖的傳統觀念發生動搖，給日益衰落的封建文學注入了新的時代氣息。這一革新運動的思想基礎乃是王守仁所倡導的心學及其後的左派王學。

王守仁

心學或稱王學，首創者王守仁（公元 1472～1528 年），字伯安，自號陽明子，餘姚（今屬浙江）人。因平定寧王宸濠叛亂有功，擢爲南京兵部尚書。著有《王文成公全集》三十八卷。他的學說以反教條、反傳統的姿態出現，在當時影響頗大。其中雖有不少陳腐和保守之處，但其積極的一面卻動搖了程朱理學在中國思想界的長期統治。王守仁繼承並發揚了陸九淵的心學，用以對抗程朱的客觀唯心主義。他斷言「萬物萬事之理不外吾心」，「良知即是天理」，否認心外有理、有事、有物、有言。他提倡「致良知」，反對偶像崇拜。他說：「夫學貴得之於心。求之於心而非也，雖其言出於孔子，不敢以為是也。」又說：「夫道，天下之公道也；學，天下之公學也；非朱子可得而私也，非孔子可得而私也。」（均見《傳習錄》）這種獨立思考的精神成為文學革新的思想基礎。他在復古派把持文壇之時寫的散文如《瘞旅文》等，就有思想、有感情，與復古派有所不同。

王陽明死後，他的弟子，主要是以泰州學派王艮、顏鈞、何心隱為代表的王學左派更發揮了這種強調自我的精神，公開承認人類的情慾和功利思想是人的本性和社會活動的契機。特別是泰州學派後期代表、「異端之尤」李贄對晚明文學的影響更大。

李贄

李贄（公元 1527～1602 年），號卓吾，別號溫陵居士，回族，泉州晉江（今屬福建）人。著有《焚書》、《藏書》、《李氏文集》等。他公然以「異端」自居，對傳統教條和假道學進行了大膽的揭露。認為「六經論孟」等儒家經典只是當時弟子隨筆記錄，並非「萬世之至論」。反對「以孔子之是非為是非」，鮮明地提出「穿衣吃飯即是人倫物理」（《答鄧石原》）。他還公開為人們嗜慾的合理性進行辯護，認為「天機只在嗜欲中」（《二孟說書》），反對理學家的矯情飾性。他正是以這種自然人性論批判了理學家以封建倫理道德為基礎的人性論。在文學方面，他的論文綱領是《童心說》。所謂童心，就是眞心，赤子之心，「最初一念之本心」，亦即人的自然情性，包括不依傍他人的獨立見解和表現自我的純眞之情。他認為天下之至文皆出於童心。「童心既障，於是發而為言語，則言語不由衷……著而為文辭，則文辭不能達。」因此，在內容和形式上他都要求創新，要求「創制體格文字」，與那種「以假人言假言」、矯揉造作的理學文字相對立。他讚揚院本傳奇，讚揚《西廂記》、《水滸傳》，這都表現了他崇尚自然、反對矯飾的思想。他這種思想給晚明文壇以極大的影響。公安三袁和戲劇家湯顯祖、小說家馮夢龍都直接受到他的影響。

㈡公安、竟陵二派的文學革新

公安派

公安派以袁宏道爲代表，包括其兄袁宗道（公元 1560～1600 年，字伯修，有《白蘇齋集》二十二卷）、其弟袁中道（公元 1570～1623 年，字小修，有《珂雪齋集》二十四卷）及其友江盈科（公元 1556～1605 年，有《雪濤閣集》十四卷）等。因三袁是湖北公安人，遂以名派。他們主張文隨時變，反對盲目尊古。袁宏道提出：「世道既變，文亦因之。」（《與江進之》）目的在於存眞去僞，抒寫性靈。袁宏道還明確提出：「獨抒性靈，不拘格套，非從自己胸臆中流出，不肯下筆。」（《敍小修詩》）要求「人人有一段眞面目溢露於楮墨之間」（袁中道《中朗先生全集序》）。這種重個性、貴獨創、强調表現自我的性靈說，就成了公安派論文的核心。在此基礎上，他們主張破除一切古法，强調「文章新奇，無定格式，只要發人所不能發，句法、字法、調法，一一從你自己胸中流出，此眞新奇也」（《答李元善》）。反對那種「糞裡嚼渣，順口接屁……記得幾個爛熟故事，便曰博識；用得幾個見成字眼，亦曰騷人。計騙杜工部，囤扎李空同；一個八寸三分帽子，人人戴得」（《與張幼于》）的假古董。爲此，他們大力推崇通俗文學，讚揚《水滸傳》、《金瓶梅》等白話小說，認爲這類作品「情眞而語直」。總之，他們在文學上反對形式主義和擬古主義，在思想上反對封建禮教和儒家道統。他們的作品也能打破傳統詩文的陳規，抒發個性，揮灑自如，淸新流暢。但三袁等的創作實績與他們張揚的理論尚有一段不小的距離，由於他們本身旣缺乏豐富的社會閱歷和宏闊的見識，只好一味地强調表現自我，過份依賴於直覺體驗與即興揮灑。故其作品，特別是詩歌，雖不乏淸新流利之作，但其涵納量、深度及張力均有所不足，甚至有淺薄輕佻之病。其追隨者更良莠混雜，至有變淸朗自然爲率易俗陋，甚至有墮入油滑熟濫的惡道者，以致「鄙俚大行」（錢謙益《列朝詩集》）。故而又有竟陵派出來加以匡救。

竟陵派

竟陵派以鍾惺（公元 1574～1624 年，字伯敬，號退谷，有《隱秀軒集》五十一卷）、譚元春（公元 1586～1637 年，字友夏，有《譚友夏合集》二十三卷）爲代表。他們都是竟陵（今湖北天門）人。他們的文學主張與公安派略同，也强調「勢有窮而必變」的變革主張，但更强調的是從古人詩詞的精神中去尋求性靈。他們認定古人詩詞精神價値在於「幽情單緒，孤行靜寄」，即那種較難捕捉的孤僻情懷，所謂「孤懷」、「孤詣」之中。因此他們大力倡導「幽深孤峭」的風格，目的正是爲了變中求變，以矯正公安末流的俚俗和淺率。但他們卻陷入了另一極端。公安派不過把文學反映現實的任務縮小爲表現自我，而他們卻把文學引入遠離世俗冷寂生澀的虛幻之境，即鍾惺所說的「我輩文字到極無煙火處」（《答同年尹孔昭書》）。爲了掩蓋內容上的空寂，他們有意在形式上追求新奇，喜用奇字險韻，故作深奧；文章的安置，有意顚倒；語言詰屈，形成一種冷僻苦澀的文風。例如

「樹無黃一葉，雲有白孤村」（鍾惺《晝泊》）、「魚出聲中立，花開影外吹」（譚元春《太和庵前坐泉》）都令人費解。但他們畢竟也有一些好詩好文，特別是散文，寫得清新雋永，可讀之篇更多，如鍾惺的《遊武夷山記》、《夏梅說》和譚元春的《遊南嶽記》都較有特色。

㈢晚明小品文

公安、竟陵所發動的反復古運動的積極成果，主要表現在散文領域。晚明小品文的興起，正體現了「獨抒性靈，不拘格套」的主張。他們把小品文的創作，推向一個前所未有的高潮，並奠定了小品文的典型體制。

小品一詞在中國始於晋代，稱佛經譯本中簡本為「小品」，詳本為「大品」。晚明以前，尚未有以小品稱文者。晚明以後的一些作家，才開始把隨意抒寫的雜文等類短小文字稱之為小品⑨。明人所謂的小品範圍頗廣，幾乎包括除高文典策和其他莊嚴正大文字以外的所有抒寫性靈、發表見解的短小文字，包括雜記、遊記、隨筆、書信以及記事、抒情短文。它以小為特徵，篇幅短小，所記之事細小，議論感慨多從小處著眼，文心亦因小見大，察微知著。它無須像古文那樣講求起承轉合、縱橫開闔之法，意到筆隨，興盡即止。這種文章唐宋以前就有，晚唐還曾盛行一時。但唐宋古文家寫這類文章，大都態度矜持，雖立意深邃，但仍固守文道結合的畛域，未能放縱自如。而晚明的一些小品文作家，不是代聖賢立言，不講大道理，敢言人之不敢言，願寫人之不願寫，一切文學上的束縛與戒律，都為他們所不顧。一意表現其鮮明的個性和强烈的自我意識，信筆直書，活潑自由，通俗明快，具有「幅短而神遙，墨希而旨永」的特色，形成一種任情適性的文章風格，衝破了宋儒反覆强調的「文以載道」的桎梏。雖然這些小品大都缺乏深厚的社會內容，局限於描寫自然景物及身邊瑣事，抒發文人雅士的情懷，表現有閒階級文人的閒情逸致。但是，正如魯迅所說：「明末的小品雖然比較頹放，卻並非全是吟風弄月，其中有不平，有諷刺，有攻擊，有破壞。」（《小品文的危機》）它多少也能在一定程度上反映出時代風貌。

這種頗具時代特色的小品，在明代也並非從公安派開始。在此之前，徐渭、屠隆、湯顯祖、李贄都寫過一些揮灑自如、活潑靈動的小品，特別是徐渭和李贄。徐渭擅長於詩文、書畫和戲曲，爲人狂放不羈，一貫「不爲儒縛」（《自爲墓誌銘》），故坎坷終生，著有《徐文長全集》三十卷。他的詩文奇恣縱肆，他的一些小品能直抒胸中磊塊，眞率天成。特別是那些短小尺牘與題跋，寫得淡簡有味，深得晋人及東坡遺響。李贄則憑著他的過人膽識，將雜文寫得尖銳潑辣，喜怒笑罵皆成文章。如《題孔子像於芝佛院》一文，就盡情嘲弄了盲從孔子者的昏聵，筆調既辛辣又風趣。晚明小品文作家除三袁及鍾、譚外，尚有陳繼儒（公元1558～1639年，號眉公，有《陳眉公全集》）、王思任（公元1574～1646年，字季重，號謔菴，有《王季重十種》）、李流芳（公元1575～1629年，有《檀園集》）、劉侗（公元1594？～1637？年，有《帝京景物略》八卷）、祁彪佳（公元1602～1645年，有《祁忠惠公遺書》）、黃淳耀（公元1605～1645年，有《陶菴集》二十二卷）和張岱等人。其中成就最高的當推袁宏道及張岱。

袁宏道

袁宏道（公元1568～1610年），字中郎，早年由進士除吳縣知縣，稱病去，遍遊吳會山水。後又擔任過一任京官，晚年歸臥柳浪湖上，以詩酒卒。留有《袁中郎全集》四十卷。他的散文掙脫了陳規陋習的束縛，抒寫自己的眞實感情，文筆雋秀生動，絲毫沒有雕鑿痕迹；語言流暢淺近，接近口語。便是與友人往還的尺牘，也不故作高雅。他的文集中以山水遊記寫得最好，數量也比較多，共計達八十餘篇。他常把山水田園之美與塵世的汚濁對立起來，以表達希望掙脫塵網的感情。他常常把遊蹤與心迹，合而爲一；爲了表達自己對山水之愛，他喜用形容女性的詞藻，從色、態、情諸方面來表現秀麗的河山景色。其友江進之云：「中郎所敍山水，並其喜怒動靜之性，無不描畫如生。譬之寫照，他人貌支膚，君貌神情。」（《解脫集序》）他的一些著名山水小品如《晚遊六橋待月記》、《滿井遊記》、《虎丘》、《五泄》等，不僅寫景狀物，窮形盡態，情景相生，淸秀可喜，而且能把作者自己的個性、情感、風貌滲透於景物描寫之中。這類小品，開拓了散文的領域，豐富了散文的表現方法，對散文的發展作出了一定的貢獻。缺點是旣少涉及國計民生，又鮮深沈的思想；雖對理學陳規、官場惡俗間有抨擊和嘲諷，但不免夾雜對放縱情欲的嚮往，未能把抒寫性靈與反映現實結合起來，風格上流於輕佻淺露，故顯得虛無縹渺，格調不高。其末流更是玩物喪志，把作品當作文人娛情寄興的消遣品。

張岱

張岱（公元 1597～1676？ 年），字宗子，又字石公，號陶菴，山陰（今浙江紹興）人。他雖出身於官僚家庭，但自己卻終生不仕。個性落拓不羈，專喜遊山玩水。明亡後披髮入山，安貧著書。故著述甚富。今存有《琅嬛文集》六卷、《陶菴夢憶》八卷、《西湖夢尋》五卷及記載明代歷史的《石匱藏書》等。《琅嬛文集》是他的文集，《西湖夢尋》記述西湖風景及掌故，《陶菴夢憶》則係作者對早年生活及有關世俗人情的回憶。後二書都是明亡以後的作品。此時他家道衰落，朋輩死亡，家國之思，興亡之感，無時或已，故常「葛巾野服，意緒蒼涼，語及少壯穠華，自謂夢境」（《山陰縣志·張岱傳》）。因此才以「夢尋」、「夢憶」名書。張岱的生活興趣非常廣泛，凡戲劇、音樂、品茶、飲膳等，他都十分愛好並有獨到的鑑賞力。所以他的散文題材廣泛，不僅山水人物，而且茶樓酒肆、歌館妓院、鬥雞走狗、工藝書畫、地方風俗、文物古迹，舉凡社會生活的各個角落，在他的散文中都有反映。他的小品名篇《西湖七月半》就不是單純地寫景，還連帶寫了不少世態人情，揭露了一些士大夫故作風雅的種種醜態。既是一幅風景畫，又是一幅風俗畫。其他如《湖心亭看雪》、《金山夜戲》、《柳敬亭說書》都寫得清新空靈，神韻飄逸。在他筆下，無論是西湖雪景、虎丘夜月，無不寫得逼眞如畫。他寫景，不單是靜態寫生，還能表現出運動中的自然景物。他尤善於以清新峭拔之語，寫國亡家破的憂憤之思。他的小品能吸收公安派和竟陵派的長處，把公安派的清新與竟陵派的陡峭熔於一爐，又能避免兩派的流弊，以深厚救淺薄，以嚴謹救率易，以明快救僻澀，兼諸家之美，集小品之大成。

㈣明末詩壇

自明中葉以後，詩壇一直爲復古派末流所控制。公安派、竟陵派均反對復古，但他們的成就主要在散文，故詩壇一直比較蕭條。直到明末，由於民族危機嚴重，這種情況才開始改變。正如周亮工所說：「近數十年來，海內操觚之士，有志復古，先後振起其間，雄文遂如其立。」（《賴古堂集·凡例》）明末的一些詩人如陳子龍、夏完淳、瞿式耜、張煌言等，他們身處「天崩地坼」的時代，經過顚危困厄的磨煉，懷抱匡時濟世的願望和亡國易代的悲痛，又有著豐富的學識，故詩文皆有感而發，深沈悲涼，爲明末詩壇奏出了一齣激越悲壯的尾聲。

陳子龍

陳子龍（公元 1608～1647 年），字臥子，松江華亭（今上海松江）人。青年時曾與夏允彝等組織幾社。崇禎時進士，官至兵科給事中。清兵入關後，曾向福王上防守要策，不用，乞病歸。南京失陷後，曾聯絡水師抗清，失敗。後又聯絡太湖義軍，圖謀起事，事洩被補。中途投水而死。著有《陳忠裕公全集》三十卷。

陳子龍受前後七子復古主張影響較深，早年寫過一些擬古之作。後期詩風有所改變，憂時念亂的沈痛感情注入詩中，顯得悲勁蒼涼，而又詞藻華麗，音調鏗鏘，具有較强的感人力量。特別是他的七律，不少寫於勤勞國事、戎馬倥傯之際，表達了他對時局的關切，悲涼慷慨、酣暢淋漓。如《都下雜感》四首、《晚秋雜興》八首、《秋日雜感》十首，都是長歌當哭之作，體現出他後期詩歌的特色。

夏完淳

夏完淳（公元 1631～1647 年），字存古，松江華亭人。陳子龍的學生。九歲能詩，十四歲參加抗清活動，隨其父夏允彝聯絡水師起義，兵敗後夏允彝沈塘自殺。次年又隨陳子龍參加太湖起義，失敗後回到家鄉。終被清兵所捕，在南京英勇就義，年齡不到十七歲。留有《夏節愍全集》十四卷。

夏完淳是我國文學史上早熟而又早逝的詩人，在他短暫的一生中留下各體詩三百三十七首、詞曲四十餘篇、文及賦各十二篇。其中特別引人注目的是明亡以後的詩文，不少都展示了詩人高昂的抗戰激情和堅定的民族氣節。如他以血淚寫成的《大哀賦》，抨擊明末弊政，追述明亡過程，抒寫自己的復國之志，是描寫明亡的史詩。《細林夜哭》表達了對陳子龍的哀悼，《憶侯幾道、雲俱兄弟》表達了對死難同志的懷念，《魚服》、《即事》，則寫出了作者在抗清義軍中立誓恢復故國的壯志，《別雲間》、《拜辭家恭人》及《寄內》等詩，都抒發了作者被捕以後訣別家鄉親人的悲壯豪情。《柬半村先生》更是表達了就義前視死如歸的大無畏英雄氣慨：「英雄生死路，卻似壯遊時。」他把死亡看作壯遊，正體現了他爲國獻身的高尚品質。這些詩文都流露出高昂、樂觀的精神，直抒胸臆，不事雕琢，風格慷慨悲壯。正因爲他是個少年英雄，所以儘管他的詩與陳子龍的有著相同的內容和時代特色，但卻不像陳詩那麼悲涼。他能把憂傷國事的胸懷和少年氣盛的氣質結合起來，格調顯得高亢雄壯。

其他詩人

瞿式耜（公元 1590～1650 年），字起田，曾任南明桂王朝廷的兵部尚書。張煌言（公元 1620～1664 年），字玄著，號蒼水，亦爲南明大臣。他們都是抗清烈士。瞿留有《瞿忠宣公集》十卷，張留有《張蒼水集》。他們的詩歌乃是他們一生戰鬥經歷的光輝記錄，充分表達了剛烈的民族氣節和激越的愛國精神。如瞿詩《庚寅元日感懷》、《浩氣吟》等，張詩《甲辰八月辭故里》、《師次燕子磯》等，都寫得激昂慷慨，沈鬱蒼涼，蘊含著動人的悲壯之美。

第四節　明代散曲

散曲在明代，也得到了比較全面的發展。各種內容和形式，各種體裁和風格，紛紛湧現。據《全明散曲》統計：明代有名可考的散曲作家達四百多人，留下的小令共一萬零五百多首，散套兩千零五十四篇。作家作品之數量，遠遠超過元代，有散曲專集傳世者不下三十餘家⑩。就作品對社會生活反映的廣度和深度而言，亦不在元散曲之下。而在品種、風格的多樣化上，較之元散曲也有一些新的開拓。因此，明散曲的成就是巨大的，但它的地位及影響仍不及元散曲。因為，元代是散曲的開創期，散曲這種來自民間的藝術形式還保持著與樂工歌伎、城鎮居民的緊密聯繫，語言清新活潑，生活氣息、泥土氣息較為濃郁。而明散曲雖增添了南散曲這一新品種，開創了集曲、犯調等新的形式，但卻逐步疏遠了與市井樂工的聯繫。明代散曲，特別是南散曲雅化和詞化愈益加强，文人情調也愈加鮮明和突出，自然樸實、真率粗豪的特色較元代也有減少。故明散曲在氣魄和規模等方面，還不能超越元代，其地位和影響自然也不及元散曲。

(一)明散曲的發展

明散曲各種品類的發展並不平衡。明初至成化年間（公元1368～1487年）的文人散曲主要還是北曲，仍沿襲元散曲的路子，成為元散曲蓬勃發展的餘波。作家作品雖不少，但大多不出閒適、疏狂的情趣，多陳言套語，缺少新意。這時的一些作家大都安於承平之世，滿足於點綴昇平，內容空虛平庸。明初作家如賈仲名、汪元亨、湯舜民、劉東生等也大都是由元入明的。明代出生的早期著名作家極少，僅周憲王朱有燉等幾個人。而朱有燉的《誠齋樂府》（收小令二百六十四，套數三十五）多為賞花觀景、風月閒情之作，表現出頹廢的享樂主義色彩。

從弘治到嘉靖初年崑曲尚未流行之前（公元1488～約1541年），是明散曲發展的第二個時期。這時南散曲開始擡頭，但北散曲仍占優勢。當時的散曲家，主要寫北曲的有康海（公元

1475～1541 年，有《沜東樂府》二卷，收小令二百五十九，套數三十七）、王九思（公元 1468～1551 年，有《碧山樂府》五卷，收小令三百零三，套數三十二）、李開先（有《中麓小令》）、王磐、馮惟敏、楊慎（有《陶情樂府》四卷，收小令一百四十二）等。主要寫南曲的有陳鐸、金鑾（公元 1506？～1595？年，有《蕭爽齋樂府》二卷）、唐寅（有《六如曲集》）及祝允明（有《新機錦》）等人。他們的作品，或豪放、或清麗、或調謔、或蘊藉，變化較多，對元人蹈襲較少，初步呈現出明代的風格。這些作家雖然在氣魄和才力上不及元人，但卻能在描寫之細緻、構思之精巧、風格之多樣等方面獲得較大的成就，爲明散曲風格的形成和發展奠定了基礎。

從嘉靖年間崑曲流行以後到明亡（約公元 1542～1644 年）是明代散曲發展的第三個時期。崑曲的產生，使南戲突飛猛進。梁辰魚在創作《浣紗記》的同時，也用崑曲寫他的散曲集《江東白苧》（共四卷，有小令五十六，套曲三十七），使崑散曲大爲流行，一時被稱爲「白苧派」。這種崑散曲一方面排擠了北散曲，使之成爲案頭之曲而終於衰亡；另一方面又由於受到南方城市聲色之樂的浸潤，多喜用華美纖麗的詞藻，以表達纏綿旖旎的艷情。音樂上則追求悠揚動聽，使集曲、犯調和翻譜的作品大量出現。散曲發展至明末，完全偏重於滿足耳目感官的享受，而不復注意爲羣衆宣泄情緒的作用。致使形式浮艷，內容貧弱，趨於末流。這時期著名的散曲作家除梁辰魚外，尚有薛論道、沈璟、王驥德（公元？年～1623 年，有《方諸館樂府》二卷）、趙南星（公元 1550～1627 年，有《芳茹園樂府》一卷）、劉效祖（有散曲殘集《詞臠》，收小令一百一十二，套數一）和施紹莘（公元 1581？～1640？年，有《花影集》三卷，收小令七十二，套數八十六）等。他們主要寫崑散曲，有的重視音韻而忽略辭意；有的著眼於形式上的翻新，大搞集曲；有的則把散曲寫得同詞一樣文雅典麗，極盡雕琢之能事。這樣，散曲的生命就漸趨衰亡了。

㈡明散曲代表作家

明代散曲作家成就較高的有王磐、陳鐸、馮惟敏、薛論道等。

王磐

王磐（公元 1470？～1530 年），字鴻漸，號西樓，高郵（今屬江蘇）人。少時薄科舉而不為，一生不仕。他工詩能畫，尤善音律，常絲竹觴詠，徹夜歌吟。著有《西樓樂府》一卷，存小令六十五首，套曲九首，全屬北曲。內容以慶賞、觀花、紀遊等閒適之作為主，但寫得「首首尖新」（王驥德《曲律》）。由於他脫略塵俗，不干權貴，故對當權者的某些劣迹，亦能大膽加以揭露。如〔朝天子〕《詠喇叭》就是著名的一首。作者在序中說：「喇叭之詠，斥閹宦也。」曲中通過宦官巡行時吹的喇叭，對宦官那種裝腔作勢、橫行擾民的醜態進行了深刻的揭露。用「軍愁」、「民怕」以表現為害之烈，用「翻這家」、「傷那家」寫後果之重，用「擡身價」寫他們的作威作福，以「亂如麻」突出這伙害人蟲為數之多。寓意深刻，諷刺有力，揭露得淋漓盡致。散套〔南呂一枝花〕《久雪》以大雪逞威比喻權貴的肆虐，並展示日出雪消的理想，也頗有意義。他的散曲風格比較多樣，清麗精雅、諷刺俳諧，俱稱能手，當時被稱為詞人之冠。但他集中亦有一些詠浴裙、睡鞋之類庸俗低級之作。

陳鐸

陳鐸（公元 1488？～1521？年），字大聲，號秋碧，下邳

（今江蘇邳縣）人。家住金陵，以曾祖睢寧伯陳文的關係，世襲指揮使，過著優裕的生活。但他卻牙板隨身，能寫能唱。有次他去見魏國公徐某，魏國公問他能唱否，他隨身取出牙板高歌一曲。魏國公責備他說：「金帶指揮，不與朝廷做事，牙板隨身，何其卑也。」（周暉《金陵瑣事》），正是由於他這種風流倜儻的性格、熱愛散曲的精神，才贏得了「樂王」的稱號。

他的散曲集較多，其中《秋碧樂府》、《梨雲寄傲》、《月香亭稿》、《可雪齋稿》多爲南散曲。大部分是男女風情和閨怨之作，寫得纏綿幽怨，自作多情，顯得纖弱委靡。但敍述宛轉，手法精致。故人稱其曲「流麗清圓，豐藻綿密」（曹學佺序）。

陳鐸散曲最有價値的是他用北曲小令寫的《滑稽餘韻》，共一百三十六首，每首寫一個行業，包括六十多種手工業者、三十多種店鋪及其他各式市井人物，是一幅城市生活的風俗全景圖，也是一些普通市井平民的衆生相。他著力表現鐵匠、瓦匠、機匠、挑夫之類自食其力的小手工業者，歌頌他們平凡的勞動，同情他們的疾苦，對剝削壓迫他們的統治階級進行揭露和諷刺。例如〔水仙子〕《瓦匠》：

> 東家壁土恰涂交，西舍廳堂初宽了，南鄰屋宇重修造。弄泥漿直到老，數十年用盡勤勞。金張第遊麋鹿，王謝宅長野蒿，都不如手鏝堅牢。

這首散曲歌頌了泥瓦匠自食其力的勞動生活和他們對社會的貢獻，語言基本上採用當時口語，明白通俗而又頗含幽默；表現手法直露而不迂曲。作者還以辛辣、尖刻的筆觸，對社會上各種寄生蟲和剝削者如里長、保兒、葬士、巫師、媒人的醜態進行揭露，寫出了他們騙人、欺人、壓人、害人的劣迹並加以鞭笞。不過，陳鐸畢竟是封建作家，他對勞動者只限於同情，而且對他們身上的弱點、缺陷有時也流露出嘲笑和戲弄的情感。

馮惟敏

馮惟敏（公元 1511～1580？年），字汝行，號海浮，青州臨朐（今屬山東）人。做過幾任小官，十多年後辭歸。著有《海浮山堂詞稿》四卷，收小令四百餘首，套數近五十套，均爲北曲。他的散曲能跳出弔古抒懷、談禪歸隱、寫景紀遊、男女風情的窠臼，將題材拓展到社會生活的各個方面。他寫過不少關心農事、同情農民疾苦的作品，如〔玉江引〕《農家苦》、〔胡十八〕《刈麥有感》；還寫過一些揭露社會黑暗、官場腐朽的作品，如〔清江引〕《八不用》、〔朝天子〕《解官至舍》等。而他的另一些曲作，如〔端正好〕《三界一覽》、〔耍孩兒〕《骷髏訴冤》、〔耍孩兒〕《財神訴冤》等三組套曲，借鬼神寫出了現實社會的各種罪惡，抒發了憤懣之情。雖然他多年涉足宦途，但個性耿介，不願趨奉權門，對官場種種濁惡有著比較清醒的認識，這些都在他的散曲中有所反映，下面這首〔朝天子〕《感述》就揭露了官場中兩面派僞君子：

> 矯情，撇清，心與口不相認。誰家貓犬怕聞腥？假意兒妝乾淨。掩耳盜鈴，踢天弄井，露面賊不自省。醜聲，貫盈，遲和早除邪佞！

寫得眞率明朗，辛辣尖刻。但他集中也不乏淸新婉麗之作，他能大量運用口語俗諺，極少雕飾，重本色而不尙浮華，寫得剛勁樸實，氣韻生動，保持了散曲通俗自然的本色美。他在散曲方面的成就遠遠超過同時代的作家，使明代散曲達到了新的高峯。

薛論道

薛論道（公元 1531？～1600？年），字談德，號蓮溪居士，定興（今屬河北）人。少時多病，一足殘廢。中年從軍，戍邊三十餘年，累建功勛，後升爲參將。晚年遭到排斥。他著有散曲集《林石逸興》十卷，每卷一百首，共一千首，在元明散曲家中是比較多產的作家。他的散曲中最有特色的部分是關於邊塞軍旅生活的作品。這些作品描寫了邊塞的風光和戰場的情景，更主要的是表現了那些久戍思鄉但又決心捍衛祖國的忠勇將士的愛國情懷。如〔水仙子〕《寄征衣》、〔古山坡羊〕《弔戰場》、《塞上即事》、〔黃鶯兒〕《塞上重陽》等等。明後期邊患嚴重，但多數散曲家仍沈浸在風花雪月之中，因此薛論道的這些作品，確能令人耳目一新。他諷刺世情的作品也比較出色。這些作品對朝政腐敗、世風澆薄、道德淪喪、人心險惡，也能加以深刻的批判。如〔水仙子〕《憤世》兩首：

> 翻雲覆雨太炎涼，博利逐名惡戰場，是非海邊波千丈。笑藏著劍與槍，假慈悲論短說長。一個個蛇吞象，一個個兔趕獐，一個個賣狗懸羊。

> 趨朝履市亂慌慌，不見人閒只見忙，沽名釣譽多謙讓。貌宣尼，行虎狼；在人前恭儉溫良，轉回頭共讒謗，翻了臉起禍殃，盡都是腹劍舌槍。

這些揭露尖刻有力，說明當時社會的虛偽無恥已經到了何等地步。可惜在晚明曲壇中像這樣犀利潑辣的作品並不多見，所以個別散曲家的突出成就根本無法挽回整個散曲衰落的趨勢。

明代散曲集除各曲家的別集外，尚有不少選集，如張祿《詞林摘豔》十卷，全收明代散曲；陳所聞《南北宮詞紀》十二卷，南北曲各六卷，南曲均爲明代作品，此外有不知撰人的《盛世新聲》十二卷和《樂府羣珠》四卷、郭勳《雍熙樂府》二十卷等，均收有元代及明代的散曲作品。

附　註

①黃宗羲在《明文案序》中就提出：「有明之文，莫盛於國初，再盛於嘉靖，三盛於崇禎……然較之唐之韓、杜，宋之歐、蘇，金之遺山，元之牧菴、道園，尚有所未逮。蓋以一章一體論之，則有明未嘗無韓、杜、歐、蘇、遺山、牧菴、道園之文；若成就以名一家，則如韓、杜、歐、蘇、遺山、牧菴、道園之家，有明固未嘗有其一人也。」

②因當時蘇州府署狹窄潮濕，原府署被張士誠改爲王宮，魏觀乃將原府署重加修葺，以便遷回。由於仇家告發，誣魏觀圖謀不軌。魏觀被殺，高啓亦遭牽連。但這只是表面原因，《明史》也說：「啓嘗賦詩，有所諷刺，帝嗛之未發也。」但究竟何詩，史無明言。清初錢謙益《列朝詩集》認爲是《宮女圖》，中有句「小犬隔簾空吠影，夜深宮禁有誰來？」也有人認爲是《題畫犬》：「莫向瑤臺吠人影，夜深宮禁有誰來？」此類詩譏刺了宮掖醜聞，觸怒了朱元璋，故藉上梁文一事重治其罪。其實，他力辭戶曹，不願爲新朝所用，「不肯折腰爲五斗米，不肯掉舌下七十城」的傲岸態度，都必然引起朱元璋的猜忌和嫌惡。

③李東陽說：「國初稱高（啓）、楊（基）、張（羽）、徐（賁）。高才力聲調，過三人遠甚。」（《懷麓堂詩話》）「北郭十友」除楊、張、徐外，尚有余堯臣、王行、呂敏、宋克、陳則、王彝、釋道衍等 7 人。

④類似說法還見趙翼《甌北詩話》：「高青丘才氣超邁，音節響亮，宗派唐人，而自出新意。一涉筆便有博大昌明氣象，亦關有明一代文運。論者推爲開國詩人第一，信不虛也。」

⑤吳中四傑除高啓被腰斬外，徐賁下獄死，張羽竄逐自殺，楊基死於貶所。其他如孫蕡以藍玉黨論死，劉崧晚年被召爲國子司業，未旬日，遽得疾卒。袁凱得罪朱元璋，佯狂放歸；林鴻，自免歸。故二人才得壽終。

⑥實際上李夢陽只「勸人勿讀唐以後文」（《藝苑卮言》）。何景明也說：「夫文靡於隋，韓力振之，然古文之法亡於韓。」（《與李空同論書》）王世貞更明確地提出：「西京以還至六朝及韓柳，便須詮釋佳者，熟讀而涵泳之。」（《藝苑卮言》）

⑦李贄就說過：「如空同先生與陽明先生同世同生，一爲道德，一爲文章，千萬世後，兩先生精光具在。」（《李溫陵集・與管登之書》）袁宏道也說：「草昧推何李，聞知與見知；機軸雖不異，爾雅良足師。」（《答李子髯》）胡應麟在《詩藪》中也說：「觀察（李夢陽）開創草昧，舍人（何景明）繼之……一時雲合景從，名家不下數十。故明詩首稱弘正。」

⑧後五子指張佳胤、余曰德、張九一、汪道昆、魏裳。續五子指黎民表、石星、王道行、朱多煃、趙用賢。末五子指李維楨、胡應麟、屠隆、魏允中、趙用賢。廣五子指盧柟、歐大任、俞允文、吳維嶽、李先芳。四十子則包括張鳳翼、王稺登、梅鼎祚、張獻翼等40人。

⑨晚明作家稱其文集爲小品者有朱國禎《湧濤小品》、王時馭的《綠天小品》、陳繼儒的《晚香堂小品》、陳仁錫《無夢園集小品》、王思任《文飯小品》和陸雲龍選編的《皇明十六家小品》以及其他選本如《蘇長公小品》、《閒情小品》、《國表小品》等。

⑩明代大多數撰有散曲專集者除朱有燉、康海、王九思、王磐、馮惟

敏、楊愼、陳鐸、金鑾、梁辰魚、薛論道、王驥德、趙南星、劉效祖、施紹莘諸人外，尚有湯式（《筆花集》）、黃峨（《楊夫人樂府》）、朱載（《醒世詞》）、常倫（《寫情集》）、沈仕（《唾窗絨》）、陳所聞（《濠上齋樂府》）、沈自晋（《鞠通樂府》）、沈璟（《情癡寱語》等三種）、楊廷和（《樂府遺音》）、張鳳翼（《敲月軒詞稿》）、楊循吉（《南峯樂府》）、唐寅（《六如曲集》）、祝允明（《新機錦》）、朱應辰（《淮海新聲》）、史槃（《齒雪餘香》）、馮夢龍（《宛轉歌》，佚）等等。其中：薛論道，一千首。馮惟敏、陳鐸，約四百首。王九思、朱有燉，三百餘首。康海，近三百首。而元人有散曲專集者僅張可久、張養浩、喬吉等三五人。

第二章　三國演義

第一節　章回小說的產生

章回小說是我國古代長篇小說主要的、甚至是唯一的體裁。它的特點是分回標目、首尾完整、故事連接、段落整齊。

章回小說是在宋元長篇講史平話基礎上發展起來的。宋元講史今存《五代史平話》、《大宋宣和遺事》及元刊《全相平話五種》，大都按年講述，詳略參差不等，並分爲若干卷集。爲照顧事件紛繁、內容複雜的特點，一般需分多次講述，每次概括一個中心內容，用一句話作爲細目。如《五代史平話》就分成五集十卷（今傳本缺二卷），「唐史」卷上列有「論沙陀本末」、「李赤心生李克用」等五十一個細目。而《三國志平話》則分爲三卷共六十九個細目。這些平話雖有細目，但未分章節。僅南宋前後之說經《大唐三藏取經詩話》斷爲十七章。首章原闕，以下分別爲「行程遇猴行者處第二」、「入大梵王宮第三」等等。完全採用一章一目、段落分明的體制，故王國維認爲此乃「後世小說分章回之祖」（《唐三藏取經詩話跋》）。

這些講史平話，大多只粗陳梗概，細節描寫不多，篇幅不長。最長的如《三國志平話》，也只八萬字。在長期流傳過程中，藝人不斷進行加工。一是增添細節，反覆渲染，加强其故事性，並吸收「小說」家的經驗，注意人物形象的塑造，使本來是通俗地宣講歷史的「講史」逐步向歷史小說過渡。二是爲了彌補篇幅漸長、講述不便的缺陷，把原來分卷集細目的做法更加固定和完善，選擇那些情節發展中的自然段落，即有斷有連的地方分出章回，這樣既突出了歷史故事的階段性，又照顧到它的連續性。

產生較晚的平話如元末明初的《西遊記平話》可能就是這種略帶章回體的平話，它主要還是供藝人講述之用，但供人閱讀的價值增加了。這種平話的進一步發展，便成了章回小說，即成了以供人閱讀爲主的文學作品。這個發展過程主要在元末明初及此後一段時期。

早期章回小說如明嘉靖刊本《三國志通俗演義》、萬曆刊本《忠義水滸傳》、《三遂平妖傳》、《隋唐兩朝志傳》及《殘唐五代史演義傳》等，篇幅都大爲加長，內容更加豐富，但分回立目的形式仍很簡陋。如《三國志通俗演義》分二十四卷、二百四十則，每則有七言單目。《殘唐五代史演義》分八卷六十則，亦爲七言單目。今存萬曆本《春秋列國志傳》分八卷、二百二十六節，每節爲七言或八言單目。到明萬曆以後，章回體逐步得到發展。現存《李卓吾先生批評三國志》已合併爲一百二十回，回目雙句，但參差不對偶。萬曆間世德堂本《三遂平妖傳》二十回，回目亦爲雙句不對偶。這些雙句回目，一般都用來概括故事的主要內容。到明末清初，章回體例才得到了最後的完善。這個時期的章回小說如毛本《三國演義》、金本《水滸傳》，都以整齊、對偶的七言或八言雙句回目來突出主要情節。特別是《紅樓夢》，全書統一都用八言雙句工整的對偶回目，並注意以抒情的筆調來隱括內容，而不是簡單地概括情節，使回目本身得到詩化，成爲小說審美內容的一個組成部分。這樣，我國章回小說的形式和內容才得到最完善的統一。

第二節　《三國演義》的成書、作者和版本

(一)三國故事的發展

《三國演義》是一部在長期的羣衆傳說與民間藝人創作的基礎上、由作家加工整理寫成的，即所謂「世代累積型」小說。

三國故事，晋以後即已開始流傳。東晋裴啓《語林》、宋劉義慶《世說》、梁殷芸《小說》等書，都記載過一些三國時的小故事。杜寶《大業拾遺記》載隋煬帝觀看「水飾」，有曹操譙水擊蛟、劉備檀溪躍馬等情節。說明隋唐時期，三國故事已成爲文藝表演內容。李商隱《驕兒》詩描寫兒童「或謔張飛胡，或笑鄧艾吃」，說明至遲在晚唐，三國故事已普遍在社會流傳，連兒童都很熟悉。宋代講唱文學發達，「說話」中「講史」類就有「說三分」這一專門科目和專業藝人霍四究。蘇軾《志林》載：「王彭嘗云：塗巷中小兒薄劣，其家所厭苦，輒與錢，令聚坐聽說古話。至說三國事，聞劉玄德敗，顰蹙，有出涕者；聞曹操敗，即喜唱快。」可見這時三國故事的擁劉反曹傾向已非常明顯。金元時期，三國故事大量地被改編爲戲劇。如金院本中有《赤壁鏖兵》、《襄陽會》、《罵呂布》、《大劉備》等；宋元戲文中有《關大王獨赴單刀會》、《劉先主跳檀溪》、《貂蟬女》、《銅雀妓》、《關大王古城會》、《斬蔡揚》、《劉備》等目（錢南揚《戲文概論》）。在元代及元末明初人所寫雜劇中的三國戲就更多，今知劇目近六十本，但保存下來的僅十餘種。從這些劇本和劇目上看，半數以上的均以蜀漢人物爲中心，擁劉反曹的傾向仍很鮮明。元至治年間（公元 1321～1323 年）建安虞氏刊本《新全相三國志平話》，以及在此前後刊刻的《三分事略》①，是元代「說三分」藝人的底本，保存了宋元

以來流傳的三國故事的大致面貌。全書以「司馬仲相陰斷獄」爲引子，從劉關張桃園結義寫起，終於三國歸一，最後補敍「漢帝外甥」劉淵滅西晋祭告昭烈，以說明「司馬仲達平三國，劉淵興漢鞏皇圖」。全書突出了蜀漢這條主線，內容略本史傳，但荒誕無稽的情節較多。結構宏偉，故事性强，然文字粗糙，語意不暢。書中還虛構了司馬仲相陰斷獄，把三國紛爭解釋爲「不是三人分天下，來報高祖斬首冤」，歸結爲一個冤冤相報的因果循環。這一點多少反映了民間文學的本色。這部平話雖然價值不高，但卻給《三國演義》的創作提供了基礎。

對三國故事進行藝術加工、寫定，使「言辭鄙謬」的《三國志平話》成爲一部「文不甚深，言不甚俗，事紀其實，亦庶幾乎史」（蔣大器《庸愚子序》）的長篇歷史小說，主要應當歸功於羅貫中。

㈡《三國演義》的作者

羅貫中（公元 1330？～1400？年），名本，別號湖海散人。《錄鬼簿續編》記載說：「羅貫中，太原人，號湖海散人，與人寡合，樂府隱語，極爲清新。與余爲忘年交，遭時多故，天各一方，至正甲辰（公元 1364 年）復會。別來又六十餘年，竟不知所終。」②明王圻《稗史匯編》說他「有志圖王」，看來是個頗有政治抱負的人。相傳他還是施耐庵的學生，曾共同從事小說著述。他寫的作品很多，除《三國演義》外，還有《隋唐兩朝志傳》、《殘唐五代史演義傳》、《三遂平妖傳》等長篇小說和雜劇《宋太祖龍虎風雲會》。一說《水滸傳》也是他和施耐庵合寫而成。相傳他還寫過歷史巨著《十七史演義》。他的著作多屬於歷史演義一類③。他的這些歷史演義，歌頌的主要是聖君賢相、英雄豪傑，表現了作者對歷史上强盛時期的嚮往。

羅貫中在民間講史平話的基礎上，「據正史，採小說，證文辭，通好尚，非俗非虛，易觀易入，非史氏蒼古之文，去瞽傳詼諧之氣，陳敍百年，該括萬事」（《百川書志》卷六），把平話的八萬字，擴充爲七十五萬字的不朽巨著。他剔出了司馬仲相陰斷獄、劉備太行山落草之類荒誕不經以及距史實太遠的情節，增添不少正史材料和詩詞書表，以加强其歷史性。特別是在藝術上進行了大量的加工，使得文字流利、形象生動，故事情節豐富多彩。

㈢《三國演義》的版本

《三國演義》的版本較多，重要的有以下幾種：

《三國志通俗演義》二十四卷，二百四十則，則目均爲七言單句。題簽作「晋平陽侯陳壽史傳，後學羅本貫中編次」。卷首有弘治甲寅（公元 1494 年）庸愚子（金華蔣大器）序，次有嘉靖壬午關中修髯子（張尚德）序。當刻於明世宗嘉靖三十一年壬午（公元 1552 年）以後，爲今見之最早版本，但未必就是《三國》的祖本。

《新刻按鑒全像批評三國志傳》二十卷，二百四十則，刻本較多，大多刊刻於萬曆年間。均爲二十卷本，書名亦太同小異。此本與嘉靖本在內容上有不少異文，其所據原文，可能較嘉靖本更早。

《李卓吾先生批評三國志》一百二十回，不分卷。實爲合嘉靖本二則爲一回，易單句則目爲雙句回目，但多不對偶。每回總評常有「梁溪葉仲子謔曰」之語，葉仲子即葉書，所謂李卓吾評語，文意淺陋，實爲葉書僞託。

《三國志演義》，由江南長洲毛綸（字德音，號聲山）、毛宗崗（字序始，號孑庵）父子在李卓吾評本的基礎上整理回目、修正文辭、削除論贊、改換詩文、增刪或改寫某些情節④，刪去舊評，而以己評代之，但仍託名爲「聖嘆外書」，並改稱爲《第一才子書》。經過毛氏父子的修改，書中尊劉貶曹傾向更爲突出，人物性格較前統一、鮮明，回目對偶工整，文字也較爲流暢。評語在小說理論上亦有建樹。因此，毛本一出，就代替了所有的舊本，成爲最流行的一個本子。

第三節　《三國演義》的思想內容

《三國演義》是一部歷史小說。在古代章回小說中，歷史小說占有相當大的比例。但是，寫得好的，即思想深刻，能正確闡明歷史規律，或起碼能對歷史現象作出合情合理的解釋，並能緊密結合現實需要，塑造出一大批性格鮮明的歷史人物形象，給人以深刻啓示的歷史小說卻並不多。《三國演義》就是最爲傑出的一部。儘管它在思想內容方面存在不少缺陷，但畢竟爲我們提供了一些有價值的歷史啓示。

《三國演義》深刻揭露了我國封建社會的歷史眞實，尤其是統治階級內部的矛盾和鬥爭，具體地表現了這種鬥爭的緊張性、尖銳性和複雜性。在作品所集中描繪的上層集團中，政治鬥爭完全撕去了多少代以來封建統治者用以掩蓋的溫文爾雅的外衣，赤裸裸地暴露出它的猙獰面目。這種鬥爭已滲透到生活的各個領域，包括家庭、婚姻、友誼、愛情及其他一切神聖關係，都毫無例外地捲入了政治鬥爭的旋渦，甚至成爲鬥爭的工具。只要從「王司徒巧使連環計」、「曹操許婚袁譚」、「袁術呂布聯姻」、「劉玄德東吳招親」等事例，就可以看到人們是如何利用婚姻關係來實現自己的政治目的。《三國演義》正是通過描寫統治階級內部矛盾來解剖中國封建社會，進而對專橫殘暴的封建統治者加以揭露和抨擊，初步接觸到了「朝政日非，人心思亂」，「人民相食，餓殍遍野」的社會現實。

《三國演義》在深刻揭露黑暗現實的同時，還用很大篇幅描繪了那個時代的社會理想，那就是政治上以蜀漢爲代表的「聖君賢相」和人與人關係上以劉關張爲代表的「義」。作者用理想的「聖君賢相」和現實中的「昏君賊臣」相對立，用那種「朋友而又兄弟，兄弟而又君臣」的關係和現實中勾心鬥角、爾虞我詐的關係相對立：這正是構成書中擁劉反曹這一主導傾向的基本內容。這些理想應該是當時民衆樸素的思想感情和政治觀念的反映。這些理想儘管有的（如嚮往聖君賢相）並沒有超出封建主義的範疇，但有的也突破了封建主義的藩籬，如主張以「桃園結義」的那種「義」作爲人際關係的一種道德準則，這顯然是對封建社會中森嚴的等級關係的一種衝擊，故後來一直成爲揭竿而起的江湖豪俠用以號召羣衆、組織隊伍的有力武器。

作者把蜀漢一方、把劉關張等人作爲這種理想的代表，其原因在於：

第一，作者世界觀中的正統思想，使他對這位「炎劉正統」、「中山靖王之冑」的「皇叔」劉備的事業格外垂青。

第二，歷史事實中多少包含了這種理想的雛型。《三國志》就記載：「先主與二人（關張），寢則同牀，恩若兄弟。」劉備任平原相時，「外禦寇難，內豐財施，士之下者，必與同席而坐，同簋而食。」（《本傳裴注》）三顧茅廬，攜民渡江，讓徐州而不受，有荊州而不取，這都有一定的歷史根據。

第三，還因爲他們是失敗者，是「出師未捷身先死」的英雄，他們的悲劇命運和悲劇性格容易引起人們的共鳴，客觀上也必然縮短他們的事業與廣大民衆的距離。

對理想政治的描繪和對理想英雄的歌頌，在作品中是緊密交織在一起的。《三國演義》中關羽、張飛、諸葛亮等一大批理想英雄就是這樣在人們口頭創作中逐步形成的。他們都具有超人的智慧或勇武，能夠肩負常人所無法承受的歷史重擔，不屈不撓地爲理想政治的實現而奮鬥到底。作者把他們寫成具有崇高品質，同時又是有血有肉的人，努力表現出他們性格中的全部複雜性。對於這些英雄，作者還描述了他們的悲劇命運，並用悲傷和惋惜的筆調，寫出他們最後的不可逃避的悲劇結局。在探索悲劇的原因時，作者並不滿足於宿命論或歷史循環論那種蒼白無力的回答，而是企圖從這些英雄性格本身去發掘，因而寫出了關羽的居功驕傲、劉備的剛愎自用、張飛的暴躁寡恩。通過這些描寫，更加豐富了英雄的性格。

小說所歌頌的英雄並不限於蜀漢一方，還寫了魯肅、諸葛瑾的忠厚老實，周瑜、呂蒙、陸遜、鄧艾、鍾會的行軍用兵，賈翊、陳宮、郭嘉、程昱、荀彧、許攸的知人料事，黃蓋、周泰、甘寧、太史慈、典韋、許褚、張遼的武功將略，李恢、闞澤、張松、秦宓的應對舌辯，吉平、禰衡的斥惡罵賊，曹植、楊修的敏慧穎捷，張任、沮受的忠貞不屈……作者對他們都有所肯定，因爲他們身上都有著值得後人效仿之處。

《三國演義》在描寫各個集團的矛盾和衝突中，提供了不少鬥爭的經驗和策略，寫出了智慧不僅在政治鬥爭中，而且在軍事鬥爭中也起著重要的、甚至是關鍵性的作用。《三國演義》之所以受到歡迎，還由於它生動地傳播了歷史知識、鬥爭策略、軍事計謀、論辯方法，乃至爲人處世之道。作品把歷代封建統治階級所積累的全套統治權術的精妙入微之處公之於衆，人民羣衆一旦懂得了這些，便可利用它去觀察那些顯赫一時的統治階級大人物，從而識破他們的本相，使他們無法施展那套蠱惑人心、欺騙民衆的伎倆。

《三國演義》也有一些落後的思想：

一，它對黃巾軍持否定態度，稱他們爲「妖孽」，誣蔑他們「劫掠良民」，雖然這在作品中不占主要地位，但無疑表現了作者封建文人的階級偏見。

二，作品確實存在濃厚的封建正統思想。全書基本上以蜀漢集團爲中心進行描寫，特別是從五十一回赤壁之戰以後到一百一十五回蜀漢滅亡以前，蜀漢集團更成爲敍述的重點。甚至連記魏事、吳事也用蜀漢紀年⑤。小說還大力鼓吹「漢賊不兩立，王業不偏安」之類正統觀念，宣揚「天子姓劉，天亦姓劉」和「承大統」、「篡炎劉」之類觀點，這都是露骨的正統思想，應該予以剔除。但我們不能把正統思想看成作品的主題或中心思想，也不宜把它看作擁劉反曹的主要原因。因爲，作者歌頌的人物並不限於蜀漢，如對同屬皇族的劉表和劉璋，就是貶多於褒。此外，正統思想被突出，也有時代原因。小說形成的宋元時期，漢民族正連續遭到北方少數民族的壓迫，正是所謂「人心思漢」的時代。

《三國演義》的內容是複雜的，它的主題則更是一個衆說紛紜的問題。人們提出了上十種說法：如宣揚正統說、忠義說、擁劉反曹反映人民願望說、反映三國興亡說、歌頌仁政說、歌頌統一說、分合說、謳歌賢才說，等等。這些說法都可以在書中找到一定的立論根據，因此都有其存在的理由，但也或多或少地有所不足，或缺少涵蓋全書主要內容的力度，或停留在對作品歷史內容的觀察上而缺乏對形象的美學分析，因而都不能使人信服。應該說，《三國演義》所表現的是一個歷史大悲劇。曹魏集團代表著幾千年封建社會的黑暗現實，而蜀漢集團則是當時人們理想的寄託。可是鬥爭的結果卻是理想破滅，黑暗勢力得逞。暴政戰勝了仁政，爾虞我詐、弱肉强食的殘酷現實戰勝了孝悌禮讓、忠誠信義等理想觀念。蜀漢集團所信守的傳統道德和理性原則並不符合已經變化的社會條件，暴力和權詐已經成爲時代的寵兒，成了封建政治舞臺上的支配力量。正如恩格斯所說：「自從階級對立產生以來，正是人們惡劣的情慾——貪慾和權勢欲，成了歷史發展的槓杆。」（《費爾巴哈和德國古典哲學的終結》）這就是封建社會的歷史，也就是作者爲我們所揭示的整個封建時代——而不僅僅是從漢末到三國的九十七年——的客觀現實。

第四節　《三國演義》的人物形象

據統計：《三國演義》中有姓名、有行動的人物約四百多個，其中不少人物寫得栩栩如生，鬢眉畢現。特別是毛宗崗評本所說的「三絕」：即「奸絕」曹操、「義絕」關羽、「忠絕」（或「智絕」）諸葛亮，刻畫得更爲出色。

㈠奸絕曹操

曹操是全書刻畫得最成功的形象，也是我國古典小說中最典型的奸雄。在他身上概括了歷來陰謀家、野心家的種種特徵：如陰險毒辣、狡猾詭詐、假仁假義、兩面三刀、損人利己、專橫殘暴。總之，在他身上幾乎集中了統治階級所有的惡德，其中最基本的特徵則是殘暴和狡詐。

他藉口「謀反」的罪名殺掉吉平、董承、伏完、馬騰、耿紀、韋晃、伏皇后、董貴妃，甚至連五個月的胎兒都不能幸免。他還借刀殺死「見善若驚、嫉惡若仇」的禰衡，殺死「北海六年，甚得民心」的孔融，連名醫華陀亦遭毒手。他的殘暴不單對於異己，也包括對他稍有不滿的部屬，如楊修、劉馥、荀彧、許攸。爲了轉移士卒缺糧的憤怒，他向倉官借頭示衆。爲了害怕別人行刺，他假裝做夢殺掉自己的近侍。他一方面用殘暴的手段消滅異己，另一方面又用狡詐的方法來開脫自己的罪責。荀彧等人被他逼死，都得到厚葬的待遇。劉馥被他一槊刺死，他對其子表示「悔之無及」，令「以三公之禮葬之」。他殺陳宮的時候還「起身泣而送之」。他逼死袁紹、徐母之後，又大搖大擺地祭墳哭墓。殘暴和狡詐緊密結合，顯示了這個千古奸雄的獨特性格。

但是，曹操又並非那種以殺戮爲能事的簡單的暴君。他能分辨時機，知道「當殺則殺，不當殺則不殺」，從不一意孤行。他赦免過殺掉他子侄的張繡和咒罵他祖宗三代的陳琳，禰衡、張松當面辱罵他，他偏偏不殺。對關羽則更是優待。他眞正的敵人劉備兩次落到他手裡，他也並不加以殺害，理由是：「不可殺一人以失天下之心」，「除一人之患，阻四海之望」，不爲也。他一心剪除異己，但又不願意背上一個「殘賢害善」的罪名。他固然殘暴狡詐，但並不昏庸愚昧。他是一個雄才大略、精明幹練的奸雄。無論眼光魄力、手腕才幹、戰略戰術，甚至文學修養、談吐風度，他都高人一等。即使在中計受騙的時候，也不失聰明老練。他善於在羣雄割據、錯綜複雜的局勢中，決定自己打擊的對象和抓住千載一時的打擊時機。他在得意時青梅煮酒、橫槊賦詩，十分風流瀟灑。倒霉時也並不心慌意亂，總能在瞬息萬變的緊急關頭，保持最清醒的頭腦，抓住稍縱即逝的有利時機，反戈一擊，迅速地轉敗爲勝。

他目光遠大、識見高超，能夠全神貫注於本集團的長遠利益，而不在乎一時的威福得失。當自己羽毛未豐、不夠强大之時，他致力於籠絡人心，擴充實力。在十七鎮諸侯會討董卓時，只有他不計較官職出身，信任劉關張三人。官渡之戰後，他搜得一束許都及軍中諸人私通袁紹的信，卻寬宏大量地「命盡焚之，更不再問」。當他的力量已經足夠强大的時候，他仍不急於登上皇帝的寶座，自稱願作「周文王」，把最後一著棋，留給自己的兒子。

曹操就是一個這麼複雜的人物，這正如毛宗崗所說：

> 歷稽載籍，奸雄接踵，智足以攬人才而欺天下者，莫如曹操。聽荀彧勤王之說，而自比周文，則有似乎忠；黜袁術僭號之非，而願為曹侯，則有似乎順；不殺陳琳而愛其才，則有似乎寬；不追關公以全其忠，則有似乎義。王敦不能用郭璞，而操之得士過之；桓溫不能識王猛，而操之識人過之。李林甫雖能制祿山，不如操之擊烏桓於塞外；韓侂冑雖能貶秦檜，不若操之討董卓於生前。竊國家之柄而姑存其號，異於王莽之顯然弒君；留改革之事以俟其兒，勝於劉裕之急欲篡國。是古今奸雄中第一奇人。

總之，曹操既是奸賊，又是英雄，「奸」和「雄」的素質熔鑄於一身，兩方面相反相成。精明使他更爲狡獪，頑強使他更加凶惡，雄才大略、目光遠大，使他對人民的危害更深。他在「扶持王室、拯救黎民」的旗號下，殺人如草不聞聲。他是封建社會一切道德觀念的破壞者，卻裝扮出一副虔誠的衞道者的面孔。他「托名漢相，實爲漢賊」，是最凶惡的竊國大盜，卻自稱漢朝最有功的能臣。他處處殘賢害善，卻常常表現出愛才若渴。他對人民貪殘酷烈、狠戾不仁，卻裝出寬仁愛民、體貼部下的姿態。《三國演義》的作者憑著一枝犀利的筆，層層剖開他的畫皮，寫出了他最凶惡、最殘暴的本質。當他因猜疑殺掉呂伯奢全家，出門來又明知故殺那忠厚淳良的老丈以後，說出了那句名言：「寧願我負天下人，不願天下人負我。」這就是他的處世哲學，也是一切剝削者的行動準則。

作爲藝術典型的曹操，已經成爲「奸詐」、「僞善」、「陰謀家」的代名詞。當然，這個形象並不完全符合歷史上的曹操，但也不是毫無關係。作者之所以要揭露和批判曹操，並非全在揭露和批判漢末的這位軍事領袖個人，同時也是在揭露和批判一種人生觀，批判一種千百年來在政治角逐場中起著槓桿作用的極端利己主義，表明那些聲勢顯赫的統治者實質上不過是陰謀家野心家的典型。

㈡義絕關羽

關羽是《三國演義》中最有名的英雄，是作者當作理想的英雄精心塑造出來的典型。在他複雜的性格中，固然帶有濃厚的民間色彩，反映了民眾的願望和理想；同時也有濃厚的封建色彩，體現了作品的糟粕。因此，這個人物在人民大眾和統治階級中，幾乎享有同等的地位和威望。

關羽在歷史上也不過同張飛、趙雲一樣被稱爲「萬人敵」，斬顏良、水淹七軍、威震華夏、剖骨療毒，也都有史實可據；至於斬華雄、誅文丑、斬蔡陽、單刀會、五關斬將、千里獨行，這就是出於小說家的捏合渲染了。作家不僅給關羽憑空增添了許多武功戰績，而且，作家筆下關羽之勇，與其他各將如許褚、典韋、甘寧、太史慈，甚至馬超、趙雲之勇，都有不同。其他各將的勇是由於「力大無窮」和「武藝超羣」，而關羽的勇，則帶有一種磅礴正氣，一種凜凜不可犯的神威。譬如：關羽出場後的第一個戰鬥「溫酒斬華雄」就是這麼寫的，這位「身長九尺、髯長三尺，丹鳳眼、臥蠶眉，面如重棗，聲如洪鐘」的馬弓手，在被華雄逼得一籌莫展的十七鎮諸侯面前，昂然提刀上馬，告訴曹操：「酒且斟下，某去便來！」這時候——

眾諸侯聽得關外鼓聲大振，喊聲大舉，如天摧地塌，嶽撼山崩，眾皆失驚。正欲探聽，鸞鈴響處，馬到中軍，雲長提華雄之頭，擲於地下，其酒尚溫。

關羽戰鬥的雄姿，作者沒有直接描繪。只是從當時的情勢、氣氛和諸侯眼中、耳中寫其神，寫其威，以顯示這位頃刻間扭轉乾坤的英雄的內在威力。不久後斬顏良一戰，我們才直接看到他的戰鬥行動：

關公奮然上馬，倒提青龍刀，跑下土山來，鳳目圓睜，蠶眉倒豎，直衝彼陣。河北軍如波開浪裂，關公徑奔顏良。顏良正在麾蓋下，見關公衝來，方欲問時，關公赤兔馬快，早已到面前。顏良措手不及，被雲長手起一刀，刺於馬下，忽地下馬，割了顏良首級，拴於馬項之下。飛身上馬，提刀出陣，如入無人之境……

寥寥數筆，不過把關羽衝陣的神威、敵陣崩潰的場景描繪出來，並沒有渲染形容，但卻把關公的勇武提到一種絕對的、似乎是凡人所不能達到的高度。「關將軍眞天神也！」作者正是把關羽的勇武，按照天神的模樣來塑造的。事實上，手提青龍刀、身跨赤兔馬的關羽，在後世人民心目中，簡直成了無敵的戰神。

作者不單在衝鋒陷陣之時，賦予關羽所向無敵的神勇，而且在道德品質上，也把他放在超羣絕倫的地位，使他在精神上也高人一等。這集中表現在所謂義上。這種「義」，不僅表示了「不願同年同月同日生，但願同年同月同日死」的決心，而且包含了「患難相扶、禍福與共」的高尚品質。因爲，關羽追隨劉備，大部分時間處在窮愁破敗、東奔西走的境遇裡，而關羽依然「隨先主周旋，不避艱險」，「同心休戚，禍福共之」。尤其通過降曹那一段，讓關羽的義在曹操的金錢、美女、筵席、爵祿和阿諛奉承、虛情假義的包圍和考驗中，登峯造極。作者圍繞著關羽和曹操這兩個性格對立的人充滿戲劇性的衝突，展開了一連串意趣盎然的細節描寫：

一方面，奸詐多謀的曹操絞盡心思想收買關羽背劉事己；另一方面，忠貞不移的關羽對曹操的引誘無動於衷。一方面，曹操畢竟器識非凡，深知關羽情深義重，不是一般見利忘義之徒，故結之以恩，待之以德，籠絡得極其巧妙。另一方面，關羽堅守「義不負心，忠不顧死」的諾言，「財賄不足以動其心，爵祿不足以移其志」，仍然掛印封金、斬將奪關而去；但對於曹操那種巧妙的籠絡，那種但結其心、不期速效的「恩情」，卻又梗介於心，並沒能一塵不染……

義本是人與人之間關係的一種應用範圍很廣的道德規範，歷史上不同的階層和不同的思想流派對它有不同的理解。劉關張的義是建立在「上報國家、下安黎庶」的基礎之上。而關羽有時並未做到這一點，如前之白馬解圍，後之華容釋曹。這些行為只利國賊曹操，不利國家黎庶。作者力圖把關羽寫成自己理想中的「完人」，因此把他的勇絕對化，將他寫成一個天神；同時又把他的「義」也絕對化，將義提高到政治原則之上，讓關羽不問對象，不管後果，一律人以情來，我以義報。雖然作者主觀意圖是想塑造出一個義的典範，但以私廢公的結果，必然背棄原來的政治目的，損害桃園結義。譬如：白馬解圍，幾至劉備於死地；華容道上他「拚將一死酬知己」的行為，雖足以證明他個人「恩怨分明」，但不誅國賊，給蜀漢、甚至也給自己留下了無窮的禍患。

作者把關羽身上的義絕對化，因而派生了重私情而忘大義的弱點；作者把關羽身上的勇絕對化，也必然派生剛愎驕矜的缺點。作者幾乎讓所有同關羽交過手的人都敬服其神威，因此最後連關羽自己也被自己的神勇所驚服，開始自我欣賞、自我崇拜起來。剛愎自用，以功臣自居，瞧不起自己的敵人，甚至也瞧不起自己的戰友。雖然這種高傲之氣，在某些時候也可以威懾住一些人，如單刀會上的魯肅。但對於聰明幹練的呂蒙，卻反而爲其所乘，最後帶來身亡軍破的嚴重後果。作者極力寫出關羽後期的剛愎自用已經達到執迷不悟的程度，描寫了臨難前衆叛親離的困難局面，渲染了英雄末路的悲涼氣氛。這種寫法是眞實而深刻的，把關羽從過分絕對化的理想世界拉回到現實中來，使他的英雄性格更爲眞實和具體，也使讀者更加感到親切和可以接觸。而且，這些描寫又並不損害他忠肝義膽、光明磊落的英雄本色。

關羽就是這樣一個複雜的形象：封建性和人民性在他身上緊密地結合著；是非不分、個人恩怨與光明磊落的英雄本色相互聯繫、相互滲透著；對一家一姓的愚忠同堅強剛毅、正氣凜然的精神溶合在一起。歷代統治者之所以尊崇關羽⑥，目的是企圖利用他身上那些封建性的東西，強調忠君思想，痲痺民衆的鬥志。

㈢忠絕諸葛亮

諸葛亮本來就是歷史上傑出的政治家和軍事家。不過，按照陳壽的說法，他的政治才能高於軍事才能，「治戎爲長，奇謀爲短；理民之幹，優於將略」。但小說卻把他描寫成一個在政治、軍事、外交上無所不能、無所不精的人物，在他身上抹上一層濃厚的傳奇色彩，使他成爲智慧的化身。他初出茅屋，即知天下大事；了解情況，摸透敵人家底；因時制宜，隨機應變，善用驚人的智慧，達到預期的效果。他料事如神，掌握了鬥爭的規律，以趨利避害，使自己立於不敗之地；深謀遠慮，足以制服最狡猾的敵人。作者竭力刻畫他這種出神入化的智慧，在「借東風」、

「祭瀘水」、「祈天出泉」、「隴上妝神」等情節中，不免有「狀諸葛之多智而近妖」的毛病。但在絕大多數情況下，還是眞實可信的。草船借箭、空城退敵，也完全不是由於什麼神機妙算。一個是由於掌握了江面起霧的規律，利用大霧以驚擾、迷惑敵人；一個是根據敵人的一貫判斷，故意一反常態設下的疑兵之計。

除了超人的智慧以外，諸葛亮最突出的特點是他忠貞的性格。那種「鞠躬盡瘁，死而後已」的赤忱確實使人感動。當他臨終之前，「强支病體，令左右扶上小車，出寨遍觀各營，自覺秋風吹面，徹骨生寒，乃長嘆曰：『再不能臨陣討賊矣！悠悠蒼天，曷此其極！』嘆息良久。回到帳中，病轉沈重……」這種感情不能看成是正統思想所激發的愚忠思想。諸葛亮身上的忠，更多的是基於一種君臣「傾誠相見，平等相處」的關係，即三顧茅廬的知遇之恩和白帝城的託孤之義。所以，在諸葛亮身上，忠和義往往是結合在一起的。除了忠貞以外，作者還極力把他寫成道德上的典範。他把取西蜀、建功勞的機會讓給龐統。儘管他「功蓋三分國」，卻從不居功自傲；一旦街亭失守，就自請處分。他還要求部下「但勤攻吾之闕，責吾之短」。他揮淚斬馬稷，公私分明；貶李嚴而用其子，胸懷坦蕩。他一生勞苦不輟，廉潔奉公，一介不取。臨死上表，仍稱「不使內有餘帛，外有餘財，以負陛下也！」作者就這樣塑造了一個封建社會裡「才德兼備」，足以「自比管樂」的賢相。並對那些脫離實際、舞文弄墨，「筆下雖有千言，胸中實無一策」，諸如嚴峻、程德樞之流的東吳腐儒，表示了嘲弄和輕蔑。

然而，他的一生仍然是悲劇的一生。儘管他英才蓋世，結果還是「出師未捷身先死」，這種悲劇命運曾引起後代多少人同聲一哭！但作者對於諸葛亮的悲劇原因，卻有些茫然不解。儘管作品寫出了造成悲劇的客觀環境，如前有關羽和劉備的傾覆，後有劉禪及羣小的牽制，使得他心勞力拙、無力回天。但這並不足以解釋悲劇的必然發生。爲了解釋這個悲劇，作者只好乞靈於命運。作品盡力渲染了「雖得其主，不得其時」的宿命觀念，他的出山注定只能是「補綴乾坤，恐不易爲，徒費心力」。無論他如何掙扎，結局都是無法改變的。故初出祁山，即有孟達之失，馬謖之敗；後來上方谷困司馬，又天降暴雨，火不能著；五丈原禳星求壽，主燈卻爲魏延撲滅。「死生有命」、「成事在天」，人的掙扎和努力，始終無法超越出命運所劃定的範圍。在諸葛亮身上，作者還進一步把這種主觀努力和必然命運的衝突提到一個歷史的高度。作者一方面通過諸葛亮的那種無所不知、無所不能的智慧，表現人類的智力可以達到何等的程度；另一方面又說明這種超凡入聖的智慧也不足以拯救人類自身以擺脫困境。人類的智力是無限的，同時又是有限的，人類歷史就是在這種無限和有限的鬥爭中迂迴前進。在那種「惜哉！」的氣氛中，作者竭力突出了他身上那種決不向命運低頭、明知其不可爲而爲之的堅毅不拔的精神。他識天命而又不受制於天命，盡人事於不堪輔佐之人，身居逆境而不放棄鬥爭，面臨挫折仍然保持著戰士的勇氣：這一切正體現了一個與命運本身作殊死鬥爭的英雄感人至深的性格。

諸葛亮的故事在《三國演義》中佔了近七十回，作者用全書一半以上篇幅來記述他出山後二十七年的活動。而他出山以前的二十四年只寫了三十五回。他死後的四十五年則只用了十五回就草草收束。可見，諸葛亮實際上成了《三國演義》的中心人物。由於作者的極力刻畫，諸葛亮這一人物不僅婦孺皆知，而且成了我們民族智慧的化身。

第五節　《三國演義》的藝術特色

《三國演義》的藝術成就，在我國「演義」體小說中是最突出的一部。一般的歷史演義，大都排比史實，兼採傳聞，忽略對人物性格的刻畫，藝術性比較差。而且它們在取材上，不是無中生有，任意起滅，就是有聞必錄，不加選擇。因此，情節缺乏典型性，結構缺乏整體性。只有《三國演義》避免了這些缺點。作者為了把歷史因素與藝術因素結合起來，把歷史人物和藝術典型統一起來，的確費了不少工力，才使這部「七分事實、三分虛構」的小說，在藝術上成為不朽傑作，在歷史上也大致不違背眞實。

《三國演義》中的人物形象，可謂最大限度地涵蓋了中國傳統思想文化中道德意識、倫理觀念及其價值取向。作者對人物形象的審美判斷正是以倫理道德的價值判斷為中心及唯一的標準。這一審美思維機制決定了這部作品人物形象的最大價值在於它的道德教化意義。因此，作家塑造人的形象時，一般都採用類型化的寫法。即從歷史人物的各種性格中，捨棄其他方面，突出强調其某一最主要的倫理特徵，不惜濃墨重彩加以渲染。如曹操的奸、劉備的仁、諸葛亮的忠、關羽的義、張飛的猛。從而把他們塑造為某一倫理類型人物的代表。儘管這些人物在歷史上區別並不大，如曹操本是「非常之人，超世之傑」，是「一個很有本事的人，至少是一個英雄」，但他也是剝削階級的政治代表，作者改造前者，突出後者，把他塑造成一個千古奸雄。周瑜本來也是個足智多謀、「謙讓服人」的人，作者把他寫成一個軍事家，但又突出他氣量狹小、不能容物、忌刻人才。這種寫法同時也是服從主題和布局的需要。貶低曹操的人格，就提高了劉備的身分。寫出周瑜的狹隘，就反襯了諸葛亮的高瞻遠矚。

《三國演義》採用類型化、絕對化的方法來塑造人物，其目的主要是使歷史上差別不大的人物能夠性格鮮明突出，增强他們彼此的差別。但類型化並不等於簡單化，在同一類型人物或同時具備某一特點的人物之中，作者還是盡可能寫出他們各自的特徵。譬如：同爲武將，同樣都勇猛善戰，關羽、張飛、趙雲、馬超、許褚就各不相同。關羽神勇，張飛驍勇，趙雲智勇，馬超英勇，而許褚則只是匹夫之勇。同樣善用計謀，但諸葛亮體現的是他料事如神的超人智慧，曹操用計體現了他的奸詐，周瑜用計常常表現他的狹隘，司馬懿用計則使人感到狡猾。

《三國演義》作爲一部寫政治、軍事鬥爭的小說，主要是通過一些重大的政治、軍事事件來塑造典型。但是，重大的政治事件對於全面表現一個人物豐富、複雜的個性，多少還是有些限制。因此，作者選用了不少細節、歷史小故事、生活瑣事來加以補充，而且特別注意選用那些能夠反映人物性格特徵的細節和生活故事穿插在各個重大歷史事件之間。譬如：如果沒有刺卓獻刀、殺呂伯奢、許田圍獵、望梅止渴、借頭示衆、夢中殺人、割髮代首等一連串的細節描寫和反覆强調，曹操這一形象將大爲減色。

除此之外，作者還善於運用誇張、對比、烘托、渲染等多種手法來突出人物形象。如寫張飛之勇，就用他在長坂橋大喝三聲，聲如巨雷，敵將夏侯傑「驚得肝膽俱裂，倒撞於馬下」來形容。這是合理的誇張。寫諸葛亮的出山，先通過徐庶、司馬徽對孔明的談論、推薦，預示此人非凡，引起讀者注意。接寫三顧茅廬，頭兩次不遇。既增添了故事的曲折，又借諸葛亮的親友的歌吟談吐、山林景色，以及劉備的求賢若渴、張飛的魯莽急躁，以渲染氣氛，烘托人物，從而使孔明的高潔品格和絕世才能得到完美的表現，獲得較好的藝術效果。作者對那種在政治上處於敵對地位的人物，更是極力渲染他們在性格方面的差別，說明他們不單在政治上是對立的，而且在個性、氣質方面也是相互對立的。例如，曹操和劉備、諸葛亮和周瑜都是這樣相互對立的典型。曹操和袁紹也一樣，儘管他們都是奸雄，但一個是雄才大略、識見高超的奸雄，另一個卻是外寬內忌、多謀少決的奸雄。

《三國演義》最善於敍事。它從漢末黃巾起義，即東漢靈帝中平元年（公元 184 年）到西晉統一的咸寧六年（公元 280 年），前後九十七年。「陳敍百年，該括萬事」（高儒《百川書志》）。事衆人多，頭緒紛繁。但作者組織得法，詳略得當，故脈絡淸楚，主次分明。小說以魏蜀吳三國矛盾爲主要內容，又著重抓住魏、蜀兩大集團的矛盾鬥爭爲主幹。其中突出蜀漢集團，特別是把諸葛亮的活動作爲描寫的中心，精心結構無數故事，使全書成爲一個波瀾壯闊、結構宏偉而又嚴密精巧的藝術整體。它的筆法富於變化，對比映襯，旁見側出，搖曳多姿。作者旣善於把一些簡單的小事件寫得波瀾起伏，錯落有致；也善於把一些錯綜複雜的大事件寫得脈絡分明、有條不紊。作者還善於使實寫、虛寫、詳寫、略寫、明寫、暗寫、正寫、側寫各盡其妙。在敍事時又能兼用順敍、倒敍、插敍、補敍等不同方法。這樣，旣避免了行文的冗長和繁複，又使故事參差錯落，濃淡適宜。

作爲一部戰爭小說，《三國演義》在戰爭描寫上的成就更爲突出。全書共寫了大小四十多次戰役，具體的戰鬥場面則有上百個之多。這些戰役和戰鬥場面都描繪得生動具體、驚心動魄，各有特色，且無雷同之弊。作者描寫戰爭與一般演義小說只知千篇一律地重覆兩軍如何安營扎寨、對陣交鋒的公式化寫法不同，而是善於根據戰爭的不同情況做不同的藝術處理。因此，作者筆下的戰爭才如此豐富多采，變化無窮。這些戰爭，或以弱勝强，或以强制弱，或先勝後敗，或敗中取勝，或爲火攻，或爲水淹，或强攻，或智取。形式多樣，互不相同，充分表現出戰爭的複雜性和多樣性。作者寫戰爭，不脫離以人物為中心，他能把人物，特別是雙方主帥的思想作風、性格特徵、生活態度，也作為決定勝負的重要條件來表現。在具體描寫中，作者又把鬥智、鬥勇和戰鬥過程結合起來，著重表現雙方戰略戰術的運用、力量的對比、地位的轉化，以揭示決定勝敗的因素。例如，小說描寫的三大戰役：官渡之戰、赤壁之戰、彝陵之戰，都表現了戰爭中優勢與劣勢可以互相轉化，關鍵在於指揮者是否知己知彼，以及有無駕馭整個戰爭變化發展的能力。而且，在寫戰爭時兼寫其他活動，作為戰爭的前奏和餘波，或者作為戰爭的調劑和穿插。如在赤壁之戰進程中，作者不厭其繁地描寫了諸葛亮與魯肅乘霧聯舟、周瑜的羣英會、龐統挑燈夜讀、曹操橫槊賦詩，使劍拔弩張的隔江對壘中出現抒情氣氛，讓戰爭既緊張激烈、驚心動魄，又有張有弛、疾徐相間，具有旋律節奏，富於詩情畫意。

《三國演義》的語言也有一定特色。為了接近歷史，又照顧閱讀效果，它採用了半文半白的語言，「文不甚深，言不甚俗」，雅俗共賞，具有簡潔、明快、生動等特色。敍述描寫以粗筆勾勒見長，間亦粗中有細。寫人物，常採用略貌取神的寫法；寫人物心理，也不作工筆細描，常以寥寥數語，就把人物特徵表現出來。作者還開始注意到語言的個性化，如張飛的語言豪爽粗獷，劉備的語言文雅而又扭捏，曹操的語言豪邁果決而又寓有奸猾。當然，這還僅僅是個開端。這種語言，終不如《水滸》、《紅樓夢》那種來自生活的語言更富於表現力。

《三國演義》在我國文學史，特別是小說史上，具有特殊的地位。它不僅是長篇歷史小說的開山之作，而且也是我國歷史演義小說的高峯。其流傳之廣，影響之大，超過了任何一部古典長篇小說。在它的巨大影響之下，出現了一系列仿效之作。以此書所反映的三國時代為起點，往上一直補寫到《開闢演義》，往下一直續寫到《清史演義》。這就使得整個中國的歷史都完整地反映在歷史小說之中。在《三國演義》直接影響之下，明代中後期出現了歷史演義小說的創作高潮。據統計：明代產生的長篇歷史小說（包括時事小說）至少在五十部以上。這些小說無論在創作思想、人物形象、藝術風格、創作方法，特別是題材來源上有虛有實、虛實結合的手法，都明顯地受到《三國演義》的深刻影響。當然，這些作品在思想深度和藝術水平諸方面，都遠遠不及它們所模仿的對象。在我國古代文學史上，《三國演義》始終是歷史演義小說中難於企及的高峯。

附　註

①《三分事略》係近年新發現，書藏日本天理圖書館。書名爲《至（或照）元新刊全相三分事略》。其故事內容、刻版行款均與《三國志平話》相同，故應是同一書的不同刻本。唯對刊刻年代有不同看法：有人因書中有「甲午新刊」，斷爲至元三十一年甲午（公元 1294 年）；有人根據版刻實際，認爲刊刻時間當晚於《三國志平話》。

②關於羅貫中的生卒、名號、籍貫，由於史料牴牾，故分歧較多，特別是籍貫，《續編》說是太原，而明刊《三國》、《水滸》、《平妖傳》等小說則往往署「東原羅貫中」。東原，在今山東東平一帶。而《七修類稿》稱「杭人羅本貫中」，《西湖遊覽志餘》稱「錢塘羅貫中本」，《書影》則稱「越人羅貫中」。太原或東原，乃羅之本籍，但必有一誤。杭州係羅之流寓。但《錄鬼簿續編》作者係羅之忘年交，故他的意見不宜隨便否定。

③古人以演義名書者首推唐蘇鶚《蘇氏演義》及元梁寅《詩演義》。演義，實同衍義。宋眞德秀《大學衍義》。這些著作以「演義」或「衍義」爲名，目的正是要把所講的道理敷演成文，闡發其內蘊，使讀者易於領悟。袁宏道《東西漢通俗演義序》說：「文不能通，而俗可

通，則又通俗演義之所由名也。」雉衡山人（楊爾曾）《東西兩晋演義・序》說：「一代肇興，必有一代之史，而有信史，有野史，好事者蒐取而演之，以通俗諭人，名曰演義。蓋自羅貫中《水滸傳》、《三國傳》始也。」以演義稱歷史小說，當係羅貫中之首創。

④這類改寫之處不多，重要的有：

㈠原本馬騰、黃奎到相府請操點軍被操拿下，改爲操答應點軍，預作埋伏，使黃奎與馬騰父子盡皆被擒。

㈡原文操贈關羽「壽亭侯印」，關羽一再不受。操悟，改爲「漢壽亭侯印」，關羽才受。毛本刪去這一曲折。

㈢改曹丕欲篡位，曹后助兄罵獻帝爲曹后助獻帝罵其兄爲「亂賊」。等等。

⑤記魏、吳事而用蜀漢紀年在《演義》中不止一處。如 91 回曹丕死一事、99 回曹眞上表請伐蜀一事、108 回孫權病故一事，都用了蜀漢紀年。

⑥歷代帝王大封關羽係從北宋時開始。宋徽宗封他爲忠惠公和崇寧眞君，後加封爲義勇武安王。宋高宗時加封爲壯繆義勇王，宋孝宗時改封爲英濟王。元文宗時封爲顯靈義勇武安英濟王。明憲宗時封爲壯繆義勇武安顯靈英濟王，明神宗時開始被封爲關聖大帝。清高宗時加封爲忠義神武靈佑關聖大帝，清宣宗時加封爲忠義神武靈佑仁勇威顯關聖大帝。

第三章　水滸傳

第一節　《水滸傳》的成書、作者和版本

㈠《水滸傳》故事的發展

《水滸傳》所記載的宋江起義，歷史上實有其事。《宋史・徽宗本紀》載：「宣和三年（公元1121年）二月，淮南盜宋江等犯淮陽軍，遣將討捕。又犯京東、河北，入楚海州界，命知州張叔夜招降之。」又同書《侯蒙傳》載：「宋江寇京東，蒙上書言：『江以三十六人橫行齊魏，官軍數萬無敢抗者，其才必過人。今青溪盜（按即方臘）起，不若赦江使討方臘以自贖。』帝曰：『蒙居外不忘君，忠臣也。』起知東平府，未赴而卒。」同書《張叔夜傳》也有比較詳細的記載：「宋江起河朔，轉略十郡，官軍莫敢嬰其鋒」，後張叔夜定計，「伏兵乘之，擒其副賊，江乃降。」南宋的一些野史如《東都事略》、《十朝綱要》、《通鑒記事本末》、《三朝北盟會編》還載有宋江從征方臘事，但史學家對此大多持懷疑態度。一九三九年陝西府谷縣出土的《宋故武功大夫折可存墓誌銘》內記載，折可存在方臘被擒獲後，「班師過國門，奉御筆捕草寇宋江，不逾月繼獲。」就與《宋史》所記宋江接受投降相抵觸，但北宋李若水《忠愍集》卷二《捕盜偶成》有句云：「去年宋江起山東，白晝橫戈犯城廓。殺人紛紛剪草如，九重聞之慘不樂。大書黃紙飛敕來，三十六人同拜爵。獰卒肥驂意氣驕，士女駢觀

猶駭愕。」作者是宋江同時代人，可證明宋江確曾接受招安，並如《水滸》所描寫那樣舉行過盛大的入城儀式。

根據以上記載，可以知道：宋江起義，確有其事，時間在宣和初年。起義地區在今山東、河北、安徽、江蘇一帶。似未建立根據地，更未與梁山泊發生聯繫。起義軍人數可能不多，但也非僅僅「三十六人」。他們驍勇善戰，官軍莫敵。起義軍最後失敗，接受招安。但也不排除降而又叛，並爲折可存所擒。這說明：《水滸傳》所記載的宋江起義與歷史上的宋江起義，不同之處甚多。因此，《水滸傳》不同於「七實三虛」的歷史小說《三國演義》之類，乃憑虛構思，空中結撰，寄姓氏於有無之間。然博而考之，雖有依傍，亦不過假前人事迹，以爲引子，敷衍而成者。

《水滸傳》成書於南宋到明初的漫長時期。從北宋末年起，政治腐敗，外族入侵，民困國危，百姓處於水深火熱之中，故轉思草澤以托志。宋江故事就在這種基礎上流傳起來。最早開始於民間「說話」，《醉翁談錄》載有「小說」篇目《石頭孫立》、《青面獸》、《花和尚》、《武行者》等，惜已不傳。南宋龔開作《宋江三十六人像贊》，序中稱：「宋江事見於街談巷語，不足採著。」後記三十六人姓名綽號與贊語。南宋末年還出現了一部《大宋宣和遺事》，內容按年編述，類乎講史性質。全書分四集。亨集記水滸故事，係於宣和四年。內記楊志賣刀殺人，與孫立等十二指使入太行山落草。晁蓋等八人劫生辰綱，押司宋江通報縱之，晁等乃與楊等會合落草。宋江殺閻惜姣，亦與朱仝、李逵等入梁山泊落草。朝廷無奈，派元帥張叔夜招降，遣平方臘，有功，封節度使——從中可見，水滸故事在南宋時已粗具規模，宋江等三十六人已有固定姓名①，但尚無七十二地煞出現。

在元代，出現了大批水滸戲，今存目二十餘種，劇本僅存六種，內容與今本《水滸》無關。僅《李逵負荊》一劇與《水滸》七十三回「雙獻頭」故事相近。但各劇中多有「三十六大伙、七十二小伙」之類說法，可看成七十二地煞星的最初雛型。

㈡《水滸傳》的作者

《水滸傳》的成書，也是在羣衆創作的基礎上，由作家加工整理而成。作家是誰，歷來記載不一：有作「錢塘施耐庵的本，羅貫中編次」（高儒《百川書志》、郎瑛《七修類稿》），或「施耐庵集撰，羅貫中纂修」（嘉靖郭本《忠義水滸傳》），有作羅貫中編（田汝成《西湖遊覽志餘》、天都外臣《水滸傳敍》、王圻《續文獻通考》），有作施耐庵編著（胡應麟《少室山房筆叢》、王道生《施耐庵墓志》），還有作施作羅續者（金聖嘆《第五才子水滸傳》）。但近世學者，多根據題材及語言風格等情況，斷爲施耐庵所作。也有人認爲署名之施、羅二人，均係某位作者或集體作者的託名②。

施耐庵生平不詳，迄今尚無可靠史料證實其存在③。或傳其生於元貞二年（公元 1296 年），死於洪武三年（公元 1370 年），興化人，原名耳，又名子安，或名彥端。元至順二年（公元 1331 年）進士，出仕錢塘兩年。後曾參加張士誠起義，或與張士誠部下卞元亨相友善，並說羅貫中曾師事耐庵。但均證據不足④，有待稽考。

㈢《水滸傳》的版本

施耐庵編定的《水滸傳》，即《水滸》之祖本，今已不存。今日能見到的最早刊本爲嘉靖時武定侯郭勳刻本⑤。這個刻本今僅存第十一卷、即五十一至五十五回。另外，載有萬曆十七年（公元 1589 年）天都外臣（即汪道昆）序的《忠義水滸傳》（這個刊本實際上就是清康熙間石渠閣補刻本），以及容與堂刊刻的《李卓吾先生批評忠義水滸傳》，與郭本屬於同一系統。其特點是：均爲一百回，回目對偶。招安後有征遼、征方臘，而無征田虎、王慶事。文筆流暢、形容曲盡。都屬於文繁事簡的繁本。

此後，流行版本極多，除繁本外，尚有文簡事繁的簡本系統：如萬曆間書林余氏雙峯堂刊《全像增插田虎王慶忠義水滸傳》，百二十回。寶翰樓刊西湖老人序《忠義水滸全傳》三十卷，無回目。雙峯堂刊《忠義水滸志傳評林》二十五卷，僅分節，不記回數。這些簡本均爲殘本，僅淸刊本十卷一百十五回《忠義水滸傳》是現存較完整的簡本。它們的共同特點是文筆簡陋，招安後均有平田虎、王慶二傳，有人推測此乃書林余氏即余象斗所加。

在大批簡本出現後，又出現了一部最爲完整的繁本，即明末袁元涯原刊之《李卓吾評忠義水滸全傳》，共一百二十回。首有李贄序及楊定見小引。此本以百回繁本爲基礎，從簡本中補上田王二傳，成爲水滸故事的大總匯。

明代末年，金人瑞更把百二十回本後半部砍去，只保留排座次以前之七十回。文字上亦略加潤色，還加上不少評語。金人瑞（公元 1608～1661 年），字聖嘆。明諸生，入淸不仕，爲人狂放不羈。他稱《莊子》、《離騷》、《史記》、《杜詩》、《水滸》、《西廂》爲「六才子書」，擬逐一評點，但僅完成後二種。他的評點很注意思想內容的闡發，常借題發揮，議論時政。他評論《水滸》，一方面斥責「犯上作亂」，另一方面又同情人民疾苦，指出「亂自上作」。在藝術鑒賞方面，他的評語確有不少眞知灼見。他腰斬《水滸》，意在不許梁山自贖，而這七十回正是《水滸》精華所在。故自他的貫華堂刊本《第五才子水滸傳》一出，其他各本《水滸傳》盡廢。入淸以後的三百年間，金本幾乎成了唯一流傳的刊本。

根據《水滸》版本的演化情況，大致可以推定：《水滸》之祖本寫梁山招安之後，僅有征方臘。征遼一節，可能爲郭勳所補。至於祖本究竟屬於繁本還是簡本？則尚無定論。學術界長期存在簡先繁後、繁本是在簡本基礎上加工而成和繁先簡後、簡本是繁本的刪節本這樣兩種不同的意見。

第二節　《水滸傳》的思想內容

《水滸》以北宋末年宋江起義爲題材，正面描寫了以農民爲主體的廣大民衆被迫反上梁山，與大宋王朝展開武裝鬥爭，最後失敗的全過程。這是很不尋常的。因爲在封建社會中，舉旗造反就是「大逆不道」，造反者均被視爲犯上作亂的妖魔鬼怪。對造反者加以肯定成了文學中最大的禁區，除非這次起義被利用作了改朝換代的工具，如《說唐》中瓦崗寨起義，《大明英烈傳》中郭子興起義。要不然，它就只能作爲反面材料，像《三國演義》中的黃巾起義、《平妖傳》中王則起義那樣。只有《水滸》的作者敢於突破禁區，把宋江起義作爲中心題材，把起義領袖當作正面的英雄來表現，這確實表現了作者不同尋常的勇氣和魄力。

《水滸傳》的主旨究竟是什麼？作品中所寫的宋江起義究竟屬於什麼性質？從明代起就一直存在著分歧和對立。明清時期的一些研究者和評點者往往囿於封建傳統觀念，無法認清農民革命的實質，因而提出忠義說、爲英雄豪傑立傳說、憤書說、誨盜說以及遊戲說⑥。五十年代以來許多研究者開始從農民革命的角度來分析、評價《水滸》，因而提出了「農民革命的史詩」這一說法。但也有人認爲《水滸》所寫的並非農民起義，而只是市民鬥爭、市民起義。有人則認爲它只寫了忠奸鬥爭，奸逼忠反，實質是統治階級內部革新派與保守派、進步勢力與腐朽勢力之間的鬥爭。這些看法都力圖否定《水滸》所描寫的農民起義這一根本性質。但只要客觀地分析作品的具體內容，我們就不難發現：《水滸》的作者確實是用深刻、熱情而又冷靜的筆觸，描寫並解剖了農民革命的全過程，即從起義的社會原因，起義的發生、發展到壯大，以及起義的口號、綱領、理想和戰略思想、內部分歧，並由於這些因素的制約而接受招安、走向失敗的整個過程。從這個意義上看，《水滸傳》不愧爲我國農民起義的一部史詩。《水滸》的主題是表現農民革命的悲劇。

《水滸》深刻地揭露了起義的社會原因。北宋末年，是我國封建社會最腐朽、最黑暗的時期之一，統治者荒淫奢靡，達到驚人的程度，如大興土木修艮岳，創花石綱，肆行搜括；對內加强剝削，對外妥協苟安。徽宗時任用蔡京、童貫等六賊，弄得民怨沸騰，因而促使全國各地廣大民衆不得不揭竿而起，鋌而走險。《水滸傳》比較全面地接觸了起義的社會原因，這就是「官逼民反」、「亂自上作」。從朝廷大臣如蔡京、童貫、高俅，地方官如江州蔡九知府、大名府留守梁中書、青州知府慕容彥達、華州賀太守、高唐知州高廉，一直到祝朝奉、曾長者、毛太公、西門慶之類地主劣紳、土豪惡霸，外加陸謙、富安、董超、薛霸之類走狗爪牙，均相互勾結，沆瀣一氣，代表著那個社會的統治力量。他們狼狽爲奸、作威作福，肆意搜括、橫行無忌。無論通都大邑，抑或窮鄉僻壤，均無法躲過他們的魔爪。在這個暗無天日的社會裡，不用說恃强好勝、敢於反抗的勇士，就是那些安分守己、逆來順受的良民，也被逼得無處容身。除了反抗，再沒有別的出路。於是，「撞破天羅歸水滸，掀開地網上梁山」，就成了歷史的必然趨勢。

《水滸》還對起義軍頭領給予熱情歌頌。小說著重描寫了「上應天星」的一百零八位頭領，作者並不是把他們寫成「犯上作亂」的妖魔，而是把他們表現爲頂天立地的英雄，一批勇武或智慧上的超人。他們來源於下列幾種情況：

一、李逵、李俊、張橫、張順、石秀、楊雄、二解、三阮等，都是一些具有強悍之氣的草莽英雄。他們大多出身於社會底層，對黑暗社會早已滿腔怒火，偶遇不平，便一觸即發，義無反顧地奔上梁山，並成爲這支義軍中的中堅力量。

二、原桃花山、少華山、芒碭山、青風山、白虎山、黃門山、二龍山、飲馬川等地的綠林豪傑。還包括東溪村「七星聚義」的晁蓋、劉唐等人。他們來自社會各階層，雖有晁蓋、史進這樣的莊園主，更多的是武松、魯達這樣的江湖豪俠。他們走上反抗道路的原因不一，但大都對黑暗現實抱有不平之氣；敢於同邪惡勢力作對，更不甘心受其屈辱，終於由個人反抗，走上了集體鬥爭的道路，並隨著反抗的洪流，聚義梁山。

三、林沖、楊志、宋江、孫立、朱仝、雷橫等中間階層人物，他們大多是失意的中下層文武官吏，由於個人安全或利益失去保障，不僅在官場，甚至在社會中也喪失了立足之地，面對官府愈來愈凶狠的壓迫，經過長時間的自我鬥爭，最後才覺悟到非徹底決裂不可。梁山泊距離他們雖頗爲遙遠，但他們畢竟跨過了這段距離，終於在起義隊伍中找到自己的一席之地。

四、大地主盧俊義、李應及降將黃信、秦明、呼延灼、關勝等人，他們或者被硬拉上山，或者由於俘虜政策的感召才解甲歸降。他們是在無可奈何的情況下才隨波逐浪，聚義梁山。他們雖然身在起義隊伍之中，但並不了解反抗的眞正意義，因而成爲接受招安的主要力量和社會基礎。

這四類英雄有一個共同點：他們都是一羣血性男兒，性格強悍，豪氣如山，具有一種雄偉勁烈的陽剛之氣；包括顧大嫂、孫二娘、扈三娘在內，性別雖爲婦女，但性格實已男性化，與其他好漢一樣，沒有絲毫脂粉氣。因此，這些人，特別是其中前三類，決不能忍受官府或惡霸的欺壓，自然成爲民衆中沈默的大多數的代表。他們揭竿而起，聚哨山林，這正是封建社會中具有反抗性格的英雄的唯一選擇。因爲，只有像梁山泊那樣的山寨，才是能夠擺脫社會不公、官府欺壓、土豪横行以及自身貧困的理想場所。作者正是通過這些光芒四射的英雄來謳歌農民起義，並通過他們跟那些尸位素餐的統治階級加以比較，從而表達對現實的批判與否定。正如清末佚名《小說小話》所指出：

> 呼保義與道君皇帝，孰英明孰昏暗乎？智多星、小李廣等與蔡太師、童郡王、高太尉輩，孰賢孰不肖乎？花石綱、生辰綱之斂萬民膏血，以資一二人之欲，與揮金如土求賢不及者，孰是孰非、孰得孰失？……耐庵痛心疾首於數千年之專制政府，而又不敢斥言之，乃借宋元以來一百有八人之遺事，而一消其塊壘……

可見，對梁山英雄的歌頌，也就是對封建統治者的鞭撻。

《水滸》如實地寫出了起義的發展規律，寫出了起義的綱領和理想。由打抱不平的個人反抗，發展到一人有難四方支援的集體反抗，進而發展到建立根據地的大規模反抗，最後成爲敢於與封建王朝公然對壘的全國規模的大起義。這正是歷代農民起義由星星之火到燎原大火的發展規律。《水滸傳》客觀地表現了這一起義的趨勢。其中，「白龍廟小聚義」以前主要是個人反抗和集體反抗，在此之後發展爲大規模起義，「排座次」則成爲起義的高潮。

《水滸》還把梁山泊當作當時農民所嚮往的理想社會來描繪。梁山泊所推行的一切政策和制度，如「替天行道，保境安民」、「劫富救貧，濟困扶老」、「不害良民，只怪濫官汚吏」，以及軍紀如山、錢糧定制，都體現了農民的意志和願望。說明梁山已經建立了初級性的農民政權。這正如旱地忽律朱貴所說的：「俺這裡兀自要和大宋皇帝做個對頭！」

因此，作者在七十一回「單道梁山泊好處」的那篇「言語」中，無比熱情地歌頌了這一農民革命根據地：

> 八方共域，異姓一家，天地顯罡煞之精，人境合靈傑之美。千里面朝夕相見，一寸心死生可同。相貌語言，南北東西雖各別；心情肝膽，忠誠信義亦無差。其人則帝子神孫、富豪將吏，並三教九流，乃至獵戶漁人、屠兒劊子，都一般哥弟稱呼，不分貴賤……

這是六百多年前封建制度下，農民意識中所能夠達到的最高的理想境界——政治上一律平等，沒有特權和階級壓迫；經濟上絕對平均，「論秤分金銀，異樣穿紬緞，成甕吃酒，大塊吃肉」。這種原則是無法實現的，事實上在梁山也沒有完全實行。這不過是一種空想的農業社會主義「烏托邦」，它並不代表新的社會制度，但畢竟反映了中國農民最偉大的感情和最美好的願望，對封建社會嚴格的等級制和經濟上的剝削制是一個有力的衝擊。

《水滸》還初步寫出了農民革命必然失敗的歷史原因。《水滸》的基本精神及主要價值在於描寫了農民的革命精神，但是通過招安寫出了起義的失敗過程，也是本書的重要部分。由於缺乏正確的領導，農民起義必然失敗。那麼，由招安而失敗，不過是走向失敗的一種方式而已。問題在於作者並沒把招安的歷史原因表現出來。

廣大民衆挺身反抗，揭竿而起，完全是環境使然，不得不爾。《水滸》上半部正是這麼寫的。從各路英雄逼上梁山的故事裡，深刻地揭示了具體的歷史原因。那麼，起義的受招安，起義的失敗，也不決定於個別領導人的品質和思想，而應該是各種客觀的具體歷史條件所促成的。《水滸》下半部正缺少這種深刻的寫實精神，沒有探索起義失敗的社會原因，卻企圖從領導者個人品質中尋找解答，因而不得不誇大宋江身上確實存在的動搖妥協思想。並且在「全伙受招安」以後，基本上中斷了原先存在著的招安思想與反招安思想的嚴重鬥爭。在另一些地方，如對方臘的描寫和對宋江口口聲聲把聚義說成「逆天大罪」的描寫，顯然同前半部那種「造反有理」的精神相違背。作者寫招安，並不是爲了批判，而是爲了讚揚。作者把招安寫成起義的目的和歸宿，把招安當作對宋王朝一系列軍事鬥爭的一種戰果來表現；把接受招安當作克服奸臣阻撓、忠心直達天庭的一種隆重的盛典來描寫。這實質上是把皈依朝廷當作一種勝利來慶賀。

儘管如此，《水滸》後半部的價值還是不能低估。它雖然未能深刻闡明梁山泊接受招安的歷史原因。但畢竟借助藝術形象，表現了梁山義軍從接受招安到最後失敗的具體過程。作者敏銳地感觸到，起義軍與宋王朝的鬥爭並沒有因爲接受招安而中止，依然隱蔽地但卻尖銳地、甚至殘酷地進行著。離開了根據地的梁山義軍，其失敗不僅必然，而且更爲迅速。《水滸》客觀地描寫出招安帶來的不是皆大歡喜的吉慶終場，而是死的死、逃的逃的悲劇結局。作者正是通過這一系列悲劇情節對招安道路進行了批判。也許作者主觀上並沒有意識到，但客觀上卻對宋江一再宣揚的、彷彿一招安就萬事大吉的幻想，給予有力的否定。

綜上所述，《水滸》確實讚揚了農民起義。作者不單寫出「官逼民反」的歷史眞象，也不是像歷史上那些有遠見的政治家那樣從封建社會的長遠利益出發，提出「官逼民反」的歷史教訓。而是站在被壓迫者一方，著重表現反抗的正義性。對於廣大民衆的苦難，作者不是從旁加以同情或憐憫，而是設身處地爲他們申訴，從而得出了「造反有理」這一無情結論。受欺壓受迫害的廣大民衆，在作者筆下，被刻畫成一批敢於鬥爭、勇於反抗的英雄。《水滸》作者對民衆的態度，無疑要超出歷史上那些偉大的寫實作家如杜甫、白居易等人的思想水平，達到一個新的歷史高度。

但是，作者確實又讚揚了招安。不僅造反有理，招安也有理。作者以歌頌的態度描寫了招安之後梁山義軍對宋王朝的耿耿忠心。甚至在受到奸臣迫害、不被皇帝了解時仍然如此。「寧可朝廷負我，我忠心不負朝廷。」把本來是造反的英雄，改寫成忠義的化身。

這顯然是一個矛盾，這個矛盾完全可以從作家的政治態度和世界觀的矛盾中得到解釋。在政治上，作者大力肯定了農民起義的正義性，可是，他的思想體系、他的世界觀仍然是、也只能是封建主義的。這就是說，由於政治極端腐敗，社會無比黑暗，作家可以轉變到支持起義的立場上來，但由於沒有新的社會基礎和條件，作家無法擺脫傳統思想體系的約束，只能從封建主義世界觀出發對農民起義表示支持。這就勢必導致一個矛盾：反封建的農民起義只能以封建主義的思想觀點來歌頌，向舊秩序開展猛烈衝擊的農民戰爭必須局限在封建時代的思想道德規範裡來加以表現。正因爲這樣，作者才將造反納入忠義的範疇，把宋江所領導的這支武裝寫成上不犯龍顏，下不擾百姓，言不背忠義，行不占州縣的仁義之師，將其鬥爭緊緊限制在自衞、救友、借糧、掃清忠君報國道路的範圍以內，並把招安、平「寇」、遇害、「成神」當成起義的一種理想結局加以歌頌。

這種寫法當然不足爲訓。《水滸》對宋江起義的這些矛盾描寫，不可避免地帶來了某些歪曲，但它畢竟抹掉了從孔子以來貼在人民頭上「犯上作亂」的惡諡，爲其在政治舞臺上爭得了一席雖然非法、但卻合理的駐足之地，使廣大民衆意識到「造反」的理論和道義的根據，鼓起爲爭取生存條件而鬥爭的勇氣。作者雖然將宋江等義軍領袖寫成全忠仗義、醉心招安的昏蟲，客觀上卻道出了農民起義必然失敗的一些根本原因：他們在經濟、政治利益上與封建統治階級根本對立，而在爲爭得這些利益的鬥爭中卻使用著從封建統治階級那裡承襲來的思想武器。這就構成了農民革命的必然要求和這個要求由於自身思想行動的局限而不可能實現之間的悲劇性矛盾。

第三節 《水滸傳》的人物形象

《水滸傳》的最大價值，在於描繪了農民革命中許多具有反抗精神、崇高品質和鮮明個性的光輝形象。《水滸傳》表現農民起義的這一根本性質，也只有通過藝術形象的分析才能得到最後的證明。

(一)李逵

李逵是梁山義軍頭領中最出色的英雄。他的反抗最徹底、最強烈。所有的官府、官軍、法律、制度，在他的心目中都失去了權威，甚至連最高統治者，當今「聖人」大宋天子，在他口裡也不過是個「鳥皇帝」而已！他是梁山泊一再宣稱要「殺上東京，奪了鳥位」的人，也是一個直到臨死反志仍絲毫沒有泯滅的人。統治階級的一切陰險、狡猾的籠絡、利誘、收買和欺騙，都絲毫不能痲痺他。就是莊嚴的聖旨，他也要扯個粉碎。他不相信任何招安，他和統治階級沒有任何調和的餘地。「好便好，不好我便老大斧頭砍他娘！」這就是他對待統治階級的原則。這種強烈的、徹底的反抗要求，對於李逵來說，既不是基於對革命理論的明確認識，也不是由於受到反抗鬥爭的前景所吸引，而純粹是出於自發的階級本能。李逵無疑地出身於農民階級（儘管後來因殺人而亡命江州），但他是那種已經從多少代農民的悲慘命運中感到非反抗不可、直覺到不鬥爭就無法生存的先進農民的代表。他生平不習慣於抽象思維，一切屬於理性範疇的思考，譬如戰略戰術原則、戰鬥時所需要的起碼的審愼，他都不加思索。他就是這麼天不怕、地不怕，不計算主觀力量，不考慮個人安危，一雙板斧，想砍盡人間不平。江州劫法場，他一個人赤條條地從酒樓上大吼一聲跳將下來，「一斧一個，排頭兒砍將去」，殺得「滿身血汚」。統治階級的一切，他都本能地不相信，他不相信朝廷的招安誠意，一次又一次凶橫地加以反對。儘管他除了「招安招安，招甚鳥安」之外，再也說不上什麼道理。然而他相信這種階級本能和直覺，因爲他覺得這比封建社會的一切道理、原則、教條更爲可靠。他强烈要求起義、相信起義，起義本身就是他的目的。他熱愛梁山、尊敬宋江，這一切也都基於階級的本能和直覺。

從這些也可以看到李逵的忠實，這首先是對農民從多少代悲慘的奴隸生活中熔煉出來的階級直覺的忠實，對於農民解放事業的忠實；其次是對梁山泊的忠實，對義軍領袖宋江的忠實。李逵對前者的忠實是無條件的，對後者卻是有條件的。儘管他非常尊重宋江，但一聽到他搶了劉太公之女，便一怒砍倒了杏黃旗，罵他爲「畜生」，宣稱：「早做早殺了你，晚做晚殺了你。」這無疑是對羣衆根本利益、對起義原則的忠實。李逵無論做什麼事，說什麼話，都毫無虛假；無論想什麼，都心口如一。他該愛則愛，該恨則恨，該怒則怒，該罵則罵，是其所是，非其所非。他的純樸和坦率，就是在賭輸了錢想賴的時候，在爲了招待宋江而去强討鮮魚的時候，都依然是那樣天眞爛漫。他的公平和無私，就是這種坦率性格的必然結果，因爲他把一切都坦露於外，毫無隱藏，當然也毫無私心。他碰見李鬼冒名翦徑，憤而欲殺他，但李鬼詭稱家中有九十老母，他又放了他，並給他十兩銀子。後來他知道這一切眞象之後，就割下了李鬼的頭。一切都是那麼簡簡單單、無偏無黨，口頭心上，從沒有想到過什麼「仁義道德」。他從不想用外在的東西來辯護自己發自內心的行爲的合理性。李逵的這種公平、無私、坦率、純樸，完全是屬於農民階級的，他的無私是農民階級的無私，他的純樸是農民階級的純樸。他既是一個反抗性最強烈的先進農民的代表，又是一個不失農民階級「赤子之心」的最典型的普通農民。在他的精神世界裡，我們可以感觸到農民階級的那種曠野一樣闊大、大地一樣仁厚的性格。

李逵身上也存在著不少的缺點：如好亂殺人、不講策略、莽撞、酗酒誤事，這當然不足爲訓。李逵的優點來自農民階級，來自對農民那種世代不可改變而又無法忍受的悲慘命運的直覺；同時，他身上的缺點也來自農民，來自那種對階級命運的理解僅僅停留在直覺上，而不能將它上升爲能夠指出一條解放途徑的革命理論。優點缺點，來源既同，在表現上也必然緊密結合，相互依倚。純樸包含著無知，坦率又近乎莽撞，而對統治階級的深刻仇恨和堅決反抗，又帶來了不知節制的好殺，他既然一切都相信自己的直覺，當然也就很少作策略的考慮。這些缺點，固然反映了農民身上的落後性，但更重要的還在於：這是封建統治階級對農民殘酷鎭壓所激起的一種報復。李逵的凶狠，說明中國農民，至少其中的先進分子並沒被統治階級殘酷的屠殺政策所嚇倒，這就是李逵身上的缺點所反映的社會意義。我們首先必須看到這一點，然後不妨指出，他的這些行爲，譬如殺掉早已歸降的扈太公一家，逼走扈成，的確對農民革命事業帶來不利，同時也包含著某種悲劇性的因素。這是李逵性格中的悲劇，也是中國歷代農民戰爭無法避免的悲劇。

㈡魯智深

魯智深也是《水滸》中的主要英雄，他的性格與李逵的性格是最接近的。這個「遇酒便吃，遇事便做，遇弱便扶，遇硬便打」的人，同樣也具有魯莽、爽直、粗獷、蔑視强暴、敢於反抗的性格。但他與李逵有不同的地方：他出身行伍，鬥爭經驗較豐富，因此在他的單純中有著精幹，粗魯中有著細心。他三拳打死鎮關西以後，還知道虛晃一拳以爲脫身之計；野豬林救林沖，事前事後，他都安排得非常縝密周到。他也反對招安，這乃是基於對統治階級的淸醒認識，因爲他把除皇帝以外的滿朝文武比成他那染皂了的直裰。這種認識是來源於豐富的社會經歷和鬥爭生活，而不是像李逵那樣純粹出於階級直覺。他最突出的特點是打抱不平，見義勇爲。他本來孑然一身，旣無家產，又無嬌妻，沒有任何足以引起統治者垂涎的東西。他受迫害全是因爲代人受過。爲救金氏父女，軍官做不成了，做了和尚；爲救林沖，連和尚也做不成了，只好上山落草。正因爲他毫無牽掛，故能勇往直前，連權傾當朝的高太尉，也要請他「吃三百禪杖」。他的信條是「殺人須見血，救人須救徹」。他捨身救人，義不顧己，把自己生命的意義，完全放在拯救別人的苦難之上。爲了援助那些弱小的被欺凌者，他寧願自己擔著千斤重的干係。但他又決不是生活在幻想世界中的那種一心除暴安良，自己卻超凡入聖、不食人間煙火的劍客，而是現實社會裡一個有血有肉的人。他的嫉惡如仇、打抱不平的作風，體現了中國人民的正義感和團結友愛的精神。

魯智深的內心是火熱的，外表卻常常是冷僻孤獨的。按照石碣上的天文，他是「天孤星」下凡。他總是單槍匹馬，個人奮鬥。就是上了梁山以後，也仍然如此。鬧華州爲救史進，他不顧勸阻，單身進城行刺賀太守，以致身陷囹圄。征方臘時追趕敵將，入深山古寺，就不再回來。他也是純樸、無私的，但他的無私似乎已達到沒有任何留戀的程度。他同李逵一樣反對招安，但李逵是出於對梁山泊事業的熱愛，而魯智深在否定招安的同時，對起義事業也漠然視之，所以他才提出「一個個各自尋趁吧」的散伙辦法。直到最後，當李逵還在高呼「反上梁山」的時候，他卻不願爲官，也拒絕去宋江建議的「光顯宗風」的「名山大刹」，僅僅要求一個「囫圇屍首」。這一切，在這個英雄身上塗上了一層陰鬱的色彩。他缺少李逵身上那種仁厚、博大的性格，也缺少李逵身上那種樂觀和自信。如果說，李逵是田野裡的大樹，根深蒂固，那麼他就是峭壁上的孤松，傲然挺立，俯視著人間的一切苦難。他總是爲別人打抱不平，好像跟自己沒有什麼關係。因此，對於被壓迫大衆和農民來說，他總好像是從外面進來的，也彷彿隨時都可以抽身而去。這大約就是他性格中常透出冷僻、陰鬱的原因。

㈢武松

在《水滸》的英雄畫廊中，武松也是家喻戶曉的英雄，在他的性格裡，洋溢著古代英雄的力與勇。作者突出地塑造了這個帶有傳奇色彩的英雄，寫出他：「心雄膽大，似撼天獅子下雲端，骨健筋强，如搖地貔貅臨座上，如同天上降魔主，眞是人間太歲神」。作者在這個「矯矯虎臣」身上，寄託了古代英雄戰勝惡勢力的理想。書中首先爲他安排了一場有聲有色的打虎情節，突出地渲染了他的膽魄與神力、大膽而不莽撞的性格。爲他以後一系列的英雄業績，起了鋪墊和烘托的作用。

比之李逵和魯智深，武松的社會性格畢竟要複雜一些。他生長在複雜的社會關係中，自己又是一個「正派人」，一個富有封建道德心的人。他不願使自己的行爲越出封建道德所允許的範圍，甚至不願意超出封建法紀所劃定的界限。由於打虎，他受到陽穀縣官的賞識，被提拔爲一個小小的都頭，他就感恩圖報。因爲，他謹守「有恩報恩」的道德法則。當苦命的哥哥、他的唯一親人被奸夫淫婦謀害，他按照一個正派人的做法首先上告官府，但是，官府並沒有按照封建法紀或道德辦事，他們接受了殺人者的賄賂，拒絕受理他的冤情，這才逼使他只得依仗自己的勇力與智慧來復仇。「殺嫂」是非常精采的一幕，這個英雄的整個性格，他的智慧、勇敢、細緻、精幹、光明磊落、敢作敢爲，以及由於強烈憤恨所激起的鮮血淋漓的復仇，都得到很好的表現。儘管他內心怒火如焚，但外表卻那麼冷靜，從容不迫地導演了一場精心安排好的復仇悲劇。他深切地理解自己所處的複雜的封建關係，因此才採取這種複雜的鬥爭形式。他把一切都做得符合封建法律的要求，構成人命案所需的全部人證、物證、罪犯、口供，他準備得一應俱全。唯一的問題是：全部審判和部分行刑的職權，不是由官府，而是由武松擅自代行。正是爲了彌補這一點，他帶著人頭自行投案。

如果說，殺嫂一場還經過鄭重其事的精心設計，還披上了一層謹守法律要求的外衣，那麼，以後醉打蔣門神、大鬧飛雲浦、血濺鴛鴦樓，就一次比一次顯得赤裸裸地不加修飾。尤其是血濺鴛鴦樓，張都監全家一十五口，無論是看馬的後槽，還是無辜的丫頭，他一個不留，直殺得血濺畫樓、燈橫屍影，連腰刀都砍缺了。他再也不計較自己的行爲是否符合封建社會的道德和法律的原則，除了留下「殺人者打虎武松也」八個血字以表明自己光明磊落之外，再沒有爲自己行爲的合理性向官府和社會作任何申辯或解釋。作者在這裡企圖表現的不是武松的殘忍，而是他的轉變和覺醒。他畢竟改變了過去那種以在封建道德和法律之內的復仇，來回答不符合道德和法律的凶殺的態度。他的刀，以前除了正凶，連幫凶王婆都不殺，現在連無辜的丫鬟也不留情，不再計較他的這種懲罰對那些無辜者來說是否罰當其罪。總之，他的復仇行爲已經掙脫了過去那種就事論事的狹隘的合理主義的懲罰觀點，具備了階級報復的色彩。他已經把對個別人的仇恨，與對整個統治階級的仇恨、對整個封建社會的仇恨結合起來。所以，血濺鴛鴦樓不再是單純的個人復仇，而成了被壓迫階級對壓迫者的清算和報復。這就是武松「逼上梁山」的過程。他終於克服了封建主義在自己身上的影響，最後也拋棄了城市平民的散漫性和狹隘性，把個人的反抗，融匯到廣大民衆對封建統治階級大規模反抗的洪流之中。

㈣林沖

林沖這個八十萬禁軍教頭，性格比武松更複雜，梁山泊距離他也更爲遙遠。同武松、李逵、魯達不同，他有溫暖的小家庭，漂亮的娘子，還有一份不小的「請受」，足以維持小康局面。如果不是高衙內在一個偶然的機會看上了他的妻子的話，他本可以照這樣自得其樂地生活下去。這個花花太歲在乾老子高俅的縱容之下，全然不顧林沖的臉面和地位，先是攔路調戲，繼之以哄騙誘奸，兩次不成，迫害更直接加在林沖身上。寶刀計把他誘入白虎節堂，害得他幾乎丟了性命。多虧孫孔目搭救。高俅又買通董超薛霸途中謀害，野豬林全靠魯智深相救，總算到了滄州牢營。由於柴進的人情，林沖被派看守天王堂，後又到草料場。在這一系列迫害中，林沖都表現了一種息事寧人、委曲求全、逆來順受的態度。他當然不是一個唯唯諾諾、貪生怕死的軟骨頭。迫害剛一開始，他就有「大丈夫屈在小人之下，受這般骯髒氣」的牢騷；面對歹徒的調戲，他也曾憤怒地揮起拳頭。只是在看到調戲者是「本官義子」高衙內，才「先自手軟了」，「不怕官，只怕管」，他有著自己的苦衷。惡勢力步步進逼，他步步退避，直到妻離家破，還文了雙頰，成了囚徒，他仍然咬緊牙關忍受著，只想在滄州牢營消災避難，但求「天可憐見」，有朝一日掙扎回去。但他畢竟是一個忍辱的英雄，熬得住，把得牢，做得徹。他之所以要忍受別人無法承受的屈辱，爲的是按捺住那足以焚毀一切的滿腔怒火。誰知道迫害者的魔爪依然不放過他，陸謙、富安又追蹤而至。如果不是風雪壓塌了草料場，他及早搬到山神廟安身，也許已經被大火燒死。而行凶者在廟門外冷酷的笑聲，終於激起了他的無名怒火。到此時，林沖忍無可忍，退無可退。這才大喝一聲：「潑賊往那裡去！」手刃了仇人，大踏步投梁山而去。

在水滸英雄的畫廊中，林沖的形象占有特殊的地位，他的經歷最典型地說明逼上梁山的過程。他忍辱退讓的結果，是遭受更加嚴酷的迫害；他苟安現狀，結果卻家破人亡。經過這一系列慘痛教訓之後，他才認淸敵人的殘忍和狠毒：害人者不害到「拾一兩塊燒焦的骨頭」時，是決不罷手的。他懂得了反抗的意義，才把自己的生命和才能一起交付給農民革命。後來他堅決果斷地火併王倫，標明他反抗性格的成熟。以後，無論在抗拒官兵，或者反對招安的鬥爭中，他都是梁山泊比較堅定、勇敢的英雄之一。

㈤宋江

作爲梁山義軍領袖，宋江是一個非常複雜的人物。在他的性格中，革命性與妥協性、進步的一面與落後的一面同時存在。他是出身於地主階級的知識分子，又做了個「刀筆精通、吏道純熟」的押司，這就造成他對包括君權、父權、法權在內的統治權威的絕對遵從。但他又富有正義感和進取心，不甘雌伏，好結識江湖豪傑，仗義疏財、濟困扶危、排難解紛，所謂「有養濟萬人之度量，懷掃除四海之心機」。故身在鄆城，名滿天下。這是他雄才大略、抱負不凡的一面。這兩方面性格複雜地交錯在他身上，穿插地表現在他的行爲裡。這種寫法是有根據的，從一些民間傳說和歷史資料上看，宋江的性格就不單一，他既有「勇悍狂俠」、「横行河朔，官軍數萬無敢嬰其鋒」的一面，又有「不假稱王，而呼保義」、「立號既不僭移，名稱儼然，猶循軌轍」，以及受招安、平方臘的另一面。這兩方面顯然包含著矛盾的因素。《水滸》的作者對這兩方面都加以渲染、擴充，並發展到極端，以致成爲相互對立的兩重性格。

宋江在逼上梁山的過程中，並沒有與封建階級作徹底的決裂，而是把性格中的一切矛盾都帶到起義隊伍中來了。由於作者的誇大，這個矛盾被演化爲一種對立，因而造成宋江在言與行、待人與對己的不統一。如當宋江千推萬托，不肯上山，認爲落草是「上逆天理，下違父教」的時候，律己如此，對人卻何以不同？先有縱晁蓋、吳用、三阮歸梁山於前，繼之又羅致燕順王英、呂方郭盛、花榮黃信於後，甚至對堅決「不肯背叛朝廷」的青州兵馬統制秦明，亦用毒計，絕其歸路，使他不得不落草了事。又如白龍廟之後，宋江下決心「死心塌地」，與起義軍「同死共生」，以後轉戰各地，三打祝家莊，踏平曾頭市，攻城破府，果如其言。「官兵則拒殺官兵，王師則拒殺王師，横行河朔，其鋒莫犯，遂使上無寧食天子，下無生還將軍。」在一系列軍事鬥爭中，宋江始終站在最前面，沒有任何退縮、怯弱、妥協的考慮，確實做到了「與之盜名而不辭，躬履盜迹而不悔」。行動上如此堅强，口頭上卻爲什麼那麼孱弱，口口聲聲不忘君恩國法，成天哼著「權時避居水泊，只待赦罪招安」的調子。這種對人對己、言論行爲的不一致，不能不給人一種被割裂的感覺。

宋江性格的被割裂並沒有足夠的生活基礎，而是產生於傳統題材與現實生活之間的矛盾，作家世界觀與創作方法之間的矛盾。水滸故事從《宣和遺事》起，就以受招安、平方臘爲結局；作爲一個力圖寫實的作家，他又必須忠實於他所經歷過的元末羣雄並起，圖王霸業的歷史現實。因此，作者在描寫一大批起義軍領袖成長的過程中概括了廣闊的生活內容。但作爲一個舊時代的知識分子，他又無法擺脫封建主義的束縛。這一系列矛盾就集中體現在宋江性格的塑造上。由於創作方法上的主觀主義，作家企圖在宋江身上塞進更多的東西：既要符合一個起義軍領袖性格的成長史，又要讓它成爲梁山起義事業興衰成敗的重要的、甚至決定性的原因。所以，作者極力把宋江寫成梁山起義事業興旺發達的重要因素，同時又把他表現爲導致梁山義軍變質失敗的重要原因。爲此，作者極力突出宋江身上的義和忠。七十回以前著重寫宋江的義，七十回以後著重寫他的忠。過去那種精明強悍、桀驁不馴的性格不見了，變成了忠君觀念的擬人化。

這樣，宋江便成了兩重性格的典型：既是叛逆者的典型，又是忠君的典型。兩個典型有著兩個來源，作爲叛逆者典型的宋江來自生活，來自元末的社會鬥爭，來自作家寫實的創作方法。這個典型的塑造基本是成功的。作爲忠君的典型則來自作家的世界觀和傳統題材。因爲它缺乏生活基礎，所以，這個形象是概念化的，語言是矯揉造作的，情節是任意的，情勢是浮誇的，故在讀者心目中，宋江始終都是梁山泊的英雄寨主，而不是趙官家封的平南都總管或楚州安撫使。

第四節　《水滸傳》的藝術成就

《水滸傳》不僅在主題思想、人物塑造等方面取得了較大成就，而且在藝術表現方面，也有著重要的突破。它是我國第一部成熟的白話長篇小說，它的出現是一座里程碑。它標誌著我國白話長篇章回小說進入成熟的大發展時期，並與《三國演義》等第一批小說一道，奠定了中國長篇小說特有的民族風格，即人民羣衆喜聞樂見的中國氣派和中國作風：如傳奇性，情節曲折離奇，故事有頭有尾，多用敍述語言、少用描寫語言，在鬥爭中刻畫人物，用事實說話，寓褒貶於敍述之中，不作抽象的、靜止的環境描寫和心理分析。這些傳統寫法在《水滸傳》中都有突出的表現，並取得可觀的成就，為以後的長篇小說提供了寶貴的借鑒。

㈠人物塑造

《水滸傳》塑造人物，開始從《三國演義》的類型化寫法走向初步個性化寫法。《三國演義》取材於歷史，因此採用類型化的寫法以突出人物的某一個特點。而《水滸傳》所寫人物來自社會的各個階層，故比較注意按照實際生活那樣寫出人物的階級特徵和個性來。這是《水滸傳》的一大進步，標誌著傳統的寫實方法在古代小說創作上的重大發展。《水滸》善於從階級意識上去描寫人物的立身行事，對英雄人物的描寫能夠扣緊他們的階級出身、經歷和生活環境。所以，每一個人物的思想性格都極其鮮明地反映了某一階級在具體歷史時期的特點。我們從李逵身上看到中國封建社會末期農民階級强烈的反抗情緒，從武松身上看到城市下層人民對於封建統治者的仇恨，從林沖身上看到統治階級中下層人士的覺醒過程。《水滸》正是通過這一系列代表具體階級本質的活生生的形象，深刻地揭示了時代的本質。《水滸傳》刻畫人物開始注意到個性特徵。同是出身於下層勞動人民，李逵就和石秀、張橫、張順、二解等人不同。甚至在同樣環境中長大的阮氏三雄，個性也各有差異：阮小二沈著持重，臨事鎮靜；阮小五精明強悍，爽快俐落；阮小七則顯得坦率急躁，嫉惡如仇。對於同一性格特徵體現在不同人物身上也有許多不同寫法，正如金聖嘆所分析的：「如魯達粗魯是性急，史進粗魯是少年任氣，李逵粗魯是蠻，武松粗魯是豪傑不受羈靮，阮小七粗魯是悲憤無說處，焦挺粗魯是氣質不好。」正因爲作者抓住了鮮明的性格特徵來表現人物，因此作者寫了不少相近的人物，卻各各不同，不容相假。寫了很多相近的事情，也各有特點，不容相犯。如同是發配，有林沖、武松、宋江、盧俊義的不同發配；同是殺淫婦，有武松殺嫂、宋江殺惜、石秀殺潘巧雲。由於當事人的性格個性不同，因此在具體情節、場面、氣氛等方面，都各有特點。

通過人物自身的言行以表現人物性格，這也是中國古代小說的傳統手法，《水滸》很注意把人物放在矛盾最尖端，常讓人物一出場就立刻被捲入鬥爭漩渦。如魯智深一出場就聽見金老父女的哭聲，隨即捲入與鎮關西的鬥爭中。林沖一出場就碰上林娘子受到高衙內調戲，捲入與高俅的生死鬥爭。宋江則是在生辰綱事發，差人捕拿晁蓋等人時出場。這些人物的出場無一不是事起突然，變故非常，一下子就被送上了矛盾的尖端，使他們非竭智盡力、披肝瀝膽，不足以應變。這樣一來，人物的眞實面目、性格特徵、內心世界，一下子就完全披露出來。

人物性格既然由人物自身經歷、社會具體條件所決定，當這些具體條件改變的時候，人物性格也隨之改變，這也是寫實作家塑造人物的一個原則。《三國演義》在這方面是有不足的，人物大多定型化，發展變化不大。而《水滸》中不少人物性格是有發展的，「逼上梁山」的過程也就是性格變化的過程。作者在塑造英雄人物時，不僅立足於歷史眞實的土壤，還採用誇張、想像等表現方法，極力渲染他們在伸張正義的鬥爭中的神力、威武以及豪放、樂觀的性格，運用大量富有傳奇性、帶有浪漫色彩的誇張情節以突出英雄人物，使他們的性格達到高度的理想化。如魯智深三拳打死鎮關西、倒拔垂楊樹、武松打虎、李逵鬧江州、石秀跳樓等，這些情節都洋溢著奇特的想像力。作者不但寫了這些誇張情節，而且還善於把這些本來不合情理的情節，寫得入情入理，眞實自然，讓人信服。這便是《水滸》的特點，也是後來那些效顰學步的武俠小說所望塵莫及的地方。

㈡細節描寫

《水滸傳》的細節描寫也有著獨特成就。《水滸》常選擇既能反映事物的本質特徵，又具有强烈藝術感染力的細節。它承襲宋元說話傳統中單線敍述的方法，在遇到人物故事、情節線索交叉的時候，總是把被動的一方處理爲明線，而把主動的一方處理爲暗線。例如野豬林把董超薛霸陰謀在途中殺害林沖當作明線，而把魯智深暗中保護、危急時援救林沖處理爲暗線。風雪山神廟把陸謙等人陷害林沖，想用毒計燒死林沖當作暗線，而把受陰謀包圍，但略有所感的林沖寫成明線。又如武松威震安平寨，作者把武松的無所畏懼，敢於藐視牢營的種種酷刑，但卻突受殊遇，使之惴惴不安的種種戲劇性情節處理爲明線，而把施恩受蔣門神欺壓，想借助武松報仇，故破格暗中優待武松處理爲暗線。這些寫法都頗見作者處理題材、表現細節的功力。特別是智取生辰綱，這本是一場尖銳、複雜的鬥爭，名爲智取，但作者卻丟開取的這一方，著重描寫被取的那一方；撇開智取與被取這一主要矛盾，卻淋漓盡致地寫出押解隊伍中的內部矛盾，即楊志與衆軍士、老都管之間的矛盾。表面上似乎喧賓奪主，實際上卻筆在此而意在彼。正由於描寫了解送者楊志的精細過人，解送隊伍的勾心鬥角，才能反襯出英雄們的機智和團結，筆筆寫楊志，正是筆筆寫吳用。這種寫法，能夠表現出廣闊的意境，並留給人們以豐富的想像餘地。

㈢環境描寫

中國古代小說一般用筆簡練，惜墨如金，很少對環境、風景、氣候作大段描寫。《水滸傳》更是如此，往往簡單幾筆便極其概括地寫出人物活動的背景來，而且情景交融，相互映襯。如「智取生辰綱」就選擇了一個「赤日炎炎似火燒」，「其實那熱不可當」的天氣。吳用正是抓住了熱和渴來確定他的智取的。林沖到草料場則是那「嚴冬天氣，彤雲密布，朔風漸起，卻早紛紛揚揚，捲下一天大雪來」；外出買酒時，「那雪正下得緊」；風雪壓塌草廳，「看那雪，到晚越下得緊了」；手刃仇人之後，「那雪越下得猛」。風雪嚴寒，不僅是自然氣氛，還象徵林沖當時所處的社會環境，並以此來烘托林沖孤危落拓的心情，突出林沖忍無可忍、退無可退的處境。在這一節中作者還反覆寫了火：林沖初來草料場，向老軍問火，借火盆與林沖，林沖撥出些焰火來，去買酒時將火炭蓋了，草廳壓塌，林沖探身摸索，火種已被雪水浸滅，但山神廟飲酒時，突聽得必必剝剝火起……這時，外面大火燃燒，內心怒火如焚。雪是外在環境，火是內心憤怒，兩相烘托，富有詩情畫意。這正是中國古典小說環境烘托既簡短而又深刻的最成功的例子。

㈣情節結構

《水滸傳》的結構亦頗具特色。作品爲了表現農民起義由個別到集體、由分散到集中、由小規模到聲勢浩大的大起義這一規律，採用了獨特的結構方式。特別是前半部，故事的發展主要依靠人物的相互銜接，主要人物的故事一環套一環。分開來看，可以把一些主要人物的故事分成若干短篇而無割裂之感；合起來看，其結構又嚴整劃一，氣氛協調，並無瑣碎繁複之弊。加以全書情節曲折變幻，波瀾起伏，錯綜雜出，搖曳多姿。因此，《水滸傳》的結構還是比較出色的。書中一些主要人物的小故事，都服從於逼上梁山這一中心內容，由分而合，宛如百川匯海。這樣既有利於表現廣闊複雜的社會面，又能寫出農民起義由星星之火發展成燎原大火的完整過程。

㈤語言風俗

在語言風格方面，《水滸傳》創造性地繼承和發展了「說話」的語言藝術。它的語言以北方口語，主要是山東一帶口語爲基礎，經過加工，千錘百煉。其主要特色爲：明快簡潔、生動含蓄，表現力很強；狀人敍事，多用白描，不用長段抒寫，往往簡單幾個字，極爲凝練。如十三回「急先鋒東廓爭功」，寫楊志索超比武，旁觀諸人反映各有不同：梁中書「看得呆了」，是個文官身分：衆軍官「喝采不迭」，是衆軍官身分；軍士們「遞相廝覷說：『何曾見過這等廝殺』」，是軍士們身分；李成、聞達則連呼「好鬥」是大將身分；眞是信筆寫來，一絲不亂。

作者駕馭語言的能力，還表現在語言的個性化上，書內主要英雄人物的語言，都符合各人身分、個性和神態。如李逵初遇宋江，一見面就問：「這黑漢子是誰？」戴宗告以宋江後，他還不信，還問一句：「莫不是山東及時雨黑宋江？」宋江自承無誤，他這才拍手叫道：「我那爺，你何不早些說個，也教鐵牛喜歡！」幾句話就把李逵天眞浪漫，眞誠純樸的性格，表現得維妙維肖。

㈥社會影響

《水滸傳》深受廣大民衆喜愛，廣泛流傳，產生了重大的社會影響。特別是書中所宣揚的那種反叛朝廷的造反精神和掃蕩人間不平的理想主義，更成爲後代人民不甘馴服的精神力量。我們從明末李自成自稱「奉天倡義」，太平天國的旗幟爲「順天行道」，義和團的旗幟爲「替天行道」中都可以看到《水滸傳》的深遠影響。歷代民衆起義造反，不少還從《水滸傳》中學習政治、軍事鬥爭的經驗，有的則借用水滸英雄的綽號，以梁山好漢自居。由於害怕這種影響，明清兩朝統治者曾多次禁毀⑦。但事實證明，這種禁毀是徒勞的。正如清末錢湘所說：「禁之未嘗不嚴，而卒不能禁之者。蓋禁之於其售者之人，而未嘗禁之於其閱者之人；即使能禁之於其閱者之人，而未嘗能禁之於其閱者之心。」（《續刻蕩寇志序》）。

《水滸傳》在文學藝術領域也產生了巨大的影響。它不僅是中國小說史上第一部純粹用白話文寫成的長篇通俗小說，而且也是第一部開始擺脫以《三國演義》爲代表的歷代演義小說僅僅表現上層社會中帝王將相的狹窄範圍，而是朝著中下層社會擴展，把廣闊的市俗生活作爲描寫對象，這一點更給後代小說家予深刻的啓示。如《金瓶梅》就採用《水滸》中一個情節作爲引子，敷衍成書，並以《水滸》之「外典」而自居。因此，無論在人物形象的塑造、性格的刻畫、語言的運用、情節和結構的安排，《水滸》都給後世作家提供了學習和借鑒的範例。此外，它還是英雄傳奇小說的奠基之作，它所創造的這種英雄傳奇體式，成了我國古代小說中僅次於歷史演義小說的重要類別。《說唐》、《楊家將》、《說岳全傳》等作品，乃是這一體式的重要代表。同時，它對武俠小說也有直接而重大的影響。清以後的《三俠五義》及其他一些武俠小說和俠義公案小說，盡管作者命意與《水滸》大不相同，而其淵源則仍來自於《水滸》。

附　註

①襲開《宋江三十六人像贊》、《大宋宣和遺事》中 36 人與《水滸》中 36 天罡基本相同。不同者二書皆有晁蓋及病尉遲孫立，《像贊》無公孫勝及林沖，而《遺事》尚有撲著雲杜千，而無宋江、解珍、解寶三人。此外，各書姓字亦微有出入。如《水滸》中李俊、阮小二、阮小五、關勝、楊雄、張清、穆宏、呼延灼、張橫等在《遺事》中作李海、阮進、阮通、關必勝、王雄、張靑、穆橫、呼延綽、張岑。

②以施耐庵等爲《水滸傳》作者之托名，倡此說者有胡適，他認爲施羅乃「烏有先生、亡是公一流人物」。魯迅也「疑施乃演爲繁本者之托名」（《中國小說史略》）。聶紺弩、徐朔方及日人松枝茂夫則認爲《水滸》是純粹的集體創作，並無個人作者。戴不凡、張國光等人則認爲《水滸》作者實乃郭勳及其門客，不過託名爲施耐庵。

③以往發現的有關施耐庵的各種材料不外兩類：一類如署名爲明王道生撰《施耐庵墓誌銘》《施耐庵小傳》及施氏族譜中所附傳說施耐庵之子施讓的《故處士施公墓誌銘》中有關施耐庵的一段話。這些材料雖有施之姓名生平及寫作《水滸》等事，但內容漏洞甚多，來源亦不可靠，人多懷疑其眞實性。另一類如八十年代以後發現的《施氏長門譜》及《處士施公廷佐墓誌銘》（殘文）。這些材料都是可靠的，但只能證明興化白駒施族族祖、即施廷佐之曾祖爲施彥端，卻難於證實施彥端即爲施耐庵，更不足以證明即寫作《水滸》之施耐庵。

④以上材料大多引自王道生所寫《墓誌銘》，但此文人多懷疑係後人僞造。如元至順二年並未開科學，《興化縣志》記載的當地全部進士名單中亦無施耐庵之名，《杭州府志》、《錢塘縣志》上地方官員名單中亦無耐庵「曾官錢塘二載」之記載。且墓誌之體例規格亦與傳統寫法不符。

⑤1975 年上海圖書館發現《京本忠義傳》的兩張殘頁，據考證爲正德

嘉靖時坊刻。標題爲「石秀見楊林被捉」及「祝彪與花榮戰」。可見此書亦係分節不分回，節目爲參差不齊之單句。形式與嘉靖本《三國志通俗演義》相近。這一刊本肯定早於郭本。

⑥忠義說：早期均以「忠義」爲《水滸》之名，李贄《忠義水滸傳序》曾集中闡明這一觀念。余象斗、楊定見、袁無涯均持此說。爲英雄豪傑立傳說：持此說者有汪延訥、五湖老人、熊飛等。誨盜說：有鄭暄、金聖嘆、胡林翼、俞萬春等人。胡林翼曾說：「一部《水滸》，教壞天下强有力而思不逞之民。」憤書說：有張潮、陳忱等。陳忱認爲「《水滸》，憤書也。」遊戲說：清勾曲外史《第五才子書序》說：「余謂是書雖出於遊戲……」

⑦明清兩代，《水滸》曾多次遭到禁毀。崇禎十五年（公元 1642 年）下令「凡坊間家藏《滸傳》並原板，速令盡行燒毀，不許隱匿。仍勒石山巔，垂爲厲禁……」（《明清內閣大庫史料》上册）清乾隆十九年（公元 1754 年），曾下令在全國「嚴禁」《水滸》（《定例匯編》卷三）。嘉慶七年（公元 1802 年）下令「嚴禁」，「已刊播者，令其自行燒毀，不得仍留原板。」（《清仁宗實錄》卷 104）咸豐元年（1851）下令「嚴行查禁，將書板盡行燒毀。」（《清文宗實錄》卷 38）。

第四章　明代戲劇

第一節　明代戲劇的繁榮

明代戲劇在元代雜劇高度繁榮的基礎上，又得到進一步的發展。明代戲劇品種紛繁，分爲兩大系統：既有從元雜劇發展而來的明雜劇，又有從宋元南戲發展而來的明傳奇。明傳奇隨著聲腔的發展，又形成崑曲一系和弋陽諸腔一系。這些聲腔劇種均有劇本流傳，但傳奇，包括後來的崑曲，不斷豐富和完善，以致逐漸取代雜劇，成爲明代劇壇主流的過程，乃是明代戲劇發展的主要趨勢。傳奇劇目在明中後期大批湧現，形成了我國戲劇史上繼元雜劇之後的第二個高潮。

㈠繁榮情況

今知明代戲曲劇本有雜劇、傳奇及弋陽腔等類。據傅惜華《明代雜劇全目》統計：明代共有雜劇作家一百零八人，雜劇劇目五百多種，今存劇本一百八十餘種。據《明代傳奇全目》統計，今知明初傳奇及後來崑曲劇作家二百七十七人，劇目九百五十多種，劇本今存二百多種。又據張庚、郭漢城《中國戲劇史》統計：今存弋陽諸腔的明刊劇本全本十五種，殘本九十五種。此外，尚有海鹽腔劇本如《劉知遠紅袍記》、《玉環記》、《雙忠記》、《還帶記》、《四節記》等多種。戲劇創作的繁榮也表現在題材的多樣性上。元雜劇中已有的歷史、愛情、綠林、煙花粉黛、神仙道化、隱居樂道之類題材，明代戲曲中同樣不少，僅公案劇較元代大爲減少。而元雜劇中極爲少見的諷刺劇和反映當時重大事件的時事劇，在明代戲曲中卻有重大發展。明中後期出現大批諷刺喜劇，如雜劇中李開先的《打啞禪》、沖和居士的《歌代嘯》、徐復祚的《一文錢》、王衡的《鬱輪袍》和《眞傀儡》、呂天成的《齊東絕倒》、茅維的《鬧門神》等；傳奇則有汪廷訥的《獅吼記》、沈璟的《博笑記》、孫鍾齡的《東郭記》和《醉鄉記》。這個時期還產生了數十種以明代社會重大事件爲題材的時事劇，從明初三寶太監下西洋的《西洋記》，直到明末與滿洲在遼左的戰爭如徐運乾的《籌虜記》、許以忠的《三節記》，所有明代政治上的重大鬥爭，幾乎無所不寫。特別是反權奸如嚴嵩父子，反閹宦如劉瑾、魏忠賢，更成爲當時傳奇創作的一股潮流①。

明代戲劇無論就劇種、劇目、題材等方面，都超過元代，獲得了較大的發展。但就其價值而言，特別是文學價值，卻未必超過元代。儘管元雜劇中，時事劇極爲少見，但其精神血脈，卻大多從元代現實中來。而明代戲曲中，宣揚封建道德、鼓吹風化成爲一時潮流。不僅《五倫全備記》、《香囊記》之類以鼓吹封建道德爲目的的劇本如此，就是那些比較優秀的作品如《寶劍記》、《鳴鳳記》等在塑造正面形象時也著重在人物的忠孝節義上著墨，以突出其道德品質，把各式各樣的戲劇衝突，千篇一律地歸結爲封建道德領域內正與邪的鬥爭，從而縮小了對社會現實的反映。與此相關的是：明代戲曲中體現的士大夫情趣比較明顯和突出。以文人生活、逸事爲題材的劇目大爲增加，例如在雜劇中就有《不伏老》、《杜甫遊春》、《鬱輪袍》、《霜亭廟》、《桃花人面》、《滕王閣》等。而在傳奇中以愛情、婚姻爲題材的劇目占了相當大的比例，所謂「十部傳奇九相思」，也成爲一時潮流。這中間固然不乏像《牡丹亭》這種鼓吹情慾、反對程朱理學、充滿鬥爭精神的作品，但多數愛情劇都是把性愛當作才子佳人的風流逸事來表現。它們沒有多少積極內容，專以「香艷」、「旖旎」和排場新奇取勝，在不同程度上體現了封建文人玩弄感情的淺薄心理。

㈡劇作家隊伍

明代戲壇的這種變化與作家隊伍的構成有關。明代日益墮落的統治階級需要一種能滿足其消遣享樂的文藝，而某些有叛逆情緒的文士也需要戲曲作爲抒發心靈、反抗傳統的工具。因此，作爲日趨高雅的傳奇和雜劇在文人學士之中大爲流行，作家蜂起，確有其必然性。這正如王驥德《曲律》所說：「今則自縉紳、青襟，以迨山人墨客，染翰爲新聲者，不可勝紀。」明代劇作家較之元代有著較高的文化素質和社會地位，據統計有藩王三人、尚書兼大學士四人、尚書三人、卿二人、侍郎一人、少卿一人，其他官員十八人，合計三十三人。其中進士及第者至少三十人，包括狀元三人，榜眼二人②。元雜劇作家中有一些倡夫優伶，而明劇作家中已經絕迹。

這些有功名、官職的士大夫染指戲曲，固然提高了戲曲的社會地位和藝術品格，使本來流行於民間、比較俚俗的南北戲從此走向歌筵酒席，來到供文人雅士賞心樂事的紅氍毹之上，甚至進入王室和宮廷，成爲一種高雅的娛樂。同時也在內容和形式等方面把文人士大夫的情趣強加給戲曲，以此來改造戲曲。他們沒有充分認識戲曲的自身特性，無法遵循戲曲發展的規律，而簡單地認爲只要朝著正統詩文的方向前進，使之更加詩文化，就可以完成提高戲曲品格的任務。他們常用寫作、評論詩文的眼光來檢查、評論、指導戲曲創作，以至造成了新的扭曲，即對南北戲都進行典雅化改造，使之成爲「雅樂」、「雅音」。這種雅化不單反映在題材方面，士大夫情調和文人戲大爲增加，也表現在典雅的音樂（即崑曲）和典雅的文辭日益得勢，還表現在明末少部分傳奇和大部分雜劇從場上之曲正式演變成案頭之曲。相當一批得志和不得志的士大夫作家，他們創作戲曲往往是興隨筆到，目的在於抒發個人胸懷，而不在於反映社會，甚至藉戲曲逞辭藻。因此，戲劇在他們手中，成了詩詞的等價物，案頭劇自然增加。

㈢各時期劇作情況

明代戲劇的發展並不平衡。具體而言：明初出現過短暫的繁榮，特別是在雜劇方面。但從永樂以後直到嘉靖以前這一百多年，劇壇相當沈寂，僅朱權、朱有燉兩位藩王點綴昇平的雜劇獨步一時。創作蕭條的原因主要是：明初社會狀況的巨大變化不利於世俗性戲曲的發展。南方士大夫從在野的縉紳變爲在朝的官僚，他們對戲劇，特別是來自民間的南戲需要有一個重新認同、改造、提高的過程。另外一個重要原因，乃是明初對演戲的種種限制。洪武六年（公元 1373 年）頒布的《大明律》明文規定：「不許妝扮歷代帝王后妃、忠臣烈士、先聖先賢神像」。永樂九年（公元 1411 年）還張貼榜文規定：「但有褻瀆帝王聖賢之詞曲駕頭雜劇」，「限他五日都要……赴官燒毀了。敢有收藏的，全家殺了。」這樣的嚴刑峻法，自然會逼使戲曲創作萎縮退化。直到正德、嘉靖之際，由於明王朝統治的衰微，戲劇創作才開始出現轉機。明中葉作品雖不多，重要的如康海的《中山狼》、徐渭的《四聲猿》等雜劇和李開先《寶劍記》等傳奇，都說明具有明代風格的戲曲正開始醞釀。

到了明代後期，無論雜劇、傳奇都呈現出全面繁榮的景象。明代絕大部分作家和作品都集中在這個時期。像沈璟、王驥德、呂天成、葉憲祖這些接近於專業化的劇作家，都產生於此時。不少作家的劇本仿效徐渭《四聲猿》、汪道昆《大雅堂樂府》的做法，採用了戲劇合集的形式，如葉憲祖《四艷記》、程士廉《小雅四紀》、沈自徵《漁陽三弄》、傅一臣《蘇門嘯十二種》（以上爲雜劇），以及張鳳翼《陽春六集》、沈璟《屬玉堂傳奇》、湯顯祖《臨川四夢》、屠隆《鳳儀閣樂府》、孫仁儒《白雪樓二種》、吳炳《粲花齋五種曲》、馮夢龍《墨憨齋定本傳奇》、呂天成《煙鬟閣傳奇十種》、阮大鋮《石巢四種》（以上爲傳奇）。這些都足以說明明後期戲劇創作的繁榮情況。同時，也表明戲劇已經取得了文學的正式地位，成爲明代文人自覺的藝術創作。

㈣南北戲從對峙到交融

就南北戲相互關係而言，它們相互對峙、相互競爭，又相互吸收、相互交融。大體上嘉靖以前以競爭和對峙爲主，嘉靖以後更多地表現爲相互融合之勢。明代初年，北雜劇作爲雅音，在教坊繼續占有統治地位，加上幾個藩王的提倡，使北戲在藩府有過短暫的繁榮。而原來興盛在望的南戲戲文則因社會的變遷，失掉剛剛得到的文人士大夫的關注，重又退回到下層民間。這時的北戲雖然排擠了南戲，而在結構、唱法及曲調等方面卻受到南戲一定的影響，但基本上仍然保持了一本四折、一人主唱和以北曲爲主的體制。

明中期屬於過渡時期，得到王室認可的北雜劇日漸衰落，無可挽回。衰落的重要原因是典雅化和文人化，北雜劇無法壟斷劇壇，逐漸成爲脫離舞臺的案頭劇。原有的雜劇體制，這時也已破壞無餘。而傳奇則由於一些官僚士大夫如丘濬、李開先等人的關注，社會地位與藝術品格都得到提高，足以與北劇抗衡並略占上風。

到明後期，崑曲風靡全國。中期即見衰微的北曲，這時更加沒落。萬曆間沈德符《野獲編》說：「近日沈吏部所訂南九宮譜盛行，而北九宮譜反無人問，亦無人知矣！」呂天成《曲品》亦云：「傳奇既盛，雜劇寢衰。北里之管弦播而不遠，南方之鼓吹簇而彌喧。」北戲既已衰落，南曲不僅獨霸舞臺，而且侵入雜劇創作之中，一些雜劇作家也改寫南雜劇③。這時雜劇與南戲進一步交融，它們之間的其他差別大都已不復存在，唯一的差別只是長短不同。雜劇一般爲十一折以內的短劇④，傳奇則篇幅比較宏大、一般在二十齣以上。因此，不少劇作家都兼寫雜劇與傳奇⑤，這足以證明兩種體制得到了進一步的合流。

第二節　明代雜劇

明代雜劇也可以分爲三期。初期（洪武至成化，公元 1368～1487 年）緊承元劇餘勢，出現過短暫的繁榮，隨後即漸趨蕭條。中期（弘治至隆慶，公元 1487～1572 年）作家作品均不多，但卻在內容及體制上表現出新的變化。後期（萬曆至崇禎，公元 1572～1644 年）則呈現出繁榮的形勢。

㈠明初雜劇

明初雜劇的繁榮，既與元代雜劇的影響有關，也與當時帝王及士大夫的愛好有關。明初的幾個帝王，如太祖、成祖、宣宗、景帝，都是戲劇的愛好者。洪武初年，「親王之國，必以詞曲一千七百本賜之」（李開先《張小山小令後序》）。同時還賜以樂戶。故宗室中喜愛戲劇者較多，寧獻王朱權與周憲王朱有燉就是其中代表。

明初雜劇作家主要有兩部分人：一是由元入明者，包括朱權《太和正音譜》所說的「國朝十六子」和《續錄鬼簿》所列舉的部分作家。這些人中成就較高的有王子一（作雜劇四種，今存《誤入天臺》一種）、劉東生（作雜劇二種，今存《嬌紅記》一種二本）、谷子敬（作雜劇五種，今存《城南柳》一種）、賈仲明（公元 1344～1422 年以後，著雜劇十七種，今存《昇仙夢》、《對玉梳》等五種）。他們的劇本在內容及形式等方面成就都不高，非庸即弱。這些作品進一步發展了元末即已形成的脫離現實、鼓吹避世、藝術上有雕鑿的傾向。另一部分劇作家是明初成長的，主要有兩位藩王朱權和朱有燉。

朱權

朱權（公元 1378～1448 年），號臞仙，又號涵虛子、丹邱先生。朱元璋第十六子，初封大寧，稱寧王。後改封南昌，死後諡爲獻，世稱寧獻王。著雜劇十二種，今存二種：《沖漠子獨步大羅天》及《卓文君私奔相如》。前者演呂純陽、張紫陽點化沖漠子的故事。劇中沖漠子「生於帝鄉，長於京輦」，爲厭流俗，「抱道養拙，遠離塵迹，埋名於白雲之野」。這實際上乃是作者的自況，表明他在明初皇族鬥爭中失敗後的厭世情緒。他潛心研究北曲，搜集古代戲曲研究和有關雜劇的各種資料，寫成戲曲理論專著《太和正音譜》，這是我國現存最早的一部北雜劇曲譜，也是明初記錄雜劇資料最爲詳備的一部著作，對研究元明北曲和雜劇作家作品提供了不少珍貴的資料。

朱有燉

朱有燉（公元 1379～1439 年），號誠齋，又號全陽子。朱元璋第五子周定王朱橚之長子，嗣位爲周王。死後諡曰憲，故稱周憲王。他著有雜劇三十一種，數量上僅次於關漢卿，且全都保存下來，合刊爲《誠齋樂府》。他是留存雜劇最多的一個作家。他喜愛戲曲，認爲「使人歌詠搬演，亦可少補於世教」（《搊搜判官喬斷鬼》引），所以他寫的宣揚封建道德的「節義劇」有九種之多，如《繼母大賢》，寫一位賢母不庇護犯罪殺人的親生子，而力辯前妻之子無罪。《團圓夢》寫趙貞姬在夫死後守志自縊，最後與其夫同登仙界。在他筆下，不僅良家婦女，就是妓女也同樣恪守封建道德，一個個都成了「有羞恥，有志氣，生成知道三綱五常的人」。他一共寫了六部妓女劇，《香囊怨》是此中代表作。寫的是河南民間實事：妓女劉盼春鍾情於秀才周子敬，把周的詩及信放在香囊之中。鴇母逼她接客，她把香囊佩在身上從容自縊，以死明志。這個戲雖比較眞實地揭示了妓女的屈辱處境，並一反元明以來寫妓女生涯多爲喜劇的常例，以悲劇作結。但作者强調的悲劇的原因是妓女對封建道德的忠誠不二，從而削弱了對社會的揭露和批判。

由於在明初皇室內部權力鬥爭中其父朱橚曾遭囚禁和謫遷，朱有燉本人也一再受到他兄弟的攻訐，他只好深自韜晦，沈緬聲色，寄情詞曲，並爲此寫了一些宣揚宗教迷信的「度脫劇」和點綴昇平、歌功頌德的「慶賀劇」。另外，他還寫了兩種水滸：《黑旋風仗義疏財》和《豹子和尚自還俗》。前者寫李逵等路見不平，救出被酷吏趙都巡欺壓的李撇古父女，並代交公糧，又假扮李女嫁與强娶的趙都巡，乘機痛打他一頓。後來張叔夜出榜招安，李逵在李撇古的勸說下，翻然悔悟，並勸說宋江接受了招安。李逵在這裡被描寫成一個要「改過自新」，發誓「從今後賊首見賊不相饒」的變節分子。而後者則把魯智深寫成一個幼時「戒行不精」，被責還俗，娶妻生子，後上山落草。由於妄殺平人，被責打又下山修行，終於經李逵等勸說後再上梁山。魯智深在這裡成了個時盜時僧、平庸卑劣的角色。

總的來說，朱有燉的雜劇鮮明地表現出他的貴族立場，處處散發出濃重的宮廷氣息。但他在雜劇形式上頗多獨創，如打破一本四折的慣例，採用對唱、合唱、接唱等形式，甚至採用南北合套的體制，促進了雜劇形式的演化。如《牡丹園》及《曲江池》，均爲五折二楔子，旦末外均唱。《呂洞賓花日神仙會》採用南北合套，末唱北曲，旦唱南曲。平心而論，他對雜劇體制的改進及舞臺藝術的提高是有貢獻的。其劇作語言質樸本色，深得後人讚賞。故王世貞《曲藻》認爲他「才情未至，而音調頗諧」。沈德潛《野獲編》則認爲他「雖警拔稍遜古人，而調入弦索，隱協流麗，猶有金元風範」。正因爲他的劇本比較注意舞臺特點，故演出效果較好。明嘉靖時李夢陽《汴中元宵絕句》云：「中山孺子倚新妝，趙女燕姬總擅場。齊唱憲王新樂府，金梁橋外月如霜。」可見當時開封一帶，朱有燉的雜劇曾經風行一時。

㈡明中期雜劇

明代中葉，雜劇處於轉變時期，前期的元雜劇餘波早已消失殆盡，後期眞正具有明代特色的雜劇尚在醞釀之中。故這個時期作家作品都不多，僅有的幾個著名作家如康海、王九思、徐渭、馮惟敏、汪道昆等人，大都能在內容、風格、體制等方面繼往開來，對明雜劇的發展作出自己的貢獻。

康海與王九思

康海（公元 1475～1540 年）、王九思（公元 1468～1551 年），均屬前七子，都是陝西人，康籍武功，王籍鄠縣。同爲弘治間進士，同坐劉瑾黨被貶，又同藉雜劇來發洩胸中憤懣。康字德涵，號對山，別署沜東漁父，著有《中山狼》、《王蘭卿》雜劇二種。王字敬夫，號渼陂，著有《杜甫遊春》、《中山狼院本》二種。康作之本色渾浩與王作之秀麗雄爽，同樣贏得後人讚賞。以上四劇除《中山狼院本》爲一折短劇外，其餘三種均固守元劇體制。

康、王二人乃繼朱有燉之後，給正統雜劇作了一個光輝的結束。

康作《王蘭卿服信明貞烈》，題材與朱有燉《香囊怨》相近，寫從良為妾的妓女在夫死之後服信石自殺殉節，最後得以成仙。無論思想內容和關目曲辭均庸弱平板。王作《杜子美沽酒遊春》，演杜甫生平事迹。一、二折寫他遊曲江獨飲酒樓，痛斥奸相李林甫；三、四折寫他與岑參共遊渼陂，下決心拒絕徵召，後乘槎渡海，歸隱而去。此劇應作於王九思放歸之後，以杜甫自況，藉李林甫攻擊李東陽，藉文壇掌故以抒憤寫懷，而不以情節、關目取勝。這種寫法實開明代文人劇之首。作者既然不是為了演出的目的，故對於戲劇藝術不大考慮，因而顯得關目平板而缺少穿插。

成就較高，能成為他們的代表作的是兩部《中山狼》，康作成就尤高。二劇內容與他們的老師馬中錫所作《中山狼傳》⑥相同，均演東郭先生救狼而險遭狼害一事。對於康海創作此劇的原因，何良俊《四友齋叢說》、朱彝尊《靜志居詩話》、王士禛《池北偶談》、鈕秀《觚賸》都以為是影射李夢陽辜恩。因李夢陽曾為戶部尚書韓文草疏劾劉瑾，不成，反遭迫害下獄。瑾欲殺之，康海為救李曾屈己登門向瑾求情。及瑾敗，康因此論棄終身，李卻未見援救。康海還在《讀中山狼傳》一詩中云：「平生愛物未籌量，那記當年救此狼。」特別還在此劇第四折讓杖藜老人罵盡天下負恩者，包括負君的、負親的、負師的、負友的，最後喝問道：「你看世上那些負恩的，卻不個個是這中山狼麼！」作者寫作此劇，顯然係有所為而發。不過是否確指李夢陽，則尚缺佐證。但劇中刻畫中山狼蒙恩反噬、恩將仇報，客觀上揭露了封建官場上習見的反覆無常、爾虞我詐的傾軋關係；同時又嘲笑了迂腐懦弱的墨者東郭先生「無所不愛」的仁心。劇本主題鮮明集中，刻畫狼的詭詐性格生動畢肖，結構嚴密，情節緊湊，排場妥貼。而曲辭的豪放雄渾與賓白的醒豁巧妙，尤為難得。故《盛明雜劇》沈泰有眉批云：「此劇獨攬澹宕，一洗綺靡，直掩金元之長，而減關鄭之價矣！」說明此劇確有較高的成就，它的出現標誌著明雜劇創作的轉機。王九思《中山狼院本》因僅一折，關目、情節、人物刻畫都極爲匆迫。曲辭、賓白更不如康作。劇目雖稱院本，實乃雜劇。以一折做一本雜劇，王九思此劇是個開創。明代短劇從此開始流行。

徐渭

中期成就更高、影響更大的戲劇家是徐渭。

徐渭（公元 1521～1593 年），字文長，號青藤、天池生，浙江山陰（今紹興）人。他才情很高，詩文書畫，無一不精，而且是一個憤世嫉俗、不爲禮法所約束的浪漫文人。著有《徐文長集》三十卷，《逸稿》二十四卷和雜劇合集《四聲猿》，以及戲曲理論專著《南詞敍錄》。

《四聲猿》包括四部雜劇：《狂鼓史漁陽三弄》、《玉禪師翠鄉一夢》、《雌木蘭替父從軍》、《女狀元辭凰得鳳》。其中，《雌木蘭》二折，寫木蘭代父從軍一事。《女狀元》五折，純用南曲，演黃崇嘏男裝應試，得中狀元一事。二劇都是爲巾幗作宣傳、讓婦女揚眉吐氣之作，是對重男輕女的封建秩序的挑戰。作者在劇中大聲疾呼：「裙釵伴，立地頂天，說什麼男兒漢！」「世間好事屬何人，不在男兒在女子。」但劇本最後讓木蘭、黃崇嘏返回閨房，恢復女兒身分，仍然表示了對習俗的遵從。《玉禪師》二折，取材民間傳說，揉合元雜劇《月明和尚度翠柳》和話本《五戒禪師私紅蓮》二則故事。關目也還巧妙，思想上則頗多糟粕，主要宣傳佛教色空和輪迴思想。但也能在一定程度上揭露官場與佛門的爾虞我詐，批判宗教禁欲主義的虛僞。

寫得最好的是《狂鼓史》，一折，僅三千餘字。寫禰衡應判官之請，在陰曹地府重演罵曹之事，所以也叫《陰罵曹》。劇本構思奇巧，文筆激昂，氣勢磅礴。描寫禰衡在堂上傲然擊鼓，列舉曹操在禰衡生前死後諸般罪狀，淋漓盡致地刻畫了曹操狠毒虛僞、狡詐奸險的面貌。「哄他人口似蜜，害賢良只當耍。」從而抒發了作者對封建統治者殘害忠良、誤國殃民的種種罪行的憤懣之情。在徐渭的一些詩文中，曾把嚴嵩目爲曹操式的奸相，此劇可能是有所爲而發。本劇曲文多用白描本色語，但寫得憤懣鬱勃、勁切淒涼，一股豪蕩之氣充塞其間。

歷來對《四聲猿》的評價都較高，明代澄道人說它「爲明曲之第一」（《四聲猿引》）王驥德《曲律》稱之爲「天地間一種奇絕文字」。湯顯祖則說：「《四聲猿》乃詞場飛將。」這四個劇本通過豐富的想像，離奇的情節以說明：奸雄死後也逃不脫詛咒，和尚不妨破戒，妓女能夠得道升天，婦女照樣可以幹出武能卻敵安邦、文能狀元及第之類驚天動地的事業。故而打破了封建傳統思想的束縛，洋溢著狂傲的反抗精神。

《四聲猿》在體制、音律等方面也有不少創新。徐渭大膽突破南北戲界線，運用傳奇體制於雜劇之中，寫成最早的一部雜劇合集⑦，影響很大。與之同時的汪道昆有《大雅堂四種》，明末有葉憲祖《四艷記》，淸代有洪昇《四嬋娟》、桂馥《後四聲猿》、張韜《續四聲猿》，這些作品大多是在《四聲猿》的影響下寫成。其次，《四聲猿》除《女狀元》之外，其餘三種均爲一、二折短劇。此前雖有《中山狼院本》，但未用雜劇之名，故影響不大。故徐渭成了大量寫作短劇的第一個劇作家，從此短劇大爲盛行。第三，《女狀元》首開以南曲寫雜劇的先例，南雜劇從此大興。由此可見，徐渭不僅在思想內容，就是在形式體制上，也同樣以他奔騰馳騁的才情，打破傳統的束縛，使雜劇別開境界，成爲明雜劇發展的一個關鍵人物。

《歌代嘯》四折，一說爲徐渭作，但證據不足。作者應爲此劇《凡例》之作者「虎林冲和居士」。劇之正目爲：「沒處泄憤的，是冬瓜走去拿瓠子出氣。有心嫁禍的，是丈母牙疼炙女婿腳跟。眼迷曲直的，是張禿帽子教李禿去戴。胸橫人我的，是州官放火禁百姓點燈。」四折寫四個獨立事件，但又能夠貫串起來，組合爲一劇，表現了作者善於穿插、安排的能力。全劇主要是對這種「世界缺陷、人情刁鑽」的現象加以揭露和嘲諷。它是明代諷刺劇中較早的一部，對以後諷刺劇的發展有較大的影響。但人物形象單薄，內容不夠深刻，有些地方顯得庸俗油滑。

此外，明中期雜劇作家尚有馮惟敏（著有《不伏老》、《僧尼共犯》二種，俱存）、楊愼（著有《洞天玄記》一種）、汪道昆（公元 1525～1593 年，著有《大雅堂四種》:《高唐夢》、《五湖遊》、《遠山戲》、《洛水悲》，俱存）、許潮（著有雜劇合集《泰和記》，今存八種）。這些人在戲曲史上的地位和影響相對要小一些。

㈢明後期的雜劇

明後期是雜劇創作最爲繁榮的時期，今知作者姓名可考的雜劇劇目近二百種，保存至今者尚有九十餘種。明雜劇的體制及風格，到這一時期才算完備，劇本題材內容也較以前廣泛，作家作品數量較以前大爲增加：無論是新創的南雜劇及短劇，或者傳統的北雜劇，都是作家輩出，盡態極妍，共同形成明雜劇的鼎盛局面。

這個時期的雜劇作家中，主要寫南雜劇的有徐復祚、陳與郊、沈璟等。主要寫北雜劇的有王衡、沈自徵、孟稱舜等人。兼寫南北雜劇的有葉憲祖、王驥德、呂天成等人。現分述如次。

1. 寫南雜劇的作家

寫南雜劇的作家大多兼寫傳奇或主要寫傳奇，如沈璟的主要成就在傳奇，而徐復祚、陳與郊則兼寫雜劇與傳奇。

徐復祚

徐復祚（公元 1560～？年），江蘇常熟人，著傳奇四種，今存《紅梨花》、《投梭記》、《宵光劍》三種。著雜劇二種，今僅存《一文錢》。此劇以五折南曲、一折北曲組成，爲宗教題材，寫釋迦化裝點化慳吝的員外盧至的故事。劇本刻畫盧至，淋漓盡致。他在路上拾得一文錢，不知如何處置，「藏在袖子裡，恐怕灑掉了；藏在襪桶裡，我的襪又是沒底的；藏在巾兒裡，巾上又有許多窟籠！……」最後決定買芝麻，還要躲到深山密林裡去吃。這些描寫都深刻地揭露了剝削者的貪婪和吝嗇，頗有現實意義。此劇也因此成爲我國古代水平較高的諷刺劇之一。

陳與郊

陳與郊（公元 1544～1610 年），浙江海寧人，曾官太常寺少卿。今存傳奇《櫻桃夢》、《靈寶刀》、《麒麟罽》、《鸚鵡洲》四種，著雜劇六種，今存《昭君出塞》、《文姬入塞》、《義犬記》三種。前二種均爲南曲一折短劇，後一種五折兼用南北曲。前二種對古代紅顏薄命表示了感傷之情，劇情緊湊，文字淒絕。後一劇主要揭露忘恩負義之人，略嫌冗長。

2. 寫北雜劇的作家

孟稱舜

在主要寫北雜劇的作家中，以孟稱舜成就最高。孟稱舜字子若、子塞，浙江山陰人，明末清初作家。著有傳奇《嬌紅記》、

《貞文記》，著有雜劇《英雄成敗》、《死裡逃生》、《桃花人面》、《花前一笑》、《眼兒媚》等五種，俱存。除《死裡逃生》用南曲外，餘均用北曲。他的雜劇題材比較廣泛。《英雄成敗》寫黃巢起義之事，劇中揭露朝政腐敗、科舉不公、宦官專權，致使賢才被扼、英雄無路。《盛明雜劇》有眉批云：「黃巢以下第書生而攪翻世界，鄭畋以筮仕書生而整頓殘唐，均是英雄伎倆，固不得以成敗論也。」劇本一方面誣蔑黃巢爲賊，同時又對他寄以同情，把他描寫成不失爲英雄。《死裡逃生》係揭露佛門罪惡，寫寺僧窩藏婦女，表現人生的險惡和俠義精神。題材比較新穎。其餘三種均爲愛情劇。其共同特點是寫男女思慕，一時不得和諧，故惹下許多相思。作者把這些相思之情表現得細緻曲折，各具特色，顯示出善於寫情的技巧。

王衡

在寫北戲的作家中，王衡也值得注意。王衡（公元 1561～1609 年），字辰玉，號緱山，江蘇太倉人。中進士後曾任翰林院編修。著雜劇四種，今存《鬱輪袍》、《眞傀儡》、《沒奈何》三種，均爲北曲，前者七折，後二者皆一折。《鬱輪袍》是部文人劇，藉唐詩人王維中舉前後的坎坷經歷，揭露科舉黑暗，並發洩個人的滿腔憤懣。《眞傀儡》則是一齣諷刺喜劇，塑造了一個歷盡宦海風波仍能保持清醒的老人杜衍的形象，以嘲諷世態之庸俗，抒發「官場即戲場」的思想。

3. 兼寫南北雜劇作家

這個時期的多數雜劇作家都是既寫北曲，也寫南曲的，這可以葉憲祖、呂天成、王驥德爲代表。

葉憲祖

葉憲祖（公元 1566～1641 年），浙江餘姚人，中進士後曾官縣令、工部主事等職。他是明末作品最多的戲曲作家。曾作傳奇七種，今存《金鎖記》、《鸞鎞記》二種；雜劇二十四種，今存十二種。其中用北曲或以北曲爲主的四種，多爲慷慨義烈的歷史劇和社會劇，如《罵座記》寫灌夫罵座，《易水寒》寫荊軻事，《寒衣記》寫一對夫妻的坎坷，《北邙說法》渲染佛教色空觀念。用南曲或兼用合套者八種，全都是愛情劇，大多寫才子佳人悲歡離合。雖然在關目、情節上尚有某些新穎可觀之處，但思想內容都比較單薄，且不離才子佳人大團圓俗套。其中比較有名的是《四艷記》，包括《夭桃紈扇》、《碧蓮繡符》、《丹桂鈿合》、《素梅玉蟾》四種。四艷指代表春夏秋冬的四種名花，也是劇中四位美人的名字，即夭桃、碧蓮、丹桂、素梅。她們的愛情都借助某一物品作定情媒介，如石生之題紈扇、章生之拾繡符、權生之買鈿合、鳳生之贈玉蟾蜍。後來都經某種事故引起許多波瀾，而終以這些信物之綰合，才子佳人得償宿願。這種結構雖然已成濫套，但葉憲祖還是寫出了同中之異，極盡曲折奇巧之能事。

呂天成、王驥德

呂天成、王驥德代表另一類型，他們是戲劇理論兼戲曲作家。

呂天成（公元 1580～1618 年），字勤之，號鬱藍生，浙江餘姚人。曾師事沈璟，所作除《煙鬟閣傳奇十種》外，尚有傳奇五種、雜劇八種，合「共二三十種」（《曲律》四）。但流傳至今的僅雜劇《齊東絕倒》一種。

王驥德（公元？～1623 年），字伯良，號方諸生，會稽

（浙江紹興）人。徐渭弟子，與沈璟過從甚密。曾作雜劇五種、傳奇四種。今存雜劇《男王后》、傳奇《題紅記》各一種。他們主要不以創作，而以其戲劇理論《曲品》、《曲律》而著名於世。《曲品》是我國第一部系統的戲曲批評專著，《曲律》則是我國第一部全面論述南北曲源流、宮調、作曲和唱曲方法，兼及劇本結構、情節、賓白、科諢等方面的理論著作。

他們的戲曲創作也有一定價值，特別是呂天成的《齊東絕倒》，是一部詼諧的諷刺喜劇。全劇虛構舜爲帝，其父瞽叟殺人，由皋陶審理。作者讓舜、皋陶這些聖賢都處在一種兩難選擇之中，最後只好不了了之，包庇殺人犯，讓舜保住了孝，並得以繼續爲君，代表法律的皋陶則讓步陪禮。這個劇實質上揭露了歷來統治者所炫耀的「德治」的虛僞性。竹笑居士有批語云：「此劇幾於誹謗聖賢矣！」全劇關目佈置、排場處理都很得體，曲辭也很生動，是明末一部出色的諷刺之作。

總的來看，比之元雜劇，明雜劇在內容和體制等方面都有不少變化。特別是體制上，其變化比內容上要大得多。據曾永義《明雜劇概論》對現存二百八十四本明雜劇的統計：遵守元人體制者一百五十本，用北曲而又改變元人體制者七十一本。純用南曲者三十三本，南北曲兼用者三十本。如按每本折數統計：一折者三十六，二折者八，三折者三，四折者一百九十一，五折者二十二，六折者八，七折者八，八折者六，九折者二。由此可見，元雜劇的一些重要規則，幾乎都被明人打破，雜劇體制獲得了最大的改進，但雜劇反映現實的功能和舞臺功能反而受到了削弱。其重要原因之一是南戲的競爭，以及南戲逐步取代北戲成爲舞臺聯繫現實的主要劇種。

第三節　明代傳奇

㈠明初期的傳奇

明代傳奇創作，初期極爲蕭條。儘管在四大傳奇及《琵琶記》之後，南戲得以復興，但明初社會的巨大變化和明王朝文化專制主義政策的控制，使南戲復興的勢頭受到挫傷。明初近百年，幾乎沒有什麼有影響的作品問世。今知的幾部明初作品，如蘇復之演蘇秦發迹事的《金印記》、姚茂良寫宋代宮廷鬥爭的《金丸記》、寫張巡許遠守睢陽的《雙忠記》和寫岳飛的《精忠記》，王濟演王允定計除董卓的《連環記》，還有沈采寫韓信事的《千金記》和《裴度香山還帶記》等。這些劇本多演述歷史，雜以傳說，內容比較單薄，多以宣傳封建倫理兼及發迹變泰爲主題，文筆亦不佳。加上這些作者多爲落魄文人，地位不高，故影響不大。值得注意的是丘濬和邵燦的作品。

丘濬、邵燦

丘濬（公元 1421～1495 年），字仲深，廣東瓊山（今屬海南）人，歷官翰林院編修、國子祭酒、禮部尚書、太子太保、武英殿大學士等職。撰有《五倫全備忠孝記》，明確提出：「若於倫理無關緊，縱是新奇不足傳。」劇本演述伍倫全、伍倫備兄弟等篤重綱常，忠於其君、孝於其母、睦於夫婦、友於兄弟、信於朋友，五倫全備。故不僅享盡榮華，更得以超升仙界。劇中情節全係圖解倫理概念，毫無生活氣息，歷來被理論家視爲迂腐之作。徐復祚《三家村老委談》評此劇「全是措大書袋子語，陳腐臭爛，令人嘔穢」。

邵燦，字文明，成化、弘治間人，江蘇宜興生員，一生不仕。著有傳奇《五倫香囊記》，演宋代張九成與妻、母、弟悲歡離合的故事，思想上緊隨《五倫全備記》後塵，圖解封建道德，其終場詩概括爲：「忠臣孝子重綱常，慈母貞妻德允臧，兄弟愛慕朋友義，天書旌異有輝光。」情節蕪雜，關目亦多蹈襲。

這兩部教忠教孝的戲曲在明代劇壇上掀起了一股以戲曲載道的惡劣風氣，但劇本也有它的歷史意義。邱濬是臺閣大臣，以這樣顯貴的身分參加戲曲寫作，本身就足以引起巨大反響。事實上是他第一個接上了元亡後中斷的線索，接過高明以「關風化」來改造戲曲的旗號。這說明明初士大夫階級除雜劇以外，也開始注意傳奇，重新發現了傳奇的價值。傳奇也只有借助士大夫的支持和喜愛，才便於獲得自己的社會地位，走上獨立發展的道路。但邱濬意在爲「街市子弟、田裡農夫」提供一個教本，故力求「易見易知」，辭曲比較本色。而「續取五倫新傳，標記紫香囊」的老生員邵燦則進一步用士大夫的情趣來改造傳奇形式及語言，使之擺脫民間氣息，進入貴族殿堂。因此，他把自己所熟悉的詩經、杜詩成句入曲，賓白亦多用文言，並一味用典。這一切在明代劇壇上首開「以時文爲南曲」的風氣，並成爲駢儷派的先導。

㈡明中期的傳奇

明中期傳奇發生演變是在嘉靖年間。轉變的標誌是李開先《寶劍記》、佚名《鳴鳳記》及梁辰魚《浣紗記》。

《寶劍記》

《寶劍記》作者李開先（公元 1502～1568 年），字伯華，號中麓，山東章邱人。曾任太常寺卿，因不滿朝政，棄官歸里。他愛好詞曲，寫傳奇三部：《登壇記》、《寶劍記》、《斷髮記》，今存後二部。寫雜劇六種，今存《園林午夢》、《打啞禪》兩種。《寶劍記》五十二齣，寫林沖由於反對高俅禍國殃民的行爲而遭陷害，被逼上梁山，後來招安除奸的故事。這是第一部根據小說《水滸傳》改編而成的戲曲。全劇雖然不離談忠說孝，開場即明確聲明：「誅讒佞，表忠良，提眞託假振綱常。」但它畢竟是把梁山義軍中的人物當作主角，並敢於把林沖帶領義軍包圍京城、以清君側的激烈行爲也當作「忠」來加以肯定，這實質上是對封建道德的突破。缺點是作者對宋江起義的實質缺乏認識，把它納入了忠奸鬥爭的範疇來表現，因而過分地渲染招安，把招安當作起義的最後目標和最好結局來描寫。

《鳴鳳記》

《鳴鳳記》相傳爲王世貞所作，一說爲王世貞門人所作，均無實據，而《六十種曲》及《曲品》均列入無名氏作品。全劇四十一齣，取材於明代現實生活，寫嘉靖間丞相嚴嵩父子專權獨斷、殘害忠良，大學士夏言欲收復河套，嚴嵩堅決反對，與總兵仇鸞勾結，阻撓出兵，並把夏言害死。兵部主事楊繼盛極爲憤慨，彈劾仇鸞、嚴嵩父子，又被害死，其妻亦殉節而死。後來刑部主事孫丕揚與同僚吳時中、張鶴樓、郭希顏等，先後上書劾奏，均不成，並遭到迫害。最後進士鄒應龍、林潤等經過種種曲折，終於鬥倒嚴嵩，清算了嚴黨的罪惡。劇本通過忠奸對立以及其間嚴酷的鬥爭，比較廣泛地揭露了嘉靖年間政治的黑暗，反映了當時政壇一場驚心動魄的鬥爭，是古代戲曲中第一部描寫現實重大政治事件的時事劇，在中國文學史上首開風氣，給後人以很大的啓發。此外，劇本還突破了傳奇中生旦排場、生旦團圓的濫套。缺點是人物衆多，刻畫比較浮泛、粗糙；戲劇衝突不夠緊湊，結構比較鬆散。

《浣紗記》

《浣紗記》作者梁辰魚（公元 1519？～1591？年），字伯龍，號仇池外史，崑山人。平生好談兵習武，慷慨任俠，足迹遍吳楚。他一生不就科擧，專喜度曲。著有雜劇二種，《紅綃妓》已佚，僅存《紅線女》一種；著傳奇一種，即《浣紗記》，原名《吳越春秋》，四十五齣，寫句踐君臣發憤圖強、滅吳復仇的故事。作者歌頌了越王句踐虛心納諫，刻苦報仇；范蠡、文種的捨身盡忠。批判了吳王夫差排斥忠良、寵信讒佞，追求驕奢淫逸，以至身死國滅。作品的缺陷是沒有突出強調句踐發憤圖強、臥薪嚐膽的精神，而過分地表現越王嘗糞、范蠡的權謀以及美人計的關鍵作用。此外，作品對西施的刻畫也是矛盾的：一方面把她描寫爲一個美麗多情、有理想、有操守的普通少女；另一方面又不得不讓她違心地去充當以色傾吳的工具，因而陷入女色亡國論的泥坑。這個劇本之所以有名，還由於它是第一部用崑腔曲調寫作的劇本，對崑曲的發展和傳播起了很大的作用。

崑腔是元末明初流行崑山一帶的地方聲腔。隨著南戲在江南各地廣泛傳播，不同的地區因方言曲調的差別出現不同的聲腔。據祝允明《猥談》記載：當時即有「妄名餘姚腔、海鹽腔、弋陽腔、崑山腔之類」。這四大聲腔的流行地區，據嘉靖三十八年（公元 1559 年）成書的《南詞敍錄》記載：「今唱家稱弋陽腔，則出於江西，兩京、湖南、閩、廣用之；稱餘姚腔者，出於會稽，常、潤、池、太、揚、徐用之；稱海鹽腔者，嘉、湖、溫、台用之。惟崑山腔止行於吳中，流麗悠遠，出乎三腔之上。」崑山腔據說爲元末人顧堅所創（見魏良輔《南詞引正》），歷史悠久，但只流行於蘇州一帶，遠不如其他三腔影響大。嘉靖年間，音樂家魏良輔在民間藝人幫助下，對崑腔音樂進行改進、整理和提高，使之發展成爲一種細膩、婉轉的新腔，亦稱「水磨腔」。其特點是：字少腔多，紆徐綿邈，細緻婉轉，啓口輕圓，收音純細，樂器兼用笛、簫、笙及琵琶等繁音合奏，加之表演上風格優美、舞蹈性強，因而成爲我國戲劇史上最完整的一種舞臺藝術體系。故壓倒餘姚、海鹽二腔，將弋陽腔排擠出城市，並完全取代北曲，上升爲城市舞臺的主要劇種近兩百年，成爲劇壇霸主。從明末到清初，這種崑弋爭勝，即崑腔占領城市、弋陽腔占領廣大農村地區的形勢一直維持不變。從嘉靖以後到清乾隆以前，一些著名劇作家寫的傳奇，幾乎都是用崑腔寫成的。

《浣紗記》一方面採用典雅悠揚的崑曲，一方面注意辭藻華贍，「羅織富麗，局面甚大」（呂天成《曲品》），賓白亦多用駢偶，成爲駢儷派的重要作品。這種典雅的音樂與典雅的文詞的結合，最終完成了傳奇典雅化的蛻變。從此以後，傳奇創作漸歸崑山一腔。而弋陽腔系統則扎根民間，與地方小調結合，並以「改調歌之」的方法演唱崑腔劇本，用加滾的形式使典雅的曲辭與市民田夫溝通。明初期戲曲界「南北對峙」的格局到明中葉以後就逐步爲「崑弋爭勝」的格局所替代。

三大傳奇的出現和崑腔的改良預示著新的繁榮時期，即傳奇創作高潮的到來。《寶劍記》敢於把忠奸鬥爭放在人民起義的背景下來表現，《鳴鳳記》能夠如此迅速、及時地揭露明王朝朝政的腐敗，《浣紗記》對歷史上王朝的盛衰成敗加以反思。這些都表明當時的一些劇作家開始有意識地運用傳奇進行政治、歷史、人生的探索，標誌著南戲所達到的新的思想深度，也有力地提高了戲曲的思想水平、審美品格和社會地位，並使得戲曲史與思想史緊密聯接，從而構成促進戲曲蓬勃發展的推動力。

㈢明後期的傳奇

明代後期是傳奇創作最爲繁榮的時期，大批劇作家湧現，如萬曆年間的湯顯祖、沈璟、高濂、周朝俊、屠隆、梅鼎祚、王玉峯（著傳奇二種，今存《焚香記》）、孫仁孺，天啓、崇禎時期的王驥德、呂天成、吳炳、孟稱舜、袁于令、范文若（著傳奇十五種，今存《花筵賺》、《夢花酣》、《鴛鴦棒》三種）、阮大鋮等。繁榮的另一個標誌則是戲曲創作流派的正式形成和相互競爭。這個時期的主要流派有强調格律的吳江派、重視內容辭采的臨川派和講求辭藻用事的駢儷派。

吳江派與臨川派是萬曆年間有理論、有作品、相互對立的兩大流派。

1、吳江派

吳江派以吳江人沈璟爲代表，其理論歸結到一點，即强調場上之曲，反對案頭之曲。他的兩個基本主張是：「合律依腔」和「僻好本色」。他提出：「名爲樂府，須教合律依腔。」甚至主張：「寧協律而不工，讀之不成句，而謳之始協，是曲中之工巧。」語言本色，體現了場上之曲對語言的要求，是爲糾正案上之曲弊病，糾正駢儷派堆垛辭藻而提出來的。但吳江派只重本色，不重當行又流於粗糙、膚淺。正如凌濛初所批評的：「以鄙俚可笑爲不施脂粉，以生梗雉（稚）率爲出之天然。」（《譚曲雜劄》）他們不滿意湯顯祖在戲曲中不遵格律，湯的同年進士呂玉繩（一說實爲沈璟）删改了《牡丹亭》，引起湯極大的憤慨。他叮囑宜黃伶人羅章二說：「其呂家改的，切不可從。雖是增減一二字，以便俗唱，卻與我原做的意趣大不相同了。」湯顯祖强調「曲意」，主張兼顧「意趣神色」，反對吳江派的「法勝於詞」、「寧協律而不工」的主張，講求文采。形成與吳江派對立的臨川派，或稱玉茗堂派。兩派分歧的焦點在於：吳江偏重於舞臺性而臨川偏重於文學性。兩派分歧的實質反映了明代戲曲作家對戲曲藝術規律的探索過程和認識水平。湯顯祖從提高劇作文學性的角度，要求格律服從文辭、服從內容；而沈璟則立足於舞臺演唱的角度要求文辭服從格律、服從觀衆。二者都有合理的一面，也有不可避免的片面性。但相對而言，沈璟的片面性要更大一些。

沈璟

沈璟（公元 1553～1610 年），字伯英，號寧庵，別號詞隱，江蘇吳江人。萬曆二年（公元 1574 年）進士，任兵部主事，改禮部，轉員外郎，後遷光祿寺丞。萬曆十七年（公元 1568 年）乞歸。回家後「日選優伶，令演戲曲」，專心摩研詞曲。他的主要成就在戲曲音律研究方面，他整理蔣孝的《南九宮譜》和《十三調譜》爲《南九宮十三調曲譜》，是一部保存至今的集南曲傳統曲調之大成的重要文獻。他還寫過《論詞六則》、《唱曲當知》和《正吳編》等曲學論著，今均已不存。此外，保存下來的尚有著名的論曲散套《二郎神》。他的這些戲曲理論著作，能夠「訂世人沿襲之非，剷俗師扭捏之態，使作曲者知所嚮往」（徐復祚《三家村老委談》）。吳江派正是在這些理論基礎上形成的。

沈璟在戲曲創作上也是一個多產作家。他一生共寫傳奇十七種，今存七種：《紅蕖記》、《埋劍記》、《桃符記》、《墜釵記》、《博笑記》、《義俠記》、《雙魚記》，總稱爲《屬玉堂傳奇》。其中：《埋劍記》乃根據唐人小說《吳保安傳》改編，以頌揚死生如一、堅貞不渝的友誼爲主題。但立意卻是爲了宣揚「達道彝倫，終古常新」的封建倫理。《紅蕖記》、《墜釵記》都是愛情劇，但作者强調的是以理節情、姻緣天定的思想。《雙魚記》、《桃符記》係改編元雜劇《薦福碑》、《後庭花》而成，但思想、內容、格調都不如原作。《博笑記》實乃一部雜劇合集，由十個獨立的諷刺喜劇組成，共二十八齣。全劇不寫才子佳人或歷史人物，而以新進士、起復官、僧道、商販、流氓、一般婦女爲主角，目的還是通過懲惡揚善以宣揚封建道德。其中《乜縣丞》、《起復官》寫得較好。

沈璟劇作中成就較高的是《義俠記》。劇本描寫水滸中武松被逼上梁山的故事，情節大致與小說相同，基本上能勾畫出武松這個草莽英雄的形象。但過於突出招安，把招安寫成逼上梁山、避居水泊所日夜企望的目的。這不能不說是對宋江起義、武松形象的一個歪曲。此外，平鋪直敍，以寫小說的方法寫戲劇，關目平板、毫無特色。爲了滿足傳奇雙線發展的要求，以調和文場與武排、冷場與熱場的關係，特地添上了武妻賈三娘一條線。又因武松曾作行者，就讓賈氏遇盜落難，入寺爲尼，以實現「僧尼團圓」，殊爲庸俗淺陋。劇本語言極爲本色，明白如話，不乏清新之句。但卻一覽無餘，詩味不多。總之，一切都說明：沈璟是個高明的戲曲音樂家，卻只是個並不出色的劇作家。

吳江派成員

吳江派的成員主要有沈璟的子侄、門生、追隨者或接受沈璟主張的一大批劇作家，如其侄輩沈自晋、沈自徵（著雜劇《霸亭秋》、《鞭歌伎》、《簪花髻》三種，今存），門生呂天成、卜世臣、葉憲祖和葉之門生袁于令，沈璟的鄰居顧大典（著傳奇五種，今存《青衫記》、《葛衣記》二種），以及與此派來往密切的王驥德及范文若等人。他們的見解與沈璟並不完全一致。如沈自晋就能謹守家法而兼妙神情。他還能調和吳江、臨川兩派矛盾，使湯顯祖亦表讚賞而無間言。呂天成、王驥德等理論家的看法也都比較持平，他們既宣揚吳江派「法律甚精」的長處，也不迴護沈璟「法勝於詞」、「毫鋒殊降」的不足；又能肯定湯顯祖「奇麗動人」、「境往神來」的優點。呂天成還明確提出「以臨川之筆，協吳江之律」，才能成爲「雙美」。這些人中傳奇創作成就較高的有沈自晋、袁于令、卜世臣等人。

沈自晋（公元 1583～1665 年），字伯明，沈璟族侄，著傳奇四種，今存傳奇《翠屏山》、《望湖亭》二種。袁于令（公元 1592～1674 年），原名蘊玉，號籜庵，江蘇吳縣人，明末諸生，以迎降清兵歷授蘇州知府。著有《劍嘯閣傳奇》傳奇九種，今存《西樓記》、《鸘鸘裘》、《長生樂》三種。其中，《西樓記》寫書生于叔夜與一妓女的愛情故事，情節緊張曲折，可稱佳構。唯曲辭平平。此外，卜世臣，字大匡，浙江秀水（今嘉興）人。著傳奇四種，今僅存《冬青記》一種，也比較有名。演元初唐珏、林德陽葬南宋諸帝骨殖事，表現了在政治高壓下不屈的民族精神。清中葉蔣士銓在此劇基礎上擴充爲《冬青樹》。

2、臨川派

追隨、效仿湯顯祖風格的被稱爲臨川派，代表作家有吳炳、孟稱舜、阮大鋮等人。但他們大多只繼承了湯顯祖重文采、重才情，不受形式、格律束縛的特點；往往忽略他重視立意、以情反理的傾向。

吳炳

吳炳（公元 1595～1647 年），字石渠，號粲花主人，江蘇宜興人。中進士後曾任江西提學副使，清兵南下時參加抗清鬥爭，失敗被俘，絕食死。他著有《粲花齋五種曲》：即《西園記》、《綠牡丹》、《療妒羹》、《情郵記》和《畫中人》。全爲描寫愛情與婚姻的題材。作者企圖寫出男女的眞情，歌頌情的力量，甚至提出：「情若果眞，離者可以復合，死者可以再生。」（《畫中人》）但他並沒有正面描寫愛情和禮教的衝突，更沒有展開對扼殺男女愛情的程朱理學的批判。因此，他的幾個劇本都擺脫不了才子佳人戀愛、小人搗亂的俗套，過多地糾纏於誤會和錯認。其中，《西園記》寫得比較好，演書生張繼華追求趙禮之義女王玉眞，卻誤認王爲其女趙玉英。玉英受包辦婚姻束縛鬱鬱而死。張又見到玉眞，卻以爲乃玉英之鬼魂。後來眞眞假假，一對有情人終成眷屬。劇本一方面以歡快的筆調歌頌了張繼華、王玉眞對愛情的執著追求，另一方面又以同情的態度描寫了包辦婚姻帶給趙玉英的痛苦。作者大膽採用了眞假誤會、人鬼錯認的手法以推動情節，在强烈的戲劇衝突中刻畫人物，取得了較大的成功。

孟稱舜

孟稱舜所作傳奇《嬌紅記》是一部著名的悲劇，劇本根據元代宋梅洞小說《嬌紅記》改編而成。王實甫、金文質、湯式、沈受先、劉東生均有同名雜劇之作，但除劉作外，餘均不存。此劇寫王嬌娘與申純相愛，但屢受阻撓，終因帥節鎮的逼婚，雙雙殉情而死。這是一齣純粹的悲劇，男女青年都以殉情來表達對封建禮教的反抗。這種純粹的悲劇在傳奇中是比較少見的。作者採用白描手法，傳情寫態，熔意鑄詞，敍寫男女之情，眞切感人。

阮大鋮

阮大鋮（公元 1587？～1646 年），字集之，號圓海、石巢，安徽懷寧人。明末曾爲光祿寺卿，以依附魏閹定罪，贖爲民。南明時被起用，專事報復，品質卑劣。但他頗有才情，詩文詞曲俱佳。曾作傳奇十一種，今存《石巢四種》：即《燕子箋》、《春燈謎》、《雙金榜》和《牟尼合》。這四種傳奇均爲浪漫喜劇，都是通過悲歡離合的故事以描寫人生災難和命運坎坷。其間既有對眞摯愛情的歌頌，也有對陰險小人的揭露，情節曲折離奇。作者最善用誤會之法，在關目佈置、曲辭科白等方面都下了不少工夫，藝術上確有獨到之處。但劇本過分追求形式，顯得華而不實。思想上平庸淺薄。其中《燕子箋》比較有名，而內容較好的是《牟尼合》。

3、其他劇作家

不屬於吳江、臨川兩派的著名劇作家尚有高濂、周朝俊和孫仁孺等人。

高濂

高濂，字深甫，號瑞南，生卒年不詳，浙江錢塘（今杭州）人，曾任鴻臚寺官。其創作活動主要在萬曆年間。所作傳奇今存《玉簪記》、《節孝記》二種。《玉簪記》是他的代表作，寫女道士陳妙常與潘必正的愛情故事，源出《古今女史》。劇本歌頌了男女青年對自由愛情的嚮往和追求，對僧侶禁欲主義進行了有力的批判。劇本對人物的塑造比較出色，作者把陳妙常對愛情既熱烈追求，又害羞畏怯的複雜心理，描寫得眞實細緻，具有強烈的喜劇效果。語言典雅華美，一直是舞臺演出的名作。

周朝俊

周朝俊，字夷玉，浙江鄞縣（今寧波）人。萬曆年間在世，據傳曾作傳奇十餘種，今存目四種，全本留傳者僅《紅梅記》一種。此劇取材於《剪燈新話・綠衣人傳》，寫書生裴舜卿遊西湖時遇賈似道妾李慧娘，李對裴表示愛慕之情：賈似道乃殺死慧娘，並幽閉裴於密室，還要奪取裴之情人盧昭容爲妾。慧娘的鬼魂救出裴生，後裴終得與盧昭容團圓。故事雖不脫才子佳人窠臼，但能在愛情故事中增添反權奸的時代內容，因而表現出男女性愛的政治基礎，給後來的戲曲如《桃花扇》等以啓示。此外，裴舜卿與李慧娘的故事寫得精采動人，李慧娘的形象尤爲出色，她表現了一種「一生雖死，此情不泯」的情愛。正是這種情愛戰勝了賈似道的淫威。全劇劇情曲折離奇，場次安排也頗多巧思。

孫鍾齡

孫鍾齡，字仁孺，別署白雪樓主人，萬曆間人，生平事蹟不詳。所作傳奇今存《東郭記》、《醉鄉記》，合稱《白雪樓二種》，均爲長篇諷刺喜劇，在明代傳奇中頗具特色。其中《東郭記》尤爲有名。情節擷取《孟子》中人物的事蹟，並以《齊人一妻一妾》章爲主線，寫了齊人乞食墦間，驕其妻妾，後來成爲上卿；王驩靠贓銀行賄，步步高升；淳于髡也以滑稽謀取富貴。作者通過各種漫畫式的描繪，揭露了封建社會賄賂公行、逢迎獻媚的種種醜態。劇本雖假託古代，實際揭露的正是明末官場內幕，頗有現實意義。祁彪佳在《遠山堂曲品》評之曰：「掀翻一部《孟子》，轉轉入趣。能以快語叶險韻，於庸腐出神奇，詞盡而意尚悠揚。邇來作者如林，此君直憑虛而上矣。」

他的另一部傳奇《醉鄉記》則近乎鬧劇，內寫才子烏有生等人漫遊醉鄉時的種種遭遇，對是非顛倒的明末現實進行了辛辣的諷刺。

4、駢儷派

明代戲曲流派中，尚有駢儷一派⑧。這一派以《香囊記》作者邵燦爲先導，承襲者有寫《玉玦記》之鄭若庸（嘉靖時人），寫《明珠記》、《懷香記》之陸采（公元 1497～1537 年），寫《紅拂記》、《祝髮記》之張鳳翼（公元 1527～1613 年），寫《彩毫記》、《曇花記》之屠隆（公元 1542～1605 年），寫《玉合記》、《長命縷》之梅鼎祚（公元 1549～1615 年）和寫《水滸記》、《橘浦記》之許自昌（萬曆間人）。梁辰魚的《浣紗記》，賓白亦多駢語，弋陽子弟皆無法「改調歌之」，故亦劃入駢儷派。

這一派的主要特點是：一意追求詞藻華麗，大量用典，甚至堆砌古書成句、或藥名、花名入曲辭以炫耀其淹博，連賓白亦用駢句或四六，而不顧及人物身分。這些駢儷派的作品思想內容雖有好有壞，但題材卻大多採自歷史，現實意義一般都不强；關目大多冗雜散漫，多陳襲而少獨創。駢儷派的出現代表著南戲走向完全的雅化，標誌著南戲開始由一種民間藝術最後成爲貴族所獨享的娛樂方式，同時也反映了南戲從舞臺走向案頭，由生動靈活的戲劇最終走向辭賦化。於是，南戲不僅脫離了農村，也脫離了城鎮的多數觀衆，以致必然走向僵化和沒落。正如沈德符《顧曲雜言》評梅鼎祚《玉合記》時所說：「然賓白盡用駢語，餖飣太繁，其曲半使故事及成語；正如設色骷髏，粉捏化生，欲博人寵愛，難矣！」徐復祚《三家村老委談》亦批評云：「徒逞其博洽，使聞者不解爲何語，何異對驢而彈琴乎！……無論田畯紅女，即學士大夫能解其何語者幾人哉！」故駢儷派的一些作品讀之者固然有，演出者卻絕少。

附　註

①僅就明末揭露魏忠賢暴政的戲曲作品而言，今知即有盛於斯《鳴冤記》、穆成章《請劍記》、陳開泰《冰山記》、王應遴《清涼扇》、王元壽《中流柱》、陽明子《冤符記》、三吳居士《廣爰書》、白鳳詞人《秦宮鏡》、鵬鷃居士《過眼浮雲》、史槃《清涼扇餘》（雜劇）、范世彥《磨忠記》、清笑生《喜逢春》等 10 餘種，除末 2 種外，餘均佚。

②以上統計數字係根據日人八木澤元《明代劇作家研究》。明代以進士及第而做官的戲劇家計有：丘濬（景泰五年進士，禮部尚書兼文淵閣大學士）、王九思（弘治九年進士，吏部郎中）、康海（弘治十

五年狀元，翰林院修撰）、楊慎（正德六年狀元，翰林院學士）、陳沂（嘉靖二年進士，吏部尚書）、李開先（嘉靖八年進士、太常寺少卿）、胡汝嘉（嘉靖八年進士，翰林院編修）、秦鳴雷（嘉靖二十三年狀元，南京禮部尚書）、謝讜（嘉靖二十三年進士，縣令）、汪道昆（嘉靖二十六年進士，兵部左侍郎）、王世貞（嘉靖二十六年進士，刑部尚書）、張四維（嘉靖三十二年進士，禮部尚書、東閣大學士）、顧大典（隆慶二年進士，南京兵部主事）、沈璟（萬曆二年進士，光祿寺丞）、陳與郊（萬曆二年進士，太常寺少卿）、屠隆（萬曆五年進士，吏部主事）、龍膺（萬曆八年進士，南京太常寺卿）、臧懋循（萬曆八年進士，南京國子監博士）、湯顯祖（萬曆十一年進士，南京光祿寺丞）、謝廷諒（萬曆二十三年進士，南京刑部主事）、王衡（萬曆二十九年榜眼，翰林院編修）、施鳳來（萬曆二十五年榜眼，禮部尚書兼東閣大學士）、鄭之文（萬曆三十八年進士，眞定知府）、茅維（萬曆四十四年進士，翰林院孔目）、阮大鋮（萬曆四十四年進士，南明兵部尚書）、魏浣初（萬曆四十四年進士，參政）、葉憲祖（萬曆四十七年進士，南明刑部郎中）、范文若（萬曆四十七年進士，南明兵部主事）、吳炳（萬曆四十七年進士，兵部侍郎兼東閣大學士）、祁彪佳（天啓二年進士，御史）、黃周星（崇禎十三年進士，戶部主事）、來集之（崇禎十三年進士，兵部主事）。

③南雜劇這一概念，據說出自胡文煥的《羣音類選》。其界說有廣狹二義。狹義指每本 4 折，全用南曲，其形式與元雜劇南北相反。廣義的是指凡用南曲塡寫，或以南曲爲主偶雜北曲或合套，折數在 11 折之內任取長短的劇本。

④短劇提法，始於盧前《明淸戲曲史》。亦有廣狹二義。廣義指 11 折以內的雜劇，即所有的明淸雜劇，而與傳奇相對立。狹義指 4 折以下的雜劇，而與一本四折的雜劇相對立。這裡採用後一提法。

⑤明代兼寫雜劇、傳奇的劇作家有李開先、沈采、梁辰魚、林章、梅鼎祚、胡文煥、沈璟、顧大典、王驥德、陳與郊、汪廷訥、葉憲祖、佘翹、許潮、陳汝元、車任遠、史槃、呂天成、徐復祚、陸世廉、楊之炯、孟稱舜、王澹、袁于令、朱京藩、王應遴、樵風、湛然、陳情表、黃中正等 30 人。除前 3 人外，餘均爲後期作家。

⑥馬中錫《東田集》卷 3 雜著中收有此文，故被認爲馬作。然明佚名《五朝小說》已收入《中山狼傳》，注明作者爲宋代謝艮。明陸楫（公元 1515～1575 年）《古今說海》亦收此傳，文字與《五朝小說》所載全同，但未標作者。宋謝艮之傳，全文 1837 字，馬中錫此傳共 2111 字，多 274 字。故有人認爲馬中錫係對謝作略加修飾而成，但也有人認爲《五朝小說》之說不可信。

⑦較《四聲猿》更早的雜劇合集，尚有沈采《四節記》。今佚，僅存殘曲。此劇出於成弘間，呂天成《曲品》云：「一記分四截，自此始。」另據《曲海總目提要》卷 17 云：此記分春夏秋冬，分寫四位古人事蹟：杜子美曲江記、謝安東山記、蘇子瞻赤壁記、陶秀實郵亭記。

⑧駢儷派提法，採自祁彪佳《遠山堂曲品》中「艷品」一目，其評語曰：「駢儷之派，本於《玉玦》。」王驥德《曲律》則稱之爲文詞派：「自《香囊》以儒門手腳爲之，遂濫觴而有文詞家一體。」呂天成《曲品》則稱之爲駢綺派：「《玉玦》典雅工麗，可詠可歌，開後人駢綺之派。」又有人稱之爲吳中派或崑山派者，前者見王世貞《曲藻》：「吾吳中以南曲名者……」下列舉駢儷派諸作。後者則爲近人吳梅所創，他在《中國戲曲概論・明人傳奇》中說：「有明曲家作者至多，而條別家數，實不出吳江、臨川、崑山三家。」

第五章　湯顯祖

第一節　湯顯祖的生平和思想

明代傳奇作家中，成就最高、影響最大的是湯顯祖。

㈠湯顯祖的生平

湯顯祖（公元 1550～1616 年），字義仍，號海若，又號若士，別署淸遠道人，晚年自號繭翁，江西臨川人。他十四歲補諸生，二十一歲中舉。自幼即有文名，爲人正直，一生不肯依附權貴。萬曆五年（公元 1577 年）參加會試，權相張居正想使其次子嗣修高中，網羅海內名士以張聲勢，令嗣修結納湯顯祖及其同鄉沈懋學。湯顯祖拒絕，落第而歸。沈懋學受拉攏，得中狀元；張嗣修爲榜眼。萬曆八年，張居正之三子懋修又來結納，仍遭拒絕，這一科依然未中，而張懋修卻中了狀元。直到萬曆十一年（公元 1583 年）張居正死後，他才考中進士。又因他不願巴結權貴張四維和申時行等，被派任南京太常寺博士。五年後改任南京禮部主事。萬曆十九年（公元 1591 年）因天變下詔求諫，他寫了有名的《論輔臣科臣疏》，彈劾內閣大學士申時行，被貶爲廣東徐聞縣典吏。兩年後，改任浙江遂昌縣知縣。他在遂昌五年，頗多善政，曾在除夕遣囚度歲，在元宵縱囚觀燈。但終因不附權貴而遭罷斥，於萬曆二十六年（公元 1598 年）棄官回家，並於這年秋天由城郊遷居臨川城內玉茗堂。此後他絕意仕進，隱居家中，從事寫作。

㈡湯顯祖的思想

江西是泰州學派盛行的地區，湯顯祖在少年時期就接受了王學左派的影響，他的老師羅汝芳是泰州學派王艮的三傳弟子。他還崇拜被封建衞道者視爲洪水猛獸的另一左派王學大師李贄，湯顯祖棄官後的第二年，曾在臨川會見他。當時「名振東南」的達觀（即紫柏）禪師，以禪宗反對程朱理學，與湯顯祖關係尤爲密切。湯顯祖尊他們爲「一雄一傑」，認爲「見以可上人（達觀）之雄，聽李百泉（贄）之傑，尋其吐屬，如獲美劍」（《答管東溟》）。李贄和達觀的影響，在一定程度上構成了湯顯祖在創作中表現出來的反抗和蔑視禮教、抨擊權貴豪門、揭露腐敗政治和要求個性解放的思想基礎；同時也是他後期作品中出世思想的一個來源。

在文學思想上，湯顯祖與公安派反復古思潮相互呼應，他提倡「自然靈氣」，指責前後七子作品「增減漢史唐詩字面處」，不過是「贗文爾」。他與袁宏道等人往來密切，卻不肯結交當時聲名頗大的王世貞及其弟王世懋，儘管他是王世懋的下屬。他對於當時的一些不遵禮法的進步作家如徐渭、李贄等人的作品評價很高。明確提出文學創作先要「立意」的主張，把思想內容放在首位，反對劇壇上以沈璟爲首的特別考究音律的吳江派。他認爲：「凡文以意趣神色爲主，四者到時，或有麗詞俊音可用，爾時能一一顧九宮四聲否？」（《答呂姜山》）當沈璟根據曲譜格律要求修改《牡丹亭》時，他憤慨地說：「彼惡知曲意哉？予意所致，不妨拗折天下人嗓子。」湯顯祖注意辭藻華麗，重視思想內容，在當時劇壇上形成以他爲首的臨川派，與以沈璟爲首的吳江派相對立。

㈢湯顯祖的作品

湯顯祖的作品，有劇作《紫簫記》、《紫釵記》、《牡丹亭還魂記》、《南柯夢記》、《邯鄲夢記》五種。有詩文集《紅泉逸草》（公元 1575 年湯 26 歲時刊刻）、《雍藻》（公元 1576 年編定，未刊，今佚）、《問棘郵草》（公元 1579 年編定）、《玉茗堂文集》（湯生前即已刊行）、《玉茗堂集》（湯死後 5 年由韓敬編印）等。今人錢南揚、徐朔方把他的現存作品詳加考訂，合編爲《湯顯祖集》。他的《牡丹亭》有英、德、日三種文字的全譯本。

第二節　湯顯祖創作思想的發展

湯顯祖的五部傳奇中，《紫簫記》是他早期的一部不成熟的作品，萬曆五至七年（公元 1577～1579 年）寫於臨川。取材於唐蔣防傳奇小說《霍小玉傳》，但情節變動較大，共寫了三十四齣，未完，僅爲作者計畫內容之半。劇本的主要情節，不過是相會、觀燈、成婚、高中、出征、班師之類，缺乏社會性的矛盾衝突，情節發展緩慢而又平板，沒有擺脫才子佳人情調。但詞藻華美，賓白駢偶。作者的好友帥機評曰：「此案頭之書，非場上之曲也。」從《紫釵記》以後的四部劇作中可以看出，湯顯祖的戲劇藝術不斷趨於成熟。這四部劇作都有一個夢作爲劇中關鍵情節①，故被稱爲「臨川四夢」或「玉茗堂四夢」。

其中，《紫釵記》寫於萬曆十五年（公元 1587 年），《牡丹亭》寫於萬曆二十六年（公元 1598 年），《南柯記》及《邯鄲記》分別寫於萬曆二十八年和二十九年（公元 1600 年和公元 1601 年）。前後歷時共十五年。這十五年正是湯顯祖從南京任閒職到貶官徐聞，從治理瑞昌到憤而去職，經歷宦海沈浮、人世坎坷，對現實、對人生感慨良多的時期。這四個劇本用戲劇的形式集中地表現了湯顯祖對人性、人生及其意義的思考。

湯顯祖對人的看法，突出地表現為强調情的價值。他曾對人說過：「某與吾師終日共講學，而人不解也；師講性，某講情。」（陳繼儒《批點牡丹亭題詞》）他所說的「情」，是指人們與生俱來、感物而發的情欲、需求和願望。這種情是與程朱以來整個理學傳統相背逆的，它無所不在，「世總為情」（《耳伯麻姑遊詩序》）、「人誰無情」（《答王澹生》）。這種情包括「眞情」與「惡情」，他說：「性無善無惡，情有之。」（《復甘義麓》）所謂「眞情」，就是人們力圖擺脫封建專制主義控制，對理想愛情、幸福生活和清平政治的追求。而所謂「惡情」，就是人們對不正當的情慾，諸如功名利祿、腐化墮落的貪戀。湯顯祖的四部傳奇：前二夢寫男女青年的愛情故事，主要是歌頌眞情；後二夢寫士人仕途生涯、宦海沈浮，主要是批判惡情。

㈠《紫釵記》

《紫釵記》是《紫簫記》的改寫，大體沿用《紫簫記》的情節，但駢文說白大為減少，平板的敍述也為曲折的關目所替代。情節更多地取自於小說《霍小玉傳》，只是把女主角的身分由妓女改為良家女子，經過墜釵、拾釵等關目使男女互通情愫，而不是像小說那樣出於媒人的撮合。原小說中李益負心與小玉癡情的矛盾，改寫成多情的霍小玉與專橫的盧太尉之間的對立，而李益只是在兩者之間游移不定。最後通過具有特殊勢力的黃衫客的成全，二人才得以團圓。湯顯祖在《題辭》中說：「霍小玉能做有情癡，黃衣客能做無名豪，餘人微各有致。第如李生者，何足道哉！」劇本突出描寫了霍小玉對愛情的執著和黃衫客成人之美的豪情，並給以由衷的歌頌。同時集中批判了盧太尉的卑鄙奸詐，認為這是眞情的破壞者。對於李益，則善意地批判他的軟弱和動搖，說明其原因正在於情之不深、不堅，故妨礙了眞情的正常發展。而這些都還不一定導致悲劇的結局，還可以通過俠風義擧來加以化解。

《紫釵記》表現了眞情與邪惡之間的對立，《牡丹亭》則表現了情與理的衝突。前者還可以通過黃衫客之類來去無蹤的俠義人物來解決，而後者卻需要經過一番由生而死、由死而生的劇烈鬥爭，情才能最終戰勝理。正是由於這個原因，《牡丹亭》成了「四夢」中思想和藝術上的高峯。

㈡《南柯記》、《邯鄲記》

《南柯記》共四十四齣，取材於唐李公佐傳奇小說《南柯太守傳》，情節變動不多。內寫被免職的裨將淳于棼，終日借酒澆愁。一日醉臥榻上，夢見槐安國使者來迎，國王招他爲駙馬，出任南柯郡太守二十年，頗有政績。後檀蘿國入侵，公主受驚而亡。回朝後拜爲左丞相。他威勢日盛，驕縱荒淫；右丞相段功乘機進讒，終於被國王所逐。醒後經老僧契玄點明，才知大槐安國就是庭中大槐樹洞裡的蟻羣。乃發願滅情，大悟成佛。

《邯鄲記》三十齣，是根據唐沈旣濟《枕中記》改編。和《南柯記》一樣，它也是以夢寫政，劇寫唐時士子盧生在邯鄲道旅舍中遇道士呂洞賓授他一枕，進入夢中。盧生得娶有財有勢的妻子崔氏，以賄賂高中狀元，又以開河及打敗吐蕃爲朝廷建立功勳，奸臣宇文融因盧生不願趨奉而屢次陷害他，甚至使他被綁赴法場，流竄海南。但因崔氏勢大，盧生僥倖，終於轉禍爲福。最後奸臣被誅，盧生還朝，做了二十年太平宰相，備受恩寵，享盡榮華，封國公，食邑五千戶，官加上柱國太師，四子均得恩蔭。臨死前心滿意足地感嘆「人生到此足矣」。醒來才發現是一場春夢，身臥邯鄲店中，黃粱猶未蒸熟。盧生遂悟破人生，隨呂洞賓入道而去。

這兩個劇本主要是批判「惡情」。《南柯記》中的淳于棼是一個由有事功之心的士子成爲有所作爲的能吏而終於在宦海中墮落的典型。作者在《題詞》中說：「一往之情，則爲所攝。」淳于棼一片「眞情」，在爾虞我詐的官場之中，終於爲「貴極祿位，權傾國都」的「惡情」所攝，這才導致了他的最後墮落。而《邯鄲記》則用了很大篇幅來描寫宇文融與盧生之間狗咬狗式的鬥爭。他們都是「惡情」的代表，宇文融是一個奸詐刻薄、結黨營私的權臣形象。盧生則是一個追逐功名富貴的書生，因夤緣幸進，最後扶搖直上，變成荒淫無恥的封建官僚。作者通過他們之間的勾心鬥角和相互傾軋，對晚明黑暗的現實作了深刻的揭露和無情的鞭撻②，進而表達了對追逐功名利祿的「惡情」的否定。

由於湯顯祖自身宦途的挫折，使他認識到社會的腐朽，但歷史又局限於他，使他看不淸社會的出路。對於這種導致人格墮落、人性扭曲的「惡情」，應當怎樣糾正呢？作者只好完全離開社會鬥爭的實踐，從佛道思想上去尋求解答，借助名僧、神仙的點化，把一切歸之於夢幻。不單是人世間對榮華富貴的追逐，也包括對妻室子女的貪戀，凡屬於生活中的那些「惡情」，都不過是一種「空花夢境」。即所謂「人間君臣眷屬，螻蟻何殊；一切苦樂興衰，南柯無二。」（《南柯記・情盡》）「六十年光景，熟不的半箸黃粱。」（《邯鄲記・生悟》）湯顯祖企圖用宗教的呼籲，來喚醒當權者的癡夢，把逃避現實當作擺脫煩惱的出路。晚明王思任曾經說過：「邯鄲，仙也；南柯，佛也；紫釵，俠也；牡丹，情也。」（《批點玉茗堂牡丹亭敍》）如果說，湯顯祖正是以鼓吹豪俠、高揚眞情作爲解決前二夢中人生矛盾的手段，那麼，對於後二夢中仕宦途中的矛盾，他就只好借助皈依佛門和求仙證道來加以消彌了。這實質上是借助於佛道之「性」來否定、泯滅造成人格墮落、人性扭曲的「惡情」，從而求得人生的歸宿。但這只能是一種虛幻的歸宿。

第三節　《牡丹亭》的思想內容和人物形象

「臨川四夢」中成就最高的是《牡丹亭》，王思任在《牡丹亭敍》中說：「若士自謂一生四夢，得意處唯在《牡丹》。」儘管劇本在音律方面確有不少地方「詰屈聱牙，多令歌者齚舌」，但內容眞實地反映了明代社會現實，表達了進步的願望和理想。故此劇一出就獲得了當時人民的廣泛喜愛。張琦《衡曲麈談》說此劇「上薄風騷，下奪屈宋，可與實甫《西廂》交勝」。沈德符《野獲編》則說：「湯義仍《牡丹亭》一出，家傳戶誦，幾令《西廂》減價。」

㈠《牡丹亭》題材來源及梗概

《牡丹亭》脫稿於萬曆二十六年（公元 1598 年）湯顯祖棄官返回臨川之後。其題材之來源，據作者自敍云：「傳杜太守事者，彷彿晉武都守李仲文、廣州守馮孝將兒女事。予稍微更而演之。至於杜守收考柳生，亦如漢睢陽王收考談生也。」（《牡丹亭・題詞》）上述李仲文、馮孝將及睢陽王等故事中之女鬼，都是死後主動追求男子，自由結合，爭取還魂復生，只是有的如願以償，有的功敗垂成而已③。所謂「傳杜太守事者」，是指明代話本小說《杜麗娘慕色還魂》，原作見明末編刻的《燕居筆記》。從以上的幾個故事及話本標題「慕色還魂」來看，都是借助於死而復生這一幻想模式，以表現青年女子雖然身死，但其追求、嚮往自由愛情之心仍然不死。相反，這些女子正是憑著堅定的求偶之心，以爭取回生的權利。經過湯顯祖「更而演之」，使這一母題所蘊藏的內涵得到了深入的發掘，杜麗娘故事才具有非常強烈的時代特色，突出反映了明中葉以後從社會生活到意識形態領域內情與理的尖銳鬥爭。

湯顯祖對話本《杜麗娘慕色還魂》的加工改編主要表現在以下幾個方面：

一、在話本中，杜麗娘之父杜寶和連姓名也沒有的「教讀」，沒有什麼動作或表現，而湯顯祖則突出地強調了他們的衞道者立場。杜寶和陳最良都以嚴格的封建主義教育來束縛杜麗娘的身心。

二、話本中杜、柳二人之父都是現任太守，門當戶對，完全符合封建婚姻的標準，故婚姻之締結，並無任何波折。而《牡丹亭》中柳夢梅被改寫成普通書生，他與杜麗娘相愛，一再遭到阻撓。

三、話本中杜麗娘幾乎是個德言工貌俱全的「女秀才」，表現出濃厚的封建淑女色彩。而湯顯祖則強調和突出她的叛逆性，以及要求掙脫禮教束縛、追求自由的精神。

四、話本寫到杜麗娘還陽以後，雙方父母都承認這一「宿世緣分」。最後柳夢梅升任臨安府尹，杜麗娘生二子，俱顯貴。夫榮妻貴，得享天年。《牡丹亭》雖然也以「敕賜團圓」爲結局，但柳、梅二人卻經歷了種種曲折，甚至與杜寶展開多次面對面的鬥爭，一直爭到金鑾殿上，才贏得最後的勝利。通過這一系列的鬥爭，不但充分寫出了愛情的力量，而且也表現出杜麗娘那種一口咬住「情」字的堅持精神和頑強態度。使這一傳統的「還魂」母題具有了嶄新的思想內容、強烈的時代感和鮮明的鬥爭性。

《牡丹亭》的故事情節梗概是：南宋時江西南安府太守杜寶的女兒杜麗娘，在夢中見一書生手持柳枝前來求愛，兩人在牡丹亭畔幽會。從此之後，她便爲相思所苦，傷情而死。此時，杜寶轉官淮安，乃葬杜麗娘於牡丹亭畔。三年後，廣州書生柳夢梅去臨安應試，路過南安，拾得麗娘畫像，悅其貌美，終日把玩。麗娘幽魂出現，又與柳夢梅相會，並得再生。麗娘復活後，與夢梅同往淮安求其父母許婚。杜寶見了大怒，視女兒爲妖孽，誣夢梅盜掘女墳。正好夢梅得中狀元，乃上書自辯，杜麗娘也登朝申訴。終於得到皇帝承認，夫妻父女團圓。劇本通過杜麗娘和柳夢梅生死不渝的愛情，歌頌了男女青年在追求自由幸福的愛情生活上所作的不屈不撓的鬥爭，表達了掙脫封建牢籠、粉碎宋明理學枷鎖，追求個性解放、嚮往理想生活的朦朧願望。

㈡《牡丹亭》的思想意義

《牡丹亭》的主題有著強烈的時代意義。

明代是我國封建社會的衰落時期，統治階級已經變得更加頑固和腐朽。他們竭力鼓吹程朱理學，高唱「女德」，表彰貞節。《明史・列女傳》所收節婦烈女的數目，比《後漢書》以下任何一代正史多出許多倍。可見，明代對人們從肉體到精神的摧殘是何等嚴酷。但是，勇於反抗的青年一代，爲了不讓自己的生命和青春在禮教的束縛下窒息，要求打碎枷鎖，擺脫羈絆，探索生活的道路。不管成功還是失敗，他們總是一靈以求，生死以之。湯顯祖把這種解放的要求，這種對理想世界的強烈憧憬，解釋爲「情」；把封建禮教、程朱理學和封建道德觀念對人們思想上的禁錮，解釋爲「理」；把人們爲粉碎枷鎖、擺脫羈絆、衝出牢籠所作的鬥爭，解釋爲「情與理的鬥爭」。湯顯祖堅信未來，因此他對這種「情」寄託了很大的希望，賦予它一種駕凌三界、擺脫生死的超現實力量。他認爲「情」能夠達到「生者可以死，死可以生；生而不可與死，死而不可復生者，皆非情之至也」。因此，劇本中的那種夢中相戀、起死回生的奇蹟都源於「情」。即所謂「第云理之所無，安知情之所必至耶！」（均見《題辭》）。

超越一切的抽象的「情」，在現實社會中是不存在的。但湯顯祖所宣揚的反封建的「情」是作爲封建的「理」的對立面而提出來的，它乃是對中世紀禁欲主義的有力批判，表達了不願被禮教吞噬的青年一代對愛情、對幸福生活的憧憬和追求。體現在劇本中，就是杜麗娘、柳夢梅與封建家長杜寶之間的尖銳衝突。《牡丹亭》在愛情領域內所表現的「情」與「理」的衝突，與明中葉進步思想家反對程朱理學、擺脫禮教束縛、爭取個性解放的鬥爭是一脈相通、遙相呼應的。正因爲這樣，《牡丹亭》才比其他愛情劇有著更高、更深刻、更廣泛的意義。

《牡丹亭》所描寫的愛情，具有過去一些愛情劇所無法比擬的思想高度和時代特色。作者明確地把這種叛逆的愛情當作思想解放、個性解放運動的一個突破口、或者一種縮影來表現，而不是單純停留在反對父母之命、媒妁之言這一狹隘含義之內。作者讓一對陌生的青年男女在夢中相見，因夢生情，由情而病，情癡至死，又因情復生。出生入死，皆情之所至。這不單使全劇從情節結構到人物塑造都充滿了浪漫的色彩，使劇本在愛情描寫上具有獨特的風格。而且，作者賦予愛情以能夠戰勝一切險阻，在爲自己開闢道路中無堅不摧的巨大力量。

㈢《牡丹亭》的人物形象

《牡丹亭》之所以具有激動人心的藝術力量，不僅是由於富有反抗性的主題，而且還因爲它刻畫了一系列鮮明而生動的藝術形象。

杜麗娘

杜麗娘是劇中的主角，是一個熱愛生活、追求自由、勇於反抗的婦女形象。如果說，《西廂記》中崔鶯鶯還缺乏獨立行動的能力，一舉一動都離不開紅娘幫助；兩百年後的杜麗娘則全靠自己的勇氣和智慧，在探索一條通向自由解放的人生道路了。這就是這個形象在中國文學史上的地位。

杜麗娘出身於名門宦族，從小就受到嚴格的封建教育，溫順、穩重、馴良、矜持，這突出地表現在「閨塾」一場。閨中生活的枯燥和單調，造成她情緒上的苦悶和抑鬱。因此，古代愛情詩《關雎》很自然地打開了她那久錮的心靈，促進了她青春的覺醒。她開始感覺到周圍生活中那種不能忍受的窒息氣氛，一種莫可名狀的愁緒緊緊地纏繞著她，所以她才不顧父母的訓誡，和丫鬟春香一道去遊覽花園，排遣春愁。她偷偷地離開了長年拘束自己的閨房，第一次在大自然裡發現了春天的美，也是第一次發現了自己與春光一樣美。「姹紫嫣紅」的大好春光進一步刺激了她要求身心解放的強烈感情，成對的鶯燕挑逗著她的春情，園中的景物攪亂了她的心緒。對過去生活的苦悶、不滿、厭惡，逐漸昇華爲一種對理想世界的朦朧期待，對愛情的憧憬和追求。這正是「驚夢」一齣所表現的深刻的內容。在現實中無法實現的愛情，在夢境中得到了實現。

「驚夢」表現了她青春的覺醒和對愛情的期待，而緊接著的「尋夢」則表達了她對理想生活的執著和對愛情的熱烈追求。不過，原來夢境中所展示的那線光明並不是來自現實社會，而只是來自杜麗娘的感情世界，所以她徒然尋遍了整個花園，還是找不回失去的夢境。她由咀嚼前日夢境中的喜悅突然轉到眼前的可悲現實，無處發洩的滿腔熱情在壓抑中積聚了莫大的力量，以致不得不對著那顆梅樹——她的愛人的象徵，發出了生則戀、死則葬的內心傾訴。她畢竟懂得了，理想的愛情在現實世界中是不存在的。但她並不回頭，不肯將縈繞在心頭中的情絲割斷，更不能重新回到陳最良的「閨塾」中去。她只好讓火一樣的對愛情的渴望耗盡了她的心力，終於懷抱著愛情的理想，在「淒涼冷落」的現實中悒快而死。這是一個熱愛生活、熱愛自由的少女被封建社會摧殘的歷史畫卷。杜麗娘不死於愛情的被破壞，而死於對愛情的徒然的渴望。這表現了作者對現實的淸醒的看法。

可是，她的心並沒有死。作了鬼的杜麗娘，完全擺脫了封建禮教的羈束，她大膽地向陰間的判官詢問夢中情人姓柳還是姓梅。「冥判」之後，她又深夜敲開了情人的房門，誠摯地向柳夢梅表白了她的愛情，結下了「生同室，死同穴，永做夫妻」的山盟海誓。湯顯祖正是通過這一系列超現實的情節，寫出了一個「理之所必無」而「情之所必有」的理想世界。

杜麗娘並不滿足於以遊魂的身分和情人聚會，她爲愛情而死，也要爲愛情而再生。復活以後杜麗娘的主要任務是讓自己的愛情博得父母的批准，以便讓叛逆的愛情也能通過「父母之命、媒妁之言」那一套法定手續。作者借杜麗娘之口點明必須這樣做的原因：「前夕鬼也，今日人也；鬼可虛情，人須實禮。」人間禮教的束縛，原來只有在夢境和陰間才可以突破。不過，復生以後的杜麗娘，畢竟比以前更爲勇敢和堅定。她沒有消極地等待，而是通過勇敢的鬥爭去逼使封建勢力的承認。在最後「圓駕」一齣中，她的反抗達到了最高峯。不論是父親的命令，還是金鑾殿的禁嚴，都無法使她退縮，直至她取得最後勝利。

追求愛情，堅持理想，生死以之，敢於鬥爭，這就是杜麗娘這個形象最本質的特點。明末王思任在《牡丹亭敍》中說：

杜麗娘雋過言鳥，觸似羚羊，月可沈，天可瘦，泉臺可瞑，獠牙判髮可狎而處；而「梅」、「柳」二字，一靈咬住，必不肯使劫灰燒失。

這種性格特徵有著很深刻的時代意義，她的遭遇和反抗精神有著廣泛的代表性。據記載：當時有婁江女子俞二娘，因讀《牡丹亭》，斷腸而死。還有杭州女伶商小伶，演《牡丹亭》至「尋夢」一場，聯想到自己的不幸，傷心而死④。這些例子都說明，杜麗娘這個形象具有很高的典型性，因而才有這樣激動人心的藝術力量。

柳夢梅

《牡丹亭》的其他人物，寫得也很出色。如另一主要人物柳夢梅，就是一個既熱中功名又忠於愛情的人物。他一方面才華富麗，不愧爲杜麗娘的理想情人；另一方面又日夜盼望「走馬章臺」，終於博得「狀元及第」，爲叛逆的愛情換取了一個虛僞的「金殿封贈」，把本來不可調和的愛情草草調和。因此，這個形象既體現了時代的理想，也反映了作者思想上的局限。

杜寶

杜寶也是個矛盾人物。他是封建家長制的代表，堅定的正統主義者。他束縛女兒的思想，耽擱女兒的青春。當女兒相思成病之後，他仍然專橫冷酷，對女兒的病因避口不談，坐視女兒的死亡。在女兒復生以後，他毒打柳夢梅，罵女兒爲「妖孽」，一心要拆散這門婚姻。這些都表現了他殘忍凶惡的面目。但另一方面，他又忠心耿耿，勤政愛民，公而忘私，爲國忘家。作者有意識地把這種政治上的清廉正直和倫理上的專橫迂腐結合在一個人身上，因爲這兩者同樣是出於維護封建制度這一個總的目的。但作者並沒有將兩者有機地結合起來，事實上也難於結合。因爲，按照劇本的思想傾向，作者只能譴責杜寶的專橫迂腐，而頌揚他的清廉正直，就勢必造成對這個人物愛憎不明、是非混淆的感覺，進而造成這個形象被割裂和不合諧的印象。

陳最良

還值得一提的是陳最艮。他六十多歲了，卻從不曉得傷春，是個「從不曾遊過花園」的「老村牛」，也是封建禮教培植出來的活標本。他自己的整個靈魂早已被封建禮教吞噬了，還要幫助封建統治者去吞噬別人。作者用近乎漫畫的筆法，寫出了他的迂腐和虛僞，以揭露封建禮教違反人性和虛僞可笑。因此，他設塾的結果，不僅沒使杜麗娘就範，反而促使她認識舊禮教的庸俗不堪，因而突破重重束縛，逃到夢境中去追求愛情的滿足。這不只是陳最艮的個人悲劇，也是整個封建禮教的悲劇。

第四節　「臨川四夢」的藝術特色

「臨川四夢」自明清以來一直獲得很高的評價。王驥德在《曲律》中把湯顯祖評爲「前無作者，後鮮來哲，二百年來，一人而已」。清初朱彝尊稱：「義仍塡詞，妙絕一時，語雖斬新，源實出於關馬鄭白。」（《靜志居詩話》）特別是《牡丹亭》，更加轟動一時。梁廷柟《曲話》曾正確地指出：「玉茗四夢，《牡丹亭》最佳，《邯鄲》次之，《南柯》又次之，《紫釵》則强弩之末耳。」在當時劇壇上，駢儷派專重典雅和堆砌詞藻，脫離舞臺實際；吳江派則强調舞臺需要而忽視思想和文學價值。這兩種傾向都對戲曲的發展不利，而湯顯祖卻卓然自立，不傍門戶，以嶄新的面貌出現在當時的劇壇上。對於「臨川四夢」的思想深度、才氣和詞藻，包括除沈璟以外的多數吳江派成員，亦一致讚揚而無異詞。在我國戲劇文學史上，湯顯祖旣是明代首屈一指的劇作家，也是把傳奇這種體制發展到頂峯、代表傳奇最高成就的戲劇文學家。

湯顯祖在戲劇藝術上的成就，首先表現在他是第一個把浪漫手法引入傳奇創作並取得巨大成就的作家。特別是《牡丹亭》，無論在全劇構思和人物塑造上，都能大膽採用浪漫主義的創作方法，那種超越三界、「生可以死、死可以生」的「情」，就是劇本構思的基礎。作者正是通過杜麗娘、柳夢梅二人出生入死的愛情，通過夢中相戀、鬼魂成親這一系列超現實的情節，表達了作者熱烈追求的理想世界。湯顯祖正是把這種「情」提到哲理的高度來觀察和反映生活的。而內心深處蘊藏著生死不渝的、火一樣的「眞情」，是構成杜麗娘這個形象的靈魂。她這種强烈的感情使人相信，在那種社會裡，她不能不死；同時又使人相信，她雖死但不會泯滅，死而可以復生。因爲，她的死並不意味著生命的結束，反而擺脫了現實束縛，換來了精神自由，贏得了現實中無法得到的愛情幸福。

這種浪漫主義的創作方法在其他三夢中也都有所運用。在《紫釵記》中，主要是把原來的悲劇改爲喜劇結局，而之所以能化悲爲喜，又幾乎全出於一個彷彿天外來客的理想人物黃衫客所賜。在《南柯記》及《邯鄲記》中，主要是用夢境來寫現實。讓盧生、淳于棼身上的功名心、事功心和權勢欲，在夢中得到充分的展開和實現；從而完成兩種對比：讓二人在夢中位列三臺、一門顯貴與眼前的窮愁潦倒形成鮮明對照；讓二人在夢中的二十年南柯太守、六十年宦海生涯與現實中餘酒尚溫、黃粱未熟形成巨大反差。「後二夢」正是通過這一浪漫的方法表達出功名虛幻和百年如夢的觀念，進而展開對社會、對官場的批判。

夢境的普遍運用是湯顯祖戲劇構思的一個主要手段。他曾經把這種藝術構思概括爲「因情成夢，因夢成戲」（《復甘義麓》）。夢，實際上不過是「情」的衍化。這種情，包括前二夢所寫的性愛之情及後二夢中的名利之情和事功之情。這兩種

「情」的性質不同，在當時社會生活中都難於實現，只有借助夢境才能擺脫現實的束縛。因此，夢成了受壓制的情的昇華和潛意識的示現。當然，夢境在「四夢」中的地位和作用並不一樣。前二夢寫夢的只一齣。《紫釵記》四十九齣「曉窗圓夢」實際並未直接展現夢境，只寫到霍小玉自述在夢中見黃衣人送鞋一事，由鮑四娘圓夢，說明「鞋者，諧也」。但從中揭示了霍小玉在愛情受阻、相思成病之後，仍執著地追求幸福並渴望得到援助的潛在心理。就情節本身而言，這一安排是可有可無的，它對劇情的進展並不產生直接的影響，但劇作者卻讓這一夢境出現在逆境向順境轉化的關鍵時刻，以突出夢的作用。

《牡丹亭》第十齣「驚夢」則充分展開了對夢境的描寫。它表現了杜麗娘在古老情歌的觸發下和大好春光的感召下產生的一種對於人的本能欲求和愛情的頓悟，通過這個夢把潛藏於杜麗娘身上的青春躁動昇華爲一種熾熱的追求。「夢」作爲主體意識的覺醒，使精神需求與肉體需求一次完成，並以此作爲對「理」的叛逆的開端。也正因爲這個夢境如此美好，杜麗娘才在夢醒之後又去尋夢，繼而爲夢中之情而死，又爲夢中之情而再生。這樣，《牡丹亭》中的「夢」就成爲全劇構思中的樞紐，它本身就是情節和人物性格發展的契機，推動了故事情節的發展、促進了人物性格的成長。

在後二夢中，不僅直接描寫了夢境，而且把夢境的描寫作爲全劇的主幹。《南柯記》四十四齣，共有三十三齣寫夢境。《邯鄲記》三十齣，共有二十六齣寫夢境。其他少數幾齣，也大多是圍繞夢而展開的或爲入夢作鋪墊，或爲夢醒找歸宿。夢成了後二夢的基本情節，作者通過這一藝術構思，展示和剖析了封建士子在仕宦生涯中人性的發展、變化、扭曲以至墮落的過程，深刻地揭露和批判了封建政治的腐敗和官場的險惡及其對人性的腐蝕和戕害。

這種借助幻境以反映實境的寫法，王驥德在《曲律》中曾說過：「戲劇之道，出之貴實，而用之貴虛。《明珠》、《浣紗》、《紅拂》、《玉合》，以實而用實者也。《還魂》、「二夢」，以虛而用實者也。以實而用實也易，以虛而用實也難。」這裡的實和虛，主要指思想主題的明確和實質以及表現手法的含蓄和靈活。所謂「以虛而用實」，就是指通過變形來反映現實，通過主觀臆造的虛幻世界來反映社會生活和現實人生。在「臨川四夢」中，所謂虛幻世界，主要是夢境的描寫。但除了夢境以外，還有幻境的描寫。如《牡丹亭》中的地獄冥判、花神庇佑和人鬼幽媾。《南柯記》中把螻蟻社會幻化爲人類社會，並讓衆蟻均得升天。《邯鄲記》中的蓬萊仙境、八仙證盟。這些幻境的描寫都含有豐富的哲理，它與夢境的描寫相互配合，共同完成對人生認識的深化和對社會反映的具象化。

作爲帶有明顯浪漫傾向的作品，「臨川四夢」在塑造形象時，主要著眼於人物的思想感情和內心世界。湯顯祖聲明自己的戲劇創作是「爲情作使」（《寄達觀》）。因此，他總是從「情」的理想高度來觀察生活和表現人物的。他筆下的人物首先是一種感情的存在，不同的形象就表現在不同的感情差別之上。正如王思任在《批點玉茗堂牡丹亭敍》中所說的，湯顯祖所寫之人「笑者眞笑，笑即有聲；啼者眞啼，啼即有淚；歎者眞嘆，嘆即有氣。杜麗娘之妖也，柳夢梅之癡也，老夫人之軟也，杜安撫之古執也，陳最良之霧也，春香之賊牢也，無不從筋節竅髓以探其七情生動之微也」。作者對筆下的每個人物都能「探其七情生動之微」，即注意表現人物內心最隱密的活動，善於描寫出人物在特定場合中感情上的細微變化。「臨川四夢」的每齣每場，每個曲辭，每個動作，都有著豐富的心理活動內容。例如《牡丹亭・驚夢》齣中「步步嬌」一曲，就通過梳頭、照鏡、出閨房等小動作，寫出了一個顧影自憐、脈脈含情的少女的微妙心情。這不僅是對個人容貌的驚嘆，而且也是對自我的發現，對青春價値的認識和肯定。湯顯祖最善於抒發人物在特定環境下的感覺，傾瀉人物的內心激情。如《牡丹亭・驚夢》中「皀羅袍」一曲：

> 原來姹紫嫣紅開遍，似這般都付與斷井頹垣。良辰美景奈何天，賞心樂事誰家院！朝飛暮卷，雲霞翠軒，雨絲風片，煙波畫船。錦屏人忒看的這韶光賤！

通過杜麗娘賞春——感春——傷春的感情變化，透露出她的青春苦悶和精神壓抑，從而成爲人物自我回歸的過程，意識覺醒的過程。作者就是這樣廣泛利用各種手段，如人物動作、景物描繪和抒情曲辭，以刻畫人物的內心活動，通過刻畫人物的內心活動來塑造人物形象。

富有特色的語言風格，也是「臨川四夢」在藝術上的一個突出的成就。作者愛用前人沒用過的詞藻，愛用前人沒用過的語法，形成一種奇巧、尖新、陡峭、纖細的語言風格。這種語言濃麗華艷，意境深遠，歷來被尊爲「文采派」之首。不少唱辭長久以來膾炙人口，確有「婉麗妖冶，語動刺骨」（王驥德《曲律》）的特色。另一方面又能吸收元雜劇語言自然眞切的特點，不因重文采而輕視本色。陳繼儒曾評曰：「獨湯臨川最稱當行本色。」（《批點牡丹亭題詞》）四夢不但語言絢爛多彩，而且其語言所構成的形象也歷歷分明。這表現了作者在語言運用上的精心選擇，一絲不苟，與一般文采派虛有其表的雕鑿作風大不相同。

湯顯祖善於運用生動的詞語來表達人物的思想感情，或描寫自然景物，以造成鮮明的形象。如《牡丹亭・驚夢》中，用「裊」

來形容晴絲的飄動，用「閑」來描述庭院之寂靜，用「偸」來表達無意中照鏡見影，用「明如剪」來描繪燕語之尖利，用「溜的圓」來形容鶯歌之婉轉。雨稱之爲「絲」，風狀之爲「片」，都極新奇而又確切。當然，由於作者逞才使性，過分追求奇巧，亦使「腐木敗草，時時纏綿筆端」（王驥德《曲律》）。有時又流於艱深，顯得晦澀。李漁就認爲《牡丹亭》的曲辭「字字俱費經營，字字皆欠明爽」（《閑情偶寄》）

「臨川四夢」在藝術上也有不少缺點：《紫釵記》關目稍嫌冗漫，曲辭猶帶靡縟。而《牡丹亭》在結構上確有些旁枝逸出、頭緒紛繁的毛病，後半部過於拖沓，不少場面顯得臃腫。某些庸俗甚至色情的描寫，不必要的低級的插科打諢，都有害於思想上的嚴肅和藝術形象的完整。至於「後二夢」在戲劇藝術方面確有較高成就，歷來受到人們讚揚。王驥德曾說：「至《南柯》、《邯鄲》二記，則漸削蕪纇，俛就矩度，布格旣新，遣詞復俊，其掇拾本色，參錯麗語，境往神來，巧湊妙合，又視元人別一谿徑。」（《曲律》）近人吳梅也認爲後二夢「直截了當，無一泛語，增一折不得，删一折不得」（《戲曲概論》）。但這兩部戲曲在內容和寫法上也確有不少消極傾向，特別是把虛無飄渺的神佛世界加以美化，以圖解某些宗教觀念。此外，不容諱言，不合音律也是「臨川四夢」的共同缺陷，王驥德曾評之曰：「臨川尙趣，直是橫行，組織之工，幾與天孫爭巧；而屈曲聱牙，多令歌者齚舌。」（《曲律》）

附　註

①《紫釵記》第 49 齣「曉窗圓夢」寫霍小玉自述夢中見黃衣人送鞋。鮑四娘認爲「鞋者，諧也」。預兆小玉即將與李益團圓。《牡丹亭》

第 10 齣「驚夢」爲劇中重要之關目。而《南柯記》、《邯鄲記》之主要關目均係在夢中進行。

②《邯鄲記》雖托名寫唐代事，但實際上是借盧生、崔氏、宇文融、裴光庭乃至開元天子等形象，以揭露晚明黑暗政治。湯顯祖在《答呂玉繩》信中自述他「去春稍有意嘉隆事」，即打算撰寫嘉靖、隆慶時期有關歷史。「忽一奇僧唾涕曰：嚴、徐、高、張，陳死人也，以筆綴之，如以帚聚塵，不如因任人間，自有作者。」奇僧指達觀；嚴、徐、高、張就是指嘉靖至萬曆初年的首輔嚴嵩、徐階、高拱、張居正等。

③李仲文事見托名陶潛所著《搜神後記》卷 4，或《太平廣記》卷 319 引《法苑珠林》。略謂：晉時武都太守李仲文，在郡喪女，年十八，權假葬郡城北。後張世之代爲郡，世之男字子常，年二十，夢一女，自言前府君女，不幸而夭，今當更生，心相愛慕，故來相就。其魂忽然晝現，遂共枕席。後發棺視之，女尸已生肉，顏姿如故。夢女曰：「我將得生，今爲君發，事遂不成。」垂淚而別。

馮孝將事見劉敬叔所著《異苑》卷 8 或《太平廣記》卷 276 引《幽明錄》。略謂：東晋馮孝將，廣州太守。兒名馬子，年二十餘。夜夢一女子，年十八九。言：「我是北海太守徐元方女，不幸爲鬼所殺。許我更生，應爲君妻。」馬子至其墳祭之，祭訖發棺開視，女屍完好如故，乃抱置帳中，以青羊乳汁瀝其口，始開口咽粥。既一期，肌膚氣力，悉復常。遂聘爲夫婦，生二男一女。

睢陽王事見干寶《搜神記》卷 16 或《太平廣記》卷 316 引《列異傳》。略謂：談生四十無婦，夜半讀書，有女子年可十五六，來就生爲夫婦。謂「我與人不同，勿以火照我，必三年方可。」生一兒，二歲。夜伺其寢燭之，腰上生肉，腰下但有骨。婦覺曰：「君負我，大義永離。」以一珠袍與之，裂生衣裾，留之而別。後生持袍詣市，睢陽王家買之。王曰：「是我女袍，此必發墓。」乃收拷之，生具以實對。王視女冢完好如故。發視之，得衣裾，呼其兒，類王女。乃召談生以為婿，表其兒為侍中。（以上三段原文過長，此轉引青木正兒《中國近世戲曲史》之摘要。）

④婁江女子俞二娘事，見張大復《梅花草堂集》及朱彝尊《靜志居詩話》。俞二娘酷嗜《牡丹亭》，蠅頭細字，批注其側。十七怨憤而終。湯顯祖聞之，曾寫《哭婁江女子二首》：「晝燭搖金閣，眞珠泣繡窗。如何傷此曲，偏只有婁江？」「何自為情死，悲傷必有神。一時文字業，天下有心人。」商小伶事見焦循《劇說》卷六。此外尚有馮小青、內江女子事。馮小青，廣陵人，年十六嫁杭州馮生為妾。受大婦折磨，僅兩年卒。留有詩曰：「冷雨幽窗不可聽，挑燈閑看《牡丹亭》，人間亦有癡如我，豈獨傷心是小青。」內江女子事見焦循《劇說》，此女自矜才色，不輕許人。讀《還魂》而悅之，往訪湯顯祖，願奉箕帚。見湯皤然老翁，乃嘆曰「吾生平慕才，將託終身，今老醜若此，命也。」因投於水。

第六章　西遊記

第一節　《西遊記》的成書、作者和版本

和《三國演義》、《水滸傳》一樣，《西遊記》也是一部羣衆創作和文人創作相結合的傑出作品。它以濃郁的浪漫情調和豐富的想像力爲我國古典小說增添了新的光彩。

㈠《西遊記》本事及成書過程

唐太宗貞觀元年（公元 627 年），僧人玄奘（公元 602～664 年）不避艱險，隻身赴天竺取經，途經西域十六國，四年以後，到達北天竺摩揭陀國，途中歷盡千辛萬苦，九死一生。前後經十九年之久，終於帶回佛教經文六百五十七部，用白馬二十匹馱回長安①。歸國後，玄奘奉詔口述所見，由門徒辯機等輯錄成《大唐西域記》，介紹西域各國有關情況。後來他的門徒慧立、彥琮又撰《大唐慈恩寺三藏法師傳》。這些書雖一再聲明「皆存實錄，匪敢雕華」，但撰述者以宗教徒虔誠的心理採錄佛家種種靈異之事，同時對途中艱苦及沙漠幻影鬼火之類，又多用宗教的心理去解釋，因而使許多事實在敍述中成爲靈異和神蹟，無意中搭起了通往文學創作的橋樑。此後，又有佛教徒大加渲染，用一些佛經故事及中國古代神話傳說附會點染，以弘揚佛法，故愈演愈奇。至南宋時，形成《大唐三藏法師取經詩話》三卷十七章，共一萬六千字②。這一眞人眞事至此全變爲神話。西行除法師外，另

有一「白衣秀士」之「猴行者」前來幫忙，他自稱乃「花果山紫雲洞八萬四千銅頭鐵額獼猴王」，因曾偷吃蟠桃十個，被王母捉住處罰，故改過自新，「我今定是不敢偷吃也」。他神通廣大，最善捉妖；知識淵博，無所不曉。他們歷經樹人國、鬼子母國、女人國、沈香國、波羅國、優鉢羅國、竺國、盤律國等國度，其他受劫難處尚有香山寺、獅子林、長坑大蛇林、九龍池、王母池、香林寺等處，情節與今本《西遊記》差異甚大，且敍述簡略，含混不清。除法師、猴行者外，此書還出現「身長三丈」的「深沙神」，後化身金橋渡唐僧等西行。但尚無豬八戒的蹤影。

西遊故事在金元之際搬上舞臺。金院本有《唐三藏》一目，已佚。元有吳昌齡雜劇《西遊記》，僅存殘曲③。元末有楊景賢《西遊記》六本二十四折。一本寫唐僧出世，二本寫唐僧啓行，三本寫悟空出世，四本寫八戒出世，五本、六本寫西行諸險及取經回國。此劇中的朱八戒，是第一次出現於取經故事的文學作品之中④。而《詩話》中的深沙神，也已改稱爲沙和尚。劇本情節亦較《詩話》有所發展，有木叉售馬、華光署保、除黃風怪、鬼子母揭鉢、女人國逼婚、火焰山借扇等。除少數情節外，大多仍與今本《西遊記》不相符。

元明之際，還出現了一部古本《西遊記平話》。原書已佚，有殘文「夢斬涇河龍」一段，約一千二百字，保存在《永樂大典》一三一三九卷「送」韻「夢」字條，相當於今本《西遊記》第九回。另外，朝鮮古代的漢語教科書《朴通事諺解》中載有另一片段「車遲國鬥聖」和八條注⑤，相當於《西遊記》四十六回。這兩段情節大致與小說相同，但比較簡略，文字不到小說的四分之一。從《諺解》中八條注解中可以看到：西遊故事的主要人物、情節和結構均已定型，孫悟空的出身已有詳細描寫，成爲獨立的故事：

> 《西遊記》云：西域有花果山，山下有水簾洞，洞前有鐵板橋，橋下有萬丈澗，澗邊有萬個小洞，洞裡多猴。有老猴精，號齊天大聖，神通廣大。入天宮仙桃園偷蟠桃，又偷老君靈丹藥，又去王母宮偷王母繡仙衣一套來，設慶仙衣會。老君、王母具奏於玉帝。傳宣李天王，引領天兵十萬，及諸神將，至花果山，與大聖相戰失利。巡天大力鬼上告天王，舉灌州灌江口神曰小聖二郎，可使拿獲。天王遣太子木叉與大力鬼往請。二郎神領神兵圍花果山。眾猴出戰，皆敗，大聖被執，當死。觀音上請於玉帝免死，令巨靈神押大聖前往下方去。乃於花果山石縫內納身下截，畫如來押字封著，使山神土地鎮守。渴飲銅汁，饑食鐵丸。待我往東土尋取經之人經過此山……以為徒弟，賜法名悟空，改號為孫行者，與沙和尚及黑豬精朱八戒偕往。東路降妖去怪，救師脫難，皆是孫行者神通之力也。……

取經故事已相當複雜，而且比較接近今本《西遊記》。根據另一條注云：「今按法師往西天時，初到師陀國界，遇猛虎毒蛇之害；次遇黑熊精、黃風精、地湧夫人、蜘蛛精、獅子怪、多目怪、紅孩怪，幾死僅免。又過棘鈞洞、火炎山、薄屎洞、女人國，及諸惡山險水，怪害患苦不知其幾……詳見《西遊記》。」總之，今本《西遊記》的一些主要情節，大體上都具備了。由此可知，這部《西遊記平話》應該是今本《西遊記》創作的主要依據。

從西遊故事的發展演變過程中，可以看到它受到兩種社會力量的影響，發生兩種不同趨向的演變：

一方面，佛教徒極力誇大唐僧對佛的信仰和取經途中的神祕色彩，因而把克服自然險阻的鬥爭改變成正神與妖魔的鬥爭。這樣一來，原屬唐僧那種普通人的意志和毅力，就不得不轉移到另一個具有超人力量的人物身上，並把這個人說成因懾服佛法才皈依佛門，成爲正神的代表。於是，就使這一表現佛教徒毅力的眞人眞事，改變爲弘揚佛法無邊的宗教宣傳品。

另一方面，這個故事由於題材新穎、想像豐富，深受人們歡迎，在民衆中廣爲流傳，因而得到民間藝人的不斷加工。人民大衆把自己的愛憎注入故事人物身上，也把喜愛的民間傳說匯合到故事中去。於是原作中嚴肅的神佛，有的逐漸變成滑稽的被嘲諷的角色。而知錯改悔的猴行者變成了桀驁不馴的孫行者。人民借助幻想的力量把自己的鬥爭經歷、叛逆情緒和英雄氣概，熔鑄爲天不怕、地不怕、鬼神困難都不怕的齊天大聖。形象內涵發生了質的變化，而取經故事的基本構架和最後結局則一直被沿用下來。這樣一來，宗教性題材與反宗教的內容、宣揚正統的形式與反正統的思想一直都處於矛盾的統一體之中。

㈡《西遊記》的的作者

最後給西遊故事進行加工、整理、提高、寫定的作家是誰？這也是一個爭論較多的問題。百回本《西遊記》的所有明刊本，均未署作者姓名，僅題「華陽洞天主人校」⑥。而多數清代刻本，均題作者爲元初人丘處機，顯然是把丘作《長春眞人西遊記》誤會爲小說《西遊記》之故⑦。清中葉以後，吳玉搢《山陽志遺》、阮葵生《茶餘客話》、丁晏《石亭記事續編》等淮安人著述，根據《天啓淮安府志》及小說中方言俚語等材料，提出作者爲吳承恩，但未得到響應。直到本世紀二十年代，胡適在《西遊記考證》、魯迅在《中國小說史略》才集中論定作者應爲吳承恩⑧，並得到普遍贊成。此後國內出版的《西遊記》，均署名爲吳承恩作。但關於作者問題的爭論，並未平息⑨。

吳承恩（公元 1500？～1582？年）⑩，字汝忠，號射陽居士，淮安山陽（今江蘇淮安）人。出身於一個「兩世相繼爲學官」、終於沒落爲商人的家庭。幼年「即以文鳴於淮」，但「屢困場屋」。四十多歲時補歲貢，晚年曾出任長興縣丞兩年⑪，「恥折腰，遂拂袖歸」（《天啓淮安府志》）。後又補爲荊府紀善，但可能並未赴任。此後他閉門著述，縱情詩酒，終老於家。

吳承恩從小就喜歡神話故事，中年曾寫志怪小說《禹鼎志》，已佚，僅存序文。他在序中稱：「雖然，吾書名爲志怪，蓋不專明鬼，時紀人間變異，亦微有鑒戒寓焉。」可見，借助神話以「鑒戒」現實，是他喜用的手法。他還著有詩文集《射陽先生存稿》四卷，其中詩如《瑞龍歌》、《二郎搜山圖歌》，都表現了他借助神話傳說寄託掃蕩邪魔、安民保國的願望。他譴責現實社會：「民災翻出衣冠中，不爲猿鶴爲沙蟲；坐觀宋室用五鬼，不見虞廷誅四凶。」他埋怨自己「胸中磨損斬邪刀，欲起平之恨無力」。他熱忱地呼籲能蕩平邪惡的英雄出現於中原大地之上，「救日有矢救月弓，世間豈謂無英雄；誰能爲我致麟鳳，長令萬年保合清寧功。」（《二郎搜山圖歌》）充滿了神奇幻想的《西遊記》，就是在這種思想基礎上創作出來的。

㈢《西遊記》的版本

《西遊記》的版本亦較多。今知最早刊本爲明萬曆二十年（公元 1592 年）金陵世德堂《新刻出像官板大字西遊記》，二十卷一百回。題「華陽洞天主人校」，有秣陵陳元之序。另一明刊本爲《李卓吾先生批評西遊記》，一百回，卷首有袁于令題詞。每回有總批、夾批，但不類李贄手筆。著名清代刊本有《西遊證道書》，汪象旭編。《西遊眞詮》，悟一子陳士斌編。《新說西遊記》，張書紳編。《西遊原旨》，悟元子劉一明編。這些清刊本皆爲一百回，均將作者誤題爲丘處機。上述明刊本均無唐玄奘出身一節故事⑫，從清初最早刻本《西遊證道書》才補入這一節，成爲第九回，後遂爲定本。據該書評語，謂得之於大略堂「釋厄傳」古本。

以上的百回本《西遊記》，均爲繁本。除繁本外，《西遊記》尚有兩種簡本：

一爲《唐三藏西遊釋厄傳》十卷，共六十九則。據推測係萬曆間刻本，由羊城（廣州）朱鼎臣編輯。此書篇幅相當於百回本的四分之一，但有唐僧出身故事。

另一種係收入《四遊記》中由楊致和編定的《西遊記傳》，凡四卷四十一回。篇幅與朱鼎臣本相近，內容則有所不同，無唐僧出身故事。

這兩種簡本，多數研究者都認爲是百回本《西遊記》的刪節本⑬。

第二節 《西遊記》的思想內容

㈠《西遊記》的主旨

《西遊記》的思想內容是比較複雜的。它的主旨，更是衆說紛紜，莫衷一是。淸代多數評點者把它說成是一部修道奇書，悟元子劉一明在《西遊原旨敍》中即認爲：「悟之者在儒可成聖，在釋可成佛，在道可成仙。」二十年代，魯迅、胡適等學者批判了這類牽强附會的「微言大義」，提出「此書則實出於遊戲」（《中國小說史略》），「全書以詼諧滑稽爲宗旨」（《西遊記考證》）。五十年代以後，不少研究者囿於現實階級鬥爭的框架，把小說中神與魔的鬥爭，「聯想到封建社會的統治階級與人民——主要是農民——之間的鬥爭」，說是作者「借妖怪們的造反來描寫農民起義」（張天翼《西遊記札記》）。因而陸續提出農民起義說、人民鬥爭說、叛逆投降說、歌頌市民說、誅奸尚賢說、安天醫國說和主題轉化說等來概括小說主題。八十年代以來，不少人深感從這部神魔小說中歸結出一個政治性的主題實爲枘鑿，因而又把小說主旨納入哲理性範疇，如反映人生說、追求眞理說、表現理想說等等。種種歧義的存在，「三教之徒，皆得隨宜附會」（魯迅語）的根本原因，在於這部小說的一些獨特性：

第一，它是一部神話小說，或神魔小說⑭，而又產生於封建社會後期。既不同於史前神話，也不同於那些直接抒寫現實的嚴肅小說。它反映的並非現實生活的原始形態和具體過程，而僅僅是現實生活的某些抽象化本質。諸如光明與黑暗、正義與邪惡、善良與殘暴等等抽象觀念。

第二，《西遊記》的成書過程進一步加深了思想內容方面的複雜性。西遊故事不像三國故事和水滸故事那樣，一開始就在民間流行，一開始就是人民的東西，而是在流傳過程中，把本來屬於統治階級宣揚宗教、提倡正統主義的東西，改造成屬於人民、能夠反映民衆情緒和願望的東西。因而不能不在主題思想、形象體系、結構框架等方面留下不少矛盾。特別是以大鬧天宮、失敗皈依、西天取經到終成正果的這一基本間架，歷來都與宣揚宗教、宣揚正統思想的傳統主題完全適應。吳承恩改造了故事的不少內容和大批人物形象，但並未改變故事的傳統格局，因其在幾百年來早已定型。這就構成了《西遊記》宣揚正統的基本結構與反正統的具體內容的突出矛盾。

只要我們緊扣小說的具體特點及其形象描繪的審美價值，那麼不難證明，這部小說不僅沒有一個鮮明的政治性主題，甚至也無法歸結出一個能貫串全書的一般性主題。這是因爲：《西遊記》是一部帶有遊戲性的作品⑮。作家借助這一古老的神異故事，目的不是爲了反映某種特定的社會現實，表現某種較爲完整的政治傾向，而是爲了馳騁作家超凡脫俗的奇思妙想。作爲一部神魔小說，幻筆成爲《西遊記》的基本筆調，故形象描繪中充滿了神異性和傳奇性。而由於作者「復善諧劇」的藝術個性，戲筆又成了小說的主要手法，這在作品中表現爲濃郁的詼諧性和趣味性。由於創作技巧的高妙，《西遊記》總是使幻筆和戲筆緊密結合，「雖述變幻恍惚之事，亦每雜解頤之言」，將戲筆寓於幻筆之中，使神異性、傳奇性與趣味性、詼諧性和諧地溶合在形象體系之內。這種筆法的巧妙運用，使得小說的內容往往軼出常規，形式常常是無限的活潑，字裡行間處處凝聚俳諧、幽默、滑稽、戲謔的風趣，給人們以意想不到的審美享受。

但是，《西遊記》的遊戲筆墨，絕不是以單純的娛樂、消遣爲宗旨，而是在「遊戲中暗傳密諦」（李卓吾評本《西遊記總批》），即通過遊戲之筆來表達其高超的立意，因而避免了平庸和低級。《西遊記》作者繼承了我國古代俳優侏儒以滑稽詼諧之語言諷諭君王的傳統，「諷刺揶揄則取當時世態」，作者把他對社會、對人生的看法和態度，寓於小說中隨處可見的、富有戲謔性、諷喻性和幽默感的語言之中。作者既通過一些重大情節如大鬧天宮、西天取經等以表達其對人生的觀察和對理想的追求，具有豐富的哲理性；同時也在一些細節場景、對話獨白、乃至插科打諢之中，隨筆點染，譚言微中，指桑罵槐，旁敲側擊，隨時對當時世態和社會人生加以鋒利而又深刻的揭露和抨擊。

㈡《西遊記》的具體內容

從故事的具體內容上看：《西遊記》大致由三個部分組成：一至七回是「大鬧天宮」，八至二十回爲「取經前奏」，十三至一百回爲「西行取經」。這三個部分構成一個整體，但也各有其獨立性，在內容方面也各有側重。

大鬧天宮中，孫悟空以叛逆者的姿態出現，豎起了「齊天大聖」的旗幟，喊著「皇帝輪流做，明年到我家」的口號，把十萬天兵打得望風而逃。這些充滿浪漫激情的幻想情節，乃是人民羣衆的反抗要求和蔑視封建秩序的叛逆情緒，也包括作者那種傲岸不馴、玩世不恭的個性的昇華。小說中的那個嚴整有序的天上世界被描寫成一個至高無上的存在，表現得似乎是神聖不可侵犯和具有無限的權威。但在孫悟空這個充滿生活熱情、充滿了力、智、勇的叛逆者面前，卻顯得那麼腐朽無能、外强中乾、色厲內荏，以至不堪一「鬧」。

因此，把這個有無上權威的神的世界看成人間封建王朝的幻化，把大鬧天宮看成是通過神話形式、投影式地反映人民的反抗鬥爭，看成是人民反封建正統、反皇權尊嚴的叛逆思想和叛逆情緒的一種折光，是恰當的。

大鬧天宮以失敗而結束，孫悟空由失敗、被鎮壓到皈依佛門，這在情節上是必然的過渡。不應該、也不必要從形式邏輯上進行比附。孫悟空皈依成佛，旣是情節發展的必然，也可以從以往的歷史事實和當時的歷史條件中得到解釋。同樣，七回以後的「如來說法」、「唐僧出世」、「魏徵斬龍」、「太宗入冥」都是取經前奏，主要起情節上的組織作用。其本身除了宣傳一些宿命思想之外，別無其他更深意義。

從十三回開始的取經故事，共占八十八回之多，說明它是小說最重要的情節，是全書的主體。篇幅浩大、情節複雜，內容也極爲豐富。

從情節上看，取經本身並無太大的意義，它不過是一種宗教行爲，最多只表現了佛教徒爲普渡衆生而不辭勞苦的頑强毅力。但在小說中，由於作者的反覆渲染，取經被描寫成一項光明、正義而又極爲艱巨的事業。但這非常勉强和抽象，吸引人們注意的不是取經的目的和意義，而是附麗在它上面的具體情節。取經故事只是一個極爲渺茫的美好目標，爲了實現它卻需要踏踏實實、歷盡艱險、一步一個腳印地進行鬥爭。取經故事好比一根線，一連串征服惡魔、克服困難的情節猶如穿在這根線上的珍珠。沒有線，珍珠貫串不起來，但珠串的價值主要由珍珠決定。作者通過取經者與阻撓取經者一系列的鬥爭（即八十一難，又可分爲四十一個小故事），淋漓盡致地描寫了唐僧師徒（主要是孫悟空）爲達到目的所進行的堅韌不拔、勇往直前、不勝不止的奮鬥歷程，從而反映了中國人民積極進取的頑强毅力和摧毀一切邪惡勢力、征服大自然的願望。

西行途中的一些妖魔，也是一羣比較複雜的形象。少數的如黃風怪、大蟒精，不過是自然災害的幻化。但更多的可以看作是邪惡勢力的代表，並具有一定的社會意義。這些妖魔不僅阻撓取經，一心想吃唐僧肉，而且大都霸占一方，勒索供應，害民虐物，嗜殺成性。爲了加强正義戰勝邪惡這一主題，作者把許多令人憎惡的惡德：諸如殘殺、淫蕩、陰謀、奸險、搶劫、欺騙等與阻撓取經的這類邪惡勢力聯繫在一起，使得妖魔的邪惡不僅表現於反對取經事業，也表現於他們自身的品質和行爲之上。這樣就能引起讀者對現實社會中罪惡勢力的豐富的聯想。而且，這些妖魔大都和神佛有著千絲萬縷的聯繫，神下凡可以爲魔，魔升天則可成神。如比丘國國丈是佛祖的一隻白鹿，平頂山金角銀角大王是太上老君看爐的兩個童子，通天河魔頭是觀音菩薩蓮花池裡的金魚，小雷音寺的黃眉大王是彌勒佛手下司磬童子，獅駝山二怪是文殊、普賢二菩薩座下的青獅和白象，三怪大鵬金翅雕又與如來有親，陷空山無底洞的老鼠精是李天王義女，碗子山黃袍怪是二十八宿的奎木狼，朱紫國賽太歲是觀音菩薩坐騎金毛吼。這些妖魔或者私自逃入人間，或者是有意驅遣下凡，這都可以說明神佛統治的腐朽和天界秩序的紊亂，進而表明除魔戰鬥與大鬧天宮在精神上的一致性。

西行路上，還經歷了寶象、烏雞、車遲、西梁、祭賽、朱紫、比丘、滅法、天竺等九個國度和鳳仙郡、玉華州、金平府三個地方。這些都是人間國度或地區，但阻撓取經的主要還是那些受到寵信或冒名頂替的妖精。這些妖精之所以能夠作亂，大多與這些國度朝政混亂有關；那裡大多是「文也不賢，武也不良，國君也不是有道」，到處都呈現出陰陽錯亂、世道顛倒的不祥氣氛。其中最突出的問題則是國君沈溺聲色，寵信道術道士，妄求長生。而那些道士、全眞，在小說中，幾乎無一例外都是別有用心的妖精所幻化。如烏雞國的全眞意在篡奪王位，比丘國的道人想吃小兒心肝，車遲國的三位「大仙」把持朝政，四處捉拿和尚服役。這些描寫，我們從明世宗崇信道教的活動中⑯，都能找到明顯的痕迹。小說的描繪雖然塗上了怪異的色彩並滲透著幽默的情趣，人們總能辨認出其中巧妙地組合著「當時世態」。

不單是這些重大情節，就是一些細節，作者也常常隨筆點染，借題發揮，以諷喻現實。即使是官名方面，前人即已指出：「其中祭賽國之錦衣衞，朱紫國之司禮監，滅法國之東城兵馬司，唐太宗之大學士翰林院中書科，皆同明制。」（紀昀《如是我聞》）但這一切並不是作者在以認眞、嚴肅的態度去描摹現實，而是涉筆成趣，含沙射影，以表達其滑稽諷世之意。這類描寫，在小說中幾乎無處不有，俯拾皆是。例如唐僧要烏雞國國王上告篡位謀害他的妖怪，國王回答說：「他的神通廣大，官吏情熟——都城隍常與他會酒，海龍王盡與他有親，東嶽齊天是他的好朋友，十代閻羅是他的異兄弟——因此這般，我也無門投告。」這顯然是對官官相護、狼狽爲奸，使受害者「無門投告」的社會現實的揭露。又如火雲洞的紅孩兒怪把山神土地搞得一個個「衣不充身，食不充口」，還拿他們去「燒火頂門」、「提鈴喝號」；又慫恿小妖兒「討常例錢」，若無錢就「拆廟宇、剝衣服」。這其實也是對現實世界的摹擬。還有比丘國，國丈要孫悟空的「黑心」作藥引，悟空「把肚皮剖開，那裡頭就骨都都的滾出一堆心來」：

> 那些心，血淋淋的，一個個揀開與眾觀看，卻都是些紅心、白心、黃心、慳貪心、利名心、嫉妒心、計較心、好勝心、望高心、侮慢心、殺害心、狠毒心、恐怖心、謹慎心、邪妄心、無名隱喻之心，種種不善之心，更無一個黑心。

這已不僅僅是「神話」，而是形形色色的臉譜世相。小說把這樣一些可笑可恨可恥可憐的社會現象的本質，一下子撕裂開來，作者諷刺的鋒芒一直指向「霞光瑞氣，彩霧祥雲」的佛門聖地雷音寺。當唐僧到達之後，阿儺、伽葉居然向他們索取人事，不得，乃與無字之經。唐僧不服上告，佛祖居然爲這種索賄辯護：「你且休嚷！他兩個向你要人事之情，我已知矣。但只是經不可空傳，亦不可空取。向時衆比丘聖僧下山，曾將此經在舍衞國趙長者家與他誦了一遍，保他家生者安全，亡者超脫，只討得他三斗三升米粒黃金回來。我還說他們忒賣賤了，教後代兒孫沒錢使用。」這一段顯然是吳承恩的獨創，在他筆下，即使至高無上的佛祖也滿口市儈氣，如此聖潔的地方也逃不脫世俗卑劣的玷污。

第三節　《西遊記》的人物形象

《西遊記》以滑稽諷世爲宗旨，而不以塑造具有歷史深度的典型人物爲目的。故雖然描寫了一大批神魔形象，但多數失之簡略和雷同，有外形而缺少性格，只有少部分刻畫得比較成功，其中最爲突出的是孫悟空和豬八戒。

孫悟空

孫悟空成爲取經故事中不可缺少的角色，約在宋代以後。當玄奘取經由原來的眞人眞事，經過佛教徒的宣講逐步虛化，變爲神話傳說之時，猴行者形象便出現了。不過當時仍然以三藏法師爲中心，包括《取經詩話》在內。書中化身爲「白衣秀士」的猴行者，儘管身手不凡，但仍然是法師的附庸。這種情況到元代才發生變化。保存在《朴通事諺解》中的《西遊記平話・車遲國鬥聖》就明顯地以孫悟空爲中心人物，而唐僧幾乎像個木偶。這標誌著取經主角已由唐僧轉移到孫悟空身上，而取經故事也隨之轉化爲一部以孫悟空爲中心而展開的英雄傳奇。孫悟空形象的出現標誌著取經故事由歷史變爲小說，孫悟空形象上升爲主角則標誌著取經故事中市俗傾向壓倒了它的宗教傾向。到了百回本《西遊記》，孫悟空更是成爲全書無可爭辯的主人公，是作者精心塑造的英雄形象。小說一開篇就記錄了他那不平凡的出生。接下來連用七回敍述他的身世經歷，而本應是取經主人公的三藏法師則被推到一旁，對於他的出身只是在大鬧天宮告一段落以後才順帶作了簡短的敍述（這一敍述在明刊本中已被刪削）。

孫悟空形象的出現和加强牽動著取經故事的性質，對於這一形象的來源歷來都有著不同的說法。魯迅認爲它來源於我國古代關於猿猴的一些傳說，其原型採自唐人李公佐《古嶽瀆經》中的無支祁。這是大禹治水時制服的「淮渦水神」，它「形若猿猴，縮鼻高額，青軀白首，金目雪牙，頸伸百尺，力逾九象，搏擊騰踔疾奔，輕利倏忽」。被大禹制服後，頸鎖大索，置於淮陰之龜山下。這個無支祁的形態、神通和命運都與孫悟空有相類之處。而另一些學者如胡適、鄭振鐸等則認爲來源於印度古老史詩《羅摩衍那》中猴子國大將哈奴曼，其神通有「能在空中飛行」，「一跳就可以從印度跳到錫蘭」，「能把希瑪耶山拔起背著走」，曾被吞入一老母怪肚中，在裡面伸縮變化後又從耳朵裡鑽出等等。由於中印之間文化的長期交流，胡適認爲：「我假定哈奴曼是猴行者的根本。」（《西遊記考證》）到了七、八十年代以後，這個問題又成了爭論的焦點，但大體上不出外來影響、民族傳統及綜合典型三說。

儘管對這一形象的來源存在著較大的分歧，但對百回本《西遊記》中孫悟空形象的看法則比較一致。雖然作家在構思這個形象的種種神通方面也許受到印度和佛經神話的啓示，但在塑造這個形象的性格和心態方面所體現的卻完全是我們民族的特徵。在孫悟空身上集中體現了中國人民的種種美德，如勇敢、頑强、忠誠、機智、聰明、正直、嫉惡如仇、堅忍不拔、見義勇爲、樂觀開朗、天眞無邪、詼諧幽默。當然，他身上也存在某些無傷大雅的缺陷，如過於自尊自信、逞强好勝、心高氣傲、自命不凡等。這些缺點的存在更增强了這個形象的眞實感和可親性，使其性格更加突出和鮮明。再加上他神通廣大、法力無邊，能識別人妖、區分正邪，對妖精看得淸、鬥得狠。這一切都使孫悟空成爲集中體現中國人民理想的英雄典型。

小說一開始就記載了他那不平凡的誕生，給這個天產石猴抹上一層異端色彩。接下來寫他山中稱王，海外學道，龍宮索寶，地府除名，他與玉帝的衝突終於正面展開。小小石猴竟然要與整個天宮分庭抗禮、行兵對陣。他反抗的是權威，藐視的是尊嚴，要求的是自由，放縱的是個性，這充分體現了一種反抗傳統勢力、衝決天庭羅網、追求自由解放的精神。

由於側重點不同，西天取經更多地表現了孫悟空始終保持積極進取、勇敢進擊的樂觀主義精神，戰勝一切艱難險阻的頑强意志；寫出他不僅像大鬧天宮時一樣勇於戰鬥，而且更加善於戰鬥；表現他對那些啖食生靈、危害人民的妖魔嫉之如仇、除之務盡的高尚品質。

小說在描寫孫悟空同妖魔搏鬥的同時，深入地展開了他與唐僧的衝突。作家巧妙地借助這對次要矛盾的揭示，使故事情節更加搖曳多姿，跌宕有致，增加了孫悟空性格的層次和色彩，把他鏤刻得更加豐滿。在唐僧身上，封建儒生的迂腐和佛教信徒的虔誠諷刺地得到統一。他成天念叨著對一切妖魔蟲豸講仁慈、行恕道的混帳話，但一碰上妖魔，就嚇得滾鞍下馬，涕淚交流。以至孫悟空經常罵他是「膿包」。他身上的另一特點是奴性的虔誠，遇到大小神佛，他一概頂禮膜拜，不問眞假；朝見各國君王，他統統三呼萬歲，不管賢愚。對那些口口聲聲要吃唐僧肉的妖魔，他也要慈悲相待。而對於保護他的孫悟空，爲掃淸西行路上的障礙而誅妖滅怪，他卻一再斥責爲惹禍生事、殘酷不仁，甚至罵孫悟空爲「無心向善之輩，有意作惡之人」。原來他自己害怕妖精，又阻撓別人消滅妖精。他還動不動就閉起眼睛大念緊箍咒，結果使孫悟空受盡痛苦，也給他自己招來災禍。小說通過悟空與唐僧之間是與非、美與醜的强烈對比，批判了唐僧是非不分、人妖顚倒，對惡勢力屈服的軟弱態度，大力頌揚了孫悟空堅定、徹底的鬥爭精神，突出地表現了他不計較個人恩怨得失、一心以事業爲重的崇高品質。

不爲狹隘的物質利益所囿，能爲崇高的理想而獻身，這正是孫悟空英雄性格的核心。在他一生的奮鬥歷程中，無論是大鬧三界，或者是誅妖滅怪，也包括與唐僧的鬥爭，都是爲了實現一種崇高的理想，獻身於正義的事業。孫悟空一生不近女色，不愛金錢，不貪圖享受。他食的是野果，喝的是淸水，不希求任何物質上的滿足，他追求的僅僅是精神生活上的自由和愜意。他在鬥爭中從不氣餒，即使在不被人理解，遭到唐僧不公平待遇，甚至冒著被念緊箍咒時的巨大痛苦，他仍能堅持不懈地忠於理想事業。他一生的奮鬥都在於保持一種崇高的精神生活。爲了掌握自己的命運，他勾銷生死簿。因在凡間嫌地窄，他大鬧天宮。在西行路上，更表現了他毫不考慮個人私利，一心以事業爲重的可貴品德。正因爲如此，他才能始終如一地去救危解難，鋤奸扶弱，見義勇爲，誅暴安良。他的精神世界如此廣闊，他的生命力是如此旺盛，所以他才能夠在任何不利的境況下，照樣樂觀自信，生氣勃勃，無憂無慮，鬥志昂揚，風趣而又詼諧地生活著。

豬八戒

豬八戒的出現要比孫悟空晚得多。作爲文學形象，豬八戒始見於元末明初的雜劇《西遊記》及《西遊記平話》。但其性格不鮮明、不突出，其地位也並不重要，僅僅是個可有可無的配角。百回本《西遊記》中的豬八戒才眞正成爲一個不可缺少的重要角色，它不僅是孫悟空的重要幫手和陪襯，而且對構成全書滑稽諷世的風格有著特殊的意義。這一切應該屬於作者吳承恩的個人獨創。

豬八戒是一個塑造得非常成功，性格最爲鮮明，並經常引起哄堂大笑的喜劇式人物。雖然他長喙大耳，其貌不揚，但他那憨直、純樸、渾厚、呆拙、本色、熱愛生活以及那種超脫一切束縛和顧慮，達到忘我地步的天眞性格，都非常逗人喜愛。在斬妖除怪的戰鬥中，他是孫悟空的得力助手。取經路上的行李，要他挑著；八百里的荊棘嶺，仗他開道；惡臭的稀柿同，靠他拱路。這一切都說明作者並不是把他當作一個否定人物來描寫。然而，在他身上卻存在較爲嚴重的缺點，這些缺點常常與孫悟空的優點對照著表現；一白一黑，一好一壞，相互烘托。在孫悟空身上集中體現了中國人民種種精神美德，而在豬八戒身上則集中了人類有生以來的一些缺點。孫悟空最本質特徵在於他是一個不爲物質欲望所囿，能夠獻身於崇高理想的人，而豬八戒最突出的毛病則在於他的精神世界裡幾乎完全被各種狹隘、猥瑣的物質欲望所充塞，理想的光輝幾乎不能照射進來。無論是美酒佳餚、饅頭貢品、人參果、美女子、井底的寶貝、西梁國女王、高家莊渾家，都使他垂涎欲滴，心癢難撓。所以他自私自利、懶惰睡覺，戰鬥中不肯賣力，甚至臨陣逃脫，有時還進讒忌賢，不講團結友愛。作者寫出了他的這些缺點，並善意地予以批評和嘲笑。他的怯弱自私，大都只是爲了保存自己；他玩乖使巧，結果往往是弄巧成拙；他一心想占人便宜，到頭來吃虧的終究還是他自己。他貪財愛錢，也僅積攢了五錢銀子，還被銀匠偸去幾分，只剩下四錢六分，這就是他全部「私房」。因此，他給人的印象只是可笑而非可憎。這些缺點的產生並非由於他靈魂的骯髒或者內心的惡濁，他身上的不少缺點僅僅反映了一個正常人對於生活的合理要求。不過，這些要求只是生活的手段，他卻把這些生活的手段當成了生活的目的。加上僧侶禁慾主義的桎梏使他的這些欲望受到壓抑，故而表現得更加强烈和突出。他把自己的全部精神活動都埋沒在這些狹小而又卑微的物質欲望之中，使得他身上某些正常的生活欲求，發展成某種畸形狀態。

由於受制於物欲，所以他的靈魂正如他的尊容一樣笨重而呆拙。但是我們依然能夠從他的狡黠之中看到他的憨直，從他的虛僞裡面看到他的純樸。他固然慵懶但又不失勤謹；他雖然貪小利，可也不忘大義。他臨陣脫逃，但被捉以後卻從未「倒了旗鼓」；他雖常萌動搖退縮之心，但畢竟沒有散伙回家。他固然頑心時發，色情未泯，但畢竟追隨西行，摩肩壓背，挑擔有功。就是在高老莊，他雖然興妖作怪，强占良家女子，但他也曾替高家

「掃地通溝、搬磚運瓦、築土打牆、耕田耙地、播麥插秧、創家立業」。總之，在豬八戒身上，無論是他的優點和缺點，都能得人們的諒解甚至同情。因爲，他的缺點不過是人類某些本能需求和自私本性的反映，也許還包含了小私有者一些狹隘和落後的性格。在他身上，「人」性遠遠超過「神」性。因此，他成了人民大衆最感親切的一個人物。

第四節 《西遊記》的藝術特色

《西遊記》最爲明顯和突出的藝術特色，在於全書洋溢著那種充滿健康精神的奇幻想像力。從遠古神話、《莊子》和《楚辭》，直到李白、李賀等人的詩歌，我國古代有一批作家主要以塑造「奇僻荒誕」的境界來寄託自己超凡脫俗的理想。《西遊記》正是繼承了這一奇幻的藝術傳統，作者在取經故事演變發展的基礎上，以獨特的藝術追求，在古代長篇中構築了一個變幻奇詭而又眞實生動的幻想世界。這裡有鵝毛飄不起的流沙河，有「就是銅腦袋、鐵身軀也要化成汁」的火焰山，還有到處都是奇珍異寶的東海水晶宮和「霞光瑞氣、彩霧祥雲」的佛教聖地雷音寺。奇幻的環境孕育出奇幻的人物，奇幻的人物反過來又深化了奇幻的環境，在奇幻的環境中串演出一幕又一幕奇幻的故事。生活在此中的那些奇幻人物，「不伏麒麟轄，不伏鳳凰管」的無拘無束、自由自在的生活令人嚮往。人世間的一切束縛，無論是人爲的還是自然的；天地間的一切限制，無論是時間的還是空間的，對於他們都不復存在。他們可以躲過輪迴，不生不滅；升天入地，變化無窮。這一方面表現了人們豐富的想像力，同時也表達了人們希望掙脫各種自然和社會的束縛，追求解放、追求永生的願望。人們對幻想世界的嚮往常常就是對現實世界的一種不滿，所以才借助想像力以消除這種不滿。這種充滿健康精神的想像力，正是促進人類發展、社會進步的偉大天賦。

《西遊記》所創造的光怪陸離的幻想境界，還不同於遠古的神話世界。在它荒誕的背後，不僅有想像、還有理智；不僅有對自然的驚訝，還有著對人生的探索。這個幻想境界乃是經歷了幾千年文明史以後人類智慧的創造，它閃耀著理性的光芒。這些神奇的幻想絕非憑空假設，向壁虛構，而是大多寫得入情入理，令人信服。不用說魚龍之精會水，鳥精會飛，蠍子精、蜈蚣精有毒刺，蜘蛛精會吐絲織網，就是他們的性格也與其身份相適應：如獅子大象忠厚，老牛黑熊憨直，凶鳥毒蟲狠毒，老鼠膽小，猴子機靈，松柏有詩人風度，杏樹不莊重……這些妖魔常常是人的性格與生物性格的融合，反映了當時人們對於大自然充滿詩意的幻想。

在人物塑造上，作者也顯示了非凡的藝術才能。作品中不少神魔各有特徵，爲以後的神怪小說所望塵莫及。尤其在塑造豬八戒、孫悟空等幾個主要人物形象中，更表現了作者高超的藝術才能。這幾個形象都是人、動物和神的混合體，亦即是社會性、生物性和神異性的巧妙融合。如孫悟空旣體現了中國人民理想主義的英雄典型，又具有七十二般變化的神通。而這一切又無不溶合了猴子本質中的機靈、乖巧、敏捷、愛動等特徵。甚至就在他七十二般變化時，也少不了會留下一條猴子身上所固有而難於處理的「尾巴」。作者還把豬身上的貪吃愛睡、愚蠢呆板、懶惰自私等特性糅和到豬八戒形象之中，甚至連他的三十六般變化也只能變化成一些蠢笨模樣。這樣就使他們的性格形象特別突出，簡直像一座座浮雕，嵌進了書的字裡行間。作者在刻畫人物時常常採用誇張寫法，如豬八戒睡覺，化齋、巡山時均偸懶睡覺，甚至在與黃袍怪交鋒氣力不加時，也詐稱「讓老豬出恭來」，撇下沙僧，溜往荊棘藤裡，一轂轤躺倒，直睡到半夜才醒。這種誇張並不排斥典型，反而使典型形象更爲突出。

在刻畫人物方面，浪漫性的神魔小說不同於寫實性的普通小說，它不是讓人物服從於環境，人物性格隨著環境變化而變化，而是在性格特徵基本定型之後，通過虛構的種種環境和事件，反覆渲染、多層次描繪，以突出人物的主要性格特徵。如在大鬧天宮時，孫悟空的反抗性和其他性格已經得到顯示。西天取經的每一個故事，都不過是從不同方面再加以精雕細刻。如三打白骨精，突出他善於分辨善惡邪正；平頂山戰金角銀角大王，寫他智謀高强；除草寇被逐，寫他心高氣傲；誤入小雷音，寫他堅忍不拔；寬恕羅刹女，寫他胸懷寬廣；三島求仙方，寫他不屈不撓。這樣孫悟空性格才會顯得如此完整和豐滿。

作者在塑造人物時，還大量使用遊戲筆墨，使神魔都顯得很有風趣，充滿喜劇色彩和滑稽意味。這種遊戲筆墨，突破了天堂與塵凡之間的界限，填平了神魔與凡人之間的鴻溝。它使「神魔皆有人情，精魅亦通世故」。淡化了宗教觀念所賦與的神祕性，增强了他們身上的世俗成分。小說中的所有神魔，即使是雷公閻王、凶神厲鬼，也絲毫不讓人感到敬畏或恐懼。他們不過是一羣披著神祕觀念的外衣，而內心卻充滿人情世故的有血有肉的形象。就是高貴如玉帝、威嚴如如來、清高如老君、聖潔如觀音、不苟言笑如唐僧，他們的一舉一動、一顰一笑，都充滿人情味和世俗情調，甚至顯得滑稽可笑、風趣動人。例如，如來佛封豬八戒爲淨壇使者，八戒不滿意，吵吵嚷嚷，佛祖就說：「天下四大部洲，瞻仰吾教者甚多，凡諸佛事，教汝淨壇，乃是個有受用的品級。如何不好。」這個法相尊嚴的教主，絲毫也沒有板起臉孔裝正經，而是開口閉口就顯得這麼市俗。整部《西遊記》都是這樣，不單師兄弟間的日常相處，就是那些神魔相鬥的生死關頭，作者也往往將輕鬆諧謔的遊戲筆墨穿插於其間。遊戲筆墨應該是作者刻畫人物性格的富有個性特徵的主要手法之一。

《西遊記》的文學語言亦頗有特色。作者大量使用諧詞戲語，不僅形成一種輕鬆活潑的情調，而且滲透著異常濃烈的調侃性和戲謔性，讀來非常有趣，並能給人以意味雋永的感覺。從而形成《西遊記》所特有的語言風格：輕鬆活潑、明快洗練、樂觀幽默、富有風趣。小說在人物語言個性化、口語化方面也取得了較大的成就。作者特別注意語言的形象性和直接性，力求把人物的聲容笑貌、戰鬥的場面氣氛、山河的奇形異態，都壓進作品裡，讓讀者透過文字能看到這一切。此外，由於吳承恩還是一個著名的詩詞家，所以愛把詩賦點綴其中。敍述雖用散文，描寫則多用韻語，形成一種韻散交錯的文體。這是從宋元「說話」繼承下來的傳統，有利於說，卻不便於讀。

《西遊記》在我國小說史上開拓了神魔小說的新領域。我國最初的長篇小說是從宋元講史發展而成，故歷史小說以及與歷史密切相關的英雄傳奇小說自然成爲古典長篇小說草創階段的主要品種。這兩類小說中都不乏神魔怪異之類超現實情節，不過，那只是作爲一處穿插，以調劑史傳情節的平淡乏味。《西遊記》第一次將神魔故事從歷史故事中獨立出來，或者說它使眞人眞事的歷史神魔化。這說明作家的藝術想像力和創造力已經發展到一個新的高度，作家的藝術水平已經成熟到可以擺脫歷史的框架而獨立創作。在《西遊記》的影響下，明中葉以後產生了一大批神魔小說，著名的如《封神演義》、《三保太監西洋記》、《西遊補》等，在藝術想像力方面雖能繼承前書，但在內容深廣程度上卻遠遜《西遊記》。至於《西遊記》的諷刺藝術，則爲《金瓶梅》、《儒林外史》和明清之際一些神魔諷刺小說如《斬鬼傳》、《何典》等書所繼承。

附　註

①玄奘，俗姓陳，名禕，洛州緱氏（河南偃師）人，11 歲出家爲僧。玄奘去天竺時間，有貞觀元年、三年諸說。此據《大唐西域記》。當時有詔禁止國人出境，玄奘係混在西域商隊中才偷偷出境。玄奘歸國後，從事譯經 19 年，譯經 75 部，1,335 卷。他還創立佛教法相宗。他去世時，京畿諸州縣來送葬、觀葬者達百萬之衆；僧俗信徒宿於墓所者達三萬餘人。玄奘其人、取經其事所造成的轟動和影響之大，於此可見一斑。

②《大唐三藏法師取經詩話》，我國久已失傳。在日本高山寺發現，係小字巾箱本。1916 年羅振玉影印回國。缺卷上第一頁及卷中第二、三頁。卷末有「中瓦子張家印」一行，據王國維考證，「中瓦子」爲南宋臨安府街名，是上演各種技藝的娛樂場所。「張家」係書鋪牌號。此書第一章缺，故不知唐僧出身及西行緣起如何？第二章《行程遇猴行者處》開始時，已有「僧行六人，當日起行」了。

③其題目正名爲「老回回東樓叫佛，唐三藏西天取經」。《萬壑淸音》選入「詔餞西行」、「回回迎僧」二折，可知其內容唐朝羣臣餞送三藏西行及途中遇一信佛之老回回爲主要關目。與今本《西遊記》關係不大。

④作爲民間口頭創作，豬八戒形象出現應早於楊景賢雜劇。廣東省博物館藏有一個元代瓷枕，上面畫著唐僧師徒四衆的形象。甘肅省甘谷縣城西南 10 公里的華蓋寺，尚保留一幅元代壁畫《唐僧取經歸來圖》，上面也有了一個大腹便便、豬首人身的豬八戒形象。

⑤《朴通事諺解》著者不詳，據推定成書約在高麗後期，相當於元朝末年。此書係用朝鮮語發音和譯解的漢語會話書，另附漢字注釋。爲該書作諺解的崔世珍係朝鮮李氏王朝第四世主（世宗）時人。但今見者係 1677 年翻刻本。

⑥「華陽洞天」地在南京附近句容茅山一帶，乃道教之聖地。「華陽洞天主人」顯然不會是家在江北的吳承恩。但此人是誰？鄭振鐸認為是最早刊刻《西遊記》之南京世德堂主人唐光祿。而蘇興則認為是吳承恩之摯友曾為宰輔之李春芳。而也有人認為是給《西遊記》寫序的陳元之。

⑦丘處機（公元 1148～1235 年），是道教全眞派首領。在他 72 歲時，曾應遠在西亞的成吉思汗的邀請，由陝西到北京、經呼倫湖、穿越蒙古及新疆北部，到達撒馬爾罕，再到阿富汗南部昆都斯大營，見到成吉思汗。為了記錄這段歷時 3 年的奇特旅行，由其弟子整理成一部《長春眞人西遊記》2 卷。現存於《道藏》之中，這乃是一部地理性質之作，虞集曾為此書作序。

⑧肯定此書為吳承恩作之理由有：㈠《天啓淮安府志》卷 16 記載：「吳承恩，性敏而多慧，博極羣書，為詩文下筆立成……復善諧劇，所著雜記幾種，名震一時。……」卷 19《藝文志・淮賢文目》：「吳承恩，《射陽集》四册（卷），《春秋列傳序》、《西遊記》。」㈡吳玉搢、阮葵生、丁晏等人推定。㈢淮安方言的使用。㈣吳承恩寫過志怪小說《禹鼎志》和浪漫特色的詩歌《瑞龍歌》、《二郎搜山圖歌》等，風格與《西遊記》相接近。

⑨懷疑吳承恩作包括三十年代俞平伯及葉德均以及近來國內外的一些學者。他們的質疑主要有：㈠《天啓淮安府志・淮賢文目》中著錄之《西遊記》未說明性質，亦未說明多少卷或多少回，未見得就是小說。而清初黃虞稷《千頃堂書目》卻明確將吳承恩《西遊記》歸入史部輿地類，看來應屬紀遊之書，而非小說。㈡南京世德堂刊本刻於 1592 年，離吳承恩死僅 10 年，就已不知作者。陳元之還在序中稱：「《西遊》一書，不知其何人所為。或曰出自天潢何侯王之國。或曰出八公之徒。或曰出王自制。余覽其意，近跅弛滑稽之雄，卮言曼衍之為也。」㈢據統計：小說中吳語多，眞正的淮安方言並不

多。

⑩關於吳承恩的生卒年，均無可靠材料。魯迅定爲（公元 1510～1580 年），但未詳所據。蘇興則定爲公元 1504～1582 年，而一般均作公元 1500～1582 年。此處從一般說法。

⑪吳承恩任長興縣丞之時間歷來說法不一。近年發現隆慶元年（公元 1567 年）長興縣令歸有光撰吳承恩書寫之《聖井銘》、《夢鼎堂記》、《長興縣令題名記》等石刻。故有人認爲吳任長興縣丞就在此時。但此時吳承恩年齡已 67 歲，似有未合。

⑫指沒有今本第 9 回「陳光蕊赴任逢災，江流僧復仇報本」。但包括明刊本在內的所有百回本在第 11、14、37、47、48、49 等回中都有提到唐僧出世的韻語或對話。故有人認爲吳承恩原稿中本來有第 9 回，可能是世德堂本「嫌其褻瀆聖僧」（孫楷第語）而刊落。

⑬魯迅在《中國小說史略》中曾認爲：「又有一百回本《西遊記》，蓋出於四十一回本《西遊記傳》之後。」後來也採納了鄭振鐸在《西遊記的演化》一文中的意見，改變了看法：「《四遊記》中的《西遊記》是吳承恩《西遊記》的摘錄，而並非祖本。」（《中國小說史略日譯本序》），但海內外仍有部分研究者認爲朱本《西遊釋厄傳》應早於百回本，其主要理由有：㈠朱本刊刻於萬曆初年，據專家研究，擬略早於刊刻於萬曆二十年（公元 1592 年）之世德堂本。㈡朱本有玄奘父陳光蕊遇難故事，而世德堂本及其他明刊本均無，應爲世德堂本刊落，而非朱本刪節吳本。㈢朱本部分情節與吳本不符，如孫悟空還時有色情表現，當他發現七個女妖下濯垢泉洗澡時，「行者就變一泥鰍下水」。吳本始改爲豬八戒。㈣如同一些話本中常常點出自己的書名那樣，朱本在開篇詩中也點明：「欲知造化會元功，須看《西遊釋厄傳》」。且在每則之末「且聽下回分解」之後，大多有五、七言詩四句或八句一首，而吳本均無。

⑭神話小說，係胡適所提。他認爲：《西遊記》是「世界的一部絕大神

話小說」，「《西遊記》的神話是有『人的意味』的神話。」（《西遊記考證》）神魔小說，則爲魯迅所提。他說：「歷來三教之爭，都無解決，互相容受，乃曰『同源』，所謂義利邪正善惡是非眞妄諸端，皆混而又析之，統於二元，雖無專名，謂之神魔，蓋可賅括。」（《史略》）

⑮首先提出這個觀點的是胡適和魯迅。胡適認爲：「《西遊記》至多不過是一部很有趣味的滑稽小說、神話小說；他並沒有什麼微妙的意思，他至多不過有一點愛罵人的玩世主義。」（《西遊記考證》）而魯迅亦認爲：「然作者雖儒生，此書則實出於遊戲，亦非道語。」（《中國小說史略》第十七篇）又說：「承恩本善於滑稽，他講妖怪的喜、怒、哀、樂，都近於人情，所以人們都喜歡看！這是他的本領……《西遊記》上所講的都是妖怪，我們看了，但覺好玩，所謂忘懷得失，獨存鑒賞了——這也是他的本領。至於說這書的宗旨……但據我看來，實不過出於作者之遊戲。」（《中國小說的歷史變遷》第五講）胡適、魯迅的說法係二十年代提出，但後來贊同者甚少，八十年代以後始引起部分研究者的重視。可參考《文學評論》1988年第 2 期方勝《西遊記是一部遊戲之作》及《貴州文史叢刊》1988 年第 3 期吳聖昔《西遊記——遊戲筆墨的藝術結晶》

⑯據史載：明世宗朱厚熜迷信道士及道術，他自號「靈霄上淸統雷元陽妙一飛玄眞君」，常年不朝，在宮中設壇建醮，日求長生。以龍虎山上淸宮道士邵元節爲禮部尙書，以道士陶仲文爲少保、少傅、少師，一人兼「三孤」之任。大臣如嚴嵩、夏言、徐階、李春芳均以善寫靑詞而邀寵。太僕卿楊最抗疏奏諫：「豈有高居黃屋紫闥、袞衣玉食，而能白日翀舉者？」遭杖殺。御史楊爵復諫，死於獄中。

第七章 《金瓶梅》和明代中後期小說

明代的小說創作，在《三國演義》和《水滸傳》出現之後，曾經沈寂了一百多年。從明太祖洪武中年起，直到明世宗嘉靖初年爲止，近一百五十年（約公元 1380～1530 年），幾乎沒有刊行過什麼通俗小說。到了明中葉以後，由於經濟的發展，商業和手工業生產的興起，城市的繁榮，市民階層愈越壯大。爲了適應他們文化生活的需要，各種通俗文學又趨繁榮。明中葉時人葉盛在《水東日記》卷二十一說：「今書坊相傳，射利之徒，僞爲小說雜事……農工商販抄寫繪畫，家畜而人有之，癡騃女婦，尤所酷好。」反映了通俗小說在明中葉後受到市民羣衆歡迎的情況。從嘉靖中年起，直到明末，小說創作進入一個興盛的時期，隨著《西遊記》的出現，一大批長篇及短篇通俗小說相繼出現。數量之多，前所未有。從嘉靖中到明末不過一百年，出現的通俗小說在百部以上，留傳至今的長篇章回小說也超過七十部（以上均根據《中國通俗小說總目提要》）。在這些長篇小說中，旣有《西遊記》、《封神演義》之類屬於世代累積型的小說，也有《金瓶梅》、《玉嬌梨》之類個人獨創型的小說。至於題材方面，中國古典小說所涉及的領域，這個時期的小說幾乎都有。包括《列國志傳》、《英烈傳》之類歷史小說，《北宋志傳》、《岳武穆精忠傳》之類英雄傳奇小說，《封神演義》、《平妖傳》之類神魔小說，《金瓶梅》、《玉嬌梨》之類市情小說，以及《龍圖公案》、《海剛峯居官公案傳》之類公案小說。它們的成就一般不太高，但在我國古典小說發展史上卻占有比較重要的地位。其中尤以《金瓶梅》成就最高，影響亦最大。

第一節 《金瓶梅》

㈠《金瓶梅》的版本

根據現存史料，《金瓶梅》最遲在萬曆二十年代就已經在社會上流傳①。開始是抄本，大約在萬曆四十一年（公元 1613 年）之後，蘇州就有了刻本，但此本至今未見②。現存最早刻本是萬曆四十五年丁巳（公元 1617 年）《金瓶梅詞話》本，共一百回。卷首有欣欣子序，序云：「竊謂蘭陵笑笑生作《金瓶梅傳》，寄意於世俗，蓋有謂也。」首次提出蘭陵笑笑生是此書的作者。此外還有萬曆丁巳東吳弄珠客序和廿公跋。這就是所謂的詞話本系統。它的主要特點是有詞有話，即有唱詞、有故事。全書引用戲曲小令二百五十多首，流行小令六十多首。還有不少作者自編、用以代言的說唱③，形成一種在長篇通俗小說中比較特殊的有說有唱的語言風格。

除詞話本系統外，尚有說散本系統。今知最早刊本爲崇禎本《新刻繡像原本金瓶梅》一百回，有東吳弄珠客序，廿公跋，但無欣欣子序。清康熙四十三年（公元 1704 年）又有《張竹坡批評金瓶梅》，只有謝頤序。張竹坡（公元 1669～1718 年），名道琛，徐州人。他的評論，特別是《讀法》一百零八條，包含了不少眞知灼見，對古代小說理論作出了一定的貢獻。但在社會流傳較廣的還是同治三年（公元 1864 年）蔣劍人刪節張竹坡本的《古本金瓶梅》。這是第一個將淫穢之處刪削盡淨的潔本。

說散本與詞話本的主要區別有：

第一，說散本刪去了不少詩詞小令，包括回目後的「詩曰」、「詞曰」，回末的「且聽下回分解」也大多刪去。第二，說散本較詞話本更拉大了與《水滸傳》的距離，詞話本從武松打虎寫起，說散本則從「西門慶熱結十弟兄」寫起。八十四回原有吳月娘被王矮虎所虜、爲宋江義釋一事，說散本也已刪去。第三，詞話本回目粗劣，不對仗，正文中多山東口語。而說散本回目對仗工穩，正文中山東口語大爲減少。根據以上情況足以說明：詞話本應該比較接近原作。

㈡《金瓶梅》的作者

《金瓶梅》的創作年代，歷來就有嘉靖說和萬曆說之爭。當然，也有可能是嘉靖末年到萬曆初年之作④。至於此書之作者，歷來爭論不休，至今仍未解決。明代提出了「嘉靖間大名士」（沈德符《野獲編》）、紹興老儒（袁中道《游居柿錄》）、「金吾戚里」的門客（謝肇淛《金瓶梅跋》）等說。清代則提出了王世貞或王世貞門人說（顧公燮《銷夏閑記》）、李卓吾說（《古本金瓶梅》附王仲瞿考證）、薛方山說、趙南星說（宮偉鏐《春雨草堂別集》）、盧柟說、徐渭說、李笠翁說（《金瓶梅》各種刻本所提出）。八十年代，又有人提出李開先說、賈三近說和屠隆說⑤。以上說法，大多有部分理由，但全都缺少有力佐證，無不含有較大的推測性，因而難於服人。看來《金瓶梅》的作者，仍應以欣欣子序中所說的「蘭陵笑笑生」最爲接近。蘭陵即今山東嶧縣（屬棗莊市），小說內容寫山東事，語言亦多山東口語，唯其眞實姓名則不可考。

㈢《金瓶梅》情節內容

《金瓶梅》的故事是從《水滸傳》中潘金蓮與西門慶偷情一事生

發、演化而來。書中所記之事從北宋徽宗政和二年（公元 1112 年）至南宋建炎元年（公元 1127 年）共十六年。但它並不是一部歷史小說，而是借宋寫明，假託往事，抒寫現實，反映的完全是晚明社會的風俗畫。

中國封建社會到了明嘉靖、萬曆年間，已經腐朽墮落，很難維繫其統治局面。而姍姍來遲的資本主義萌芽正在封建社會母體中艱難地成長，市民階層的崛起，金錢力量的衝擊，使原已腐朽的社會，更加奢糜淫逸、墮落不堪。《金瓶梅》正是以歷來不爲人們重視的市井社會爲描寫重點，通過亦商亦官的西門慶的活動，從京城、相府、封疆大吏一直寫到市井平民、三姑六婆，展示了晚明社會的衆生相，描繪了市井社會五光十色的風俗畫，徹底暴露了晚明社會的黑暗和腐朽。《金瓶梅》是中國小說史上第一部以市井社會爲題材、以一個新興商人的一生爲內容的長篇小說，具有開拓新路的歷史意義。

《金瓶梅》書名乃潘金蓮、李瓶兒和龐春梅三人名字的綜合。全書假《水滸》中西門慶與潘金蓮偷情一事爲線索加以敷衍而成。謂武松回家報仇，誤殺李外傳，被刺配孟州。西門慶便趁機娶了潘金蓮，後來又勾搭上她的婢女春梅。西門慶原是清河縣一個破落戶財主，開了一家生藥鋪，還在縣裡包攬詞訟，交通官吏，他一貫依靠巧取豪奪，稱霸一方。他連騙帶搶娶了富孀孟玉樓爲妾，占有她不少財產嫁妝。後來又勾引他結義兄弟花子虛之妻李瓶兒，把花子虛活活氣死。最後終於娶了李瓶兒做第六房妻妾，侵吞了花家財物住宅。這時西門慶已成爲清河縣的豪紳、富戶，能跟本地官府平起平坐了。但他的女兒親家陳洪係楊戩親信，楊戩因「失誤軍機」被參倒臺，陳洪牽連治罪，女婿陳經濟帶了大批箱籠財物來他家避難，他自己也名列楊黨。西門慶立即派人上京打點，拉上了蔡京的關係，輕易地躲過了一場橫禍，還趁機霸占了陳家寄存的大宗財物。他攀附上更有力的靠山蔡京，得了個理刑副千戶之職。他腰桿愈來愈硬，地位愈來愈高，買賣也愈做愈大。又在本地開了典當鋪、綢緞鋪、絨線鋪，一邊做官，一邊做買賣，開銷也愈來愈大了。蔡京一次過生日，他進京拜壽，送去二十扛厚禮，光黃金就有二百兩。蔡京一高興，收他爲乾兒子，升他爲千戶提刑官。他同朝廷大員和地方官吏勾結更緊了。正在這富貴逼人、炙手可熱之時，西門慶終於縱慾身亡。他一家僕妾星散，資產銷亡。整個社會也動蕩不安，內憂外患，紛至沓來，形成總崩潰的局面。

書中還有另一條線索，即寫西門慶妻妾家室活動。他原有三房妻妾，又娶了孟玉樓、潘金蓮、李瓶兒。大娘吳月娘，還比較忠厚和順。不過，作品著力描寫的是潘金蓮，她狠毒凶殘而又諂媚恭順，嫉妒刻薄但又心直口快。強烈的極端個人主義和享樂主義思想支配著她的言行。她看到李瓶兒甚得西門慶寵愛，還生了獨生子官哥，就心懷嫉妒，神不知鬼不覺地用毒計殺死官哥。李瓶兒痛子身亡。西門慶死後，潘金蓮及春梅與陳經濟通姦，事發被斥賣。出居王婆家待嫁，武松遇赦歸，才被殺。春梅嫁與周守備做妾，以淫亂身亡。這時天下大亂，金兵南侵，吳月娘攜遺腹子孝哥欲奔濟南，途遇普淨和尚，以因果點化，知孝哥乃西門慶托生，便令其出家，法名明悟。

㈣《金瓶梅》的思想意義

《金瓶梅》通過暴露西門慶一生及其一家的罪惡活動，痛快淋漓地揭露了明代封建統治階級荒淫無恥的生活，深刻具體地描繪了當時從朝廷到地方大小官僚勾結惡霸豪紳，欺壓盤剝人民的血腥圖景，具有很大的認識價值和一定的反封建意義。作者善於通過日常生活刻畫人物，表現整個時代風貌。正如魯迅在《中國小說史略》中所說：

> 作者之於世情，蓋誠極洞達。凡所形容，或條暢，或曲折，或刻露而盡相，或幽伏而含譏，或一時並寫兩面，使之相形。變幻之情，隨在顯見，同時說部，無以上之……至謂此書之作，專以寫市井間淫夫蕩婦，則與本文殊不符。緣西門慶故稱世家、為縉紳，不惟交通權貴，即士類亦與周旋，著此一家，即罵盡諸色，蓋非獨描摹下流言行，加以筆伐而已。

《金瓶梅》的價值，不僅僅在於暴露和批判，更重要的還在於：作者相當深刻地寫出了古老的中國從封建宗法社會開始邁向資本主義商品社會的艱難步伐。西門慶雖說是官僚、惡霸、富商三位一體的人物，但從本質上看他應該是中國十六世紀新興商人的代表，是中國社會封建母體中朝第一代商業資本家蛻變的典型。他無止境的貪婪、他對金錢、權勢以至女性的那種不擇手段的占有，以及他那充滿自信、自強和進取的生活態度，既體現了早期商人不可一世的勃勃雄心，也體現了他們那種蔑視一切道德觀念的獸性，其中還不可避免地混和著從封建階級遺傳而來的腐化和墮落。西門慶對金錢的看法是：「兀那東西（指金錢），是好動不喜靜的，曾肯埋沒在一處？也是天生應人用的……因此積下財寶，極有罪的。」（五十六回）這種思想，反映了傳統的守財奴地主向享樂型商業資本家的過渡。但由於中國封建社會歷史的悠久和統治勢力的強固，致使中國資本主義萌芽特別艱難。新興商人不依靠攫取一部分封建權力就無法獲得生存和發展的條件。西門慶之所以亦商亦官，不過是借助封建政權來鋪平自己發展的道路。正當他的商業興旺發達之時，他自己卻縱慾身亡。新興商業的燦爛前途與個人生命的突然結束，既表現了人生的矛盾，也象徵著中國封建社會蛻變的艱難和曲折。

《金瓶梅》還爲人們展示了一個與傳統的溫柔敦厚大異其趣的、吵吵嚷嚷的女性世界。以潘金蓮、李瓶兒、龐春梅爲代表的一大批女性，她們的性格實質，也並不是簡單用「淫蕩」就可以概括得了的。這些女性中的大多數，儘管出身、性格、遭遇不完全相同，但她們都無所謂道德和名節，都有著超常的情慾、物慾和肉慾。在她們的精神世界裡，很少接受以男性爲中心的社會道德的支配，敢於爲了一己的私欲去全力拚搏。在淫蕩的表象下，體現出女性少見的主動追求與抗爭。她們憑著一個正常人不可免的情與欲的衝動和追求，去撞擊視女性爲草芥、以「性追求」爲萬惡之首的封建道德框架。當然，除了淫蕩以外，她們還虛榮、妒嫉、自私、狠毒、有心計、耍手段，甚至有意無意地謀害人，包括自己不中意的丈夫在內。因此，她們並不能代表美和善，而只能代表醜和惡，不過卻是一種順應歷史發展的醜和惡。正如西門慶的全部事業的終極目標不過是用一種殘酷的但卻先進的剝削制，來代替原來的那種表面上似乎文質彬彬的但卻是保守的剝削制一樣，金、瓶、梅們的活動也正體現了用一種邪惡的、赤裸裸的人欲來替換虛僞的溫良恭儉的道德境界。

當然，作者對於小說的這些客觀意義並不理解。舊的社會體制和意識形態正在發生著的演進和變化，作者並不知道這是歷史的進步和必然，而是把它看成道德淪喪、人欲橫流的結果，特別是色慾所導致的罪惡。因而把戒淫慾作爲一項主要的創作意圖，並爲此把書中的一些主要人物如西門慶、陳經濟、潘金蓮、李瓶兒、龐春梅一一都描寫爲遭受報應，死於淫慾。作者用色空和因果報應的思想來解釋這一切。作家的近乎自然主義的寫作態度，大量露骨的淫穢的色情描寫，令人難於卒讀。對罪惡的刻畫窮形盡相，但作家的態度卻過於冷漠，不少地方還流露出欣賞的態度。充斥全書的多是一些卑劣的人物、糜爛的生活，留下的則是一片漆黑，看不到一絲理想的光輝。這一切使得《金瓶梅》成爲一部既有重大意義、又有嚴重缺點的小說。

(五)《金瓶梅》的貢獻

但是，在中國小說史上，《金瓶梅》有著劃時代的意義。它是古代長篇中世情小說的開山之作，顯示了中國小說逐步擺脫說唱藝術的影響向近代小說轉變的軌迹。它還在中國小說邁向近代寫實文學方面取得了重大的進展，爲古代小說的發展作出了歷史性的貢獻。

在中國小說史上，《金瓶梅》成功地實現了以下六項轉變：

一、從反映古老的歷史題材，轉變爲直接反映當前的現實生活。強烈的現實性、明確的時代性，是《金瓶梅》獨具的特色。在此之前的中國小說，幾乎都取材於歷史和神話故事，其所反映的時代範圍比較古老和寬泛，與現實生活有著較大的距離。而《金瓶梅》雖假托往事，但實際上是寫現實生活，正如明史專家吳晗所考訂的：「它所寫的是萬曆中年的社會情形」，「是作者所處時代的市井社會的侈靡淫蕩的生活」（《〈金瓶梅〉的著作時代及其社會背景》1934年《文學季刊》）。

二、從以帝王將相、英雄豪傑、神仙鬼怪轉變到以社會上的普通人物爲小說的主人公。《金瓶梅》所寫的，正是那些「尋常之夫妻、和尚、道士、姑子、拉麻、命相士、卜卦、方士、樂工、優人、妓女、雜戲、商賈……無不包羅萬象，敍述詳盡，栩栩如生，如躍眼前。」（滿文譯本《金瓶梅序》）它正是通過這些平凡人物的人生際遇來表現時代和社會的變遷，這使得作品與現實生活、與黎民百姓的心理更加貼近。與此相關的還有，以往的長篇小說描寫的重點是男性社會，所涉及的少數婦女大多是附庸和陪襯。而《金瓶梅》則更側重於表現獨立存在的女性社會。

三、由追求離奇曲折的故事情節，轉變爲著力表現普通的、日常的生活眞實，變傳奇的手法爲寫實的手法。《金瓶梅》以前的中國小說，多以描寫重大鬥爭、軍國大事、神奇怪異爲內容，而《金瓶梅》則成爲第一部脫離英雄傳奇以及那些超越現實可能性的情節的小說，它以描寫日常起居、尋常熟事，即所謂「市井之常談，閨房之碎語」（《欣欣子序》）爲其主要內容。它不是靠故事情節的傳奇性吸引人，而是靠日常生活的眞實描寫來打動人。過去的長篇小說主要關注國家興亡、社會災祥和那些英雄人物的升沈榮辱，《金瓶梅》則把視角轉向普通人的悲歡離合，以探索人生的哲理。與此相關的還有，《金瓶梅》改變了過去小說中對生活總免不了要加上某些理想的描寫的作法，採用不加粉飾的赤裸裸的眞實描寫。它是一部徹底的暴露文學，它敢於不留情面地揭露一切人和一切事。在作者的筆下幾乎沒有一個正面人物，正如張竹坡所說的：「西門慶是混帳惡人，吳月娘是奸險好人，玉樓是乖人，金蓮不是人，瓶兒是癡人，春梅是狂人，經濟是浮浪小人，嬌兒是死人，雪娥是蠢人，宋惠蓮是不識高低的人，如意兒是個頂缺之人。若王六兒與林太太等，直與李桂姐輩一流，總是不得叫做人。而伯爵、希大輩皆是沒良心之人。兼之蔡太師、蔡狀元、宋御史皆是枉爲人也。」這種如實、徹底地暴露社會黑暗的做法，在中國小說史上是空前的。

四、從誇張的、粗略的細節描寫，轉變爲細膩、逼眞甚至不避瑣屑的細節描寫。《金瓶梅》完全具備有恩格斯所說的「細節的眞實」，它使人「讀之，似有一人親曾執筆在清河縣前西門家裏，大大小小，前前後後，碟兒碗兒，一一記之，似眞有其事」（張竹坡《讀法》六十三）。

五、從線性結構開始過渡爲網狀結構。以前的長篇小說，均從「說話」中的「講史」演變而來，受藝人講唱藝術的影響，結構都採取單線發展的方式。而從《金瓶梅》起，才開始實現向網狀結構的轉化。全書圍繞西門慶一家盛衰史而開展，前八十回以西門慶爲中心反映官場社會的黑暗，以潘金蓮爲中心反映家庭內部的糾葛。兩條線索交叉發展。後二十回，則以吳月娘、龐春梅、陳經濟爲中心，寫西門慶家庭的衰敗。全書初步形成一個網狀結構，像生活本身那樣千頭萬緒，卻又渾然一體。

六、從相沿加工「說話」藝人的集體創作，轉變爲作家個人的獨立創作，《金瓶梅》成爲與過去的「世代累積型」不同的第一部「個人獨創型」長篇小說⑥。以前在民間創作基礎上由作家加工寫完的長篇小說，總不免「有不少牽合、增補的顯然痕迹」（張竹坡《讀法》）。而《金瓶梅》全書布局嚴密，結構宏偉，文筆風格統一，應該是一個作家手筆。《金瓶梅》創作的成功，極大地推動了後代作家的獨創性，使他們敢於擺脫傳統題材的約束，把眼光從書本典籍轉到自己的周圍環境，注意觀察、分析一切人和一切事。這有助於中國小說的發展和藝術水平的提高。

以上幾項轉變標誌著中國古代小說領域中寫實的創作方法的深化，《金瓶梅》在邁向近代寫實小說的過程中已跨出了重要的一步，因而給中國小說藝術的發展帶來了巨大的影響。如《醒世姻緣傳》就被稱爲「彷彿得其筆意」（鄧之誠《骨董瑣記・茶餘客話》）。至於《紅樓夢》，它取得成功的一個主要原因也正在曹雪芹能夠「深得金瓶壺（壼）奧」（甲戌本十三回脂批）。從這些方面看，《金瓶梅》確實是一部具有里程碑性質的作品。當然，《金瓶梅》也給後世帶來一些消極影響。由於它的出現，引起了大量污穢不堪的色情小說的泛濫。如《玉嬌李》、《肉蒲團》、《繡榻野史》之類，都是這類下流小說的代表。

第二節　明代中後期的其他長篇小說

明代中後期長篇小說最爲興旺繁榮的主要有歷史小說和神魔小說。

㈠歷史小說

在《三國演義》的影響下，明中後期出現了一大批歷史小說，品種繁多，內容複雜，正如孫楷第在《中國通俗小說書目・分類說明》中所說的：「通俗小說中講史一派，流品至雜，自宋元以至明清，作者如林。以體制言之，有演一代史事而近於斷代爲史者；有以一人一家事爲主而近於外傳、別傳及家人傳者；有以一事爲主而近於紀事本末者；亦有通演古今事與通史同者。其作者有文人、有閭里塾師、瓦舍伎藝。大抵虛實各半，不以記誦見長。亦有過實而直同史抄，憑虛而全無根據者，而亦自托於講史。」明代歷史小說多數是「演一代史事」的歷史演義小說。包括《開闢演義》（據考定，應爲余象斗編，八十四回）、《西漢通俗演義》（甄偉著，一百零一則）、《東漢十二帝通俗演義》（謝詔撰，一百四十六則）、《東西晋演義》（夷白主人重編，五十回）、《隋史遺文》（袁于令撰，六十回）、《隋煬帝艷史》（齊東野人編，四十回）、《唐書志傳通俗演義》（熊大木編，八十九節）等一大批，幾乎從盤古一直寫到明代，任何一個王朝都未曾遺漏。這些小說水平大都不高，除甄偉《西漢通俗演義》及袁于令《隋史遺文》略可一觀之外，其餘的不過拼湊史料，恪守正史，目的是宣揚封建教化，創作模式更是千篇一律，大多不離明君賢相與昏君賊臣對立的格局。情節單調，文字粗劣。因而被歷史所淘汰。

在這批歷史演義小說中，成就較高、影響也較大的是馮夢龍的《新列國志》。

《新列國志》

《新列國志》故事最早來源於宋元講史《七國春秋平話》、《秦併六國平話》等。明中葉時，余邵魚編定爲《春秋列國志傳》八卷二百二十六則，現存有萬曆三十四年（公元 1606 年）刊本，所敍故事上起武王伐紂，下迄秦併六國。但描寫簡略，文字粗率。馮夢龍將此書改編爲《新列國志》一百零八回⑦，由原來的二十八萬字擴充爲七十餘萬字，並删掉整個西周一大段歷史，從周宣王濫殺臣民寫起，止於秦始皇統一天下，集中地敍述了春秋、戰國時期五百多年的歷史故事。

小說主要取材於《左傳》、《國語》、《戰國策》、《史記》等史籍及《吳越春秋》等先秦傳說。全書以春秋五霸、戰國七雄的興衰過程爲主要線索，在廣闊的範圍內，生動地敍述了諸侯之間爭奪霸權和施行兼併的政治、軍事、外交鬥爭，以及人們在這些鬥爭中表現出來的道德觀念、思想情趣及智謀膽略。作者能把這樣一個動蕩紛亂的時期，寫得眉目清晰，脈絡分明。小說還能比較廣泛地描寫出具有各種性格特徵的人物：如顯赫一時的霸主，昏庸殘暴的國君，雄才大略的策士，足智多謀的主帥，勇猛善戰的武將，視死如歸的義士，識時善辯的說客和陰險狡猾的小人。儘管由於過份拘守史實，沒能塑造出成功的藝術典型，但能通過一些具體的場面或細節，鮮明生動地描繪出人物聲容情態來。此外，由於年代長、頭緒多，全書缺乏中心人物和中心線索，敍事總免不了紛繁龐雜之弊。

除了寫一朝盛衰的歷史演義之外，明代也有少數以人物或事件為中心的歷史小說，如吳門嘯客之《孫龐演義》，二十回，主要寫孫臏、龐涓二人事迹；以史實為點綴，多採民間傳說，雜以神怪，並非嚴格的歷史小說。但愛憎分明、語言樸實，保留了民間文學本色。

明代還出現了一大批記述當代史實的歷史小說。著名的有《英烈傳》和反映閹黨擅權的《警世陰陽夢》（長安道人國清著，四十回）、《魏忠賢小說斥奸書》（吳越草莽臣撰，四十回）、《檮杌閑評》，以及寫明、清易代期間戰爭的《遼海丹忠錄》（平原孤憤生著，四十回）和《樵史通俗演義》等。這類小說不少取材於當時邸報、朝野傳聞，匆忙構思，草率成書（如《警世陰陽夢》在魏忠賢垮臺後僅半年即成書），故水平一般不高。

影響較大的如《英烈傳》，又名《皇明開運英武傳》，八十回，今存萬曆十九年（公元 1591 年）刊本，作者不詳。主要寫朱元璋反抗元王朝、建立明王朝的故事。但拘守史實，缺乏想像，藝術成就不高。其次如《檮杌閑評》五十回，據推定為崇禎朝大理寺丞李清著。在反映閹黨的小說中略高一籌，能正確處理好史實與虛構的關係，以突出人物形象。這類小說雖然藝術水平不高，但因係當時人記當時事，故也能給後人提供某些史料，如「江左樵子」（疑為青浦人陸應暘）編寫的《樵史演義》四十回，主要寫南明歷史，它採用「據事直書」的寫法，故具很高的歷史文獻價值。孔尚任寫《桃花扇》時，曾將它列入參考書，並注明採用其二十四段史實。

㈡神魔小說

在《西遊記》的影響下，明末也產生了一批神魔小說，著名的有將歷史故事神魔化的《平妖傳》、《封神演義》、《三寶太監西洋記》等，也有由民間故事演化的神魔小說如《八仙出處東遊記》

（吳元泰著，五十六回）、《華光天王傳》（即《南遊記》）（余象斗撰，八十回）、《玄帝出身志傳》（即《北遊記》）（余象斗著，二十四回）、《牛郎織女傳》（朱名世撰，四卷）等。其中前一類成就較高。

《平妖傳》

《平妖傳》，傳爲羅貫中編，四卷二十回。今存武林王愼修校本。馮夢龍加以潤色增補爲四十回的《新平妖傳》，今存泰昌元年（公元 1620 年）天許齋批點本。內容主要寫北宋仁宗年間貝州王則發動兵變、起義反宋一事。作者視這次兵變爲妖人作亂，其觀點固不足取，但也能揭露統治階級的腐朽和貪婪，客觀上透露了「官逼民反」的眞實消息。

《三寶太監西洋記》

《三寶太監西洋記》一百回，作者爲萬曆時人羅懋登。內寫鄭和、王景弘等人下西洋通使三十餘國之事，其間穿插了許多神魔故事和海外奇聞。雖然廣收民間傳說，某些情節也還生動，但文詞不工，敍述枝蔓，故流傳不廣。這類神魔小說中最爲出色的還是《封神演義》。

《封神演義》

《封神演義》一百回，今存最早刊本爲明萬曆年間（公元 1567～1619 年）舒載陽刻本。上題署「鍾山逸叟許仲琳編輯」⑧。但許仲琳生平情況不詳。這部書也是民間創作和文人加工相結合的產物，它是在《武王伐紂平話》的基礎上擴充改寫而成。寫文王、武王興周滅商的全過程，但充滿神異色彩。作品成功的地方，是對暴君、暴政的批判。書中是將紂王作爲一個凶狠、殘酷、荒淫、無恥的昏君來批判的。他炮烙重臣，殺妻棄子，挖蠆盆，修鹿臺，任意殺戮諫臣，設置肉林酒池，斷脛取髓，剖腹驗胎，無惡不作。這些描寫深刻地揭露了這個暴君剛愎自用、殘暴專橫的猙獰面目。在批判獨夫暴君的基礎上，進而抨擊了某些封建的倫理道德。作品反覆闡述「天下者，非一人之天下，乃天下人之天下」的道理，細緻地描寫了周武王和天下八百諸侯反商的過程，刻畫了叛商投周的黃飛虎、鄧九公等人物，提出了「君不正，臣投外國」的主張，批判了「臣事君以忠」之類愚忠觀念。又因為紂王棄子，父不像父，作品就著力宣揚「父不慈，子必參商」等思想。形象地描繪了殷郊兄弟叛離朝歌，黃飛虎不遵父訓、縱容部將大戰黃滾等場面，批判了「父慈子孝」之類封建道德觀念。

在藝術方面，《封神演義》也有一定的成就。它塑造了好幾個性格鮮明的人物形象。像妲己的狡猾和殘忍，楊戩的勇敢和機謀，申公豹的挑撥離間、倒行逆施；特別是描寫了哪吒鬧海所表現出來的反抗精神和蔑視神權的英雄氣概。寫黃飛虎經過劇烈的思想鬥爭，終於反出五關、歸順西周的英雄性格，也很深刻。但這部書也有不少糟粕，宣傳了許多封建思想、宗教觀念和宿命論。特別是把這一場正義勢力和邪惡勢力之間殊死鬥爭中雙方陣亡的人物，不分彼此、一視同仁地通通「進入封神臺」去成神，這就模糊了是非界限，調和了矛盾，削弱了它的積極意義。

《西遊補》

此外，尚有一部《西遊補》係借用神魔之形而實具象徵性的哲理小說。全書十六回，作者董說（公元 1620～1686 年），係著名學者、詩人。此書著於崇禎十三年（公元 1640 年），今存崇禎間刊本。主要寫孫悟空化齋，為鯖魚精所迷，進入古人世界及未來世界，忽作美女迷項羽，忽作閻王審秦檜，經歷不少奇幻之事。最後在虛空主人呼喚下醒來，太陽仍掛在半空，時間才過一個時辰，而鯖魚精變的小和尚正在戲哄唐僧，孫悟空一棒將其打死，師徒繼續西行。作者注明這是補入三調芭蕉扇之後，實際上是節外生枝，自成格局，與前後情節及孫悟空的性格都不相合。作者讓孫悟空進入鯖（即「情」）魚世界，迷於古今，迷於虛實，不見眞我，後經掙扎，打殺鯖魚，歸趨正道，終現眞我。目的在勸戒世人要「走出情外，認得道根之實」，必先「走入情內，見得世界情根之虛」（董說《答問》），從而表達出情緣夢幻的人生哲理。本書的價值在於：借夢幻經歷刻畫出種種社會世相，以諷刺現實。小說揭露了熱中功名的封建士子的種種醜態，概括了那些落第學子的悲慘命運；還表達了對秦檜之類奸臣的切齒痛恨和對岳飛這種忠臣的無限仰慕。在藝術上也有一定成就，「其造事遣辭，則豐贍多姿，恍惚善幻，奇突之處，時足驚人，間以俳諧，亦常俊絕，殊非同時作手所敢望也」（魯迅《中國小說史略》）。

㈢英雄傳奇小說

在《水滸傳》的影響下，明代後期也出現一大批英雄傳奇小說，著名的有作者不詳的《禪眞逸史》四十回，寫北魏林時茂及其弟子除惡鋤奸，由亂世英雄變成治世賢臣的故事。還有熊大木編的《岳武穆精忠傳》八卷八十則，刊於嘉靖三十一年（公元 1552 年）。但影響最大的還是寫北宋楊家將故事的《北宋志傳》和《楊家府演義》。

《北宋志傳》、《楊家府演義》

《北宋志傳》係熊大木所編《南北兩宋志傳》中的北宋部分，又稱《楊家將傳》，共五十回。今存萬曆二十一年癸巳（公元 1593 年）尺蠖齋評釋本。《楊家府演義》八卷五十八則，今存萬曆三十四年丙午（公元 1606 年）刊本。此二書均寫楊家將故事，但內容上有較多差異。《楊家府演義》對楊家將故事寫得更完整和集中，《北宋志傳》只寫了楊業、楊延昭、楊宗保三代，終於楊宗保平西夏。而《楊家府演義》還增寫了楊文廣、楊懷玉兩代及楊文廣征南蠻、楊懷玉舉家上太行等情節，更顯得有頭有尾。

這兩部小說雖書名稱之爲「志傳」或「演義」，但小說的大部分故事並沒有史料根據。楊家將見之於《宋史》的，僅楊業、楊延昭、楊文廣三人，而楊文廣乃楊延昭之子，並非如小說中乃楊延昭之孫。此外楊家其他將領及楊宗保、穆桂英等，都是虛構人物。楊業之妻佘太君也是一個虛實之間的人物。所以這兩部小說並非嚴格的歷史小說，而是假歷史作引子，憑空結撰的英雄傳奇。

《北宋志傳》及《楊家府演義》敍述了楊家世代英勇抗敵禦侮的故事，特別著重描寫了楊業、楊延昭、楊宗保祖孫三代英勇抗遼、前仆後繼、可歌可泣的戰鬥事迹，包括幽州大戰、楊業碰死李陵碑、楊延昭把守三關、楊宗保大破天門陣、十二寡婦西征等情節，都寫得非常精采。小說也描寫了衆多的英雄形象，儘管這些人物性格差別不大，藝術上的成就不高，但在民間影響極大。

㈣世情小說及言情小說

明代後期由於文人獨創小說的風氣一開，使得中國長篇小說領域中出現了過去所不曾有過的世情小說和言情小說。其中，《金瓶梅》可看作世情小說的代表。而言情小說則有荑荻散人之《玉嬌梨》二十回，寫蘇友白與白紅玉、盧夢梨戰勝小人挑撥，終成眷屬的故事。作者不詳的《平山冷燕》二十回，敍述平如衡與冷絳雪、燕白頷與山黛相互傾慕，幾經坎坷，終於結爲夫妻的故事。這類小說大多寫才子佳人的戀愛故事，不管經過多少磨難和波折，最後還是能結成眷屬，婚姻美滿。當然，少不了要以「金榜題名」作爲大團圓的條件，正如魯迅所說：「凡求偶必經考試，成婚待於詔旨，則當時科舉思想之牢籠。」（《中國小說史略》）但這類才子佳人小說所表達的愛情理想也有一定的進步意義。它們提出了色、才、情三者一致的愛情觀。《玉嬌梨》中蘇友白說：「有才無色，算不得佳人；有色無才，算不得佳人；即有才有色，而與我蘇友白無一段脈脈相關之情，亦算不得我蘇友白的佳人。」他們特別强調「情」，即彼此在感情和心靈上相互契合、交融作爲愛情的基礎，儘管其中缺乏反封建的內涵，但也表現了一種純潔美好的感情境界，扭轉了《金瓶梅》以來風靡一時的淫穢描寫之風，使言情小說得到淨化，表現出雅致秀麗的風格。這正是這類才子佳人言情小說的進步意義之所在。它們的缺點是宣揚一夫多妻，鼓吹封建道德、重視名教，充滿了封建士大夫的情趣。在寫法上受《金瓶梅》影響較大，重視日常生活和細節描寫，大多爲文人之獨創。包括小說之書名亦襲用《金瓶梅》以書中主要人物姓字拚湊而成。這類才子佳人小說中成就較高、影響較大的是《好逑傳》。

《好逑傳》

《好逑傳》四卷十八回，一名《義俠好逑傳》或《俠義風月傳》，作者不詳，原題「名教中人編次」，成書大約在明末清初，內容寫出身宦門的鐵中玉和水冰心在反抗權貴、堅持正義的鬥爭中邂逅相遇，由相互聲援、患難相扶、彼此敬佩到終相愛慕，雖有小人權奸陰謀陷害，挑撥破壞，但二人終成婚配這樣一個複雜離奇、波瀾迭起的過程。雖然寫的是一個才子佳人故事，但並沒有落入晚明風行一時的才子佳人小說的俗套，而是別出心裁，另覓蹊徑。作品把這個愛情故事的起伏順逆緊密聯繫當時社會腐敗的吏治和統治階級的種種罪行來描寫，爲我們展開了一幅政治黑暗、社會窳敗的圖景。作品還集中塑造了鐵中玉、水冰心這兩個行俠仗義、不畏權貴、智勇雙全、貞潔自持的青年男女。特別是水冰心，刻畫得更爲光彩照人。雖然她母早亡、父戍邊，社會上一切惡勢力都向她襲來，她孤立無援，連親叔父都一再算計陷害她。而她卻憑著一身膽識，躲明槍、避暗箭，將那些陰謀陷害者玩弄於股掌之上。對那些被惡人串通的權高勢大的地方官僚也視同草芥，敢於多方較量。她料事如神、揮灑自如，臨事時胸中似有百萬雄兵，手上如有千鈞之力。對於這樣一個人物，與其說作家在寫一個大家閨秀，倒不如說在塑造一位富有鬥爭經驗、敢於蔑視統治階級權威的女強人。在她身上集中體現了中國婦女聰明睿智、潑辣幹練的優秀品德。

當然，這部作品也有缺陷。它大肆宣揚封建名教，甚至把名教放在愛情之上，讓這一對男女在矯情做作中度過所謂「五夜無欺」和成婚異室的生活，顯得迂腐和不近人情。但在藝術上較有特色：文辭雅潔，筆調細緻，結構嚴謹，情節引人入勝，因而使這部作品產生了很大的國際影響。它是我國最早譯成外文的古代長篇小說，大約在清康熙間被譯成英、葡兩種文字，很快受到西方各國的重視，到本世紀初，國外至少有十五種以上的譯本。德國偉大作家歌德對這部小說非常傾倒，說這部小說表明了中國人民「在思想、行爲和感情方面，幾乎和我們一樣，使我們很快就感到他們是我們的同類人，只是在他們那裡，一切都比我們這裡更明朗、更純潔，也更合乎道德。」(《歌德談話錄》1827 年 1 月 31 日)

㈤公案小說

在明末，由於吏治腐敗，冤獄遍地，人民希望有剛正不阿、清明廉潔的淸官出來爲民伸冤。正是這種情緒促使一批公案小說得以產生。其中主要有《包龍圖判百家公案演義》六卷一百回，「錢塘散人安遇時編集」，有萬曆二十二年（公元 1594 年）刊本。《龍圖公案》十卷一百則，署「江左陶元乃斌父題」。《海剛峯先生居官公案傳》四卷七十一回，託名李春芳編，今存萬曆三十四年（公元 1606 年）刊本。《皇明諸司廉明奇判公案》二卷十三類一百零五篇，余象斗編，存萬曆二十六年（公元 1598 年）刊本。此外尙有《新民公案》（不題撰人，四卷四十三則）、《明鏡公案》（葛天民、吳沛泉滙編，七卷）、《詳情公案》（不題撰人，八卷）等多種。這種公案小說，有的以章回體形式，有的用短篇小說形式分類編排，但實際上都是短篇小說集，篇、回之間並無聯繫，均可單獨成篇。案件內容多爲民間刑事案件，如奸盜凶殺之類，破案一部分靠淸官之智慧，一部分靠鬼神之啓示。故事大同小異，雷同之處頗多。文字粗糙，思想水平也不高，但它爲後來的小說、戲曲創作提供了素材，積累了經驗。

第三節　明代後期的短篇小說

㈠明後期對宋元「小說」話本的整理和擬作

宋元「說話」中「小說」一家發展到明代以後，仍然在社會上流行。但此時由於宋元舊篇較多，加以長篇章回小說的興起，「小說」藝人多因襲、少獨創，故明代「說話」逐漸被說書替代。而這些宋元舊篇依然廣泛在社會上流傳。這種流傳的過程，也就是它不斷豐富、完善的過程。經過集體的、長期的藝術加工，又經過文人的潤色或改編，它逐漸脫離口頭文學而成爲書面文學，進而成爲主要供閱讀之用的通俗短篇小說。宋元「小說」話本由講述到閱讀的轉化，爲明中葉以後編輯話本總集和專集準備了條件。

話本在宋元民間，多以單篇形式流傳。開始是傳抄，後來需要的人多了，才有刊本發行。明嘉靖年間晁瑮編《寶文堂書目》就著錄了宋元明各朝單篇話本七十餘篇。但這種單篇易於散失，且不爲文人學子所注意。到了嘉靖以後，由於工商業繁榮，城市人口激增，市民階層擴大及其對文化生活的需要，加以印刷工業的發達，故促進了一些文人和書商對宋元話本的搜集、整理、編纂和刊刻。而某些與市民羣衆有密切聯繫的比較進步的思想家如李贄等人，突破封建士大夫對通俗小說的偏見，對這類話本小說的地位和作用給予很高的評價，更是極大地推動了這一工作的開展。明中葉後的某些文人，一方面對宋元舊篇加以整理潤飾，另一方面在整理過程中受到啓發，有意識地進行模擬，即按照這種體裁，創作一些新的短篇白話小說。這種小說通常被稱爲「擬話本」或「擬宋市人小說」⑨。

擬話本雖然在形式上保存了說話藝人講述故事的口吻筆調，保存了話本小說內容和形式上的某些特徵，但實質上與宋元話本已有所不同。它主要目的不是爲說話藝人提供一個講述底本，而是供給廣大民衆閱讀之用的一種書面文學。在思想內容上，市民意識有所削弱，封建思想一般比較濃厚。情節也由單純而趨於複雜。宋元話本題材大多來源於現實，而文人擬話本則更習慣於從歷史和舊籍中尋找現存題材。在形式上，大多删削、壓縮說唱性質的詩詞韻文，而增强敍事主體。在藝術上，擬話本一般要比宋元舊篇更爲精緻，如主題更爲集中，人物描寫比較細緻，但喪失了來自民間的宋元話本那種剛健清新、明快潑辣的生活氣息，而代之以典雅板重的書卷氣。特別是一般擬話本說教成分都比較重，至其末流則更是「誥誡連篇，喧而奪主」（魯迅《中國小說史略》）。

明人對宋元話本的纂輯，最早有嘉靖年間（公元 1522～1566 年）洪楩編纂的《清平山堂話本》，原書分《雨窗》、《長燈》、《隨航》、《欹枕》、《解閑》、《醒夢》等六集，每集又分上下卷，每卷五種，共六十種，故又稱《六十家小說》。但今僅存《雨窗集》上卷、《欹枕集》上下卷共十二篇和不知集名者十五篇共二十七篇，另有殘缺不全者兩篇（未印出）。這二十多篇中，多數係宋元舊篇，也有少數可能係明人擬作。由於編者盡量保存原文，修改不多，故從中可以窺見宋元舊本原貌。大約在此前後，又有《京本通俗小說》，今存宋人話本九種，具體編纂時間不明⑩。萬曆年間，尚有《熊龍峯小說四種》，其中兩種係宋元舊篇，兩種似爲明人擬作。直到明末天啓年間（公元 1621～1627 年），才出現了眞正能代表明代對宋元舊篇的整理和擬作新篇的水平、反映出我國古代白話短篇小說最高成就的即馮夢龍的「三言」和凌濛初的「二拍」。

㈡馮夢龍的「三言」

1.馮夢龍的生平及其思想

馮夢龍（公元 1574～1646 年），字猶龍，又字子猶，別號龍子猶、墨憨齋主人、顧曲散人等，長洲（今蘇州）人。他少有才氣，狂放不羈，但一生功名蹭蹬，五十七歲才補歲貢生，任丹徒縣訓導。四年後升福建壽寧知縣。崇禎十一年（公元 1638 年）秩滿離任，歸隱鄉里。明王朝滅亡後憂憤而卒。他畢生從事通俗文學的搜集、整理和編輯工作，是我國著名的、被稱爲「全能」的通俗文學家。他增補、改編了長篇小說《平妖傳》、《新列國志》，創作了傳奇《雙雄記》、《萬事足》兩種，改編了他人傳奇十餘種，曾合刊爲《墨憨齋定本傳奇》。他還纂輯過文言小說雜著《情史》、《古今譚概》、《智囊》及散曲選集《太霞新奏》等。在萬曆四十年（公元 1612 年）前後，他曾搜集、編印兩部民歌集《桂枝兒》和《山歌》，收錄盛行於吳中的民間歌曲八百多首，目的是「借男女之眞情，發名教之僞藥」（《山歌序》）。但他一生在文學上的最大成就還是「三言」的編輯。

馮夢龍特別推崇通俗小說。他認爲：「大抵唐人選言，入於文心；宋人通俗，諧於里耳。天下之文心少而里耳多，則小說之資於選言者少，而資於通俗者多。試今說話人當場描寫……怯者勇，淫者貞，薄者敦，頑鈍者汗下。雖日誦《孝經》、《論語》，其感人未必如是之捷且深也。」（《古今小說序》）說明馮夢龍已明確意識到通俗小說在廣大羣衆中具有深刻的藝術影響。他還認爲通俗小說能夠「與《康衢》、《擊壤》之歌並傳不朽」，甚至可爲「六經國史之輔」（《醒世恆言序》）。他收藏了很多古今通俗小說，在天啓年間，擇其可以「嘉惠里耳者」共一百二十篇，分別編輯成《古今小說》（天啓初年編，茂苑野史氏撰，綠天館主人序）、《警世通言》（天啓四年——公元 1624 年，可一居士評，無礙居士校）、《醒世恆言》（天啓七年——公元 1627 年，可一主人評，墨浪主人校）。其中《古今小說》在天啓七年（公元 1627 年）以前改名爲《喻世明言》，合稱「三言」。馮夢龍還在《醒世恆言》序中指出，「三言」命名的用意是：「明者，取其可以導愚也。通者，取其可以適俗也。恆則習之而不厭，傳之而可久。三刻殊名，其義一也。」很顯然，作者編輯「三言」的目的，在於勸諭、警誡、喚醒世人，有明確的社會功能。「三言」的內容，包括馮夢龍搜集並加工整理的宋元舊篇四、五十種①和明代擬話本，包括馮夢龍自己寫作的話本⑫共有七、八十篇。各篇標題均按長篇章回小說樣式，編成字數整齊的回目。這部「三言」成爲宋元明三代短篇話本和擬話本最重要的一部總集，被稱爲我國古代白話短篇小說的寶庫。「三言」的出現，標誌著古代白話短篇小說整理和創作高潮的到來，同時也進一步推動了白話短篇小說創作的發展。

2.「三言」中明代擬話本的思想內容

「三言」中多數應爲明代擬話本，在這些明人作品中，數量最多、成就也最高的乃是描寫愛情婚姻生活的作品。它不僅繼承並發揚我國古代文學中歌頌自由愛情、自主婚姻、反對父母包辦的優良傳統，而且在具體描寫中還能反映出一種新的愛情觀念和生活追求，體現出市民階層對新的婚戀模式的積極探求。儘管「三言」中不乏傳統的才子佳人婚戀模式如《蘇小妹三難新郎》（《醒》十一）等篇；但更多的卻是對於那種不考慮門第財產，不遵從父母之命、媒妁之言，甚至也不靠相貌和功名，擺脫一切外在條件，而以互愛爲唯一紐帶，建立在純粹情愛基礎之上的自主婚姻的刻畫和歌頌。如《賣油郎獨占花魁》（《醒》三）就是這樣一篇有著嶄新思想、嶄新時代意義、嶄新構思和結局的作品。花魁娘子終於覺悟到那些追歡買笑的衣冠子弟的不可靠，最後選擇了一個走街串巷、老實厚道的小販作爲自己的歸宿。她的這一反傳統的選擇不僅肯定了賣油郎的人品，同時也肯定了他賴以生存的方式，即自食其力，從而體現出婚姻觀念與人生價值觀念的雙重革命。此外在《玉堂春落難逢故夫》（《警》二十四）、《單符郎全州嘉偶》（《喻》十七）兩篇中，身爲山西巡撫的王景隆和以父蔭得授全州司戶的單符郎都毫不猶豫地選擇了最低賤的妓女作爲配偶，唯一原因就在於彼此相愛。這不僅表現了兩個男主角多情多義和有始有終，而且也表現了他們對淪落風塵的弱女子作爲

「人」的價值的理解、憐惜與珍重。更重要的是，這種驚世駭俗的選擇，並未受到指責，反而成爲「佳話」；無論父母、朋友和上司聽到「單符郎娶娼之事，皆以爲有義氣，互相傳說，無不加意欽敬」。這正是市民社會新的婚戀觀和道德觀的具體化。另一篇《宿香亭張浩逢鶯鶯》(《警》二十九)也頗具新意。小說寫少女鶯鶯與張浩私定婚約，後來張浩爲父所逼，欲另娶他人。鶯鶯聞知後，不哭不鬧，而是將私情向父母公開，並大膽向官府上告情人張浩「忽背前約」，要求法律能夠「禮順人情」。自由戀愛、私定婚約，這本不容於封建禮法，但小說居然要求官府和法律站在自主婚姻一邊，去否定父母定下的封建婚姻，這種想法和做法是過去作品中所無法想像的。而令人尤爲驚訝的是：官府居然不代表封建制度，卻反映市民階級的願望，龍圖待制陳公成了自主婚姻的保護人，公然以「人情既出至誠」爲理由判決「宜從先約，可斷後婚」，最後以「終成眷屬」爲結局。

與過去許多描寫愛情的作品只著重寫情愛而很少或迴避寫情慾不同，「三言」中許多篇章總是把情與慾聯繫在一起，對情慾敢於大膽肯定，反映出一種新的愛情觀念和生活追求。如《吳衙內鄰舟赴約》(《醒》二十八)寫貴族小姐賀秀娥見吳衙內一表人才，不禁動了私情，並與之私會。《賣油郎獨占花魁》中，當秦重初見莘瑤琴時連「身子都酥麻了」，繼而萌發了這樣的意念：「人生一世，草生一秋，若得這等美人摟抱了睡一夜，死也甘心。」眞實地展現出市井人物內心的感性慾求。尤爲可貴的是，作品並沒有單純停留在這種低層次的感性慾求之上，而是隨著情節的發展，使之與高層次的兩心契合的眞摯愛情結合起來，從而顯示出市民階層性愛理想的高尚，它不排斥肉慾，但也並非僅僅停留在肉慾之內。市民社會這種嶄新的婚戀觀在《蔣興哥重會珍珠衫》(《喻》一)篇中也有所涉及，它通過蔣興哥、王三巧這一對商人夫妻在經歷三巧失節、被休棄並另嫁之後，仍因彼此情深意厚終得重圓的故事，體現出當時市民的婚姻關係和道德觀，說明封建貞操觀念在市民的婚姻生活中已逐漸失去其支配作用。

「三言」中不少作品在歌頌男女愛情的同時，也揭露和批判了封建婚姻制度。如《喬太守亂點鴛鴦譜》（《醒》八）就以喜劇形式嘲弄了扼殺男女愛情的封建婚姻制度。《錢秀才錯占鳳凰儔》（《醒》七）則揭露了父母包辦婚姻制度的虛僞和荒謬。而《杜十娘怒沈百寶箱》（《警》三十二）則是擬話本愛情作品中最出色的一篇，是一個十分動人的愛情悲劇和社會悲劇。杜十娘幻想通過對愛情的追求和萬貫資財，以換取自己的人身自由，結果換來的卻是再一次被出賣的命運。她雖然跳出了妓院這個火炕，但卻無法跳出封建社會這個更大的牢籠。她最後只好用一種痛快淋漓的死來實現自己作爲「人」的自我價值。小說通過杜十娘的悲劇，深刻揭露和批判了封建宗法制度和娼妓制度對於婦女的殘酷迫害。

「三言」中還有部分作品揭露和批判了封建統治階級中邪惡勢力的代表人物（權臣、地方暴吏、惡霸等）對正直之士的迫害。《沈小霞相會出師表》（《喻》四十）是反映明代統治階級內部鬥爭的一篇基本寫實之作，小說通過這一場忠奸鬥爭的生動描述，揭露了奸相嚴嵩擅權期間排斥異己、塗炭生靈的種種罪行。《盧太學詩酒傲王侯》（《醒》、二十九）浚縣知縣汪岑迫害當地士紳盧柟及其「必置之死地」的種種手段，入木三分地揭示了封建官僚貪酷無恥、陰險毒辣的本相。而《灌園叟晚逢仙女》（《醒》四）則通過花農秋仙與惡少張委圍繞愛花和損花的矛盾鬥爭，揭露了社會邪惡勢力對美好事物的摧殘和破壞。

㈢淩濛初的「二拍」

由於「三言」在思想內容方面取得的成功，不少人起而仿效。其中以淩濛初成就最大，時間也最早。但是，原有的宋元話本已被馮夢龍「搜括殆盡」，他不得不別出心裁，在古事今聞的基礎上進行改作或創作，他一個人就寫出了數十篇擬話本小說，並把這些作品，包括少數同時代人作品結集刊行。分爲兩集，即《初刻拍案驚奇》（崇禎元年，公元 1728 年印）和《二刻拍案驚奇》（崇禎五年，公元 1732 年印），合稱爲「二拍」。每集各四十篇，但有一篇重出，一篇爲雜劇，實只七十八篇。

1.淩濛初的生平及思想

淩濛初（公元 1580～1644 年），字玄房，號初成，別署即空觀主人，烏程（今浙江吳興）人。曾以副貢授上海縣丞，後擢徐州通判，分署房村。崇禎十七年（公元 1644 年）在房村抗拒李自成的大順軍，因失敗嘔血而死。他著有雜劇《虬髯翁》等，編有戲曲散曲集《南音三籟》及其他詩文雜著共二十多種。但影響最大的還是「二拍」。「二拍」均爲擬話本，其中至少有六十篇題材取自於《太平廣記》、《夷堅志》、《剪燈新話》、《剪燈餘話》及其他古籍。因此，宣揚封建道德、因果報應、宿命論和渲染色情的成份都較「三言」爲重。不少故事情節和人物形象也略有公式化之弊，其總的成就似不及「三言」。但是，「二拍」可視爲我國古代第一部眞正意義上文人獨立創作的白話短篇小說集。從「三言」到「二拍」，時間間隔並不遠，但卻實現了一次重大的轉折：即從集體錘煉轉化爲個人獨創，由講唱伎藝轉化爲書面文學。「二拍」的出現標誌著我國古代白話短篇小說已經完全擺脫作爲講唱文學的附庸地位而成爲文學家自覺的事業。

2.「二拍」的思想內容

由於「二拍」是文人獨創型小說，它對當時現實更為貼近。在「二拍」中，反映明代生活的作品幾乎占了一半。明代社會黑暗、政治腐敗、官貪吏暴、匪霸橫行、民不聊生的狀態都在「二拍」中得到反映。如《青樓市探人蹤》（《二刻》四）中的楊巡道就「又貪又酷」，為吞沒五百兩限子賄賂，竟然殺害五條人命。《遲取卷毛烈賴原錢》（《二刻》十六）中「貪奸不義」的富豪毛烈想方設法霸占他人上萬兩銀子的良田。但「二拍」中更具時代特色的是以商人為主角，以商業活動為主要內容的篇章，如《轉運漢巧遇洞庭紅》（《初》一）、《程元玉店肆代償錢》（《初》四）、《疊居奇程客得助》（《二刻》三十七）等篇，不僅以商人為主角，並賦予他們老實、忠誠、厚道、正直和堅强的性格，還以同情筆墨敘述他們在經商過程中的種種艱難與風險。在此基礎上，作者大力肯定經商活動的合理性，通過人物之口宣揚「到江湖上做些買賣，也是正經」。「這個正是我們本等。」在《贈芝麻識破假形》（《二刻》二十九）中，浙江客商蔣生因醫好小姐危症，縉紳馬家要招他為婿，蔣推辭說：「是經商之人，不習儒業，只恐有玷門風。」其父馬少卿說：「經商亦是善業，不是賤流。」商人能與士紳聯姻，這表明商人的社會地位在明末已日漸上升。書中還提到：「卻是徽州風俗，以商賈為第一等生業，科第還在次著。」這些都反映了商品經濟發達的東南沿海地區世態人情的新變化。在「二拍」中，商人形象完全擺脫了錙銖必較、蠅營狗苟等傳統因素，他們對於錢財的追求，被描寫成人的正常本性。作者總是以同情、欣賞的態度描寫商人們的辛勤創業與發家致富。如《轉運漢巧遇洞庭紅》、《疊居奇程客得助》都充分表達了新興市民渴望發家致富的心理。不過，前者靠海外冒險才掙得個時來運轉，後者靠異人相助提供商業信息和囤積居奇。這兩篇作品中主人公文若虛和程宰，還有《程元玉店肆代償錢》篇中的程元玉和

《烏將軍一飯必酬》篇「入話」中的王生，都是在經商中曾累經失敗，焦頭爛額，但由於他們具有百折不回，無所畏懼的性格，所以能夠化險爲夷，終成大富。「二拍」通過這一系列商人形象說明，通過經商以求得發迹變泰，同樣是值得羨慕的美好前途。這些都是以往作品中所不曾有過的新的內容。

愛情故事在「二拍」中數量不少。它從另一個生活領域反映了新興市民和與封建傳統大相徑庭的婚姻觀和愛情觀。這裡有反對父母之命、媒妁之言的舊式婚姻而由當事人自己作主、終成眷屬的張幼謙與羅惜惜（《初》二十九），聞人生與靜觀（《初》三十四）、鳳來儀與楊素梅（《二刻》九）、孫小官與賈閏娘（《二刻》三十五）等等；有不顧貞節而別尋所愛的陸蕙娘（《初刻》十六）、莫大姐（《二刻》三十八）；還有寬容失節或遭强暴的婦女的潘甲（《初》二）、賈秀才（《初》六）、謝三郎（《二刻》二十五）等。在這些人物身上，傳統的婚姻觀、貞操觀都被拋在一旁，他們爲了追求兩情相悅的婚姻，不聽從家長安排，不考慮門第財產，不計較對方貞操，一心嚮往的乃是兩性間純眞的愛情。而這種愛情又與肉慾緊密相連，帶有濃厚的世俗色彩。書中寫到的多數愛情故事，無不以偷情幽會作爲相互間定情的表示。甚至在《通閨闥堅心燈火》（《初》二十九）中，少女羅惜惜受家庭逼迫，放縱其情慾，表示要「歡娛而死，無所遺恨」。作家大力肯定、讚許這種與以往才子佳人式愛情頗異其趣的市民性愛，正透露出晚明所特有的時代氣息。

㈣《三言》、《二拍》中明擬話本的藝術特色

「三言」、「二拍」中一些擬話本是模仿宋元話本寫成的，故在藝術上保持了不少話本小說的特色，如敍述方式、結構體制、語言運用以及人物塑造等方面。特別在人物塑造上，擬話本

作者廣泛地吸收了說話藝人的經驗，塑造出不少性格鮮明的藝術形象，展現了明代社會中的各類人物，特別是那些市井平民的思想性格和精神風貌，具有很高的認識價值和審美價值。

作者善於把人物置身於具體的社會生活環境中，扣緊人物的身分、經歷和遭遇來刻畫他們的性格特徵。如《王嬌鸞百年長恨》（《警》三十四）中的王嬌鸞和《杜十娘怒沈百寶箱》中的杜十娘，她們都追求愛情自由和婚姻自主，都同樣在愛情上經歷了希望、追求、破滅到殉情的悲劇過程，但她們採取的方式、所走的道路和表現的態度卻並不相同。前者表現了千金小姐的軟弱、輕信，缺乏生活經驗但又恩怨分明。而後者則表現出一個流落風塵的妓女的機智、老練、沈著和剛烈。這些擬話本通過在情節發展中細緻地刻畫人物性格特徵，表現出人物性格的複雜性。如《賣油郎獨占花魁》就眞實地寫出了莘瑤琴與賣油郎結合所經歷的曲折的心理歷程：她從開始的「不悅」、嫌惡，漸至常常「想起秦小官人的好處來」，直到最後主動提出「我要嫁你」的要求。這不僅說明她對秦重認識的深化，同時也表明她終於從對上層社會的厭惡中不斷被自食其力的市民生活所吸引而走向市民社會。這也正是莘瑤琴思想性格變化的過程。

突出人物主要性格特徵，反覆加以渲染，給人以強烈的印象，這也是擬話本作者從宋元話本繼承下來的一個重要方法。例如《盧太學詩酒傲王侯》中盧柟豪放不羈、傲視權貴的性格，就是在他與貪酷陰險的縣令汪岑的矛盾衝突中反覆渲染、層層加深而突現出來的。縣令派人來抓他，他正與賓客飲酒。來人乘機搶劫，賓客恐慌萬狀，他卻毫不在意地說：「由他自搶，我們且自吃酒，莫要敗興，快斟熱酒來。」當他被拿到公堂時，仍是「挺然居中而立」，當面斥責汪岑。及被打得血肉淋漓，他仍「一路大笑走出儀門」，並吩咐家人送酒到獄中來。直到最後他被囚禁十年，新任知縣爲他平反出獄，他去拜見救命恩人，仍然「長揖不拜」，不願坐在一旁，還說：「但有死罪的盧柟，沒有旁坐的盧柟。」經過這樣反覆渲染，盧柟傲視權貴、狂放不羈而又帶有貴公子不諳世情的性格刻畫得異常鮮明突出，給人留下難忘的印象。

當然，擬話本小說在藝術上也有一些缺點。與宋元話本比較，生活氣息減少，而說教氣味增加了。語言雖基本上是通俗曉暢的白話，但已程度不同地攙雜文言，顯得比較典雅，不如宋元話本的生動和質樸。擬話本雖然敍述更爲細緻，心理描寫也略有增加，但在體系和形式上，因襲多於創造，極少新的開拓。包括宋元話本在內的中國古代白話短篇小說，在情節上，一般不離悲歡離合的框架；强調有頭有尾，以至動輒概括故事主人公從生到死的整個一生，名曰短篇，實際上成了長篇的濃縮。這一切都必然限制短篇白話小說在中國的發展。

㈤《三言》、《二拍》的仿作

由於「三言」、「二拍」刊行以後受到社會廣泛歡迎，一些作家紛紛仿效。其中重要的有東魯狂生的《醉醒石》（十五篇）、天然癡叟的《石點頭》（十四篇）、周淸原的《西湖二集》（三十四篇）和陸人龍的《型世言》（四十篇）等多種。這些全都是擬話本專集。作者大都是編纂者本人。但這些作品一般都比較迂腐，說教氣太重，藝術水平也不如「三言」、「二拍」。其中寫得較好的是《型世言》。

《型世言》

《型世言》四十卷，刊行於崇禎初年。後被改編爲《三刻拍案驚奇》、《幻影》等保存於國內，但原本已佚。近年始從韓國漢城大學奎章閣內發現。作者陸人龍，號夢覺道人，明末清初錢塘人。此書每卷演一個故事，內容豐富，文筆尚屬流暢。其主要特點是：「三言」中約有三分之一以上爲宋元舊篇，「二拍」雖爲個人獨創，其題材多「取古今雜碎事」，而此書取資舊籍的篇目則大爲減少，即便某些有出處的，亦多爲明代事。全書四十篇，基本上都以明代社會作爲故事的背景。由談古說今轉而注目當代，使其對現存社會更爲貼近，這便是「三言」到「二拍」再到「一型」所顯示的話本小說創作發展的軌迹。

在思想內容方面，《型世言》中儘管不乏揭露明末社會黑暗、同情民生疾苦以及歌頌男女愛情的優秀之作；但就其思想觀念、題材內容和藝術表現諸方面來看，較之「三言」、「二拍」，不僅沒有新的開拓，而且還有所倒退。作者雖然如實地表現了明代一些社會問題，但卻幻想依靠儒家道德風範的張揚來彌補，把忠孝節烈等當作救世良方，甚至以封建倫理道德爲主旨進行構思，以善惡果報爲模式來結撰故事，把忠臣、孝子、節婦、貞女「以爲世型」，即作爲目標來塑造形象。這一切，不僅是《型世言》所表現的思想傾向，也是其他擬作如《醉醒石》、《石點頭》等書普遍存在的問題。這反映了晚明擬話本末流走向衰落的必然趨勢。

附　註

①袁宏道曾於萬曆二十四年（公元 1596 年）在吳縣給畫家董其昌（思白）寫信。信中說：「《金瓶梅》從何得來？伏枕略觀，雲霞滿紙，勝於枚生《七發》多矣。後段在何處？抄竟當於何處倒換？」

②據沈德符《野獲編》記載：「袁中郎《觴政》以《金瓶梅》配《水滸傳》爲外典，予恨未得見。丙午（萬曆三十四年，公元 1606 年），遇中郎京邸，問曾有全帙否？曰：第覩數卷，甚奇快。今惟麻城劉延白承禧家有全本……又三年，小修上公車，已攜有其書，因與借抄挈

歸。吳友馮猶龍見之驚喜，慫恿書坊以重價購刻。馬仲艮時榷吳關（據《吳縣志・職官表》，馬榷吳關在萬曆四十一年，公元 1613 年），亦勸予應梓人之求，可以療饑……未幾時，而吳中懸之國門矣。」

③如 24 回西門慶大鬧麗春院與虔婆對罵各唱《滿庭芳》，79 回西門慶臨終與吳月娘對唱《駐馬聽》，86 回吳月娘趕走陳經濟，互用俗曲對罵，89 回吳月娘、孟玉樓哭西門慶、春梅哭潘金蓮，均唱《山坡羊》。

④傳統說法多爲嘉靖說，三十年代吳晗認爲是「萬曆十年到三十年這二十年中」的作品。根據沈德符《萬曆野獲編》之說，此爲嘉靖間大名士手筆，指斥時事。如蔡京父子則指分宜（嚴嵩），林靈素則指陶仲文，朱勔則指陸炳……既借蔡京以攻擊嚴嵩父子，則似應在嘉靖 41 年（公元 1562 年）嚴嵩父子失勢之後。萬曆二十四年（公元 1596 年）既已有抄本流傳，則脫稿應在此之前。

⑤李開先說，徐朔方、吳曉鈴等人主張。因李開先是山東章丘人，主要活動在嘉靖年間。在京城任戶部主事等職 14 年，對詞曲通俗文學均極爲愛好。賈三近（公元 1534～1592 年）說，由張遠芬等提出。賈係山東嶧縣人，主要活動於萬曆初年。曾任戶科都給事中、光祿寺卿、右僉都御史等職，曾編著《滑耀編》、《左掖漫錄》等作。屠隆（公元 1542～1605 年）說，由黃霖等提出。屠隆係浙江鄞縣人，祖先由大梁遷句吳。句吳古屬南蘭陵。《金瓶梅》56 回引有《哀頭巾詩》及《祭頭巾文》，這一詩一文引自《開卷一笑》（後稱《山中一夕話》）。此書卷 1 題作「卓吾先生編次，笑笑先生增訂，哈哈道士校閱」。而卷 3 則題作「卓吾先生編次，一衲道人屠隆參閱」。屠隆曾任禮部主事轉郎中，後以「淫縱」而被罷職。

⑥《金瓶梅》究竟屬於「世代累積型」還是「個人獨創型」的長篇，也存在爭論。馮沅君《古劇說匯》就舉出 10 餘條例證，說明這部書是

有「詞」有「話」的民間創作。五十年代有潘開沛著文論證這是一部「世代累積的長篇小說」(見《光明日報》1954.8.29)。近年來，徐朔方更著長文論述這一觀點。但多數學者並不贊成。主要理由有：第一，現存戲曲或話本史料中無任何《金瓶梅》故事流傳的痕迹，幾乎沒有任何外證證明它是「世代累積型」的。第二，從百回繁本《水滸傳》定型的嘉靖年間到《金瓶梅》的抄本出現，其間僅六、七十年。第三，《金瓶梅》題材、內容、情節、風格均不符合講唱文學的要求。

⑦清乾隆年間，秣陵蔡元放將《新列國志》略作潤色，加上一些評注，改名《東周列國志》，共 23 卷，108 回。實爲《新列國志》的評點本。

⑧關於《封神演義》之作者，《曲海總目提要》卷 39「順天時」條下云：「《封神傳》係元時道士陸長庚所作，未知的否？」陸長庚名陸西星。但無版本方面的旁證，疑不確。

⑨「擬話本」係魯迅在《中國小說史略》中最先提出。本用以指宋元時期產生的《大唐三藏法師取經詩話》、《大宋宣和遺事》之類作品，認爲它們與話本略有不同，「近講史而非口談，似小說而無捏合」。故把它們看作由話本向後代文人小說過渡的一種中間形態。但五十年代以來通常用擬話本代指明末文人模仿話本形式編寫的白話短篇小說，即魯迅《中國小說史略》中稱之爲「擬宋市人小說」的那一類作品。

⑩《京本通俗小說》首見於近人繆荃孫(江東老蟫)1915 年刊印的《煙畫東堂小品》叢書，殘存第 10 至 16 卷 7 種，及卷數不明的《定州三怪》、《金主亮荒淫》(未收)，共 9 種。繆自稱得自「親串妝奩中」，爲「舊抄本書」，認爲「的是影元人寫本」。但學術界對其眞僞及成書年代有不同看法。魯迅、胡適相信繆氏的話，日人長澤規矩則疑是僞書。鄭振鐸認爲是明代隆慶、萬曆年間編定的。李家

瑞從其俗字用法，定爲明人抄寫，最早不過宣德年間。孫楷第發現其中《馮玉梅團圓》開頭有瞿佑的「簾卷水西樓」詞，認爲至多係明初人所編。近年來馬幼垣（美）、胡萬川、蘇興等力主此書係繆荃孫的僞作，但也有人持相反意見。

⑪「三言」中所收入的宋元舊篇之數量，各家統計不一。鄭振鐸認爲：《喻》七種（尚有元、明時代不明者十四種），《警》十七種（元、明時代不明者十三種），《醒》七種《元、明時代不明者七種）（見《中國文學研究・明清平話集》）譚正璧認爲：《喻》十八種，《警》十九種，《醒》十種。（見《話本與古劇》）胡士瑩認爲：《喻》十一種，《警》十九種，《醒》八種（見《話本小說概論》）。

⑫ 馮夢龍序《三報恩》傳奇云：「余向作《老門生》小說……」可見，《警》中《老門生三世報恩》無疑應爲馮夢龍所作。此外，《喻》中《蔣興哥重會珍珠衫》、《陳御史巧勘金釵鈿》、《裴晋公義還原配》、《金玉奴棒打薄情郎》、《沈小霞相會出師表》；《警》中《玉堂春落難逢夫》、《唐解元一笑姻緣》、《趙春兒重旺曹家莊》、《杜十娘怒沈百寶箱》及《醒》中《陳多壽生死夫妻》、《吳衙內鄰舟赴約》、《黃秀才徼靈玉馬墜》等篇，其本事與馮夢龍所編纂之《情史》、《古今譚概》諸書有關篇目相類似，故也有可能爲馮氏所擬作。

第八篇

清代文學

（公元1644～1911年）

概　說

明崇禎十七年（公元 1644 年）三月，李自成率領的起義軍，以摧枯拉朽之勢，攻占北京，明思宗朱由檢自縊死，明亡。這年五月，滿洲貴族所建立的淸王朝，在明降將吳三桂等的配合下，大擧向關內進攻，攻破北京。經過前後十九年的國內戰爭，終於統一全國大陸。二十年後，收復臺灣，完成全國統一①。直到宣統三年（公元1911年）辛亥革命被推翻爲止，前後共二百六十八年②。

㈠淸代歷史的發展

淸朝完成了國家的統一，奠定了我國領土疆域的基礎，使我國統一的多民族國家得到進一步的鞏固和發展，這是淸朝的歷史功勞。但是，淸朝又是我國封建社會最後的一個王朝。隨著封建制度日趨沒落，封建社會的各種矛盾都得到了充分暴露。由於這些矛盾的存在和發展，使得淸代成爲我國歷史上一個極其重要的轉折時期。正是在淸代，中國從一個閉關鎖國的主權國家終於淪爲一個被列强控制的半殖民地社會。同時也由於淸王朝統治階級的頑固和腐敗，激起了廣大人民民族思想和民主思想的高漲。最後得以在辛亥革命中一擧推翻了兩百多年的淸王朝統治和兩千多年的封建專制統治，使中國社會從君主獨裁的體制下解放出來，朝著民主共和的新體制邁出了重要的一步。同時，中國幾千年來的超穩定的自然經濟及在此基礎之上的農業社會開始緩慢地向著商品經濟及工業社會轉化。這一切決定了清王朝在中國歷史上的特殊地位，因而也決定了清代文學在中國文學史上的特殊地位。

1 、高壓懷柔的統治政策

在鎮壓了南明武裝和反清義軍等一系列大屠殺基礎上建立起來的清王朝，乃是封建專制主義中央集權的高度發展形態。它爲了維護對各族人民的統治，採取了至爲嚴酷的政策。他們繼承了明代的中央集權制和特務制，制訂了尊滿抑漢的「大清律」，頒布「薙髮令」，推行漢人滿化政策；還採用各種辦法壓抑漢人的民族意識，特別是屢興文字獄，以鎮壓、殺戮並非心懷不滿的廣大知識分子。據順治、康熙、雍正、乾隆四朝不完全統計：記錄在案的文字獄至少在一百起以上。特別是乾隆六年到五十三年（公元 1741～1788 年）這四十八年間，文字獄達六十三起。這在數量上和規模上都是空前的。清初幾朝，興文字獄幾乎提到國家政策的高度，成爲清政府進行封建專制統治的一項主要政治措施。清統治者爲了鎮壓異己，往往採用苛求字詞、深文周納、刻意附會、羅織構陷以炮製文字獄；常常由於一字一詞之不慎就釀成大獄③。這使得大批文人謹小慎微，不敢面對現實，造成清初一段時期文學上形式主義的氾濫。

但是，清王朝也並非一味高壓，而是採用高壓與懷柔、屠殺與羈縻相結合的兩手政策。如初入關時，即爲明思宗發喪，擢用降吏，大開科舉。康熙、乾隆兩朝，還三次開博學鴻詞特科，收買一批豪門縉紳、著名文人學者，以分化漢人反清運動。在思想上則大肆鼓吹程朱理學，列朱熹入「十哲」之列，進入文廟。皇帝與大臣親講「四書」，科舉主要根據朱注四書，造成一種「非朱子傳義不敢言，非朱子家禮不敢行」（朱彝尊《曝書亭集》）的社會風氣。這時，不僅對孔子不能反對，連朱熹也不能批評。清王朝也是用文字獄這一恐怖手段以維持欽定的程朱理學在文化思想領域中的絕對統治地位④。康雍乾三朝還籠絡大批知識分子，大規模纂修類書、叢書，如《康熙字典》、《佩文韻府》、《駢字類編》、《子史精華》、《淵鑒類函》、《古今圖書集成》以及現存最大的叢書、七萬九千多卷的《四庫全書》等。目的是把大批知識分子束縛在書卷考據之內，使這些人的反抗意識逐漸消沈⑤。故雍乾以後民族矛盾得以相對緩和，清王朝統治趨於鞏固。

2、樸學的興起

清王朝這種大規模纂修圖書的工作，客觀上也促進了學術思想的發展，對於清代樸學的形成和發展有著一定的影響。清代樸學在我國學術史上占有重要地位，它與先秦哲學、兩漢經學、魏晉玄學、隋唐佛學、宋明理學具有同等地位。清初黃宗羲、顧炎武、王夫之提倡「經世致用」的實學，目的是想挽回漢民族在明清之際所遭受的失敗，因而形成反對宋明理學空談的比較切實的學風。而當時北方學者稱之爲「顏李學派」的顏元、李塨師生亦明確標榜反對程朱理學，提倡研究禮樂兵農等實際問題。正是由於這些人的努力，程朱理學在清代的影響大爲縮小。但由於清王朝統治趨於鞏固，民族意識的淡化，以及在頻繁發生的文字獄的迫害下，這種經世致用的學風得不到正常的發展。相反地卻在清廷網羅大批文人大規模編纂圖書的措施中促進了繁瑣考據的學風的形成。這也正是清代樸學興起的緣由。這種樸學雖與清初顧炎武諸家在思想及方法上仍有一定的繼承關係，但卻將清初學者面對社會、緊密聯繫現實的學風轉化爲脫離現實，一些學者只能把精力與思想耗費在古典文獻的整理與考訂上去。

清代樸學極盛於乾嘉年間，故又被稱之爲乾嘉學派，以考據學爲其主要內容。它大致可以分爲兩大派：一派爲吳派，起源於吳中（今江蘇蘇州）惠周惕而成於其孫惠棟。江聲、錢大昕、王鳴盛均屬此派。這一派思想比較守舊，他們偏於墨守漢人成說，認爲「凡古必眞，凡漢皆好」（梁啓超《清代學術概論》）。這種觀念多少影響到他們在學術上的成就。另一派爲皖派，起源於江永而成於安徽休寧人戴震。程瑤田、王念孫、王引之、段玉裁、阮元等均屬此派。主張以文字學爲基點，從訓詁、音韻、典章制度等方面闡明經典大義。他們比較重視獨創，認爲做學問要有「不以人蔽己，不以己自蔽」（《戴東原集·答鄭用牧書》）的客觀態度。故皖派有著較多的實事求是精神與科學的考據方法。特別是戴震，他更强調考證的目的性，主張「由字以通其詞，由詞以通其道」。他抨擊程朱理學，認爲「酷吏以法殺人，後儒以理殺人」（《與某書》）。但戴震這種對程朱理學的批判精神在後來的一些樸學大師中卻沒有得到繼承，樸學愈發達則愈脫離現實，爲考據而考據的經院學風愈嚴重。到了鴉片戰爭前後，由於清廷的腐敗，民族危機的嚴重，一批有志之士又利用今文《春秋公羊傳》經義，發揮政見，抨擊封建專制，宣揚改革和變法，這就是所謂的「公羊學派」。其成員主要有莊存與、劉逢祿、龔自珍、魏源、廖平和康有爲等人。

3、清代經濟的發展

在經濟方面：清初農村和城市經濟都受到戰爭的摧殘，特別是東南一帶，明末比較活躍的城市商品經濟和資本主義經濟萌芽遭到挫折。清王朝爲了鞏固政權，採取一些進步措施，以恢復生產。如招集流民、鼓勵墾荒、廢除明末苛捐雜稅，及實行攤丁入地的賦稅制度等，以減少貧苦農民的負擔，刺激農民的生產情緒。但它又採取打擊工商業的辦法，把自然經濟人爲地鞏固起來。這些做法使得遭受嚴重破壞的農業經濟得以逐步恢復，並緩慢地發展成所謂的「乾嘉盛世」。隨著農業經濟的恢復和發展，城市工商業又開始活躍起來。清初遭到摧殘的資本主義生產方式的萌芽，也得到了復甦並緩慢地有所發展。鴉片戰爭以後，由於西方殖民主義的入侵，對中國幾千年來自給自足的自然經濟基礎起了很大的解體作用，客觀上促進了中國由農業社會向工業社會轉化。中國社會原有的單一的經濟結構發生了新的變化，同時存在著多種經濟成份。除小農經濟外，還出現了外國資本主義經濟、中國官僚資本主義經濟和民族資本主義經濟。中國社會從長期沈寂狀態進入了急劇變化的時代潮流之中。

清初由於生產得到了恢復，清王朝統治者就肆意盤剝人民，賦稅繁苛，皇室、貴族、旗丁以及漢族地主，都大肆兼併土地，增加租稅，阻撓工商業的發展，使得工商業和萌芽的資本主義經濟又處於窒息狀態。而清王朝在政治上卻愈來愈腐敗，特別是乾隆以後，更是貪污成風，大小官僚均以搜刮爲能事，乾隆末年執政二十餘年的大學士、大貪污犯和珅就是一例⑥。官僚貴族和大批旗人不事生產，成爲社會的寄生階級，生活極端奢靡，以致道光以後對西方列强的侵略毫無抵禦能力。鴉片戰爭以後，由於列强的侵略，更激起了中國人民對帝國主義的仇恨和頑强抵抗，這包括道光三十年至同治四年（公元 1850～1865 年）的太平天國革命，咸豐七年（公元 1857 年）與英法聯軍之戰，光緒十年（公元 1884 年）的中法戰爭，光緒二十年（公元 1894 年）中日甲午戰爭，光緒二十六年（公元 1900 年）的義和團運動和八國聯軍之戰。在這些可歌可泣的反帝鬥爭中，廣大人民也逐漸認識到清政府喪權辱國、對外妥協、對內鎮壓的反動面目，本已有所緩和的國內民族矛盾又再一次高漲起來。一切革命力量在偉大革命先行者孫中山先生領導下發動了辛亥革命，終於一舉推翻了清王朝的統治，結束了兩千多年的封建帝制，爲中國歷史揭開了嶄新的一頁。

㈡清朝文學發展

清代是我國古代較強盛的一個王朝。這個王朝在文治武功方面都取得了較大的成就，文學上也是如此。無論就詩詞散文這類傳統文學樣式，或者是小說、戲曲和民間講唱文學這類新興文學樣式，都呈現出全面繁榮的局面。

1、清代的詩詞古文駢文

清代的詩詞古文駢文等傳統文學樣式，大多呈現出復興和繁榮的局面，成就都超過了元明。其原因之一在於啓蒙主義和民主主義思想的高漲和學風的改變。明末清初由於社會危機的深重，引起了一些有識之士對幾千年君主專制制度的懷疑，以黃宗義、顧炎武、王夫之爲代表的一些先進思想家都不同程度地抨擊了君主專制。如黃宗義說過：「天下之大害者，君而已矣！」（《明夷待訪錄‧原君》）王夫之也提出：「天下非一姓之私。」（《讀通鑒論卷末敍論》）稍後的唐甄則更尖銳地抨擊：「自秦以來凡爲帝王者，皆賊也。」（《室語》）這無疑促進了人們思想的覺醒，引起對封建制永久性的懷疑。清初學風的轉變也與這種思想啓蒙運動有關，顧、黃、王等人提倡的經世致用、面對現實的學風，又給清代的文風以很大的影響。乾嘉學派興起以後，那種脫離現實的學風雖給當時文風帶來一些消極影響，但樸學的繁榮卻推動了整個學術界的繁榮，清代無論在經學、史學、諸子學、文字學、訓詁學、音韻學、校勘學、地理學、金石學等方面，都取得了很大的進步，而學術的繁榮又必然促進文學的發展。

清代詩歌是比較繁榮的。清詩雖不如唐詩，但卻能與宋詩互爭上下。在清代有詩集流傳者，至少在五千家以上，其數量之多遠遠超過唐宋。在這些衆多的詩人中，雖然不乏抱殘守拙、撏扯古人以標榜「唐音宋調」的平庸之輩，但畢竟有不少詩藝高超、才華富麗的詩人，他們學古而不泥古，在探討和繼承前人的成就時能夠獨出心裁，力求開闢出一條新路來。因此，在風格流派上也能夠不拘一格、各有千秋。譬如：以追求空靈秀潤爲美境的王士禛的神韻說，以「靈犀一點是吾師」、主張眞情實感自然流出而時見機趣的袁枚的性靈說，以及既講求詩法詩格等形式之美，又重視內容上合於溫柔敦厚的詩教的沈德潛的格調說，要求法度靈活、內容質實的肌理說。這些主張都對當時的詩壇產生過一定的影響。

清代被稱爲詞的中興時期，詞人輩出，成就超過元明。清初有陳維崧、朱彝尊、納蘭性德三大家，他們或學蘇辛，或學姜張，或學南唐二主，都頗有成就，代表了淸詞不同的流派和風格。隨後常州詞派的張惠言和周濟，提倡比興，强調詞的社會作用，代表了詞風的轉變。進入晚淸以後，詞的創作更爲繁榮，詞人、詞作，大批湧現。著名的有王鵬運、鄭文焯、朱孝臧、況周頤等，被稱爲晚淸四大詞人。除創作外，在詞學理論、詞律詞韻的研究和詞籍的整理和校刻上，晚淸都取得了較多的成果，故被稱爲「詞的中興光大的時代」（葉恭綽《全淸詞鈔序》）。

清代的散文和駢文都比較有名。桐城派散文被認爲與淸朝國運相始終，是淸代文壇的主要流派。以方苞、劉大櫆、姚鼐等人爲代表的所謂「桐城三祖」，他們的古文理論雖然適應了當時統治階級的需要，但也是對歷來的散文理論的歸納和整理，並使之規範化。這項工作應該是散文發展的客觀要求。駢文在淸代也有新的成就，淸代同樣被認爲是駢文中興的時期，作家輩出，風格流派不少。淸初有陳維崧、吳綺等、淸中葉則有袁枚、邵齊燾、劉星煒、孫星衍、吳錫麒、洪亮吉、曾燠、孔廣森等所謂八大家。但按其實際成就而言，卻以汪中最爲傑出。他的駢文不僅「鈎貫經史，熔鑄漢唐」，而且有眞情實感，故能傳誦一時。

2、清代的小說

清代文學以小說成就最高。無論是長篇短篇，文言白話，都取得了巨大的成功。清代產生了一大批文言筆記小說專集，數量之多，超過唐宋。藝術水平雖高低不等，但蒲松齡的《聊齋志異》卻大放異彩，他以一個人的力量，創作短篇小說數百篇，多數故事情節曲折，內容豐富，人物生動，思想深刻，使人百讀不厭。其創作力之豐富，確實驚人。《聊齋志異》成了我國文言小說的高峯。至於長篇章回小說，更是清代文學的驕傲，標誌著清代文學的高度繁榮。《儒林外史》是我國最成熟的古典諷刺小說。《紅樓夢》則通過賈寶玉和林黛玉的愛情悲劇，熱烈歌頌了反封建的叛逆思想，深刻地表現了一個封建大家族的衰亡史，進而揭示了整個封建社會必然沒落的歷史命運。《紅樓夢》是偉大的寫實巨著，它把中國古代小說推進到一個新的高峯。魯迅曾精闢地指出：「自有《紅樓夢》出來以後，傳統的思想和寫法都打破了。」《紅樓夢》不僅是章回小說的高峯，而且也是三千多年中國古典文學的高峯。

3、清代的戲劇

戲劇在清代也取得了很大的成就。清代前期劇壇十分活躍，產生過不少著名的作家和作品。洪昇的《長生殿》和孔尚任的《桃花扇》就是傑出代表。這兩部大型歷史劇，繼承和發展了明代傳奇的優秀傳統，在思想上和藝術上都代表了清代戲劇的高度成就。清中葉以後，隨著崑曲的衰落，傳奇、雜劇的創作亦轉入低谷。但這個時期，植根於民間的地方戲卻蓬勃發展起來，它們以粗獷的形式、生動豐富的內容，博得廣大羣衆的喜愛。它們在清代劇壇上占有重要地位，爲清末京戲和各種地方戲的興起和發展奠定了基礎。

4、清代的民間講唱文學

民間講唱文學在清代也有較大的發展。清代的講唱文學主要有彈詞、鼓詞、子弟書等多種。彈詞和鼓詞是在唐代變文、宋代鼓子詞、明代詞話等基礎上發展而成。興起於明中葉，到清初開始繁榮。彈詞流傳於南方城鎮，作者不少是婦女。著名作品如《再生緣》、《珍珠塔》、《天雨花》等大多爲才子佳人的愛情故事，但寫得深刻感人，能生動地反映婦女在封建壓迫下的悲慘命運和追求幸福的鬥爭道路，深受市民羣衆、特別是婦女的歡迎。鼓詞則流傳於北方城鄉，主要是歷史故事，其中有些歌頌了英雄豪傑反抗壓迫、爲國捐軀的壯烈情懷。子弟書是鼓詞的一種，大約是八旗子弟所創作的，故事多由明清小說、戲曲改編而來，當時也很流行。

㈢清代文學的特色

清代文學具有以下一些主要特色：

第一，清代文學中各種樣式、各種體裁最爲完備，而且都取得了相當可觀的成就。它集封建時代文學發展之大成，乃是三千年古代文學的一個光輝總結。它的繁榮可以概括爲兩句話：過去曾經充分發展過的文學樣式（詩詞駢文散文之類），清代使之得到復興。過去還沒有充分發展的文學樣式（如小說、戲曲、講唱文學之類），清代使之達到登峯造極的高度。因此，應該說清代是中國文學綜合鼎盛的時期。

第二，創作的繁榮與文學理論的繁榮密切相關。清代出現了豐富多采的文學理論，並帶有總結性質。以小說爲例，一些小說理論家借助評點方法，把文學批評和審美鑒賞溶爲一體。在明代李贄、葉晝評點《水滸傳》的基礎上，金聖嘆在明末清初評點《水滸傳》，將小說評點提到一個新的高度，影響極大。馮鎮巒說：「金人瑞批《水滸》、《西廂》，靈心妙舌，開後人無限眼界，無限文心。」（《讀〈聊齋〉雜說》）此後，有毛宗崗評點《三國演義》，張竹坡評點《金瓶梅》，天目山樵評點《儒林外史》，但明倫等人評點《聊齋志異》，脂硯齋等人評點《石頭記》等。這些評點均各有其價值，內容涉及小說作者、本事、背景、思想及藝術，既有內容方面的批評，也有藝術方面的分析。其最大價值應該是小說美學理論的闡述。此外，在戲曲理論方面，李漁在《閒情偶寄》詞曲部與演出部中提出了有著嚴密理論體系，並結合舞臺實踐的創作理論與導演理論，是古代戲曲理論的集大成者。散文中桐城派諸家文論，詩詞中如王夫之《薑齋詩話》、葉燮《原詩》、王士禛《漁洋詩話》、袁枚《隨園詩話》、趙翼《甌北詩話》以及周濟《介存齋論詞雜著》、陳廷焯《白雨齋詞話》、況周頤《蕙風詞話》、王國維《人間詞話》等，都各有特色，並在不同程度上帶有總結性質，共同把古代詩論、詞論和文論推進到一個新的高度。

第三，清代文學無論如何繁榮，它畢竟是三千年古代文學發展的尾聲。「夕陽無限好，只是近黃昏。」除小說、戲曲出現了新的高峯外，在詩詞駢文等創作領域，雖流派林立，也不乏名家、佳作，但大抵承前救弊之功居多，振衰啓後之力不足。如詩壇中所謂的格調說、神韻說、肌理說，它們爭奇鬥艷，往往只集中於藝術風格之上，在內容上，各派主張雖不盡相同，但卻爭論不多，也較少創新。他們對自己所倡導的風格，又大多要擡出一些古人作爲榜樣。因此，清代文壇仍未能從根本上擺脫元明以來步趨前人的習氣，就是力主創新的性靈派詩人，也難免在不同程度上受到前人的牢籠。不過，比起元明來說，清代一些有成就的作家大都能在學習前人時有所變化，有所發展，乃至有所創新，盡量泯除痕迹，從而避免元明時期某些作家那種生吞活剝的弊病。故清代詩文詞等的成就無論怎樣高，但作爲一個時代文學所特有的風貌卻不夠鮮明和突出，不像唐詩、宋詩，甚至也不像五代詞、北宋詞、南宋詞各具鮮明的時代特色。散文亦然。這正說明這些傳統文學樣式已無多少發展的餘地了，所以到了晚清才不得不發生變革。

第四，清代社會、政治及文化思想的複雜性決定了清代文學複雜、多變的特徵。例如戲劇領域，既有傳統的傳奇、雜劇，又有新起的亂彈、京劇及其他地方戲，還有從西方輸入的「文明劇」，它們相互在舞臺上競爭角逐，像走馬燈式地一個劇種取代另一個劇種。至於詩歌、散文、小說等領域，也是這樣。我們僅從詩界革命、文界革命和小說界革命等口號的提出及其具體進程中，就可以看到清代文學變化之劇烈。正由於變化之大，清代文學又呈現出過渡的性質。它既是三千年古代文學的總結，又是二十世紀新文學的開端。從整個清代文學史上看，乾嘉以前，重點在於復興；道咸以後，形勢大變，內憂外患，接踵而來，表面上的繁榮已經幻滅，加之文化受到了外來的影響，故而醞釀著新的變革。特別在晚清的幾十年中，從社會、思想到文學，無時不在發生變化。從龔自珍、魏源到康有爲、梁啓超，既有著學風的轉變，也有著文風的轉變。此外如黃遵憲、譚嗣同等的新派詩，吳沃堯、李寶嘉等的譴責小說，梁啓超等的新文體，或反映出時代的離亂和民生疾苦，或抒發了希望通過變革以救亡圖存的愛國之情，或揭露政府的腐敗無能，或諷刺官僚的貪污墮落，既能表現出一些新的思想，也嘗試著對舊形式加以變革。所以，清代文學實在是中國新舊兩種文學的一個交叉點。舊的文學及其形式固然取得了某些成功，但不得不在發揮殆盡中趨於衰微；新的文學及其形式雖然還很幼稚、粗糙，但卻在發展成長。所以，清代的兩百多年，文學上成就最多，變動也最大；它是舊的結束，也是新的開始，是新舊交替的時期。

第五，從文學觀念的變化上，也可看出清代不同於以往各朝的特色。在清代文學，特別是敍事性文學中，寫實的文學觀念大爲加强。嚴格地說，也只有清代，我國才有屬於近代意義的眞正的寫實主義的文學作品，例如《紅樓夢》之類。清代的一些優秀作家，開始明確地意識到需要强調「實錄其事」的作法，反對對現實生活作任何粉飾和美化，而要求從日常生活事件中發掘出不平常的生活意義和時代主題。例如曹雪芹就提出：「至若離合悲歡，興衰際遇，則又追蹤躡迹，不敢稍加穿鑿，徒爲供人耳目，而反失其眞傳者。」（庚辰本第一回）孔尚任也在《桃花扇小說》中提出：「《桃花扇》何奇乎？其不奇而奇者……此則事之不奇，不必傳而可傳者也。」中國古代敍事文學，歷來都强調傳奇志怪，非奇不傳，非怪莫志，把情節的離奇性看成文學的第一個要素，而清代的一些作家則開始把眞實性看作文學的生命。從過去的傳奇到清代的傳「不奇」，乃是清代文學觀念的重大發展。

附　註

①清兵入關定都北京後，南明福王朱由崧、唐王朱聿鍵、桂王朱由榔繼續反抗，一直到康熙元年（公元 1662 年）才被清王朝基本平定。但占領臺灣的鄭成功及其子鄭經仍奉明朝正朔。至康熙二十二年（公元 1683 年），鄭成功孫鄭克塽降清，全國才告統一。

②近三十年來，一般文學史大都將清代文學分爲兩段：公元 1840 年鴉片戰爭以前爲清代，公元 1840 年至 1919 年五四運動爲近代。對於這種分法，本書無意提出異議。但本書不劃分近代文學，而將整個清代歸爲一編，主要是爲了貫徹全書體例。既然整個文學史毫無例外地都按朝代劃分編章，唯獨在清代另行劃出一個「近代」部分，勢必影響體例的統一。且元代、明代、清代與近代，同屬爲「編」，而王朝體例與社會形態之間在邏輯上卻並非並列關係。

③清代文字獄最早爲順治十四年（公元 1657 年）在順天、江南、河

南、山西等處爆發的科場案。考官及中舉士子多人被殺。康熙二年（公元 1663 年）發生湖州書商莊廷鑨的「明史案」，株連被殺者 70 餘人，充軍者更多。康熙五十年（公元 1711 年）發生了桐城人戴名世「南山集案」，被殺者近 100 餘人，流放者數百人。雍乾以後，文字獄更爲細密與廣泛。如雍正四年（公元 1726 年），江西考官查嗣庭出試題「維民所止」，被指爲「維、止」二字係去雍正之頭，全家被殺。雍正八年（公元 1730 年），翰林院庶吉士徐駿詩集中有「清風不識字，何故亂翻書」，指爲有意譏訕，徐被殺。乾隆朝的胡中藻案、徐述夔案、牡丹詩案，均與此相類。

④乾隆朝文字獄案中有謝濟世因注經與程朱不合、劉震宇因言朱注有誤、陳安兆著《大學疑斷》闢朱注，均獲罪。

⑤清朝纂修叢書類書的另一目的是借機檢查古代各種文獻，對那些反清的及歷史上反侵略、反封建的一切文獻加以銷毀、篡改、抽毀、禁絕。如從乾隆三十九年（公元 1774 年）到四十七年（公元 1782 年）的 8 年間，據當時兵部的報告，共檢查銷毀 24 次，計毀圖書 538 種，凡 13862 部。

⑥和珅（公元？～1799 年），滿族，姓鈕祜祿氏，滿洲正紅旗人。由侍衞升至大學士。乾隆晚年，倚任極專，執掌朝政 20 餘年。在官招權納賄，大長貪污之風，使吏治日益敗壞。嘉慶即位後被抄家，並責令自殺。抄家時抄出田畝 8000 餘頃，樓臺 116 座，當鋪 75 家，銀號 42 家，還有綢緞庫、洋貨庫、皮革庫、紫檀器庫、玻璃器庫等多處，有大小自鳴鐘 38 座，人參 40 餘斤，金唾盂 120 個，銀唾盂 600 多個，折合銀子可抵全國歲入 10 年以上，故當時有「和珅跌倒，嘉慶吃飽」之諺。（參見薛福成《庸盦筆記》）

第一章　清初戲曲和蘇州派

第一節　清初的劇壇

清初劇壇，承晚明戲劇高度繁榮之餘波，戲曲創作的高潮進一步向縱深發展。劇作家由於本身素質的不同而出現如下區別：

一類出身於社會中下層，傳統文學修養不很高，他們以主要精力從事戲曲（主要是傳奇）創作，可以稱之爲專業化劇作家。他們的社會地位與創作情況都與元雜劇繁榮時期的「書會才人」極爲相似，而且也有組織地進行帶有集體創作性質的寫劇活動。他們的劇本，既能密切聯繫舞臺實際，故事性强、情節變幻、講究穿插，同時又能密切聯繫社會實際，反映出時代的特徵。故政治性題材大爲增加，而愛情題材相對減少。這一類專業化劇作家可以李玉爲首的蘇州派爲代表。

另一類則來源於社會上層，傳統文學修養比較高，他們大多是詩人、詞人、散文家或哲學家，他們也染指戲曲，不過是爲了借劇中故事和人物以抒發個人的懷才不遇或寄寓故君故國之思，亦即「借古人之歌哭笑罵以陶寫我之抑鬱牢騷」（吳偉業《北詞廣正譜序》）。故他們的劇本多取材於歷史而遠離現實，特別愛寫古代的文人逸事。既然他們寫戲的目的是爲了抒發主體之情，因此不大注意情節結構和舞臺要求，其意境接近於詩詞而不大適合演出，盡管在文人中有較多的知音，但在民衆中卻影響不大。因此，他們的作品大多是「案頭之曲」而非「場上之曲」。這一派可以稱之爲文人化劇作家。

除以上兩類以外，還有一種人可以李漁爲代表，他身兼文人化和專業化兩重身分。他大量創作戲曲既非爲了抒發一己之情，也不是爲了要反映現實以影響現實，而僅僅是出於對戲曲藝術的興趣和愛好。他特別重視戲曲的娛樂作用和戲劇的本體價值，是典型的爲戲曲而戲曲的戲劇藝術家，是古代的戲劇至上主義者。

文人化劇作家重要的有吳偉業、尤侗、王夫之、萬樹等人。現分述如次：

㈠吳偉業

吳偉業（公元 1609～1671 年），字駿公，號梅村，太倉（今屬江蘇）人。明末清初大詩人。曾考取崇禎四年（公元 1631 年）會試第一、殿試第二，備受崇禎帝優渥。明亡後，自殺未遂，乃杜門不出達十年之久。後被清廷所迫，扶病至京師任國子監祭酒僅一年，奉嗣母喪南歸，閉門著述。他對明王朝、崇禎帝感情特深，但又因性格軟弱被迫出仕兩朝，故而經常自怨自艾。他後期所寫的詩歌不少是這種感情的流露，入清後所寫的一部傳奇《秣陵春》和兩部雜劇《臨春閣》、《通天臺》均爲哀悼明亡之作，寄寓了詩人的故國之思。

《秣陵春》

《秣陵春》，四十一齣，寫南唐學士徐鉉之子徐適與將軍黃濟之女展娘，因以後主所賜之玉杯及後主所賜之寶鏡互易，經許多曲折，賴後主神力幫助，終成眷屬。他們深感後主恩德，同往後主祠參謁，回憶南唐舊事，相對欷歔。劇本還穿插供奉後主的樂工曹善才彈唱琵琶以寄託自己的故國之思。據說，吳偉業正是在讀過夏完淳哀悼南京陷落的《大哀賦》後，「大哭三日」，帶著悲痛的心情寫成此劇的（見蔣瑞藻《花朝生筆記》）。

《臨春閣》

雜劇《臨春閣》寫陳後主危亡前夕，張麗華和冼夫人，一文一武，力圖挽救，但終不免國破家亡。最後，張麗華自殺，冼夫人入山修道。通過人物遭遇，抒發了作者的亡國之痛。

《通天臺》

《通天臺》係二折短劇。根據《陳書·沈炯傳》，寫沈炯在梁亡之後，痛哭於荒郊漢武帝通天臺廢墟的故事，很明顯也是作者借沈炯以自況。

㈡尤侗

尤侗（公元 1618～1704 年），字展成，號悔庵、艮齋、西堂老人。長洲（今蘇州）人。曾舉博學鴻詞科，授翰林院檢討。他工詩詞駢文，著有《西堂全集》。也善南北曲，著有傳奇《鈞天樂》一種，雜劇《讀離騷》、《弔琵琶》、《桃花源》、《黑白衞》、《清平調》等五種，合稱《西堂樂府》。

雜劇內容多爲拚湊古書關目而成。《讀離騷》寫屈原遭讒被放逐的內容，雜取《天問》、《卜居》、《九歌》、《漁父》等篇，而以《招魂》祭祀結束。《弔琵琶》寫昭君和番事，關目與《漢宮秋》略同，而以蔡文姬弔青塚作結。《黑白衞》取材於唐人傳奇中聶隱娘故事，借以抒發「人間斬盡奸雄首」的雄心。《桃花源》寫陶淵明辭官、歸隱及入桃花源成仙事。《清平調》寫李白奉詔賦《清平調》三章，得中狀元事。這五種雜劇應寫於參加博學鴻詞科考試之前，表達了一種懷才不遇、世道不公的怨憤之情。五種雜劇中有三種以古代大詩人爲主角，作者還讓李白得中狀元，屈原被龍王接去當了水仙，陶潛也入桃花源成仙，其用意不外是借浪漫的想像來彌補現實的缺陷。但這些作品關目陳舊，戲劇性不强，不適合上演。但曲辭優美，用事工巧。吳梅說：「置之案頭，竟可作一部異書讀。」(《中國戲曲概論》)

《鈞天樂》

傳奇《鈞天樂》前半部寫人世科場積弊，才學拙劣的生員賈斯文、程不識、魏無知之流依仗賄賂或人情得中高魁，而博學多才的沈白、楊雲反而名落孫山。沈白偶過霸王廟，對神像哭訴說：「以大王之英雄，不能取天下；以沈白之文章，不能成進士。古今不平有甚於此者耶？」以致神像亦為之落淚。下半部寫天上文昌帝君因下界科場腐敗，在天界考試眞才，沈白、楊雲和李賀三人以優等及第，賜天宴，掌文院學士蘇軾司宴，樂部演奏鈞天樂。沈楊等人均授為修文郎。作者顯然用天界之公正與人間之不平、天界之快樂與人間之痛苦相對照，從而慨嘆自己的懷才不遇，抒發個人抑鬱不平的感情。此劇正好寫於順治十四年(公元1657年)秋，第二年，科場案被揭發，是否巧合，未易判斷①。

㈢王夫之

此外，著名的哲學家王夫之(公元1619～1692年)寫了一本《龍舟會》雜劇，題材來源於唐人李公佐傳奇小說《謝小娥傳》。其體制完全遵從元雜劇，四折一楔子。作者把謝小娥為父為夫報仇的故事，與唐王朝外患頻仍、風雨飄搖的時代背景聯繫起來，從而抒發出作者的滿腔悲憤。

㈣萬樹

較以上作家年輩稍晚的文人劇作家還有萬樹（公元 1625?～1688 年），字紅友、花農，號山翁、山農，江蘇宜興人。他是明末戲曲家吳炳的外甥。順治年間曾以監生遊學北京，康熙二十一年（公元 1682 年）爲兩廣總督吳興祚幕僚，暇日作劇本，由吳家伶人搬演，因積勞成疾，回鄉途中，死於舟中。他一生所作戲曲二十餘種，今存雜劇、傳奇名目各八種。有劇本流傳者僅《風流棒》、《空青石》、《念八翻》等三種。因這三個劇的基本格局都是寫一個才子同時娶兩個佳人，故合刻本題爲《擁雙艷三種曲》。除戲曲外，萬樹的詩文集大多已失傳，但有《詞律》二十卷傳世。

《擁雙艷三種》

萬樹的這三個劇作均爲風情劇。《風流棒》寫書生荊瑞草應鄉試時遇美女題詩而生出種種相思與糾葛，後來終於得娶謝林風與倪菊人二位美女。《空青石》、《念八翻》與此相類。但《空青石》貫串忠奸鬥爭，爲才子佳人故事增添了一個政治背景。《念八翻》則大量採用誤會、錯認和突變等手法，劇本之首出即名「翻案」，劇中以功罪、邪正、師弟、奴主、貞淫、老少、貧富、貴賤、僧俗、生死、男女等十四例爲反覆變化，如功臣反得罪，罪人反立功，惡人變善人，正人變惡人之類，共二十八番變化，用以說明世情之反覆無常，是非混淆。萬樹的劇本結構細密，關目變幻無常，穿插照應妥帖，語言也頗工巧。但三個劇本都是寫文人的風流韻事，把一夫多妻當作人生理想，可見其思想境界是不高的。

從吳梅村、王夫之以戲曲抒發故國之思，到尤侗以戲曲表達個人懷才不遇之感，再到萬樹借戲曲來展示個人追求私生活美滿這一庸俗的人生理想。這正反映了脫離現實、同時又脫離舞臺的文人劇作家創作走向沒落的過程。

第二節　李玉和蘇州派

從明後期起，蘇州就一直是崑曲發展的中心。由於商品經濟的興起，蘇州成了我國東南地區新型工商業發展的重要地區。城市的繁榮，市民階層的壯大，促進了戲劇的發展和繁榮。以李玉為首的蘇州派劇作家正是在這樣的背景下出現於蘇州劇壇。

㈠李玉

1、李玉的生平和劇作

李玉，字玄玉、元玉，號蘇門嘯侶，又號一笠庵主人，吳縣（今蘇州）人，約生於明萬曆末年，卒於康熙十年（公元 1671 年）以後。他出身低微，曾為明萬曆間大學士申時行的「家人」，因而受到壓抑，不得應科舉，至明末始得中副貢。入清後無意仕進，畢生致力於戲曲創作和研究②。相傳他一生曾寫傳奇六十種③，見之於各種曲目中著錄的有四十二種，全本保存者尚有《一捧雪》、《人獸關》、《永團圓》、《占花魁》、《清忠譜》、《眉山秀》、《兩鬚眉》、《太平錢》、《千忠戮》、《萬里圓》、《牛頭山》、《麒麟閣》、《七國記》、《昊天塔》、《風雲會》、《五高風》、《連城璧》、《一品爵》等十八種，另有三種存有殘曲④。他不僅是明清傳奇作家中寫作劇本及存留劇本最多的作家，而且他的劇作都能上演，極受時人讚賞，尤為梨園子弟所歡迎。錢謙益在《眉山秀題詞》中說：「元玉言詞滿天下，每一紙落，雞林好事者爭被管弦。」除戲曲創作外，李玉還根據徐于室的《北詞九宮譜》原稿，重新編定為《北詞廣正譜》十八卷，共選錄北曲曲牌四百四十七個，最稱完備。

2、李玉劇作內容及特色

李玉的劇作可以明亡爲界分爲前後期，其前期作品以描寫人情世態爲主要內容，最負盛名的是崇禎年間刊刻的《一笠庵四種曲》，即所謂「一、人、永、占」。

《一笠庵四種曲》

《一捧雪》寫莫懷古的幕客湯勤賣主求榮，逢迎奸臣嚴世蕃，獻計謀奪莫家的玉杯「一捧雪」，害得莫懷古家破人亡。他的僕人莫成替主身死，他的侍妾雪艷爲救主被迫嫁湯勤，在成婚時刺死湯勤後自殺。後嚴家勢敗，莫懷古之子莫昊考中進士，找到了失散多年的父母，一家團圓。劇本結構嚴謹，情節緊張，波瀾迭起，關目穿插比較合理，人物刻畫也相當生動，文字平易通俗而又含義深刻。劇本主要揭露了湯勤賣主求榮、忘恩負義，也批判了嚴世蕃貪婪殘暴。爲了形成強烈對比，劇本塑造了兩個殉主的義僕——莫成、雪艷來和湯勤相對照，以歌頌他們雖然身爲下賤，但品質高尚。

《人獸關》取材於《覓燈因話》中《桂遷夢感錄》，譴責桂薪的忘恩負義，以致其妻兒均變爲狗，從而寫出當時的世態炎涼。《永團圓》寫秦文英和江蘭芳的婚姻受阻，最後終得團圓的故事。劇本批判了蘭芳之父江納的嫌貧愛富，具有濃厚的喜劇色彩。《占花魁》取材於《醒世恒言》中《賣油郎獨占花魁》，主題也是歌頌下層人民眞摯的愛情。但劇本把莘瑤琴之所以淪落妓院之中，寫成由於金兵南侵，家人離散，被人拐騙，爲這一愛情故事加上了社會黑暗和民族苦難的廣闊背景，提高了劇本的思想價值。至於作者把男女主角都說成是貴官公子和名門千金，最後又雙雙「榮蔭」，則顯得庸俗可笑。

《清忠譜》

李玉的後期作品，較多的是描寫歷史上的政治鬥爭事件或從明末蘇州社會生活中取材。其代表作《清忠譜》寫的就是發生在蘇州的眞實事件，即天啓年間蘇州的一次民變。內寫宦官魏忠賢之死黨、巡撫毛一鷺强迫蘇州人民興建魏閹生祠，激起公憤；東林黨人周順昌挺身反對，遭到逮捕。市民顏佩韋等五人，率衆打進府衙，但後來周順昌及五人均遭魏黨殺害。魏閹勢敗後，慘死諸臣才得昭雪。蘇州人民感五人之義，乃毀魏閹生祠建五人墓以爲紀念。劇中所寫的這次事件，大約是作者早年親身經歷，故取材「俱按事實，其言亦雅馴，雖云填詞，目之信史可也」（吳偉業《序》）。這個劇本上承《鳴鳳記》，下啓《桃花扇》，成爲我國戲劇史上迅速反映當代社會重大政治事件的著名作品之一。劇本反映了明末尖銳的反閹黨鬥爭，刻畫了周順昌剛直耿介、堅强不屈的性格，歌頌了顏佩韋等正義純樸的市民羣衆以及他們英勇鬥爭和從容就義的高貴品質，對罪惡滔天的閹黨表示了莫大的憤慨，從而寫出了廣大民衆對清正廉明的政治的追求和希望。

除周順昌以外，劇本刻畫了顏佩韋、楊念如、周文元、馬杰、沈揚等五位市民形象，雖略嫌單薄，但把這種「一生落拓，半世粗豪，不讀詩書」的市井人物，寫成作品中舉足輕重的英雄形象，在戲曲中還是第一次。作者特別刻畫了他們那種魯莽而又剛直的性格，行俠仗義、慣打不平的作風。周順昌遭難，他們投袂而起，打進了蘇州府。「捕義」時，爲拯救吳民，他們自行投案。最後從容就義、壯烈犧牲。甚至他們死後其陰魂依然「目如閃電能殺賊，氣貫長虹會掃奸」。這種對於市民英雄的熱情歌頌，表明了作者對市民羣衆歷史地位的認識和評價。這正是李玉創作思想中最值得肯定的地方。

《清忠譜》不單在思想上有獨到之處，在藝術上也頗有特色。主要是善於利用有限的舞臺以表現廣闊的民衆鬥爭場面，善於把羣衆與個人、正面人物與反面人物、明寫與暗寫、前臺與後臺很好地結合起來。如「鬧詔」一齣，就寫了一般民衆的憤怒情緒，也有顏佩韋等人的英勇行爲，還有毛一鷺等魏黨爪牙的凶惡嘴臉。並用書呆子劉羽儀的膽小怕事作爲襯托，有前臺的羣情沸騰，也有幕後的開讀詔書……眉目淸晰，層次井然。使這一頭緒紛繁的事件，敍述得有條不紊，表現出一種轟轟烈烈的氣氛。「毀祠」一齣寫蘇州人民在山塘街折毀魏閹生祠的場面，把羣衆鬥爭表現得如火如荼。這齣的唱辭大都爲羣衆合唱，特別是衆人拽倒石碑坊時，每合唱一句，跟著打一句號子：「呀呀許呀！」這種寫法頗能表現民衆的力量和聲勢。因此，就戲曲的發展來看，能夠把羣衆鬥爭場面成功地搬上舞臺，這是李玉對戲劇的主要貢獻之一。此外，語言簡樸，不假文飾，而又富有個性。

《萬民安》

與《淸忠譜》相近的他還著有《萬民安》，劇本已佚，但《曲海總目提要》中有劇情介紹。劇本是根據萬曆二十九年（公元 1601 年）蘇州市民抗捐鬥爭編寫的，織匠葛成爲劇中主角，他「蕉扇一揮，萬衆俱集」，火燒衙署，擊斃部差稅司黃建節。官兵前來鎮壓，葛成挺身投官，以免株連全市。後來他臨刑時地震，官府不敢貿然處決，三年後終於得以出獄。這兩個劇本都把新興的市民當作英雄來歌頌，在中國戲劇史上表現了新題材、新人物和新的主題。

其他作品

在李玉的後期劇作中，不少是通過歷史上的忠奸鬥爭以抒發作家對時局的感受。如《連城璧》肯定了不畏強秦而能完璧歸趙的藺相如，《牛頭山》歌頌了英勇抗金的岳飛，《麒麟閣》和《風雲會》表彰了唐宋開國時那些英雄的業績，《昊天塔》則讚揚了楊家將爲國獻身的事蹟。另一個劇本《千忠戮》，寫明初燕王朱棣攻破南京，建文帝和大臣程濟等化裝爲僧，逃亡西南各地。劇本著力描寫了朱允炆的飄泊流離和朱棣的殘暴屠殺，由於拒絕草詔，他殘殺方孝孺並株連十族；由於不肯屈服，他屠戮許多忠於朱允炆的大臣，把頭顱裝了數十車運往各地號令。劇本顯然是借對朱棣殘暴行爲的揭露，反映清初人民對清王朝屠殺江南人民的不滿。此劇在藝術上也頗見功力，不少曲文既能準確傳達人物的思想感情，又能創造引人入勝的意境，如歷來盛傳朱允炆化裝逃亡途中所唱的一支曲子：

> 收拾起**大地山河一擔裝，四大皆空相，**歷盡了**渺渺程途、漠漠平林、疊疊高山、滾滾長江。**但見那**寒雲慘霧和愁織，**受不盡**苦雨淒風帶怨長！雄城壯，看江山無恙，誰識我一瓢一笠到襄陽。**
>
> ——〔傾杯玉芙蓉〕

當時有「家家『收拾起』，戶戶『不提防』」（「不提防」指《長生殿》「彈辭」齣〔南呂一枝花〕首句）之譽，可見其流傳之廣，已經達到家弦戶誦、無人不知的程度。

㈡蘇州派其他作家

除李玉外，蘇州派作家尚有朱佐朝、朱素臣、畢魏、葉時章、張大復、丘園、朱雲從、薛既揚、盛際時、陳二白、陳子雲、過孟起、盛國琦等人。其中，前六人較爲有名。

朱佐朝和朱素臣

朱佐朝和朱素臣乃兄弟。佐朝字良卿，素臣名㿥。生卒年均不詳。佐朝著傳奇三十餘種，今存《漁家樂》、《吉慶圖》、《艷雲亭》、《瓔珞會》、《乾坤嘯》、《御雪豹》、《血影石》、《軒轅鏡》、《石麟鏡》、《五代榮》、《奪秋魁》、《雙和合》等十二種。其中《漁家樂》是他的代表作。內寫東漢時大將軍梁冀專權，擅自廢立並殺害國君，清河王劉蒜逃跑時被追逼，幸得漁家女鄔飛霞救出，她後又混入梁府刺死梁冀。全劇以一個普通的漁家女爲主角，充分肯定她在反權奸鬥爭中的突出作用，爲這個描寫東漢統治集團內部鬥爭的劇本增添了民主色彩。全劇構思獨出機杼，關目不落俗套，曲白平易，結構緊湊，宜於搬演。朱素臣著有傳奇十九種，今存《十五貫》、《未央天》、《錦衣歸》、《聚寶盆》、《文星現》、《朝陽鳳》、《萬年觴》、《翡翠園》、《秦樓月》等九種。其中《十五貫》最膾炙人口，寫熊友蘭、友惠兄弟分別因偶然的事故負屈含冤，即將被處決，幸遇況鍾折獄，終得平反昭雪。這個劇本長期以來盛演不衰，它的改編本至今仍在演出。

畢魏、葉時章等

其他蘇州派作家有畢魏，字萬後，著傳奇六種，今存《三報恩》、《竹葉舟》兩種。葉時章，字雉斐，作傳奇八種，今存《琥珀匙》、《英雄概》兩種。其中《英雄概》寫了黃巢起義及其失敗，雖然劇本主要歌頌的是李克用父子，但對黃巢也有所同情。張大復，字星期，著有傳奇二十九種，今存《如是觀》、《醉菩提》、《海潮音》、《釣魚船》、《快活三》、《金剛鳳》、《雙福壽》、《讀書聲》、《吉祥兆》等十種。其中，《如是觀》一名《倒精忠》，立意在於補足《精忠記》之缺陷。後半寫岳飛接到詔書後不肯班師，連夜進兵，直搗黃龍，迎回徽、欽二帝，勘得秦檜夫妻通敵，凌遲處死。作者立意爲：善者應得善報，惡者應得惡報，當作如是觀，故名。此劇的這種寫法首開後代「補恨」類戲曲⑤。丘園（公元1616～1689年以後），字嶼雪，蘇州人。他是蘇州派中唯一生年可考的作家，借此可以推知蘇州派的活動時期。他著有傳奇八種，現存《御恩袍》、《黨人碑》、《幻緣箱》三種，另有《虎囊彈》取材於《水滸傳》中魯智深救金翠蓮的故事，原劇已佚，僅存《山門》一齣，寫出了魯智深豪俠莽撞的形象，特別是其中〔寄生草〕一曲，膾炙人口：

> 漫揾英雄淚，相隨處士家。謝慈悲剃度蓮臺下，沒緣法轉眼分離乍；赤條條來去無牽掛。那裡討煙簑雨笠卷單行，敢辭卻芒鞋破鉢隨緣化？

寫得豪放飛揚，有迴腸蕩氣、一唱三嘆之妙。

㈢蘇州派的特色

以李玉、二朱、張大復、畢魏、丘園等人爲核心的蘇州派是明清之際的一個主要戲曲流派，他們既不同於吳江派的重視音律和臨川派的追求詞藻，更不同於駢儷派的堆砌雕琢。他們主要有以下的一些特色：

第一，他們雖沒有留下戲曲理論著作，也不標榜門戶，但在他們劇作之中，可知他們都崇尚本色，主張「本色填詞不用文」（張大復《如是觀》）；强調觀衆，特別市民欣賞的需要，認爲寫戲者「要博得賢愚共賞，那怕他顧曲周郎說短長」（葉時章《翡翠園・尾聲》）。他們改變了「十部傳奇九相思」的傳統，大量寫政治戲和時事戲，從而提高了傳奇的價值，藉傳奇寫作以求影響世道人心。他們認爲：「筆底鋒芒嚴斧鉞」（《人獸關》）、「鋤奸律呂作陽秋」（《清忠譜・譜概》）。他們把寫戲當作一項嚴肅的工作，「宮商譜入非遊戲」（李玉《萬里圓・尾》），故而强調眞實性，「笑有聲，哭有淚，文章眞率動人宜」（朱素臣《十五貫》）。

第二，他們的身分和地位不高，旣未出仕，也不是詩人或文學家，寫戲不是他們的「餘事」，而是他們一生的專業，故他們的劇作數量豐富。蘇州派的主要成員的劇作大多在數十部以上。創作雖多，但刊刻者少，流傳的大多是梨園手鈔本，這證明他們生活貧困，無資刊刻。他們的生活、創作情況，近乎元代書會才人。

第三，他們大約也是一些「偶倡優而不辭」的劇作家，故精通曲律，熟悉藝人，富有舞臺實踐經驗。他們的劇本完全是一種場上之曲，適合舞臺特點，便於搬演。對於舞臺調度，過去的一些劇作家絕少考慮，而他們卻能精心設計。

第四，因爲他們大多出身下層，故注意塑造下層人物、包括奴僕的崇高形象，如李玉《清忠譜》中顏佩韋等五人，《一捧雪》中莫成和雪艷，《昊天塔》中燒火丫頭拍風，《占花魁》中賣油郎。寫義僕替主赴死或冒死鳴冤的情節，除莫成替主外，尚有朱素臣《未央天》中義僕馬義冒死滾釘板爲主鳴冤，朱佐朝《九蓮燈》中富奴救主，《軒轅鏡》中張恩替主。這些情節不可諱言宣揚了奴隸道德，但作者的命意乃在於表彰奴僕的高風亮節，爲下層人物揚眉吐氣。從明清易代的這一時代背景來看，蘇州派作家宣揚奴僕忠義，多少也包含有借以反襯那些屈節降吏的腆顏事仇。

第五，他們相互聯繫，經常合作寫戲。如李玉的《清忠譜》就有畢魏、葉時章、朱素臣等人「同編」，《一品爵》、《埋輪亭》由李玉、朱素臣合寫。而《四大慶》、《四奇觀》則由朱佐朝、朱素臣等四人合撰。包括李玉的《北詞廣正譜》、張大復的《寒山堂曲譜》都得到同派人的協助。

蘇州派的種種努力，主要是爲了挽回崑曲創作的頹勢。當時的崑曲，內部由於臨川、吳江末流追逐形式而造成創作不振，外部則由於日益得勢的弋陽腔系統及各地方聲腔的挑戰，出現了衰微的迹象。蘇州作爲崑曲藝術的中心，一些出身於中下層的劇作家力圖振作，使日益脫離民衆、脫離舞臺的崑曲能重新面向大衆和適應舞臺。他們的努力取得了一定的成功，多少延緩了崑曲的老化和僵化，並推動了清初崑曲創作的一度繁榮，包括促進了「南洪北孔」的成功。

第三節　李漁和《笠翁十種曲》

在清初，無論對戲劇理論和戲劇創作，特別是喜劇創作，都作出了自己獨特的貢獻，起著較大的推動作用的重要人物，應該是李漁。

㈠李漁的生平和創作

李漁（公元 1611～1680 年），字笠鴻，一字謫凡，號笠翁，別署覺世稗官、新亭樵客、隨菴主人、澹慧居士、湖上笠翁等，時人稱之爲「李十郎」，蘭谿（今屬浙江）人。他既是我國古代集大成的戲曲理論家，又是清初頗有特色的戲曲作家。

李漁出身於一個比較富有的家庭，早年生活比較優裕。明末，曾在浙江多次應鄉試，皆不第。清初，移家杭州，乃放棄學業，開始戲劇創作。十年後，又移家金陵，繼續從事文學創作和戲劇活動。他寫了大量的戲曲和小說，還在金陵開設了芥子園書坊。所印書畫，精緻美觀，馳名全國。但他的後半生，主要是靠

「以女樂遊公卿間」（阮葵生《茶餘客話》）來博取錢財。他經常帶著由家姬組成的家庭戲班奔走各地，給那些達官貴人演出堂戲，借此向他們「打抽豐」。他到過山西、陝西、甘肅、河南、安徽、江西、湖北、福建、廣東諸省。他逢迎巴結富貴人家，過著「日遊五侯之宅，夜宴三公之府」的寄生生活。李漁是不太講求讀書人的節操的，他從早年的才子一變而爲浪子，因而爲士林所不齒。當時的一些士大夫多「以俳優目之」（《曲海總目提要》）。當時另一個品質亦不太高尚的劇作家袁于令也說他「性齷齪，善逢迎，遊縉紳間，喜作詞曲小說……其行甚穢，眞士林所不齒也」（《娜如山房說尤》卷下）。

然而，他的廣泛遊歷，卻極大地開拓了他的藝術視野，增長了他對社會，特別是對士大夫的了解。他把戲劇創作和演出結合起來，既擅長編劇，又能導演，並親自教習家姬演唱自己的劇作，使得他加深了對古典戲曲整體的認識和把握，進而能洞察劇壇現狀，博採諸家之長，成爲全面精嫻戲劇藝術的能手。所以，他寫戲論戲，包括戲劇創作和戲劇理論，都能進入戲曲藝術的堂奧。

據李漁自己說，他一生寫過數十種傳奇，有刊本流傳的有《李笠翁十種曲》，即《憐香伴》、《風箏誤》、《蜃中樓》、《凰求鳳》、《奈何天》、《比目魚》、《玉搔頭》、《巧團圓》、《意中緣》、《愼鸞交》⑥。此外，他還有詩文集《李笠翁一家言》，雜著《閒情偶寄》，小說《織錦迴文傳》，短篇小說集《十二樓》、《無聲戲》，還編輯過《芥子園畫譜初集》、《資治新書》等。

㈡李漁的戲劇理論

李漁的戲劇理論見於《閒情偶寄》⑦。其中《詞曲部》論述戲曲創作理論，《演習部》論述舞臺藝術，主要是表、導演理論，即他所謂的「登場之道」。（另有《聲容部》雖內容駁雜，也偶涉曲論。）現在流行的《李笠翁曲話》乃是後人將這兩部分單獨刊印而成的。這兩部分又分爲十一章，五十三個小節，囊括了古代戲曲理論的一些主要問題，李漁把它們組織得有綱有目，層次清楚，輕重分明，開拓了古典戲曲論著組織體制的新生面，把我國戲曲理論和批評推進到一個劃時代的新高度。

李漁對我國戲曲理論的貢獻，突出表現在相當準確和深入地把握了對戲曲作爲舞臺藝術的整體性及其審美特徵。他强調「填詞之設，專爲登場」，突破前代曲論中把戲曲視同詩詞一樣的案頭藝術來欣賞的偏向，他把任何一個戲曲理論問題都緊密聯繫舞臺性特點來加以探討。因此，他反對過去填詞首重音律或詞采的主張，提出「結構第一」，「填詞首重音律，而予獨先結構」。並以「造物賦形」、「工師建宅」作比喻，要求劇作家重視劇本的「全局規模」，進而提出「立主腦、脫窠臼、密針線、減頭緒、戒荒唐」等一系列主張，相當精闢地揭示了編劇構思的特殊規律。

㈢《笠翁十種曲》的成就和特色

李漁的《十種曲》正體現了他的創作理論，特別是對舞臺性特點的重視。這十個劇本幾乎全是才子佳人、愛情婚姻的浪漫喜劇或鬧劇。儘管大部分作品格調不高、趣味庸俗，無法和那些嚴肅的正劇、悲劇，甚至諷刺喜劇相比，但也有其不可取代的特色，這主要的是濃郁的喜劇性。他的劇本自出心裁，標新立異，在構思布局、關目情節等方面，能夠「隨時更變」、「變舊爲新」。他的作品，大多情節曲折，關目新穎，引人入勝，結構巧妙，能擺脫前人窠臼，獨具一格。

例如，他最著名的《風箏誤》就以一隻「作孽的風箏」爲線索，串聯起兩對男女：即貌美才高的韓世勳、詹淑娟和貌醜才劣的戚友先、詹愛娟之間相互爲追逐配偶而展開的種種爭奪、冒充、誤會和糾纏。醜女被誤認爲美女，美女又被錯當作醜女；以醜冒美，以假亂眞，導致了一連串的喜劇衝突，最後眞相終歸大白，美醜各得其所。假冒栽贓，並不能達到預期的目的。相反，「好事從來由錯誤」，誤會、錯誤，反倒成爲通向理想結局的道路。這正如樸齋主人在序言中所說的：「憂讒畏譏，《離騷》所由作也。然三閭九畹，並馨千載，貞者不得誤爲淫，亦猶好者不得誤爲醜，所以來久矣！」現實生活中美醜顚倒的現象最後終歸要得到糾正的，這正是這個劇本中所蘊含的生活哲理。

他的《蜃中樓》寫的也是兩對情人，即龍女舜華、瓊蓮和柳毅、張羽之間爲追求愛情自由、反對封建家長，歷經曲折，終成眷屬的故事。此劇係組合元雜劇《柳毅傳書》、《張生煮海》而成，但卻能做到天衣無縫，渾然一體。《比目魚》寫書生譚楚玉與女伶劉藐姑的愛情故事。他們爲反對財主逼嫁，效法《荊釵記》，雙雙投江而死。死後還不分離，身化比目魚。這是一齣相當悲壯的愛情故事。劇本最後讓二人復活、團圓，則有蛇足之嫌。《奈何天》寫三美女先後嫁一醜夫，美醜顚倒。後來因廣作善事，靠金錢買通神明，醜夫變爲俊夫，悲劇變成喜劇。所有傳奇都是生旦團圓，而這個劇本卻是「醜旦團圓」。《凰求鳳》則寫三位美女相互勾心鬥角，爲的是追逐一位美丈夫，以致「防溫柔如防暴客」，因而構成層出不窮的喜劇衝突。

其他如《憐香伴》寫兩位婦女因相互憐慕，誓盟共事一夫並終於實現。《意中緣》寫兩位善畫的美女，傾慕大畫家董其昌和陳眉公，終得成爲二人之侍妾。《玉搔頭》寫正德皇帝與妓女劉倩倩曲折的愛情故事。《巧團圓》則寫一家父母兒子及其未婚妻在戰亂中失散，又因多次巧合，終於闔家團圓。《愼鸞交》寫兩位妓女從良擇夫之事：愼重選擇者得到終身幸福，以身輕許者則幾遭遺棄。

這十個劇本都以皆大歡喜的大團圓爲結局。或金榜題名，洞房花燭；或一夫二妻、三妻皆成眷屬；或骨肉重聚，苦盡甘來。總之，「止有嘉祥，絕無凶咎」（十二家評點《笠翁十種曲》）。這種寫法固然體現了李漁爲當權者「點綴太平」的用心，同時也體現了這類浪漫喜劇的固定格局。李漁是我國戲劇史上第一個專門從事並大量寫作浪漫喜劇的作家，他善於發掘生活中的喜劇性，廣泛使用意外性、偶然性、人物的偷換、冒充、誤會、錯認、逆轉、突變、劇中劇等一系列喜劇手法，使情節關目出其不意，變化多端，讓觀衆常常陷入懸念之中。同時又處處流露出幽默、滑稽、詼諧的喜劇風格，充滿了笑料，使觀衆獲得娛樂的享受。他的戲劇，並無什麼高深的思想內容，他所強調的是戲劇的娛樂性。他認爲：「傳奇原爲消愁設，費盡杖頭歌一闋。何事將錢買哭聲，反令變喜成嗚咽。惟我塡詞不賣愁，一夫不笑是吾憂。舉世盡成彌勒佛，度人禿筆始堪投。」（《風箏誤・末齣尾聲》）這正是他的觀衆本位、娛樂本位的戲劇創作思想。他是第一個明確意識到應當根據觀衆的水平和需要來寫戲的作家。他提出：「傳奇不比文章，文章做與讀書人看，故不怪其深。戲文做與讀書人與不讀書人同看，又與不讀書之婦人小兒同看，故貴淺不貴深。」故此，他的劇作的整體，包括語言表達，都通俗淺顯，平易本色。他與歷來作家只重曲辭、不重賓白的做法不同，他比較強調賓白的重要地位。他確實是把賓白「當文章做，字字俱費推敲」。所以，在他的十個劇本中，賓白的比重及地位都提高了。這正如他自己所說的：「傳奇中賓白之繁，實自予始。」

李漁應該是我國古代戲曲史上第一個自覺地以戲劇式的構思來進行傳奇創作的重要作家，《十種曲》對於我國浪漫喜劇、通俗喜劇的發展，有著深刻的影響。他把畢生的精力貢獻給喜劇藝術，儘管他也提出過戲曲應該「有裨風教」的功利目標，並在創作中追求過「道學風流合而爲一」的折衷主義理想，但他實際上爲之奮鬥終身的，不過是使我國比較晚起的浪漫喜劇趨於成熟。他並不是由於宣揚封建道德的需要，而僅僅是出於對喜劇藝術的喜愛才獻身於戲曲。所以，從這個意義上說，他是我國古代爲藝術而藝術的劇作家，他的劇本比較明顯地突破了長期以來視戲曲爲「高臺教化」的框架而絲毫不掩蓋它的市俗本色。雖然他的劇本被一些崇尚高雅戲曲的士大夫詆毀爲「惡札」，但卻受到當時廣大民衆的歡迎和愛好，並在世界戲曲史上占有一席之地。包璿在《李笠翁一家言全集敍》中說：「天下婦人孺子，無不知有湖上笠翁者。」日本人青木正兒也在《中國近世戲曲史》上說：「《十種曲》之書，遍行坊間，即流入日本者亦多。德川時代（公元1603～1867年）之人，苟言及中國戲曲，無有不立舉湖上笠翁者。」

附　註

①《鈞天樂》作者在卷首自記中，曾說明此事云：「丁酉（順治十四年，公元1657年）之秋，薄遊太白，主人謝客，阻兵未得歸。逆旅無聊，追尋往事，忽忽不樂，漫塡詞爲傳奇，率日一齣。齣成，則以酒澆之，歌呼自若。閱月而竣，題曰《鈞天樂》。家有梨園，歸則授使演焉。明年，科場弊發，有無名子編爲《萬金記》，制府以聞，詔命進覽，其人慝弗出。臬司某，大索江南諸伶雜治之。適江陰姜侍御還朝，過吳門，亟徵予劇，同人宴之申氏堂中。樂既作，觀者如堵牆，靡不咋舌駭嘆。而邏者亦雜其中，疑其事類，馳白臬司。臬司以爲奇貨，即檄捕優人，拷掠誣服。既得主名，將窮其獄，且徵賄焉。會有從中解之者，而予以入都，事得寢。」

②李玉生平材料留下的記錄極少。僅吳偉業爲他所編的《北詞廣正譜》

寫的序中說：「李子元玉，好奇學古士也。其才足以上下千載，其學足以囊括藝林，而連厄于有司，晚幾得之，仍中副車。甲申以後，絕意仕進……所著傳奇數十種，即當場之歌呼笑罵，以寓顯微闡幽之旨。」焦循在《劇說》中則說：「元玉係申相國家人，為申公子所抑，不得應科試，因著傳奇以抒其憤，而『一人永占』尤盛於時。其《一捧雪》極為奴婢吐氣，而開首即云：『裘馬豪華，恥爭呼貴家子。』意固有在也。」

③據寶敦樓藏本《傳奇匯考標目》記載，言李玉「著述極富，陳文叔丈言：昔日盛時，大內藏者達六十種，惜多不可記耳。」但此係孤證，不一定可靠。

④李玉劇作存有殘齣者為《洛陽橋》、《埋輪亭》（與朱佐朝合作）、《千里舟》3 種。另有《雙龍佩》、《萬民安》、《長生像》、《武當山》、《羅天醮》5 種劇本雖佚，但《曲海總目提要》有情節介紹。其餘《三生果》、《虎丘山》、《掛玉帶》、《意中緣》、《鳳雲翹》、《麒麟種》、《禪眞會》、《上苑春》、《清平調》、《秦樓月》、《五封侯》、《洪都賦》、《燕雙飛》、《銅雀臺》、《洛神廟》、《珊瑚屏》等僅見著錄，內容不詳。

⑤此類補恨戲曲，例如夏綸《南陽樂》把諸葛亮寫成使命燈復明，大破曹兵，斬司馬懿父子，擒曹丕、降孫權，統一全國，功成歸里。而周樂清的《補天石》更是把 8 種補恨戲集為一帙。這 8 種是：《宴金臺》寫燕太子丹亡秦。《定中原》寫諸葛亮統一天下。《河梁歸》寫李陵滅匈奴而歸。《琵琶語》寫王昭君再歸中國。《紉蘭佩》寫屈原回生，重為楚王所用。《碎金牌》寫秦檜伏誅，岳飛滅金。《紞如鼓》寫鄧伯道失子復得。《波弋樂》寫魏荀奉倩妻不死，夫婦偕老。

⑥李漁曾說過：「自手所填諸曲，如已經行世之前後 8 種及已填未刻之內外八種。」（《愼鸞交序》）但現存世者除《十種曲》外。據清黃文暘編於乾隆四十六年（公元 1781 年）的《曲海總目》還將《偷甲

記》、《四元記》、《雙錘記》、《魚籃記》、《萬全記》等 5 種均列入李漁所作，並將《補天記》、《雙瑞記》亦注明「李漁閱定」，還將《十醋記》與《十種曲》並列。這 8 種是否爲李漁所作，歷來都有爭論。清末姚燮《今樂考證》將《偷甲記》以下 5 種列爲四愿居士所著，並加按語曰：「近得五種合刻本，署曰『四愿居士』。笠翁無此號，殆爲（范）希哲無疑耶？然讀其詞，則斷非笠翁手筆也。」《補天記》以下3種，因與前五種風格一致，故多數人亦歸入范希哲所作。

⑦《閑情偶寄》刊行於康熙十年（公元 1671 年）。全書包括《詞曲部》、《演習部》、《聲容部》、《居室部》、《器玩部》、《飲饌部》、《種植部》、《頤養部》等8個方面，內容駁雜，涉及面很廣。其中相當大篇幅記述了戲曲、歌舞、園林、建築、花卉、器玩等藝術和生活中的各種審美現象和審美規律。特別是書中有關戲劇美學的部分，歷來受到人們的重視和稱讚。

第二章　長生殿

第一節　洪昇的生平和作品

㈠洪昇的生平

洪昇（公元 1645～1704 年），字昉思，號稗畦、稗村、南屏樵者，錢塘（今浙江杭州）人。他出身於仕宦世家，家中藏書極富。遠祖在明朝累代爲官，父親洪起鮫也曾在清初出仕，外祖父黃機在康熙年間官至文華殿大學士兼吏部尚書。所以儘管洪昇誕生於明清易代的亂離之中，但他在童年、少年時代仍然受到了良好的家庭教育，並先後師事陸繁弨、毛先舒等知名文人學者，十五歲「便能鳴筆爲詩」。康熙三年（公元 1664 年）七月初一洪昇二十歲生日那天，他與黃機的孫女黃蘭次結婚，因蘭次年齡僅比他小一天，詩友們便以《同生曲》爲題唱和慶賀。七月七日之夜，蜜月中的洪昇同妻子一起賞月望星，曾寫過一首《七夕》詩曰：「憶昔同衾未有期，逢秋愁說渡河時。從今閨閣長攜手，翻笑雙星慣別離。」蜜月一過，黃蘭次隨父歸京，洪昇曾寫《寄內》詩抒發他別離的痛苦：「一日懷百憂，踟躕當告誰？」可見洪昇既眞正體驗過兩心相愛的幸福，也品嘗過夫妻別離後的相思和痛苦。這種生活經歷，無疑有助於後來他在《長生殿》中描寫李楊的生死愛情。

康熙七年（公元 1668 年），二十四歲的洪昇抱著「身思濟世非懷祿」的心理到北京入國子監當太學生，但因他爲人疏狂不羈，凡「交遊宴集，每白眼踞坐，指古摘今」（徐麟《長生殿序》），這就構成了他的悲劇性格。所以，在長達二十年的求仕生涯中，他始終都未能敲開仕宦的大門。加之在此期間，國內爆發了長達八年之久的「三藩之亂」，家內也變故迭起①，這更使他陷入了深深的痛苦之中，他曾寫詩感嘆說：「國殤與家難，一夜百端憂。」（《稗畦集·一夜》）從此以後，他的生活也日益貧困。

康熙二十七年（公元 1688 年），洪昇的代表作《長生殿》問世，立即震動了整個清初劇壇，「一時朱門綺席、酒社歌樓，非此曲不奏，纏頭爲之增價」（徐麟《長生殿序》）。但同時也爲京師邸第某些官僚「所惡」（毛奇齡《長生殿院本序》），以至在次年八月竟然發生了轟動京師的「演《長生殿》之禍」②，不僅洪昇被革去了國子監生籍，而且其他與會的官員、諸生中有近五十人也被革職除名。所以後來有人寫詩感嘆說：「可憐一曲《長生殿》，斷送功名到白頭。」過了不久，洪昇回到浙江老家，更加窮愁潦倒。唯一使他深感欣慰的是，《長生殿》在得禍之後反而流傳更廣，江南的達官貴人也爭相主持演出。康熙四十三年（公元 1704 年）春夏，江南提督張雲翼和江寧織造曹寅分別在駐所主持演出《長生殿》時，還先後特意邀請洪昇赴會共賞，一時傳爲盛事。但事後由江寧返歸錢塘途中，洪昇因「酒後登舟」，不愼在烏鎭墮水而死，終年六十歲。

㈡洪昇的創作特色

洪昇是一位具有多方面才能的作家，其詩文詞曲均達相當水平。他最早是以詩名世，黃機在《嘯月樓集序》中說他「於古近體靡不精究，悲涼感慨之中，有冠冕堂皇之氣」。袁枚在《隨園詩話》中認爲他的「詩才在湯若士之上」。沈德潛《國朝詩別裁》評其說「疏淡成家」。陸次雲更推崇洪昇說：「詩是君家事，君窮詩愈工，絕非凡近響，宛有古人風。」(《澄江集・與友》)今存詩集《嘯月樓集》、《稗畦集》和《稗畦續集》，另有詩稿《幽憂草》和詞集《嘯月詞》、《昉思詞》已佚。但他的主要成就還是在戲曲方面。據楊友敬刻《天籟集》徐材跋稱，洪昇一生創作戲劇四十餘種，名目可考的有《長生殿》、《回文錦》、《迴龍記》、《錦繡圖》、《鬧高唐》、《節孝坊》、《天涯淚》、《青衫濕》、《長虹橋》等九種和雜劇《四嬋娟》一種，可惜現存的僅有《長生殿》和《四嬋娟》③。

《四嬋娟》

《四嬋娟》由《詠雪》、《簪花》、《鬥茗》、《畫竹》四個單折短劇組成，從內容到形式都明顯地受到徐渭《四聲猿》的影響。第一折寫謝道韞和叔父謝安詠雪聯吟的故事，第二折寫衞茂漪向表弟王羲之傳授書法技藝的故事，第三折寫李清照和丈夫趙明誠鬥茗評論古代夫婦的故事，第四折寫管仲姬和丈夫趙子昂泛舟畫竹的故事。洪昇借歷史上四位才女的故事，表現了他對於婦女和愛情的進步思想，尤其是他把古往今來的夫妻分爲「美滿夫妻」、「恩愛夫妻」、「生死夫妻」和「離合夫妻」等四種類型，進而稱讚趙明誠和李清照爲「第一等」的「美滿夫妻」，「堪稱人世夫妻的榜樣」，這和他在《長生殿》中描寫李楊的生死愛情也有相通之處。

第二節　《長生殿》的創作過程

《長生殿》中所描寫的李隆基與楊玉環的故事，不僅在當時的許多筆記著作(如《明皇雜錄》、《開元天寶遺事》、《酉陽雜俎》、

《國史補》）和後世編修的歷史著作（如新、舊《唐書》）中有所記載④，而且自中唐以來一直是文人創作中所樂於採用的一個熱門題材，其中著名的作品有唐代白居易的《長恨歌》和陳鴻的《長恨歌傳》、宋代樂史的《楊太眞外傳》、元代王伯成的《天寶遺事諸宮調》（今僅存殘曲）和白樸的《梧桐雨》、明代吳世美的《驚鴻記》和屠隆的《彩毫記》等多種⑤。這些作品對李楊題材的處理大致可以分爲兩種不同的方式：一是把楊貴妃看作是傾國的「禍水」，著重暴露宮廷中二人的荒淫生活，帶有嚴重的歷史偏見；一是在李楊身上寄託作者的愛情理想，著重表現他們生死不渝的「釵盒情緣」，帶有濃厚的悲劇氣氛。顯而易見，《長生殿》採用的是後一種處理方式，但洪昇從對李楊題材產生興趣開始，到康熙二十七年寫定《長生殿》爲止，其間「經十餘年」，隨著自己思想感情的變化，曾走過一段曲折的道路，直至「三易稿而始成」。

第一稿名《沈香亭》，大約於康熙十二年或十四年（公元1673～1675年）作於杭州，劇中以李白得遇唐玄宗作《淸平調》三章爲主要關目。大致與屠隆《彩毫記》相類，不過是借李白來發抒自己懷才不遇的憤慨罷了。不久，因友人毛玉斯批評該劇「排場近熟」，他在北京又改寫第二稿，「去李白，入李泌輔肅宗中興，更名《舞霓裳》」，該劇「盡删太眞穢事」，大致是以歷史劇的形式來總結歷史教訓，上演後曾被人稱爲「深得風人之旨」。但洪昇仍覺得意猶未盡，「後又念情之所鍾，在帝王家罕有」，決定再一次修改他的劇本，「專寫釵盒情緣」。劇中主要依據白居易的《長恨歌》、陳鴻的《長恨歌傳》來安排情節，同時兼採正史、野史及《梧桐雨》、《驚鴻記》等劇作中的有關描寫來予以重構，終於在康熙二十七年寫成長達五十齣的宏篇巨制，取名爲《長生殿》（參見洪昇《長生殿・例言》、徐麟《長生殿序》）。

洪昇「三易稿」的過程，實際上正反映出他思想狀況的逐漸變化以及他對李楊題材的認識不斷深化的過程。開始他想借李白的遭遇來發抒個人身世淪落、遭際不幸的慨嘆，繼而把眼光投向國家興亡、政治得失，但仍然在李泌身上寄託了自己建功立業的強烈願望。直到第三稿，他才超出個人得失的範圍，上升到哲學、歷史的高度來對李楊題材進行研究和取捨。在創作過程中，他不僅繼承和發展了以往李楊戲的成就，而且還吸收了毛玉斯、趙執信、徐麟、吳舒鳧等許多朋友的意見，再加上作者具有卓越的藝術才能和嚴肅的創作態度，終於使《長生殿》在藝術表現上達到了清代戲曲創作的最高水平，並使以往所有的李楊戲都相形見絀。所以梁廷枏在《曲話》中說：「《長生殿》爲千百年來曲中巨擘，以絕好題目，作絕大文章，學士才人，一齊俯首。自有此曲，毋論《驚鴻》、《彩毫》，空慚形穢，即白仁甫《秋夜梧桐雨》，亦不能穩佔元人詞壇一席矣。」

第三節 《長生殿》的思想內容

《長生殿》是以安史之亂前後的社會政治爲背景來描寫唐明皇李隆基和寵妃楊玉環的愛情悲劇。作者在第一齣《傳概》中開宗明義地宣稱了自己的創作宗旨：

> 〔滿江紅〕今古情場，問誰個真心到底？但果有精誠不散，終成連理。萬里何愁南共北，兩心那論生和死。笑人間兒女悵緣慳，無情耳。　感金石，回天地。昭白日，垂青史。看臣忠子孝，總由情至。先聖不曾刪鄭衛，吾儕取義翻宮徵。借太真外傳譜新詞，情而已。

第五十齣《重圓》的最後一曲〔尾聲〕又以「舊《霓裳》，新翻弄，唱與知音心自懂，要使情留萬古無窮」等語遙相呼應，總結全劇。這表明作者創作《長生殿》的主要意圖是言情，他是把李楊情緣作爲生死不渝的理想愛情來加以描寫和歌頌的。但洪昇還在《長生殿自序》中說，「然而樂極哀來，垂戒來世，意即寓焉。」這又表明作者在描寫李楊生死情緣的同時還寄寓了「逞侈心而窮人欲，禍敗隨之」的勸懲思想。

從作品的實際表現來看，也與作者的創作意圖完全相符。全劇共五十齣，有李楊二人出場的戲計二十七齣，除《獻飯》一齣外，都是以李楊爲主角著重表現其愛情生活的。此外還有十來齣戲雖無李楊出場，但仍然主要是對李楊愛情進行側面描寫。而眞正與李楊愛情無直接關係的戲只有十多齣，主要寫安史之亂發生的經過，實際也是作爲李楊愛情發展的社會政治背景來描寫的。洪昇的摯友吳舒鳧評論說：「大抵此劇以釵盒爲經，盟言爲緯，而借織女機梭以織成之。」又說：「是劇雖傳艷情，而其間本之溫厚，不忘勸懲。」這也明確指出了《長生殿》的結構、內容是以言情爲主，兼寓勸懲。所以在第三十八齣《彈詞》中，李龜年評論李隆基是「弛了朝綱，占了情場」，對李楊既有歌頌，又有批判。實際上這也是作者對《長生殿》主題思想的一種概括。

表面上看來，作者在《長生殿》中對李楊既歌頌又批判似乎自相矛盾，甚至會給作品的主題思想帶來混亂⑥。實質上並非如此。作者歌頌肯定的只是「精誠不散」的至情，而批判否定的則是「逞侈心而窮人欲」。稍加思考，我們就會發現，二者正是人性中表現爲善惡的兩個方面，洪昇既歌頌前者又批判後者，實際與湯顯祖既歌頌善情又批判惡情是一脈相承的，二者並不矛盾，而是有機統一，並行不悖。所以當梁清標稱《長生殿》是「一部鬧熱《牡丹亭》」時，洪昇深表贊同，視爲「知言」。（《長生殿・例言》）不過，《長生殿》中所表現的「至情」，比起《牡丹亭》來已有所擴展，其表現形式也有所不同，因而該劇也獨具特色。

首先，《長生殿》把《牡丹亭》中所表現的那種生死愛情，從青年男女戀愛生活階段帶進了已婚後的夫妻生活階段，它繼《西廂記》「願普天下有情的都成了眷屬」的口號之後，又進一步提出了天長地久的夫妻愛情理想。在愛情的國度，身爲帝、妃的李隆基和楊玉環，也不過是一對特殊的夫妻。洪昇在一定程度上就是把他們當作一對夫妻來描寫的。第二齣「定情」時，李楊都唱出了「惟願取恩情美滿，地久天長」的心聲。第二十二齣李楊於七夕密誓時更明確地說：「願世世生生，共爲夫婦，永不相離。」第四十四齣作者還借牛郎織女之口表達了這樣的心願：「願教他人世上夫妻輩，都似我和伊，永遠成雙作對！」劇終李楊在月宮重圓，也是玉帝降旨：「命居忉利天宮，永爲夫婦。」很顯然，作者在《長生殿》中描寫李楊的生死愛情，目的正是爲了教人世上的夫妻輩永遠成雙作對，並進而要求這種愛情必須眞摯、忠誠、專一、平等，不受封建禮教的束縛，不受現實政治的牽纏。這是洪昇超越前人的地方之一，也是該劇思想價值的一個重要所在。

其次，《長生殿》中所描寫的李楊愛情與封建勢力之間並不表現爲直接衝突，而是通過封建文化和封建政治來間接展開衝突。李隆基與楊玉環身爲帝、妃，處在封建等級制度的寶塔尖上，表面看來，似乎沒有誰膽敢來對他們加以束縛和迫害，因而在一般情況下他們的愛情不會與封建勢力直接發生外部衝突。但從實質上說，他們所追求的那種眞摯、忠誠、專一、平等的夫妻愛情，是與封建制度和封建觀念根本矛盾的，是不可調和的。因而其衝突也是非常尖銳、激烈的，只不過它往往是通過封建文化與封建政治的作用而間接展開。在和平時期，這種衝突主要表現爲李楊自身性格的矛盾和李楊之間的矛盾。前者主要是指追求合理愛情與「逞侈心而窮人欲」的矛盾，在劇本的前半部分，由於特權制度給李楊提供了享樂的條件，加之封建文化在李楊心理上的積澱深重，結果他們所追求的「精誠不散」之情不僅未能抑制住窮奢極侈之欲的氾濫，反而被它所汚染、所淹沒了。後者是指李楊守盟專與不專的矛盾，從實際表現來看，楊玉環是遠遠走在李隆基的前面的，因而作者對於楊玉環的同情與歌頌也遠遠多於李隆基。這從第五十齣重圓時織女給楊玉環和李隆基的評價分別爲「羨你死抱癡情猶太堅」、「笑你生守前盟幾變遷」，也可以明顯地看出二者的差別。正是由於李隆基守盟不堅「幾變遷」，才先後發生了勾搭虢國夫人和召幸梅妃兩次事件，繼而導致了李楊之間兩次大的衝突。在楊玉環看來，既已訂立了釵盒之盟，雙方就應該眞摯、忠誠、專一、平等，所以她不能容許「並頭蓮旁有一枝開」，並與李隆基的輕薄行爲進行了堅決的鬥爭，就連李隆基也感受到她是「情深妒亦眞」。結果每一次衝突，都把李楊愛情推進了一步，也把李隆基的性格向前推進了一步，至第二十二齣密誓，終於使李隆基從濫情走向了專一，李楊愛情也臻於成熟。但在安史之亂發生之後，這種衝突便立即尖銳化、複雜化了。作爲悲劇衝突高潮的馬嵬事變，實際上正是李楊愛情與封建文化及封建政治矛盾衝突的一次總爆發。

縱觀全劇，楊玉環從未干預朝政，也未參與楊國忠的任何罪惡勾當。她與安祿山根本不認識，叛亂的發生，與她更無直接關聯。隨駕幸蜀途中，她也希望「早早破賊，大駕還都便好」。楊國忠的被殺，出自兄妹之情，她雖然流過淚，但她並沒有想到要去報復陳元禮及六軍。可是陳元禮和六軍卻隨即把矛頭對準了楊玉環。李隆基爲她辯護說：「國忠縱有罪當加，現如今已被劫殺，妃子在深宮自隨駕，又何干六軍疑訝？」於是陳元禮堂而皇之的陳述了殺妃的理由：「貴妃雖則無罪，國忠實其親兄。今在陛下左右，軍心不安。」在封建宗法制度下，不管楊玉環本人怎樣想、怎樣做，她的命運總和她的家族連在一起，一榮俱榮，一損俱損。在楊妃蒙難之前，李隆基也曾試圖保護她：「寧可國破家亡，決不肯拋捨你也」，「若是再禁加，拚代你隕黃沙。」但現實政治不允許李隆基爲楊代死，因爲在陳元禮等看來，爲了保護社稷就必須要殺死楊妃，又要保住天子。甚至高力士也含淚勸說：「望萬歲爺爺以社稷爲重，勉强割恩吧！」這就非常清楚了，陳元禮和六軍要殺死楊妃，主要是出於封建政治的需要，出於女人禍水論的觀念，甚至還夾雜著保護各自身家性命的個人打算。楊玉環在臨死之前也終於認識到了這一點，所以她一邊自願請死，一邊控訴道：「唉，陳元禮，陳元禮，你兵威不向逆寇加，逼奴自殺。」由此可見，「逞侈心而窮人欲」雖然是釀成李楊愛情悲劇的原因之一，但悲劇的直接造成，還是封建力量壓迫的結果。

當然，就《長生殿》而言，馬嵬埋玉並不是李楊愛情的終結，而是他們從人間愛情向人鬼（仙）之戀發展過程中的轉折點。所以，在劇本的後半部分，作者著重抓住人物與環境的衝突（即人間與冥府、塵世與仙界的情緣阻隔）和雙方各自的性格衝突，深入描寫了李楊追求「精誠不散」之情、戰勝和克服窮奢極侈之欲，終於使他們的愛情得以淨化和昇華的過程。最後在牛郎、織女的幫助下，突破生死仙凡的界限而重圓舊盟。這一淨化和昇華的過程，主要是通過李楊的相思和後悔自責來實現的。作者認爲，「一悔能教萬孽清」，既然楊玉環已經離開了人世，李隆基傳位於太子之後也已脫離了政治舞臺，那麼，只要他們能夠自我懺悔，就可以將以往的罪孽一筆勾銷。從此他們就可以作爲一對感情淨化了的理想情人精誠相愛，就可以不受封建政治的牽纏，超越生死仙凡的界限而終成連理，永遠成雙作對。

再次，《長生殿》中的李楊愛情，是發生在宮廷汚穢環境中的帝妃愛情，洪昇的愛情理想是通過兩個有缺陷的政治人物表現出來的。因而作者緊扣李楊的特殊身分，一方面濃筆重彩地寫出他們「占了情場」、生死以之的執著追求，一方面還有意識地將他們的愛情生活與宮廷政治、國家興亡緊密聯繫在一起，深刻地揭示了由於他們窮奢極侈而「弛了朝綱」，以致給嬪妃、給人民、給國家、甚至給他們自己帶來嚴重的災難，旣揭示出宮廷愛情的局限性，又寄託了作者的勸懲思想。例如，楊妃要追求專一的愛情，就必須邀恩固寵，排斥包括她的姊妹在內的任何女人的介入，因而六宮的被棄置、梅妃的被排擠，都是必然的。楊妃說得非常明白：「江采蘋，江采蘋，非是我容你不得，只怕我容了你，你就容不得我！」這就把後宮女性相互排擠、傾軋的殘酷性暴露無遺。又如，李隆基在熱戀楊妃時利用手中的權力窮奢極侈、揮霍無度，給國家和人民都帶來了嚴重損失，不僅楊氏兄妹的「朱甍碧瓦，總是血膏塗」，就連楊妃所吃的荔枝，不是也沾滿了人民的血汗嗎？尤其是李隆基本人也在享樂中耗費了精力，消磨了意志，從而導致政治上誤任邊將、委政權奸等重大失策，直接釀成了嚴重的政治危機。結果「樂極哀來」，隨著安史之亂的爆發，不僅造成了國家敗亡、人民塗炭的嚴重災難，而且將李楊愛情也埋葬了。通過這些描寫，作品形象地展示了唐王朝由盛而衰的歷史畫卷，作者也由此而引出歷史的教訓：李楊追求「精誠不散」的愛情固然是合理的，值得同情和歌頌，但不能放縱情欲，荒於政事，危害他人、國家和人民的利益。

此外，《長生殿》中所謳歌的「眞情」、「至情」，除了作爲「生死情緣」的愛情之外，還包含有《牡丹亭》所沒有的內容，那就是「看臣忠子孝，總由情至」的忠孝之情。洪昇在這裡把「情」的內涵推延到了政治和道德的領域，認爲忠孝之情也可以

「感金石，回天地，昭白日，垂青史」，意在借此來闡釋國家的興亡和政治的成敗。這無疑是作者的思想感情中拌和著民族意識和亡國之痛的藝術反映。因而洪昇在《長生殿》中除了表現李楊愛情悲劇之外，還肆筆描寫了《賄權》、《疑讖》、《權哄》、《合圍》、《偵報》、《陷關》、《獻飯》、《罵賊》、《剿寇》、《刺逆》、《收京》、《彈詞》等十多齣戲，（當然這十多齣戲也是作爲李楊愛情悲劇的歷史背景來描寫的，）一方面譴責了楊國忠、安祿山等奸相叛將給國家造成的深重災難，一方面歌頌了郭子儀、雷海青等忠臣義士赴湯蹈火、爲國效力。在作者看來，安史之亂之所以能被迅速平定，除了皇帝能知過悔改之外，還由於郭子儀、雷海青等忠臣義士秉有眞情，所以能救君民於水火，挽狂瀾於既倒，這樣的人也就能垂名青史，流芳百世。而楊國忠、安祿山之流不過是一些宵小之徒，正因爲他們私欲充塞，不忠不孝，只有惡情、矯情，所以成爲亂臣賊子，遺臭萬年。劇本通過這種鮮明的對照，自然會表現出一種憎恨民族敵人、懷念故國的愛國情思。例如在第二十二齣《罵賊》中，作者把一個普通樂工雷海青描寫成慷慨不屈、氣節凜然的英雄，他大罵安祿山是「歹心腸、賊狗男」，歷數他「稱兵作亂」的種種罪行；他指責「那滿朝文武，……一個個貪生怕死，背義忘恩，爭去投降不迭。只圖安樂一時，那顧罵名千古。」痛斥他們「平日價張著口將忠孝談，到臨危翻著臉把富貴貪。早一齊兒擺尾受新銜，把一個君親仇敵當作恩人感。」最後不惜一死，以琵琶擲向安祿山，表現了下層人民的英雄氣概和對作亂禍首的强烈憎恨。在第三十八齣《彈詞》中，作者借李龜年之口唱道：「唱不盡興亡夢幻，彈不盡悲傷感嘆，大古里淒涼滿眼對江山。我只待撥繁弦傳幽怨，翻別調寫愁煩，慢慢的把天寶當年遺事彈。」深沈地抒發了易代之際廣大民衆的無限感慨。李龜年這位宮廷樂工沈淪爲乞丐之後沿街賣唱，實際上是以歷史見證人的身分來懷念故國，反思歷史，總結教訓，因而能格外感動人心。例如《南呂・一枝花》一曲：

> 不提防**餘年值亂離**，逼拶得**歧路遭窮敗**。受奔波**風塵顏面黑**，嘆衰殘**霜雪鬢鬚白**。今日個**流落天涯**，只**留得琵琶在**。揣羞臉**上長街又過短街**。那裡是**高漸離擊筑悲歌**，倒做了**伍子胥吹簫**也那**乞丐**。

這支曲子曾引起許多人的共鳴，甚至被人民廣為傳唱，並有「家家『收拾起』，戶戶『不提防』」的佳話。

第四節　《長生殿》的藝術成就

《長生殿》在藝術表現上不僅超越了以往所有的李楊戲，而且在戲曲史上贏得了「千百年來曲中巨擘」的美譽。它以多方面的藝術成就，把古典戲曲創作推上了一個新的高峯。

㈠對創作素材達到高度典型化

《長生殿》對創作素材的處理達到了高度的典型化。洪昇總結了以往李楊戲和自己寫作《沈香亭》、《舞霓裳》的經驗教訓，在對第三稿的主題思想進行深入開掘和提煉的過程中，也對李楊愛情故事進行了大膽的增删改造。面對蕪雜的歷史資料（包括正史野史）和衆多的文學作品（包括詩歌、小說、諸宮調、戲曲等），他從言情的主題出發，每每抱著一種「借」的態度。在《長生殿自序》中，他明白地說是「斷章取義，借天寶遺事，綴成此劇」。因曲終難於奏雅，他又「稍借月宮足成之」。在第一齣《傳概》中，他也聲稱是「借太眞外傳譜新詞，情而已」。這就使他能不受史家偏見的影響和前人觀點的束縛，完全從表現主題的要求出發來對創作素材進行典型概括。例如，對楊玉環這個人物的處理，洪昇堅持「凡史家穢語，概削不書」的原則，徹底摒棄了諸如她進宮前曾爲壽王妃和進宮後與安祿山私通之類的「汚亂事」，把她寫成了一個忠貞專一的情癡，這樣寫不僅比以往的作品更合乎人物性格的發展邏輯，也比「史家」的記載更合乎藝術的眞實。又如楊國忠這個人物，他的發迹和封相都遠在安祿山居官、封王之後，安祿山「賄權」本是開元二十四年（公元 736 年）李林甫執政時的事情，當時楊國忠根本沒有在朝爲官。而楊國忠與楊玉環，原本是從祖兄妹，天寶四年（公元 745 年）冊封楊妃而封贈親戚時，楊國忠並不在內，直至天寶十一年（公元 752 年）他才成爲右相。這些史事在《長生殿》中都被改寫了，作者讓楊國忠這個人物成爲全劇各種關係、矛盾、衝突的連接點，不僅節省了人物，減少了頭緒，而且對於揭示李楊愛情悲劇的原因和總結歷史教訓都有著重要意義。在以往的李楊戲中，我們往往還能看到張九齡、張守珪、李林甫、李白、杜甫、梅妃、李泌、太子李亨等歷史人物登場，而洪昇在《長生殿》中卻根據劇情的需要，對他們分別作了巧妙的藝術處理，或捨棄不提，或移花接木，或作幕後處理，或由他人敍述交待。省去這些可有可無的人物，更有利於高度集中筆墨突出主幹。另外，作者爲了表現李楊的生死情緣和歌頌「精誠不散」的至情，還從民間傳說中汲取素材，精心安排了牛郎、織女等仙界人物和人鬼（仙）相戀等重要情節，從而把人間和冥府仙界連接起來，把歷史和神話融匯起來，使之構成爲一個有機的藝術整體。因此嚴格地說，《長生殿》並不是一部典型的歷史劇，至多只能稱作歷史傳說劇，或稱歷史故事和神話故事的結合。

㈡用精煉筆墨，勾畫人物鮮明個性

《長生殿》對人物主要是李楊形象的刻畫，能表現出他們豐富的性格。作者十分注意通過具有性格特徵的戲劇衝突、情節和環境來描寫人物，往往還能細緻地描摹人物心理的變化，有層次地揭示人物性格的發展。李隆基和楊玉環是劇中刻畫得最豐滿、最成功的藝術形象。洪昇不僅精心刻畫了李楊之間用情專與不專的衝突，而且深入展示了李楊自身性格中「鍾情」與「窮欲」的矛盾，既寫出了他們性格的複雜性。又寫出了他們性格的發展過程。例如，由於李隆基勾搭虢國夫人，楊玉環與李發生衝突，結果楊被遣出宮，雙方都愁苦不堪，覺得離不開對方。但因地位、身分和性格的不同，其表現方式也各不相同。楊妃先是由氣而怨，由怨而恨，繼而登高灑淚，獻髮寄情，極思復寵卻又感到身不由己、回天乏術。李隆基則先是由愁而悔，由悔而惱，由惱而怒，繼而一連打了兩個進膳的內侍，極想召回楊妃卻又礙於帝王之尊難於啓口，最後還是高力士察言觀色，揣透帝心，才連夜迎娶楊妃回宮。作者這時如果不是首先把握了李楊的性格特徵及其相互關係，是很難把這場衝突描寫得如此細緻入微、靈動生輝的。過了不久，楊玉環又因李隆基召幸梅妃而大鬧翠華西閣，這一次李隆基不僅沒有勇氣再度遣送楊妃出宮，而且被她的「情深妒亦眞」所打動，立即陪禮認錯：「總朕錯，總朕錯，請莫惱，請莫惱！」通過兩次大的衝突，李隆基終於從濫情走向了鍾情。洪昇所精心塑造的李隆基形象，既有多面性，又有發展性，不僅超越了以往李楊戲中的同名人物，而且遠比張生、柳夢梅的形象刻畫得豐滿、深刻，堪稱《紅樓夢》之前愛情文學中最成功的男主人公形象。楊玉環從定情之夕就表示：「惟願取情似堅金，釵不單分盒永完。」她對愛情的癡心追求的確是始終如一的。但作者仍然寫出了她性格的豐富性和發展性。生前她既「癡情」又「窮欲」，她用她特有的方式，爲自己的目標進行了鬥爭；死後她在悔責中淸除了雜質，使她追求的愛情不斷得到淨化和昇華。從生前到死後，她的性格都有一定的發展性，並且這種性格的發展性也主要是通過細緻的心理描寫來展示的。例如在生死之際的《埋玉》一齣，就眞實地揭示了她的心理發展過程。她在倉卒之間隨駕幸蜀，對形勢的嚴重性認識不足，更不知大難即將臨頭。突然間聽得六軍喧嘩，將楊國忠誅殺，還要拿她正法，她不由得驚懼啼哭，急忙向唐明皇尋求保護。後來意識到唐明皇不但不能保護她，連他自身也有危險，她終於克服了死的恐懼，主動請賜自盡，以保宗社，以報君恩。但在臨死前還細細向高力士交待後事，表露出對釵盒情緣的無限留戀。這樣，洪昇就把楊妃由不知死、不願死到決心赴死卻又依依不捨的過程寫得合情合理，委婉動人，使這個形象更富有眞實性和典型性。除了李楊之外，作者還用極精煉的筆墨勾畫出了其他人物的鮮明個性，例如楊國忠的奸詐、安祿山的狡黠、郭子儀的忠直、雷海靑的義烈以及郭從謹的練達、李龜年的持重等，都寫得栩栩如生。

㈢情節豐富，結構宏偉

《長生殿》的情節豐富，結構宏偉。全劇五十齣，橫斷爲上下兩卷，縱分爲愛情和政治兩條線索。上卷從《定情》到《埋玉》，著重描寫了李楊之間的兩次大的衝突和一次生死離別，展示了他們的愛情發展；與此同時，又通過《賄權》到《驚變》，描寫了當時的社會政治背景，展示了唐王朝由盛而衰的過程。這兩類場次，互相對照，交錯發展，不僅使劇本的情節發展條理分明，而且照顧到了演出時排場的冷熱相濟、演員的勞逸相均，並在演出效果上起到了強烈對比、互相烘托的作用。由於李楊的特殊身分，他們的生活只能在宮廷，因此洪昇從內容出發，突破了傳奇中生旦兩個主角分爲雙線發展的傳統格局，而是一邊以李楊在宮廷的愛情生活爲主線，一邊以天寶政治生活爲副線，使愛情與政治、愛情的發展與政治的危機保持著內在的統一和有機的聯繫，既推動劇情迅速發展，又不斷深化主題。下卷展示的是人間與冥界、天上的新場面，著重寫了李楊愛情由阻隔到重圓的過程，同時也展示了唐代政治由亂到治的過程。由於楊妃離開了宮廷和人間而先後成了鬼和仙，所以下卷基本上是生旦各領一線，對照發展，一方面鋪寫人間的政治形勢和李隆基的追悔與相思，一方面表現作爲鬼魂和仙子的楊玉環的悔過與思念。由於織女和道士的幫助，使生旦得以互通信息、互表深情，最後雙線合併，生旦於天上團圓。正如王季烈所說，該劇「分配角色，布置劇情，務令離合悲歡，錯綜參伍，搬演者無勞逸不均之慮，觀聽者覺層出不窮之妙。自來傳奇排場之勝，無過於此。」（《螾廬曲談》）但該劇情節結構也並非十全十美，作者爲了使上下卷比例勻稱，在下卷尤其是楊玉環「尸解」爲仙之後，就有一些場次顯得拖沓，並有拼湊之嫌，導致結構過於龐大，「伶人苦於繁長難演，竟爲倫輩妄加節改，關目都廢」（《長生殿・例言》）。後來吳舒鳧乾脆將該劇縮改爲二十八折，兩日演完，洪昇本人也認可了這個縮改本。

㈣爐火純青的曲辭與音律

《長生殿》的曲辭與音律俱佳，文情與聲情並茂。洪昇本人精通音律，又具備多方面的文學才能，因而《長生殿》的語言既當行，又本色，已臻於爐火純青的境界。

從音律角度看，全劇曲辭嚴守音律，「句精字研，罔不諧叶」，曲牌運用得體，並且通篇不重複，宮調的調配，曲調的選擇都緊密配合劇情的變化，甚至能以不同的曲調風格來表現不同人物的性格心境，例如第十九齣《絮閣》寫李隆基召幸梅妃，被楊妃偵知後大鬧翠閣，作者有意識採用南北合套來表現這場愛情風波。凡楊玉環所唱，均爲北曲；而李隆基、高力士、永新諸人所唱，均爲南曲，兩種曲調風格的比較，構成了悲劇與喜劇的不同格調，一方面突出了楊妃幽怨感傷、「情深妒亦眞」的性格特徵，一方面揭示了李隆基等人在無可奈何的尷尬處境中只圖息事寧人的心情。

從文學角度看，作者善於汲取唐詩宋詞元曲的語言藝術成就，創造性地寫出了生動活潑而又充滿詩意的戲劇語言，其特點是曉暢、淸麗、精鍊、準確、形象、生動，富於性格化和動作性，妙語佳句隨處可見。例如，第二十九齣《聞鈴》中李隆基唱道：

> 淅淅零零，一片淒然心暗驚。遙聽隔山隔樹，戰合風雨，高響低鳴。一點一滴又一聲，一點一滴又一聲，和愁人血淚交相迸。對這傷情處，轉自憶荒塋。白楊蕭瑟雨縱橫，此際孤魂淒冷，鬼火光寒，草間濕亂螢。只悔倉皇負了卿，負了卿！我獨在人間，委實的不願生。語娉婷，相將早晚伴幽冥。一慟空山寂，鈴聲相應，閣道崚嶒，似我迴腸恨怎平！

李隆基於風雨途中登臨劍閣，聽到山林中的雨聲，和著簷前鈴鐸，隨風而響，禁不住觸景傷情，發出如此感傷的心情。作者運用情景交融的手法，把風聲雨聲鈴聲和人物的悲聲融爲一體，層次分明地揭示了他失去楊妃後悔恨交加、痛不欲生的複雜心理，句句明白如話，卻又意境深遠，流溢著詩意的感傷。又如第三十八齣《彈詞》中李龜年演唱的〔六轉〕：

> 恰正好嘔嘔啞啞《霓裳》歌舞，不提防扑扑突突漁陽戰鼓。剗地裡出出律律紛紛攘攘奏邊書，急得個上上下下都無措。早則是喧喧嗾嗾、驚驚遽遽、倉倉卒卒、挨挨拶拶出延秋西路，鑾輿後攜著個嬌嬌滴滴貴妃同去。又只見密密匝匝的兵，惡惡狠狠的語，鬧鬧炒炒、轟轟剨剨四下喳呼，生逼散恩恩愛愛、疼疼熱熱帝王夫婦。霎時間畫就了這一幅慘慘悽悽絕代佳人絕命圖。

這支曲子大量運用襯字和重疊的狀聲詞或形容詞，一口氣追述了一場重大歷史災亂的發展過程，把當時的氣氛動態喧染得有聲有色，活靈活現。曲辭悲涼慷慨，節奏頓挫鏗鏘，加之有動人的音樂感染力，不能不扣人心弦，催人淚下，眞正做到了文情與聲情的統一，「愛文者喜其詞，知音者賞其律」（吳舒鳧《長生殿序》），所以三百年來，《長生殿》一直盛演不衰。

附　註

①所謂家內變故迭起，主要有三件事對洪昇打擊甚大：一是「遭天倫之變」，無罪見斥，有家難歸，使他「怫鬱坎壈纏其身。」按此事詳情已難以確知，王蓍說「昉思不得於後母，罹家難」，當是臆測之詞，據章培恒考證：此事發生於康熙十年（公元 1671 年）或稍前，「昉思實不得於生母而非不得於後母」，又據「昉思詩之涉及家難者」，進而認爲「是實爲父母所惡，不僅不得於母氏而已。」（《洪昇年譜》，上海古籍出版社 1979 年版第 118 頁至 122 頁）孟繁樹依據王嗣槐《洪氏壽宴序》一文中「吾友洪武衞及其原配錢夫人」等語斷定洪昇生母黃氏爲側室，進而認爲洪昇的「家難」當是「不得於大母。」（《洪昇及〈長生殿〉研究》，中國戲劇出版社 1985 年版第 18 頁至 21 頁）二是愛女夭折，時在康熙十六年（公

元 1677 年）或稍前，《稗畦集》有《遙哭亡女四首》傷慟之極，數歲後猶悲悼不置。三是其父洪起鮫（武衛）罹事謫戍，事始於康熙十四年（公元 1675 年）被人誣告獲罪，十八年被發配邊疆，洪昇「徒跣號泣」，侍父北行，不久於途中傳來赦令，無罪獲釋。凡研究洪昇者，必論及他的「家難」，但其所指不一，或指「天倫之變」，或指其父被誣謫戍，或泛指洪家變故。筆者以爲，洪昇詩中所說「家難」當僅指前者，但以上三事都對洪昇打擊甚大，故以「家內變故迭起」以示區別。

②關於演《長生殿》之禍，各書記載不一，葉德均和章培恒已先後做過詳細考證，茲略述大致經過如下：當時京師有個「內聚班」，因爲表演《長生殿》而名利大收。爲了答謝作者便於康熙二十八年（公元 1689 年）八月在洪昇寓舍（一說在查樓，一說在生公園，一說在趙執信寓舍）專場演出《長生殿》，招待作者及其好友。但事過之後，被給事中黃六鴻參爲在孝懿皇后忌辰張樂爲「大不敬」，緊接著康熙下旨，命刑部逮洪昇入獄。結果洪昇被國子監除名，侍讀學士朱典、贊善趙執信、臺灣知府翁世庸、翰林院檢討李澄中等受到革職處分，監生查嗣璉、陳奕培也被開除。此案中，「凡士大夫及諸生除名者幾五十人。」爲什麼會導致《長生殿》之禍呢？除了上述因國喪期間張樂違反禁忌所致之外，還有多種說法。例如有說是因黃六鴻與趙執信有積怨而乘機報復，有說是《長生殿》以寫順治帝、董鄂妃影事而得禍。對此說，章培恒已予辯駁，並認爲此案與當時的南北黨爭密切相關，頗有見地。因爲從洪昇到看戲的人不僅都是漢人，而且他們多與南黨（以徐乾學、高士奇爲首）有聯繫，於是北黨（以明珠爲首）欲藉此興獄，排除異己；加之《長生殿》的某些內容也爲康熙帝及一些官僚「所惡」，故得禍。（參見《洪昇年譜》附錄一《演「長生殿」之禍考》）。

③洪昇所作戲曲，除現存《長生殿》（包括其創作過程中的《沈香亭》與

《舞霓裳》）及《四嬋娟》外，姚燮《今樂考證》載有傳奇《回文錦》、《迴龍記》、《鬧高唐》、《長虹橋》、《節孝坊》及《傳奇匯考》載有《錦繡圖》。除《長虹橋》、《節孝坊》外，其餘四種《曲海總目提要》中均有簡略情節介紹，略可考知其本事。如《鬧高唐》係以《水滸傳》中「柴進失陷高唐州」一段爲主要關目。洪昇在《自序》中說：「觀柴進，則當思所以擇交；觀李逵，則當思所以懲忿；觀藺仁，則當思所以報恩；觀宋江等，則當思所以反邪歸正。觀殷天錫，而知勢力之不足倚；觀高廉，而知妖術之不可恃；觀高俅，而知權奸之誤人國家；觀羅眞人、公孫勝，而知紛爭擾攘之中未嘗無遺世獨立之人也。」（引自《曲海總目提要》卷 23）又：《傳奇匯考》著錄之《錦繡圖》，並無情節介紹。《曲海總目提要》雖介紹了情節，並云「一名《西川圖》」，內容演劉備、諸葛亮取西川事。因川中山水佳麗，物產富饒，侔於錦繡，又以張松獻圖引發，故有此異名。惟不書作者姓名。今故宮博物館尚藏有《西川圖》鈔本，不知是否即《傳奇匯考》所載洪昇之《錦繡圖》。吳曉鈴云：「《西川圖》鈔本……與此本所敍事同，疑即洪作，猶在人間。」此外，梁紹壬《兩般秋雨庵隨筆》云：「昉思先生傳奇，尚有《天涯淚》、《四嬋娟》、《青衫濕》三種，今其稿猶存於黃氏。」但《天涯淚》、《青衫濕》二種不知是傳奇抑或雜劇。推測其內容似爲雜劇。

④有關楊貴妃事迹的一些野史記載，大多持「女人禍水」、「女色亡國」諸觀點。這些記載又影響了新舊《唐書》及《資治通鑑》諸書。《新唐書・玄宗本紀贊》就評論說：「嗚呼，女子禍於人者甚矣！自高祖至於中宗，數十年間再罹女禍，唐祚既絕而復續。中宗不免其身，韋氏遂以滅族。玄宗親平其亂，可以鑒矣，而又敗於女子！」

⑤以李楊故事爲題材的文學作品除上述諸作外，宋代有話本《楊貴妃私通安祿山》、《楊貴妃竊寧王玉笛》、《楊貴妃舞霓裳曲》、《唐明皇咽助情花》、《明皇愛花奴羯鼓》、《虢夫人自有美艷》、《永新娘最號

唱歌》等（見《綠窗新話》）；院本有《洗兒會》、《擊梧桐》、《廣寒宮》、《張與孟夢楊妃》、《夜半樂打明皇》、《梅妃》等（見《輟耕錄》）；戲文有《馬踐楊妃》等。元代雜劇中有關漢卿《唐明皇啓瘞哭香囊》、白樸《唐明皇遊月宮》、庾天錫《楊太眞霓裳怨》和《楊太眞浴罷華清宮》、岳伯川《羅公遠夢斷楊妃》、李直夫《念奴教樂府》等。明代雜劇有：汪道昆《唐明皇七夕長生殿》、徐復祚《梧桐雨》、葉憲祖《鴛鴦寺冥勘陳玄禮》、程士廉《幸上苑帝妃遊春》、王湘《梧桐雨》、傅一臣《鈿盒奇姻》和無名氏《秋夜梧桐雨》、《明皇望長安》、《舞翠盤》；傳奇有吾邱瑞《合釵記》、無名氏《沈香亭》。以上作品，除元雜劇中《哭香囊》及《夢斷楊妃》留有部分殘曲外，其餘都已失傳。此外，清初尚有一部《天寶曲史》，作者孫郁，定稿於康熙十年（公元 1671 年），全劇 28 齣，取材「俱遵正史」。今存鈔本，已收入《古本戲曲叢刊》第 3 輯。

⑥關於《長生殿》主題思想，學術界見仁見智，一直爭論不休。但主要有如下三類意見：

一、「愛情主題」說：認爲主題是「歌頌李楊眞摯愛情」，作者「歌頌了他們美麗而崇高的靈魂，歌頌了他們愛情的勝利」（周來祥、徐文斗《長生殿主題思想究竟是什麼》《文史哲》1952 年 2 期）。

二、「愛國主題」（「政治主題」）說：否定愛情主題，認爲「圍繞這個戀情而產生的一切矛盾和鬥爭關係到千千萬萬的人民生活，這才是本書的主題」（陳友琴《讀長生殿傳奇》《光明日報》1954、9、21）。另一種意見則認爲：「洪昇是假借天寶之亂的歷史素材，寓故國之思於明皇、貴妃的濃情密意之中；由於眷戀故國，所以對降賊二臣刻意諷刺；對異族入主，極端憎恨。」（曾永義《洪昇及其長生殿》載《中國古典戲劇論集》臺北 1979 年版）

三、「雙重主題」說：又分爲「統一」說，即愛情與愛國是統一的，如認為作者「把兒女之情和對祖國之愛水乳交融地滲透在楊玉環形象的性格中，是勇敢的翻案，是大膽的創造」（郭晉稀《談長生殿中楊玉環形象的塑造》（《甘肅師大學報》1963 年一期）。「矛盾」說，認為既歌頌「眞情」，又突出「愛情帶給當時社會政治的壞影響」，「這就使作品的主題思想包含了很大的矛盾」（中國科學院文學研究所編《中國文學史》）。「主副」說，認為愛情與愛國主題並存，但有主有副，有的認為愛情為主，也有的認為興亡之感、故國之思為主（分別見趙齊平《論長生殿主題思想》《北京大學學報》1961 年 4 期及王永健《洪昇和長生殿》上海古籍社 1982 年版）。

第三章　桃花扇

第一節　孔尚任的生平和作品

㈠孔尚任的生平

孔尚任（公元 1648～1718 年），字聘之，又字季重，號東塘，又號岸堂，自稱雲亭山人，兗州曲阜（今屬山東）人。他是孔子的第六十四代孫。

孔尚任因係聖門後裔，從小就苦讀詩書經傳，二十歲爲秀才，後又納資爲例監，但他參加鄉試落第，謀官不成。乃於康熙十七年（公元 1678 年）隱居於曲阜石門山中。誅茅疊石，閉戶讀書。康熙二十四年（公元 1685 年）冬，淸聖祖玄燁遊江南回京，路過曲阜，大祭孔廟。孔尚任被推爲御前講經，以講《大學》首章得到皇帝褒獎，被「特簡爲國子監博士」。他受寵若驚，寫了《出山異數記》以記其事，表示：「書生遭遇，自覺非分；犬馬圖報，期諸沒齒。」他上任後第二年，又隨工部侍郎孫在豐出差淮揚，疏濬黃淮入海河道，得以接觸到民生疾苦及官場黑暗。三年後返京，他對官場開始感到厭倦，曾寫「事事生疏資笑柄，向人難折病時腰」（《庚午二目自淮南返朝》）之句。康熙三十四年（公元 1695 年）秋，他轉任戶部主事，受命寶泉局監鑄。但此時，他的仕情更爲淡漠，曾在詩中寫道：「王孫攬轡相逢處，只問豐臺芍藥花。」康熙三十九年（公元 1700 年）三月初，他升任戶部廣東司員外郎，但僅十多天以後，即因「疑案」被罷官。他拖延觀望兩年多以後才返回曲阜。此後雖曾多次短期出遊，但主要年月還是在家鄉終老。孔尚任的一生，由隱居到出仕，出仕後再歸隱，反映了他同清王朝由離而合，又由合而漸離的過程。他之所以依違於仕隱之間，說明他對現實社會和清王朝的認識在不斷地改變。從他在《出山異數記》中所表現的感恩載德、感激涕零的態度，到臨出京前寫的《留別王阮亭先生》：「揮淚酬知己，歌騷問上天；眞嫌芳草穢，未信美人妍。」怨悱之情，流露無餘。回鄉之後他的怨憤更直接指向那位他表示要「犬馬圖報」的康熙帝，他在《歸家夜坐》中寫道：「盡道帝王能造命，馮唐頭白未封侯！」從中可見他一生思想變化之劇烈。

㈡孔尚任的作品

孔尚任的代表作《桃花扇》，是經過十多年的匠心經營，「凡三易稿而書成」。在他尚未出山時，即已醞釀寫作，「寤歌之餘，僅畫其輪廓」。在淮揚期間，他曾到揚州、南京等地的南明遺迹如梅花嶺、明孝陵、明故宮、秦淮河、青溪江、三山街等處遊覽憑弔，並得以結識冒辟疆、黃仙裳、許漱雪、杜于皇等前朝遺老，還特地到棲霞山白雲庵去拜訪曾任南明錦衣千戶、入清後出家的張瑤星道士。江山勝迹、歷史風雲、故老傳聞，對於他的創作思想產生了很大影響。他曾經住在昭陽（江蘇興化）李湯孫家棗園中，「時譜《桃花扇》傳奇未畢，更闌按拍，歌聲嗚嗚。」（《小說枝談》引《脞語》）第三稿大約在返回北京國子監以後開始，又經過將近十年，最後於康熙三十八年（公元 1699 年）六月脫稿。劇本立即在北京流傳，「王公薦紳，莫不借抄，時有紙貴之譽」（李調元《雨村曲話》）。因而引起皇帝的注意，這年秋天，令內侍連夜向作者索要劇本。第二年正月，首先由戶部侍郎李枏在家中廳堂上由金斗班演出此劇，轟動北京。騷人墨客，競相觀賞，幾至連日演出，座無虛席。當時有「新詞不讓《長生殿》，幽韻全分玉茗堂」（宋犖《觀「桃花扇」漫題》）之譽。許多明代故臣遺老，看過演出之後，勾起亡國之痛，「燈灺酒闌，唏噓而散」。皇宮內廷亦演出此劇，傳說康熙看到「設朝」、「選優」諸齣時，輒皺眉頓足曰：「弘光弘光，雖欲不亡，其可得乎！」（見《蟫廬曲談》）但就在《桃花扇》演出引起轟動之後兩個月，孔尚任的官職卻先升後罷，其具體原因，連孔尚任自己也感到是個「疑案」。綜合當時的一些記載，可以推知朝廷加給他的是性耽詩酒、好爲詞曲、怠於政務一類的罪名，與《桃花扇》的影響多少有一定的關係①。

孔尚任一生著述很多，但不少已失傳。今存者有詩文集《岸堂詩集》、《石門山集》、《湖海集》、《長留集》等多種，近人彙爲《孔尚任詩文集》。戲劇作品除《桃花扇》外，還與顧彩合作傳奇《小忽雷》四十齣，脫稿於康熙三十三年（公元 1694 年）。內寫唐文宗時書生梁厚本購得著名胡琴小忽雷，與善彈小忽雷之鄭盈盈相愛，後鄭盈盈被選入宮，小忽雷亦被仇士良奪走獻入宮中。盈盈借機用小忽雷打破仇士良的頭，仇乃將盈盈勒死，盛於木箱之中，拋進御河。梁厚本撈起箱子，將盈盈救活。最後小忽雷物歸原主，二人得以結爲夫婦。劇本情節不離才子佳人的濫套，中間隨意牽合，情韻不足，難稱佳作。但作者試圖將愛情線索與政治鬥爭線索縮合起來，對《桃花扇》的創作有一定影響。此外，他們二人還合作雜劇《大忽雷》二折，寫陳子昂買胡琴、碎胡琴事。

第二節　南明王朝興亡的歷史反思

《桃花扇》寫的是明朝末年「南京近事」，「實事實人，有憑有據」，甚至是「以傳奇爲信史」的歷史劇。它記錄了南明弘光朝一代覆亡的悲劇歷史，而以復社文人侯方域和秦淮名妓李香君悲歡離合的愛情故事作爲主要線索以貫串全劇。作者企圖表現的主題決不僅僅局限於對侯李愛情的歌頌，而是有著更廣泛、更深刻的社會內容，即所謂「借離合之情，寫興亡之感」，通過愛情故事所聯繫的明末一些重大歷史事件的描寫，以表現當時存在的民族的、階級的以及統治階級內部的複雜而又尖銳的矛盾，從而揭示弘光王朝興亡的歷史原因。

㈠《桃花扇》的內容

崇禎十七年（公元 1644 年），李自成攻進北京，崇禎帝自縊。吳三桂引清兵入關，李自成兵敗退出北京。這年五月，鳳陽總督馬士英聯絡江北四鎮，擁立福王朱由崧爲帝，在南京建立弘光王朝。形成南明王朝與清王朝對峙的局面。南明王朝擁有東南十多個省，兩百萬以上兵力，形勢完全有利。不用說北伐以恢復失地，至少可固守江淮以自保。但何以清兵渡河南下，列鎮望風迎降，不到一年就土崩瓦解了呢？這正如清初戴名世所說的：「嗚呼！自古南渡滅亡之速，未有如明之弘光者也，地大於宋端，親近於晉元，統正於李昪，而其亡也忽焉！」（《弘光朝僞東宮、僞后及黨禍紀略》）這個原因，正是《桃花扇》所企圖探索的。作者在《小引》中說：「《桃花扇》一劇，皆南朝新事，父老猶有存者。場上歌舞，局外指點，知三百年基業，隳於何人？敗於何事？消於何年？歇手何地？不獨令觀者感慨涕零，亦可懲創人心，爲末世之一救矣！」作者意圖通過劇本以反映一個時代的面貌，探索一個王朝滅亡的歷史原因。孔尚任把主要寫男女風情的傳奇，用來表現一個朝代興亡的主題，以藝術解剖刀來分析一個時代的民族矛盾和階級矛盾。這在中國戲曲史上是件了不起的創舉，確實表現了作者非凡的藝術膽略和魄力。為了這個目的，作者花費了十年以上的工夫，細針密線地組織了一代興亡的歷史事實，精雕細刻地塑造了一大批人物形象，這在戲曲史上也是僅見的。

《桃花扇》情節複雜，線索紛繁。其主要內容寫明末復社文人侯方域避亂南京，結識了秦淮名妓李香君，兩人一見鍾情，侯題詩宮扇以為聘。定情之次日，香君得知由退職縣令楊龍友所助之妝奩之費悉出於閹黨餘孽阮大鋮，其意在結納方域及復社諸君子，以開脫惡名。香君怒斥大鋮，並將妝奩擲還。大鋮銜恨，時時覓機報復。武昌總兵左良玉率軍就食南京，朝野震動，侯方域修書勸阻。大鋮反誣其為左內應，方域連夜逃出南京，投奔在揚州督師之史可法。李自成攻陷北京，崇禎自縊。奸臣馬士英、阮大鋮在南京迎立福王，建立弘光王朝。昏君奸臣不理朝政，買醉徵歌，挾私報復，強逼李香君嫁與漕撫田仰為妾。香君矢志不從，撞破頭顱，血濺與方域定情之宮扇。楊龍友在宮扇上略加勾畫，畫成一折枝桃花圖。李香君乃將此扇寄與侯方域。福王貪戀聲色，選優演戲，香君亦被選入宮中，她在筵前痛罵馬阮，被幽閉宮中。剛返回南京之侯方域亦被大鋮捕入牢中。左良玉聞之，移師東下以誅馬阮。馬阮乃作出「寧可叩北兵之馬，不可試南賊之刀」的決定，移江北三鎮以防左兵。致淮揚一帶，千里空營。清兵乘虛南下，揚州失守，史可法殉國。清兵進入南京，侯李得以出獄出宮，二人在棲霞山祭壇相遇，張道士以國仇家恨之言點醒他們，二人乃雙雙入道。全劇在一派悲歌聲中結束。

㈡對南明王朝滅亡原因的探索

通過這一系列曲折複雜的情節，作者為我們展現了明末廣闊的社會圖景：當風雨飄搖，民族危機空前嚴重的時候，弘光帝卻不思國事，不理朝政，荒淫酒色，選優演戲，及時行樂。他念念不忘的只是阮大鋮所獻「中興一代之樂」《燕子箋》的「腳色尚未選定，萬一誤了燈節，豈不可惱？」而馬士英、阮大鋮又恃迎立之功，把持朝政，狼狽為奸，排擠忠良，大興黨獄，公然宣稱：「幸國家多故，正我輩得意之秋。」而當時賴以抵禦清兵南下的江北四鎮和鎮守上游的左良玉，又都是一些勇於私鬥的人。他們的口號是「國仇猶可恕，私恨最難消」。當清兵長驅南下之時，不思一致對外，反而同室操戈，自相殘殺，不惜盡撤河防，使江北千里空營，剩下史可法三千孤軍，死守揚州，一籌莫展。作品頌揚了史可法這位南明王朝忠心耿耿的民族英雄，也眞實地寫出了他「隻手兒怎擎青天」的困境。他上不能得到朝廷的信任，下無可抵擋清軍的雄兵。名義上歸他節制的四鎮，又和馬士英早有勾結，各懷異志，不聽調度。剩下他獨木難支大廈，最後以身殉國。通過南明王朝這一系列覆亡史實，作者揭露了統治階級醉生夢死、荒淫殘暴、爭權奪利、昏庸腐朽的本質。著重抨擊了以馬阮為代表的權奸，他們對上以酒色逢君，對下則結黨營私，挾嫌報復，這正是造成南明王朝迅速滅亡的主要原因。作者在《桃花扇小識》中明確提出：「權奸者，魏閹之餘孽也。餘孽者，進聲色，羅貨利，結黨復仇，隳三百年之帝基也。」

在暴露和譴責南明上層統治集團同時，孔尚任還以最大熱情塑造了李香君、柳敬亭、蘇昆生等下層人物的正面形象。這些歷來為士大夫所鄙視的歌伎、藝人，社會地位雖極為低微，但卻能關心國家安危，恥與奸黨為伍。他們或為國事奔走，或堅持正義，怒斥權奸，忠肝義膽，臨危不懼，而且機智勇敢，樂觀詼諧。作者極力肯定了他們的歷史作用，並以他們同那些卑鄙齷齪、禍國殃民的上層統治集團對比，對他們的愛國熱情和正直品質進行熱烈的歌頌。把這些低賤的市井人物擺在這部歷史劇的中心地位來表現，這是作者歷史觀中進步的一面。

作者對當時的「清流」，即復社人物的描寫，也是非常眞實和成功的。這些人以侯方域爲代表，作者本著祖傳的春秋筆法，寫出他們在政治上進步的一面。他們都是官僚貴族階層中比較開明的人物，風流儒雅，正直廉潔，力求刷新政治；在與權奸、清兵的鬥爭中，基本尚能是非分明，因而得到人民的支持。然而他們也有著軟弱、動搖的一面，他們身上都具有濃厚的紈袴習氣，在國難當頭、朝政日非的情況下束手無策，甚至流連風月、買醉徵歌。因此，他們也不是國家的中流砥柱，無法擔當挽回國家危難的艱巨任務。

昏君當朝、權奸執政，文爭於內、武哄於外；雖有忠臣，但處處受人掣肘，雖有淸流，但仍然沈迷酒色。這些就是南明王朝所賴以建立的政治基礎，像這樣的偏安王朝走向滅亡是不可避免的。這也正如孔尚任在劇本裡一條批語中所說的②：「私君、私臣、私恩、私仇，南朝無一非私，焉得不亡！」《桃花扇》的藝術價值正在於通過各種類型人物的刻畫和一系列的戲劇衝突的描寫，具體而又深刻地揭示出南明滅亡的歷史原因。

第三節　《桃花扇》的人物形象

《桃花扇》中塑造的成功的人物形象之多，在中國古代戲曲中應居首位。劇中從皇帝到歌妓，各式人等有名有姓可考的達三十九人之多。作者把他們分爲左、右、奇、偶、總五部。其中主要以侯方域、李香君、史可法爲主要正面人物，以弘光帝、馬士英、阮大鋮爲主要反面人物③。作者對劇中人物或褒或貶，態度十分鮮明。善與惡、正與邪、美與醜、忠與奸，都以能否堅持民族大義爲標準。作者繼承了其祖先孔夫子的春秋筆法，在《先聲》

一齣中通過老贊禮之口說：「但看他有褒有貶，作《春秋》必賴祖傳。」作者褒貶之尺度十分嚴峻，他不僅以史筆寓褒貶之意，而且以卓越的藝術才能，對人物性格作了精細的刻畫。一些重要人物大都寫得性格鮮明，鬚眉畢現。即使是那些下層市井人物、歌妓藝人，作者也一視同仁，精心刻畫，寫出了他們豐富的內心世界。

李香君

李香君是作者精心塑造的形象。她是愛情的主角，又是體現作者政治理想的正面人物。因此她被描寫成一個聰明、艷麗、溫柔多情而又愛憎分明、頭腦清醒的秦淮名妓，一個熱愛祖國、關心政治、敢於鬥爭、不怕犧牲的婦女形象。她成了明末黨爭尖銳化以及市民階級登上政治舞臺的產物。在她所居的媚香樓內外，開展了一場勾心鬥角、錯綜複雜的政治鬥爭。當她知道自己被阮大鋮利用，作爲向復社諸君子進行政治投機的工具之時，她毅然脫掉釵釧衣裳，宣稱：「脫裙衫，窮不妨；布荊人，名自香。」此後，她成了閹黨餘孽政治迫害的對象。先有田仰強娶，她拒媒守樓，表明自己在政治和愛情上的堅貞。接著福王選妓，她在筵前面對奸黨發出憤怒斥責。她不爲利誘，不畏強暴。從「守樓」中保衛自己的理想與愛情，到「罵筵」中聯繫國家民族的利益來進行鬥爭，李香君在我國文學史上是有特殊地位的。她是一個直接投入政治鬥爭的婦女，她不單自己在鬥爭中立場堅定、愛憎分明，而且還能促進復社君子侯方域由動搖到堅定。這個形象反映了中國婦女威武不能屈、貧賤不能移的優秀品質。

李香君和侯方域的愛情是建立在憎恨「魏家種」這一共同政治態度之上的。這就是《桃花扇》中愛情描寫高出於一般才子佳人戀愛戲的地方。但作者並沒有令其簡單化，沒有忘記李香君的年輕貌美，沒有把她當作政治概念的化身。劇本寫到了她「香閨悄悄」的寂寞，「梅開有信，人去越遙」的幽怨，還有那「憑欄凝眺，把盈盈秋水，受風凍了」的無邊無際的哀愁。作者並沒有孤立地去描寫，因爲侯李愛情與當時政治鬥爭是緊密相關的，愛情的離合起伏，愛情當事人的悲歡順逆，無不與國家安危、政治鬥爭的形勢聯繫在一起。正是政治鬥爭的需要促進了他們兩人的結合，也正是政治鬥爭的錯綜複雜的變化造成了兩人的突然分離；又是南明王朝的腐敗、當權者的倒行逆施才造成兩人的流離顛沛，最後還是南明王朝的迅速覆滅才使入獄入宮的侯李得以逃出。當他們歷盡困阨，劫後餘生，雙雙在棲霞山重會時，並沒有像才子佳人那樣立即來一個大團圓式的喜慶收場，而是在張道士大喝一聲之後恍然大悟。因爲，這種愛情既然是以共同的政治理想爲基礎的，當國亡家破、理想破滅之後，他們的愛情已經沒有了存在的條件，這種「花月情根」沒有了寄託。於是割斷情根，入山修道。我們不能單從形式上判斷它是「消極道路」。這正如原書眉批所說：「悟道語，非悟道也，亡國之恨也。」同樣，作者並沒有按照實際情況來描寫侯方域順治八年被迫參加河南鄉試，得中副榜，而是把他的結局處理爲入道歸眞，這不能說是缺陷，更不能說是美化叛徒。作者這樣做主要是使整個劇本保持諧合，也使形象本身保持其一貫性和統一性。侯李愛情之所以必然破滅，並不決定於侯是否出山應舉這一枝節問題，而是取決於國亡家破、愛情基礎崩潰這一國家大事。《桃花扇》正是借助愛情悲劇來反映民族悲劇和歷史悲劇，而不是孤立的個人悲劇，這一點正是作者高明之處。

阮大鋮

阮大鋮是個典型的無恥文人，他陰險毒辣，機變權詐，阿諛逢迎，詭計多端。爲了向上爬，爲了高官厚祿，他什麼無恥的話都說得出口，什麼無恥的事都幹得出來。失意的時候，他裝出一副搖尾乞憐的可憐相；得意的時候，便肆意倒行逆施。這種人很容易被簡單化、漫畫化，但在孔尚任筆下，卻深刻地寫出了他那活生生的精神面貌，而沒有單純停留在對他醜惡外形的暴露之上。作者讓我們看到這個心懷叵測的大壞蛋反常的人生哲學的形成過程：他悔過不成，就決心再犯大惡。儘管他自己把晝長夜短也歸結爲「老師相（馬士英）調燮之功」，可是他卻照樣能夠心安理得地附合人們責備趙文華對嚴嵩的「奉承」。他自己幹著最壞的事，卻照樣罵壞人，並以壞人爲戒。他明知弘光帝一意荒淫，卻裝模作樣大猜其心事，假作癡呆，百般諂媚，還說什麼「聖慮高深，臣衷愚昧，其實不能窺測」。他逢迎做作，脅肩媚主，以達到勾引作惡的目的，但卻又裝出一副謙卑恭謹的樣子。這種人的心理狀態就是這樣：當自己還被復社百般凌辱、不能爲所欲爲的時候，他把所有的希望都寄託於將來，希望有朝一日「死灰復燃」，「顧不得名節，索性要倒行逆施」。可是當他一旦得勢，卻又不使自己產生正在倒行逆施的意識，以此求得精神上的某種慰藉，保持心理上的某種平衡。進而才能如同眉批所說「仰不愧於天，俯不怍於人」，毫不猶豫地去幹他所能幹的一切壞事。因此，他輔佐福王，辦了兩件大事：一是不顧一切地「選優」，使福王沈迷酒色，忘記國家大事。二是不顧一切地「逮社」，因「逮社」而招來左兵，因左兵而盡撤江北，以致讓清兵長驅直入。馬士英專橫凶惡，權傾中外，但庸鄙貪黷而無智略。阮大鋮以閹黨起用，權勢不如馬，但爲人機敏猾賊而有才藻。這兩人狼狽爲奸，成了出賣南明的首惡。

楊龍友

劇中的楊龍友是個值得注意的形象，他性格鮮明而又特別複雜。歷史上他曾因郎舅關係而依附馬士英；但在清兵下江南後，「龍友父子，殉難閩嶠」（余懷《板橋雜記》）。晚節不虧，與馬阮有別④。作者把他列入「右部」，處理成「間色」，似把他看成為中間人物。他靠攏位高權重的馬阮，又能與復社文人保持良好的關係。他甘心為馬阮幫閒、幫兇，又處處為自己預留退步，同時又對清流君子表示善意和友好。這就形成了他八面玲瓏、兩面討好的性格特點。例如阮大鋮誣陷侯方域，他為之辯誣；辯誣無效，他又趕去給侯報信。阮逼迫香君下嫁田仰，他帶人去搶親，搶親不成，又是他提出李代桃僵之計，保護香君，並將血濺之宮扇畫成桃花扇。正如《媚座》總批所說：「香君一生，誰合之？誰離之？誰害之？誰救之？作好作惡者皆龍友也。」他就是這樣滑動於閹黨和清流之間，力圖在兩派鬥爭的夾縫中左右逢源，以謀取私利。楊龍友的這種性格正是鬥爭激烈時期的那種腳踩兩邊船的政治掮客的藝術概括。

第四節　《桃花扇》的藝術成就

由於作者有著豐富的生活感受，又從大量史料中選擇具有重大意義的題材，在創作過程中還能溶入自己的血淚深情；因此，劇本具有非常強烈的傾向性和藝術魅力，各地都爭著上演，出現了「勾欄爭唱孔洪詞」的盛況。梁廷枏《藤花亭曲話》評曰：「《桃花扇》筆意疏爽，寫南朝人物，字字繪色繪聲。至文詞之妙，其艷處似臨風桃蕊，其哀處似著雨梨花，固是一時傑構。」其實，不單語言詞藻，就是在人物安排、形象塑造、戲劇矛盾、背景渲染等方面，也無一不經千錘百煉，無一不有獨到成就。

㈠歷史題材的處理

作爲歷史劇，孔尚任在對歷史題材的處理上，就有著不少成功之處。《桃花扇》中的人物事件，大部分都有史料根據。也可以說弘光一朝重要政治人物、重大政治事件，如僞東宮案、周鑣、雷演祚案之類，差不多都直接或間接寫到了。《桃花扇》的眞實性達到了這種程度，即使是一些小小科諢，無關重要的細節，不少亦有所本，可徵之於野史雜錄。如李香君諱名香扇墜，見《板橋雜記》。藍瑛寄居媚香樓，見《南都雜事記》。王鐸楷書《燕子箋》以進，見《阮亭詩注》。弘光內殿掛著王鐸所書的「萬事不如杯在手，百年幾見月當頭」的對聯，也有據可查。故前人有言：一部《桃花扇》，可作「弘光小史」來讀。

然而，《桃花扇》又不是一部毫無選擇、有聞必錄的書。作者在「加二十一齣」借老贊禮之口說：「司馬遷作史筆，東方朔上場人；只怕世事含糊八九件，人情遮蓋兩三分。」所謂「含糊」、「遮蓋」，除了表現當時高壓政策下寫作的不自由以外，還說明作者不滿足於歷史的眞實，而追求一種更高的藝術的眞實。如史可法的「沈江」就與史實不符。《明史》記載，史乃被俘不屈而死。故老傳聞，有言史乃於巷戰後騎白驢而逃出者，但無投江之說。《桃花扇》之所以寫成投江，一方面固然爲了「避免直接描述淸兵罪行」（方霞光《校點桃花扇新序》），但更重要的還是出於對這個人物性格的考慮。沈江，比其他結局更能突出史可法忠貞節烈而又無力獨挽狂瀾的悲劇性格。作者有意識地把「沈江」放在「逃難」、「劫寶」之後，就能有力地渲染史可法盡節時的悲劇環境，突出他作爲南明唯一支柱的意義⑤。在「沈江」中，史可法上場即自勉曰：「北兵今夜攻破北城，俺已滿拚自盡。忽然想起明朝三百年社稷，只靠俺一身撐持，豈可效無益之死，捨孤立之君。」後來聽到南京混亂，弘光出逃之後，才說「看江山換主，無可留戀」，遂投江而死。這就可以用這位英雄的壯烈犧牲，而不是以弘光馬阮等人逃難的醜態，來結束對南明歷史的描繪。在敍寫史可法的一些情節裡，作者也隱約寫出史可法「有救時之志，而無救時之才」的缺點。在「沈江」中進而渲染了那種孤忠獨烈的淒涼氣氛和他「歸無路，進又難前」的無可奈何、一籌莫展的心情。

《桃花扇》中關於李香君的一些描寫，也與侯方域所寫《李姬傳》等材料有很大不同。如侯李結識的時間，就被推遲四年，由己卯（公元 1639 年）改成明亡前夕的癸未年（公元 1643 年），這樣才能使侯李愛情與動蕩的政治形勢更緊密地結合起來，以顯示出它不平常的意義。「卻奩」的情況也與事實有些出入。「罵筵」是全劇重要場面，不見於其他記載，可能是作者的虛構。又如香君晚年，「依卞玉京以終」（葉衍蘭《秦淮八艷圖詠》），與侯方域未曾再晤。《桃花扇》則以悟道爲二人結局。這些改動，都是爲了服從主題思想和人物性格發展的需要。尊重歷史眞實，但爲了更高的藝術眞實，又敢於突破歷史眞實，並把作家意識到的歷史評價貫串其中：這就是孔尚任處理歷史題材的態度。正如柳敬亭說書開篇中所講的：「這些含冤的孝子忠臣，少不得還他個揚眉吐氣；那班得意的奸雄邪黨，免不了加他些人禍天誅，此乃補救之微權，亦是褒譏之妙用。」（十齣「修札」）這既符合我國古代「公忠者雕以正貌，奸邪者刻以醜形」（《夢粱錄》）這種愛憎分明的傳統，又體現了作家不拘泥史實，力圖寫出生活的本質來。因此，《桃花扇》既可以當作「南明小史」來讀，又不是「無一人無來歷，無一事無出處」的歷史紀實。「誓師」一齣寫史可法嚎咷痛哭，血淚湧出，征袍盡濕。作者眉批曰：「血淚眞耶？假耶？理或有之。」《桃花扇》正是這樣，它記下了不少歷史上實有其事的題材，但也寫下了不少雖無其事，然「理或有之」的情節。

當然，《桃花扇》中並不是所有的改動都是成功的，如「跋扈將軍」左良玉的形象就不太成功。作者忠實於歷史，寫了出他「拚著俺萬年遺臭」的跋扈行為，卻又在主觀動機上對他加以回護，稱他為「三忠」之一。這種缺乏生活基礎、主觀美化的做法，只能在讀者心目中造成他既是忠臣又是罪臣的不諧和的印象。此外，由於作者處在清王朝高壓之下，故對清兵下江南屠殺人民的罪行，採取迴避的態度，對清王朝的統治，也不能不加以粉飾。至於對李自成的污蔑歪曲描寫，那更表現了作者封建正統觀念。這些都限制了劇本的思想和藝術價值。

(二)結構關目的安排

《桃花扇》在關目安排、劇情組織和整體結構等方面也頗具特色，作者運用「借離合之情，寫興亡之感」的藝術構思，較好地解決了政治鬥爭內容與傳奇生旦排場體制的矛盾。全劇把政治主題擺在突出地位，而把愛情主題放在從屬地位。全劇四十齣，寫政治鬥爭占二十五齣之多，表現侯李愛情的僅寫了十五齣，而這十五齣，也大多圍繞政治鬥爭而存在。這正如沈默在此劇的跋中所說：「《桃花扇》一書，全由國家興亡大處感慨結想而成，非止為兒女細事作也。」

作者選擇侯李愛情為主線，將南明重大事件貫串起來的做法，是非常恰當的。要寫南明興亡，不能不兼寫南京、揚州、武昌三地，不能不寫到馬阮、史可法、左良玉三個方面，而要把這些人物事件組織到一本戲裡，以侯方域來做中心是非常合理的。因為：侯本人就是事件中人；他和阮大鋮、史可法、左良玉都有直接關係，他一人就可聯繫南京、揚州、武昌三處之事；他是復社領袖，他與阮大鋮的關係反映了清流與閹黨的關係；他又是南明四公子之一，他與李香君的那段逸事的確委曲動人，膾炙人口。因此作者選擇侯李愛情為中心，「爭鬥則朝宗分其憂，宴樂則香君罹其苦。一生一旦，為全本綱領，而南朝之治亂繫焉」。作品寫出了侯李二人的結合與分離都源於南都黨爭。二人離別以後，由侯方域這一線聯繫揚州、武昌二地，串聯上迎立福王、四鎮內爭、左兵東下、史公沈江等事件。由李香君這一線聯繫南京一地，串聯上馬阮得勢、田仰娶妾、弘光選優、朝政荒忽等事件。這樣就既寫了英雄奸佞、文人墨客，也寫了賓客宴遊、妓女小集；既寫了朝政得失，也寫出了一代興亡。但寫來寫去，總離不開這「一生一旦」的悲歡離合，離不開一把桃花扇。

悲歡離合，這本是傳奇的定格。但好的劇本往往可以通過生旦的離合，寫出較多的社會內容。作者能使觀衆在關心主人公離合遭遇的同時，進入一個更為廣闊的社會背景。《桃花扇》寫離合之情，但又不囿於離合之情。如促成侯李之離合都是黨爭。因迎立福王而有江北四鎮，因四鎮內爭而侯生不歸。因福王選優而香君入宮，因香君入宮而侯生南歸不遇。因大鋮逮社而侯生入獄，因侯生入獄而招來左兵，因左兵來而致南明亡國，因南明亡國而使入獄入宮之侯李得以重見。有的場子如「抗兵」、「哭主」、「誓師」、「沈江」，雖無侯李二人出場，但仍然寫出了這些國家大事是如何影響二人的離合。有的場子直接寫侯李二人，如「卻奩」、「拒媒」、「守樓」等齣，正面表現侯李之堅貞，但也寫出了奸黨的荒淫狡獪。這樣，寫離合之情，不忘興亡之感；寫興亡之感，又不脫離合之情。相互映帶，以成雙美。

情節生動，構思新穎，這也是《桃花扇》結構的一個特色。作者在《凡例》中說：「排場有起伏轉折，俱獨闢境界；突然而來，倏然而去，令觀者不能預擬其局面。凡局面可擬者，即厭套也。」作者力求擺脫俗規濫套，要求新奇獨創，而又不墮入離奇荒唐。如阮大鋮設下圈套，由楊龍友出面資助侯生梳攏香君，侯生不察，陷入網羅。「卻奩」一齣，奇峯突起，侯生在香君激勵下跳出羅網，並堅定了此後的生活道路。讀者在讚美香君之餘，又不得不為她的命運擔心。果然，田仰强娶，福王選優，打擊接踵而來。經歷種種劫難之後，二人在棲霞重逢，但作者筆鋒突轉，拋棄生旦團圓之俗套，眞正使人「不能預擬其局面」。結尾處「張道士大笑三聲，從此乾坤寂然矣！」（眉批）一筆把南朝興亡和侯李愛情作了最後總結，這已經是非常嚴謹細密了；而作者居然在此之後，還續上一齣「餘韻」，讓柳敬亭等人在清兵追捕之下逃入山去。眞是秋波再轉、餘音繞樑、別開生面之作，令人回味無窮。

《桃花扇》的情節結構，做到了細針密線，一絲不漏。全劇起伏、轉折、照應，都顯得秩序井然。事件儘管錯綜複雜，但鋪敍得層次分明，天衣無縫。前面情節為後面情節的張本，後面情節又為前面情節做照應，連環牽縮，相互映帶。這不單在一些重要關目上如此，就是一些細節也能前後照映。如開國元勳徐達之後徐青君第一齣雖未出場，但從侯生家人口中透露出他為了請客看花，把一座道院都占滿了。直到最末一齣他才親身上場，此時他已成了個青衣皂隸，供新朝縣官指使，搜拿山林隱逸。這一盛一衰，既表現了結構的針線細密，也寄託了作者傷時感世之深意。故吳梅評其結構時說：「通體布局，無懈可擊。」（《戲曲概論》下）

體裁獨創，頗具匠心，這也是《桃花扇》區別於其他劇本之處。全劇四十齣，分上下二卷，上本開頭試一齣「先聲」，下本開頭加一齣「孤吟」，是上下本的序幕。上本末潤一齣「閒話」，是上本小結；下本末續一齣「餘韻」，是全劇總收場。而且，潤二十齣無唱辭，加二十一齣基本無賓白。特別不同的是作者把歷來當作故事本身之外的副末開場改爲老贊禮開場。這個老贊禮本來就是劇情中的一個人物，他「原是南京太常寺的一個贊禮」，對劇中故事「不但耳聞，皆曾眼見。更可喜的是把老夫衰態，也拉上了排場，做一個副末角色……」這樣，一方面突破了舊傳奇陳套，另一方面把整個故事放在劇中人的回憶之中，加强了眞實感。

㈢曲辭賓白的運用

《桃花扇》的語言亦取得一定的成就。它既具有戲劇的表演性又富於文采，能做到戲劇性與文學性的統一。它的曲辭和賓白各有職司，嚴格分工，而且相互配合，曲白相生。作者認爲：「凡胸中情不可說，眼前景不能見者，則借詞曲以詠之。」（《凡例》）至於交代情節，表現戲劇進程，則多用說白。劇中長齣只塡七、八曲，短一點的則塡四、五曲，比較適合演出要求。劇本語言的感情色彩十分濃厚，梁啓超說，此劇係「一部哭聲淚痕之書」（《飲冰室叢話》），表現出一種悲涼慷慨的風格。「可以當長歌，可以代痛哭，可以弔零香斷粉，可以悲華屋山丘。」（顧彩《桃花扇序》）特別是《哭主》、《誓師》、《沈江》、《餘韻》等寫政治大事或興亡之感的一些齣，尤顯得深沈悲壯。例如《沈江》中《古輪臺》一曲：

> 走江邊，滿腔憤恨向誰言。老淚風吹面，孤城一片，望救目穿。使盡殘兵血戰，跳出重圍，故國苦戀，誰知歌罷剩空筵。長江一線，吳頭楚尾路三千，盡歸別姓。雨翻雲變，寒濤東卷，萬事付空煙。精魂顯，《大招》聲逐海天遠。

通過這支曲子，作者對史可法壯烈的一生作了總結，對他的悲壯殉國加以歌頌。而且，這不僅是對史可法的憑弔，實際上也是對南明王朝的哀悼。

附　註

①被罷官後，作者在詩中寫道：「命薄忽遭文字憎，緘口金人受誹謗。」（《放歌贈劉雨峯》）「我是白頭書簿郎，被讒不辯如聾啞。」（《趙蘗園過岸堂大烹款予……》）其友人劉中柱在《送岸堂》詩中寫道：「身當無奈何將隱，事在莫須有更悲。」張潮聞訊後寫信給他說：「先生以詩酒去官」（《寄孔東塘》）。後數年其好友顧彩在《有懷戶部孔東塘》中說：「朱紱遂因詩酒捐，白簡非有貪饕證。」以上記載，都涉及到他的罷官是與「文字」有關的一樁疑案。他在《長留集・和蔡綱南贈扇原韻，送之南還》中自注說：「予被貶疑案，綱南頗知，曾贈金慰予。」詩中有句云：「滿眼浮雲幻莫窺，逢君說破古今疑。」另有一說認爲他在任監鑄官時，牽涉貪污案而罷官。

②《桃花扇》每齣之後大多有批語，孔尚任在《桃花扇本末》中曾這樣說明：「……每折之句批在頂，總批在尾，忖度予心，百不失一，皆借讀者信筆書之，縱橫滿紙，已不記出自誰手。今皆存之，以重知己之愛。」但後人認爲，總批文句，連貫而整飭，應該是出自一人之手，很可能就是孔尚任自己。故李慈銘在《越縵堂讀書記》懷疑是孔尚任「自爲之」。

③其中：左部以侯方域爲正色，右部以李香君爲正色。共計 16 人，以表現「離合之象」。奇部以史可法爲「中氣」，以弘光爲「戾氣」。偶部以左良玉、黃得功爲「中氣」，以馬士英、阮大鋮爲「戾氣」，共計 12 人，以表現「興亡之數」。作者還提出：「君子爲朋，小人爲黨，以奇偶計之，兩部之毫髮無差。」（《桃花扇

綱領》）最後再以總部之張瑤星道士來「總結興亡之案」，以老贊禮來「細參離合之場」。

④據《明史》、《小腆紀年》等書記載：楊文驄（即龍友）曾以監軍副使坐鎮京口，積極防禦。退至蘇州後，曾殺掉前來勸降的清廷使者黃家鼒，以明心迹。清兵攻占蘇州後，他退至浙江處州。唐王封他爲兵部右侍郎，提督軍務。1646 年，進駐衢州。城破被擒，與監軍孫克咸同日遇難。楊的摯友方文在《聞楊龍友孫克咸同日死難、詩以哭之》中讚揚他們「臨刑慷慨復何悲」，嘆息「卻怪兩京齊改步，曾無一士肯捐生。」他的兒子楊鼎卿當衢州告急時赴援，亦被俘。迫降不從，同見殺。故徐鼒在《小腆紀年附考》中說：「文驄裙屐風流，琴樽酬答，累於附熱，損厥清名。向非一死自贖，則與馬阮同科耳，君子所以尚補過夫。」

⑤根據歷史記載：揚州於公元 1645 年夏曆 4 月 19 日被圍，4 月 25 日被攻破，5 月 8 日清兵渡過長江，5 月 10 日弘光出奔，5 月 15 日清兵進入南京，5 月 22 日，弘光至黃得功營中，被劉良佐、田雄所俘，黃得功自刎死。《桃花扇》將「沈江」移置「劫寶」之後，等於將史可法殉國推遲一月。

第四章　聊齋志異

第一節　蒲松齡的生平和作品

㈠蒲松齡的生平

《聊齋志異》的作者蒲松齡（公元 1640～1715 年），字留仙，一字劍臣，別號柳泉居士，世稱聊齋先生，淄川（今山東淄博）人。其高祖蒲世廣，縣廩生。曾祖蒲繼芳，庠生。祖父蒲生汭、父蒲槃，功名均不遂。由於家貧，蒲槃乃棄儒習商；但仍不廢經史，課子苦讀。蒲松齡十九歲「初應童子試，即以縣、府、道三第一，補博士弟子員，文名籍籍諸生間」（張元：《柳泉蒲先生墓表》）。頗受當時主持山東學政的著名詩人施閏章的賞識，稱讚他「觀書如月，運筆如風」。但從此以後，他在科舉道路上始終未得一第。四十三歲時，才補廩膳生。但他「五十歲猶不忘進取」（《蒲松齡文集・述劉氏行實》）。康熙二十九年（公元 1690 年），他最後一次去省城參加秋試，第二場因病未能完卷。他這才接受妻子劉氏的勸告，從此不再參加科考②。直到七十二歲高齡，才補了個歲貢生。他一生之中，除三十一歲時，曾應友人孫蕙之邀，到江蘇寶應、高郵縣署當了一年幕僚外；大半生時間，是「以窮諸生授舉子業，潦倒於荒山僻隘之鄉」（蒲立德《聊齋志異跋》）。他爲淄川的一些縉紳人家設館授徒，前後長達四十年，長期過著寄人籬下的生活③。

蒲松齡一生貧困，特別是他的早年。他結婚分家後，全家僅有「農場老屋三間，曠無四壁」；過著「數卷殘書，半窗寒燭，冷落荒齋裡」（〔大江東去〕《寄王如水》）的窮愁潦倒生活。長時期的塾師生涯，使他有較多機會接近普通羣衆，體察他們的疾苦。他目睹當時農村在水旱災害後的悲慘情景：「流民滿道路，荷簏或抱嬰。腹枵菜色黯，風來吹欲傾。飢屍橫道周，狼藉客駭驚。」（《五月歸自郡見流民載道，問之，皆淄人也》）他不僅同情人民的疾苦，而且由於自己科場的失意和生活的貧困，使他看清了封建社會的種種弊端，並對「仕途黑暗，公道不彰」的現實提出抗議。他指責官場腐敗，希望有公正不阿的淸官出現。他對科場黑暗極端憤慨，但仍然「不忘進取」。他貧賤而又坎坷的一生，他對下層社會的廣泛接觸和了解，以及他的複雜的思想，都在他的創作中有明顯的反映。

㈡蒲松齡的著作

蒲松齡一生著作十分豐富。除《聊齋志異》外，尚留下古今體詩九百多首、詞百餘闋、文四百多篇，合編爲《聊齋文集》。還著有通俗俚曲十四種：即《牆頭記》、《婦姑曲》、《慈悲曲》、《翻魘殃》、《寒森曲》、《蓬萊宴》、《磨難曲》、《俊夜叉》、《窮漢詞》、《快曲》、《富貴神仙》、《醜俊巴》、《禳妒咒》、《增補幸雲曲》等。這些俚曲從不同角度揭露了社會的黑暗和人世的不平，具有濃厚的民間文學色彩。其中有好幾種與《聊齋志異》中的小說題材相同，可能是根據小說改編而成④。他還用通俗文字，編寫了《藥祟書》、《農桑經》、《日用俗字》等普及讀物；這完全出於爲窮苦農民著想，「以備鄉鄰之急」（《藥祟書》自序）。在我國古代文學史上，像蒲松齡這樣既寫出第一流的文學作品，又如此熱心爲廣大農民的醫藥種植撰寫通俗讀物的著名作家，實不多見。

《聊齋志異》一書，是蒲松齡幾乎花費畢生精力寫成的。他大約從康熙初年（公元 1661 年）開始動筆，康熙十八年（公元 1679 年）初次結集，並寫了《自序》。此後陸續進行了修改增補，其中《夏雪》、《化男》二篇記康熙四十六年（公元 1707 年）事。前後共達四十多年，包括蒲松齡從二十多歲到六十多歲的全部工作年齡。書中故事的來源：一部分是前代小說或筆記的改編，一部分是親友所提供，一部分則取材於自己的經歷或見聞，但更多的應該是作者的虛構⑤。其孫蒲立德說：「而於耳目所睹記，里巷所流傳，同人之籍錄，又隨筆撰次而爲此書。」（《聊齋志異跋》）儘管題材來源不同，但多能以曲折方式反映現實生活，借助狐鬼靈異故事寄託作者的思想感情。

㈢《聊齋志異》的版本

《聊齋志異》的版本較多。作者生前，即以抄本流傳。現存作者手稿本，五十年代初發現，但僅存上卷，共二百三十七篇。從中可以看到一些原作面貌。較完整的抄本有乾隆十六年（公元 1752 年）歷城張希傑根據濟南朱氏殿春亭抄本過錄的鑄雪齋抄本，共十二卷，存目四百八十八篇，其中十四篇有目無文，實存四百七十四篇。另一種爲六十年代發現的《二十四卷抄本聊齋志異》，亦存四百七十四篇。今存最早刻本爲乾隆三十一年（公元 1766 年）趙起杲所刻的青柯亭本，共十六卷，凡四百三十一篇。篇目雖不完全，但重要篇章均已包括在內。在文字方面也作了一些更定，可讀性有所增強。故此本一出，後來的通行本都據此翻印。除刊本外，《聊齋志異》還有注解者和評點者，注解者以呂湛恩、何垠兩家，評點者以王士禛、馮鎮巒、何守奇、但明倫諸家較爲有名。這些注解及評點均有一定參考價值，但也不免夾雜一些錯誤或迂腐之見。六十年代初由上海中華書局編輯出版了張友鶴輯校的《聊齋志異》會校會注會評本，編完爲十二卷，共四百九十一篇，連同附錄九篇。採錄宏富，是目前最爲完備的本子。

第二節 《聊齋志異》的思想內容

《聊齋志異》中的近五百篇作品大致可以分爲三類體裁：

一爲短篇小說體：這一類主要採用史傳文學及唐人傳奇的體制，以人物生平遭遇爲中心，篇幅較長，有人物性格的刻畫和複雜曲折的故事情節。

一爲散記特寫體：不以記人而以記事爲中心，受古代記事散文影響，多描繪一個場面或記述某些事件，情節簡單，篇幅適中，如《偷桃》、《狐嫁女》、《金和尚》、《妖術》、《考城隍》等等。

一爲隨筆寓言體：保留魏晋「叢殘小語」形式，多爲偶記瑣聞，寫法亦屬粗陳梗概，一鱗片爪，故篇幅短小，但其中亦不乏寓意深刻之作，如《夏雪》、《罵鴨》、《快刀》、《小官人》、《戲縊》等篇。

在這三類體裁之中，作品數量最多，成就最高的是短篇小說體，是全書精華之所在。書中的一些名篇幾乎全部都是短篇小說，因此也自然成爲我們認識、評論《聊齋志異》價値的主要根據。當然，其他兩種體裁亦不應忽視。

《聊齋志異》主要寫鬼狐怪異的故事，也有一些通篇並不出現狐鬼怪異者，但仍有奇特之事。因此，從性質上看，應屬志怪體，是六朝志怪的繼承和發展。而在寫法上它又基本擺脫了六朝志怪粗陳梗概的寫法，採用了唐宋傳奇「敍述宛轉，文詞華艷」的特點，故魯迅說它「描寫委曲，敍次井然，用傳奇法，而以志怪，變幻之狀，如在目前」（《中國小說史略》）。

蒲松齡之所以要用寫傳奇的方法來寫志怪，原因在於：他不是為談鬼而談鬼，不是為了「搜奇記逸」而寫鬼狐，而是為了寄託他對現實社會的不滿。他自稱：「集腋成裘，妄續幽明之錄；浮白載筆，僅成孤憤之書。寄託如此，亦足悲矣！」他是借鬼狐世界，反映影射人間生活和社會現實。正如他在《感憤》詩中所說：「新聞總入狐鬼史，斗酒難銷磊塊愁。」他是借鬼以寫人，他寫的是一部現實化、人情化的志怪小說。為了達到諷世的目的，作者採用了唐人傳奇那種敍述委曲的文筆。《聊齋志異》採用「傳奇法」主要包括兩個方面：一是生活場景和細節描寫，一是人物的性格刻畫和典型塑造。這兩個方面是為了加强志怪題材的現實性所必不可少的手段，而這種强烈的現實性正是《聊齋志異》的精髓。

㈠批判腐敗政治，同情平民遭遇

《聊齋志異》中最富有現實意義的，是集中揭露和批判黑暗腐敗的政治，鞭撻那些無惡不作的貪官汚吏和土豪劣紳，同情被壓迫平民的痛苦遭遇，或進而歌頌被壓迫者的反抗鬥爭的故事。如《夢狼》、《席方平》、《紅玉》、《梅女》、《冤獄》、《向杲》、《王者》、《鞏仙》、《田七郎》、《促織》、《石淸虛》、《竇氏》、《金和尚》等篇都是這方面的代表。

《夢狼》中的白翁夢見自己當官的兒子所居衙門，道上、廳內、堂上、堂下，坐著躺著的都是一些吃人肉的惡狼，在它們周圍白骨如山，屍體橫陳。白翁的兒子則是一隻齒牙巉巉的猛虎。很顯然，作者是把封建社會上上下下的官吏比作一羣吃人的虎狼，並在篇末評曰：「竊嘆天下之官虎而吏狼者，比比也。」作者對那些為官貪暴、為富不仁的統治者是深惡痛絕的。他們作威作福，淫人妻女、奪人田地、搶人財物，幹盡傷天害理的事情。

如《紅玉》中的惡霸宋御史，爲了强占馮生的妻子，先派打手把馮生父子打傷，氣死馮父，逼死馮妻，使馮生無路可走。幸有虬髯客爲之復仇，殺宋御史父子三人。縣令捕馮生抵罪，屈打成招。但縣令夜晚睡眠時，一短刀剁入牀頭寸許。縣令害怕，才赦免馮生。作者在「異史氏曰」中借蘇子美的話慨嘆說：「惜乎擊之不中！」又如《潞令》中寫潞城令宋國英「貪暴不仁，催科尤酷」，到任僅百日，便杖殺五十八人。《梅女》中的典史某，接受三百錢的賄賂，便誣梅女爲奸，逼使自縊。這些故事勾畫出了一幅幅官僚惡霸欺壓人民的罪行圖。

蒲松齡並沒有孤立地刻畫這些貪官惡霸，他總是把所鞭撻的對象和授與他權力、地位的整個統治集團以及官僚制度緊密地聯繫起來，描述從豪紳到官府，從地方官到朝廷上下勾結、狼狽爲奸，從而說明封建社會的腐敗，決不限於一官一吏的貪污和暴虐，而是從上到下的整個統治機構都已經病入膏肓。在《席方平》中，獄吏肆意拷掠席父，得到了城隍的支持；城隍作惡，背後有郡司的庇護，郡司橫行不法則有冥王爲之撐腰。而席方平及其父在陰司的遭遇，不過是人世間官府魚肉人民的實錄。小說結尾二郎神的獄詞，實際是作家對整個封建吏治的判決書。「羊狠狼貪」，「上下其鷹鷙之手」，「飛揚其狙獪之奸」；「狗臉生六月之霜」，「虎威斷九衢之路」；「金光蓋地，因使閻摩殿上盡是陰霾；銅臭薰天，遂教枉死城中全無日月」。在《促織》中，從邑宰到撫軍全都勒索民間，下官「欲媚上官」，上官欲媚朝廷。人民的深重災難，正是因爲「宮中尚促織之戲」。作者就這樣一直揭露出「天子一跬步皆關民命」，讓最高統治者皇帝爲這一切負責。蒲松齡正是這樣層層深入地揭示出官吏貪殘的根源，他在《夢狼》中通過白翁之子自述做官的訣竅：「上臺喜，便是好官；愛百姓，何術能令上臺喜也？」故此，儘管白翁之子在百姓面前是隻齒牙巉巉的猛虎，但卻被上司「薦舉作吏部」。從而具體說明封建社會整個官僚機構與百姓處於根本敵對的地位。這些故事形象地揭示出：當時的社會正是一個「原無皂白」的「強梁世界」（《成仙》），「曲直難以理定」的「勢力世界」（《張鴻漸》）。

尤爲可貴的是，蒲松齡敢於大膽肯定民衆反抗暴政的鬥爭。在《聊齋志異》中，無權無勢的普通百姓不僅僅是被侮辱與被損害者，而且也是敢於反抗、有仇必報的勇士。席方平就是這樣一個反抗者的形象。他不畏死亡進入陰司代父申冤，從城隍、郡司一直告到冥王，無奈他們都接受了羊某的賄賂，不但不受理冤情，反而想用威脅誘騙等手段迫使席方平屈服，席方平受盡了械梏、杖責、炮烙、鋸解等毒刑，始終不屈。冥王問他敢再訟否？他激憤地說：「大冤未伸，寸心不死！」「必訟」。《商三官》中商三官的父親被豪強打死，她求告無門，只好暗中投作優伶，到豪強家去陪席，夜間乘隙將豪強殺死。而《竇氏》則寫惡霸地主南三復奸污貧女竇氏，又拋棄了她，以致使無辜的被蹂躪者抱兒僵死於惡霸門外。竇父告官不理，化作鬼魂的竇氏兩度報復了南三復，終於置仇人於死地。正因爲在現實生活中這樣的深仇大恨很難實現復仇，作者才借助鬼魂這一超現實的因素去實現之，從而說明這種不義行爲所激發起來的憤懣之情是何等強烈。《向杲》篇寫向杲爲報莊公子殺兄之仇，申冤，官府不准；行刺，有武士保護。正在無計可施之時，忽得一道士協助，身化猛虎，齕死仇人。作者用異史氏名義評曰：「然天下事足髮指者多矣，使怨者常爲人恨不令暫作虎！」

㈡抨擊科舉制度

《聊齋志異》中還有相當一部分作品對八股取士的科舉制度作

了深入的揭露和尖銳的抨擊。由於蒲松齡一生失意，受盡了被黜落的屈辱，因而對科舉制的種種弊端有著透徹的了解和切膚之痛。所以，他成了中國文學史上第一個通過藝術形象集中揭穿科舉制度的罪惡和弊端的作家。

蒲松齡通過自身感受，突出地揭露了那些試官們的不學無術、貪贓枉法、營私舞弊、顢頇無能的可恥面目。在《考弊司》中，司主虛肚鬼王定下舊例，初見考生要割下髀肉，但若有豐賄者則可代贖。秀才聞人生大呼：「慘毒如此，成何世界？」這個掛著「孝悌忠信、禮義廉恥」招牌的考弊司，無疑是寡廉鮮恥的封建考場的象徵。在《司文郎》中，寫了一個能以鼻子嗅出文章好壞的瞎和尚，當他嗅過餘杭生的文章之後，呃逆數聲曰：「格格而不能下，强受之以膈；再焚，則作惡矣！」可是，寫出這種令人作嘔的文章的餘杭生卻居然高中。原因即盲僧所云：「僕雖盲於目，而不盲於鼻，簾中人並鼻盲矣！」果然，當場檢驗餘杭生評卷老師的文章時，盲僧「忽向壁大嘔，下氣如雷」。並說：「此眞汝師也！初不知而驟嗅之，刺於鼻；棘於腹，膀胱所不能容，直至下部出矣！」用這種人擔任考官，科舉場中還有什麼黑白？所以，《賈奉雉》中的賈奉雉，寫出眞正的好文章不被錄取，後於落卷中將冗蔓浮濫之句連綴成文，竟得中經魁。相反，《司文郎》中的王平子，《葉生》中的葉生，《于去惡》中的陶聖俞，都是一些空有才學，但卻久困場屋的落魄士子。他們想要改變自己的可悲命運，只能等待簾內諸官「另換一副眼睛肺腸」（《賈奉雉》）。當然，作者的目的並不是要否定科舉制，而是想改良它。作者寄希望於《于去惡》中的張桓侯（飛），埋怨他三十五年才一巡陽世。其原因正在於作者一輩子奔走在科舉場中，對功名一直抱著羨慕的態度。因此他不可能徹底地反對科舉制。由於洞悉其弊，他的揭露和抨擊是非常深刻有力的，但仍然有很大的不足。

蒲松齡還以過來人的身分，深入細緻地揭示了八股取士、功名利祿對封建士子靈魂的腐蝕。《葉生》是最爲突出的一篇。葉生專心致志於八股時文，渴望一舉成名。但次次「嗒喪而歸」，以致「形銷骨立，癡若木偶」。死後不自知其死，靈魂仍追隨知己，教育其子成名，「借福澤爲文章吐氣，使天下人知半生淪落，非戰之罪也」。在知己勸說下，他的靈魂入闈，「竟領鄉薦」。衣錦還鄉時，始知自己已死多年，才「仆地而沒」。這是一則憾人心魄的悲劇。爲完成生前未了心願，死者遊魂仍滯留於人間，孜孜以求，不達不止。眞是生不能得功名，則繼之以死；今世不能得功名，則繼之以來生。《褚生》寫褚生在窮苦中求功名，困頓而死後，靈魂代友人陳生入闈，使陳生中舉。褚生靈魂又求冥司讓他轉世爲其老師之子，繼續攻讀，終於「十三歲入泮矣」。爲了功名，不計生死，萬劫不改其初衷。這些死魂靈對科舉的追逐，把讀書人對功名的病態癡迷表現得如此驚心動魄。

有的作品還生動描寫了在科舉考試戕害下讀書人反常的精神狀態。如《王子安》中屢試不第的王子安，盼中舉心切，一日在醉夢中見報馬迎門，他接連中舉、中進士、點翰林，便「自念不可不出耀鄉里」，乃大呼長班，「認假作眞」。誰知是受了狐狸的戲弄。作者還在篇末「異史氏曰」中，把秀才入闈比爲丐、囚、秋末之冷蜂、出籠之病鳥、被縶之猱、餌毒之蠅和破卵之鳩。把秀才神魂顚倒、啼笑失度、忽謙忽傲、似夢似幻的種種精神狀態作了精確的描繪和尖銳的諷刺。

作品還進一步揭示了促成封建士子神魂顚倒、熱中功名的社會因素，即被科舉制所毒化了的惡濁的社會風氣。《胡四娘》寫四娘嫁給窮書生程孝思，程生未第時，寄人籬下，四娘也備受諸姊妹乃至婢媼的譏誚與冷遇。程生一旦「高捷南宮」，四娘頓時身價百倍：「申賀者、捉坐者、寒暄者，喧雜滿屋。耳有聽，聽四娘；目有視，視四娘；口有道，道四娘也。」中舉前後兩種完全相反的人情世態，說明科舉制是如何支配人際關係，造成人情扭曲、世態炎涼。作者在另一篇《羅剎海市》中，用象徵性的寫法把這種庸俗世風渲染爲大羅剎國的以醜爲美、以美爲醜。醜之極者爲上卿，故其相國「雙目皆背生，鼻三孔，睫毛覆目如簾」。「位漸卑，醜亦漸殺」。作者深有感觸地指斥這種「顛倒妍媸、變亂黑白」的社會惡習：「花面逢迎，世情如鬼，嗜痂之癖，舉世一轍。」其他同類題材的故事如《鳳仙》、《鏡聽》、《宮夢弼》等篇，也從各個不同角度表現了在科舉制籠罩下人情淺薄、世態淡涼的圖景。

㈢歌頌純眞愛情

《聊齋志異》中占篇幅最多、成就亦最高的乃是描寫男女愛情和婚姻生活的故事。像《小翠》、《嬌娜》、《青鳳》、《蓮香》、《張鴻漸》寫人與狐的戀愛故事，《聶小倩》、《公孫九娘》、《伍秋月》、《小謝》寫人與鬼的戀愛故事，而《織成》、《西湖主》、《雲蘿公主》、《翩翩》則寫人與仙的戀愛故事，《竹青》、《香玉》、《葛巾》、《阿纖》、《黃英》、《白秋練》、《荷花三娘子》等篇寫人與花草鳥獸禽魚的精靈的愛情故事。此外，還有像《阿寶》、《陳雲棲》、《王桂庵》等篇寫人與人相愛悅的故事。這些故事一般都寫得曲折動人、娓娓動聽，其思想意義也都比較深刻。

爲了謳歌眞誠純潔的愛情和建立在此基礎上的美滿婚姻，作者塑造了一批優美動人的形象，極力寫出了他們敢於突破封建觀念、追求自由愛情的大膽行爲。如《阿寶》中的孫子楚看中了阿寶，阿寶戲曰：「渠去其枝指，余當歸之。」孫竟然以斧斷其指，幾乎死去。後來他見到阿寶，靈魂竟隨之而去。後又化作鸚鵡依偎在她身邊。阿寶雖富埒王侯，大家子爭相聯姻，卻深深愛上這個出身貧賤但感情誠篤的「孫癡」。像這類「情癡」形象小說中還有不少，如《嬰寧》中王子服、《白秋練》中慕蟾宮、《連瑣》中楊于畏、《青娥》中霍桓、《阿繡》中劉子固等，都十分珍視愛情、尊重女性。通過這些形象，作者宣揚了一種「情之至者，鬼神可通」（《香玉》）的思想。

《聊齋志異》所歌頌的理想愛情，不少已經突破傳統的「郎才女貌」的範疇，更强調的乃是一種以「知己之愛」爲基礎的愛情生活。如《瑞雲》中妓女瑞雲傾心於賀生，不因其貧窮而嫌棄他，託之以終身。賀生爲感知己，不以瑞雲變醜而變心，坦然贖之爲正妻。他說：「人生所重者知己。卿盛時猶能知我，我豈以衰故忘卿哉！」《喬女》中孟生不嫌喬女「黑醜」，想娶以爲妻。而喬女爲報孟生「知己」之恩，不顧世俗非議，以寡婦之身爲他撫養遺孤，對孟家財產一芥不取。而《白秋練》中白秋練與慕蟾宮、《連瑣》中連瑣與楊于畏、《晚霞》中晚霞與阿端，他們都是由於共同的志趣、共同的愛好才相互吸引並產生深厚的愛情。爲了維護這種愛情，他們都勇於鬥爭，最後才終成眷屬。

在人鬼相愛的故事中，《小謝》是較有特色的一篇。作者寫出男女雙方在經過一段自由接觸之後才逐步發展的愛情關係。女鬼秋容、小謝開始時是不懷好意地來捉弄陶生，後來敬重陶生的學術和爲人，成了他的學生。之後陶生負冤入獄，爲秋容、小謝奔走救出。秋容被城隍祠裡判官搶去，也得到陶生的搭救。他們在這種禍福與共、患難相助之中發展了愛情，最後得以還陽結爲夫婦。這種經過多方了解，發展爲知己的愛，在男女被絕對禁止社交的封建社會中幾乎是不可想像的事。

《聊齋志異》的許多愛情故事中，女主角往往是些異類：或狐或鬼，或魅或仙。但她們不僅美貌多情，且有高尚的情操、驚人的才識和超塵脫俗的性格。她們有的聰明靈巧，壓倒鬚眉。如《仙人島》中的芸芳姊妹，才華橫溢，在她們剔骨析肌的品評之下，少年氣盛，一心想炫耀一番的中原才子王勉，不得不自慚形穢，「神氣沮喪，徒有汗顏」了。《狐諧》中的狐娘子，風趣詼諧，常在文士席上高談雅謔，以高超的智慧和滑稽調侃的言談壓倒羣儒。

另一些女性則惠人無私，仗義於困厄之中，幫助受迫害者解脫危難而又不矜其功。如《張鴻漸》中張鴻漸遭受冤獄，逃亡在外，在他走投無路或陷入絕境之時，一再得到狐女施舜華的救助，使他得以解除困危，絕處逢生。當張生厄運結束，她也就飄然而去，表現了崇高的道德風貌。《紅玉》中的狐女紅玉，既能爲所愛者收養其子，又幫助他恢復家業。確不愧爲「非特人俠，狐亦俠也」的狐俠。

還有一些狐鬼花魅化成的女子，她們頑強地追求互爲知己的愛情，對於那些邪惡的阻撓者敢於進行殊死的鬥爭。如《鴉頭》中的鴉頭，乃是一個「千折百磨，之死靡他」的狐妓，她以與情人私奔的方式擺脫鴇母的控制；被抓回後被「橫施楚掠」，但始終「矢死不二」，終於贏得了與情人的團聚。《聶小倩》中鬼女聶小倩，生前早殤，死後仍被妖物驅遣；但她通過觀察，敬重寧生之爲人，幫助他戰勝妖物。並以耐心和誠篤，換取了寧母的諒解，終於和情人結爲夫妻。此外如《細侯》、《香玉》、《黃英》、《魯公女》等篇，都肯定了這種純眞的愛情，讚揚了那些心高品潔、敢於衝破綱常禮法的女性。這些都是對封建禮教、封建婚姻制度莫大的褻瀆。

在大量的人與狐相愛的故事中，《嬰寧》與《小翠》兩篇是值得注意的。它們都寫了愛情，並通過愛情的描寫塑造了新的一代形象，像嬰寧這個狐母之女，由於她是在墳壟間由鬼母撫養長大，所以能擺脫人世間一切束縛，不受禮教侵染，不受庸俗的世態人情玷汚，性格純眞到近乎透明的程度。這顯然代表了一種新人的萌芽。小翠母女則具有崇高的思想境界，而且能寓黠於歡、伏警於戲，運奇謀於幃幄之中，玩孺子於股掌之上。表面上是頑皮、惡作劇，實際上是憨外慧中，抱大智慧，而出之以兒戲，使欲甘心我者自設阱而自陷之。給仇家以口實，使害人者終於自害。而其最終目的乃在報恩。與小翠的這種崇高精神境界相對照，王侍御夫妻就顯得十分世俗，簡直是鼠目寸光，鄙瑣已極，有大恩大德而不知報，居然由於小翠打碎一瓶而把她逼走。

尤爲可貴的是，蒲松齡對於男女交往的描寫並不限於性愛。他在一些篇章中，對於男女感情交流，作了廣泛的描寫和探討。這種感情交流，旣可以發展爲愛情，也可以成爲正常友誼。如《嬌娜》就是最爲有名的一篇。篇中男女主人公，書生孔雪笠和狐女嬌娜，儘管符合男才女貌的標準；而且，他們之間患難相扶，生死與共，關係異常密切；更何況孔生曾傾倒於嬌娜之美，一度產生過愛的意識。但他們並沒有因此而走上互爲娶嫁的結局。小說具體寫出了他們是如何把性愛淨化爲友愛的感情歷程。而且，就是在嬌娜已嫁、孔生已娶之後，孔生仍然以自己的生命掩護嬌娜一家躲過劫難。嬌娜爲救活孔生，也不避男女之嫌，撮頣度舌，納紅丸於其口，又「接吻而呵之」，終於救活孔生。作者把他們的關係寫得如此密切而又不及性愛，說明蒲松齡想在男女之間開拓出一個更爲純潔、無私，也更爲永恆的感情世界。正是基於這種思想，在《素秋》中寫俞愼與俞士忱兄妹相好，士忱死後，俞愼待其妹素秋如親妹，爲之擇婿，而不是落入因憐愛而發展成爲夫妻的俗套。在《宦娘》中寫女鬼宦娘暗中向溫如春學琴，宦娘和如春之間雖然曾有過兒女之情，但始終只保持著一種良師益友的關係。在《香玉》中，旣寫了黃生與香玉的愛情，又肯定了他與絳雪的友誼。黃生即認爲「香玉吾愛妻，絳雪吾良友也」。這一系列作品，標誌著蒲松齡對整個人際關係所作的廣泛探討已經進入了一個新的層次。

㈣其他

此外，《聊齋志異》中還有些作品從其他不同角度對現實社會進行了揭露，或諷刺世態之庸俗，或刻畫人心之險惡。如《勞山道士》揭露了不勞而獲、投機取巧的心理。《沂水秀才》、《雨錢》諷刺了愛錢如命的勢利心。《司訓》則揭露了那些五官俱廢、卻占據要津的封建官吏。《某乙》寫一個投石入伙、參與偷盜、得包袱疾走，居然富裕之人，縣令扁其門曰：「善士」，從而暴露士豪劣紳憑藉不義之財而發家的醜史。在《醜狐》中刻畫了一個見金色喜、貪圖錢財才與醜狐來往的穆生，一當富裕之後，就負義忘恩，百計驅趕牠，終於喪身辱行，受盡懲罰。這些都對社會上形形色色可憎可厭的人和事進行了嘲弄、揶揄和鞭撻。

還有一些作品則對美好的事物加以歌頌。如《義鼠》、《義犬》都頌揚了這些小動物行俠仗義，品格高尚。在《鴻》中，作者寫了一隻因雌鴻被捕的雄鴻，終於銜來黃金二兩六錢，作爲贖婦之資，肯定了禽類尚知夫妻之情義。這類作品大都篇幅短小，趣味雋永，內容更像寓言或童話，但卻能給人一定的啓示。

不可避免的是，《聊齋志異》也有著不少糟粕。如很難避免的封建說教，猥褻的色情描寫，羨慕功名富貴的庸俗思想，因果報應、福善禍淫的宿命論，以及宣傳神道迷信、陰陽輪迴的落後的世界觀，這些都是作品中的糟粕。由於這些糟粕的存在使得不少篇章除了陰森森的鬼氣給人以恐怖之外，再無其他積極內容。如《尸變》、《噴水》之類都是。就是其中一些名篇亦常常由於這些消極思想的存在而破壞了思想和形象的完整。如《席方平》中，作者鞭撻了陰間的種種不公，但仍然擡出比冥王更高的灌口二郎神來主持公道，平反冤獄，並讓席方平得到羊姓富室的家財，使被迫害者也上升成爲富豪。又如《蓮香》、《小謝》、《陳雲棲》等名篇，既歌頌了純潔的愛情，又都以一夫二妻作爲結局，肯定和美化了一夫多妻制，把「二美共事一夫」當作一種理想的婚姻關係來描寫。這些都是作者世界觀中庸俗落後因素的反映。

第三節　《聊齋志異》的藝術成就

《聊齋志異》在藝術上的成就實際上代表了我國古代文言短篇小說所已經達到和能夠達到的最高水平。

㈠汲取史傳文學以人爲綱，以事繫人之特色

《聊齋志異》中的主要篇章大多脫胎於我國古代的史傳文學，以傳記體敍小說事。馮鎮巒說：「此書即史家列傳體也。以班、馬之筆，降格而通其例爲小說。」（《讀聊齋雜說》）作者顯然欲以自稱的「異史氏」來追步《史記》的「太史公」。全書約有一百九十多篇篇末綴以「異史氏曰」的評論，以體現有史有論的史家筆法。書中多數故事，總是以一個人的升沈榮辱，一對情人或一個家庭的悲歡離合爲主要情節。聊齋汲取史傳文學以人爲綱、以事繫人的基本格局。作爲短篇，作者善於利用有限的篇幅以突出人物主要性格特徵，寥寥數筆就收到摹狀傳神的效果。如嬰寧、小翠、小謝、青鳳等，她們或鬼或狐，都年輕貌美、熱情開朗，但由於各自生活環境的不同，性格也有差異。嬰寧從小遠離塵世，在大自然的懷抱中長大，愛美是她秉受於大自然的主要性格。自然界的美是花，人間的美是笑。愛花和愛笑就成了她兩個主要特徵。小翠也愛嘻笑，但其特徵是善謔。面對險惡的環境，

她的玩笑顯示的是頗有機心，而不是嬰寧的天眞無邪。而小謝、秋容卻是一對久乏管教的孤魂女鬼，她們那些無傷大雅的調皮搗蛋完全出於捉弄別人以消磨歲月的目的。但一當彼此了解熟悉之後，她們又能誠心相待。而青鳳則是在叔父嚴格管教下長大的，故顯得拘謹穩重，頗有大家閨秀之風。在她身上封建烙印較深，她與耿生相愛的道路也就更爲曲折。可見，作者寫狐鬼的最終目的還是爲了寫人，寫人又集中於寫出他的性格。

書中的一些篇章，總是讓人物挾帶著性格出場，再沿著人物性格設計情節。例如《阿寶》、《青鳳》、《聶小倩》三篇都是愛情小說，而情節卻大不相同，其中一個重要原因就在於：身分相同，均爲書生的三個男主人公，其性格卻各自不同。《阿寶》一開頭就點明：「粵西孫子楚，名士也。生有枝指，性迂訥。」接下寫他追求阿寶，僅憑一句戲言，就以斧斷其枝指，幾乎死去。後來魂隨阿寶，化身鸚鵡，皆從「迂訥」這一性格生發。《青鳳》則突出「耿有從子去病，狂放不羈」。緊接著寫他夜闖狐宅，不邀自來，侃侃而談，旁若無人。因慕青鳳之美，乘酒醉當衆拍案曰：「得婦如此，南面王不易也！」絲毫不知禁忌。《聶小倩》則強調：「寧采臣，浙人，性慷爽，廉隅自重。」接著寫女鬼來引誘他，寧正容回絕：「卿防物議，我畏人言；略一失足，廉恥喪盡。」女鬼又擲以黃金，寧亦不爲所動。終於贏得女鬼聶小倩的尊敬和協助。「妾閱人多矣，未有剛腸如君者。」這樣才能戰勝控制聶小倩的妖物。孫子楚被稱爲「孫癡」，耿去病自號「狂生」，寧采臣不愧剛直，三個皆是類型化人物，他們的一切遭際皆由各自性格生發，情節成了人物的性格史。這樣，就使一些同一性質題材的小說也「每篇各具局面，排場不一，意境翻新」（馮鎮巒《讀聊齋雜說》）。

㈡狐魅人物爲人性，物性及神性的結合體

由於聊齋中人物不少係花妖狐魅所幻化，他們身上除了人性、即人的思想感情和性格特徵以外，還有其原型物的自然屬性和成精作怪的特異性。這些形象往往是人性、物性以及超現實的神性或妖性的結合體。例如：葛巾是牡丹花妖，寫她「異香竟體」(《葛巾》)。阿英是鸚鵡，寫她「嬌婉善言」(《阿英》)。阿纖是鼠精，寫她善於積粟治家(《阿纖》)。花姑子是香獐精，寫她「氣息肌膚，無處不香」(《花姑子》)。苗生是虎精，寫他性情粗豪，長嘯一聲，「山谷響應」(《苗生》)。白秋練是白驥之精，故每餐必加少許洞庭湖水，如用醯醬(《白秋練》)。《綠衣女》中那個由綠蜂幻化的女子，「綠衣常裙，腰細殆不盈掬」，唱起曲來「聲細如絲」。這些鋪敍和點染，旣寫出了狐魅花妖原來的物性，又不違反、且能包容於人的面貌與性格之中。正如魯迅所說：「使花妖狐魅，多具人情，和易可親，忘爲異類，而又偶見鶻突，知復非人。」這種非人的神異性也是聊齋塑造人物的一個重要方面。例如《紅玉》中狐女紅玉，爲馮相如謀聘佳偶，哺育兒女，重振家業，與常人無異。但她飄忽不定，來去自由，又表現出非人的特色。小翠頑皮善謔，彷彿是個不懂事的少女；但她卻以惡作劇的方式治好了公子的癡病，從而表現出她的神奇。辛十四娘聰慧而剛直，像個有教養的大家閨秀；但她卻能運籌帷幄，替夫鳴冤，上下斡旋，直達天子，顯示出她的特異神力。即使是狐母之女，本身似非狐精的嬰寧，天眞爛漫，憨態可掬；但也能作弄東鄰子，懲其輕薄，顯示了某種特異之處。這種神異性的描寫，並非可有可無的閒筆，而是體現出志怪的特色，說明聊齋之所以爲聊齋的一個基本因素。

㈢曲折多變，布局奇妙的情節結構

情節曲折而富於變化，「鋪排安放，變化不測」（馮鎮巒《讀聊齋雜說》），這是《聊齋志異》的另一突出特徵。作者對故事情節的安排總是避免平鋪直敍，力求有起伏、有變化、有高潮、有餘味。寫法也不拘一格，正寫、側寫、倒敍、插敍，變化無窮，極盡騰挪跌宕、委婉曲折之能事。特別是一些精采的單篇，更是寫得奇峯屢起，一步一折，一折一驚，使人不能測其究竟。

如《西湖主》寫陳生覆舟落水，僥倖不死；且得入西湖主園亭，竊窺宮儀，得睹佳麗。不意犯了大罪，正在號救無門、束手無策之時，卻突然由階下囚一變而爲座上佳客。不僅禍退災消，反而賜婚公主。整個故事幾起幾伏，陳生處境由順而逆，由逆復順；一時驚濤駭浪，危如累卵；一時風波頓息，雲開見日。主人公的心情也時而驚心動魄，時而焦慮不安，時而心存僥倖。文筆矢矯，神祕莫測。眞乃「處處爲驚心動魄之文，卻筆筆作流風回雲之勢」（但明倫評語）。整個故事起伏跌宕，扣人心弦。

又如名篇《促織》不僅內容深刻，其結構亦可謂盡情節曲折、布局奇妙之能事。成名爲捕蟋蟀，忽困忽亨，時悲時喜。開始因捕捉不到，備受杖責。後來求神問卜，總算捕得一頭，乃舉家慶賀。後兒子誤斃之，懼而跳井，悲痛達到高峯。幸兒子氣息微存，心情稍慰；但見蟋蟀籠空，又氣斷聲吞。此時忽來一外貌不揚之小蟋蟀，喜而捕之。但與村中好事者所蓄相較，卻自增慚怍。然與鬥大勝，成乃大喜。而一雞突來，欲救無及，成又頓足失色。旋見雞伸頸擺撲，蟲固無恙，成復驚喜。獻於官，換得入學、免役、厚賜等獎勵；不數歲，裘馬過世家。全篇不過一千五百字，主人公從悲到喜，喜極生悲，悲極復喜，悲喜交遞，禍福相生，形成波瀾起伏、高潮疊出的格局。故事的發展始終不離開蟋蟀的得失這一主要線索，讀者的心弦也隨著蟋蟀的得失而忽張忽弛。「山重水複疑無路，柳暗花明又一村。」的確寫得百轉千迴，引人入勝。

有的故事本身並無多大曲折，但作者在寫法上力求變化騰挪，故仍能緊緊吸引讀者。如《葉生》寫葉生文章冠於時，但屢考不中，憂憤成疾。後隨知交縣令某返鄉，教其子成名，自己亦得中鄉試。這本是一個平淡無奇的故事，但就在葉生榮歸之時，老妻卻駭走，曰：「君死已久，何復言貴？所以久淹君柩者，以家貧子幼耳。」原來教縣令子成名、自己中舉，都是葉生靈魂之所爲。這不僅在寫法上波瀾突起，化腐朽爲神奇，而且還深刻地表現了科舉是怎樣使那些讀書人勾魂攝魄，至死不悟。

《嬰寧》篇所寫之愛情故事，本也屬於發展順利而無曲折。當事人及雙方家長均未阻撓，從相遇、相愛到成婚，完全是一帆風順。而作者卻能別出心裁，抓住嬰寧居處和來歷大做文章，故布疑陣。作者抓住眞假二字安排情節，寫出了從假到眞，眞而復假，假又爲眞，眞假莫辨這一奇特過程。寫得眞眞假假、迷離恍惚，使人莫測其究竟，而讀來卻趣味無窮。這些寫法，都能使小說產生很強烈的戲劇效果。

㈣富有特色的風格語言

《聊齋志異》的語言很有特色。作者既能創造性地運用古代文學語言，對諸子百家、《左傳》、《戰國策》、《史記》、《漢書》以及唐宋諸大家兼採並蓄，又能大膽吸收和提煉羣衆中口語方言。故典雅工麗，而又淸新活潑。作品中敍述語言以精練著稱，詞彙豐富，句式富於變化。

如《嬰寧》中，寫嬰寧愛笑，就用了「笑容可掬」、「嗤嗤笑不已」、「笑不可遏」、「復笑不可仰視」、「大笑」、「笑聲始縱」、「狂笑欲墮」、「且下且笑」、「微笑而止」、「室中吃吃皆嬰寧笑聲」、「濃笑不顧」、「孜孜憨笑」、「笑處嫣然」、「笑極不能俯仰」、「放聲大笑，滿室婦女爲之粲然」，總共不下二十餘處。但無一處相同，各有特色，且符合不同的情境。這足以說明蒲松齡語言表現之豐富，敍事狀物之眞切。

又如《張誠》寫誠父失子喪妻，山窮水盡之時，突見張訥、張誠、張別駕母子還家喜極之情景：

> 張父塊然一老鰥，形影自弔。忽見訥入，暴喜，怳怳以驚。又睹誠，喜極，不復作言，潸潸以涕。又告以別駕母子至，翁輟泣愕然，不能喜，亦不能悲，蚩蚩以立……既見婢媪廝卒，內外盈塞，坐立不知所為。

三個兒子依次入門，三種喜法，一次比一次加深，且又符合當時情境。訥尋弟去，歸家本意料之中，故曰「暴喜」。誠爲虎銜去，歸家出意料之外，故喜極而悲。至於別駕母子，不僅不在意中，而且不在意外，故悲喜皆不能。用筆之錯落，情境之貼切，確實達到爐火純青的地步。

一般說來，用文言文作敍述語比較容易，用文言文來寫人物對話，要模仿不同身分的人物的情態口吻，包括那些閨房兒女，販夫走卒，都要一一表現出他們的個性和身分來，就很不容易。蒲松齡不愧爲語言大師，他不僅能用文言文寫好敍述語言，而且能寫好對話。如《嬰寧》中王子服第一次郊遊遇見嬰寧，嬰寧說：「個兒郎目灼灼似賊！」僅八個字，既表現出嬰寧調笑揶揄之情，又從側面寫出王子服「注目不移，竟忘顧忌」的特點，進而寫出了嬰寧無拘無束、開朗豪邁的性格。他們第二次見面時，小榮復與嬰寧耳語曰：「目灼灼賊腔未改！」言簡意多，王子服的癡情，二女的揶揄，再一次得到表現，而且還能非常巧妙地說明雙方均已相互辨識。蒲松齡還能運用文言以描摹某些市俗人的講話，而又畢肖其聲口。如《閻王》中小叔勸悍嫂改行從善，嫂怒曰：「小郎若個好男兒，房中娘子賢似孟姑姑，任郎君東家眠西家宿，不敢一作聲，自是小郎大好乾綱，到不得代哥子降伏老媼！」呶呶不休，酷肖長舌婦聲口。就是用通俗白話，也難於達到這種效果。類似語言，書中尚有不少。如《翩翩》中翩翩和花城娘子的一段對話，就能把古語典故和俚語俗諺糅合在一起，以表現兩位少婦相互打趣的調侃氣氛，頗多生活氣息。此外如《邵女》中媒婆的聲口，《劉姓》中惡霸的流氓腔調，《小翠》中姑娘們鬥嘴的神態，都寫得生動活脫，詼諧有趣。

㈤對後世的影響

《聊齋志異》的影響是巨大的，它促進了清代文言小說創作的繁榮。我國傳統的文言小說自六朝志怪與唐宋傳奇兩次高潮之後，元、明兩代一直處於低谷，《聊齋志異》「以傳奇體敍小說之事，仿《史》、《漢》遺法，一書兼二體，弊實有之。然非此精神不出，所以通人愛之，俗人亦愛之，竟傳矣。」（馮鎮巒《讀聊齋雜說》）《聊齋志異》能把六朝志怪與唐宋傳奇的主要特色熔於一爐，因而突破了傳統思維對這兩種不同體裁的嚴格畛域。「小說家談狐鬼之書，以聊齋爲第一。」（《松軒隨筆》）故給後世小說家以新的啓示，出現了一大批效仿之作，如乾隆年間沈起鳳的《諧鐸》，和邦額的《夜譚隨錄》、浩歌子的《螢窗異草》，同光年間宣鼎的《夜雨秋燈錄》，吳薌厈的《客窗閒話》、王韜的《淞隱漫錄》等等。另方面也引起了某些力圖維護志怪小說原有體制的作家與之爭勝，這就是紀昀的《閱微草堂筆記》及其仿效者。兩者相互競爭，又相互交融，共同促成了清代文言小說創作高潮的到來。

附　註

①對於淄川蒲姓的族籍問題，學術界一直分歧較大，意見不一。蒲松齡撰寫《族譜序》說：「吾族爲般陽土著，祖墓在邑西招村之北，內有諭葬二：一諱蒲魯渾，一諱蒲居仁，並爲元總管。」有人據「蒲魯渾」三字係女眞語之譯音，意爲布袋，金女眞族多用以爲名，推斷其遠祖爲女眞族。有人則認定爲元時貴顯之蒙古族。有人則考據爲南宋時泉州市舶使、降元後官至福建行省中書左丞回回移民蒲壽庚之後裔。上述三說，由於文獻不足，均不足以推翻蒲松齡自謂「般陽土著」的意見。

②蒲松齡寫過〔醉太平〕《庚午秋闈二場再黜》：「風檐寒燈，譙樓短更，呻吟直到天明。伴崛強老兵，蕭條無成，熬場半生。回頭自笑濛騰，將孩兒倒綳。」其妻勸他說：「君勿須復爾！倘命應通顯，今已臺閣矣。山林自有樂地，何必以肉鼓吹爲快哉！」但蒲松齡對功名一直未能看破。康熙五十一年（公元 1712 年）初冬，他不顧72歲高齡，沖風冒寒，到青州府去考貢，總算得到一個歲貢功名。

③蒲松齡坐館的人家有淄川城北豐泉鄉王敷政家、淄川豹山營唐夢賚家以及淄川西鋪村畢際有家。特別是在畢家，蒲從康熙十八年（公元 1679 年）起，待了 30 年之久，直到蒲松齡年滿 70，才撤帳歸家。他與畢際有及其子畢盛鉅主賓之誼甚篤。

④如《婦姑曲》與《珊瑚》、《慈悲曲》與《張誠》、《翻魘殃》與《仇大娘》、《寒森曲》與《商三官》、《禳妒咒》與《江城》、《磨難曲》和《張鴻漸》題材均相同。至於是先有小說，俚曲係根據小說改編，或是相反，則無從判定。

⑤《聊齋志異》中改編前人作品而成者有百數十篇，如《考城隍》源於《剪燈新話・修文舍人傳》及《剪燈餘話・泰山御史傳》。《邵士梅》源於《虞初新志・邵士梅傳》。《阿繡》源於《幽明錄・買粉兒》。《續黃

粱》源於《枕中記》。《林四娘》亦源於《虞初新志》中林雲銘所記之《林四娘》。餘見《蒲松齡研究集刊》第1輯聶石樵《聊齋志異本事考證》及朱一玄《聊齋志異資料匯篇》。屬作者經歷見聞者如《偷桃》是「童時赴郡試，值春節」之所見。《上仙》係「癸亥（公元 1683 年）三月」作者與友人在省城的親身經歷。《地震》亦係作者經歷。作者在《自序》中曰：「才非干寶，雅愛搜神，情類黃州，喜人談鬼。聞則命筆，遂以成編。久之，四方同人，又以郵筒相寄。」由友人提供題材或寄贈者亦復不少。如《狐夢》即由好友畢怡庵提供。鄒弢《三借廬筆談》記：「相傳先生居鄉里……作此書時，每臨晨，攜一大磁罌，中貯苦茗，具淡巴菰一包，置行人大道旁，下陳蘆襯，坐於上，煙茗置身畔。見行道者過，必強執與語，搜奇說異，隨人所知，渴則飲以茗，或奉以煙，必令暢談乃已。偶聞一事，歸而粉飾之。如是二十餘寒暑，此書方告蕆，故筆法超絕。」此係傳聞之詞，無法考實。但多少可說明作者曾設法向周圍人士廣泛搜集素材，作爲創作的依據。

第五章　儒林外史

第一節　吳敬梓的生平和作品

㈠吳敬梓的生平

吳敬梓（公元 1701～1754 年），字敏軒，號粒民，晚年又號文木老人，全椒（今屬安徽）人。他出身於一個開始走向沒落的官僚家庭。曾祖吳國對，順治十五年（公元 1658 年）探花，官至翰林院侍讀。他的曾祖和祖父兩代人中，共出了六名進士，包括一名榜眼、一名探花①。吳國對生三子，即吳旦、吳勖和吳升。吳旦生吳霖起，是吳敬梓的嗣父。吳勖生吳雯延，是吳敬梓的生父②。吳旦爲監生，授州同知，吳勖爲貢生，吳雯延僅爲秀才，吳霖起爲拔貢，曾任江蘇贛榆縣教諭。這個科甲鼎盛的縉紳世家，在吳敬梓的父輩一代已開始走向衰落了。

由於家族的影響，吳敬梓少時曾熱中於科舉，早年入學爲秀才，二十九歲時參加鄉試，卻因「文章大好人大怪」而遭黜落。他雖曾發憤制藝，但科舉並沒有成爲他對人生的唯一追求。「漁獵百家」、「涉獵羣經諸史」的讀書生活使他顯露出孤標脫俗的叛逆個性。特別在十三歲嗣母身亡，十八歲及二十三歲時生父及嗣父相繼逝世之後，近房中不少人覬覦遺產，以致「兄弟參商，宗族詬誶」，使吳敬梓得以認清科甲世家的虛僞和卑劣，更加速了他和這些倚仗祖業走科舉道路的勢利之徒分道揚鑣。他由憤世嫉俗激發爲縱情背禮，放浪形骸。首先是大肆揮霍遺產，不上十年，就將繼承的兩萬多兩銀子的家產連同房屋地產全部消耗一空，「田廬盡賣，鄉里傳爲子弟戒」（《減字木蘭花》）。在家鄉輿論壓力下，他只好移居南京城，開始了他的賣文生涯。這時他的生活已相當困難了，但是，「富貴非所好」，「貧賤安足悲」（《夏日讀書正覺庵示兒烺》），他不汲汲於富貴，並對那些唯利是圖的科舉之士投以鄙惡的白眼，而與那些具有眞才實學而又蔑視禮法的至交密友「披襟箕踞，把酒共沈醉」（《買陂塘》），甚至同地位低下的樂工、戲子交往。到後來衣食無著，則「日惟閉門種菜，偕佣保雜作」（顧雲《盋山志》卷四）。經歷這一番由富貴到貧賤的不平常變化之後，他飽嘗了世態炎涼的滋味，體察到士大夫階層的種種墮落與無恥，看清了淸王朝統治下政治的腐敗與社會的汚濁，使他對現實和人生都有了進一步的淸醒認識。在他三十六歲的那一年，安徽巡撫趙國麟薦舉他上京參加博學鴻詞科廷試，官吏「朝夕造請」，他卻「堅以疾篤辭」（顧雲《盋山志》）③。從此，他再也不參加任何科舉考試，並且自動放棄了秀才的學籍。一切功名富貴，他都不放在眼裡。後來乾隆皇帝南巡至南京，士大夫都去夾道歡迎，而他「企腳高臥向栩牀」（金兆燕《寄文木先生》），表現了不屑一顧的態度。儘管在他後半生生活愈加困難，但性格卻更爲倔强④。三十多萬字的長篇鉅著《儒林外史》就是在他最困難的日子裡寫出來的。

㈡吳敬梓的作品

根據王又曾《書吳征君敏軒先生文木山房詩集後有序》：「閒居日對鍾山坐，贏得《儒林外史》詳。」小說應作於吳敬梓三十三歲（公元 1733 年）移居南京以後。又據程晉芳《懷人詩》（作於公元 1749 年）：「外史紀儒林，刻畫何工妍。吾爲斯人悲，竟以稗說傳。」可以推知最遲在他四十九歲時當已寫完。《儒林外史》開始以抄本流傳。第一個刻本是金兆燕擔任揚州府學教授時（公元 1768～1779 年）刊行的，但已失傳。今存最早刻本是嘉慶八年（公元 1803 年）的臥閑草堂本，共五十六回。現存的一些清代刻本均爲五十六回，大多係臥閑草堂本的翻刻本或增訂改動本。到光緒十四年（公元 1888 年），又有東武惜紅生序本，爲六十回。其中插入四回係寫沈瓊枝與宋爲富婚後故事，事既不倫，語復猥陋。應爲後來好事者所妄加。清代刊本的第五十六回「冥榜」，多數研究者也認爲非吳敬梓手筆。因程晉芳《文木先生傳》說僅五十卷（回），據葉名澧《橋西雜記》記載，道光、咸豐年間確實有部五十卷刊本流傳。而金和於同治八年（公元 1869 年）所寫《儒林外史跋》則說小說是五十五卷。近來的刊本均删去末回，按五十五回印行。

吳敬梓的詩文集《文木山房集》現存乾隆間刊刻的四卷本，計賦一卷四篇，詩二卷一百三十七首，詞一卷四十八闋。大約爲作者四十歲以前作品。另有十二卷本，包括其晚年作品，但已佚失不傳。僅存佚詩二十六首。作者另有《詩說》七卷，內容係對《詩經》的一些獨到見解，但也已佚。吳敬梓尚有《史漢紀疑》，但未成書。

第二節 《儒林外史》的思想內容

《儒林外史》是我國最著名的諷刺小說，是一部批判現實的傑作。它以揭發八股取士這一科學制的種種弊害爲中心和出發點，進而暴露了封建末世黑暗糜爛的眞相，成功地展示了一幅以封建儒生的生活和精神狀態爲中心的十八世紀中國社會的風俗畫。

㈠批判出發點——八股取士制度

《儒林外史》雖以明代爲其背景⑤，但實際反映的乃是淸代的現實⑥。明淸科舉制，隨著封建制度的腐朽，統治階級的沒落，已變得愈益僵化和反動。統治者把科舉制套上八股制藝的枷鎖，用朱注《四書》來鉗制思想，用八股固定程式來規範行文。這種愚蠢的辦法不僅製造出一批又一批愚蠢的官僚，更主要的是它還腐蝕和摧殘了一代又一代文人。它以秀才、舉人、進士組成多級階梯來引誘封建文人拚命向上爬，使他們追名逐利、利欲薰心，人人變得墮落無恥、糊塗愚昧而不自知。科舉制成了明淸統治階級用以牢籠知識分子、統治文化、禁錮思想的最有效的方法。而它的要害則是摧殘人才、培植奴性，以達到鞏固封建統治的目的。

小說作者在開宗明義第一回楔子中，就通過理想人物王冕之口說：「用《五經》、《四書》、八股文」的「取士之法」「定的不好！將來讀書人既有此一條榮身之路，把那文行出處都看得輕了。」這是全書的出發點。作者敏銳地感覺到：以八股取士爲核心的科舉功名，必然與傳統的講究立身操守、講究人品、學品和文品的做法處於互相對立、互相排斥的地位。看輕「文行出處」，必然導致不擇手段地追求功名富貴。而八股取士制度正是以功名富貴爲誘餌，肆意踐踏「文行出處」的原則，毒害知識分子，汚染社會風氣，造成「一代文人有厄」的時代悲劇。

閑齋老人在《儒林外史序》中說：「其書以功名富貴爲一篇之骨。」臥閑草堂本有評語曰：「功名富貴四字是全書第一著眼處。」（一回評）「是此書大主腦。」（二回評）小說批判八股取士，正是以各種類型封建文人對功名富貴的態度爲中心，以他們的「文行出處」爲切入口而展開的。

薛家集辦學是正文的開始，這個偏僻的山村，科舉的流毒仍然那麼嚴重。老塾師周進所受到的冷遇、輕蔑、侮辱和踐踏，的確令人不寒而慄、由於他是個六十多歲的老童生，是個「小友」，新進學的梅玖不和他序齒，並隨意拿他的創傷開心取樂。觀音堂裡的不速之客、舉人王惠撒下了滿地雞鴨骨頭，使他忍氣吞聲，「昏頭昏腦掃了一早晨」。薛家集是當時社會的縮影，周進則是深受科舉毒害卻執迷不悟的儒生的典型。在他別無出路不得不與商人爲伍之時，一見到貢院號板，便滿腹委屈，當著衆商人的面，撞頭大哭，遍地打滾，「直哭到口裡吐出鮮血來」。聽到幾個商人要湊錢爲他捐個監生，他就爬在地上磕頭：「若得如此，便是重生父母，我周進變驢變馬也要報效！」一旦他爬了上去，觀音庵裡的長生祿位便跟著出現，教館時留下的早已褪了色的對聯也被當年嘲笑過他的梅玖視同珍寶，叫和尚「揭下來裱一裱」了。

受科舉制腐蝕毒害的除了平庸的周進和范進、卑鄙的王惠和梅玖之外，也還有原本純樸的農家子匡超人。這些人一生都匍匐在科舉制面前，成了不學無術、庸俗淺薄、迂腐不堪的人。他們一旦功名到手，社會地位立即改變，於是頤指氣使、作威作福起來。這對於平庸無能的周進和范進來說，不論他們是否發迹，對社會都不會有太大影響。但對那些心懷叵測的王惠之流，一當名登黃榜，就會成爲窮凶極惡的統治者，而去草菅人命、魚肉鄉里了。

作者就這樣以科舉制爲出發點，揭發了整個社會的腐朽和罪惡。其矛頭集中於科舉制的產物——官僚制度，科舉制的副產品——鄉紳和假名士，以及與科舉制互爲表裡的封建禮教等方面。

㈡對官僚制度的批判

科舉制所選拔出來的官僚不能不是一些貪贓枉法、糊塗昏聵的傢伙。南昌知府王惠可爲代表。他一到任就問：「地方人情，可還有什麼出產？訟詞裡可略有些什麼通融？」他念念不忘的是「三年清知府，十萬雪花銀」。他的辦法是用「頭號板子」去敲榨勒索，用「頭號庫戥」去收取「餘利」；等到「衙役百姓，一個個被打得魂飛魄散」，他卻成了江西的「第一個能員」，很快升了道臺。而那些稍微正直一點的。如千總蕭雲仙、安慶知府向鼎，不是被貶就是被革。可見作者所否定的不是個別貪官污吏，而是建築在科舉制之上的整個官僚制度。

科舉制不僅造成了官僚制度的腐朽，而且製造了一批又一批橫行鄉里的地主豪紳。中了舉就成了老爺，進可以當官，退也成了鄉紳。他們交通官府，包攬詞訟，作威作福，壓榨人民。舉人出身、做過一任知縣的張靜齋正是這種豪紳，他暗中陷害僧官以圖霸占田地，到高要縣又出壞主意迫害人民，幾乎激起一場民變。貢生嚴致中尤爲惡劣，到處吹牛詐詐、魚肉鄉里，關人家的豬，奪人家的田，霸占孤兒寡母的財產。

㈡對假名士、假詩人的揭露

封建社會選拔官吏的另一方式是從山林隱逸和名人高士中選拔遺才。特別在清代，爲了籠絡那批具有民族思想而抗節不仕的高級文人，特別開設了博學鴻詞特科。故而促成一大批佯狂遁世、僞裝淸高、附庸風雅的假名士和假詩人出現，致使當時「山林隱逸之數，多於縉紳」（《清史稿》卷一〇九）。吳敬梓在《儒林外史》中用了大量篇幅，揭露這些假名士、假詩人的骯髒靈魂和醜惡嘴臉。他們招搖撞騙，吹馬拍馬，滿身銅臭，庸俗不堪。大宴鶯脰湖、西湖宴集、莫愁湖高會，就是這些人的幾次集中亮相。婁中堂的兒子婁三、婁四兩公子，一個是舉人，一個是監生，因「科名蹭蹬，不得早年中鼎甲，入翰林」，轉而當「名士」。他們想買個「禮賢下士」的美名，故不惜重金，延攬「賢士」。而一無所能的楊執中，行爲污穢的權勿用，以豬頭冒充人頭借以騙取五百兩銀子的假俠客張鐵臂，都成了婁家公子的座上客。這些人吟詩擊劍，打哄談笑，「古貌古心」，怪模怪樣，構成了一幅醜陋不堪的滑稽圖。人頭會的敗露，權勿用的被捕，才結束了這場無聊的鬧劇。而十八回所寫的西湖宴集就更其庸劣，參加的如景蘭江、支劍峯、浦墨卿、趙雪齋等乃是一幫典型的斗方名士。他們胸無點墨，爬不上科舉階梯，又無祖業可以依靠，只得開個頭巾店或作個鹽務裡巡商之類小職員過活。但卻要冒充名士，附庸風雅，在西湖湊資宴集。他們自我吹噓，相互標榜，以杭城「詩會名士」和「詩壇領袖」自居，「分韻賦詩」，做了一些包括「且夫」、「嘗謂」的詩，以及醉醺醺還稱「李太白宮錦夜行」的行爲，只能使山林蒙羞、湖光減色。在這種名士狂的氣氛薰陶下，居然使得十七、八歲的牛浦郎也做出冒名頂替、招搖撞騙的勾當來。

㈣對八股制藝和程朱理學的批判

這些官僚、豪紳、假名士、假詩人，都是八股取士制度的必然產物。作者如實地寫出了八股制藝既是封建知識分子功名富貴的敲門磚，又是他們靈魂的腐蝕劑。不用說周進、范進爲了舉業而發癡發瘋；馬二先生爲宣傳時文而奔走一生；魯編修爲入贅的女婿不精於八股舉業而「憂愁抑鬱」，其女魯四小姐也因爲丈夫對八股「不甚在行」，便整天「愁眉淚眼，長吁短嘆」，還在梳妝臺擺滿了一部又一部八股文，每天對著剛滿四歲的兒子「講四書，讀文章」。八股科舉的毒液，已經浸透了社會的每一個角落。但是，通過八股科舉所選拔和薰陶出來的人才，只能是一些不學無術的草包。八股文批點家馬二先生不知道李淸照是什麼人，中過進士、當了學道的范進不知道蘇軾生活在哪個朝代。而統治者正是利用它來培養奴才，愚弄當時的儒生，使得這些八股奴才就像著了魔一樣地神魂顛倒。魯編修說：「八股文章若做的好，隨你做什麼東西，要詩就詩，要賦就賦，都是一鞭一條痕，一摑一掌血。若是八股文章欠講究，任你做出什麼來，都是野狐禪，邪魔歪道。」另一科舉迷高翰林聲稱：「只有這一樁事是絲毫不走的，摩元得元，摩魁得魁。」他們甚至說從八股文中「不但看出這本人的富貴福澤，並看出國運的盛衰」。可是這種文章根本就沒有高低好壞的客觀標準，考試閱卷更是如同兒戲。周進主考廣東，對范進的試卷，初閱斥爲：「這樣的文字，都說的是些什麼話！怪不得不進學！」再看覺得有些意思，直到看完第三遍之後，才拍案叫絕，稱之爲「天地間之至文，眞乃一字一珠！」而考試本身更是弊端百出，二十六回寫到安慶考場，「那些童生，也有代筆的，也有傳遞的，大家丟紙團、掠磚石，擠眉弄眼，無所不爲……有一個童生，推著出恭，走到察院土牆跟前，把土牆挖個洞，伸手要到外頭去接文章」。像這種腐朽透頂、弊端百出的科舉制正反映封建制度已經病入膏肓。

封建社會一方面用八股科舉培養奴才，另方面又以封建禮教、程朱理學來維繫世道人心。而這一套也同科舉制一樣腐朽和虛僞。老秀才王玉輝居然鼓勵女兒自殺殉夫，女兒絕食而死，他仰天大笑道：「死得好！死得好！」嚴監生的妻兄王德和王仁，是兩個僞君子典型。口裡講「我們念書的人，全在綱常上做工夫」，可是心裡想的卻全是銀子。銀子進了腰包，就拋下病危的妹妹，忙著把妹夫的妾「扶正」。世風庸俗，人心敗壞，已成爲時代的流行病。作者突出地描寫了五河縣的勢利薰心：「問五河縣有什麼山川風景，是有個彭鄉紳；問五河縣有什麼出產稀奇之物，是有個彭鄉紳；問五河縣那個有品望，是奉承彭鄉紳；問那個有德行，是奉承彭鄉紳；問那個有才情，是專會奉承彭鄉紳。」就因為彭家出了幾個進士、兩個翰林，大家就爭著奉承，不顧廉恥。

㈤對理想人物的讚揚

吳敬梓在小說中通過一系列儒林中人物的剖析，以引起人們對八股制藝所造成的人性扭曲和世風頹敗的思索，進而引起人們對我國長期形成的把學術文化變成政治的附庸的傳統文化的反省。吳敬梓雖然比同時代人更敏銳地感覺到這種傳統的政治型文化製造了那麼多的精神悲劇而對它採取了一種批判和排斥的態度，但他卻不可能找到理想的民族文化形成的途徑。他的改革方案不過是要求封建知識分子講究文行出處以拯救其靈魂，提倡禮樂兵農等實學以彌補八股制藝的空疏。他主張恢復古禮古樂，祭奠先賢，這無非是對聖經賢傳中「禮治」文化精神的留戀。小說後半部所塑造的體現作者理想的正面人物大多顯得軟弱無力，正反映了作者看不到出路的彷徨和苦悶。

這些理想人物包括了以下幾個類型：

雖中進士卻無意功名、一心以德化人的虞果行，辭爵回家、著書玄武湖的莊紹光，鼓吹禮樂兵農的遲衡山，這都是一些不願隨俗浮沈、敦品勵學的賢人君子，風流文采、林泉養晦的名人高士。但他們實際上不過是封建道德的眞誠的奉行者。他們注意實學，卻又追懷往古；對現實醜惡不滿，但又採取獨善其身的態度。他們所代表的不過是一種理想化了的封建原則。書中極其鄭重地描寫了大祭泰伯祠的盛典，這是他們最熱中的事業，但於世無補。這些制禮作樂的人，很快風流雲散，泰伯祠也荒廢了。另外一些重實踐的人，如蕭雲仙征番拓邊，興水利、重農桑、辦學校；湯奏征苗擒賊，保境安邊，總算是大興兵農了。但他們不僅不被嘉獎，反遭訓斥、降級調用，禮樂兵農都無濟於事。作者不了解封建社會必然沒落的原因，更不可能找到解決社會矛盾的辦法，終於陷入了悲觀和絕望之中。

與這些人物相近但略有不同的是杜少卿。這是作者自己的影子，他的事迹代表了吳敬梓的所作所爲。在蔑視功名富貴、淡泊明志方面，杜少卿與虞果行等人相似，但他不是儒家正統思想的代表。按照傳統觀念看，他多少帶有某些離經叛道色彩。他蔑視禮敎習俗，經常牽著妻子的手遊玩清涼山，使兩邊的遊人不敢仰視。他尊重女性，主張一夫一妻，反對娶妾。他裝病不赴薦舉，寧可窮到「賣文爲活」，而且「布衣蔬食，心裡淡然」。他滿足於山水友朋之樂，不計較出身，不論「和尙、道士、工匠、花子，都拉著相與」。這種憤世嫉俗、放浪不羈的行爲，使高翰林之流害怕得如同洪水猛獸，不得不向子弟諄諄告誡：「不可學天長杜儀！」不過，杜少卿這種人還不能說是「新人」，頂多只能說是舊社會的「逆子」。他不守家業名聲，拒絕應徵出仕，背離科舉世家和封建傳統爲他規定的人生道路。他在生活和言談中，敢於對封建權威和傳統禮俗挑戰，追求恣情任性、不受拘束的生活。他尊重自己的個性，也尊重別人的個性與人性。杜少卿形象的塑造預示著中國文化系統中尊重個人價値和贊成個性發展的人文主義思想的覺醒。

作者看到了儒林的墮落，也看到那些「眞儒」無補於世。只好把目光轉向當時日益壯大的市民階層，因而描寫了善良純樸、有著眞誠友誼的蠟燭店牛老爺和米店卜老爹。還突出刻畫了自食其力、有正義感、有操守，「頗多君子之行」的戲子鮑文卿的生動形象。作者還頗有深意地在第一回寫了王冕，在最末一回寫了代表琴棋書畫的四個市井奇人，用他們來「隱括全文」、「述往思來」。這些人不是傲骨嶙峋，白眼看世，就是安貧守拙，淡泊明志。作者把他們寫成「嶔崎磊落」的人，不受世風沾染，不被金銀所牢籠，而用平凡的勞動，以自己一技之長作爲謀生之資。作者隱約地意識到他們身上的可貴之處，卻又不免爲他們塗上了一層封建道德色彩。可見作者並沒有從市民階層身上看出新社會的萌芽。

第三節 《儒林外史》的人物形象

據統計：《儒林外史》中出場的人物共三百七八十人，其中屬儒林中人物的僅一百人左右，但這些儒生大多爲書中主要人物。作者從不同角度描寫了他們生活的浮沈，境遇的順逆，功名的得失，仕途的升降，思想情操的高尚與卑劣，社會理想的倡導與破滅。而其中尤爲突出並以之作爲褒貶標準的乃是他們對於功名富貴的態度。這些儒生，正如閑齋老人所說的：「有心艷功名富貴而媚人下人者；有倚仗功名富貴而驕人傲人者；有假托無意功名富貴自以爲高，被人看破恥笑者；終乃以辭卻功名富貴、品地最上一層爲中流砥柱。」

㈠周進與范進

最先登場的周進和范進正是屬於這類「心艷功名富貴而媚人下人者」。他們大半生窮途潦倒，受盡冷遇和歧視。因爲他們連個學都沒進，周進能找到教館的地方，每年得二十兩銀子館金，已屬萬幸。范進家沒米下鍋，只好抱著生蛋的母雞上市去賣。他們沒有遇到憐憫和同情，遇到的全是像梅三相那樣的冷嘲熱諷，像胡屠戶那樣的劈頭痛罵。不能不說他們也是老實人，然而中舉的欲念早已蒙蔽了他們的良知，他們把畢生的精力都投到八股制藝的賭博場中去了。無知和迂拙，並沒有妨礙他們碰中紅點。於是，他們由「小友」變成了相公，再變成老爺，又變成主宰另外千百個儒生命運的學道。他們立即贏得周圍人們的尊敬、畏懼、諂媚和奉承。房屋、土地、銀子、童僕都好像從地下陡然湧向他們的身邊。從人下人到人上人的變化，僅在於中與不中之間。周進的撞號板，范進的發瘋，就可以從社會的和心理的種種原因之中得到解釋。

他們的個性都是頗為樸拙的，不善逢迎，也不會自我解嘲。所以梅三相的譏嘲，在周進只表現為臉上發燒，絕不反唇相譏。王舉人的傲慢，周進既不表現出太難堪的神色，也不低三下四地巴結阿諛。後來被迫當了會計，偶然的，也是有意識地進了貢院，一剎那間把大半輩子所默默忍受的一切羞辱，結合自己的時運不濟、半世坎坷，全都傾瀉出來，才發生那場天昏地黑的大哭。想不到這一哭卻成了他命運中的轉折點。至於范進，考場上二十多次的失意、鄰里的揶揄、胡屠戶的責罵，已成為他的家常便飯。他和周進一樣，內心都壓抑著一股不平之氣，但又都相信命運憎人，自安於卑微屈辱的地位。他們時時刻刻熱切地盼望中舉的那一天，但又從來沒有料想到那一天真會到來。他們默默地忍受著貧困和親人的冷面孔，逐漸形成打掉門牙往肚裡吞的性格。悲哀和憤懣往往是在沈默之中鬱結在內心深處，當范進已經完全習慣於那種饑寒、屈辱、寄生的可憐地位，已經痲木到在胡屠戶那種難堪的辱罵面前點頭稱是的時候，突然擡頭看見「第七名亞元」的大紅報帖，他那被失敗和屈辱所窒息了的一切欲望和自尊心，以及多年來鬱結起來的怨憤和悲哀突然都活躍起來，並隨著全身的熱血，向大腦匯集，使他的神經無法承受，因而演出了一場歡喜得發瘋的悲喜劇。范進喜瘋，周進哭死，有著相同的原因和相近的心理突變過程。只不過一個是在突然得中之後，另一個卻在未中之前而已。

然而，周進和范進中舉當官後都變了樣子，從說話、動作到思想。周進在人們面前不再是默默的了，他向童生們宣講起八股文的眞諦來，對炫耀詩才的魏好古先擡出皇帝的招牌：「當今天子重文章，足下何須講漢唐？」然後擺出學道的架子：「本道到此衡文，難道是來同你談雜學的嗎？」而范進病好之後，再不是見人就唯唯諾諾，而是坦然地同方面大耳的張鄉紳平起平坐，打起官腔來了。

他們是老實人迷於科舉並最後得中的平庸的儒生的典型。

㈡嚴貢生和嚴監生

接著出場的嚴貢生和嚴監生，大致屬於「倚仗功名富貴而驕人傲人者」。貢生嚴致中，是個巧取豪奪的惡霸；弟弟嚴致和，捐了個監生，是個愛錢如命的財主。血統上係一母所生，思想上也是親兄弟。本質上都代表豪紳階級極端利己主義，表現上卻各走極端：嚴貢生善於吹牛高攀，敢於明目張膽地爲非作歹；嚴監生則膽小怕事，但善於剝削，能從幾畝薄田積聚十多萬家財。嚴貢生積極地敲榨平民，阿諛官府，招搖撞騙，大手弄錢又大手揮霍；嚴監生則唯恐浪費一滴油、一根柴，坐守錢堆，看著兩根燈草被挑出一根以後才心安理得地死去。

自稱「爲人率眞，從不曉得占人寸絲半粟的便宜」的嚴貢生，自貼酒肉歡宴素不相識的范進和張靜齋。但是，王小二的豬和黃夢統的驢卻被他强留作訛詐的由頭，幾片雲片糕就能把船金賴掉。因此，他的自誇和好客不是雅量和癖性，而是進行訛詐的一種手段。舊社會那些窮凶極惡的剝削者，除壓榨人民外，還實行內部兼併，不顧骨肉之情和手足之誼。所以，當嚴監生死後屍骨未寒，嚴貢生就公然欺壓孤兒寡母，陰謀吞沒他家財產。

嚴監生之死，是他剝削生涯的一個終結，同時也集中表現了他那慳吝而又畏怯的矛盾性格。其妻王氏的死，其妾趙氏的扶正，花費的和被王氏兄弟騙去的銀子不下六千兩，他對此十分痛心，但又只好忍痛爲之。因爲，慳吝和畏怯，是他性格中兩個基本特徵，慳吝使他愛錢如命，畏怯又使他不得不花錢，不敢不花錢。衝突在他內心深處隱祕地進行著，消耗了他的精力。加以趙氏大手花錢使他回想起王氏的善於聚集而引起幾場痛哭，更使他精神恍惚。病倒以後又不肯休息，每晚還要算賬算到三更天。不能親自下鄉收租，也給他添上一番急躁。病重以後，又捨不得銀子吃人參。於是，這個慳吝到極點的地主只能在省掉最後一根燈草之後死去。他的死是具有社會意義的，也是典型的。

他們是攀附科舉、仗勢欺人的豪紳或吝嗇刻薄的地主的代表。

㈢馬二先生

小說中還有一個值得重視的成功藝術形象馬二先生，他名靜，字純上，影射全椒馮粹中。馮係作者敬重的摯友，一個經實地考察，寫出《治河策》四卷，被稱爲「膽略過人」的人。但在小說中卻成了一個醉心制藝、善良而又迂腐的八股評選家。這是一個雖有批評，但基本肯定的人物，所以作者讓他在大祭泰伯祠中以「三獻」身分出現。他誠懇厚道、耿介端方，對生活的意義毫無了解，被八股制藝、科舉功名緊緊縛住手足。他補廩二十四年，科場不利，自知功名無望，卻用垂暮之年，以宗教式的虔誠，熱情地編選墨卷，希望下一代以此爲上進的階梯，不像自己這樣坎坷，他只要一有機會就宣揚舉業至上的大道理，不惜舌敝唇焦。他把自己的畢生精力和誠摯忠厚、胸懷坦蕩等優秀品質，完全銷熔在對「人人必要做的」八股舉業的信奉之上。但他與當時的那些八股奴才不同，那些人拿八股做敲門磚，或用它做幌子，只有馬二先生才是制藝的眞正辯護人。他所宣講的全是由衷之言，他赤誠地捍衞它，熱情地發揚它，極力叫世人認識它的眞價值，而且以身作則，誠心誠意信奉一輩子。儘管他自己連學人也沒中，但仍然到處宣傳科學是個「極好的法則」。他這種不以個人得失爲念，對原則的忠誠不二，以及他那些「精闢」的見解和對後學的耐心開導，確實代表了科學的精神，但他自己卻成了科學的犧牲品。他眞誠地相信並熱中宣傳他所精心編選的八股墨卷選本：「書中自有黃金屋，書中自有千鍾粟，書中自有顏如玉。」他認定世上除了八股而外就沒有其他文章，人生除了舉業以外就沒有其他事業。孔孟程朱的語錄使他失去了獨立思考的能力，封建蒙昧主義窒息了他應該具有的愛美的天性。他把整個生命都獻給了舉業，但依然功名不成。即令在舉業同行中間，他也不被看重；他的那些八股選本又只行得一時，連個身後之名都沒有博得。

馬二先生在十三回「來了」聲中登場，第一個和他相交的是蘧公孫，兩次來往，飯後淸談，離不開又是舉業。馬二先生極其深刻地分析舉業的歷史淵源，強調地指出就是孔夫子在今天「也要念文章，做舉業」的大道理。在他心目中，舉業是一種不可抗拒的歷史潮流，而不是沽名釣譽的手段。由於蘧公孫要附驥尾，共占選本封面，才引出他一段鄭重其事的名利道理。隨後，蘧公孫因保存了投降叛王的欽犯王惠的枕箱，受到公人敲詐，馬二先生把辛勤掙得的九十二兩銀子全部拿出來，既不要歸還，也不圖感謝，純粹爲了救朋友之急。因而蘧公孫連聲稱讚他爲「有意氣、有肝膽」的「斯文骨肉朋友」。

馬二先生接著到了杭州。他雖也想到：「西湖山光水色，頗可以添文思」。但一當他置身於山水之間，靈隱的淸幽、天竺的秀雅，都不如滾熱的蹄子、海參糟魚、燕窩桔餅對他更有吸引力。馬二先生三天遊湖，睡了一天，喝了六次茶，吃了五次飯，茫茫然大嚼而歸。他只知道看見女人就低頭，看見御書就下拜，看見書店就調查自己所編墨卷的銷路。西湖的山水也成了檢驗遊客感情的標尺。在馬二先生那顆塡滿八股和海參燕窩的頭腦裡，只能對這「高高低低」的湖光山色發出一聲「眞乃載華嶽而不重，振河海而不泄，萬物載焉」的八股腔調的讚嘆。唯其迂腐，騙子洪憨仙才將他作爲可以上鉤的對象。但就是此時，馬二先生的迂腐和厚道仍然是結合在一起的。總算他時運高，洪憨仙出師未捷，斷氣先亡。而當馬二先生知道一切眞相之後，仍然照顧他的安葬事宜，送餘錢給他子婿，做到盡禮而畢。之後，他又會見了落魄杭州、以拆字糊口的匡超人。萍水相逢，受同情心驅使，他又慷慨地送匡十兩銀子，爲他籌劃以後的生活，對匡照顧得無微不至。臨別贈言，是馬二先生最有名的一段議論，不愧爲八股的贊歌，舉業的指路碑。那裡面既包含著馬二先生全部的迂腐，也跳動著他那顆誠摯而又善良的心。匡超人在馬二先生的開導下，果然醉心科舉，利欲薰心起來。等到他「高興長安道」之後，卻完全墮落爲流氓惡棍。他賭場抽頭，僞造印信，冒名代考，停妻再娶，吹牛拍馬，招搖撞騙，幹盡卑鄙勾當。甚至對他這位過去不知「何以爲報」的盟兄也過河拆橋，恩將仇報，大肆攻擊，批評他「理法有餘，才氣不足」。作者通過匡超人墮落過程的描寫，進一步寫出了馬二先生的悲劇。儘管他自己並沒有因爲醉心舉業而變得卑鄙起來，可是他所散布的影響，仍然在驅趕著別人往卑鄙的路上走。

馬二先生就是這樣一個中了八股之毒而不自覺，仍然保持著善良本性的讀書人。他的種種迂腐完全是由於科舉制度造成的。作者雖然愛他，卻又不得不忍痛調侃他，噙著一把眼淚來嘲笑他。因爲他代表了舉業的眞精神。這樣，嘲笑他就是嘲笑了科舉制度，批評他就是批評了科舉制度。

第四節 《儒林外史》的藝術成就

《儒林外史》是一部成就很高、影響極大的著名小說。它在藝術上的成就決不僅僅限於高超的諷刺藝術和別具一格的長篇結構，更主要的還在於它對寫實藝術的深化和開拓。

(一)對寫實藝術的開拓和深化

《儒林外史》是我國第一部社會小說，清人曾提出它是「吾國社會小說之嚆矢也」（《清朝野史大觀》卷十一《清代述異》）。它上承《金瓶梅》，進一步發展了擺脫奇人異事、「摹繪世故人情」（《惺園退士序》）的傳統，它既寫儒林人物，也寫芸芸衆生，包括販夫走卒、幫閒篾片、三教九流，使之紛然雜陳，聲態並作。臥閑草堂本評點就說：「愼毋讀《儒林外史》，讀竟乃覺日用酬酢之間無往而非《儒林外史》。」但它又能擺脫《金瓶梅》那種純客觀的、近乎自然主義寫法的影響，對生活素材進行審美加工和提煉。在古代著名小說中，《儒林外史》應該是唯一的一部既寫了世俗生活又完全沒有猥褻筆墨的長篇。

《儒林外史》也是比較徹底的個人獨創型小說，它繼承並超過了《金瓶梅》，完全取材於現實，而無任何因襲部分。因此，作家主體性空前加強，作家個人風格鮮明突出。無論是小說的敍事方式、人物肖像描繪、諷刺藝術、長篇結構，以及它的語言風格，都深深烙上作家審美個性的印記。例如，書中除少數地方如開頭、結尾用了幾首詞以外，全書均用散文，基本上不用詩詞韻文點綴於其中，這也體現了作家的獨特風格。吳敬梓的主體精神突出地表現爲一種自覺的批判精神。

由於封建社會長期的停滯，傳統文化潛移默化，構成了超穩定的深層意識，使得人們普遍缺乏自省意識。《金瓶梅》敢於將生活中的假醜惡進行徹底的揭發和暴露，但還不具備批判的性質；因爲這種單純的暴露只停留在生活表層，甚至對罪惡流露出欣賞的客觀主義態度。由於明清之際社會危機感空前深刻，喚起了一些先進思想家自我批判意識的覺醒。正是這樣的時代意識孕育了作家的藝術思辯能力，因此吳敬梓用他的筆凝聚了整個時代的智慧和力量，自覺地對現實社會和傳統人生道路進行本質的批判，使得《儒林外史》具有近代批判現實的文學的主要特徵。作者從儒林入手，對民族文化心理結構進行了深入的解剖。那些在封建文化中長期積澱下來的霉爛因素，第一次受到他的懷疑、批判和清算，並在批判中表現了他的叛逆精神，以及尊重自我人格、追求個性解放、掙脫政治功利和封建陋俗的束縛這樣一些近代民主主義思潮的萌芽。

㈡富有民族特色的諷刺藝術

《儒林外史》在藝術上的另一主要成就是它高超的富有民族特色的諷刺藝術。諷刺藝術在我國文學史上有著比較悠久的歷史傳統，先秦寓言、古代詩歌和歷史散文中的諷刺藝術都取得了一定的成就，明末諷刺喜劇的成就更爲引人注目。至於諷刺在小說中的運用，魯迅早已指出：「寓譏彈於稗史者，晋唐已有，而明爲盛，尤在人情小說中。」（《中國小說史略》）如《金瓶梅》及明清之際的長篇小說《醒世姻緣》。儘管其中諷刺色彩相當突出，但其主導傾向則在於暴露。《西遊記》和明清之際的《西遊補》、《鍾馗斬鬼傳》等一批神魔小說，諷刺雖已上升爲主導風格，但它們大多爲遊戲之作，諷刺往往採用了一種輕佻的方式，以玩世不恭之意，變痛苦爲滑稽，在滑稽中宣泄其激憤之情。而且，作爲神魔小說，必然會把對現實的諷刺魔幻化，即把對現實生活的抨擊和怪誕的審美意識結合起來，從而創造出一種既超出現實又不脫離現實的藝術氛圍，而與《儒林外史》中那種嚴肅、深沈的諷刺大異其趣。故魯迅說：「迨吳敬梓《儒林外史》出，乃秉持公心，指擿時弊，機鋒所向，尤在士林；其文又感而能諧，婉而多諷，於是說部中乃始有足稱諷刺之書。」（《中國小說史略》）

《儒林外史》的諷刺成就是多方面的。正如魯迅所說的，諷刺應該對於生活中某種畸形的事物進行客觀的揭露。作者攝取生活中那些司空見慣的現象，不加任何評騭地抖露出來，事物的可笑、可鄙、可惡和不合理的本性躍然紙上。如馬二先生遊西湖就活畫出一個迂腐寒酸、精神空虛的科學信徒來。通過周進連看三遍范進考卷的感情變化，道出了八股文無客觀標準，完全取決於主觀好惡這一祕密。這都是用冷峻的筆觸揭露這些身爲學道的八股奴才的不學無術，都是把諷刺的深意通過情節的發展自然流露出來，不需要作者直接點破。即使是荒謬絕倫的事，作者也絕不直接露面加以訕笑。魯迅還曾舉范進矯裝守制，不用銀鑲牙筷，卻大口吃蝦元子一例，認爲「無一貶詞，而情僞畢露，誠微詞之妙選，亦狙擊之辣手矣！」

在人物刻畫中，作者除對少數儒林敗類如嚴貢生之流以外，其餘均作爲科舉制的受害者，在尖刻的諷刺和嘲笑之中，流露出作者對他們不幸命運的深切同情。使這些人物既可笑、可鄙，又十分可憐。我們讀它忍不住要笑，但笑聲隨即淹沒在悲哀情感之中。這也就是魯迅所說的「感而能諧」。作者對人物的諷刺，目標始終對準他們思想性格裡所體現的制度的罪惡，而非人身攻擊。作者彷彿在說明：這些人物只是受了科舉制的愚弄，以致迷失本性，陷入這樣墮落無恥、愚妄無知的不堪地步。因此，《儒林外史》才能夠從人物性格的刻畫中，深刻地揭露社會與政治的本質；從對人物的嘲笑裡，有力地攻擊制度的罪惡。

作者善於採用含蓄、婉轉的諷刺手法，主要通過情節提煉與典型化，使畸形事物本身的矛盾、荒謬與不合理集中地顯示出來。有時還借助於人物言行的矛盾、或前後對比來進行諷刺。如嚴貢生大言不慚地宣稱自己從不占人便宜，話音未落，小廝前來報告，透露出早上關了人家一口豬。胡屠戶的前倨後恭，未中舉的范進本是「尖嘴猴腮」的「癩蝦蟆」，中舉之後就變成「相貌體面」的「女婿老爺」了。梅玖曾惡意地拿周進取笑，使之無地自容，可是當他高中以後，又居然冒充他的學生，畢恭畢敬地去拜他的長生祿位牌。作者就這樣用冷峻的筆觸，一層一層地連膿帶血撕開了人物身上的瘡疤，把他們的心靈赤裸裸地抖露出來。

㈢由故事轉遞、人物銜接的特殊結構

在中國古典長篇小說中，《儒林外史》的結構是比較特殊的。它沒有貫串全書的中心人物和中心事件，而是通過故事的轉遞，人物的相互銜接，較大場面的組織，前後呼應等藝術手段，使全書聯綴綰合，從而構成為一個藝術整體。魯迅說：「全書無主幹，僅驅使各種人物，行列而來，事與其來俱起，亦以其去俱訖，雖云長篇，頗同短制；但如集諸碎錦，合為帖子，雖非巨幅，而時見珍異，因而娛心，使人刮目矣。」《儒林外史》的結構雖不同於《三國》、《水滸》的首尾貫通，也不同於「三言」、「二拍」的自成起訖，但仍然是一種長篇的結構。儘管這種結構是比較鬆懈的，但並沒有掩蓋許多方面的卓越成就。而且，這種結構是為表現內容服務的。儘管小說的各個部分完全可以自成段落，但全書並不是這些部分的生硬拼合。作者在選擇、安排、組織材料時，也頗見匠心，並非漫不經心之筆。如楔子、尾聲的安排，又如上下部分的分工：上半部著重寫儒林羣醜，下半部才寫「中流砥柱」的「眞儒」。各類人物的登場也非毫無次序，作者先寫周進范進這種「心艷功名富貴而媚人下人者」，再寫嚴貢生、王惠這種「倚仗功名富貴而驕人傲人者」，接下再寫楊執中、權勿用這種「假托無意功名富貴，自以爲高，被人看破恥笑者」。臨到諸惡寫盡，「眞儒」登場之前，又安插杜愼卿、季韋蕭兩個似是而非的風流名士，借以掃淸上文之惡俗。而且，作者還在各個故事之間，安排了一些關連勾結、前後呼應的地方。如嚴貢生的故事早過去了，但立嗣的結果卻在匡超人的故事中才作交代。權勿用在大宴鶯脰湖之後即被差人帶走，直到五十四回才有人說明這件官事也「昭雪」了。又如王惠，第一次出場在薛家集河頭，到第七八回才寫他的故事，因遺箱又惹起十三回的一場官司，直到三十七回郭孝子尋親才交代他已入四川山中爲僧。三十九回才交代他的死。又如「虛設人頭會」的張鐵臂遠走高飛，下落不明，到三十一回才出現了個「扭扭捏捏做些假斯文像」的醫生張俊民，到三十七回才被蘧駪夫看破，無地自容，只好回老家去了。

㈣「國語的文學」的語言特色

《儒林外史》的語言也比較成功。全書基本上採用普通漢語，作者雖然以經過加工提煉的蘇皖一帶方言作爲基礎，但又著眼於語言的普遍性，盡量少使用過分偏僻的土語。故錢玄同稱它爲「國語的文學」，認爲可以列入「中等學校模範的國語讀本」。作者善於用白描手法來描繪人物，語言精煉含蓄，寥寥幾筆，就能把人物寫得形神畢具，聲態並作。作者還善於在通俗的語言中夾用成語、諺語、歇後語及文言詞語，而又比較和諧。書中人物語言也較有個性特色。作者尤善於寫人物的長段發言和議論，作爲揭示人物內心、表現人物個性的重要手法之一，而且能寫得波瀾起伏，趣味盎然。總的來看，《儒林外史》的語言風格是：精煉含蓄，質樸辛辣，沒有過多的游詞，而餘韻自在。

㈤對後世的影響

《儒林外史》在中國小說史上占有重要地位，它的成就是巨大的，「全書充滿濃郁的人情味，足以躋身世界文學史傑作之林。它可與意大利薄加丘、西班牙塞萬提斯、法國巴爾扎克或英國狄更斯等人的作品相抗衡。」（亨利 W. 韋爾期《中國文學與外國文學之比較研究》）《儒林外史》對後代小說創作的影響更爲深遠。晚淸譴責小說的繁榮局面的出現與之有著直接的聯繫，譴責小說吸取了《儒林外史》的批判精神，它們也把對科舉的腐蝕人心、名士的招搖撞騙、社會的道德墮落特別是官僚的貪黷卑汚作爲抨擊目標，因而在精神上與《儒林外史》保持一致。只是由於這些作家藝術功力不及吳敬梓，加之成書匆迫，故而辭氣浮露，筆無藏鋒，諷刺降格而成了譴責。《儒林外史》若斷若續的結構章法也爲譴責小說所繼承，這種可長可短，可南可北，人隨事來，事了人渺，信筆由我的寫法非常適合報刊體小說的需要。儘管這類小說在運用中陸續有所突破和創新，然其基本結構模式仍然來自於《儒林外史》。

附　註

①曾祖一代除吳國對爲探花外，尙有吳國鼎，崇禎十六年進士，官中書舍人。吳國縉，順治九年進士，官江寧府教授。吳國龍，崇禎十六年進士，官禮部掌印給事中。其子吳晟，康熙十五年進士，子吳昺，康熙三十年榜眼，官湖廣學政。

②關於吳敬梓的生父，最先是胡適在《吳敬梓年譜》中根據吳敬梓《移家賦》中自述其父曾任「贛榆教諭，捐資破產興學宮」等語，考定

爲吳霖起。七十年代以前的一些著述、文學史多襲此說。但七十年代末，陳美林根據朱緒曾《國朝金陵詩徵・吳敬梓小傳》中「祖旦，以文名。父雯延，諸生，始居金陵」等語，以及陳作霖爲吳敬梓的兒子吳烺作傳，也說他的祖父爲吳雯延。故而提出吳的生父爲吳雯延、嗣父才是吳霖起一說。這一說較能解釋吳敬梓的一些家庭矛盾，特別是吳霖起死後宗族前來爭奪遺產一事。故爲多數學者採納。

③關於吳敬梓不就博學鴻詞廷試的原因，稱其因病而不能者有《國朝金陵詩徵》：「會病不克舉。」程廷祚《儒林外史序》：「以病未赴，論者惜之。」唐時琳《儒林外史序》：「而敏軒病不能就道……非托爲病辭者。」但更有不少記載說他有意或裝病不赴，如程晉芳《文木先生傳》：「竟不赴廷試，亦自此不應鄉試。」金和《儒林外史跋》：「先生堅臥不赴，竟棄諸生籍。」顧雲《盋山志》：「有司奉所下檄，朝夕造請，堅以疾篤辭……且並脫諸生籍。」後說較爲合理。

④其好友程晉芳《文木先生傳》中說吳敬梓「窘極，則以書易米」。還說他在冬日苦寒之時，「無酒食，邀同好汪京門、樊聖謨輩五六人，乘月出城南門，繞城堞行數十里，歌吟嘯呼，相與應合。逮明，入水西門，各大笑散去，夜夜如是，謂之『暖足』。」生活特別緊張之時，吳敬梓還經常斷糧。「余族伯祖麗山先生與有姻連，時周之。方秋，霖潦三四日，族祖告諸子曰：此日城中米奇貴，不知敏軒作何狀。可持米三斗、錢二千，往視之。至則不食二日矣。」

⑤《儒林外史》主要故事開始於第 2 回薛家集辦學，時爲成化（公元 1466～1487 年）末年。故事結束於第 55 回，時爲萬曆二十三年（公元 1595 年）。時間跨度爲 110 年左右。

⑥重要證據之一，就是小說中人物大部分都是以吳敬梓同時代人物爲原型。據金和同治八年（公元 1869 年）所寫的《跋》：「書中杜少

卿乃先生自況，杜愼卿爲青然先生（按即吳之堂兄吳檠）……書中之莊徵君者程綿莊，馬純上者馮粹中，遲衡山者樊南仲，武正字者程文也。他如平少保之爲年羹堯，鳳四老爹之爲甘鳳池，牛布衣之爲朱草衣，權勿用之爲是鏡，蕭雲仙之姓江，趙醫生之姓宋，隨岑庵之姓楊，楊執中之姓湯，湯總兵之姓楊，匡超人之姓汪，荀玖之姓苟，嚴貢生之姓莊，高翰林之姓郭，余先生之姓金，萬中書之姓方，范進士之姓陶，婁公子之爲浙江梁氏，或曰桐城張氏，韋四老爹之姓韓，沈瓊枝即隨園老人所稱『揚州女子』，《高青丘集》即當時戴名世詩案中事……」何澤翰著有《儒林外史人物本事考略》，可參考。

第六章　紅樓夢

《紅樓夢》是中國文學史上最優秀的長篇章回小說，是中華民族傳統文化的瑰寶。它的出現不是偶然的，乃是兩千多年古典文學、特別是宋元以來通俗小說發展的一個全面的繼承和總結。自它十八世紀問世以來，在我國社會生活中一直產生著廣泛的影響。

第一節　曹雪芹的家世和生平

㈠曹雪芹的家世

曹雪芹（公元 1715?～1764? 年），名霑，字芹圃，號雪芹，又號夢阮、芹溪。其遠祖爲遼陽人①。五世祖曹錫遠大約在明天啓年間被後金（即後來的淸王朝）軍隊所俘，編入滿洲正白旗籍②，身分是包衣（家奴）。高祖曹振彥跟隨淸攝政王多爾袞入關，立有軍功，開始榮耀，曾任大同知府。曾祖曹璽，由於其妻孫氏是康熙的奶媽，其子曹寅是康熙的伴讀，隨著康熙親政，曹家更爲得勢。康熙二年（公元 1663 年），曹璽被任命爲江寧織造。康熙二十三年（公元 1684 年）曹璽病死。康熙二十九年（公元 1690 年）曹寅出任蘇州織造，兩年後協理江寧織造，並兼任兩淮巡鹽監察御史。康熙五十一年（公元 1712 年）病死，子曹顒接任。兩年後曹顒又病死，康熙又令曹宣之子曹頫過繼給曹寅，續任江寧織造。曹家三代四人先後任江寧織造達五十八年之久。這個職務，名義上是爲皇室採辦物資，實際還負責密訪江南各地吏治民情和豐歉，隨時可密摺上奏，並兼籠絡江南漢族文士的特殊作用，是皇帝派駐江南的親信耳目。康熙六次南巡就有四次駐蹕於曹寅的江寧織造署③。曹家不僅是「百年望族」，也是「詩禮之家」。曹璽「負經濟才，兼藝能」。曹寅則是著名的詩人、學者兼藏書家。他曾奉旨刊刻《全唐詩》和編纂《佩文韻府》等書。

雍正嗣位以後，隨著皇族鬥爭的加劇，曹家開始失勢。雍正五年（公元 1727 年），曹頫自江寧解送絲織品進京時騷擾驛站、苛索銀兩，被山東巡撫塞楞額參奏，加上虧空帑項、轉移家產等罪，清廷將其免職，並查封家產。至第二年仍被枷號催追。曹家敗落後，舉家遷回北京。當時曹雪芹大約十三、四歲。封建王朝風雲變幻的政治形勢，百年望族的迅速破落，使曹雪芹對封建世道人情獲得不少眞切感受。

㈡曹雪芹的生平

對於曹雪芹的生平材料，我們所知甚少。他大約是曹顒的遺腹子，生於康熙五十四年（公元 1715 年）④，能詩善畫，又會彈琴舞劍。人稱他畫的嶙峋的石頭，就像雪芹自己的傲骨一樣，裡面鬱積著畫家胸中無限塊磊。至於雪芹的詩，立意新奇，頗見功力。他的友人敦誠曾稱讚說：「愛君詩筆有奇氣，直追昌谷破籬樊。」風格直追李賀而又不爲李賀所囿。

但他的詩只留下《題「琵琶行」傳奇》中兩句：「白傅詩靈應喜甚，定教蠻素鬼排場。」⑤據張宜泉《題芹溪居士》中有句：「苑召難忘立本羞。」他可能拒絕擔任宮廷畫師之召。又據敦誠《寄懷曹雪芹》詩「當時虎門數晨夕」，他也許曾在右翼宗學供職。大約在四十歲左右，他遷居於北京西郊的一個小山村。門巷薛蘿，環堵蓬蒿，過著「茅椽蓬牖」、「瓦灶繩牀」的生活，經常賣畫換酒，擧家食粥，但仍不免「饔餐不繼」。生活的折磨，加上獨子夭亡，使他感傷成疾，「一病無醫」，終於在乾隆二十八年癸未除夕（公元 1764 年 2 月 1 日）或乾隆二十七年壬午除夕（公元 1763 年 1 月 12 日）去世⑥，死時不到五十歲，留下了一個續娶的新婦和一部未完成的《紅樓夢》⑦。

第二節 《紅樓夢》創作過程和版本

(一)《紅樓夢》創作過程

曹雪芹對我國古典文學的最大貢獻是他創作了不朽名著《紅樓夢》。這部書在他三十歲左右時便開始寫作。乾隆甲戌（公元 1754 年）本《脂硯齋重評石頭記》中便有「十年辛苦不尋常」和「披閱十載，增删五次」的話。到他病死時爲止，只整理出前八十回。八十回以後，大約也寫過一些片段手稿和回目，但都已散失。就是八十回以前也有一些缺漏和不完整、不銜接之處⑧，但經過他人修補，故事基本完整。

八十回以後的情節，根據脂批透露的消息，再參照八十回正文的一些提示，大約寫了賈府被查抄，林黛玉病死，賈寶玉與薛寶釵結婚，史湘雲嫁衞若蘭，賈寶玉遣散衆丫環，麝月留侍賈寶玉，紅玉茜雪到岳神廟安慰賈寶玉，賈寶玉「寒冬噎酸虀，雪夜圍破氈」，巧姐被賣幸遇劉姥姥搭救，賈蘭得官後不久李紈即病亡，賈寶玉懸崖撒手出家爲僧，最後是青埂峯下再證前緣，警幻仙姑揭情榜，等等。與今本《紅樓夢》之後四十回有很大不同。

今傳之後四十回一般認爲是高鶚所續補，其根據是淸詩人張問陶《船山詩鈔・贈高蘭墅同年》一詩自注⑨。當然，高鶚在續補時可能看過曹雪芹部分殘稿，因而造成後四十回思想藝術方面的不平衡。但總的來說後四十回中不少情節與曹雪芹原有構思不甚相符，特別是文筆冗弱與前書不相稱，有意模仿重複前八十回之情節說明了續作者創造力、想像力低下。但後四十回能夠追蹤原書情節，完成寶黛愛情悲劇，使全書故事首尾完整，便於流傳。個別段落也寫得比較成功，如黛玉焚稿、寶釵出閣、襲人出嫁等等。但後書思想性、藝術性均遠遜前八十回，尤其是結局的寶玉中舉、蘭桂齊芳、賈家延世澤等情節更嚴重地違背了曹雪芹的原意，這大約與高鶚本人的思想與經歷有關。

高鶚，生卒年不詳，字蘭墅，別號紅樓外史，漢軍鑲黃旗人。乾隆六十年（公元 1795 年）進士，做過翰林院侍讀、內閣中書等官。他續補《紅樓夢》是應書商程偉元之要求，時間應該在他中舉發迹之前。

㈡《紅樓夢》的版本

《紅樓夢》版本特別複雜。因為曹雪芹一邊寫作，一邊就以抄本形式在社會上流傳。作者不斷加工修改，每次修改本又以抄本形式流傳。但大致上可以分為兩個階段：乾隆十九至五十五年（公元 1754～1790 年）主要是抄本流傳階段，乾隆五十五年以後主要是刻本流傳階段。

1、抄本系統

抄本系統多附有脂硯齋等人評語，故亦稱脂本，因最多為八十回（脂稿本、脂蒙本例外），也可稱八十回本。重要的有以下幾種：

乾隆甲戌（公元 1754 年）本，即大興縣劉銓福藏鈔本《脂硯齋重評石頭記》，又稱「脂殘本」或「脂銓本」。僅存十六回

（一至八，十三至十六，二十五至二十八）。第一回注明「甲戌抄閱再評」，但也有丁亥（公元 1767 年）及甲午（公元 1774 年）的脂評。可能係以後補評。它可能是根據一部比較接近原著的脂評本過錄的。

乾隆己卯（公元 1759 年）本，即清怡親王府抄本《脂硯齋重評石頭記》，又稱「脂怡本」。今存四十二回又兩個半回。包括北圖所藏的三十八回（一至二十，三十一至四十，六十一至七十，其中六十四、六十七兩回係抄配）及新發現的三回（五十六至五十八）及兩個半回（五十五，五十九）。這是較早的一個抄本，第三十四回末有云：「《紅樓夢》三十四回終」，爲第一次出現《紅樓夢》爲書名的本子。

乾隆庚辰（公元 1760 年）本，北京大學圖書館藏，又稱「脂京本」，書名亦爲《脂硯齋重評石頭記》。原書八册卷首都標有「脂硯齋凡四閱評過」。共七十八回，僅缺六十四、六十七回。保存原文及脂批都比較多，是最完整的一個脂本。此本十七、十八回未分開，十九回無回目，二十回未補完，七十五回缺中秋詩。這些情況與己卯本相同，證明二者來源同一祖本，也是考證《紅樓夢》成書過程的重要材料。

脂戚本，即有正書局於一九一二年石印戚蓼生序本，又稱「有正本」。戚爲乾隆三十四年（公元 1769 年）進士，此本抄錄時間當在此前後。其餘脂本所缺之六十四、六十七兩回及二十二回尾處，此本均已補齊。故這是脂本中保存最爲完整並最早付印的脂本。惜原稿已毀（最近已找回上半部），抄錄有改動失眞之處。

脂稿本，即乾隆抄本百廿回《紅樓夢稿》，前八十回係根據脂本，後四十回係高鶚等修補過程中的一次改本。因七十八回末有「蘭墅閱過」，是研究《紅樓夢》成書、特別是後四十回修補過程的重要資料。

脂晋本，舊稱甲辰（公元 1784 年）本，山西發現的夢覺主人序本，存八十回。書名第一次正式題爲《紅樓夢》，此後《石頭記》這一書名逐漸被《紅樓夢》所取代。這個抄本正文删改較多，出現大批異文，脂批被大量删削。

除以上六種外，尚有脂蒙本（蒙古王府抄本，存百二十回）、脂舒本（舊稱已酉本，即舒元煒序本《紅樓夢》，存前四十回）、脂寧本（南京圖書館藏，八十回，與戚本同）、列寧格勒藏抄本（八十回）以及靖應鵾藏抄本（原本七十八回，已佚，僅過錄百五十條戚本所無之批語）等多種。在這些脂本中，甲戌、己卯、庚辰及列藏本較忠實於原作，極少旁人增删竄改。而戚本、脂寧本、脂蒙本雖保留脂批，但删去批語之署名，增入不少無署名的批語。故其底本可能是經他人加工整理後的脂本。其他如甲辰、己酉及脂稿本，雖也以脂本爲根據，但原文經删改，脂批被捨棄，成爲程高本的祖本。

這些抄本共附有評語數千條，評者主要爲脂硯齋、畸笏叟、松齋等人。這些人對曹雪芹的家世生平，異常熟悉，彼此關係更極親密，故應該是曹雪芹的親屬。但究竟是誰，則無從考定⑩。

2、刻本系統

刻本系統，均爲百二十回，又稱百二十回本，因有程偉元序，又稱程本、高本或程高本。包括：

程甲本：乾隆五十六年（公元 1791 年）北京萃文書局活字排印本，前有程偉元序、高鶚序。

程乙本：乾隆五十七年（公元 1792 年）重新排印，前面增加了程高的「引言」。兩次排印相隔僅七十天，但原文被增改了二萬一千五百多字，更加拉大了與原作的距離。

此外由程甲本演化而來的尚有王希廉（即護花主人）評本。

道光十二年（公元 1832 年）雙清仙館刊行。這是流傳最廣的一個刻本。張新之（太平閒人）評本，即《妙復軒評石頭記》，以及姚燮（大某山民）評本，從清末到辛亥革命後流行的本子，大多是把王、張、姚三家評注合在一起印行的。五十年代以後通行的《紅樓夢》百二十回鉛印本，則是以程乙本爲底本校點整理的。

第三節 《紅樓夢》研究概況

自《紅樓夢》問世以來，引起了各階層的廣泛注意，「遍於海內，家家喜閱，處處爭購」（夢癡學人《夢癡說夢》）。《京師竹枝詞》甚至有「開談不說《紅樓夢》，讀盡詩書是枉然」的說法。但由於作品本身的複雜性，也由於人們立場、觀點不同，解釋也就多種多樣。魯迅說：「經學家看見《易》，道學家看見淫，才子看見纏綿，革命家看見排滿，流言家看見宮闈祕事。」（《集外集拾遺·〈絳花洞主〉小引》）隨著研究的深入，嘉道年間形成了一種專門學問叫做「紅學」⑪。兩百多年以來形成了各種紅學派別，主要有：

㈠評點派

從《紅樓夢》尚在寫作時，直到光緒年間，都有一些關心《紅樓夢》寫作及愛好《紅樓夢》者採用評述、評點的方法，以探索《紅樓夢》內容、本事或闡述其思想、藝術價值。這些人大致可以分爲兩類：一類採用隨筆、雜記、論贊的方式逐條論述。其形式接近於古代詩話詞話。如乾隆間周春《閱紅樓夢隨筆》、嘉慶間裕瑞《棗窗閒筆》和諸聯（即「明齋主人」）《紅樓夢評》，以及光緒年間夢癡學人《夢癡說夢》都是。另一類是逐回評點，並附在《紅樓夢》的各種本子上，包括抄本上的脂硯齋、畸笏叟等人以及刻本上的「護花主人」王希廉、「太平閒人」張新之、「大某山民」姚燮和蒙族評點家「耽墨子」哈斯寶。一般說來，前者影響不如後者，後者隨著小說在讀者中間廣爲流傳。這些評點派，雖然對《紅樓夢》思想、藝術價值的闡述或人物形象的分析評價不無可取之處，但大多以色空論、解脫說、浮生若夢這樣一些觀念來概括全書，個別的甚至把《紅樓夢》歸結爲「性理之書，祖《大學》而宗《中庸》」（張新之《讀法》），更加荒唐。他們都沒有用科學的觀點和方法來研究《紅樓夢》，而是從各自的主觀意念對小說進行主觀主義的猜測。其中，最有價值的還是脂硯齋等人的評語，儘管評注者思想比較平庸，並不能闡述小說的眞正價值；但對於我們理解曹雪芹和《紅樓夢》的創作情況及八十回以後情節內容，有著較大的參考價值，故歷來受到研究者的重視。

㈡索隱派

一般又稱之爲舊紅學派。所謂索隱，即探索幽隱，也就是去發掘被小說表面故事所掩蓋的「本事」。其實不過是穿鑿附會，用「猜謎」的方法把小說中的人物、情節去比附、印證當時的歷史人物和事件，並從而評定《紅樓夢》的意義和價值。索隱派主要產生於民國初年，但其濫觴則在清中葉以後。當時人們普遍感受到《紅樓夢》震撼人心的巨大藝術力量而又找不到闡明它的正確途徑，故而乞求機械比附的方法。「吾疑此書所隱，必係國朝第一大事。」（孫靜庵《棲霞閣野乘》）但究竟所隱何事，則又衆說紛紜，有人說是「和珅穢史」，有人說是傅恒或張侯忠勇家事，但更多的人則猜測係宰相納蘭明珠家事⑫。但這些都未能詳加論證。到了民國五年至八年（公元 1916～1919 年），連續出版了王夢阮、沈瓶庵的《紅樓夢索隱》、蔡元培《石頭記索隱》和鄧狂言的《紅樓夢釋眞》等三部索隱派巨著。前書認爲《紅樓夢》「全爲淸世祖與董鄂妃而作，兼及當時諸名王奇女也」，即寫順治皇帝與秦淮名妓董小宛的根本不存在的愛情故事⑬。後兩部書則從資產階級革命派的立場稱《紅樓夢》爲「政治小說」或「歷史小說」，借以宣傳民族主義的政治思想。如蔡元培就認爲：「書中本事在弔明之亡，揭清之失。」「書中紅字，多影朱字，朱者明也，漢也。」還認爲「書中女人皆指漢人，男人皆指滿人。」而鄧狂言也認爲《紅樓夢》是一部「明清興亡史」。這些索隱派著作把小說中的人物情節宰割得支離破碎，把某些表面的、次要的、非本質的東西牽強附會，挖空心思地任意曲解，無中生有，想入非非。他們所使用的完全是一種主觀主義的、反科學的方法。不論他們出發點如何，都根本無法闡述《紅樓夢》的價值，而只能對《紅樓夢》進行這樣那樣的曲解和糟蹋。

在評點派、特別是索隱派甚囂塵上之時，能以科學方法系統研究《紅樓夢》並取得一定成就的研究者首推王國維。他的力作《紅樓夢評論》儘管借用了叔本華唯心主義學說，宣揚了頹廢的人生觀；但他還是認眞地研究了「《紅樓夢》之精神」和「《紅樓夢》之美學上之價值」。他把《紅樓夢》推崇爲「徹頭徹尾之悲劇」，多少接觸到了《紅樓夢》的眞正價值。

㈢新紅學派

本世紀二十年代，胡適、顧頡剛、俞平伯等人，一方面繼承乾嘉學派學風，同時又接受西方資產階級學術思想的影響，對《紅樓夢》作出了新的解釋，其代表之作是胡適《紅樓夢考證》（公元 1921 年）和俞平伯《紅樓夢辨》（公元 1923 年）。他們批駁了索隱派的主觀臆測、牽强附會，開創了一個嶄新的研究局面。他們是新紅學派，或稱爲考據派。其貢獻主要有：

一是肯定了《紅樓夢》的作者爲曹雪芹，並對曹的家世、生卒、生平、交遊作了不少有益的考證，初步弄清了曹雪芹的一些基本情況以及他的思想性格特徵和他寫作《紅樓夢》的一般情況，爲進一步用科學態度研究《紅樓夢》奠定了基礎。

二是對《紅樓夢》的版本進行了一些必要的考證，把曹雪芹的原作從他人改作、續作中分離出來，使讀者開始明確前八十回與後四十回存在的區別，脂本和程本之間存在的區別。進而考證出後四十回的作者爲高鶚，並指出後四十回的一些不符原意之處。他們還依據脂批的提示與原作的線索，推測了曹雪芹未完成部分的大概情節。這些考證，奠定了《紅樓夢》版本研究的基礎。

三是關於《紅樓夢》思想藝術的評論。他們把《紅樓夢》從索隱派散布的所謂「歷史小說」、「政治小說」的迷霧中還原爲文學作品，乃是一大功績。他們認爲《紅樓夢》的主要價值在於「肯說老實話，只是做一面公平的鏡子」，「正在這平淡無奇的自然主義上面」。他們還提出《紅樓夢》是作家的自敍傳，是作家「情場懺悔」之作。這些說法固然忽視了文學的典型性，有些片面。但主要是爲了批判索隱派的獵奇和故作艱深，因而也是積極的，有價值的。

總之，新紅學派成功地用考證的方法代替了索隱的方法，用重證據、重資料的實事求是學風代替了主觀臆測，從而把《紅樓夢》研究納入了科學的軌道。這些都是值得肯定的。當然，由於歷史的局限，他們還不能正確地評價《紅樓夢》的思想和藝術價值，在一定程度上還沒有擺脫評點派色空論的影響。

㈣五十年代以來的研究

首先擺脫自敍傳的局限，注意從文學的形象性、典型性研究《紅樓夢》有王昆侖，他在抗戰時期出版了《紅樓夢人物論》（署名大愚），但這部書流傳不廣，當時並未引起人們的重視。直到五十年代以後，由於學術環境、研究條件的改善，大批歷史和檔案材料以及重要版本陸續被發掘並公之於世，使《紅樓夢》的研究取得了較大的進展。無論在關於作家的家世和生平、作家的世界觀和創作方法，小說的社會背景和作家的創作意圖，以及一些重要版本的價值和相互關係、脂批的搜集、整理和分析，特別是對小說的思想傾向、人物形象、情節結構、藝術技巧和風格等等方面的研究，都取得了較大的成就。全面地涉及到作家論、創作論、人物論、風格論等一系列問題。但這一時期內，《紅樓夢》研究不止一次地受到政治思潮的影響，不少人把學術問題和政治問題混爲一談，對《紅樓夢》這樣一部文學作品卻以政治分析來替代甚至取消文學分析和審美分析，完全忽略小說的基本性質而重新提出索隱派所提過的「政治歷史小說」，甚至在方法論上也部分地重複索隱派的那種穿鑿附會、尋找微言大義的反科學方法。這一切都給《紅樓夢》研究帶來了消極的影響。

迄今爲止，對《紅樓夢》的一些重大問題，仍然存在著嚴重的分歧。而不同觀點、不同見解的分歧和爭論，又爲進一步深入研究並取得更大的成果創造了條件。這些分歧，例如對《紅樓夢》進步思想的階級基礎，就有市民說、農民說、地主階級叛逆說和傳統進步思想說四種不同的觀點。對於《紅樓夢》的主題，有的認爲通過寶黛的愛情悲劇表現了不朽的愛情主題，有的認爲通過描寫統治者與被壓迫者之間的矛盾，表現了階級鬥爭的主題，有的則認爲這部書表現了四大家族衰亡史這樣一個重大的政治主題，有的則認爲全書通過由好到了、由色到空的變遷過程寫出了人生悲劇的主題。這些不同的說法都有著進一步深入探討的價值。

第四節　《紅樓夢》的思想內容

《紅樓夢》以賈寶玉、林黛玉、薛寶釵之間愛情、婚姻悲劇為中心，寫出了當時具有代表性的一個貴族大家庭的興衰變化，揭露了封建社會末期種種黑暗和罪惡及其不可克服的內在矛盾，從而展示出封建社會必然走向崩潰的歷史命運。同時，小說還通過叛逆者的鬥爭和奴隸為維護人身自由和婚姻自主的反抗，以及一大批女性所代表的青春、愛情和生命之美及這種美的被毀滅，寫出了一齣徹底的人生悲劇，從而表達了作者對社會和人生經過深入探究之後而得到的啓示。

㈠寫出了封建社會必然滅亡的歷史命運

《紅樓夢》所集中描寫的賈府，既是封建社會的一個細胞，也是封建社會的一個象徵，因此，它的崩潰顯示了整個社會必然滅亡的歷史命運。

《紅樓夢》主要從以下的幾個方面，寫出了這個家族必然崩潰的命運：

一、物質生活上窮極奢侈，驚人的浪費。一頓螃蟹便餐便是莊稼人一年的生活費，一樣茄鯗要用十幾隻雞來配牠。為省親修建的大觀園陳設得「眞是琉璃世界，珠寶乾坤」，連生活在皇宮的元妃都嘆息道「太奢華過費了！」秦可卿的喪禮更是豪奢。在這個家族中，「安富尊榮者盡多，運籌謀劃者無一」，大家都拚命奢靡，盡情享樂。為了維持這種繁浩的開支，只有加重對農民的剝削。五十三回烏進孝繳租，就客觀反映了封建貴族對農民的掠奪。但農村經濟的枯窘又加重這個家庭的經濟拮据，最後只能走向崩潰。

二、精神生活上荒淫腐化、墮落無恥。這個家族中不少男女如賈赦、賈珍、賈璉、賈蓉以及秦可卿、王熙鳳等，都整日價在紙醉金迷中討生活，無限制地追歡取樂，淫欲無度，不顧倫常地通奸。這正如焦大所說的：「每日偷雞戲狗，爬灰的爬灰，養小叔子的養小叔子。」道德上的墮落應該是階級腐朽、家族解體的一種象徵。

三、家族內部矛盾重重，彼此充滿了仇恨、猜忌、欺詐、傾軋和爭奪。虛僞的封建道德和禮法，已經無法維繫家族中的倫理關係，爾虞我詐的利害關係，成了人們實際行動的準則。不論在夫婦、兄弟、妯娌、嫡庶、婆媳之間，都互相勾心鬥角，暗奪明爭，這正如賈探春所說的：「一個個不像烏眼雞，恨不得你吃了我，我吃了你！」這種從內部的自殺自滅，只能使這個家族「一敗塗地」。

四、這個家族在社會上也是作惡多端，爲所欲爲。賈赦爲了奪取石呆子二十把扇子，害得他家破人亡。王熙鳳爲了三千兩銀子的賄賂，拆散了張金哥的婚姻，神不知鬼不覺地害死了兩條人命。再加上地租搜括、高利貸剝削，使這個家族與整個社會的矛盾日益尖銳。正是在這樣的基礎上才被抄家。因爲，歷代統治者都常常採取懲治一二不法豪門，以緩和廣大人民對整個統治階級的仇恨。

五、隨著綱紀倫常的日漸解體，整個家族「樹倒猢猻散」的趨勢渙散著人心。大家都貌合神離，表面上奔走應付，骨子裡各尋前途。從最上層的鳳姐，到最下層的丫頭小紅，也說出「千里搭長棚，沒有不散的筵席，誰守一輩子哩？」連榮府權力最大的丫鬟鴛鴦也寄希望於變，她說：「據我看，天底下的事未必都那麼遂心如意的。」對賈府的命運發出了不祥的預言。這一切都預示著這個家族的分崩離析。

六、這個家族的必然崩潰，還有一個重要原因，即下層奴隸要求自由的鬥爭和從統治階級內部分化出來的叛逆者的衝擊。儘管這些反抗都受到統治者殘酷的迫害而不得不歸於失敗，但仍然加深了封建統治階級的危機，表明它愈加不得人心。從反抗的被鎮壓中也暴露了舊制度的專橫、殘酷，它已經頑固到這種程度，以致對微小的進步，也要竭盡全力，如臨大敵地加以撲滅。

可見，這個家族的崩潰是必然的。在揭示這個必然趨勢的過程中，作者同時對封建社會一些根本性的制度，如官僚制度、科舉制度、教育制度、婚姻制度、奴隸制度、家族制度、宗法制度以及封建倫理道德及其指導思想孔孟之道和程朱理學，展開了深入的揭發和批判。這種批判深刻和廣泛的程度，超過了宋元以來的一些先進思想家如李贄、黃宗羲、唐甄、吳敬梓等人。因爲，他們批判的鋒芒，往往局限於封建制度的某幾個側面，而曹雪芹則是多方面地暴露了封建制度的反動和腐朽，比較全面地批判了封建社會的上層建築。作者把那些荒謬、黑暗、腐朽、可恥的東西全都揭露出來，不是聯繫統治階級中個別壞人，而是聯繫到幾千年的封建禮教、封建秩序、封建法統來進行批判。當然，由於題材的限制，《紅樓夢》也有不足之處，對於地主階級對農民的經濟剝削和政治壓迫，反映得很不充分，更沒有否定封建社會存在的基礎，即封建土地制度。《紅樓夢》的批判鋒芒主要集中於封建社會上層建築領域的各個方面，而不是它的經濟基礎。但是，曹雪芹不是單純否定某一具體制度的合理性，而是開始對整個封建制度存在的合理性產生了深刻的懷疑。也就是說，《紅樓夢》是第一次把封建社會當作一個社會制度來批判。當然，這種批判是朦朧的，更多屬於感性的而非理性的。

㈡對理想生活和理想愛情的歌頌

不僅在批判方面，《紅樓夢》取得了重大成就；而且在對理想的歌頌方面，《紅樓夢》也有著新的開拓。作者敏感到現實生活中開始萌生了一種新的、時代的要求，即對於自由、民主、人格獨立、個性解放的要求。這一要求體現在作品中一大批人物形象，主要是大觀園中未出嫁的小姐和被奴役的丫鬟身上。作者熱情歌頌那些敢於反抗的新一代和有著純潔、善良性格的被壓迫婦女，讚揚了她們所追求的美好自由的愛情和憧憬的理想生活，尤其是極力表現了賈寶玉和林黛玉的愛情。

寶黛愛情是《紅樓夢》的中心故事，它不同於以往作品中那種一見傾心的愛情，更不同於以前那種以封建道德爲結合基礎，以「狀元及第」、「奉旨成婚」爲最高榮譽和最後歸宿的愛情；而是一種經過長期共同生活的相互了解，建立在叛逆思想一致的基礎之上的新型愛情。兩個主人公在愛情上之所以成爲叛逆者，首先由於他們在思想上是叛逆者。正因爲思想上的一致，才把他們深深地引向愛情，同時又因爲有了愛情，更加強了他們的叛逆。像這種不單憑籍郎才女貌，不侷限於以戀愛過程中肉體和精神上的享樂爲目的，而是以對方全人格爲戀愛對象的愛情，實質上多少已經超越了愛情的封建歷史階段和封建屬性，初步具備了近代愛情的若干特色。所以，他們的悲劇應該是雙重的悲劇，是封建禮教所不能容許的愛情的悲劇和封建制度所不能容許的叛逆者的悲劇。在中國文學史上，沒有一部作品能夠把愛情悲劇寫得像《紅樓夢》那樣富有激動人心的力量，也沒有一部作品能像《紅樓夢》那樣把愛情悲劇的社會根源揭示得如此全面和深刻。

㈢深沈的歷史悲劇感

《紅樓夢》不僅寫出了以賈府爲中心的四大家族必然沒落的悲劇命運，寫出了寶黛愛情的悲劇以及寶玉與寶釵的婚姻悲劇，還寫出了在時代悲劇籠罩下一大批青年女性的悲劇。如金釧被逼得跳井身亡，晴雯含冤慘死，司棋爲追求婚姻自主而碰牆喪生，鴛鴦爲逃脫賈赦的魔爪而懸樑自盡。尤二姐在盲目中失足，無論如何掙扎，終於走向毀滅。清醒、潑辣的尤三姐也找不到出路，連她樂於託命的人也不能理解她，只好用滿腔熱血來殉自己的清白。由於家族的糜爛之風，迫使秦可卿死於非命。不僅如此，就是賈府的那些小姐也都逃脫不了悲劇的命運。高貴的元春，無聲無息地枯萎在「那不得見人」的皇宮之內。懦弱的迎春「誤嫁中山狼」，被摧殘至死。精明的探春，雖有「補天」之志，終於被迫遠嫁海疆。孤僻的惜春，爲免蹈覆轍，只好遁入空門。其他如巧姐、湘雲、李紈以及香菱、芳官、紫鵑，無一不是悲劇結局。甚至那個「脂粉隊裡的英雄」，「男人萬不及一」的王熙鳳，也衝不出封建社會禮法道德的羅網，最後落得個「哭向金陵事更哀」的悲劇結局。這些女性，儘管她們的地位不同，思想各別，性格更不一致，但她們都年輕、貌美、有才華，充滿著青春之美和生命之光。她們的悲劇和寶黛悲劇一樣產生於同一塊土地之上。造成悲劇的原因或由於思想性格與世不合，或由於追求她們在當時不可能得到的東西，或者僅僅由於年輕貌美而成爲忌妒或獵取的對象。但總的原因乃是她們不幸生活在「末世」，「生於末世運偏消」。不單賈府，整個封建社會都進入了末世。正是時代的悲劇、家族的悲劇，決定了這些女性的悲劇；而這些女性的悲劇，又作爲整個家族大悲劇的一個組成部分，匯合到家族命運的主旋律之中。《紅樓夢》通過這些悲劇的集中描寫，目的就在於寫出一個包括愛情悲劇、婚姻悲劇、青春悲劇在內的人生悲劇。

《紅樓夢》與傳統悲劇不同，它是一部「徹頭徹尾之悲劇」（王國維語）。《紅樓夢》的悲劇具有多重含義：其表層即文學審美層的含義是通過金陵十二釵正冊、副冊、又副、三副、四副中所描寫的一大批女性形象來體現，而其內涵則是青春、愛情和生命之美以及這種美的被毀滅，寫出了一幕幕深沈的人生悲劇。它的深層即歷史哲學層的含義則是：通過賈府這一典型大家族由盛而衰，「忽喇喇似大廈傾」的描寫，表達了一種深沈的命運感。亦即書中所說的：「盛筵必散」、「月滿則虧，水滿則溢」、「運終數盡，不可挽回」。這種命運感實質上乃是作者所無法理解、更無法把握的歷史必然性，是一種「變」的辯證法。由於曹雪芹獨特的生活感受，使得他將自己在人世之中所體驗到的一切痛苦和憂患，提升到形而上的、人類痛苦的高度，當作一種泛宇宙意識，即命運感來思考。經過對社會和人生哲理的探索和追究，曹雪芹把從好到了、從色到空這一變遷過程看成一種從歷史到現實、從家族到個人概莫能外的普遍的命運。《紅樓夢》的悲劇，不是由於個人惡德或小丑播弄所造成的，確實具有一種不以人的意志爲轉移、不可理喻的命運感。無論是好人壞人、叛逆者還是衛道者，全都逃不脫毀滅的命運。這樣，就使得《紅樓夢》在悲劇的探索上，排除了任何表面的偶然的考慮，一直追尋到社會的最深層。也正是在這個意義上，曹雪芹才能在他的《紅樓夢》中對現存制度永世長存提出了深刻的懷疑，從而使《紅樓夢》達到了批判現實的歷史高度。

第五節　《紅樓夢》的主要典型

在中國所有的古典小說中，沒有哪一部能夠像《紅樓夢》那樣寫出如此衆多性格鮮明、令人讀後長久不能忘懷的人物形象。小說所寫的四百多人物中⑭，塑造得比較成功的藝術典型至少數以十計。

㈠賈寶玉

賈寶玉是《紅樓夢》的中心人物，是作者著力最多、寄託最深，而且寫得也比較成功的人物。在這個形象中，概括了曹雪芹自己的生活經驗。但不能看成是作者的自傳或實錄。

賈寶玉是封建統治階級的叛逆者，他的叛逆表現在對統治整個社會的傳統觀念的虛僞、荒謬和罪惡的本質有著深刻的認識並加以揚棄的基礎上，進一步斷然拒絕走封建統治階級所規定的生活道路。他堅決摒棄勸他講求「仕途經濟」的說教，痛恨家中用傳統的宗法禮教所構成的封建網羅，厭惡一切「峨冠禮服」的應酬。對於幾千年的統治思想也大膽地加以懷疑，說「除四書外，杜撰的太多」，並進一步「禍延古人，除四書外，竟將別的書焚了」（據脂庚本，程本已刪）。他討厭八股文，認爲那不過是「誆功名、混飯吃」的工具，他不願同官場人物交際，把那些匍匐在功名利祿下的人痛斥爲「國賊」、「祿蠹」。他還把「文死諫、武死戰」，即最高封建道德「忠」，罵得一錢不值。

他否定了傳統的生活道路，並從生活中，從「雜學旁搜」上，對新的人生道路，進行了長期的、艱苦的探索。但是，賈府的圍牆，貴公子的生活方式，把他拘束在狹隘的生活範圍之內，看不到眞正的、有意義的生活。因此，大觀園中那個由貴族小姐和來自下層的婢女所組成的女人王國，在他心目中就成爲生活中最純潔、最可愛的地方。與之相對照，他還發現那些違反自然的種種醜惡、專橫、掠奪、欺詐和虛僞，都是以男子爲中心的可憎世界的標記。因此他才極力擡高女子，貶斥男人，認爲「女兒是水做的骨肉，男子是泥做的骨肉」。又由於他沒有主子架子，丫鬟婢女多喜歡和他接近，他與她們建立了在貴族圈子中無法建立的那種親密、和諧、融洽的關係，並在默默之中受到感染。他在她們身上發現了美，得出「凡山水日月之精秀，只鍾於女兒」的結論。他把自己身上的全部感情、希望和幻想，都寄託在女兒們身上。這也就形成了寶玉性格中最突出的特點，即所謂「多情」和「意淫」。他對生活的最高理想，就是和女兒們常在一起，「只願常聚，生怕一時散了；雖有萬種悲傷，也就無可如何了」。

寶玉對女兒們的這種「多情」，除了表現在他能獨特而細緻地去體察女性的感情並產生共鳴以外，還可以理解爲對生活中眞善美的愛，以及對弱者和不幸者的同情（如「香菱解裙」、「平兒理妝」）。當然，免不了也包含有對異性的某種吸引和愛慕之情，但一般並不含有猥褻、侮辱的成分。即使對那些地位卑下的婢女，他也是以平等身分去接近和愛她們。他總是把高尚的愛情生活作爲自己追求的目標。

經過不斷的體察和探索，他與林黛玉的愛情在思想一致的基礎上得到很大的發展。這個愛情作爲齷齪現實中一線希望的亮光，成了他生活的重心。愛情加强了他們的叛逆思想，最後引起了統治者的恐懼，一連串的迫害接踵而來。他的悲劇反映了强大封建勢力與比較軟弱的新生一代在力量對比上的懸殊，也反映出當時從統治階級分化出來的叛逆者共同的弱點：缺乏積極的行動，更多的是消極反抗；他們在思想上要求擺脫這一階級，在物質上又不得不依賴它。錦衣玉食的貴族生活，連倒杯茶都不用自己動手，又怎麼能夠鍛煉他們獨立鬥爭、獨立行動的能力呢？寶玉把實現愛情的希望完全寄託在賈母的恩賜之上，固然反映了對封建家長的幻想，但這也是無可奈何的，因他再無別的路可走。

正如《紅樓夢》思想的複雜一樣，賈寶玉也是一個極其複雜的形象。他高舉著反傳統的大旗，但又沒有脫去剝削階級的本性；熱愛生活，但又有濃厚的虛無主義情調；追求高尚的愛情生活，但多少也夾雜了一些縱慾放蕩的行爲；敢於反抗兩千年來被視爲無比神聖的封建禮教，但又無法斬斷對寄生生活的眷戀；對周圍的現實不滿，但長時期懶散和空虛的生活使得他只有呻吟，沒有吶喊；只有內心的傲慢與鄙棄，毫無改變現實的力量和決心。

(二)林黛玉

林黛玉也是封建社會中的叛逆者，在她身上還反映了封建禮教桎梏下婦女的不幸命運，以及與這種命運相抗爭的傲岸不屈的精神和對叛逆愛情的追求。她與賈寶玉志同道合，心心相印，她支持寶玉的叛逆，從不曾勸他去「立身揚名」。正是這一切構成了這個形象的生命和價值。

黛玉性格中最突出的特徵是多愁善感、淒苦憂鬱。她常常對月傷懷，臨風掉淚。這固然與她多病的體質和那種天賦的感受力異常的詩人氣質有關，更重要的乃是同她那寄人籬下、仰人鼻息的命運有關。她個性極強，孤高自許，但因失去雙親，不得不投靠賈府。周圍虎視眈眈，使她不得不「自矜自重，小心戒備」，用傲慢甚至輕蔑的態度來保障自己的純潔和維護人格的獨立。這樣，她那種「孤高自許，目無下塵」的性格得到了畸形的發展，被人目之爲「尖酸刻薄」。又由於周圍那種可以感觸，但又無法明指的敵意，使她變得過分敏感和多疑。結合對薄命身世的嗟傷、對寄居生活所引起的內心隱痛，她變得更加疑懼和憂鬱。大觀園裡的繁華熱鬧，別人屋中的笑語溫聲，乃至自然界的秋風夜雨、落花飛絮，都可以在她心裡勾起無限的感傷和淒楚。

正如寶玉一樣，愛情成了她生活中唯一可以望見的光芒，甚至於成了她生命的全部意義。這種叛逆的愛情，在叛逆思想一致的基礎上，極其迅速地、同時也極其曲折、極其艱難地成長起來。其所以如此，不僅在於周圍隱藏的敵意，使她不得不加倍小心；不僅在於薛寶釵和史湘雲的插入，特別是「金玉姻緣」的命定婚姻論，以及寶玉在愛情上的不專一，使她增加不少苦痛和憂慮；更重要的還在於，她還必須同自己內心中的封建主義桎梏作戰。她大膽地追求自由的愛情，但同時又擺脫不了把戀愛當做不道德行爲的傳統意識的支配。因此，她經常處於這樣的心理矛盾之中：一方面熱切地要求賈寶玉在她面前傾訴衷腸，不斷地考驗寶玉對愛情的忠誠，但一當寶玉比較明顯地向她表露愛情時，她又「氣得說不出話來」，認爲那是「欺侮」。儘管如此，她的愛情終於突破了自己封建意識的堤防，「訴肺腑」之後，愛情得到某種默契，內心的桎梏、對薛寶釵等的猜疑，不再那麼折磨她了。然而，她的苦痛絲毫也沒有解除，因爲她越來越敏感到整個封建家族對這種愛情的沈重壓力，不祥的預感依然在痛苦地折磨著她。

她和寶玉一樣有相同的思想基礎，相同的愛情要求，也同寶玉一樣有著共同的弱點，沒有擺脫物質生活上對封建家庭的依賴。然而，他們二人性格還是有差異的：寶玉多情泛愛，有點隨遇而安，黛玉孤傲不羣，落落寡合。寶玉善於理性思考，不斷地探索人生之謎，對社會現實也有一個比較淸醒的認識和明確的見解。黛玉感受力豐富，但卻很少作抽象的理性思考，對社會認識不如寶玉淸晰，但對周圍生活的一切庸俗、齷齪、勢利的鄙夷卻超過寶玉。愛情在他們個人生活中的地位也稍有不同，對寶玉來說，不過是生命的重心，對黛玉來說，卻幾乎是整個的生命。因此，當愛情破滅以後，寶玉還可以遁身空門，而對於黛玉來說，愛情的破滅也就是生命的結束。

㈢薛寶釵

薛寶釵是正統主義的代表，封建時代賢妻良母的典型。美麗的外貌、高超的才華，與她那「罕言寡語」、「穩重平和」的個性相結合，正如同她所用的「冷香丸」一樣雖香卻冷。在生活中，她處處「隨分從時」、「裝愚守拙」，一舉一動都符合「端莊賢淑」的懿範。所以在榮國府那種人事複雜、矛盾重重的環境中，獨她一人能博得上下左右的歡心。「會做人」，這是她性格中的最大特點，她的性格與周圍非常適應。那個曾經逼死金釧、司棋、晴雯、尤三姐、林黛玉的罪惡的環境，一點也不妨礙她作「好風憑借力，送我上青雲」的好夢。正因爲她是封建主義赤誠的信奉者，不論言論行爲都表現出她對封建傳統由衷的擁護，所以她才那麼不計較一切地勸告寶玉「立身揚名」，向史湘雲、林黛玉宣揚封建道德。

翠亭撲蝶，嫁禍黛玉，金釧自殺，她反而安慰罪魁王夫人，這表現了她思想中更爲醜惡的東西，即虛僞和殘忍。她到處逢迎揣摩，在長輩面前，一味地端莊貞靜，不苟言笑，甚至壓抑個人的愛好和意願，以奉承長輩。她以老年人喜歡熱鬧戲文、甜爛食物來代替自己的「興趣」回答賈母的詢問。這當然是虛僞和矯揉造作，然而卻是一本正經的虛僞和矯揉造作，純粹出於道德義務的考慮。《紅樓夢》通過薛寶釵對世俗社會和禮教傳統，而不僅僅是對她個人進行了揭露和批判。同樣，當金釧自殺以後，階級的局限使她不可能站在被迫害者一方，仍然一如既往地把討好王夫人、解除王夫人心上的「不安」當成一個後輩的責任，講出了那一通冷漠的話。從這裡可以看到一個封建主義的信奉者是多麼殘酷無情。

寶釵是封建主義的最虔誠、最嚴肅的信徒。在她的行爲中，雖不包含物質上淺近的個人追求，但卻體現出深遠的精神目標，即維護封建制度，擴大封建主義的影響。為了做到這一點，她必須使自己保持端莊的外表，嚴肅的風度，以便獲得相當的威望。她的一舉一動，都作了周密的考慮。「一問搖頭三不知」，寫出她深於世故；「小惠全大體」，表明她精於權術；黛玉譏諷，她很少動氣，更少反駁，說明她很有涵養。她時時處處都能從維護封建主義的長遠利益出發。她的全部個性、感情、氣質已經完全凝結在封建功利主義之上，這就構成了她性格中的「冷」與「無情」。這種功利主義，其本質仍然是利己主義。不過，這種利己主義是比較深沈的，一般很少流露，只有在某種突發事變之前，才往往不期然而然地流露出那種損人利己的本質。翠亭撲蝶，正是這種適例。

她與寶玉也不可避免地滋生了愛悅之情。但這一感情沒有得到發展，她「總是遠著寶玉」的行為，表明這個禮教的虔誠信徒、封建禁欲主義者也以同等嚴酷的態度壓抑自己的感情。後來她被選為寶玉的妻子，主要是她的性格與環境相適應的結果，而不宜簡單看成某種陰謀詭計的勝利。把她的一切活動都看成自覺地、有意識、有計劃地為爭奪「寶二奶奶」的寶座而採取的行動，那就會失去這個典型。

在曹雪芹的筆下，她的結局也被寫成一個悲劇，不過，這是另一類型的悲劇。薛寶釵是作者所不贊成的人物，因為她選擇了錯誤的生活道路，玷汚了自己的美貌才華，最後不得不自食其果，走向悲劇的結局。從這個悲劇裡我們可以看出：封建主義已經衰朽到這種程度，連它最忠實的信奉者也不能得到庇護，不能使之獲得好一點的命運，只能看著她把整個生命默默地埋葬在她們所崇奉的禮教的墳墓裡。

㈣王熙鳳

除寶、黛、釵之外，《紅樓夢》中人物就地位之重要、藝術容量的廣闊都能與此三人相匹敵的唯一人物是榮府的當家主婦王熙鳳。

在榮府當權派諸人當中，賈政是個道貌岸然、腹內枵然、庸俗迂腐的僞君子。他除了處心積慮、幾乎神經質地反對寶玉之外，無甚作爲。吃齋念佛、「寬仁慈厚」的王夫人是大觀園中不少悲劇的製造者。她生活乏味，應變無方，對家政也很少過問。賈赦、邢夫人是一對「尷尬人」，既無德，又無才。李紈則形同槁木，心同死灰，老實而又無用。而賈璉等人只會偸雞戲狗。統治榮國府的實際上只有兩個人：一是賈母，一是王熙鳳。賈母福壽全歸，老而不死，她活著的唯一目的就是爲了享樂，對其他事並不在乎。所以，大權獨攬的只有一個王熙鳳。

王熙鳳混名「鳳辣子」，是封建時代大家庭中精明强幹、潑辣狠毒的主婦典型。她狡詐凶殘，飛揚跋扈，但又才貌雙全，長袖善舞。正如興兒所說的：「嘴甜心苦，兩面三刀；上頭笑，腳底下使絆子；明是一盆火，暗是一把刀；她都占全了。」她毒設相思局，害死賈瑞；弄權鐵檻寺，三千兩銀子逼死兩條人命；折磨死尤二姐，尤見其陰險狠毒，使人不寒而慄。極度的貪權與好利，必然與殘酷的心機相結合。她當然是站在維護封建制度的立場上的，但她和賈政、王夫人、薛寶釵輩不同，她的行爲可以完全不受封建道德，甚至「陰司地獄報應」的約束。她是榮國府的掌權者，也是這個家族貪汚盜竊的罪魁。她辛辛苦苦地支撐賈府，目的在於利用這個家族的存在以供自己支配和剝削。

在《紅樓夢》裡，她是一個特別活躍的中心人物，其地位只有寶黛等幾個人才能與之相匹。作者總是把她放在各種人物的中心，衆目睽睽的地位。她一登場就生龍活虎，一聲「我來遲了」使得人人歛聲摒氣。放誕如此，更何堪裝扮氣派，也高人一等；再加上伶牙俐齒，逢迎做作，剛稱讚過黛玉生得標緻，馬上又爲黛玉母親死了流淚，緊接著又責備自己不該招引賈母傷心，隨後還要關照黛玉生活起居。感情轉變得那麼快，語言又機靈得體。表面上稱讚黛玉，實際上阿諛賈母，但又不忘關照遠客，眞是圓滑之至。正如甲戌本脂批所說：「第一筆，阿鳳三魂六魄已被作者拘定了，後文焉得不活躍紙上。」

在賈府那種複雜而險惡的環境中做當家媳婦，其實並不容易。但她憑著自己的才智與狡詐，望風使舵，隨機應變，巧妙地加以周旋。邢夫人要她向賈母討鴛鴦，她機智地擺脫了。王夫人懷疑繡春囊是她的，她婉轉地洗刷了。王善保家的慫恿抄檢大觀園，她覺得這未免輕舉妄動，但又不便違拗，故站在旁邊，消極參加，讓探春給王善保家的迎頭痛擊。她看出賈母偏愛寶釵，就加倍鋪張地爲寶釵過生日。她看出王夫人重視襲人，就從各方面優待襲人。前來告幫的劉姥姥受到賈母的注意，她立刻發覺這是賈母絕妙的「消遣品」而加以利用。眞不愧是一位目光四射、手腕靈活的權術家，脂粉隊裡的梟雄。其實，賈府上上下下的人，都不是她的對手。賈母糊塗可以被她利用爲掌權作惡的靠山，王夫人昏庸可由她愚弄，邢夫人吝嗇不過使她蔑視，李紈不問現實，探春有才無權，尤氏庸懦而無行，賈政是個故作尊嚴的木偶，寶玉反對現狀，但又無法處理現狀。至於賈珍、賈璉、賈蓉諸人，皆荒唐而又低能，她或加以羈縻，或收爲鷹犬。總之，她幾乎把賈府所有的人玩弄於掌心。她到處給別人製造悲劇，到最後也必然葬送自己。她挖空了賈府這座大廈的牆基，結果連自己也不得不被埋葬在坍塌的這座大廈之中，這就是她的悲劇。她壓倒一切，樹敵過多，終於感到「騎上虎背」，面臨厄運。但她愈感到好景不常，愈要倒行逆施。她的結局，原計劃爲「一從二令三人木，哭向金陵事更哀」，似應爲被休棄回金陵而死。續作者寫出了她心勞力絀，呼應不靈，但最後卻讓她死於冤魂索命，這顯然陷入俗套，有悖作者原意。

第六節　《紅樓夢》對傳統寫法的打破

《紅樓夢》在藝術表現方面也是我國古典小說的最高峯。正如魯迅所說的：「自有《紅樓夢》出來以後，傳統的思想和寫法都打破了。」的確，《紅樓夢》在一系列問題，如思想內容的高度、批判揭露的深度和廣度、對現實生活反映的眞實程度以及塑造藝術典型的概括力、情節的生動性和豐富性、結構上的天衣無縫、渾然一體和語言的爐火純青，都應該是對以往的中國古典小說所達到的成就的超越。它把我國古代傳統的寫實藝術發展到了登峯造極的程度，實際上等於突破了這個傳統。《紅樓夢》在很多方面的成功，特別是在藝術上的建樹，是舊的寫實傳統所不能解釋的，這表明《紅樓夢》在創作方法上已經帶有近代寫實文學的若干特色。

㈠在典型塑造上對傳統寫法的打破

我國古典小說的典型塑造，《紅樓夢》是最成功的一部。這不僅表現在塑造典型人物的數量上，而且還表現在使一大批典型人物無不具有高度的複雜性、鮮明的個性和充分的眞實性。

1、高度的複雜性

中國古典小說塑造人物經常用紅黑兩種顏色將人物分成好人和壞人，好人則一切都好，壞人則一切皆壞。《紅樓夢》打破了這種寫法。當然，曹雪芹對自己筆下的人物無疑是有鮮明愛憎的，但他從來不是「愛之欲其生，惡之欲其死」，不搞絕對化、理想化。對肯定人物，肯定中有否定；對否定人物，否定中有肯定。對一般人物、芸芸衆生，或寫他們小善小惡，或寫他們無善無惡。甚至不妨這樣說，曹雪芹對他基本否定的人物，總是極力寫出他們的優點來；對他基本肯定的人物，總是極力寫出他們的缺陷和不足。賈寶玉是他心愛的人物，但他並不諱飾其作爲貴公子的陋習和劣根性，「安富尊榮」的剝削生活養成他在生活上的懶散、無聊和空虛，他身上充滿著春花秋月、吃喝玩樂的貴公子情調，更不用說調戲金釧、與襲人的曖昧關係和吃女人胭脂的卑劣行徑。薛寶釵是作者不贊成的人物，但卻沒有當作壞人來處理。作者不贊成她封建主義的人生觀和思想作風，但對她的聰明才賦、博學多識、豁達大度、有操守、肯助人和某些不見機心的大方樸素，以及少女的感情風韻，都持肯定、讚揚的態度。在她與黛玉的關係中，也有著遠比嫉妒更爲廣寬的生活內容，包括生活上的關心，感情上的體貼，思想上的督導。這些大多出自封建意識，但卻很難說成是私心藏奸。就是她性格中那些可憎可恨的東西，也並非出於天生陰謀家的稟賦，主要是封建意識、觀念的自然流露。作者所塑造的是一個自覺地皈依、奉行、維護封建主義而又不自覺地受了封建主義毒害與腐蝕的貴族少女。我們說薛寶釵是封建主義者，是衞道士，只是在客觀地、不帶偏見地對藝術形象進行總體分析之後作出的一種概括，而不能作爲一個萬能的標籤來解釋人物的一切言行，以至囊括人物的全部思想性格。薛寶釵的所作所爲的根本出發點，恐怕不在於個人品質上的善或惡、無邪或者藏奸，而在於她背後豎立著一整套舊的思想體系。因此，讀者總覺得她千好萬好卻不是賈寶玉的理想配偶，也贊成寶玉寧可「懸崖撒手」去過冰冷的寺院生活，而不要作她的終身伴侶。

這一切，正是曹雪芹偉大之處。他從不違反生活的辯證法，從不把生活簡單化。生活本身和人物性格有多麼複雜，《紅樓夢》就反映得多麼複雜。作者有意識地寫出正面人物的缺點和否定人物的優點，其動機和效果都不是醜化正面人物或美化否定人物。因爲曹雪芹所塑造的並不是一個道德觀念，不是抽象的階級性，而是一個極其豐富的有血有肉的文學典型。

2、鮮明的個性化

《紅樓夢》中的一些成功典型，不僅以鮮明的性格特徵表現出人物的階級本質，而且還調動了一切藝術手段使人物達到高度個性化。《紅樓夢》常常是通過人物的個性化以寫出他們的階級特徵。

《紅樓夢》常用相互烘托、對照的辦法來突出人物性格，尤其在關係親密、互相接近的人物中，作者總是極力表現出他們彼此性格之間的很大差異。如元春、迎春、探春、惜春四姊妹，她們出身、門第、環境、教養大體相同，而她們的個性、才能、遭遇、歸宿卻大不相同。寶玉和賈環都是賈政的兒子，這兩個人更是南轅北轍，冰炭不同爐。連向來對寶玉看不上眼的賈政也強烈地感到賈環猥瑣不堪、舉止荒疏，而寶玉卻神采飄逸、秀色奪人。又如尤氏姊妹，是四大家族以外的小家碧玉，同樣出身微賤，同樣年輕美貌，但在對賈府公子少爺的認識態度上卻各有不同：一個心存幻想，甘願依附；一個不甘被侮，奮力自拔；一個軟弱柔順、委曲求全；一個嬉笑怒罵，揮灑由己。這說明：在客觀世界中，差異性是普遍存在的，是生活本身所固有的。只要作家能夠深入觀察和分析，他筆下人物的多樣性就有了堅實的基礎。開掘得愈深，藝術形象的差異性就愈大。

3、對下層人物精心刻畫

曹雪芹還特別注意對下層人物的刻畫，不僅數量很大，而且藝術質量很精。作者在典型塑造上，首先能夠做到將奴僕下人與貴族主子在藝術上一視同仁，一樣精心刻畫。這也突破了中國古典小說和戲劇的傳統。以前的小說戲曲，如《西廂記》中紅娘，《牡丹亭》中春香，儘管刻畫得比較成功，但仍然是貴族小姐的附庸和配角。她們主要不是爲自己、爲本階級，而是爲主子的利益和幸福而奔走。因此在作品中，她們並沒有取得獨立存在的意義，沒有自我價值。在《紅樓夢》中，這一切都起了極大變化，作者對奴僕的描寫，對於反映生活、表現主題來說，起著獨立的、重要的作用，是影響書中情節發展和矛盾變化的積極因素，成爲支持全書宏大結構不可缺少的支柱之一。在曹雪芹的筆下，奴僕形象不再僅僅是反映貴族主子的意志、只爲貴族主子生存而沒有自己生存目的的存在物了，他們從貴族主人公的投影裡走了出來，向人們顯示他們也是一些有著自己性格與生命的個體。如晴雯、鴛鴦、司棋、平兒、香菱、紫鵑、小紅等形象，就與紅娘、春香不同，都屬於文學發展的新的歷史階段的丫鬟典型，曹雪芹以深切的同情心描寫了她們的痛苦、不幸，她們的反抗和她們的美好品質。她們也有自己的辛酸苦辣、喜怒哀樂，與她們的主子同樣是一個人。曹雪芹給奴僕形象以如此巨大的關注，使他們獲得獨立的社會意義，標誌著文學典型創造史和典型觀念發展史上的重大革新和進步。

㈡以描寫日常生活爲主，而不以奇取勝

中國古典小說的另一個突出特徵是它的傳奇性，曹雪芹也打破了這個傳統的束縛。在《紅樓夢》中，無論是人物和情節，都不以奇取勝。作品以描寫日常生活爲主，既有寧府治喪、元妃歸省、寶玉挨打、探春理家、抄檢大觀園等重大事件，也有逢年過節、問安慶壽、吟詩聯句、賞月觀花、生氣鬥嘴等小事。在這中

間活動著的大都是一些平常的、並無特異之處的普通人。但這些瑣屑家常的描寫，卻能深深地吸引讀者，原因就在於，作者所描寫的並非信手拈來，而是經過藝術錘煉、具有內在意義的生活細節。曹雪芹「深得金瓶壺(壼)奥」，他繼承了《金瓶梅》的傳統而突破了它那自然主義的寫法。《紅樓夢》所選取的日常生活細節大多具有豐富的美學、心理學和社會學的內容，常常是一種詩意與哲理的形象結合。

為了使日常生活描寫能夠更深刻、更全面地塑造人物典型，曹雪芹調動了一切藝術手段。為了適應中國古典小說不作孤立靜止的抽象心理分析的民族風格，小說主要採用了內心獨白方式以代替心理分析，使心理描寫內容大為增加。作品還從各個不同方面，如環境、住所、詩詞、綽號、語言，甚至點戲抽籤等來渲染、烘托人物性格。如黛玉所住的瀟湘館是「鳳尾森森，龍吟細細」，「湘簾垂地，悄無人聲」，周圍的一草一石，都彷彿蘊含著這個孤女的幽怨與哀愁。探春房中擺設著大案、大鼎、大盤、寶硯，牆上掛著米芾的煙雨圖，處處顯得開闊、爽朗，表現了主人公不同凡俗的生活情趣。《紅樓夢》中的詩詞也一反過去小說中游離於故事情節和人物性格之外的做法，成為作品有機結構中一個重要的組成部分。小說中人物詩詞大多符合人物性格，成為塑造典型性格、揭示人物內心世界或象徵人物命運的一個重要手段。同為「柳絮詞」，薛寶釵寫的是「好風憑借力，送我上青雲」的躍躍欲試的雄心，而林黛玉則表現了「嘆今生誰捨誰收，嫁與東風春不管，憑爾去，忍淹留」的悲哀。賈寶玉的「題對額」和《芙蓉誄》，前者表現了他初露鋒芒，不同流俗；後者則表現出他的極度悲哀和滿腔憤怒。這些詩詞與整個情節溶為一體，與人物性格緊密關聯，也是一個了不起的推陳出新。

㈢百科全書式的廣闊內容

《紅樓夢》雖然主要寫賈府盛衰，但作者的筆觸卻伸展得更深更廣，接觸到社會的每一個角落。正如晚清的一位評論者所說的：「此書才識宏博，詩畫琴棋、駢體詞曲、制藝尺牘、燈謎聯額、酒令爰書、醫卜參禪測字，無所不通，迥非尋常稗官所能道。其地則上而廊廟宮闈，下而田野荒寺。其人則王公侯伯、貴妃宮監、文臣武將、命婦公子、閨秀村嫗、儒師醫生、清客莊農、工匠商賈、婢僕胥役、僧道女冠、尼姑道婆倡優、醉漢無賴、盜賊拐子，無所不備，維妙維肖。其事則忠孝節烈、奸盜邪淫，甚至諸般橫死，如投井投繯自戕、吞金服毒、撞頭裂腦、誤服金丹、鬥毆至斃，無所不有，形容盡致，可謂才大如海。」（解庵居士《石頭臆說》）確實可以稱爲封建社會的百科全書。就其涉及的知識品類和生活領域而言，又可看作是十八世紀中國的一部百科詞典。

㈣百面貫通、連環勾牽的網狀結構

如此廣闊的生活面，必然要求有一個極其宏偉的藝術結構與之相適應。曹雪芹在《紅樓夢》的情節結構方面也有著新的開拓，他比較徹底地突破了中國古典長篇小說從話本、講史所繼承來的單線結構的方式，採用各種線索齊頭並進、交相連結又相互制約的網狀結構。在這衆多的線索中有兩條主線：一是寶玉愛情的產生、發展及其悲劇結局，這是主線，也是中心情節。二是賈府由盛而衰的沒落過程。它既是寶黛愛情產生、破滅的客觀環境，又有其獨立存在的意義。賈府分崩離析的趨勢促進了叛逆者愛情的滋生，叛逆的愛情所帶來的衝擊又加速了賈府的破落。因此這兩者是互爲因果的，在書中的地位是彼此相對獨立，平分秋色，並行發展，像兩股麻繩一樣彼此交錯在一起。

作者抓住了兩條主線，把其他一些次要線索和大大小小的事件穿插起來，使之形成一個有機整體。在寶黛愛情主線上作者抓住了賈、林、薛三人關係的變化，在賈府興衰這一主線上則突出描寫了王熙鳳的活動。除了這兩條主線外，還通過一些次要線索縱橫地交錯穿插於其中，以提綱挈領，以簡馭繁。如劉姥姥三進榮國府就是書中的一條支線，這條支線也像往返迴環的織布梭一樣，帶領讀者走遍了大觀園的各個庭院，會見了上上下下的各種人物；在賈府由興到衰的不同時期，一次又一次地周覽了它的全貌。書中的一些重大事件，則被安排為情節發展的樞紐，一些主線和支線至此匯聚在一起，又分別延伸出去。如寶玉挨打之前，先寫了茗煙鬧書房、叔嫂逢五鬼、蔣玉菡贈茜羅香、金釧投井、賈環告密等，使寶玉挨打成為集結了許多矛盾的大事情。挨打之後又引出了襲人進讒言、晴雯送手帕、黛玉題詩、寶釵送藥和兄妹爭吵等一系列事件。然後再由這些事件自然而然地引出另外一些事件，由這一線索不露痕迹地過渡到另一些線索。總之，書中的每個事件無不百面貫通，都有它的來龍去脈；各個事件互為因果，連環勾牽，毫不間斷。整部《紅樓夢》，幾乎沒有什麼可以單獨抽出來而不損傷周圍筋絡的章節。

由此可見，《紅樓夢》中所展開的生活畫面就像生活本身那樣豐富多采，萬象紛陳。由矛盾所鑄成的大小事件無不首尾勾連，錯落有致，好像無數條蜿蜒的小溪織成巨大的河網，縱橫交錯，百面貫通。使你簡直無法辨認，眼前展開的這幅全景圖是人工繪製的，還是自然形成的。這確實是一幅天衣無縫的藝術精品，沒有絲毫簡單化的處理和人工剪裁縫合的痕迹，一切都是那樣自然流貫、渾然天成。

曹雪芹能夠如此多方面地、立體地把各種生活場面同時展現出來，不僅僅是個藝術結構問題，實際也是個內容問題，是個嚴格的寫實的創作方法問題。在《紅樓夢》中，現實生活表現得天造地設、自然渾成，我們看起來就好像並沒有經過作家的辛勤提煉和精心刻畫，只不過按照生活本來的樣子任其自然地流瀉在作品裡面。結構的眞實自然就像生活本身那樣眞實自然，這才是藝術上的最高造詣。

㈤爐火純青的語言

《紅樓夢》的語言，也達到了爐火純青的地步，成爲我國古典小說的高峯。它以當時北方羣衆語言爲基礎，融匯了古典書面語言的精萃，經過作家的再創造，形成一種洗練自然、準確精美、明白曉暢、色彩鮮明、具有濃厚生活氣息和強烈感染力的文學語言。這種語言富於表現力，作者常用豐富的語彙來表達複雜的生活內容，有時又能用含蓄的語言，來表達細緻微妙的內心活動。正如四十二回寶釵評論黛玉的話那樣，作者在羣衆口語的基礎上，「撮其要，删其繁，再加潤色」，因此寫出來「一句是一句」。

書中人物語言雖多，但無一不符合人物聲口，反映人物個性，而又能變化萬千，表現出多樣性和豐富性，使我們如聞其聲，如見其人。如林黛玉的語言尖銳犀利，深刻有力；薛寶釵的語言委婉含蓄，渾樸深沈；賈政的語言裝腔作勢，枯燥乏味；晴雯的語言鋒芒畢露，一針見血；薛蟠的語言低級庸俗，粗鄙不堪；王熙鳳的語言油嘴滑舌，粗俗中寓有詭譎。眞是人物有多少種性格，就有多少種性格化的語言。作者尤善於借家常絮語透入人物感情深處，使人物語言中的潛臺詞特別多，因而顯得韻味無窮，耐人咀嚼。

㈥對後代的影響

由於《紅樓夢》無論在思想上和藝術上都取得了巨大的超乎前人的成就，它實際上已經把古典現實主義推進到一個嶄新的階段，因而在古代文學，特別是古代小說領域形成一種難乎為繼的局面。但是，《紅樓夢》的影響仍然存在。儘管此後一些進步小說家只能在個別領域內繼承《紅樓夢》的傳統，而無法全面接受其影響。例如《鏡花緣》立意表彰婦女的才德，《歧路燈》對封建末世和貴族家庭走向沒落的刻畫，都與《紅樓夢》的影響有關。包括與《紅樓夢》在思想上有意背其道而行之的《兒女英雄傳》，但在語言運用、採用純正的北京話這一點上，也可看出此書作者對《紅樓夢》的學習。至於《紅樓夢》更深遠的影響，也許只有在二十世紀以後中國現代小說家如巴金、茅盾等人的作品中才能看到。

附　註

①曹雪芹的籍貫，歷來有豐潤和遼陽兩說。豐潤說是李玄伯於 1931 年《故宮周刊》著《曹雪芹家世新考》中提出，而為周汝昌在《紅樓夢新證》中力主。但豐潤第六次重修《曹氏宗譜》卻不載雪芹這一支名諱。《豐潤縣志》亦不提及曹寅等。馮其庸根據遼陽之《五慶堂重修曹氏宗譜》所載其始祖為曹俊，第九世為曹錫遠，判斷其祖籍遼陽。為研究者普遍接受。

②曹家的旗籍，據《四庫提要》、《清史列傳》、《清史稿》以及《雪橋詩話》、《八旗文經》、《八旗畫錄》均提出曹家為「漢軍正白旗人」，胡適、魯迅等亦主此說。周汝昌經細緻考定以為曹家「隸屬於滿洲旗」，「已是百分之百的滿洲旗人」。證以《紅樓夢》中所寫，多為滿洲風俗。故學術界多接受此說。但後來又有人提出異議。認為根據檔案材料，曹家被編在正白旗包衣漢軍佐領之下，入關後編入內

務府漢軍旗人，簡稱內漢軍。

③康熙六次南巡時間爲公元 1684、1689、1699、1703、1705、1707 年。其中第一及第二次正趕上曹璽已死、曹寅尚未繼任之時。據陳康祺《郎潛紀聞三筆》記載，康熙三次南巡時，「駐蹕於江寧織造曹寅之署。曹世受國恩，與親臣世家之列。爰奉母孫氏朝謁。上見之，色喜而勞之曰：『此吾家老人也。』賞賚甚渥。會庭中萱花盛開，遂御書『萱瑞堂』三字以賜。」

④曹雪芹的生年主要是根據敦誠挽詩：「四十年華付杳冥」，及張宜泉《傷芹溪居士》詩原注：「年未五旬而卒。」再由曹之卒年逆推上去。由於對上述材料理解不同，以至衆說紛紜。主要說法有：周汝昌主生於雍正二年（公元 1724 年），卒年 40 歲。曹頫之子。胡適則主生於康熙五十六年（公元 1717 年），頫子，死年 45。以上二說曾一度流行，但後來多數研究者傾向於雪芹係曹顒遺腹子之說，即生於康熙五十四年（公元 1715 年）。因顒死時其妻馬氏懷孕七月，《五慶堂曹氏宗譜》列曹天祐爲十五世，注明「顒子，官州同」。曹天祐疑即曹霑，因《詩經，信南山》有：「既霑既足，生我百穀……曹孫壽考，受天之祐。」

⑤七十年代曾流傳曹雪芹佚詩，一爲《自題畫石》詩：「愛此一拳石，玲瓏出自然，溯源應太古，墮世又何年？有志歸完璞，無才去補天。不求邀衆賞，瀟灑做頑仙。」但此詩實屬清末人富竹泉《考槃室詩草》，絕非曹作。另一則爲《題琵琶行傳奇》另外六句即「唾壺崩剝慨當慷，月獲江楓滿畫堂。紅粉眞堪傳栩栩，淥樽那靳感茫茫。西軒鼓板心猶壯，北浦琵琶韻未荒。……」後周汝昌披露，此詩係他自己「試補」的，有人誤以爲眞。

⑥曹雪芹卒年主要有壬午、癸未兩說。壬午說係根據甲戌本及靖藏本第一回脂批：「能解者方有辛酸之淚，哭成此書。壬午除夕。芹爲淚盡而逝。余常哭芹，淚亦待盡。……甲申八月淚筆。」癸未說係

根據敦敏《懋齋詩鈔》有一首邀約雪芹喝酒的五律，題爲《小詩代柬寄曹雪芹》，係年於癸未年。又敦誠之《挽曹雪芹》一詩，題下注爲甲申。

⑦1973 年，吳恩裕曾在《文物》發表長文介紹曹佚著《廢藝齋集稿》，此稿 8 册，係述金石、編織、脫胎、織補，印染、雕刻、烹調等工藝。第 2 册爲《南鷂北鳶考工志》，專講風箏。據說此稿係一個日本商人抗戰時從一淸皇族手中購得。又借與日籍美術教師高見嘉十，高見的學生孔祥澤抄錄了「考工志」之自序、董邦達序以及扎繪風箏歌訣及圖譜，還有敦敏《瓶湖懋齋記盛》。發表之後，引起轟動，但也有人認爲係僞造。理由之一是，曹序、董序、敦記三篇文字如出一人之手。此作是否僞造，材料不足，只好存疑。

⑧今傳所有之抄本及刻本《紅樓夢》35 回至 36 回不銜接，就是一例。此外，除戚本外早期抄本如庚辰本、己卯本均缺 64、67 兩回，因而存在這兩回的眞僞問題。還有：不少早期抄本 17、18 兩回未分開，19 回無回目，20 回未補完，75 回缺中秋詩，均有可能係他人增補。

⑨後 40 回作者，經胡適等人考定爲高鶚。其根據是張問陶《船山詩草》卷 16《贈高蘭墅鶚同年》詩的題注：「傳奇《紅樓夢》八十回以後俱蘭墅所補。」但這個「補」字很可能是「補齊」，不一定是「補寫」。程、高在「引言」中也一再聲明：「書中後四十回係就歷年所得，集腋成裘，更無他本可考。惟按其前後關照者，略爲修輯……」加以乾隆抄本百二十回《紅樓夢稿》的發現，高鶚續作之說更加動搖。但從思想藝術水平、前後情節關合以及文字風格等方面衡量，後40回主要不會是曹雪芹所作，這是多數研究者的一致看法。

⑩脂硯齋究竟是誰？胡適最先提出是曹雪芹的嫡堂兄弟或從堂兄弟，後又改說即曹雪芹本人。周汝昌認爲就是書中史湘雲。兪平伯認爲是曹的舅父。王利器認爲係雪芹叔父，或即曹頫。吳世昌則認爲是

曹頫幼弟。而趙岡認爲係曹顒之遺腹子，即曹天祐。但無論哪一說都是一種猜測。至於畸笏也是這樣。從最新的一些批語中可以得知，曹雪芹、脂硯齋、畸笏叟應分屬三個人。

⑪「紅學」之名始於嘉道年間。徐珂《清稗類鈔》載：「《紅樓夢》一書，風行久矣；士大夫有習之者，稱爲『紅學』。而嘉道兩朝，則以講求經學爲風尚，朱子美嘗訕笑之……一日，有友過訪，語之曰：『君何不治經？』朱曰：『余亦攻經學，第與世人所治之經不同耳。』友大詫。朱曰：『予之經學，所少於人者，一畫三曲也。』友瞠目。朱曰：『紅學耳。』」可見『紅學』之得名，本由於調侃，但後逐步得到正式承認。李放《八旗畫錄》後編卷中著錄曹雪芹名字，並引《繪境軒讀畫記》說：「所著《紅樓夢》小說，稱古今評話第一。」下注：「光緒初，京朝士大夫尤喜讀之，自相矜爲紅學云。」

⑫刺和珅者有佚名《譚瀛室筆記》。言寫傅恒者見袁枚《批本隨園詩話》引舒敦說。言記金陵張侯家事者，見周春《紅樓夢記》。至於認爲《紅樓夢》乃記故相明珠家事者，則有張祥河《關隴輿中偶憶編》、梁恭辰《北東園筆錄四編》、陳康祺《郎潛紀聞二筆》、張維屏《國朝詩人徵略二編》、俞樾《小浮梅閒話》和錢靜方《紅樓夢考》等多種。

⑬傳說清世祖因所愛董鄂妃去世，感傷過甚，乃去五臺山落髮爲僧，根據爲吳偉業的 4 首《清涼山贊佛詩》。但此詩隱晦難明，未必指此事。而董鄂實乃滿洲人，絕非董小宛。董小宛係冒辟疆之寵妾，冒曾作《影梅庵憶語》以記錄其生平甚詳，但未寫董之死狀。故引起人們猜測，因而編造董被清兵俘去，爲豫王多鐸獻之宮中等事。孟森作有《董小宛考》，辯之甚詳。文中指出：「順治八年辛卯正月二日，小宛死。是年小宛爲二十八歲，巢民（冒辟疆號）爲四十一歲，而清世祖則猶十四歲之童子；蓋小宛之年長以倍，謂有入宮邀寵之理乎？」

⑭《紅樓夢》中究竟寫了多少人？說法不一。諸聯《明齋偶評》說男 232

人，女 189 人，共 421 人。姜祺《紅樓夢詩・自序》說男 235 人，女 213 人，共 448 人。姚燮《類索》說男 282 人，女 237 人，共 519 人。

第七章　清初至清中葉的小說

清代小說，緊承明後期小說全面繁榮的勢頭，繼續獲得了較大的發展，成爲清代文學中成就最高的品種。特別是清代初期（指順、康、雍三朝）和中期（指乾、嘉兩朝），應該是中國小說的全盛期。具有民主傾向、眞實描寫社會現實的作品，是這個時期小說的主流，而《聊齋志異》、《儒林外史》、《紅樓夢》則是最優秀的代表。小說的各種類型如文言小說、白話長篇小說都得到長足的發展。白話短篇小說成就雖較爲遜色，但亦不乏清新可讀之作。清代小說基本上是文人的創作，而不是對舊有平話之類作品的加工或改寫，這就決定了它與明人小說的不同風貌，它的現實感與作家主體性都強於明人小說。清代小說家大多能把目光轉向世俗社會和普通人物，與現實生活十分貼近，不再把興趣主要集中於逝去的英雄時代和傳奇式的英雄人物。由於清代小說多屬「個人獨創型」，故不少作品都能獨具一格，在思想內容或藝術形式等方面有所開拓，體現出作家的藝術個性，形成各種內容、各種形式相互爭勝的局面。由於在創作中文人作用大爲增強，故清代小說一般都具有文人所喜好的清新秀雅的風格，粗俗、猥褻的描寫大爲減少，更注意借鑒傳統詩詞的意境和敍述的詩化。另一方面，文人趣味和道學化傾向也日漸明顯和突出，終於導致嘉慶以後小說的衰落。

下面將按文言小說、白話短篇小說及長篇小說等三個方面敍述。其中文言及白話短篇因清後期作品不多，故一併在這裡敍述。

第一節　清代文言小說

㈠宋元明文言小說的演進

我國文言小說自唐代傳奇獲得高度繁榮之後，宋元兩代則由於話本小說的興起，文言小說日漸衰微。僅有的幾部如宋代洪邁《夷堅志》及元代元好問《續夷堅志》，均雜採舊聞，貪多務得。基本上均屬志怪一體，但卻「平實而乏文彩」，「托往事而避近聞，擬古且遠不逮，更無獨創之可言矣」（魯迅《中國小說史略》）。

明統一後，文史之學復振，記錄歷史瑣聞或考證之類筆記甚爲流行，加以宋元平話的影響和明人對小說的重視，因而促成了筆記小說的發展。這種筆記小說，形式內容都比較自由，篇幅可長可短，內容則既可傳奇、志怪，也可記事記言，甚至還可以博物、考證、隨筆。正是這種不拘一格的特點使明清文人樂於採用，故明清筆記小說大批湧現。但以傳奇或志怪爲主者僅占其中小部分。

明代是筆記小說的發展期，以傳奇爲主的筆記小說主要有三部，即瞿佑（公元 1341～1427 年）的《剪燈新話》，四卷，共傳奇二十一篇。李昌祺（公元 1376～1452 年）的《剪燈餘話》，五卷，共傳奇二十二篇。以及萬曆間邵景詹的《覓燈因話》，二卷，收傳奇八篇。這些作品多模仿唐人傳奇，但卻專寫烟粉靈怪故事，與唐傳奇取材多樣有所不同。內容則不外是獎善懲惡、表彰節義，或記錄神異、宣揚因果：思想大多比較陳腐。故明傳奇已脫離唐傳奇的軌道，漸漸成爲陳禍福、寓勸懲的工具。但這幾部作品，尚能以情節新奇，辭藻綺麗，受到當時讀者歡迎。而其體制，則兼具志怪、傳奇兩體，實開清人筆記小說如《聊齋志異》等書之先河。具有上承唐代傳奇、下啓清代筆記小說的橋樑作用。

清代則是筆記小說的繁榮時期。隨著《聊齋志異》的問世，出現了一大批文言小說專集。這些可分爲兩大類型：一類是傳奇體爲主的筆記小說，以《聊齋志異》及其仿作爲代表；一類是志怪體爲主的筆記小說，以《閱微草堂筆記》及其仿作爲代表。

㈡清代傳奇體筆記小說

傳奇體爲主的筆記小說主要產生於乾隆年間，嘉慶以後略有減少。乾隆間作品主要有沈起鳳的《諧鐸》、和邦額的《夜譚隨錄》、浩歌子的《螢窗異草》等。嘉慶以後則有宣鼎的《夜雨秋燈錄》、王韜的《松隱漫錄》等。但其中比較著名的爲沈起鳳《諧鐸》、浩歌子《螢窗異草》和宣鼎的《夜雨秋燈錄》。

《諧鐸》

沈起鳳（公元 1741～？年），字桐威，吳縣（今屬江蘇蘇州）人。曾中舉人，是當時著名的戲曲家。《諧鐸》成書於乾隆五十六年（公元 1791 年），共收小說及雜記一百二十二篇。故事多寫狐鬼神怪，但意主勸懲，藉以批判和嘲諷封建社會種種醜惡現象。如《棺中鬼手》、《森羅殿點鬼》、《桃夭村》、《一錢落職》都揭露和諷刺了官吏的貪婪無恥，稱之爲「紗帽下之竊賊」。《森羅殿點鬼》、《讀書貽笑》等篇諷刺了腐朽的科舉制度。《貧兒學諂》則揭露了封建官場上那種「爭妍獻媚」之風。《諧鐸》一書多數作品都有一定現實性，唯寓意較爲淺露，且多以嬉笑之言出之。故魯迅批評它「意過俳，文亦纖仄」。

《螢窗異草》

《螢窗異草》作者浩歌子，姓名不詳。全書十二卷，收傳奇及志怪一百三十八篇。無論題材、風格，均刻意模仿《聊齋志異》，但文筆、思想均不及《聊齋》，其中摻雜不少美化封建道德及宣揚因果迷信之作。少數作品較有意義，如《田鳳翹》、《宜織》、《青眉》等篇讚揚了男女青年追求愛情的鬥爭，而《陸水部》、《黃灝》等篇揭露了封建官僚的卑鄙無恥。藝術上雖不及《聊齋志異》，但也能做到情節曲折，語言暢達，寫景狀物亦有可取之處。

《夜雨秋燈錄》

《夜雨秋燈錄》作者宣鼎（公元 1832～1880 年？），字瘦梅，天長（今屬安徽）人。一生流離，對社會現實及民生疾苦有較多了解，故作品內容較爲充實。此書共十六卷，一百十三篇。在摹仿《聊齋志異》諸作中，這是最好的一部。但其內容少載鬼狐，多談人事，與《聊齋》略有不同。其中寫得最好的是歌頌愛情之作，如《痲瘋女邱麗玉》就是比較有名的一篇，內寫邱麗玉寧可自己病死，也不願把自己的痲瘋病轉移給由她父母欺騙成婚的陳綺。後陳綺中舉之後，仍把患病的邱麗玉視爲髮妻。邱麗玉爲了不耽誤陳綺的婚姻，飲毒蛇酒自殺，痲瘋病反而得以治癒。邱麗玉得救後，他們又施藥救治其他病人。作品通過曲折的情節，寫出一對青年人捨己爲人的高尚情操，這也正是他們那種生死不渝的愛情得以建立的基礎。此外，如《雪裡紅》、《箏娘》、《蚌珠》等篇也都歌頌了男女青年爭取愛情自由的果敢行爲。而《賺漁報》、《白長老》、《王大姑》等篇對社會黑暗、官吏橫行也都有所揭露。全書的許多故事，皆能敍述婉曲，結構綿密，文字淸麗暢達，故流傳較廣。

㈢清代志怪體筆記小說

屬於志怪體筆記小說的則有袁枚的《新齊諧》、紀昀的《閱微草堂筆記》以及梁恭辰《池上草堂筆記》、許奉恩《里乘》等多種。其中影響最大的是《閱微草堂筆記》。

《閱微草堂筆記》

《閱微草堂筆記》作者紀昀（公元 1724～1805 年），字曉嵐，獻縣（今屬河北）人。官至禮部尚書，曾主持纂修《四庫全書》，是位著名的大學者。他一生述而不作，《閱微草堂筆記》是他僅存的作品集。此書作於乾隆五十四年到嘉慶三年（公元 1789～1798 年）之間，全書共二十四卷，計一千一百九十餘則，包括《灤陽消夏錄》六卷、《如是我聞》四卷、《槐西雜志》四卷、《姑妄聽之》四卷、《灤陽續錄》六卷。

《閱微草堂筆記》成書於《聊齋志異》廣泛流傳之後，但能另闢蹊徑，自創特色。紀昀不滿《聊齋》用傳奇法，即通過藝術虛構寫志怪的做法，認爲「今燕昵之詞，媟狎之態，細微曲折，摹繪如生，使出自言，似無此理，使出作者代言，則何從而聞見之？」（盛時彥《姑妄聽之》跋）因此，他才有意追摹六朝志怪質樸簡淡的文筆，篇幅短小，記事簡要，重實錄而少鋪陳。儘管此書確實寫得「雍容淡雅，天趣盎然」（魯迅《中國小說史略》），但說教過多，人物形象單薄，藝術成就遠遜於《聊齋志異》。

在思想內容方面，此書最突出之處是反理學傾向，書中對宋儒議論之苛察、時人見解的拘迂、道學家言行的虛僞，有著較多的揭露和抨擊。如卷四有一則寫兩個「以道學自任」的塾師在學生面前大談天理人欲，詞嚴義正，背地裡卻謀奪寡婦財產。卷十七有一則寫一個「以苛禮繩生徒」的道學家，被其生徒收買的妓女所引誘，以致當衆出醜。可見紀昀對道學家的揭露是非常深刻的。此外，此書的部分作品還描摹了人情世態，對社會生活中的腐敗現象亦能有所批評。如卷十八中一則敍某人夢入地獄，見數鬼由於生時巧於諂媚，妄自尊大，城府深嚴，或多疑忌妒，死後變成奇形怪狀，飽受痛苦。書中不少作品都以故事爲說理工具，重在勸戒。內容雖有可取之處，但大量的還是宣揚封建道德的迂腐之談，作者「信聖賢不信道學」，表明他仍然信守孔孟之道。

《新齊諧》

袁枚的《新齊諧》（初名《子不語》）二十四卷，續集十卷，大約是他晚年「妄言妄聽，記而存之」的遺興之作。內容大多爲志怪一體，雖也有不少揭露官場黑暗及科舉腐敗之作，但渲染恐怖、宣傳因果報應的成分更多，價值不如《閱微草堂筆記》。

至於嘉慶以後的一些仿作如《池上草堂筆記》、《里乘》之類，內容貧乏，千篇一律，一意勸懲而又文字庸劣。標誌了明清筆記小說終於沒落。

第二節　清代白話短篇小說

㈠清初的白話短篇小說集

清初白話短篇小說，緊承明末繁榮局面，仍然有所發展，儘管其思想及藝術水平遠遜於「三言」、「二拍」，但湧現的作品數量卻不少。僅清初至乾隆年間，流傳下來的白話短篇小說集就有三十多種。其中寫得較好的有以下幾種：

《清夜鐘》

薇園主人的《清夜鐘》，原書十六回，現存十回。作者姓名生平不詳。刊行於順治初年。它的主要特點是能夠反映出明清易代之際社會動亂的現實，對明末政治腐敗及反明起義軍的聲勢都有所反映，如第一回「貞臣慷慨殺賊，烈婦從容就義」，雖以宣揚忠烈爲主旨，但客觀地寫出了李自成攻入北京後受到百姓歡迎的情景。作者能從現實生活中取材，這在當時是難能可貴的。

《豆棚閑話》

艾衲居士的《豆棚閑話》，全書十二則寫十二個故事，作品對明末吏治腐敗、世風澆薄的現象有所揭露，有一定積極意義。在寫法上，全書自早春豆棚初架始，至晚秋折倒豆棚終，由一些人在豆棚下乘涼輪流說故事作線索，將十二個獨立的故事串聯在一起，而且往往從有關豆的談話引出故事來，在形式上別具一格。論者擬之爲中國式的《十日談》，對清末的諸如《官場現形記》之類故事串聯型長篇也提供了某些借鑒。

《西湖佳話》

古吳墨浪子的《西湖佳話》，全書十六則寫十六個故事，題材來源於史傳、雜記和民間傳說。作者將西湖名勝古迹與名人事迹聯繫在一起，既塑造了白居易、蘇東坡、岳飛、蘇小小、白娘子等羣衆喜愛的人物，又描繪了西湖山水的美麗多姿。全書文筆清新流暢，但書卷氣較濃，充滿了文人情趣。

㈡李漁的《無聲戲》和《十二樓》

清代白話短篇小說中，成就較突出、影響較大的是李漁的兩

部短篇小說集：《無聲戲》和《十二樓》

1、《無聲戲》和《十二樓》

《無聲戲》原本十二回。別本一名《連城璧》，全集十二回，外編六回，僅存四回。每回寫一個故事。《十二樓》包括十二個故事，每個故事都與一座樓臺有關。全書共三十八回，每個故事從一回到六回長短不一。這兩部小說主要寫於順治八年到十五年（公元 1651～1658 年）李漁移居杭州期間。

這兩部小說集共收李漁小說三十篇，現存二十八篇。其中多數作品都有一定的思想和審美價值。小說的題材以愛情和婚姻方面的最多，如《十二樓》就有半數是寫愛情的。李漁善於以曲折離奇的情節來表現男女青年追求婚姻自主的强烈願望，多少表現出作者對自由愛情的支持和對包辦婚姻的譴責。他在《合影樓》的入話中明確指出：「天地間越禮犯分之事，件件可以消除，獨有男女相慕之情，枕席交歡之誼……莫道家法無所施，官威不能攝，就使玉皇大帝下了誅夷之詔，閻羅天子出了緝捕之牌，山川草木盡作刀兵，日月星辰皆爲矢石，他總是拚了一死，定要去遂了心願。」作者在這裡强調了愛情的巨大力量，宣稱它是天地間任何力量也無法遏阻的。《合影樓》就是體現這個思想的一齣愛情喜劇，內寫珍生和玉娟這一對才子佳人不顧父母反對，不顧池水阻隔、無由見面，而在各自的水閣上與對方的影子談心，並借流水荷葉傳遞情書，最後終於結爲婚姻。《奪錦樓》寫錢小江與妻不睦，皆瞞著對方爲二女擇婿，結果選定的四個女婿都奇醜無比。藉此批判包辦婚姻視兒女終身大事爲兒戲。

李漁還有一些小說揭露了官場的黑暗、吏治的腐敗和世風的濁惡，具有批判現實的積極意義。如《老星家戲改八字》寫一個老實本分之衙役，由於不會鑽營，缺衣少食，被稱爲「蔣晦氣」。後被一山人戲改八字，與本官之八字全同，故備受關照，從此由吏而官，積起萬金家財。作者通過這個衙役之口，一針見血地指出了官場的內幕：「要進衙門，先要吃一副洗心湯，把艮心洗去。要燒一分告天紙，把天理告辭。然後吃得這碗飯。」作者還在《鶴歸樓》中揭露了宋徽宗在國家危亡之際，下詔選妃，荒淫誤國。在《萃錦樓》中譴責當朝大臣嚴世蕃的暴行，他酷好男色，竟閹割了他喜好的少年，以便長期霸占。

李漁的小說也混雜了不少庸俗落後的東西，他肯定一夫多妻，宣揚封建道德。他寫小說的目的是「以通俗語言鼓吹經傳，以人情啼笑接引頑癡」（杜濬《十二樓序》）。爲了追求喜劇效果，他常常把生活中正義與邪惡混淆，以致讚揚了一些不應該讚揚的東西，使他的不少小說品格低下，思想庸俗。即使是他的一些優秀之作，也缺乏深度。

2、李漁小說的藝術成就

李漁的小說在藝術上也有可取之處。他以劇作家、戲劇理論家的身分兼作小說，故能有意識地吸收戲劇藝術、特別是喜劇藝術的一些特點來寫小說，因而形成自己的風格。他認爲：戲是有聲小說，小說就是無聲之戲。故將小說集取名爲《無聲戲》。他的小說情節曲折，矛盾集中，主線明確，結構單純，大都符合戲劇特點。他的好幾部小說如《譚楚玉戲裡傳情》、《美婦同遭花燭冤》、《寡婦設計贅新郎》及《生我樓》等，也就是他的戲曲《比目魚》、《奈何天》、《凰求鳳》、《巧團圓》之藍本。而他的《妻妾敗綱常》則爲清代傳奇《雙冠誥》之所本，他的《重義奔喪奴僕好》亦被人寫成傳奇《萬倍利》。他之所以能做到「稗官爲傳奇藍本」（孫楷第《十二樓序》），其中一個重要原因在於他的小說確能自出心裁，標新立異。無論他的戲曲還是小說，都講求構思新穎，布局奇特。他强調「不效美婦一顰，不拾名流一唾，當世耳目，爲我一新」（《與陳學山少宰書》）。當然，不可否認，由於他刻意求新，也有不少矯揉造作、過於牽強之弊。

李漁在小說形式上還有一個貢獻，那就是他在《十二樓》中以三十八回篇幅寫十二個故事，其中有九個故事超過三回，最多的有六回，從篇幅上看已經屬於中篇小說。這就爲中國古代小說園地裡增添了一個新的品種，因而爲不少人所仿效①。

㈢清代白話短篇小說的沒落

乾隆以後，我國的白話短篇小說急遽蕭條，短篇小說集絕少出現。長篇小說的大量湧現，說唱藝術的空前繁榮，花部地方戲的蓬勃興起，使短篇小說的讀者大爲減少。這應該是短篇小說衰落的客觀原因。而其主觀原因則在於我國短篇小說在體制上與長篇小說一直缺乏明確分工，在對現實的反映上一直沒有形成自己的特色，因而在情節複雜、描寫細緻、形象鮮明、結構宏偉等方面無法趕上長篇而遭淘汰。

第三節　清初至清中葉的長篇小說

從清初至清中葉（公元 1644～1820 年）的近兩百年，是長篇小說空前繁榮的時期。這個時期的長篇小說，至少在兩百種以上。留存至今者，也有一百五十種以上。這個時期又可分爲兩個階段：從清初至乾隆初年《紅樓夢》流傳以前的一百年爲第一階段，歷代演義和英雄傳奇是長篇小說的主流。第二階段則由於《儒林外史》、《紅樓夢》的影響，長篇小說的題材趨於多樣化，取材於現實的人情小說比重大爲增加。

㈠清初長篇小說

1 、歷史、英雄傳奇小說

清初長篇小說的創作，雖然作品不少，但由於形勢動蕩不安，民族矛盾尖銳激烈，一些小說家無法對現實生活進行冷靜深入的觀察，只好取材於歷史或傳說。故清初一百年間，歷史小說和英雄傳奇小說都相當繁榮，著名的有《水滸後傳》、《說岳全傳》和《隋唐演義》等。

《水滸後傳》

《水滸後傳》作者陳忱（公元 1613～1670 年？），字遐心，號雁宕山樵，烏程（今浙江吳興）人。他寫《水滸全傳》時用「古宋遺民」為筆名，以表現他的民族氣節。這部小說共四十回，是《水滸後傳》的續書。描寫梁山英雄李俊、阮小七等在宋江死後，不能忍受宋王朝統治者的欺壓再度起義的故事。作者通過阮小七憑弔梁山泊，殺死蔡太師府中張幹辦；李俊在太湖捕魚，反抗惡霸巴山蛇的鬥爭，再次點燃反抗的烈火，使散居各地的梁山舊頭領和水滸英雄後代重新聚集起來；逐步發展成以阮小七、孫立為首的登雲山，以李應為首的飲馬川和以李俊為首的金鰲島義軍。他們不僅反抗宋王朝，而且英勇抗擊金兵南侵，特別突出描寫了要求抗金禦侮的梁山英雄和賣國求榮、開門揖盜的蔡京、高俅等人的鬥爭，最後讓蔡京父子和高俅等人落入梁山英雄手中，並被處以極刑。因而給這個反映階級鬥爭的故事增添了反抗民族壓迫的新內容。最後，三股起義匯集一起，在李俊領導下飄浮海外創立基業。這一方面反映了作者在故國淪亡後無可奈何的心情，另一方面也隱約流露出對當時在臺灣堅持抗清的鄭成功所寄予的希望。

這部小說儘管在某些方面對《水滸傳》有所突破，如對宋江的接受招安表示非議；在人物刻畫方面也取得一定的成功，如阮小七、李俊、樂和等形象都有所發展。但總的來說，思想性、藝術性和反映現實的深刻程度都不如前書。作者並沒有按照農民起義的性質來表現水滸英雄的再次反抗，而是更多地將它寫成忠奸鬥爭，並大肆宣揚了封建皇權思想。由於這些局限，使得《水滸後傳》不可能成爲第一流作品，無法跟前書並列。

《說岳全傳》

《說岳全傳》題爲錢彩編。作者生平不詳，大約爲康熙年間人。此書是在明熊大木《宋武穆王演義》、鄒元標《岳武穆王精忠傳》、于華玉《岳武穆盡忠報國傳》和有關戲曲講唱文學的基礎上改編而成。全書八十回，寫岳飛出生、學武，受宗澤賞識，比武時槍挑小梁王，闖禍逃跑。接著寫金兀朮南侵，北宋滅亡，康王南逃，金陵即位。岳飛起兵抗金，屢次取勝。後又受命征剿楊么，收編各地義軍。隨著金兀朮大舉南下，康王被困牛頭山，岳飛在牛頭山破敵，乘勝北伐，進駐朱仙鎮。高宗聽信讒言，用十二道金牌將岳飛召回，並在風波亭將他害死。岳飛死後，兒子岳雷和牛皋及其子牛通等繼續抗金，直打到黃龍府，氣死兀朮，笑死牛皋，取得了抗金鬥爭的最後勝利。小說歌頌了岳飛等人堅決抗擊金兵南侵的英勇鬥爭，痛斥秦檜、張邦昌等人卑鄙的投降活動。愛憎分明，感情强烈。小說中人物，除牛皋這個略帶幾分草莽英雄氣質的形象及其粗樸、豪爽、魯莽而又剛烈的性格，塑造得比較成功之外，其餘人物都寫得比較單薄。書中的封建正統觀念、愚忠愚孝觀念、因果報應和宿命論觀念都比較濃厚。

《隋唐演義》

《隋唐演義》一百回，作者褚人獲，字稼軒，號石農，長洲（今江蘇蘇州市）人。生卒年不詳，應爲康熙年間人。終身不仕。能詩文，文名甚高。著述頗多，以《堅瓠集》七十六卷最爲時人稱道。《隋唐演義》是明代《隋唐志傳》的改編本，作於康熙末年。作品從隋文帝伐陳寫起，到唐代安史之亂、唐明皇從四川返回長安爲止，歷時約一百八十年。全書以隋煬帝、朱貴兒和唐明皇、楊貴妃的「兩世姻緣」爲基本線索。中間穿插一些歷史和傳說，如隋煬帝遊幸江都，隋末羣雄並起，瓦崗寨英雄聚義，花木蘭代父從軍，唐太宗武功文治，武則天改元稱帝，以及安祿山起兵叛變等。全書結構龐大，內容多本史傳，兼採民間傳說，線索紛繁，顯得冗長鬆散。作者主要目的在於揭露宮廷和貴族生活的糜爛，描寫他們爭權奪寵、陰險忌刻和不顧倫常的尋歡作樂。由於作者思想淺薄，對歷史本質缺乏認識，單純滿足於表面現象的渲染，客觀上流露出對糜爛生活的津津樂道。加上封建正統思想、因果輪迴觀念的宣揚，使得這部作品成就不高。

2、世情小說

承襲明末《金瓶梅》等世情小說遺風，清初也出現了一些以家庭及社會生活爲題材的小說，其中比較著名的有《醒世姻緣傳》和《林蘭香》。

《醒世姻緣傳》

《醒世姻緣傳》一百回，題「西周生輯著，燃藜子校定」。大約刊刻於康熙末年②。作者西周生，顯係化名，根據清人楊復吉《夢闌瑣筆》中轉引鮑廷博的話及此書主要情節與《聊齋志異》中《江城》及同題材之俚曲《禳妒咒》基本相同的情況，不少人認爲此書實蒲松齡所作。但這只是一種推測，尚無確證③。

《醒世姻緣傳》一名「惡姻緣」，它假託明英宗正統年間至憲宗成化年間（約公元 1436～1487 年）爲背景，實際上反映的是清初現實。它敍述一個兩世惡姻緣的故事，前廿二回寫先世姻緣，山東武城官僚子弟晁源寵妾虐妻，致其妻計氏自縊。晁源又射死仙狐。廿二回以後寫今世姻緣，晁源託生為狄希陳，仙狐託生為其妻薛素姐。計氏託生為其妾童寄姐，晁妾珍哥則託生為寄姐的婢女珍珠。按照作者安排，「大怨大仇，勢不能報，今世皆配為夫妻」。故狄希陳受到他妻妾的肆意凌虐，以報冤雪恨。小說用因果報應的觀念，來揭示官僚貴族家庭內部關係的冷酷和殘暴，但實際上則寫出了封建社會趨於解體時期，傳統道德觀已經無法維持原來的倫常關係。由於價值觀念的改變，金錢觀念的衝擊，污染了社會風氣，撕裂了倫理感情。作品還廣泛地反映了當時的社會現實，如官府貪贓、衙役詐財，考場舞弊，以及三姑六婆的詐騙，客觀上寫出了金錢勢力上升的眞實情況。尤為可貴的是，小說較多地描寫了農村的風俗人情：如親族之間爭奪財產，欺負孤兒寡母；地主對佃戶妻子的蹂躪，以及農村繁重的租稅和農村經濟的凋弊。小說通過家庭寫社會，通過家庭成員與社會的廣泛接觸，把家庭和社會緊密地聯繫在一起，織成一幅生活之網，藉以寫出時代的本質。這一構思對後來的《紅樓夢》多少有些影響。

《林蘭香》

《林蘭香》六十四回，題「隨緣下士編輯」，著者眞實姓名不可考。今存道光十八年（公元 1838 年）刊本，成書時間大約在康熙末年至雍正初年。小說以開國功臣耿再成之支孫耿朗一家自洪熙至嘉靖百餘年盛衰為主線，比較全面地反映了當時的社會現實。耿朗最後得娶一妻五妾。「林」指其妻林雲屏，「蘭」指燕夢卿（取《左傳》中「燕姞夢蘭」意），原為耿之未婚妻，因父遭誣陷，願代父為奴，昭雪後甘為側室，「香」指其妾任香兒。

小說內容及命名均仿《金瓶梅》。西門慶妻妾六人，耿朗也是妻妾六人。而且，耿朗與西門慶、林雲屏與吳月娘、任香兒與潘金蓮、另一妾宣愛娘與孟玉樓、甚至燕夢卿與李瓶兒在在性格上均構成一定的對應關係。實際上成為上承《金瓶梅》、下啓《紅樓夢》的重要作品。儘管在思想和藝術成就方面，《林蘭香》遠遜於《金瓶梅》和《紅樓夢》。但《林蘭香》也著力塑造了好幾個女性形象，特別是小說主人公燕夢卿還塑造得比較成功。她既是封建道德的忠實信徒，又積極爭取婦女的獨立地位和要求實現自我價値。她代父充軍，甘心為奴；寧願為妾，也不另嫁。她為了丈夫，自願割髮斷指。但另一方面，她又要求與丈夫建立一種「名為夫妻，實為朋友」的平等關係，敢於面斥丈夫的過失，不滿足於封建社會為婦女所規定的附庸地位。為此，丈夫與之反目，她實際上遭到遺棄，最後含恨而死。

燕夢卿的悲劇主要不是外力造成的，而在於她自身，因為她既受傳統道德的約束又要追求傳統道德以外的獨立人格。她正是被這一不可調和的內在矛盾所毀滅。她悲劇的一生使她既不同於一味癡情、甘心依附的李瓶兒，也不同於勇於叛逆的《紅樓夢》中新的女性，而正好成為二者之間的一種過渡。燕夢卿形象的出現，預示著新的時代、新的女性的萌芽。

㈡清中葉長篇小說

到乾隆年間，《儒林外史》和《紅樓夢》把我國古典小說的創作推到了高峯，成為清代小說繁榮的一個突出的標誌。特別是《紅樓夢》，它把傳統的思想和寫法都「打破」了、造成中國古典小說發展難乎為繼的局面。因此，自《紅樓夢》以後，古代小說的發展趨於停滯和倒退。儘管作品數量仍然不少，但質量上卻已無法提高。由於《紅樓夢》的巨大成功，使得中國古代長篇小說中最為繁榮的一支，即歷史演義和英雄傳奇急遽蕭條，作品大為減少。乾隆時的幾部歷史小說，如杜綱的《南北史演義》、鴛湖釣叟的

《說唐演義》等，成就都不高，不能超越前代演義。乾隆中葉以後的一些長篇小說家無論思想水平或藝術功力都遠不如吳敬梓和曹雪芹，但他們在《紅樓夢》等書影響下又想有所突破，有所創新，只好從題材角度加以翻新，或者寫前人尚未開掘過的題材，或者將兩種性質不同的題材融爲一體。於是《歧路燈》寫教育，《鏡花緣》談才學，李百川的《綠野仙蹤》（一百回），把神怪和世情融爲一體，既寫得道眞人除暴安良，又揭露官場黑幕和世風澆薄。張南莊的《何典》（十回）則是一部以鬼蜮世界爲題材的諷刺小說。夏敬渠的《野叟曝言》則把治國安邦的英雄業迹、嬌妻美妾的兒女柔情和經史子集的才學炫耀混在一起，實際上不脫才子佳人小說和神魔小說的俗套。而佚名的《施公案》（九十七回）則是第一部俠義公案小說，它的出現標誌著公案小說與英雄傳奇的正式合流，爲清後期大批俠義公案小說的出現開闢了道路。儘管這些小說在題材方面有所創新而在小說史上占有一席地位，但它們的成就並不高。成就較高的還是《歧路燈》和《鏡花緣》。

《歧路燈》

《歧路燈》一百零八回，一直以抄本流傳，二十世紀八十年代始整理出版。作者李海觀（公元 1707～1790 年），字孔堂，號綠園，寶豐（今屬河南）人。舉人，曾任貴州印江知縣。《歧路燈》寫成於乾隆四十二年（公元 1777 年），前後歷時共三十年。小說以書香子弟譚紹聞的墮落和回頭爲中心，敍述了一個世紳人家由盛到衰、由衰復盛的過程。作者的主觀意圖是圍繞子女教育問題以宣揚封建名教。小說用了從十三回到八十二回共七十回的篇幅，眞實細緻地描寫了譚紹聞在外界誘惑下墮落的過程。同時展開了造成譚紹聞墮落的社會環境的廣泛描寫：如官場腐敗、科舉舞弊、賭場詐騙、豪紳霸道、高利貸盤剝、世態炎涼等等。把所謂「乾隆盛世」光怪陸離的種種醜惡現象全都呈現出來，爲讀者提供了一幅比較眞實的外省風俗畫。從八十三回到結尾的二十五回主要寫浪子回頭。譚紹聞終於改過從新，得中副榜，抗倭立功，教子成名，使家道復興，家聲重振。小說通過譚紹聞由墮落到轉變的過程，目的在於說明封建正統教育可以成爲挽救縉紳階級沒落的有效武器，而根本沒有覺察到封建階級正走向衰亡，這一趨勢是不可改變的。但是，小說的重點部分是寫譚紹聞的墮落過程而不是他的轉變。而且，不論作家的主觀意圖如何，小說通過譚紹聞墮落的描寫，客觀上多少接觸到這個階級必然沒落的社會原因，如城市的繁榮、商品經濟的衝擊、物質生活的引誘，豪紳的橫行，市井流氓的卑劣，以及這個階級的長輩們的頑固守舊心理和他們所採取的封閉式的傳統教育方式。

在藝術上，《歧路燈》的突出成就是塑造了譚紹聞這樣一個轉變型的「中間人物」典型，在我國古代小說形象畫廊中增添了一個新的品類。此外，引誘譚紹聞墮落的幫閑篾片夏逢吉也塑造得比較成功。

《鏡花緣》

《鏡花緣》一百回，今存嘉慶二十三年（公元 1818 年）刊本。作者李汝珍（公元 1763？～1830 年？），字松石，直隸大興（今屬北京）人。長期寄寓江蘇海州，拜淩廷堪爲師，壇長音律學，著有《李氏音鑒》。他對經學考據、星卜象緯也曾鑽研，學問淵博。可能做過河南縣丞之類小官。但終身困頓，晚年窮愁，作小說以自遣。《鏡花緣》大約經過近二十年時間，三易稿而始成。原擬寫二百回，僅成一百回。

故事寫唐武則天當政之後，詔令百花在冬天開放，衆花神被迫遵令，後爲上天所譴，謫於人間，變成一百個女子，爲首的百花仙子托生爲秀才唐敖之女唐小山。唐敖赴考得中探花，但被人告發曾與叛臣徐敬業結拜而被革去功名，因此看破紅塵，隨妻兄林之洋和舵工多九公出海經商遊歷，經過三十多個國家，見識了各種各樣的風土人情和社會景象，並搭救了一些由花神轉世的女子。後半部則寫武則天開女試，由花神托生的一百名才女全部考中。衆女在慶賀宴會上彈琴賦詩、行令論文、談學說藝，顯示各自的才能。末尾寫徐敬業等人的後代起兵反武則天，破了長安城外由武氏兄弟把守的酒、色、財、氣四關，使唐中宗復位。

此書內容主要歌頌了女子的才華，反映了婦女在封建壓迫下強烈的平等要求，表現了作者尊重婦女的民主思想。書中所寫的女子，雖然多數沒有性格，但都有膽有識，她們是學者、才人、俠客、醫師，總之都是一些巾幗奇才。作者還創造了一個女兒國，國中女子當政，「男子反穿衣裙以治內事」，使男子也親身體驗一下穿耳纏足等野蠻習俗給婦女造成的痛苦。作品的另一個內容是批判了封建社會種種不合理的現象，揭發風俗的敗壞和道德的墮落。如借兩面國人的兩副面孔以鞭撻虛僞狡詐的兩面派，借無腸國以糞作飯供應奴僕來痛斥慳吝刻薄的富人，借翼民國人愛戴高帽子，因此把頭弄長了，諷刺那些喜愛奉承者。借長臂國人想把一切據爲己有，久而久之把手臂弄長了，批判那些自私自利之徒。借毛民國人因一毛不拔，結果一身都長了長毛，以揭露那些吝嗇鬼。儘管這些國家的名稱和某些事迹取自《山海經》，但經過作者的誇張渲染和情節烘托，才具有豐富的現實意義。

當然，《鏡花緣》中也保留了不少落後思想，如宣揚節孝觀念和因果報應，對封建禮教和門第婚姻作者也是贊成的，對封建社會某些不合理現象的批判僅僅停留在表面上。全書結構鬆弛，故事與故事之間缺乏有機聯繫，前後也不勻稱。沒有創造出典型人物，即如多九公、林之洋、唐敖等重要人物，個性也不甚鮮明。

作者不是通過典型性格來概括生活中的矛盾和鬥爭，而是企圖憑藉人物的見解、才識來反映現實。作品直接說教太多，特別是後半部，用了二十多回來「論學談藝，數典談經，連篇累牘不能自已」，幾乎把小說寫成了類書。儘管《鏡花緣》在思想上對《紅樓夢》的某些進步傾向有所繼承，但在藝術上卻只能說是一個倒退。

附　註

①清初華陽散人之《鴛鴦針》，又名《覺世棒》，亦屬多回體小說，全書4卷，每卷寫一個故事，均爲4回。此書與《十二樓》應屬同一時代之作，但影響不及《十二樓》。後人仿此種體裁者有酌元亭主人的《照世杯》，共 4 卷 66 則，寫4個故事。《人中畫》16 回，寫 5 個故事。《都是幻》12 回，寫 4 個故事。《錦繡衣》8 回，寫 2 個故事。煙水散人的《珍珠舶》6 卷 18 回，寫 6 個故事。嗤嗤道人的《警悟鐘》4 卷 16 回，寫四個故事。五一居主人的《五更風》，現存 8 回，寫 4 個故事。

②日本享保十三年（清雍正六年）《舶載書目》錄有《醒世姻緣》一書。所記序跋、凡例與今通行本全同。可見此書應刊行於雍正六年（公元 1728 年）之前。又此書首有環碧主人寫於辛丑年的《弁語》。雍正六年前之辛丑當爲清康熙六十年（公元 1721 年）。

③楊復吉（公元 1747～1820 年）《夢闌瑣筆》中記錄鮑以文（即廷博）之言云：「留仙尚有《醒世姻緣》小說，蓋實有指。」故胡適據此並結合命意、情節、方言等內證，斷定此書作者爲蒲松齡。孫楷第亦贊成此說。而路大荒在《蒲松齡年譜》附文中，力辯此書非蒲之所作。又有論者從避諱、內容、情調等方面認爲此書係明人寫明事（書避明諱而不避清諱）。又有人認爲洛陽古稱西周，論定應爲洛陽籍人之作品。

第八章　清代中後期的戲曲

第一節　清中葉劇壇和花部的興起

自從《長生殿》、《桃花扇》相繼出現之後，清代戲曲曇花一現的高潮隨之過去，有著悠久歷史傳統的雜劇和傳奇，從此更顯得凋零。儘管清代中後期雜劇及傳奇作品仍陸續出現，且爲數不少。據傅惜華《淸代雜劇全目》統計：清代共有雜劇一千三百多種，包括有姓名可考者五百五十種，無名氏作品七百五十種。又據莊一拂《古典戲曲存目匯考》統計：清代傳奇作品僅作者姓名可考者即達一千一百多種，有劇本留存者達五百多種。這些數字均高於元明兩代。清代的這些雜劇和傳奇作品的大多數是中期及後期的作品，是在《長生殿》、《桃花扇》之後陸續問世的。因此，清代中後期戲曲的衰落，主要不是表現在數量上，而是表現在質量上。

㈠戲曲創作衰落的原由

清代中期和後期戲曲創作的主要問題有二，即脫離現實和脫離舞臺，大寫歷史劇而遠離現實，大寫案頭劇而不適合演出。「兩脫離」傾向在雜劇創作中更爲明顯和突出。清代雜劇大量以文人掌故和仕女掌故爲題材①，這在淸初就已經如此，不過淸初尙能表現出强烈的民族意識，寄寓亡國之痛和故國之思。但在淸政權日趨鞏固以後，這種緬懷故國之情就淡薄了，代之而起的是一些敍寫古人逸事、抒發個人積鬱的作品。其中有些雖然蘊含了某些不滿現實的情緒，但反抗的力量已比較微弱。即使透露出一些怨世、諷世之情，其出發點也僅僅著眼於個人而非人民大衆。更多的一些雜劇則只是以閑適的心情寫詩人和才女們的才情，與社會現實極少聯繫。至於傳奇創作，取材於歷史的也大量增加，風格日趨雅雋。

這個時期的傳奇，題材雖較雜劇稍微廣泛一些，但也不外或摹擬前人續寫才子佳人、悲歡離合的濫套（如沈起鳳《沈氏四種》、張堅《玉燕堂四種曲》），或寫古人逸事以發洩胸中抑塞不平之感（如蔣士銓《藏園九種》），或虛構歷史爲古人、包括古代作品中人物翻案補恨（如周樂清《補天石傳奇》、胡雲壑《後一捧雪》），而更多的則是借歷史以宣揚封建道德（如夏綸的六種傳奇《無瑕璧》、《杏花村》、《瑞筠圖》、《廣寒梯》、《花萼吟》、《南陽樂》，自己注明係褒忠、闡孝、表節、勸義、式好、補恨之作）。取材於現實生活的在光緒之前基本沒有。

至於脫離舞臺、不適合演出的傾向在這個時期的雜劇及傳奇創作中也很突出。雜劇自明末已趨向案頭，清中葉以後更爲明顯，文人寫雜劇就跟作詩填詞一樣，多吟詠性情，與演出完全脫節。所以這時的雜劇，除個別作家如唐英、楊潮觀外，大多只能作案頭小品來欣賞。至於傳奇，案頭化趨向明末略有流露，清初則由於蘇州派的改革，强調其舞臺性，案頭化趨勢受到遏阻。但在「南洪北孔」之後又迅速蔓延。劇作家一旦脫離現實，必然會脫離舞臺。因其只求文字優美，能夠抒懷表意，就算達到目的，故對曲律排場，很少用心。哪怕像蔣士銓這樣比較優秀的作家，也不例外。

造成清中葉以後戲曲創作不振的原因有二，一是乾隆以後，清統治者加强了文化專制。隨著文字獄的愈益增多，乾隆四十二年（公元 1777 年）還專門責成巡鹽御史在揚州組織專人與專門機構修改古今詞曲。乾隆四十五年（公元 1780 年）在查禁一大批違礙書籍之後，又指令各省督撫派員刪毀違礙戲曲劇本。使得戲曲創作受到沈重壓力。與之同時，清廷又令張照、周祥鈺等人爲帝王享樂的需要編寫宮廷大戲，如敷衍目蓮救母故事、宣揚輪迴報應的《勸善金科》，改編《西遊記》卻意在鞏固現存秩序的《昇平寶筏》，假水滸英雄故事以宣揚忠義、鼓吹招安的《忠義璇圖》和敍三國歷史以宣揚天命的《鼎峙春秋》。除上述四大本之外，尚有演楊家將故事的《昭代簫韶》、寫封神故事的《封神天榜》、寫楚漢相爭故事的《楚漢春秋》、寫北宋興起故事的《盛世鴻圖》、演《平妖傳》故事的《如意寶冊》。這些大都是長達二百四十齣、連演十天的大戲。這些大戲雖然無法在民間演出，但仍然起著箝制思想、規範戲曲劇作的作用。

造成戲曲創作不振的另一個原因是由於雜劇、傳奇這些歷史悠久的戲曲藝術本身已經老化。它的一些優勢已經發揮盡淨，而它的局限，如太文雅、太刻板、太緩慢、太雕琢等，則使它愈來愈失去觀衆。清代的戲曲作家雖也有人想有所變革，但過於典雅、精巧的傳奇、雜劇實在難於隨俗，不易變通。而更多的劇作家則根本不顧羣衆和舞臺的需要，更加刻意求雅，使其形式愈益僵化，更加遠離羣衆。

(二)花部的興起

在上述情況下，比較粗俗的各種地方戲則適應了民衆的需要迅速地發展起來。這些地方戲雖然粗糙但剛健清新，雖然卑下但富有生命力，逐漸與崑腔傳奇相抗衡。據乾隆初年張堅《夢中緣傳奇序》說：「長安（即北京）之梨園，所好惟秦聲、羅、弋，厭聽吳騷，聞歌崑曲，輒哄然散去。」這說明秦腔、羅羅腔、弋陽腔已經打入當時的北京，並有駕凌崑劇的趨勢。據乾隆六十年（公元 1795 年）刊印的李斗《揚州畫舫錄》記載：「兩淮鹽務，例蓄花雅兩部，以備大戲。雅部則崑山腔，花部為京腔、秦腔、弋陽腔、梆子腔、羅羅腔、二簧調，統謂之亂彈。」花雅兩部原為不同演出部門的稱謂，進而演變成劇種的代指。崑曲文辭聲情均較高雅，故稱雅部。花部則指其聲腔花雜不純，多野調俗曲，帶有明顯的貶意。而且這時花部諸劇種正處於剛剛興起的階段，藝術及表演都鍾煉不夠，還沒有一個名劇種可以將崑曲排擠出舞臺。但花部卻以豐富的內容、活潑的形式、粗獷的風格和通俗的語言，博得廣大羣眾的喜愛。兩淮鹽務「以備大戲」，即為乾隆遊幸江南「迎駕」之用，居然也把花部劇種與雅部並列，同臺演出。這一安排無疑提高了花部的地位，使之更具有競爭實力。經過多次花雅之爭②，特別是乾隆五十五年（公元 1790 年），徽劇名伶高朗亭率三慶班進京，從此打開了花部進京的門路，不久即出現了三慶、四喜、和春、春臺等四大徽班稱盛的局面。至此，花部諸劇種終於以其旺盛的生命力和廣泛的羣眾基礎，取得了這場花雅之爭的勝利。當時一些有識之士，也通過花、雅部在內容和形式上的對比，肯定了花部的優勢。如焦循在第一部記錄花部史料的《花部農譚》中指出：「花部原本於元劇，其事多忠孝節義，足以動人；其詞直質，雖婦孺亦能解；其音慷慨，血氣為之動蕩。」正是花部的競爭，加速了崑曲的衰落。

㈢清中葉的劇作家

在衰落過程中的劇作家主要有寫傳奇的蔣士銓和黃圖珌，寫雜劇的楊潮觀和兼寫雜劇、傳奇的唐英。儘管與「南洪北孔」相比，他們的成就都不高，但仍然具有某些特色。

唐英

唐英（公元 1683～1754 年？），字俊公，號叔子，漢軍正白旗。曾官員外郎、九江關監督等。他著有戲曲集《古柏堂傳奇》十七種，其中多數爲雜劇和短劇。他的戲曲雖不少宣揚了封建道德和因果報應，但在題材上能擺脫俗套，不寫帝王將相和才子佳人，而較多地取材於中下層社會，甚至有一部分可能是從當時流行的地方戲曲改編而成，後來又被改編爲京戲。如他的《天緣債》（一名《張骨董》）、《雙釘案》、《麵缸笑》、《十字坡》、《梅龍鎭》等，就與後來京劇的《張骨董借妻》、《釣金龜》、《打麵缸》、《武松打店》、《遊龍戲鳳》等劇劇情相同。其劇作的第二個特點是長短隨意。他既寫了《十字坡》、《女彈詞》、《笳騷》、《傭中人》、《英雄報》、《清忠譜正案》等一折短劇，又寫了《三元報》、《蘆花絮》、《梅龍鎭》、《麵缸笑》等四折雜劇，還寫了《轉天心》（三十八齣）、《雙釘案》（二十六齣）、《天緣債》（二十齣）等傳奇，此外還有介乎雜劇與傳奇之間的《巧換緣》（十齣）和《梁上眼》（八齣）。他這種引進地方戲題材和不受傳奇雜劇篇幅約束的做法，可以說是對這兩種古老劇種進行改革的一種嘗試。

蔣士銓

蔣士銓（公元 1725～1784 年），字心餘、苕生，號淸容、藏園，鉛山（今屬江西）人。乾隆二十二年（公元 1757 年）進士，曾任翰林院編修。他善詩文，與趙翼、袁枚並稱爲乾隆三大家。著有《忠雅堂集》四十三卷，包括文集十二卷、詩集二十九卷，詞集二卷。存詩二千五百多首。他一生還寫過不少戲曲，今存雜劇八種，傳奇八種③。影響較大的是他的《藏園九種曲》，包括傳奇《冬青樹》、《空谷香》、《桂林霜》、《臨川夢》、《香祖樓》、

《雪中人》和雜劇《一片石》，《第二碑》、《四弦秋》等。他的作品文辭華艷，受湯顯祖影響頗深。又講求音律，遵從沈璟的有關規則。但不注意舞臺特點，結構鬆散，戲劇衝突不多。楊恩壽提到：「《藏園九種》爲乾隆時一大著作，專以性靈爲宗。」這說明他寫戲與寫詩一樣，以抒發性靈爲主，不考慮如何組織戲劇衝突。比較著名的傳奇《臨川夢》也是如此。劇本以湯顯祖一生事迹爲題材，歌頌了湯的才華和藐視權貴的性格。其中還穿插了婁江女子兪二娘的事迹以及湯劇中人物霍小玉、盧生、淳于棼等，略帶荒誕劇的色彩。劇本能做到虛實結合，構思新穎。此外，傳奇《冬青樹》寫文天祥、謝枋得殉國的故事，體現了「歲寒然後知松柏之後凋」的主旨。中間又穿插元朝官吏發掘南宋諸帝陵，唐珏偸拾其骨殖埋葬，並移宮中冬青樹以爲標誌。結構雖有些紛繁，但都表現出强烈的民族意識。人物塑造還比較生動，曲文更寫得聲情並茂。

楊潮觀

楊潮觀（公元 1710～1788 年），字宏度，號笠湖，金匱（今江蘇無錫）人。乾隆初舉人，曾擔任過知縣、知州一類地方官。著有《吟風閣雜劇》三十二種，每種只有一齣，是一部獨幕戲劇專集。這種作法，明代許潮的《泰和記》已首開其例。但流傳之廣，影響之大，都不如《吟風閣雜劇》。這三十二個短劇不少寫得很成功。如《汲長孺矯詔發倉》寫河南郡驛丞之女賈天香爲民請命，智激黃門給事汲黯未奉君命，敢於擅自開倉救災的故事。從而說明一個地方官應該具有關懷百姓、從權達變的精神。《東萊郡暮夜卻金》寫東萊太守楊震在赴任途中，他的學生昌邑縣令王密深夜前來饋贈金銀，遭到嚴詞拒絕。楊震所說：「天昏地黑，你說無人知道。上有天知，下有地知，你之外有我知，我之外有你知，何謂無知？」詞嚴義正，影響很大。《寇萊公思親罷宴》寫寇準拜相之後，生活奢侈，準備生日時大辦酒筵。但聽了老年婢女劉婆婆敍述他幼年的貧困生活之後，深受感動，立即停開筵宴。宣揚了艱苦樸素的生活作風，很有意義，至今仍在舞臺上演出。其餘像《窮阮籍醉罵財神》、《偷桃捉住東方朔》等劇則對世道人情進行了尖銳的諷刺。總之，《吟風閣雜劇》的成功之處在於能反映現實，構思新奇。儘管劇本過於簡短，情節缺少發展，但作者能以賓白流暢、文字詼諧，以及劇本的通俗性和趣味性來取勝。

黃圖珌

黃圖珌（公元 1700～年？），字容之，松江（今屬上海）人。曾官同知。他善詞曲，工詩文，有《看山閣全集》六十四卷。著有傳奇《雷峯塔》、《棲雲石》、《夢釵緣》、《解金貂》、《溫柔鄉》、《梅花箋》等六種。以《雷峯塔》最爲有名。故事來源於民間傳說，先後見於《清平山堂話本》等小說，明末陳六龍有《雷峯記》傳奇，今不傳。他的《雷峯塔》是保存下來的這一題材的最早劇本。劇中白娘子已變爲溫柔多情、並執著地追求愛情的女性形象，她身上的妖氣大爲沖淡。情節也比話本更爲複雜。但作者在劇本結尾仍然否定了這一「不合法」的愛情，白娘子被鎮壓在雷峯塔下，而許仙則經法海點化而遁入空門。這個劇本出現後經過藝人修改，最後由乾隆中葉方成培加工寫定，增加了《端陽》、《求草》、《水鬥》、《斷橋》、《合鉢》等齣，最後成爲一齣震撼人心的愛情悲劇，至今仍在舞臺上盛演不衰。

㈣花部演出本

至於當時花部演出的劇本，大多失傳，僅有若干單折保存在乾隆三十九年（公元 1774 年）最後編定的《綴白裘》（新集）第六至十一集中，如《清風亭》、《淤泥河》、《借靴》、《打麵缸》、《張古董借妻》以及《兩狼山》、《慶頂珠》等。這些劇針砭時弊，扶植善良，清新剛健，富有生活氣息。如《清風亭》寫打草鞋的老人張元秀夫妻拾得一子，取名張繼保，撫養十三年，為其生母帶走，張元秀夫妻思兒成疾。後張繼保得中狀元，路過清風亭，張老夫妻前往相認，遭到拒絕。二老相繼碰死，張繼保終遭雷劈。此劇產生過較強烈的悲劇效果，據焦循《花部農譚》描述當時羣衆反應是：「其始無不切齒，既而無不大快。鐃鼓既歇，相視肅然，罔有戲色；歸而稱說，浹旬未已。」劇本確實反映了當時官場的勢利心理和貧富對立，並借助雷殛表現了古代人民懲治惡人的強烈願望。

第二節　地方戲的發展和京劇的形成

㈠地方戲的興起

嘉慶以後，花部諸劇種得到迅速發展，各種聲腔技藝相互交融，使各劇種更加豐富、完善和成熟。而新的劇種又在不斷產生，如浙江一帶的「的篤班」形成了早期的越劇。此外如湖北的楚劇，江西的採茶戲，湖南的花鼓戲，四川、雲南、貴州的花燈戲，廣西的彩調，安徽的黃梅戲、河南的越調、二夾弦，河北的落子等劇種，大多是在嘉慶以後陸續形成的。

原來北京地區流行的是崑曲和弋陽腔派生的京腔。乾隆中期以後，秦腔和徽劇相繼入京，給北京劇壇帶來深刻變化。各種劇種聲腔既相互競爭，又同臺演出，相互交融，取長補短。特別是四大徽班相繼入京之後，使北京劇壇產生了強烈的震動和深遠的影響。徽劇是我國古代戲曲中傳統悠久的一個地方劇種，它以二簧調為主要聲腔。二簧腔是從四平腔、吹腔、高撥子等演化而來，而其根源則來自弋陽腔及其變種青陽腔。徽劇劇目豐富多彩，語言通俗易懂，唱做念打全面發展，在唱法上能吸收各地方戲的長處。故徽劇能在北京風行一時，四大徽班在一個時期內（即從乾隆末年到光緒十五年〔西元 1889 年〕三慶班解散）成了北京劇壇的盟主。

㈡京劇的形成、發展及其對戲曲史的影響

大約在道光初年，湖北的楚調（即漢劇）傳入北京。一些湖北籍伶工加入四大徽班，他們帶來了漢劇的主要聲腔，即西皮。西皮，亦稱襄陽調，來源於陝西梆子。徽劇與漢劇同臺演出，促成了二簧與西皮的相互交溶，使西皮與二簧同時成為徽劇的主要聲腔。此外，徽劇又從崑劇、梆子等劇種中吸收營養，並逐步適應了北京習俗和觀衆愛好，形成為一個新型的全國性的劇種，即皮簧戲，時間大約在道光末年到咸豐初年，因地點在北京，故亦稱京劇。當時三慶班首席老生程長庚、四喜班老生張二奎、春台班老生余三勝，被認為是京劇的主要奠基人。京劇從此一躍而居於全國劇壇盟主的地位，而獨霸中國劇壇二百多年的崑劇則退居為地方性劇種。

從同治到光緒年間，是京劇脫離徽班形成獨立劇種並走向全盛的時期。京劇各行當仍以唱工老生為最盛。著名唱工老生譚鑫培、汪桂芬、孫菊仙均形成了各自的流派。其他各行腳色也出了不少知名演員和流派。京劇一方面逐步由北京向外發展，另一方面又以其皮簧腔不斷滲透到其他地方劇種之中，使皮簧腔成了其他地方大戲的主要聲腔之一。如湖北等地的漢劇、湖南等地的湘劇和祁劇、廣東的粵劇、廣西的桂劇、雲南的滇劇等，大都以皮

簧腔爲重要聲腔。

京劇的形成和迅速發展，帶動了各地地方戲的普遍繁榮，從而在我國戲劇史上繼元雜劇、明清傳奇之後，形成第三個高潮。這一高潮聲勢更猛、影響更大，從北京、通都大邑一直到窮鄉僻壤，無不感受到這一高潮的勢頭。我國戲曲的普及，從來沒有達到如此深入的程度。京劇一方面帶動了地方戲的繁榮，另一方面又不斷從地方戲中吸收營養，使自己更加成熟。京劇實際上是在地方戲基礎上的藝術大融匯，在一定的程度上，成爲近代中國民族戲劇的象徵。民間精神和宮廷趣味，南方風情和北方神韻，在京劇中合爲一體，相得益彰。它所具有的一些美學特徵：如形神兼備、虛實結合、聲情並茂、時空自由、重視寫意等原則，都與這一融匯有關。同時，在中國戲曲史上，京劇還開創了一個新的時代。它爲戲劇文化實現了一個重大的轉折：從雜劇、傳奇到崑曲，都是以劇本創作爲中心，以關漢卿、王實甫、湯顯祖、孔尚任這樣一些戲劇大師爲旗手的戲劇文化活動。但從京劇形成以後，就正式讓位於以表演爲中心，以譚鑫培、王瑤卿、金少山、梅蘭芳等一大批表演藝術家爲先導的戲劇文化活動。戲劇藝術的核心，已經不再是文學創作而是表演藝術。中國戲劇炫目於世界的美色，主要也是它在表演上的精妙絕倫，爐火純青。

由於京劇本身就是綜合各地方戲之所長而形成的，京劇的劇目也必然廣泛繼承了從元雜劇以來各個劇種一切有價值的劇目，包括雜劇、傳奇和崑曲中的傳統劇目，也包括高腔、秦腔、二簧、西皮、羅羅腔、四平調、吹腔、柳子腔以及民間小調等聲腔的流行劇目。除此之外，還有不少是從我國一些古典小說名著中改編而成。因此，京劇劇目極爲豐富，舊傳有「三千八百齣」之說。陶君起《京劇劇目初探》（公元 1957 年）統計：共收錄傳統劇目一千二百八十多個。這些劇目中相當一部分具有較高的思想和藝術價值，表現了中國人民勤勞、勇敢、智慧、善良的品質，表達出他們爲擺脫被壓迫被奴役的地位而進行的英勇不屈的反抗和鬥爭。如《八大錘》、《挑滑車》、《李陵碑》等都寫出了反對侵略、英勇禦侮的內容，《打漁殺家》、《五人義》、《賈家樓》、《丁甲山》等表現了反對封建壓迫、抗暴起義的內容，《搜孤救孤》、《法場換子》、《四進士》、《鍘美案》等表彰了捨己救人、不畏權勢、秉公執法等高貴品質，《空城計》、《羣英會》、《完璧歸趙》、《鴻門宴》等著重突出了那些投身於政治、軍事鬥爭的古代人物的驚人智慧，《玉堂春》、《春秋配》、《蝴蝶杯》、《梅玉配》等愛情劇則歌頌了男女青年對愛情的堅貞和對權豪威逼的反抗。還有《馬前潑水》、《連升店》、《花田錯》、《打麵缸》、《一匹布》、《借靴》等一大批喜劇，大多諷刺了各種不良的品質。這些劇目都深受羣衆歡迎。京劇之所以能夠迅速向全國普及，並成爲劇壇盟主，與它的劇目特別豐富和深受羣衆喜愛的這一特點有著重要關係。

㈢四大聲腔

在京劇向外省發展，皮簧腔向其他劇種滲透的同時，各地方劇種中還廣泛流行著以「南崑、北弋、東柳、西梆」爲代表的所謂四大聲腔。

崑腔是一種古老的聲腔，進入近代以後，又分化爲南崑（蘇崑）、北崑（京崑）及湘崑等幾支。崑腔還加入到許多地方戲如湘劇、川劇、贛劇之中，成爲流行聲腔之一。

北弋，即高腔，係從明末弋陽腔發展而來。其特點是只用打擊樂、不用管弦樂伴奏。臺上一人獨唱，臺下衆人幫腔。音調高亢，富有朗誦意味。川劇、湘劇、婺劇、贛劇等劇種中都有高腔唱法。

西梆，即梆子腔。淵源於陝西、甘肅一帶高亢激越的民歌，首先在同州（今陝西大荔）和蒲州（今山西永濟）形成劇種，即同州梆子和蒲州梆子，後流傳到北方各省，成爲陝西的秦腔，山西的中路梆子、北路梆子和上黨梆子，山東的曹州梆子、萊蕪梆子和章邱梆子，還有河南梆子、河北梆子等。這種聲腔的主要特點是用硬木梆子作爲打擊樂器以按節拍，音調高亢激越，風格粗獷。

東柳，即柳子戲，也叫弦索腔、弦子戲。最早產生於河南東部和山東西部，是在民間小曲、俗曲的基礎上成長起來的地方小戲，清中葉以來逐漸形成的有山東柳子戲、河南曲子戲和越調、河北的絲弦戲。後來的黃梅戲、花鼓戲、花燈戲、採茶戲都屬於這一聲腔系統。

南崑、北弋、東柳、西梆和皮簧腔構成了我國各地地方劇種的主要聲腔。這些劇種就其音樂構成而言，又可分爲兩種結構形式，一是曲牌聯套的結構，包括崑腔、高腔和柳子腔；一是板式變化的結構，包括梆子腔和皮簧腔。這兩者有著明顯的區別：聯套結構是把許多樂曲按宮調類別和排列次序組織爲整套樂曲。它通過曲牌的更迭來實現旋律變化，屬於多曲體結構形式。而板式音樂卻以一首樂曲爲基調，運用各種節拍形式（即板式）變化以實現旋律變化，屬於單曲體結構形式。曲牌音樂的曲詞主要是長短句，而板式音樂曲詞基本格式是七字句或十字句，句式雖比較固定單調，但節奏整齊，易於背誦。曲牌音樂旋律豐富，但節奏變化幅度不大。板式音樂則可靈活運用三眼板、一眼板以及快板、搖板等多種節拍形式，能更充分地發揮節奏變化的戲劇功能。而且，由於板式音樂的出現，使得採用梆子、皮簧聲腔的劇種能夠突破過去雜劇和傳奇分折分齣的局限，完全根據戲劇衝突發展的需要來劃分場次，使之可長可短，靈活自如，而不考慮音樂聯套的限制，這就解決了一些劇種長期存在的戲劇結構和音樂結構的矛盾。

第三節　戲劇改良運動與話劇的出現

㈠時事劇的興起

清末社會巨大的政治變動，在戲曲領域內也逐漸有所反映。鴉片戰爭後不久，默守傳統題材的古典戲曲，也出現少數以現實生活為題材的作品，如黃燮清所作的反映鴉片戰爭的《居官鑒傳奇》，鍾祖芬揭露鴉片之害的《招隱居傳奇》。但這些作品影響不大。後來由於資產階級改良派的興起和「詩界革命」、「小說界革命」、「文界革命」等口號的提出，戲劇改革也成為歷史的要求。首先提出戲劇改革的是梁啓超，光緒二十八年（公元 1902 年）他寫了《劫灰夢》、《俠情記》、《新羅馬》傳奇三種發表於《新民叢報》。這些傳奇雖不適合上演，但畢竟揭開了以舊的戲曲形式反映時代精神，即戲劇改良運動的序幕④。

光緒三十年（公元 1904 年）柳亞子、陳去病等人在上海創辦了我國第一個戲劇刊物《二十世紀大舞台》，刊物的宗旨是：「改革惡俗，開通民智，提倡民族主義，喚起國家思想。」在柳亞子所撰寫的《發刊詞》中，他要求演出革命的「壯劇、快劇」，以配合政治鬥爭，為民主革命服務。這一切，都對戲劇改革起了推動作用。一大批宣傳革命的現代題材的戲劇陸續問世。其中比較著名的有浴血生作的《革命軍傳奇》兩齣，寫鄒容事；廣東新武生作的地方戲《黃蕭養回頭》一齣，寫反帝救國運動；地方戲《金谷香》一齣，寫革命志士行刺賣國賊；孫雨林作《皖江血傳奇》十六齣，寫徐錫麟刺殺恩銘事。此外尚有華偉生作《開國奇冤傳奇》、吳梅作《軒亭秋雜劇》，均寫秋瑾事。無名氏的《揚州夢雜劇》、《陸沈痛雜劇》、吳梅的《風洞山傳奇》、感惺的《斷頭台雜劇》，均借中外歷史題材鼓吹民族革命。

㈡京劇改革與汪笑儂

戲劇改革運動，也促進了京劇的改革。光緒年間以後，京劇進入宮廷，成爲貴族官僚的娛樂品，一些宣揚恐怖和色情的壞戲如《紡棉花》、《殺子報》、《大劈棺》之類亦隨之出籠。因此，京劇改革，亦成爲歷史的趨勢。光緒三十二年（公元 1906 年）夏月珊、夏月潤兄弟在上海創建新舞臺，在京劇演出中開始用幕布和新式布景，還演出了《黑籍冤魂》、《新茶花》、《血淚碑》等時裝戲，影響很大。辛亥革命前後，梅蘭芳也演出過《孽海波瀾》、《鄧霞姑》、《一縷麻》等時裝戲。但給京劇改艮以更大推動的是汪笑儂。

汪笑儂（公元 1858～1918 年），滿族人，本名德克俊，名僢，號仰天。年輕時中過舉，曾任太康知縣，後被革職。他很早就對京劇藝術感興趣，曾以票友身分登臺演出。革職後决心獻身於京劇藝術，他創作和改編劇目約三十餘種，這些劇本大都託古喻今，密切配合現實的政治鬥爭，富有時代氣息，能激勵人們的愛國思想。在形式上又不脫離京劇固有程式，適合演出。因此，他的京劇改革比其他人獲得了更大的成功。

他的代表作《哭祖廟》寫三國末年鄧艾包圍成都，蜀後主劉禪要開城投降，其子北地王劉諶割下妻子和三個孩兒的腦袋，到祖廟祭奠痛哭，然後自刎。劉諶死前訴說：「想我國破家亡，死了倒也乾淨！」這一警句曾被當作救亡呼聲廣泛傳誦。他的《將相和》刻畫了藺相如、廉頗兩人團結禦侮的愛國主義品質。《博浪椎》寫於袁世凱篡權稱帝之時，借歷史題材，寫出了對專制暴君的憤怒。他的《罵安祿山》、《罵王朗》、《紀母罵殿》，即所謂「三罵」，表達了人民羣衆對邪惡勢力的憤慨情緒。他的《長樂老》、《受禪台》則借歷史題材，諷刺了那些沒有民族氣節的壞人。

㈢地方戲的改革

隨著戲劇改革運動的深入，各省市、各地方劇種亦不同程度地開始改革。如四川在光緒三十一年（公元 1905 年）成立了戲曲改良公會，明確提出了「改良戲曲，補助教育」的口號。川劇改革家黃吉安（公元 1836～1924 年），一生創作和改編的劇本在百種以上。在他的作品裡，歌頌抵抗外族入侵中原的民族英雄的特別多，如《金牌詔》裡的岳飛，《柴市節》中的文天祥，《林則徐》裡的林則徐等。此外，陝西在清末成立易俗社，除招收學生十幾期，培養秦腔演員近六百人外，還演出過《三回頭》、《櫃中緣》、《三滴血》、《一字緣》、《奪錦樓》等劇目，也產生過較大的影響。

但是，清後期戲劇改革在理論和實踐上都存在著重大的缺陷，它所宣揚的愛國主義常和狹隘的種族主義思想糾纏在一起，那種借古喻今的新編歷史劇常常不可避免地宣揚了封建道德，而那些改良新戲、時裝戲又顯得粗糙生硬，多數不適合演出。隨著辛亥革命失敗，戲劇改革運動也趨於消沈，最後只能偃旗息鼓，半途而廢。

㈣話劇的輸入

隨著戲劇改革的進行，話劇逐漸在我國舞臺出現並得到迅速發展。話劇是西方劇種，並不屬於我國傳統戲曲領域。它是隨著西方文化的輸入，不斷被介紹到中國來的。

最早的話劇叫做「新劇」或「文明戲」。產生於二十世紀初年。光緒二十五年（公元 1899 年）上海聖約翰書院演出《官場醜史》，第二年南洋公學演出《六君子》，但影響都不大。光緒三十二年（公元 1906 年），一批留日學生如李叔同、曾孝谷、陸鏡若、歐陽予倩等人在東京成立「春柳社」，第二年在東京演出法國小仲馬《茶花女》中的一幕，接著又演出了曾孝谷改編的五幕話劇《黑奴籲天錄》，獲得了很大的成功。宣統元年（公元 1909 年）又演出了由法國作品改編的四幕話劇《熱血》，也產生了强烈的社會效果。春柳社重視劇本和排練，注意保持的話劇完整性及其藝術特色，故對於後來話劇的發展影響較大。

宣統二年（公元 1910 年），任天知等人在上海組織了進化團，這是我國第一個職業話劇團。這個劇團一開始就和當時的革命鬥爭緊密結合，編演了不少富有革命精神的劇目，如寫反帝鬥爭的《新茶花》、勸募愛國捐的《黃金赤血》、描寫武昌起義的《黃鶴樓》和歌頌辛亥革命的《共和萬歲》等等。這些演出在革命宣傳中起了很大的作用。但他們不重視劇本，不注意保持話劇固有特色。演出時一般不要劇本，採用幕表（提綱）制，演員根據提綱作即興表演，自由發揮，劇中還可插入一些與劇情無關的長篇時事演說，以配合政治。實際上把話劇降低成了化裝宣傳。

附　註

①清代雜劇中寫文人掌故的除尤侗《西堂樂府》及張韜《續四聲猿》（有《霸亭廟》、《薊州道》、《木蘭詩》、《清平調》）、桂馥《後四聲猿》（有《放楊枝》、《題園壁》、《謁帥府》、《投溷中》）等之外，尚有鄭瑜《汨羅江》、《黃鶴樓》、《滕王閣》、《鸚鵡洲》，車江英《藍關雪》、《柳州煙》、《醉翁亭》、《遊赤壁》，裘璉《昆明池》、《集翠裘》、《鑒湖隱》、《旗亭館》等多種。而寫仕女掌故的清雜劇除洪昇《四嬋娟》等作外，尚有薛旦《昭君夢》、黃兆森《夢揚州》、《藍橋驛》，葉奕苞《長門賦》、《燕子樓》、南山逸史《中郎女》、《半臂寒》、《長公妹》、

《京兆眉》、《翠鈿緣》以及石蘊玉《花間九奏》中《羅敷採桑》、《桃葉渡江》、《梅妃作賦》、《琴操參禪》等多種。

②在北京出現的花雅之爭的三次交鋒，第一次是乾隆初年由弋陽腔演變爲京腔（又稱高腔），與崑曲抗衡，出現了京腔「六大名班、九門輪轉，稱極盛焉」（楊靜亭《都門紀略·詞場序》）。但京腔不久被引進宮廷成爲與崑曲一樣的「御用」聲腔，且其曲文襲用崑劇，變化不多，變對抗爲融合。第二次是乾隆四十四年（公元 1779 年）四川籍名藝人魏長生等秦腔藝人進京，「大開蜀伶之風，歌樓一盛」（天漢浮槎散人《花間笑語》）。崑曲、京腔均不能敵。不久亦因清廷明令禁止，魏長生被迫南下江南。第三次即乾隆五十五年（公元 1790 年）三慶班進京。

③蔣士銓所作雜劇有《一片石》、《第二碑》、《四弦秋》、《廬山會》、《康衢樂》、《忉利天》、《長生箓》、《昇平瑞》等 8 種。所作傳奇有《空谷香》、《香祖樓》、《桂林霜》、《雪中人》、《臨川夢》、《冬青樹》、《採樵圖》、《采石磯》8 種。雜劇中前 3 種與傳奇中前 6 種又合刊爲《藏園九種曲》，最爲流行。又據李調元《雨村曲話》記載：「蔣晚年病痹，右手不能書，然聞其疾中尚有左手所撰十五種曲，未刊」。故蔣士銓一生所作戲劇至少有 31 種之多。他寫戲才思敏捷，速度極快。15 齣的《雪中人》只用了 8 天，4 折《四弦秋》僅用 5 天，8 齣的《采石磯》僅用一天，長達 38 齣的《冬青樹》也只用 3 天就大功告成。

④梁啓超的改良傳奇《劫灰夢》，係庚子事變後感時之作，僅成《獨嘯》楔子一齣。《俠情記》譜義大利女俠馬尼他姊弟事，亦只成《緯憂》一齣。《新羅馬》寫意大利建國事，計畫寫 40 齣，僅成 7 齣，外《楔子》一齣。

第九章　清代後期的小說

第一節　清後期小說的演進

清代後期，即道光元年到宣統三年（公元1821～1911年）的九十年間，我國小說的發展可以分爲前後兩個階段：以光緒二十年（公元1894年）中日甲午戰爭爲界，前七十餘年爲第一階段，此後十七年爲第二階段。

㈠古典小說的衰落及其原因

第一階段是古典小說的衰竭期。由於中國社會的巨大變化，西方思潮的衝擊，使國內思想領域長期停滯、僵化的局面開始改觀。資產階級啓蒙主義、民主主義思潮日益活躍。當時進步的啓蒙思想家如龔自珍、魏源等通過詩文以反映現實，宣揚變革，開創了詩文的新風貌。但他們囿於輕視小說的傳統觀念，不了解小說的作用和地位。因此這個時期仍舊是封建小說的延續期，也是清代中葉小說創作高度繁榮之後的一個低谷。這主要表現在對時代的隔絕，對現實的冷漠，題材、內容與表現形式故步自封，拒絕任何變革，完全處於停滯與封閉狀態之中，大大落後於形勢，落後於進步詩文，甚至也大大落後於清中葉以《儒林外史》、《紅樓夢》爲代表高度發展的小說創作。

這個時期所刊行的爲數不多的小說，大多是封建文人用以投合小市民低級趣味，爲他們消愁破悶的「閑書」。小說的作者仍然停留在舊思想牢籠之內，他們通過小說寫作表達對於享樂生活的留戀，反映他們對功名利祿的追求；或者借助幻想中的淸官和俠客美化現實，妄想拯救封建末世以逃脫覆滅。於是形成這個階段小說創作的兩大潮流：即狹邪小說和俠義公案小說。

(二)狹邪小說

狹邪小說即妓女小說，這類小說把文人嫖妓（包括男妓）當作人生一大樂事來表現。儘管有的多少接觸或暴露了半殖民地社會的腐敗和文人的墮落，但作者的主觀態度卻是欣賞和津津樂道而不是批判。這些小說或者渲染封建名士與男妓的同性戀，或者專寫沒落文人榮華富貴的美夢及其爬不上去的悲哀，或者以欣賞的態度來敍寫嫖客玩弄妓女的手段而成爲「嫖學教科書」。這類狹邪小說旣是明淸才子佳人小說的延續，又是才子佳人小說的墮落。它不過是把原來的才子佳人改換成浪子和娼優，再加上一些汚穢的筆墨而已。這類狹邪小說比較著名的有以下幾種：

《品花寶鑒》

《品花寶鑒》，又名《怡情佚史》，一題《羣花寶鑒》，六十回。作者陳森，字小逸，江蘇常州人。生活於道光年間。因科場不第，長期寓居北京，乃以乾嘉時期優伶生活爲題材，撰成此書。大約道光二十九年（公元1849年）寫成。這是第一部以狎客爲才子、優伶爲佳人的狹邪小說。作品以貴公子梅子玉和男伶林琴言同性相戀的故事爲中心，描寫貴族子弟的變態心理和糜爛生活。但作者把這些人的道德墮落粉飾爲純正的感情，故《菽園贅談》稱此書「滿紙醜態，齷齪無聊」。但書中人物大多實有其人，多少提供了一些梨園生活史料。

《花月痕》

《花月痕》，又名《花月姻緣》，五十二回。原題眠鶴主人編次，實乃魏秀仁（公元1819～1847年）所撰。魏字子安，福建閩侯人。道光舉人，屢試進士不第，不得已爲人作幕或教書授徒。一生潦倒，但又不甘寂寞，乃借助小說以抒發他「骯髒抑鬱之意」。書中兩個才子韋癡珠、韓荷生，實爲作者設想的兩面：韋代表自己的窮愁潦倒，韓代表自己想像中的飛黃騰達。這兩人分別與妓女劉秋痕、杜采秋相愛。韋癡珠困頓而死，劉秋痕也殉情自縊；韓荷生立功封侯，杜采秋就做了一品夫人。這既流露了封建文人失意沒落的感傷情調，又表現了他們追逐富貴功名的庸俗心理。書中充塞詩詞，大多爲無病呻吟。

《青樓夢》

《青樓夢》，又名《綺紅外史》，六十四回，光緒年間作品。作者原題「慕眞山人」，實爲兪達。兪字吟香，長洲（今屬江蘇蘇州）人。書中以封建文人金挹香挾妓生活爲中心，寫了青樓三十六個多情多義的妓女，後金挹香高中得官，納五妓爲妻妾，最後看破紅塵，入山修道，並度妻妾成仙。全書宣揚了庸俗腐朽的富貴神仙思想，酸腐之氣使人難以卒讀。

《海上花列傳》

《海上花列傳》，六十四回，光緒年間作品，作者原題「花也憐儂」，實乃韓邦慶。韓字子雲，華亭（今上海松江）人。全書以趙樸齋兄妹墮落的故事爲中心，暴露了當時上海奢侈淫靡的社會風氣和官僚、地主、商人的糜爛生活，帶有一定的譴責意味。但作者的揭露往往停留在個別壞人的個人品質上，對社會現實缺乏認識，故意義不大。全書用吳語寫成，對話比較生動，結構也比較緊密，是方言小說中一部較好的作品。

㈢俠義公案小說

俠義公案小說是俠義小說和公案小說的墮落及合流，實際上又是以《水滸傳》爲代表的英雄傳奇小說的反動。這類小說清中葉《施公案》已開其端，道光以後大爲發展。俠義小說之所以與公案小說合流，目的是要把廣大民衆反抗統治階級的鬥爭納入忠奸鬥爭的範圍。這類小說盛行一時，反映了清王朝封建統治已經朝不保夕，需要更多的幫凶和爪牙。在小說中，清官的自身安全需要俠客的保護，才能斷獄審案；而俠客義士亦需投靠官府，才能飛黃騰達。這兩者相互扶持，相互依存。正是這一客觀趨勢促成了俠義和公案二者的合流。

這個時期較有成就的俠義公案小說首推《三俠五義》。

《三俠五義》

《三俠五義》，原名《忠烈俠義傳》，一百二十回。首刊於光緒五年（公元 1879 年），署石玉崑述。石玉崑（公元 1810？～1871 年），字振之，天津人，咸同間著名說書藝人。擅長說唱《龍圖公案》，唱詞甚多，後有人刪去唱詞，增飾爲小說，題《龍圖耳錄》。光緒年間，問竹主人加以修改潤色，成《三俠五義》。近代學者俞樾認爲書中「狸貓換太子」事涉不經，乃加以訂正。又以三俠爲南俠展昭、北俠歐陽春、雙俠丁兆蘭、丁兆蕙，實乃四俠，增以小俠艾虎、黑妖狐智化、小諸葛沈仲元共爲七俠。五義乃陷空島五鼠，即盧方、蔣平、韓彰、徐慶、白玉堂，故改名爲《七俠五義》。

小說可分爲兩大部分：前七十回主要寫俠客義士協助清官包

公斷案，懲辦豪強。後五十回主要寫俠客義士協助清官顏查散剪除馬朝賢、馬強及襄陽王等邪惡勢力的故事。中間還穿插七俠與五義之間的意氣糾紛。小說完全按照忠奸鬥爭的模式來描寫這些鬥爭，把清官和俠客除暴安良的正義行爲與報效朝廷、匡扶社稷的忠君思想結合起來。但小說也明顯地表達了人們對賢明政治的要求和對豪強貪官的憤慨，例如小說揭露和抨擊了太師龐吉恃寵結黨營私，誣陷忠良；龐昱荼毒百姓，搶掠民間婦女；苗秀父子魚肉鄉里，重利盤剝；葛登雲、馬剛肆虐逞凶，獨霸一方等。這些描寫都有一定的積極意義。

小說在藝術上保留了宋元說話藝術明快生動、富於傳奇性等特點；它塑造的那些俠客義士，也有不少寫得形象鮮明，性格突出，富有生活氣息。魯迅認爲此書「而獨於寫草野豪傑，輒奕奕有神，間或襯以世態，雜以詼諧，亦每令莽夫分外生色」（《中國小說史略》）

《三俠五義》流傳以後，影響深遠。出現了續書《小五義》（公元 1890 年）一百二十四回。《續小五義》（公元 1890 年），一百二十四回。隨後，又有「貪夢道人」之《彭公案》（公元 1891 年），一百回。寫彭朋與投靠他的好漢馬玉龍等人事迹，續書多至十七集。此外尚有《劉公案》二十回，《李公案奇聞》（公元 1902 年）三十四回等。這些書思想陳腐，藝術低劣，不堪一讀。它們連《三俠五義》中那點反權奸的傾向都不見了，而主要描寫一個清官率領一批俠客去鎮壓起義民衆，或征服那些與官府作對的綠林豪傑，目的是爲現存秩序進行辯護。

㈣其他小說

這個時期還有兩部值得一提的小說，一部是《蕩寇志》，一部是《兒女英雄傳》。

《蕩寇志》

《蕩寇志》一名《結水滸傳》，七十回。作者俞萬春（公元1794～1849年），字仲華，山陰（今浙江紹興）人。他一生未仕，但曾隨父鎮壓湘西等地瑤民起義。《蕩寇志》寫成於道光二十七年（公元1847年），以金聖嘆七十回本《水滸傳》的續書自居，敍述退職軍官陳希眞及其女陳麗卿因受奸臣迫害，到猿臂寨落草避難，打著「遵王蕩寇」的旗號，勾結官兵和地主武裝，專門與梁山好漢作對。後被朝廷錄用，終於蕩平梁山水泊，將起義英雄一個個「斬盡殺絕」。作者創作的目的是「使天下後世，曉然於盜賊之終無不敗，忠義之不容假借蒙混，庶幾尊君親上之心，油然而生矣！」（徐佩珂《蕩寇志序》）此書文字精煉流暢，某些人物塑造得比較成功，在藝術技巧上確有可取之處。

《兒女英雄傳》

《兒女英雄傳》原五十三回，但傳本均只四十回。作者「燕北閑人」，即文康，字鐵仙，滿洲鑲紅旗人。主要活動於道咸年間，他祖父勒保曾任大學士、軍機大臣等要職，死後家道不振。文康只擔任過理藩院員外郎、天津道臺、鳳陽府通判等小官。晚年罷職閑居，生活困頓，家無長物，最後窮餓以終。他的身世與曹雪芹相類似，但二人思想卻大相徑庭。曹雪芹帶著血淚寫出封建家族必然滅亡的悲劇，而文康卻充滿幻想寫出另一個封建家族由於對封建道德忠誠不二，終於得到興旺發達的喜劇。《紅樓夢》戳穿了「乾隆盛世」的假相，暴露其封建末世的本質。而《兒女英雄傳》則把封建末世裝點成太平盛世，幻想它能夠永世長存。

《兒女英雄傳》男女主人公是作者心目中的兒女英雄，即忠臣孝子和淑女賢妻。男主人公安驥，字龍媒，漢軍世家子弟。其父安學海，晚年中進士，官河南知縣，不幸為河工總督陷害。安驥前往救援，途經能仁寺，被奸僧所劫，幸遇十三妹搭救。十三妹又救下民女張金鳳，並為二人作媒結緣。十三妹乃副將何杞之女何玉鳳，因父為大將軍紀獻唐所害，避禍隱居，立志報仇。安學海贖出後，尋見何玉鳳，告知紀已被朝廷所誅。最後何玉鳳與安驥亦得成婚，安驥飛黃騰達，一夫二妻，富貴榮華。

作品主要描寫了這樣一個「作善降祥」的家庭，由於堅持封建綱常、信守封建道德而得到發迹的歷史，歌頌了這樣幾個既有「兒女深情」又有「英雄至性」，實際上卻是矯揉造作的封建正統人物，並讓行俠仗義、劫取不義之財的十三妹變為賢妻良母何玉鳳。作者認為兒女眞情應該與英雄本性密不可分，而忠臣孝子才能體現出英雄本性。作者提出：「有了英雄至情，才成就得兒女心腸；有了兒女眞情，才作得出英雄事業。」於是，作者把安驥和何玉鳳、張金鳳全都寫成忠孝節義俱全的兒女英雄，通過這些形象來宣揚封建道德。這部小說在藝術上確有一定成就，結構緊湊，情節生動曲折，敍事狀物，細緻眞切。全書採用評話形式，比較活潑。運用北京口語，生動流暢。但也存在說教過多、人物矯揉造作的毛病。

《蕩寇志》屬於英雄傳奇小說向俠義小說過渡型作品，《兒女英雄傳》則是俠義小說和才子佳人小說的混合物。它們在藝術上的成功和在部分羣衆中受到的歡迎推動了俠義公案小說的迅速發展；而它們以鞏固封建制度、維護封建道德為宗旨的傾向也規定了俠義公案小說的思想內容。

第二節 晚清小說的繁榮

從光緒二十一年（公元 1895 年）馬關條約簽訂以後，到宣統三年（公元 1911 年）辛亥革命爲止的十多年內，我國小說界，包括小說理論界和小說創作界，發生了一場巨大的革命性變化。資產階級新小說，包括資產階級改良派小說和革命派小說，對傳統的舊小說，特別是當時極爲盛行的狹邪小說和俠義公案小說進行了一次大掃蕩。其來勢之猛、規模之大、批判之深，均爲我國小說史上所僅見。

㈠晚清小說繁榮情況

這十多年時間，又可分爲前後兩期。光緒二十八年（公元 1902 年）以前的幾年是醞釀期，主要是理論上的探索和新的小說理論的建立。此後十年則主要是創作期，絕大部分新小說都誕生於這十年裡。這十年間創作的小說，據阿英《晚清小說目》統計有四百七十九種。據《中國通俗小說總目提要》統計有五百二十多種。特別是開始的兩年之內，出現了一大批重要作品，如改良派小說《新中國未來記》、《官場現形記》、《文明小史》、《活地獄》、《二十年目睹之怪現狀》、《鄰女語》、《負曝閑談》等和革命派小說《自由結婚》、《東歐女豪傑》、《洗恥記》、《瓜分慘禍預言記》等，《老殘遊記》、《孽海花》等重要作品也是在這兩年內開始寫作的。這些小說既是資產階級新小說的號角，又成爲「小說界革命」的榜樣。

在這些新小說的影響下，大批作品如雨後春筍紛紛湧現，使小說創作在我國古代文學史上第一次，也是唯一的一次在整個文學領域中取得了主導和正宗的地位，連康有爲都爲之發出了「經史不及八股盛，八股無奈小說何」的感慨。與此相關的是，專業小說家出現並不斷增多，吳沃堯、李寶嘉等就是其中佼佼者①，形成了我國小說史上第一支專業小說作家隊伍。小說陣地也空前擴大。由於印刷工業的進步，傳統的雕板印刷讓位於排字印刷和石印印刷，小說出版的周期大爲縮短，印刷能力大大加强。除了出版小說專集之外，新型報刊大批湧現，爲小說的大量、及時發表提供了廣闊的園地。這個時期共辦起了十多種專門刊載小說的雜誌②，而其他各種非專門性的刊物也競相刊載小說。這種現象既是小說創作高度繁榮的結果，也是促進小說創作繁榮的一個重要原因。

㈡「小說界革命」理論的提出及其內容

促進晚淸小說繁榮的原因是多方面的，除了歷史方面的原因，如政治鬥爭的需要，讀者的要求，印刷條件的改進，以及封建舊小說由於題材內容千篇一律以致失去讀者的興趣而終於沒落：這些都促進了新小說的繁榮。此外還有一個重要原因就是小說理論的繁榮。「小說界革命」口號的提出並獲得熱烈響應，反映出新興資產階級對小說的看法有了重大改變，極大地突破了封建階級輕視小說的傳統看法。

早在戊戌變法之前，一些先進的知識分子就開始重視對小說理論的研究。光緒二十二年（公元 1896 年），梁啓超在《變法通議》中就提出以「新編小說」取代「誨淫誨盜」的舊小說。第二年，嚴復、夏穗卿在天津《國聞報》發表萬字長文《文館附印小說緣起》，全面闡述了小說的價值。變法失敗後，梁啓超逃往日本，發表了《譯印政治小說序》，提出了「政治小說」的概念，並强調小說的政治功能。光緒二十八年（公元 1902 年），由梁啓超主編的我國第一個小說專刊《新小說》創刊，梁啓超在創刊號上發表了一篇帶綱領性的小說理論文章《論小說與羣治的關係》，明確提出了「小說界革命」的口號，並對小說的地位、社會作用、藝術特徵等作了系統的闡述。第二年，他又在《新小說》上開闢了《小說叢話》專欄，小說評論、小說理論研究，一時形成高潮。

以梁啓超爲代表的資產階級改良派提出的小說理論主要有以下三個方面：

一、改變了傳統的小說觀念。以往的封建階級總是把小說排斥在正統文學之外，小說被視爲「邪宗」，而且從來就沒有科學的、明確的小說觀念。晚淸的小說理論家一反傳統觀念，公然宣稱：「小說爲文學之最上乘也。」（梁啓超《小說和羣治的關係》）並進而建立較科學的小說概念，有人提出：「小說者，一種文學也。文學之性，宜於凌虛，不宜於徵實。」（俠人《小說叢話》）這就把小說與史傳及史傳末流從本質上區別開來。

二、充分肯定了小說的社會作用。這也與過去把小說的作用僅僅歸結爲「娛心」與「勸懲」不同，梁啓超就充分肯定小說的社會功能，認爲它可以「新道德」、「新宗教」、「新政治」、「新風俗」、「新學藝」、「新人心」、「新人格」乃至「新一國之民」。另一位理論家王無生在《論小說與改良社會之關係》中說：「今日誠欲救國，不可不自小說始，不可不自改良小說始。」他們把小說的地位和作用空前提高，在當時是有進步意義的，儘管這種看法是片面的、唯心的。

三、對小說創作理論也進行了一些有益的探討。例如對小說的特徵、小說與生活的關係、人物形象的塑造、小說的藝術感染力以及小說的民族形式等問題，都進行了一些探討。儘管提出的意見不少還比較粗糙、幼稚，缺乏科學體系，片面性很大，但卻不應低估它的意義和價值。因爲這是我國用科學方法研究小說理論的開端，它比較徹底地淸除了封建階級輕視小說的傳統看法，推動了一大批有才華的文人從事小說創作，迅速地帶來了小說繁榮的局面。當然，這次理論探討中一些偏激和片面的看法也給小說創作帶來了消極的影響。

㈢晚清小說的內容及其局限

這個時期的小說，題材相當廣闊，完全擺脫了舊小說只寫帝王將相、英雄豪傑、才子佳人、神仙鬼怪的題材範圍，而是將廣闊的現實社會作爲描寫對象。當時社會生活的各個領域，幾乎都被當作小說的描寫對象。如當時《新小說》雜誌就將刊登的小說分爲政治小說、科學小說、社會小說、寫情小說、法律小說、哲理小說等十三類。而《小說時報》、《月月小說》則將它分爲二十四類或四十類。這種分類法並不科學，不過多少可以說明當時小說題材的廣泛性。這時的小說有專門揭露官場黑幕、譴責吏治窳敗以寄託作者改良理想的，如李寶嘉的《官場現形記》、《文明小史》、《活地獄》、吳沃堯的《二十年目睹之怪現狀》、劉鶚的《老殘遊記》、黃小配的《宦海升沈錄》、張春的《宦海》等。有反映帝國主義侵略和虐待華工的，如憂患餘生的《鄰女語》、無名氏的《苦世界》、碧荷館主人的《黃金世界》等。有的則描寫了改良主義政治理想，提倡實業救國、教育救國，反對迷信，要求婦女解放，如姬文的《市聲》、頤瑣的《黃繡球》、無名氏的《苦學生》、梁啓超的《新中國未來記》等。還有少數描寫各類新舊文人風流艷遇的所謂「寫情小說」，如李寶嘉的《海天鴻雪記》、吳沃堯的《恨海》、警夢癡仙的《海上繁華夢》等。

這個時期的小說數量雖多，但質量普遍不高，不少作品文字拙劣，品格低下。多數小說雖然突破了「帝王將相、才子佳人」的傳統範圍，接觸了廣泛的社會生活，並對現實社會有所揭露和批判，但都未能擊中要害。對於封建制度，對於專制皇帝，除少數革命派小說之外，大都存在幻想，不敢加以否定。對於帝國主義的凶殘，雖有一定認識，但對其侵略本質仍缺乏認識。由於一些作家思想認識不高，理想缺乏，因而在寫作中，或一味譴責，讓社會黑暗充斥全書，看不見希望的光芒；或不著邊際地空談「理想」，根本找不到實現這種理想的社會力量。在寫作方面，雖然對傳統的諷刺手法、白描手法有所繼承，但又「筆無藏鋒」，用極度誇張甚至漫畫化的方法來代替典型的塑造，以致流於輕薄。在結構上，不少採用了《儒林外史》那種若斷若續的寫法，「全書無主幹，僅驅使各種人物，行列而來，事與其來俱起，亦與其去俱訖，雖云長篇，頗同短制」（魯迅《中國小說史略》）。但前後雷同，顯得臃腫、拖沓。

所以，晚清小說的繁榮，只能算是一種畸形的繁榮。

這個時期的小說，寫得較好、影響較大的是李伯元的《官場現形記》、吳沃堯的《二十年目睹之怪現狀》、劉鶚的《老殘遊記》和曾樸的《孽海花》。亦即一般所說的四大譴責小說。

第三節　《官場現形記》和《二十年目睹之怪現狀》

㈠《官場現形記》

1、李寶嘉的生平和創作

《官場現形記》作者李寶嘉（公元 1867～1906 年），又名寶凱，字伯元，別號南亭亭長，武進（今江蘇常州）人。曾以第一名考取秀才，但由於民族危機，使他的功名心逐漸淡薄。光緒二十二年（公元 1896 年）他來到上海，接受了資本主義思想影響。他不滿清廷腐朽無能，對整個封建統治階級的墮落感到失望。但他的政治思想卻又偏於保守，不僅敵視革命派，對維新派亦嫌「過激」，而僅僅幻想以漸進的辦法，即所謂「水磨工夫」來改革弊政，以挽救封建社會的滅亡。他一生都陷入矛盾和找不到出路的苦悶之中。從光緒二十六年（公元 1900 年）以後，他成了一個專業小說家和報刊編輯，先後辦過《指南報》、《遊戲報》、《世界繁華報》和《繡像小說》等。

他創作的小說除《官場現形記》外，還有《文明小史》六十回，反映戊戌變法後的社會面貌，著重揭露假維新派的醜態，戳穿他們借維新招搖撞騙、謀取功名的醜惡嘴臉；還揭露了官僚集團腐朽無能、屈膝媚外的醜態，並在一定程度上反映了廣大人民的反抗鬥爭。《活地獄》四十三回，是一部短篇小說集，共收集十五個故事，主要內容是揭露官府的黑暗殘暴。《庚子國變彈詞》四十回，則是一部寫八國聯軍之役的彈詞小說。此外還有《中國現在記》十二回，《海天鴻雪記》二十回、《醒世緣彈詞》十四回及其他雜著多種。

《官場現形記》作於光緒二十九年至三十一年（公元 1903～1905 年）之間，最初在《繁榮報》上連載，並分編出版。作者原計劃寫十編，每編十二回，共一百二十回。但只寫了前五編即病逝。六十回的一小部分由友人惜秋生（歐陽巨源）代爲補齊。

2、晚清官場百醜圖

清朝政治的腐敗，首先反映在官場上。而作者社會改良的理想，也首先著眼於官僚機構。因此他才對晚清的各級官僚作了多角度、多方面的揭發和暴露。上起王公大臣、親信太監以及督撫藩臬等封疆大吏，直到府州道縣諸官吏，包括佐雜、書吏、戈什，幾乎沒有一個不是利慾薰心，卑劣透頂。他們賣官鬻爵，貪贓枉法，吞沒賑款，剋扣軍糧，販賣人口，勒索誆騙，無所不爲。他們奉行「千里做官只爲財」的準則，相信「做官的利息總比生意好」的官場哲學。江西代理巡撫何藩台公開賣官，按價論官，「一千元起碼」，「頂好的缺，總要二萬銀子」。黃胖姑爲京城大人物賣官當掮客，公然提出；「一分錢，一分貨，你拚得出大價錢，就有大官做。」他們把官場變爲商場，貪汚的毒菌，浸入了統治機構中每一個毛孔；商品經濟的發展，更刺激了統治階級對金錢無止境的追求。淸王朝命在垂危，大小官員在朝不保夕的感覺中，除了抓緊每一個機會大量地攫取金錢財貨之外，別的什麼也不關心。這正是一個社會制度面臨崩潰時統治階級的本質特徵。欽差大臣童子良外出稽查案件，到處標榜「淸廉自矢」，但僅在山東一地，就接受賄賂十五萬六千兩銀子。河南按察使賈筱芝，打著「平反冤獄」的旗號，「一百起案件，倒有九十九起不能斷結」，以便從中敲詐財物。包括淸王朝的最高統治者，也成了貪汚的指使者和縱容者，朝廷派大臣赴浙江查辦案件，就明文交代說：「某人當差謹愼，在這裡苦了多少年，如今派了他去，也好叫他撈回兩個。」這位欽差便採用「只扯弓，不放箭」的辦法，拖延時間，勒索財物，得到了兩萬兩銀子的賄賂。因此，連慈禧太后也承認：「通天底下一十八省，那裡來的淸官？」

無止境的貪汚必然帶來道德敗壞，綱紀淪喪。滿頭白髮的瞿太太，爲了替候補知縣的丈夫謀一實缺，居然趕著湍制台九姨太、十八歲的丫頭寶珠叫「乾媽」。冒得官爲了保住假冒而得的官位，竟尋死覓活地逼迫自己的女兒給羊統領當小老婆。成親之夜，他跪在房門外邊向羊統領說：「沐恩在這裡伺候老帥。難得老帥賞臉，沐恩感恩匪淺。」寡廉鮮恥，卑劣已極。所謂孝悌忠信的遮羞布都被撕得粉碎，反映了晚淸社會封建道德早已失去維繫人心的作用。

小說還揭露了反動官僚壓迫人民的罪行，最有代表性的是十二到十八回寫胡統領嚴州剿「匪」。嚴州有兩家當鋪被搶，並無所謂匪。胡統領卻僞造情報，大談匪情，帶軍隊下鄉「搜掠搶劫」，「洗滅村莊」，「奸淫婦女，無所不至」。並以此謊報功勞，邀功請賞。這些官僚在人民面前作威作福，但在帝國主義面前卻奴顏婢膝。他們無論在什麼場合，只要一聽到洋人，便馬上手忙腳亂，面容失色。如五十三回兩江制台一聽到洋人來拜，便「頓時氣焰矮了半截」；一聽到百姓反對洋人，便馬上派兵去「彈壓」。

總之，這是一部晚淸官場百醜圖，「妖魔鬼怪，一齊都有」（六十回）。作者敢於把當時官場的種種罪惡，通通展示在光天化日之下。故阿英在《晚淸小說史》中稱這部書爲「討伐當時官場的檄文」。書中所寫不少有現實影子，李錫奇曾說：「所寫種種，大多實有其人，實有其事。惟都不用眞名，而所用假名亦皆有寓意。」

但小說也有一些不足。它雖然揭發了官場中種種黑幕，卻沒有否定造成這一切罪惡的根源，即封建制度。作者對於黑暗社會的攻擊似乎凶狠，但未中要害；譴責似乎尖刻，但並不深刻。相反，作者把官僚腐化、社會墮落的原因，錯誤地歸結爲個人品質和道德問題。因此他提出的改良藥方乃是恢復封建道德，「編幾本教科書……把這些做官的先陶溶」一番，這實際上只能是一種自欺欺人的幻想。

3、《官場現形記》的藝術成就和缺陷

在藝術上，《官場現形記》受《儒林外史》的影響較大。全書結構也「與《儒林外史》略同」，由許多短篇故事聯綴而成，每個短篇都有一定的獨立性和完整性。「一人演述完竣，即遞入他人」（《譚瀛室隨筆》）。把同一類型的事件和人物湊集在一起，可使作品起到「照妖鏡」的作用。在描寫手法上也模仿《儒林外史》，普遍使用諷刺方法，有些地方尚屬成功。如寫浙江撫院傅理堂大

量受賄，卻又標榜儉約，穿一身舊衣，忸怩作態。竟使浙江官場開展起「比穿破爛」的競賽，官廳上如同叫化子進出，估衣鋪的爛衣破袍也乘機漲價。作者雖然誇張但又不失含蓄，藉此展示了人物的內心世界，故能使讀者獲得深刻印象。但更多的地方則誇張失實，溢惡違眞。正如魯迅所說：「雖命意在於匡世，似與諷刺小說同倫，而辭氣浮露，筆無藏鋒，甚且過甚其辭，以合時人嗜好。」（《中國小說史略》）李寶嘉的藝術功力本來就不及吳敬梓，加以撰稿的時間比較匆忙，因此人物形象不豐滿。作者常常採用過分誇張，甚至漫畫化的手法來塑造人物，使不少人物成了罪惡觀念的圖解。有些地方結構鬆散，剪裁不當，前後情節大同小異，拖沓累贅。這些都是本書在思想和藝術上的不足，也是晚清這一類報刊體小說的共同毛病。《官場現形記》是晚清較早的一部有份量的新小說，它的問世，促進了人們對淸王朝腐朽已極、不堪改造的認識。由這部小說起，逐漸形成晚淸譴責小說的高潮，而描寫其他各界如商界、學界、女界等「現形」之作也都接踵而起。

㈡《二十年目睹之怪現狀》

1、吳沃堯生平和創作

《二十年目睹之怪現狀》作者吳沃堯（公元 1866～1910 年），字小允，號繭人，又號趼人，因祖居廣東佛山又自號我佛山人。出身破落官僚家庭，一生未應科擧，二十多歲就到上海謀生。光緒三十二年（公元 1906 年）任《月月小說》總撰述，不斷接受到資產階級改良派的思想影響。他不滿社會的黑暗，曾參加反美華工禁約運動，對民族危機頗有感觸。但他的理想極爲薄弱，對前途缺乏信心，所寫作品大都帶有濃厚的悲觀情緒。從光緒二十九年（公元 1903 年）起，他就以主要精力從事小說創作，與李寶嘉等都是我國最早的專業小說家。在這七、八年間，先後發表了長篇小說十八種，短篇小說十二種，筆記小說五、六種及雜著《新笑史》、《新笑林廣記》、《俏皮話》、《滑稽談》和改良戲曲《曾芳四傳奇》、《鄔烈士殉路》兩種③。

李寶嘉的代表作《二十年目睹之怪現狀》一百零八回，光緒二十九年十月起陸續發表於《新小說》雜誌，至四十五回因《新小說》停刊而中止，後由上海廣智書局先後以單行本行世，共分八冊，宣統二年（公元 1910 年）出完。

2、《二十年目睹之怪現狀》的思想內容和特色

《二十年目睹之怪現狀》通過主人公「九死一生」二十年間「目睹」之種種「怪現狀」，反映了光緒十年（公元 1884 年）中法戰爭前後到二十世紀初期的社會現實，暴露了封建社會總崩潰時期統治階級的腐敗和墮落；除官場外，還寫到了商場和洋場，客觀上揭示了整個封建社會的黑暗及其必然滅亡的命運。

封建官僚機構的腐敗是小說描寫的中心。貪污盜竊、賣官鬻爵、蠅營狗苟、寡廉鮮恥，成了當時官場的普遍現象。知縣做賊，按察使盜銀，郎中行騙，學政大人販賣人口；被參的布政使用一百零八顆朝珠行賄，反而升爲巡撫；總督將全省各縣官位列名標價，到處兜售，公開賣缺；欽差查案，送銀的萬事全休，不送錢的撤差查辦。爲了保官升官，爲了獲取權勢和金錢，他們廉恥喪盡，道德敗壞。在這種烏煙瘴氣的官場中，有送九萬兩贓銀走太監門路的兩廣總督，有命妻子親自爲制台大人「按摩」的候補道，有迫使祖父討飯的吏部主事。特別是南京候補道苟才，居然協迫帶孝守節的兒媳給總督當姨太太。他跪在兒媳面前，流著淚哀求媳婦「大發慈悲」。當聽到媳婦願意「屈節順從」，就連忙垂手稱呼：「憲太太再將息兩天，等把哭的嗓子養好了，就好進去。」實在是「行止齷齪，無恥之尤」。至於侄子陷害叔父，

兒子謀殺父親，婊子建立牌坊，縱慾而死者入《孝子傳》之類「怪現狀」，更是層出不窮。無怪乎作品把這些官僚、佐雜、馬弁、流氓、奸商、賭棍、潑皮、訟師、煙鬼、婊子、狎客比喻爲蛇蟲鼠蟻、豺狼虎豹和魑魅魍魎。

小說還揭露了封建官僚貪生怕死、賣國求榮的嘴臉。中法戰爭時，馭遠艦管帶僅見遠處一縷煙，就疑爲法國兵艦，將船沈下，謊報被擊沈。中日戰爭時，葉軍門一槍未放，就哀求投降。一個外國人要强占牯嶺，號稱老外交家的大臣居然說：「台灣一省，朝廷尚且送給日本，何況區區一座牯嶺。」這一切，不僅寫出了晚淸官僚「戀祿固位、貪生怕死」的賣國行徑，也寫出了當時官場由於國家屢遭挫敗而產生的濃厚的失敗情緒。

作者在對晚淸官場和社會作了淋漓盡致的揭發的同時，卻把一切罪惡的根源歸結於「人心不古」，道德淪喪，主張加强道德教化，「從心上做起」，不過是爲垂亡的封建社會開出的一付毫無效用的藥方。作品還塑造了蔡侶笙、吳繼之和九死一生等幾個正直、有才而又恪守封建道德的正面人物，但他們根本無法同整個社會邪惡相抗衡，最後不得不一個個歸於失敗，落了個「含冤負屈」、「風流雲散」的結局，使全書籠罩上一層憤懣憂鬱、低沈悲傷的情調。

《二十年目睹之怪現狀》在結構上略優於《官場現形記》。全書以「我」爲線索，把二十年「親見親聞」之事串連起來；還通過吳繼之、文述農和苟才、九死一生的伯父等幾個主要的正面和反面人物時斷時續、前後貫穿，加强情節的整體感。缺點主要是題材缺少剪裁，情節缺少提煉，轉述故事太多，搜奇獵異，連篇話柄。人物形象大多比較單薄，缺少集中概括的典型化塑造。但它畢竟比較全面地反映了淸末上層社會的眞實面貌，成爲當時一部有重要影響的作品。

3、吳沃堯其他作品

《九命奇冤》

《九命奇冤》三十六回，是吳沃堯另一部比較優秀的作品。小說集中描寫的案件係雍正時期發生的實事，作者藉此譴責社會，揭露官場黑暗和人情險詐。此書藝術上比較成功，作者把對社會的揭發如賄買鄉科、迷信風水、侵擾搶劫、官吏貪污、人情險詐，都緊緊圍繞這一案件，形成一個有機的整體。又運用西方小說所常用的倒敍手法，把本應在十六回出現的高潮提到開頭，然後再追敍前因後果，結構嚴密。

《痛史》

《痛史》二十七回，是他寫得最好的歷史小說，內寫南宋亡國慘史，在當時頗有「借古鑒今」之意。

《恨海》

《恨海》十回，是一部「寫情小說」，但以八國聯軍之役爲背景，寫兩對青年未婚夫妻在戰亂中離散，他們的愛情、幸福終於被混亂的時代所毀滅的悲劇。

第四節　《老殘遊記》和其他改良派小說

(一)《老殘遊記》

《老殘遊記》是一部思想比較複雜的長篇小說，其內容既有大量來自黑暗現實、揭露統治階級殘暴、批判清王朝腐敗的眞實材料，也有一些歪曲現實、咒罵革命、敵視人民羣衆的描寫。內容複雜的原因主要由於作者所持的洋務派立場。

1、劉鶚的生平

《老殘遊記》作者劉鶚（公元 1857～1909 年），字鐵雲，別署鴻都百煉生，丹徒（今江蘇鎮江）人。出身於封建官僚家庭。他崇拜「西學」，對數學、醫學、水利學都有過較深的研究。他行過醫，做過商人，後又當過洋行買辦。由於治河有功，曾授銜知府。因主張借用外資修築鐵路和開採山西礦產，被當時一些人罵爲「漢奸」。八國聯軍侵占北京時，他從俄軍手中賤價購買太倉糧轉賣給飢民。光緒三十四年（公元 1908 年）以「私售倉粟」罪謫徙新疆，次年病死。

劉鶚是一個接觸過西方科學，又與外國商人有著較多聯繫的封建文人和官僚。他立志要「補」封建社會之「殘」（《老殘遊記》中老殘又名補殘，就是作者自己的影子），挽救百孔千瘡、朝不保夕的封建專制政權。但他所開出的「扶衰振弊」的救世單方，不過是洋務派那些早已破產的政治主張。《老殘遊記》是一部他自稱爲「哭泣」之作，正表達了他俯仰國事、慨嘆生平、自抒懷抱、抨擊現實的種種感情；是他救世不成、政治破產、對前途莫可奈何，以至悲觀消沈的「哭泣」之作。

除《老殘遊記》外，劉鶚尚有《鐵雲詩存》四卷，存詩詞一百一十多首。著有算術著作《勾股天元草》、《孤三角術》，治河著作《歷代黃河變遷圖考》、《治河七說》、《治河續說》，金石學著作《鐵雲藏龜》、《鐵雲藏陶》、《鐵雲泥封》等。

2、《老殘遊記》的創作意圖和作品的客觀內容

《老殘遊記》初編二十回、二編殘存共九回，外編部分爲殘稿。寫於光緒二十九到三十二年（公元 1903～1906 年）。小說通過江湖醫生老殘遊歷各地的見聞和言行，表達了作者對時局的見解，也反映了晚清某些社會政治狀況。

《老殘遊記》通過一些虛構的畫面和揑造的、沒有生命的人物來宣揚作者的政治見解。如第一回中以行將爲風浪吞沒的帆船來影射當時的中國，認爲那些掌舵管帆的（象徵統治集團）「並沒有錯」，應對危機負責的是那些在乘客中鼓動造反的人（象徵革命派）。第十一回更借助黃龍子、嶼姑這兩個半人半仙的形象，將當時的革命運動，即所謂「北拳南革」咒罵爲貽誤國家的「疫鼠」、「害馬」。作者認爲：能夠挽救社會危機的是像他這種給大船送羅盤的洋務派和書中正面人物如山東巡撫莊宮保（影射張曜）及其周圍的一些官僚，如以「清廉」出名的太守白子壽、城武縣令申東造、齊河縣令王子瑾、同知黃人瑞等人。書中實際上提出了一條依靠封建官僚實行仁政、採納洋務派主張以挽救危亡的路線。

儘管作者的政治主張完全落後於時代的發展，但他對現實社會的危機卻有著清醒的認識。小說比較深刻地刻畫了兩個所謂清官的形象，描繪了呻吟在他們暴政之下的曹州等處人民的悲慘遭遇，給我們提供了一幅「殺民如殺賊」、「血染頂珠紅」的鮮血淋漓的畫面。正如作者所說的：「贓官可恨，人人知之；清官尤可恨，人多不知。蓋贓官自知有病，不敢公然爲非；清官則自以爲不要錢，何所不可？剛愎自用，小則殺人，大則誤國，吾人親目所見，不知凡幾矣！」這個見解，應該說是深刻的。但書中所攻擊的，並不是所有的清官，而僅僅是那些貌似清正，「自恃甚堅，篤信舊學，虐民仇教」的頑固派人物如毓賢（即書中曹州太守玉賢）和剛毅（即書中的剛弼）等人。作者把這兩人描寫成殘忍和剛愎的典型。玉賢不到一年就用站籠站死兩千多人，其中「九分半是良民，半分是這些小盜」，這才博得個「路不拾遺」的政聲。而被稱爲「剛瘟」的剛弼，自命不要錢，實則濫用嚴刑，屈殺好人，只求自己邀功，不顧百姓死活。這些揭露是頗有現實意義的。

小說主人公老殘與玉賢等人的矛盾雖屬於當時洋務派與頑固派之間的矛盾，但客觀上也反映了廣大被壓迫人民與清王朝當權派之間的鬥爭。書中所著重描繪的一幅幅血淋淋的圖畫，與表現作者政治主張的概念化形象和那種象徵性圖解式的描寫相比較，這些來自現實生活的眞實材料顯得更加深刻有力、具體感人。《老殘遊記》一書在羣衆中受到普遍歡迎，而且流傳中積極作用遠遠超過消極作用，也正是這個原因。

《老殘遊記》的語言清新流暢、富有韻味。魯迅說它「敍景狀物，時有可觀」。作者寫景的特點是自然、逼眞，有鮮明的層次和色彩。如千佛山的景緻，桃花山的月夜，黃河的夜冰以及白妞說書，都描寫得精妙入微，膾炙人口。這不單給讀者以美的享受，而且也爲中國古典小說提供了寶貴的借鑒。但這些部分大多遊離於作品主要內容之外，作者不過是想用這一幅明媚鮮妍的風景畫以烘托那一幅取材於黑暗現實的慘不忍睹的風俗畫。

㈡其他改良派小說

體現改良思想的譴責小說除《官場現形記》、《二十年目睹之怪現狀》和《老殘遊記》之外，尚有揭露晚清社會黑暗的《負曝閑談》，揭露列強侵華時社會慘象的《鄰女語》，反映在美華工華商悲慘生活的《苦社會》，寫晚清商界生活的《市聲》和反映當時婦女問題的《黃繡球》等，都能從不同角度表現清末社會動蕩現實和作者的維新理想，都有一定意義。

《負曝閑談》

《負曝閑談》三十回，作者蘧園，即歐陽巨源（公元 1882？～1907 年），蘇州人，李寶嘉的合作者，此書寫法與《官場現形記》略同，但更側重於中下層社會。它主要寫了兩方面：一是小官僚的現形，二是維新人物的醜惡表現。書中最精采的是寫上海維新黨在妓院談革命、講哲學的情節，以及清廷軍機處的情況。文筆靈活清爽，但結構鬆散，人物形象單薄，誇張失實，具有一般譴責小說的通病。

《鄰女語》

《鄰女語》十二回，作者署名憂患餘生，其人不詳。這是一部側面反映八國聯軍之役的重要時事小說。通過宦門子弟金堅在庚子事變後北上進京為線索，展示了腐朽的清王朝在列強入侵時的狼狽景象。作者對逃官潰兵騷擾百姓，賑濟大員大發國難財，袁世凱屠殺義和團，都有深刻揭露。從而鞭撻了清朝官僚的昏庸無能和媚外投降。文筆清雋，善於素描。但結構前後不統一，前六回由主人公金堅貫串，後六回則另起爐灶，成為「話柄」連綴。

《苦社會》

《苦社會》，作者佚名，四十八回，實為雙回目二十四回。這是一部「有字皆淚，有淚皆血」的華工慘史。小說主人公阮通甫、魯吉園、李心純三位知識分子，為生活所迫，出國謀生。託名去祕魯，實為在美華工。阮通甫夫婦在途中即不堪凌辱而死，魯吉園幸為友人所救，在輪船上做司賬。李心純在美經商多年，獲利不小，但遭受迫害，最後棄產回國。全書寫得真實沈痛，非親歷其境者不能道。故書前漱石生序認為作者本人就是華工：「以旅美之人，述旅美之事，固宜情真語切。」但小說以「實業救國」為拯救中國之路，仍屬於改良主義路線。

《市聲》

《市聲》三十六回，作者姬文，生平不詳。這是晚清僅有的一部全面描寫商界生活的小說。它主要寫上海紡織、茶業等行業受外資侵入而日漸蕭條的情況，同時也揭露了商界內部爾虞我詐、排擠鯨吞的種種內幕，提供了晚清商業社會的一幅風俗畫，客觀上表現了中國民族工商業艱難的成長過程。文筆尚稱流暢，結構則顯得支蔓。

《黃繡球》

《黃繡球》三十回，作者頤瑣，姓名不詳。這是反映晚清婦女問題的小說中最好的一部。全書採用象徵寫法：如以主人公所居之自由村象徵當時中國，以主人公黃繡球代表新女性，其夫黃通理代表維新派，又以主人公夢中所見法國羅蘭夫人象徵西方文化。黃繡球經羅蘭夫人點撥，知識大進，與丈夫分頭開辦男女學堂，大見成效，使自由村面貌煥然一新。小說的中心是表現新女性的成長，而對於婦女解放，作者卻強調把辦學與放足擺在首位。這顯然是一種改良的、漸進的主張。書中人物大多係觀念化身，缺乏生命感，情節結構亦有支蔓處。

以上幾部小說，《負曝閑談》、《鄰女語》刊於光緒二十九年（公元 1903 年），《苦社會》、《市聲》、《黃繡球》刊於光緒三十一年（公元 1905 年）。也正是這一年，鼓吹反清革命的孫中山等人組成了中國同盟會。在同盟會領導下，國內民主革命蓬勃開展，主張漸進的改良派轉而起來反對革命，提倡立憲保皇，他們身上有限的一點進步性逐漸消退。

㈢改良派小說的墜落及鴛鴦蝴蝶派的興起

同盟會成立，即光緒三十一年（公元 1905 年）前後，改良派小說也開始蛻化。因爲這些小說把揭露、批判的鋒芒，逐步從清朝統治集團轉向了民主革命派。這一年寫完的《老殘遊記》第一卷就體現了這個轉化。它同《官場現形記》等作品不同，開始把革命派拉來與頑固派一道列入攻擊的對象。在此之後的某些改良派小說就更加墮落，它們乾脆把革命派當作主要的攻擊對象。如佚名《憲之魂》十八回（公元 1907 年）、書帶子的《新天地》二十回（公元 1910 年）都是這樣。前者寫地府，後者寫天宮，都是在戰勝革命黨鬼魂阻撓及破壞之後推行維新立憲，並迅速獲得成功。作者企圖通過這一白日夢以發洩對革命的仇恨。馮文猷《曾公平逆記》八回、嚴庭樾《國朝中興記》四十回及《中興平捻記》四十回（均爲公元 1909 年），則是一批站在清王朝立場，仇視革命，歌頌「中興」，獻媚清廷的小說。

此外，也有一些封建文人和接觸過西方文化的洋場才子，他們本已傾向於維新改良，既憤慨於變法理想的破滅，又不能隨時代潮流前進。因而逃避現實，消沈頹唐，把小說創作當作追奇獵異、填補生活空虛的消遣品。這些人在光緒三十四年（公元 1908 年）前後形成鴛鴦蝴蝶派。鴛鴦蝴蝶派小說與狹邪小說一樣，都是遠離時代潮流，提倡趣味主義，沈溺於個人感情小天地，以寫纏綿悱惻的愛情故事爲能事。但這類小說與狹邪小說略有不同，主人公多爲封建才子與良家女子，往往由於封建勢力作梗而釀成悲劇。故比之狹邪小說，多少有所進步。但其內容多迎合小市民低級趣味，玩弄愛情，渲染感傷情調，庸俗空虛。早期作品多用文言，如徐枕亞的《玉梨魂》（公元 1911年出版），就是用四六駢儷加上香艷詩詞寫成的哀情小說。主要作家除徐枕亞外，尚有周瘦鵑、包天笑等。他們的作品大多寫於辛亥革命以後。

第五節　《孽海花》與革命派小說

㈠《孽海花》的作者

《孽海花》是一部成就較高、影響較大的小說。小說署名「愛自由者發起，東亞病夫編述」。「愛自由者」即金天翮，是一個有民主革命傾向的作家，但只寫了前六回。後由「東亞病夫」即曾樸多次修改續寫而成。從光緒三十一到三十三年（公元 1905～1907 年）共出前二十五回。二十年以後（公元 1927～1930 年）又重新修改並補寫成現在的三十五回。

曾樸（公元 1872～1935 年），字孟樸，常熟（今屬江蘇）人。少時熱中功名，但中舉後官場不甚得意，於是到上海經營商業。後又創辦《小說林》雜誌，並接受了西方文化思想影響，參加過一些進步的政治活動。就在這時開始了《孽海花》的寫作。辛亥革命後思想趨於保守，北洋軍閥時期成了一名政客。正由於曾樸本人經歷的複雜性：做過官僚，參與過維新，後又同情革命，最後終於成了北洋軍閥門下客。再加上兩個作者，連續寫作，多次修改，因而造成《孽海花》在思想內容方面的複雜性。

㈡《孽海花》的成就和不足

《孽海花》以曾出使俄、德、荷、奧等國大臣金雯青（影射同治七年狀元洪鈞）和妓女傅彩雲（即賽金花）的故事爲線索，描寫了同治初年到戊戌變法前夕（公元 1868～1898 年）這三十年清王朝在政治、外交及社會各方面的動蕩情況，反映了當時社會的某些側面，對清末腐敗政治和帝國主義的侵略野心有所暴露，對當時嚴重的民族危機有所觸及。舉凡當時宮廷內部混亂、官吏賄賂公行、對外國侵略者畏懼屈服、封建士大夫醉生夢死，小說裡都有一定程度的揭露和批判。這些都能幫助我們認識當時社會的黑暗和統治階級的腐朽。

但是，這部小說是有不少缺點的。首先是它的傾向性不明朗，作者彷彿總以一種旁觀的不動聲色的筆調來敍述作品中的好人好事和壞人壞事，任何時候都以一種虛假的一視同仁的態度來處理題材和情節。革命者固然是「眉宇軒爽、精神活潑的偉大人物」，改良派也是「一表非俗，思想尚非頑固」，而當權的達官名士、封建士大夫也都「氣概昂藏，談吐風雅」。是褒是貶，非常模糊。作者一方面懷著尊崇和惋惜的心情描寫了革命者英勇鬥爭，爲拯救祖國視死如歸的事迹。但另一方面又把同情和讚揚傾注在改良派人物身上，甚至還著重歌頌了光緒皇帝，違背歷史地把他描寫爲一個胸有成竹、英明果斷的「仁君」。

這部小說雖然以「政治小說」、「歷史小說」相標榜，實際上卻常常採用無聊文人的故伎，專以獵取奇聞祕事來眩惑讀者。用一些朝廷掌故、上層社會的瑣聞軼事來掩蓋重大的政治軍事鬥爭，喜歡把歷史事件、官場沈浮，如龔孝琪（影射龔自珍）的暴卒、黑旗軍抗法、臺灣軍民抗日以及國際間諜活動都扯到男女關係上去。作者彷彿想從婚姻和愛情糾葛中爲這些重大事件尋找原因，用一些庸俗不堪的桃色脂粉不分皂白地把正面人物和反面人物塗抹得一樣含糊不清。

《孽海花》在結構上是有一些特色的。全書若斷若續的手法，既受了《儒林外史》等小說影響，又有所突破。它不是單線發展，而是蟠曲迴旋，時收時放，東西交錯而又圍繞中心。作者爲了把三十年的歷史、近二百個人物、紛繁複雜的事件串連攏來，在結構上確實花過一番功夫，故魯迅說它「結構工巧，文采斐然」。作品中的人物多數爲官僚政客和封建士子，作者描繪這班人物的面貌，包括他們的生活習慣乃至精神狀態，也有一些精到的地方。但是，刻畫得生動鮮明、可稱典型的人物卻極少，多數人物東鱗西爪、殘缺不全。在語言運用上，一般還比較流暢，但陳詞濫調也不少。

㈢其他革命派小說

與《孽海花》同時，還出現過一批帶有較明顯的資產階級民主革命和種族革命傾向的小說，著名的有陳天華的《獅子吼》八回（公元 1903 年）、託名「猶太遺民萬古恨著，震旦女士自由花譯」的《自由結婚》十回（公元 1903 年）、署名「漢國厭世者冷情女史述」的《洗恥記》六回（公元 1903 年）、署名懷仁的《盧梭魂》十二回。這些小說大多沒有寫完。

這些小說對腐敗透頂的清王朝的揭露和抨擊非常激烈，字裡行間滲透著一種不可調和的民族仇恨。指責清王朝是「盜主國體」、「賊民政體」，而「幾千百來的神聖皇帝，不是盜賊，就是盜子賊孫；不是盜子賊孫，就是盜親賊戚」，「驕奢淫逸，無所不至」（《自由結婚》）。進而提出以武裝鬥爭，用革命的方式推翻清王朝的統治，號召「殺盡胡兒復祖邦」（《洗恥記》）。有的還明確提出：「第一步……一定要報洋人欺我的仇。第二步，洋人欺我，大半是異族政府做出來的，所以要報洋人的仇，一定要報那異族政府的仇。第三步，要報異族政府的仇，家奴是一定要斬的。第四步，欲達以上所說的目的，我們同志的人，一定要結個大大的團體，把革命軍興起來。」（《自由結婚》）尤爲可貴的是，這些小說對於改良主義道路也進行了嚴厲的批判，如《自由結婚》女主人公關關說，清政府「他不立憲，我們還可以報仇；他立了憲，恩賜了幾十條狗彘不食的欽定憲法，再拿些小恩小惠，埋伏了人心，卻暗中箝制你，壓服你，使你不知不覺伏伏貼貼做他的奴隸，就是你要有什麼舉動，也被他這條軟麻繩捆住，一點兒都不能做。於是他依舊盜竊神器，依舊江山安然無恙。盜子盜孫，萬世帝王；盜親盜戚，萬世官吏。」這些思想確實是晚清小說史上的高峯，對於提高當時羣衆覺悟、普及反封建革命思想，無疑是有積極意義的。

在藝術上，這些小說大都採用浪漫的、甚至象徵的手法，用假想的國度，如《自由結婚》中的「愛國」，《盧梭魂》中的陰府「唐人國」來代表現實中的中國。並以世外桃源式的村莊來寄託作者的理想，如《獅子吼》中的「民權村」、《洗恥記》中的「不降村」、《盧梭魂》中的「獨立峯」、「自由峽」都是。同時，作品還給清王朝統治者和帝國主義各國換上一個輕蔑性稱呼，如《洗恥記》中的「賤牧王」、《盧梭魂》中的「曼殊」、《獅子吼》中的「野蠻國、蠶食國、鯨吞國、狐媚國」等等。而作品中的英雄人物、主人公也大都有個帶有民族色彩的名字，如《獅子吼》中「狄必攘」、「孫念祖」、《洗恥記》中「明易民」、「明仇牧」、「艾子柔」（諧愛自由）、「遲柔花」（諧自由花）、《盧梭魂》中「朱冑」、「黃華夏」、「黃裕後」、「東方英」等等。用簡單的思想圖解和比附的辦法來代替環境和人物形象的典型化，這正是當時所謂「理想小說」的一種風尚，也是一種違背藝術規律的錯誤方法。

這些小說的共同缺點是內容膚淺，對中國國情和外部形勢的描寫停留在表面上，它們的作者大都對中國民衆所蘊藏的民族、民主革命要求缺乏認識，反而埋怨民衆「人心盡死」，「死樣活氣，一味怕事」。由於忽視民衆的力量，作品中所表現的革命行動，不是流於空想，就是三兩個「先知先覺」的冒險行爲。而且，作品中的理想境界，也僅僅是資本主義社會外形的模擬。如《獅子吼》中的「文明雛體」民權村，也不過「有議事廳、有醫院、有警察局、有郵政局、公園、圖書館、體育會，無不具備。蒙養學堂、中學堂、女學堂、工藝學堂，共十餘所。此外，還有兩三個工廠，一個輪船公司」。

這些作品的革命激情是很高的，但同時又相當嚴重地帶有狹隘種族主義色彩，因而或多或少模糊了革命的眞正目的。在寫作方面，一般都比較粗糙，不成熟。題材大都不是取材於現實生活，而是向壁虛構，人物形象極爲單薄，說理多，抽象議論多。作品中人物常被當作作家思想的傳聲筒。儘管有如上缺點，但這些小說在當時所起的政治影響仍然是不容忽視的。

此外，有的作家還寫過一些用歷史題材以宣傳反封建革命思想的小說。如沁梅子的《精衞塡海記》（公元 1906 年）、「痛哭生第二」的《仇史》（公元 1905 年）、黃小配的《洪秀全演義》（公元 1898 年）、靜觀子寫秋瑾殉難事的《六月霜》（公元 1911 年）等等。

附　註

①這種專業小說作家不同於傳說中的羅貫中等人，他們不僅用主要精力寫小說，還依靠小說稿費爲生，接近於現代小說家。如吳沃堯從 1903 年起就住在上海專寫小說。公元 1906 年受汪維甫之聘擔任《月月小說》的總撰述，直到公元 1910 年死前爲止，共寫各類小說 30 餘種。李寶嘉也於公元 1903 年受商務印書館之聘，主編《繡像小說》半月刊，至公元 1906年 死前爲止，共寫小說 10 餘種。

②晚淸專門刊載小說的雜誌著名的有《新小說》，梁啓超主編，公元 1902 年創刊於日本橫濱，第二年遷上海，共出 24 期，刊載了《新中國未來記》、《痛史》、《二十年目睹之怪現狀》、《九命奇冤》、《黃

繡球》等。《繡像小說》，李寶嘉主編，公元 1903 年創刊於上海，共出 72 期，《文明小史》、《活地獄》、《鄰女語》、《負曝閑談》均發表於此。以上兩種均係半月刊。《月月小說》，公元 1906 年在上海創刊，吳沃堯任總撰述，共出 24 期。《兩晋演義》、《上海遊驂錄》、《劫餘灰》、《後官場現形記》等均發表於此。《小說林》，黃人主編，公元 1907 年創於上海，月刊，共出 12 期，《孽海花》曾發表於此。此外尚有《新新小說》、《小說月報》、《小說時報》、《小說世界》、《小說圖畫報》、《小說七日報》、《中外小說林》及《新世界小說社報》等多種。

③吳沃堯創作的長篇小說有：《二十年目睹之怪現狀》（108 回）、《痛史》（27 回）、《電術奇談》（24 回）、《瞎騙奇聞》（8 回）、《恨海》（10 回）、《新石頭記》（40 回）、《九命奇冤》（36 回）、《糊塗世界》（12 回）、《兩晋演義》（23 回）、《上海遊驂錄》（10 回）、《劫餘灰》（16 回）、《發財祕訣》（10 回）、《最近社會齷齪史》（20 回）、《情變》（8 回）、《剖心記》（2 回）、《雲南野乘》（3 回）、《活地獄》（補李伯元未完之 3 回）和《白話西廂記》（12 回）等 18 種。還著有短篇小說《義盜記》、《大改革》、《立憲萬歲》等 12 種；筆記小說《胡寶玉》、《中國偵探案》、《我佛山人筆記四種》。

第十章　清代的散文與駢文

清代的駢、散文，作者衆多，號稱極盛。《清史稿・藝文志》及補編收清人文集四千五百七十五種，柯愈春近年輯成的《清集簿錄》收清人詩文集近一萬六千家，在數量上超出明以前歷朝之總和。其成就雖不如唐宋，但確實駕凌元明。特別是駢文的中興，散文的起衰救弊，都具有不容低估的價值。

清代的散文和駢文，流派繁多，並存在明顯的階段性。初期（順、康、雍三朝）散文主要是扭轉晚明文風，駢文則醞釀中興。中期（乾、嘉兩朝）是桐城派崛起並控制文壇的時代，駢文則出現中興的高潮。後期（道光以後）駢文高潮後續有發展，但聲勢不如前；桐城派也走下坡路並出現分化，散文的各種風格流派都以新的面貌探索救亡圖存之道，文壇呈現出錯綜複雜的局面。

第一節　清初散文

㈠學人之文

明王朝突然滅亡的歷史悲劇，首先引起一些思想敏銳的文人學者的深刻反思。前後七子的膚廓，公安竟陵派的纖巧，都受到抨擊。這些文人學者認爲文風學風關聯著國運，而明代的文風學風，總的來說，不免流於空疏，措意於經世致用之文較少，論文也偏重於純藝術方面。清初最先起來扭轉這種風氣的是具有初步啓蒙主義的思想家黃宗羲、顧炎武和王夫之。他們大力倡導經世致用之文，强調「文須有益於天下」（顧炎武《日知錄》），强調文章的社會功能。論文則力主言之有物，反對那些「徒欲激昂於篇章字句之間」，而內容「空無一物」的作品（黃宗羲《陳葵獻偶刻詩文序》）。雖然他們「能文不爲文人」（顧炎武《與人書》二十三），目的是借文章「紀政事」、「察民隱」（《日知錄》）、宣揚自己的政治和學術主張，故他們的文章都是學人之文，但影響極大，初步奠定了質實而又比較注意社會功能的清代文風。顧、黃、王三人中，對散文影響較大的是黃宗羲。

黃宗羲

黃宗羲（公元 1610～1695 年），字太沖，號梨洲，又號南雷，餘姚（今屬浙江）人。父黃尊素係東林黨人，因反魏閹而冤死獄中。黃宗羲受家庭影響，重氣節，輕生死，嚴操守，辨是非，嫉惡如仇。他曾組織義軍抗擊清兵南下，抗清失敗後又多次拒絕徵召，一生埋頭著述，成爲清代史家之開山祖。他留下的重要著作有《明儒學案》、《宋元學案》（僅成十七卷，後由其子百家及全祖望等人完成）、《明夷待訪錄》、《南雷文定》等多種，還編選了《明文海》四百八十二卷。

《明夷待訪錄》是一部政論集①，寫於康熙二年（公元 1663 年）。全書分《原君》、《原臣》、《原法》等十三篇。突出地批判了封建專制制度，具有初步的民主主義思想。書中把君視爲「天下之大害」，認爲「天下之治亂，不在一姓之興亡，而在萬民之憂樂。」文風也顯得宏偉渾樸、縱橫恣肆，富有論辯色彩。他手定的《南雷文定》共二十二卷，包括文集十八卷、詩集四卷。集中散文以傳記文最多。作者對那些明清易代之際的忠臣義士的壯烈行爲，都能大膽給予表彰。他曾爲東南一帶抗清將領和死節之臣如張煌言、熊汝霖、徐石麟、錢肅樂、謝泰臻等人寫過碑傳。由於作者熟悉明末史實，又善於敍事，故傳記文大多寫得逼眞傳神，可補正史之闕。

㈡文人之文

除「學人之文」外，尚有「文人之文」一派，以侯方域、魏禧、汪琬爲代表，號稱「清初三大家」。《四庫提要》說：「古文一脈，自明代膚濫於七子，纖佻於三袁，至啓、禎而極敝。國初風氣還淳，一時學者始復講唐宋以來之矩矱，而（汪）琬與寧都魏禧、商丘侯方域，稱爲最工。」如果說，以黃、顧、王爲代表的學人用經世致用之文矯正了明代文風的空疏；那麼，以侯、魏、汪三家爲代表的文人則用規模閎大、出入唐宋的散文掃清了明末文風的纖佻，他們都爲清代文風健康發展作出了自己的貢獻。

侯方域

侯方域（公元 1618～1655 年），字朝宗，商丘（今屬河南）人。明末爲諸生。後參加復社，與方以智、冒襄、陳貞慧被稱爲四公子。曾於揚州入史可法幕府。入清後，一度被迫應順治八年（公元 1651 年）河南鄉試，中副榜。他擅長散文，著有《壯悔堂文集》十卷、《四憶堂詩集》六卷。他的散文重視學習韓愈、歐陽修，尊唐宋諸家。邵長蘅說：「明季古文辭，自嘉、隆諸子，貌爲秦漢，稍不厭衆望，後乃爭矯之，而矯之者變愈下，明文極敝，以訖於亡。朝宗始倡韓歐之學於舉世不爲之日，遂以古文雄視一世。」（《侯方域傳》）但他早期之作華藻過甚，功力不深。中年以後，始發憤爲古文，漸趨妙境。

他的散文才氣煥發，氣勢奔放，自然流瀉。一些傳記文如《李姬傳》、《馬伶傳》、《任源邃傳》等，能用傳奇筆法，情節曲折、形象鮮明，富有文學意味。其他文字如《癸未去金陵日與阮光祿書》、《答田中丞》、《朋黨論》等，或痛斥權奸，指責朝政，或直抒懷抱，發表政見，都洋洋灑灑，氣盛詞嚴，而又能鞭辟入裡，充分顯示出縱橫恣肆的特色。

魏禧

魏禧（公元 1624～1681 年），字冰叔，一字叔子，號裕齋，寧都（今屬江西）人。明末諸生，明亡後與兄魏祥、弟魏禮隱居於翠微峯，躬耕自食，結納賢豪邱維屏、彭士望等人，力圖恢復，人稱「易堂九子」②。康熙十七年（公元 1678 年）被薦舉參加博學鴻詞科，力辭。他一生堅持氣節，重廉恥，故爲文凌厲雄傑，富剛勁慷慨之氣。

他的文章受《史記》、蘇洵文影響較深，敍事簡潔，議論風生。他寫的《邱維屏傳》、《大鐵椎傳》較爲有名。前一篇記錄了易堂九子之一、作者妹婿邱維屏的一生事迹，寫出了這個人物的高尚情操和富有特徵的個性。後一篇則記載了一個身懷絕技、但不爲世用的奇人。文章把這個古代劍客式的人物表現得虎虎有生氣，但又寫得若明若滅，頗得虛實頓挫之妙。他留有《魏叔子文集》二十二卷，《詩集》八卷，《日錄》三卷及其他著作多種。其兄祥、弟禮，均能文，世稱「三魏」。後人輯有《寧都三魏全集》。

汪琬

汪琬（公元 1624～1691 年），字苕文，號鈍菴，世稱鈍翁、堯峯先生，長洲（今屬江蘇蘇州）人。順治十二年（公元 1655 年）進士，曾任戶部主事、刑部郎中等職。後以病辭歸。

康熙十七年（公元 1678 年）召試博學鴻詞科，授翰林院編修，預修《明史》，兩月後辭歸。他留下的著作有《鈍翁前後類稿》六十二卷，《續稿》五十六卷。晚年又刪定爲《堯峯文鈔》五十卷，其中文集四十卷、詩集十卷。他自稱寫過散文五千多篇，不免駁雜。

他論文主張明於辭義，合乎經旨，博觀約取，歸於雅馴。故其文新意較少。《四庫提要》對侯、魏二家均有批評，認爲侯「體兼華藻，稍涉於浮誇」，魏「才雜縱橫，未歸於純粹」，獨於汪琬只有讚美之詞，認爲他「學術既深，軌轍復正。其言大抵原本六經，與二家迥別」。可見他比侯魏二家更爲正統。但他的文章深刻冷靜、意蘊豐厚。尤善於敍事，文章層次分明，脈絡清晰，語言樸實，結構嚴謹，尤注意事迹之考核。故一時之碑傳，多出其手。《江天一傳》就能以簡約不繁的筆觸，生動再現主人公從事抗清鬥爭中膽略過人的才幹、百折不回的決心和慷慨就義的壯懷，謳歌了先烈高尚的愛國主義精神。其他如《侯紀原墓誌銘》、《貞憲先生墓誌銘》、《江天一傳》、《陳處士墓表》、《申甫傳》等都是他碑傳文中代表之作。

侯、魏、汪三家雖各有偏重，但都效法唐宋古文，在創作實踐中有著強烈的復古傾向，對扭轉當時文風起了重要作用。雖然他們沒有系統的理論，不能形成爲運動，但他們的創作活動卻爲桐城派的誕生起了先導的作用。

第二節　桐城派的崛起和清中期散文

㈠桐城派的形成和發展

清中葉文壇基本上爲桐城派所控制。桐城派的誕生既與清王朝推行文化專制和崇奉程朱理學有關，也與我國古代散文發展演進的內部規律分不開。

桐城派開始形成於方苞，中經劉大櫆，至姚鼐而盛極一時，方、劉、姚被稱爲「桐城三祖」。

方苞

桐城派鼻祖方苞，歷仕康、雍、乾三朝，比清初三大家稍晚。方苞（公元 1668～1749 年），字鳳九、靈皋，號望溪，桐城（今屬安徽）人。三十二歲時中江南鄉試第一，是八股文名家。三十九歲中會試，因母病未應殿試。四十四歲時，因「南山集案」牽連下獄③，經李光地等人援救，才得免死。赦出後入直南書房，累官至禮部侍郎。著有《望溪先生集》十八卷，《集外文》十卷，《集外文補遺》二卷，共收散文近六百篇。

他既有作品，也有理論。他的理論的核心是「義法」④，而「義，即《易》之所謂『言有物』也。法，即《易》之所謂『言有序』也。義以爲經，而法緯之，然後爲成體之文」（《又書貨殖傳後》）。義指內容，法指形式，要求文章做到形式服從內容、內容和形式統一。這個道理本來是對的。但方苞有其特定的內容：他所要求的「義」乃是爲封建統治服務、本於經術的綱常倫理，具體內容就是程朱理學。他所說的「法」主要指敍次上的詳略虛實，在章法上「明於體要，而所載之事不雜」（《書蕭相國世家後》）；在語言上刊落「冗辭」，删芟「枝義」，淘汰一切雜質。他認爲「語錄中語、魏晋六朝人藻麗俳語、漢賦中板重字句、詩歌中雋語、南北史佻巧語」均不能進入古文，只有這樣才能達到「澄清無滓，澄清之極，自然而發其光精」的境界（《古文約選・凡例》）。這就是他所謂「雅潔」的標準。而他所謂「法」的最高典範是《左傳》、《史記》、唐宋八家一直到歸有光，特別是韓愈、歐陽修。他的志願是「學行繼程朱之後，文章在韓歐之間」（王兆符《望溪文集序》）。他認爲：在先秦六經、論、孟，文統和道統是結合一起、密不可分的。兩漢以來，文統和道統就相互分離了。道統由董仲舒、程頤、程顥、朱熹等繼承下來，文統則由《史記》、唐宋八家及歸有光等繼承下來。兩者相互脫節，各不相關。所以方苞要把這兩者都繼承下來，結合爲一體。這就是他所要開創的桐城派散文，這就是他「義法」論的實質。當然，這種理論客觀反映了要把我國歷史悠久的古代散文從理論上加以規範化、系統化的歷史要求，也不無可取之處。但思想陳腐，觀點保守，清規戒律過多，形成了一套束縛思想的框架，人們只能在「義法」、「雅潔」等束縛中下工夫，那種氣魄雄大、生動活潑、汪洋恣肆的文章就被窒息了。

方苞的文章大多爲崇道明經之作，以及墓誌碑傳之類應用文字，道學氣味頗濃，文采不足，故價值多不高。但有一些記事之文和山水遊記，如《孫徵君傳》、《先母行略》、《高陽孫文正事略》、《遊潭柘記》等篇，寫得簡潔可讀。特別是他早期所寫的一些文章，如名篇《左忠毅公逸事》、《獄中雜記》等，寫得比較成功。前者記述了東林黨人左光斗生前的幾個片段，突出了他剛毅忠直的性格，第二段獄中探視是全文中心，極力刻畫了左光斗受刑後慘不忍睹的模樣，表現了他臨難不懼、孤忠爲國的英勇精神和頑强毅力，進而寫出他對史可法的那種不受私恩、但責大義的肝膽照人的崇高品質。這篇五百來字的短文寫得簡潔明暢、雄健有力，貌似平淡無奇，但確從千錘百煉中得來。《獄中雜記》寫的是作者親身經歷，是他以痛定思痛的心情追述寫成。外貌雖似達觀，內心實藏怨憤，感情較爲深沈。文章牽涉到幾十個人物和十幾件事情，似爲信手拈來，實則經仔細選擇，拉雜寫來而又脈絡清楚、結構緊密，人與人相聯繫，事與事相勾連，組成了一幅揭露舊監獄種種黑幕的畫面。但這篇文章頗不符合方苞的「闡道翼教」的宗旨，故他未收入所編的文集中，而只被保存在後人所編的集外文中。

繼承方苞的是其弟子劉大櫆。

劉大櫆

劉大櫆（公元 1698～1779 年），號海峯，桐城人。著有《海峯文集》十卷及《論文偶記》。他是方苞的弟子，在桐城派中只是個承上啓下的過渡人物。他在創作上建樹不多。但在理論上提出寫文章「專以理爲主者，則猶未盡其妙也」，因而拈出「神氣」作爲論文的極致。這實質上接觸到了文章的風格問題。他還提出因聲求氣和文貴奇、貴高、貴大、貴遠、貴簡、貴變、貴瘦、貴華、貴參差、貴去陳言這樣一系列屬於藝術方面的要求，這對桐城派古文的發展起了積極的作用。他的文章道學氣不如方苞那麼濃，比較講求辭藻，寫得「縱橫馳驟」（吳汝綸語）。但也有內容較單薄、模仿多於創造的缺點。

姚鼐

桐城派的中心人物是姚鼐。姚鼐（公元 1731～1815 年），字姬傳，人稱惜抱先生，桐城人。早年從劉大櫆學習古文。乾隆進士，曾做過刑部郎中。四十四歲即辭官，先後在紫陽、敬敷、梅花、鍾山等書院講學，共四十年。著有《惜抱軒全傳》五十卷，包括文集十六卷，後集十卷，詩集十二卷，筆記八卷，其他四卷。《惜抱軒尺牘及補編》十卷。

姚鼐在理論上繼承了方苞的「義法」說和劉大櫆的「神氣」說並有所發展，他提出義理、考證、文章三者合一以「相濟」的主張。這是由於他生活在考據學盛行的乾嘉時代，方苞的「義法」說曾被譏爲空疏無據，方氏說經專主義理而略於名物訓詁，免不了有些罅漏。姚鼐爲了調和與漢學家的矛盾，故兼採衆長，於程朱、韓歐之外，加上許（愼）鄭（玄）考據，以考據爲義理、辭章服務。他說：「以考證累其文，則是弊耳；以考證助文之境，正有佳處，夫何病哉？」（《與陳碩士書》）他還提出爲文「八要」，即「神、理、氣、味者，文之精也；格、律、聲、色者，文之粗也」（《古文辭類纂·序目》）。這裡的「精」，相當於文章的命意及風格氣勢、邏輯結構等。「粗」，相當於文章的行文的法度、語言的選煉等。這說明他對文章的要求比方苞更加豐富和全面。姚鼐還進一步概括出文章的陽剛、陰柔兩大類風格，認爲「陽剛之美」和「陰柔之美」都是文章所需要的，不能偏廢。他說：「糅而偏勝可也。偏勝之極，一有一絕無，與夫剛不足爲剛，柔不足爲柔者，皆不可以言文。」（《復魯絜非書》）他這一看法已觸及到豪放與婉約、壯美與優美等重要美學範疇，在美學理論上有著新的開拓。姚鼐關於散文的理論實際上包括了文章的構思、選材、布局、謀篇、立意、風格、氣勢、聲調乃至修辭等一系列問題，這樣一來，桐城派的理論就完整而又系統化了。

姚鼐的文章也比方苞的文章有文采，他比較重視形象、意境和詞藻所顯示的美學意義。著名的《登泰山記》就體現了他的主張。全文以登日觀峯觀日出爲中心，把那一刹那間的景物變化，結合周圍環境，通過生動優美的語言，勾畫出一幅主次分明、色彩鮮艷的圖畫，給人以美的享受。全文語言簡練精美，敍事、考證、描寫緊密結合，文氣迂迴蕩漾，獲得很大的成功。此外，他的一些山水小品如《快雨亭記》、《遊媚筆泉記》、《峴亭記》和抒情散文《祭張少詹曾敞文》、《復張君書》等，在描繪景物、抒發個人感慨方面都有一定的特色。但他集中的大部分文章還是充滿了封建說教，內容比較貧乏，意義不大。

姚鼐既是桐城派理論的集大成者，又是桐城派的核心人物。桐城派到姚鼐時才發展到成熟階段。由於姚鼐執教四十餘年，門生弟子遍東南。桐城派勢力擴大到長江南北各省，成爲當時文壇上最有影響的流派。「自淮以南，上溯長江，西至洞庭、沅澧之交，東盡會稽，南逾服嶺，言古文者，必宗桐城，號桐城派。」（薛福成《寄龕文存序》）一時人才輩出。受業於姚鼐門下的有方東樹（公元 1772～1851 年，有《儀衞軒文集》）、管同（公元 1780～1831 年，有《因寄軒文集》）、姚瑩（公元 1785～1853 年，有《中復堂全集》）、梅曾亮（公元 1786～1856 年，有《柏峴山房集》）、劉開（公元 1784～1824 年，有《劉孟塗文集》）等人。前四人合稱姚門四大弟子。

(二)桐城派支派——陽湖派

嘉慶年間，正當桐城派極盛之際，陽湖人惲敬與武進人張惠言接受桐城派的影響，又對桐城文論作了一些重要修正，因武進與陽湖原爲一縣，故當時稱爲陽湖派。

惲敬、張惠言

惲敬（公元 1757～1817 年），字子居，號簡堂。乾隆四十八年（公元 1783 年）舉人，歷任新喻、瑞金知縣。張惠言（公元 1761～1802 年），字皋文。嘉慶四年（公元 1799 年）進士，爲翰林院編修。他們均曾從事考據、駢文之學，後受桐城派劉大櫆弟子王灼、錢伯坰的影響，共治唐宋古文，但又認爲桐城派古文內容單薄。他們的補救之道主要有兩方面：一是兼取駢文之長，合駢散爲一體，使行文更有氣勢。二是矯正桐城文專主孔孟程朱的弊病，主張兼學諸子百家。惲敬說：「百家之敝當折之以六藝，文集之衰當起之以百家。」（《大雲山房文稿二集自序》）

由於他們的思想比較開闊一些，故其文章縱橫諸子，出入百家，取徑要比桐城文更爲寬廣一些，也比較有文采和氣勢，但存在駁雜和夸飾的毛病。

惲敬著有《大雲山房文稿》初、二集各四卷、《言事》二卷、補編一卷，共十一卷。他的文章受韓非、蘇洵的影響較明顯，風格峻峭廉悍，頗有雄剛之氣，而情韻稍遜。其中《三代因革論》、《上曹儷笙侍郎書》、《遊翠微峯記》、《遊廬山記》、《謝南岡小傳》是他的代表作。

張惠言著有《茗柯文編》四卷。他的散文學韓愈、歐陽修，强調「不遁於虛無，不溺於華藻，不傷於支離」（阮元《茗柯文編序》）。他對漢賦和駢文下的功夫較深，創作的賦和駢文都留下不少佳作。而他的古文亦頗多深沈之思、淵雅之詞，成就似在惲敬之上。曾國藩評之爲「文辭溫潤，無考證駁雜之風，盡致古人之長」（《茗柯文編序》）。所作如《遊黃山賦》、《送惲子居序》、《詞選序》、《書山東河工事》、《上阮中丞書》等，都比較出色。

㈢桐城派之外的作家——全祖望

在桐城派風行一時之際，也有一些不依傍桐城派的散文家，其中，全祖望是最突出的一個。

全祖望（公元 1705～1755 年），字紹衣，號榭山，鄞縣（今浙江寧波）人。乾隆元年（公元 1736 年）進士，選翰林院庶吉士，次年即返里，終生未仕，專事著述。他上承黃宗羲經世致用之學，爲浙東史學名家，並補輯完成黃宗羲所著之《宋元學案》。還著有《鮚埼文集》八十八卷，包括正編三十八卷、外編五十卷，其中碑傳之文多達三十五卷。

江南一帶爲抵抗清兵不屈而死的志士如史可法、張煌言、錢肅樂、王翊、施邦玠、魏耕、陳子龍、董志寧等，清初的一些著名學者如顧炎武、黃宗羲、李顒、姜宸英、方苞、傅山、姚際恆等，他都爲之寫過碑傳，加以表彰。他的碑傳文在當時享有較高的聲譽。因爲他能廣泛搜求遺聞佚事，詳加稽考，所用事例，力求準確無誤，足補史傳之闕。且敍事淸晰，文字淸新流暢，旣有史料價值，又有很高的文學價值。如《陽曲傅先生事略》、《厲樊榭墓誌銘》、《梅花嶺記》等，都是他集中的名篇。他對所寫人物的性格和行爲，能作出比較深刻而又恰如其分的描述，故傳誦不衰。

第三節　清代後期散文

從道光初年到辛亥革命前（公元 1821～1911 年）的九十年間，中國社會發生了深刻的變化。西方列强的入侵暴露了淸王朝的腐朽和不堪一擊，進一步加深了封建社會的嚴重危機。新思潮的輸入和傳播提高了人們的認識水平和對舊制度的批判能力。這些都使當時的文壇無法繼續維持淸中期那種桐城派一家獨霸的局面。儘管桐城派仍然居於正宗地位，但卻一再受到挑戰。新的思想、新的風格、新的流派不斷湧現。這個時期主要的流派除桐城派之外，還有十九世紀中葉前後的經世文派和十九世紀末二十世紀初的新文體。

㈠經世文派

正是道光年間的內憂外患，促使一些有識之士深感空談義理不足以救世，認識到現實需要的乃是淸初以黃宗羲、顧炎武、王夫之等人爲代表的經世致用之文，因此在文壇上出現了反對空談、主張文章聯繫實際、切合實用、解決有關國計民生的重大問題的經世文派，以包世臣、魏源、龔自珍等人爲其代表。

包世臣

包世臣（公元 1775～1855 年），字愼伯，號倦翁，涇縣（今屬安徽）人。三十三歲中舉人，曾官縣令。他畢生留心經世之學，並勤於實地考察。他的思想與學術均與時人不同，論文也貫串經世之旨。他提出：「古文一道，本無定法，惟以達意能成體勢爲主而已。」（《再答王亮生書》）以求「達意」來否定桐城派的義法說。他所要達的意是禮樂兵農等實務政事，而不是抽象的孔孟之道或程朱理學。他著有《安吳四種》三十六卷。集中一些主要文章「皆經世之言，有關國計民生，不爲空疏無用之學」（丁晏《石亭記事・安吳四種書後》）。他的文章質樸曉暢，條理嚴密，但文采不足。

魏源

魏源（公元 1794～1857 年），字默深，寶慶（今湖南邵陽）人。道光初年曾與龔自珍一道從劉逢祿學公羊《春秋》，成爲公羊學派的重要人物。道光二年（公元 1822 年）中順天鄉試。後入江蘇布政使賀長齡幕，編纂《皇朝經世文編》一百二十卷，致力於經世之學。清末俞樾曾盛讚此書說：「數十年來風行海內，凡講求經濟者，無不奉此書爲榘矱，幾於家有此書。」（《皇朝經世文新增續編序》）鴉片戰爭期間，他爲了激發民族自信心，特撰《聖武記》十四卷。又繼林則徐《四洲志》之後，編成《海國圖志》一百卷，提出「師夷之長技以制夷」的方針。道光二十五年（公元 1845 年），他才得中進士，曾任兩届縣令、一任知州。後以病辭，死於杭州。

魏源著有《古微堂內外集》十卷、《古微堂詩集》十卷。他的文章反映了鴉片戰爭前後散文的變化，與正統的桐城文有著不同的特色，表現了政治家、時務家的經世文風。他早在《皇朝經世文編序》中就提出「善言心者，必有驗於事矣」，「善言古者，必有驗於今矣」的觀點，强調文章必須切合實用。故他的文章大多與時務政事相關，洞悉有關事務的原委利弊，敍事淸晰，說理透闢，邏輯嚴密而又揮灑自如，文字也很洗練。

龔自珍

龔自珍（公元 1792～1841 年），字爾玉，又字璱人，後更名鞏祚，號定盦，又號羽琌山民，仁和（今浙江杭州）人。他二十三歲中舉，三十八歲始中進士，任內閣中書、禮部主事等職，困厄下僚。四十八歲辭官南歸，五十歲暴卒於丹陽雲陽書院。他曾自編文集百卷，今已不存。後人曾輯編其文集多種，最完整的是五十年代王佩錚校輯的《龔自珍全集》共十一輯，其中文八輯、詩二輯、詞一輯。

龔自珍與魏源一道受學於今文學家劉逢祿，接受公羊學派的影響。社會的急遽變化，使他脫離了乾嘉考據學派的老路，成爲經世致用潮流的代表人物。他寫的重要散文大都是一些切實可用的政論文，如《明良論》、《平均篇》、《西域置行省議》、《對策》、《御試安邊綏遠疏》等。他常「以經術作政論」，「往往引公羊義譏切時政，詆排專制」（梁啓超《清代學術概論》）。即以公羊學派的觀點來分析現實問題，引古喩今，如《乙丙之際箸議七》、《乙丙之際箸議九》、《三捕》等，都是用公羊「三世說」，批判當時社會爲「衰世」。他也寫過一些著名的記敍文，如《書居庸關》、《己亥六月重過揚州記》、《杭大宗逸事狀》等。還寫過一些文學色彩較濃並富有諷刺性的小品，如《捕蜮》、《尊隱》、《病梅館記》等。這些散文，儘管內容不同，但都富有現實意義。

他的散文形式多樣，既有長篇大論，也有短小精悍的雜文，但都富有激情。在結構、章法和語言上一般都比較奇瑰，但有時也有古奧、生硬、晦澀的毛病。他的文章以散文爲主，但也夾有駢偶。李慈銘曾說他「文筆橫霸，然學足副其才，其獨至者往往警絕似子」（《越縵堂讀書記》）。他的文章有別於桐城文和唐宋文，是上承先秦兩漢諸子散文的一個新的發展。他的思想和文章均對後世產生了較大影響。梁啓超說：「晚清思想之解放，自珍確與有功焉。光緒間所謂新學家者，大率人人皆經過崇拜龔氏之一時期。初讀《定盦文集》，若受電然。」（《清代學術概論》）

咸豐、同治年間，接受龔魏影響的經世文派的代表人物則有馮桂芬和王韜。

馮桂芬

馮桂芬（公元 1809～1874 年），字林一，號景亭，吳縣（今屬蘇州）人。三十二歲中進士，授翰林院編修。他所學甚博，還接受西方學術文化的影響，主張「採西學」，「以中國之倫常名教爲原本，輔以諸國富强之術」。這一主張對後來的洋務派有較大影響。他一貫專注於經世致用，俞樾讚揚他「於學無所不通，而其意則在務爲當世有用之學」（《顯志堂集序》）。他反對桐城派，聲言「不信義法之說」（《復莊衞生書》），並針對桐城派專尊程朱爲「道統」，提出「舉凡典章制度、名物象數，無一非道之所寄，即無不可著之於文」的觀點。他的散文持論剴切，氣理暢達。著有《校邠廬抗議》四十篇，最有氣勢，曾被俞樾比作仲長統的《昌言》。此外，尚有文集《顯志堂集》。

王韜

王韜（公元 1828～1897 年），字紫銓，號仲弢，晚號天南遯叟，長洲（今屬蘇州）人。他科場失意，一生未仕。因曾上書太平天國將領，遭清廷通緝，乃移居香港。曾赴英、法、俄、日等國遊歷，成爲學貫中西的經世文作家。又因他曾出任香港《循環日報》主筆多年，接連發表政論，鼓吹變法自强，故成爲最早利用報刊宣傳政治主張、報導各種見聞的散文家。他的一些報刊文字有意不遵桐城義法，只求辭達，寫得明白曉暢，在古文通俗化方面跨出了一大步，成爲梁啓超新文體的先驅。他留下的著作甚多，政論散文有《弢園文錄外編》十二卷，遊記有《乘桴漫記》、《扶桑遊記》，尺牘有《弢園尺牘》十八卷，詩有《蘅華館詩錄》六卷，此外尚有筆記多種。他的文章特別是他的政論文受先秦縱橫家的影響，不僅詞鋒犀利，縱橫開合，而且直抒胸臆，氣勢很盛。他自己就說過：「其氣勢磅礴勃發，橫決溢出，如急流迅湍，一洩而無餘。」（《弢園尺牘續抄自序》）這種强烈的鼓動性也是他從報刊工作中培養起來的。

與馮桂芬、王韜同時，還有太平天國領袖們所寫的比較通俗的散文。洪仁玕等曾發布《戒浮文巧言諭》，雖主要針對「一應奏章文諭」而發，但對文壇也有影響。它要求拋棄桐城古文，提倡「文以記實……不得一詞嬌艷，毋庸半字虛浮」。要求一種「樸實明曉」、人人能懂的風格。此外，其他改良派人物如鄭觀應（公元 1841～1918 年）的《盛世危言》，議論犀利，在當時也有一定影響。

㈡桐城派後期代表

在經世文派發展的同時，桐城派一些後期代表人物也適應時代變化，不斷對原來的理論主張作出修正和調整，其目的是想扭轉桐城派衰落的趨勢而使之「中興」。這類代表作家以梅曾亮、曾國藩最爲有名。

梅曾亮

梅曾亮（公元 1786～1856 年），字伯言，上元（今江蘇南京）人。道光二年（公元 1822 年）進士，官戶部郎中，在京師居官二十餘年，名重一時，成爲桐城派後期宗主。廣西朱琦、龍啓瑞、王拯、湖南孫鼎臣、鄧顯鶴、浙江邵懿辰、江蘇魯一同，都向他學習古文，曾國藩也曾向他請教。他爲文力主「因時」，曾在《答朱丹木書》中說：「惟竊以爲文章之事，莫大乎因時。」反對在內容方面陳陳相因，要求文章反映出一個時代的「風俗好尙」。這種主張對桐城文論是一個發展，但在他的創作中並沒有得到貫徹。他的《柏峴山房文集》三十卷，包括文集十六卷，詩集十二卷，駢文二卷。文集中爲人稱道的碑銘墓表，大多爲宣揚封建綱常之作，並無新意。可讀的倒是那些紀遊敍事和抒情之作，如《遊小盤谷記》、《鉢山餘霞閣記》、《遊瓜步記》、《通河泛舟記》等，文筆洗練，不尙雕琢，意象鮮明，頗具特色。

曾國藩

繼梅曾亮之後，把桐城古文推向中興局面的是曾國藩。

曾國藩（公元 1811～1872 年），字滌生，湖南湘鄉人。道光十八年（公元 1838 年）進士。後以平定太平天國有功，官至兩江總督、直隸總督，加太子太保銜。著有《曾文正公全集》一百八十五卷。

曾國藩早年即傾慕桐城文，他自稱「粗解文字，由姚先生啓之」（《聖哲畫像記》）。後來又接受梅曾亮「因時」的觀點，於桐城派標榜的義理、考據、詞章之外，加上「經濟」一條，使古文適應時代要求，以糾正桐城文空談義理、脫離實際的傾向。曾國藩的古文理論和寫作，都與桐城派有所不同，他「平生好雄奇瑰瑋之文」(吳敏樹《與筱岑論文派書》引),顯然不同於桐城文「清淡簡樸」的風格。他在《送周荇農南歸序》中「略述文學原委,明奇偶互用之道」;他盛讚清中葉以來的一些駢文家,散文的取徑也比桐城派廣闊得多。他還編選了《經史百家雜鈔》,彌補了姚鼐《古文辭類纂》的不足,擴大了桐城派古文的學習範圍④。這些做法都糾正了桐城派的偏頗。他的一些古文禁忌較少,奇偶並用,內容質實,舒展而有氣勢,爲桐城派打開了僵局。他還利用自己在政治上的地位,招攬人才,一時文人學者,不少投奔在他的門下,著名的有曾門四大弟子吳汝綸(公元 1840～1903 年,有《吳摯甫集》五卷)、黎庶昌(公元 1837～1897 年,有《拙尊園叢稿》六卷)、張裕釗(公元 1823～1894 年,有《濂亭文鈔》)、薛福成(公元 1838～1894 年,有《庸盦文集》),以及郭嵩燾(公元 ?～1882 年,有《雲臥山莊集》十二卷)、李元度(公元 1821～1887 年,有《天岳山館集》)、莫友芝(公元 1811～1871 年,有《郘亭遺集》八卷)等,使桐城派古文形成中興的局面。但實際上曾國藩只是利用桐城派「私立門戶」,籠絡人才。他所創立的應該是桐城派的支派,即「湘鄉派」。晚清李詳說:「文正之文,雖從姬傳入手,後益探源揚馬,專宗退之。奇偶錯綜,而偶多於奇;複字單義,雜廁相間,厚集其氣。使聲采炳煥,而戛焉有聲,此又文正自爲一派,可名爲湘鄉派。」(《論桐城派》)。

在曾國藩之後,桐城派仍然不斷變化著。其中主要的變化就是與經世派更加接近。曾國藩四大弟子中的三個,即薛福成、黎庶昌、吳汝綸都曾經出洋考查,故他們的思想比較開通,主張研習西學,爲文多著眼於經世致用,不受桐城派約束。像薛福成這種能追隨時代前進的人,最後成爲具有資產階級思想的早期改良派。而吳汝綸的弟子,桐城派末代宗師林紓,敢於用桐城文筆來翻譯桐城派最不屑一顧的西方小說，這更是無法想像的事。這一切都足以說明桐城派也不得不爲了追隨時代而不斷改變自己。

㈢新體散文

無論是已經變化了的桐城文，還是經世派的時務文章，都不足以適應新時代的需要。當時政壇上的一些流派，包括資產階級改良派和革命派，爲了宣揚自己的政治主張，開通「民智」，擴大社會影響，都需要創建一種更加通俗、人人可懂的新文體。這種新體散文經過康有爲、譚嗣同等人的嘗試，終於在梁啓超筆下正式形成。

康有爲

康有爲（公元 1858～1927 年），字廣廈，號長素，南海（今廣州）人。中舉後，曾七次上書皇帝。光緒二十年（公元 1894 年）中進士後，官工部主事。百日維新期間，爲變法中堅人物。失敗後流亡國外十五年，成爲反對革命的保皇派。他的散文，特別是前期散文氣勢磅礴，汪洋恣肆，時散時偶，一掃傳統古文程式，成爲梁啓超新體散文的先導。

譚嗣同

譚嗣同（公元 1865～1898 年），字復生，號壯飛，瀏陽（今屬湖南長沙）人。他是激進的維新派，變法期間，被徵入京任四品銜軍機章京。政變發生時慷慨就義。他留下的著作有《仁學》三卷，《寥天一閣文集》二卷。他喜愛「沈博絕麗」的魏晋文，行文能糅合駢散爲一體。他的散文議論縱橫，正如他的思想一樣能沖決一切網羅。他頌揚過「報章文體」，還曾用白話體編寫過《南學會講義》，對於促進散文通俗化作過貢獻。

梁啓超

梁啓超（公元 1873～1929 年），字卓如，人稱任公，號飲冰室主人，新會（今屬廣東）人。著有《飲冰室合集》四十册。他早年曾受業於康有爲。光緒二十二年（公元 1896 年）他與汪康年等在上海創《時務報》，並任主筆，在報上發表《變法通議》，影響極大。百日維新時，他受到光緒帝的接見，賞六品銜。變法失敗後，他逃亡日本。在日本創辦《淸議報》（公元 1898 年11 月，旬刊），後改名《新民叢報》（公元 1902 年1 月，半月刊）。他還於光緒二十五年（公元 1899 年）冬在由日本去夏威夷舟中的《日記》裡提出「文界革命」的口號。他在報刊上寫過大量政論文和雜文，逐步形成一種接近語文合一，但又未能完全擺脫文言的新體散文。這種散文大量出現在《新民叢報》上，又稱爲「新民體」或「新文體」。

這種新文體完全擺脫了桐城派那種衞道面目和陳腔濫調，確能從傳統古文束縛下解放出來。他自稱：「啓超夙不喜桐城派古文，幼年爲文，學晚漢魏晋，頗尙矜煉。自是解放，務爲平易暢達，時雜以俚語、韻語及外國語法，縱筆所至不檢束，學者競效之，號新文體。老輩則痛恨，詆爲野狐。然其文條理明暢，筆鋒常帶感情，對於讀者別有一種魔力焉。」（《淸代學術概論》）他寫的一些重要散文如《少年中國說》、《變法通議》、《呵旁觀者文》、《說希望》、《譚嗣同傳》和《新民說》，都能體現出他的主張。這些文章直抒胸臆，信筆直書，感情充沛，議論縱橫，酣暢淋漓，汪洋恣肆。運用語言非常自由，或奇或偶，或文或白，或中或外，打破一切格式，運用各種手段，一件事總力求說得非常透闢；不避重複，不惜反覆强調，善於大量運用排比句法，使文章形成一瀉千里、不可阻遏的氣勢，具有强烈的鼓動性和感染力。但立論有時失之於浮誇或偏頗，文辭亦不免蕪雜累贅。這種新體散文對於傳統古文是一次有力的衝擊，爲晚淸文體的進一步解放和「五四」白話運動的興起開闢了道路。

其他

當時的革命派由於宣傳的需要，同樣追求通俗化的大衆文體。如鄒容（公元1885～1905年）的《革命軍》，他「自念語過淺露」，請求章炳麟加以潤飾，章炳麟則說：「感恆民當如是。」所謂「淺露」，實爲通俗化。這部兩萬字的《革命軍》文體接近新民體。此外，陳天華（公元1875～1905年）更加自覺地運用通俗語言來宣揚革命。他的《猛回頭》大量採用民間說唱形式如詩歌、俗曲、彈詞、十字調之類，寫得非常通俗。他的《警世鐘》則完全是當時的白話文，成爲「五四」白話文運動的先聲。

㈣舊文體作家

在改良派、革命派運用新文體宣揚其政治主張的同時，也有另一些改良派和革命派仍然運用桐城派或其他流派的古文來進行宣傳，嚴復和章炳麟就是其代表。

嚴復

嚴復（公元1853～1921年）是淸末著名的翻譯家，曾翻譯不少西方學術名著。如赫胥黎《天演論》（公元1898年）、約翰穆勒《穆勒名學》（公元1903年）、亞當・斯密《原富》（公元1901年）、斯賓塞《羣學肄言》（公元1903年）、甄克斯《社會通銓》（公元1903年）、孟德斯鳩《法意》（公元1909年）、耶方斯《名學淺說》等。他提出「信、雅、達」的譯文標準，但强調要用漢以前古文來表達，他認爲：「精理微言用漢以前字法句法則爲達易，用近世利俗文字則求達難。」（《譯天演論例言》）因此，他的譯作只是爲了少數「多讀古書之人」，而不是供廣大羣衆閱讀之用。梁啓超就批評他「太務淵雅」而影響普及。

章炳麟

章炳麟（公元 1868～1936 年）是革命派的重要思想家和政論家，他用古奥難懂的古文，表達了强烈的反清思想。他主持《民報》時，不滿意桐城文和唐宋文，而以魏晋文相號召。他認爲魏晋之文「持論仿佛晚周」，「守已有度，伐人有序，和理在中，孚尹旁達，可以爲百世師」（《國故論衡・論式》）。由於他是國學大師，所以他的文章總是把革命的主題與廣博的學識相結合，內容充實，感情强烈，文字鋭利，「眞是所向披靡，令人神旺」（魯迅《關於太炎先生二三事》）。但畢竟過於艱深晦澀，影響了宣傳效果和傳播範圍。

第四節　清代駢文

㈠駢文中興

由於韓、柳古文運動的興起及其取得的巨大影響，以散行爲主的古文逐步成爲文章的正宗，駢文則退居客位。而駢文演變爲宋代的四六文，格調愈卑，適用面也愈見狹窄。元、明兩代，通俗文學成就較大，詩詞散文亦尚有可觀者，獨駢文率多佻巧，卑冗瑣雜，極少佳作。直到清代，才發生了重大變化，成爲駢文再度興盛的時期。清代駢文作品之多，作者之衆，遠遠超過元明，而且確實出現了一大批優秀作家和傳誦一時的作品。特別是清代中葉，形成了中興的局面。

清代駢文的興盛，與學術上的復古思潮有一定的聯繫。明末清初一些學者如顧炎武等人不滿於宋儒的空談性理，提倡治經應注重漢唐人的注疏，漸開考據之風；後來發展爲考據學，或稱樸學，又稱漢學，並形成了漢、宋學術之爭。考據學家大都精於經學、史學和語言文字之學，且博識漢魏六朝之文。這既容易引起對駢文的興趣，也有利於講究駢偶、用事、辭藻的駢文的發展。由於當時散文文壇幾乎被桐城派一家把持，而桐城派專主宋學，以義理爲依歸，其作品不免流於空疏。一些漢學家往往借駢文以立異。故清代文體上駢散之爭在一定程度上成爲學術上漢宋之爭的一個表現形式。雖漢學家不一定都寫駢文，但宋學家多寫古文，工駢文的則多爲漢學家和不喜理學的文人。清中葉就有不少著名駢文家如毛奇齡、汪中、洪亮吉、孫星衍、孔廣森都是一些頗有成就的漢學家。

從清中葉起，還出現了一股爲駢文造輿論、爭地位的勢頭。清代的駢文家不甘心受制於尊散抑駢的傳統，力圖與奉爲文壇正統的桐城古文一爭雌雄。袁枚在乾隆年間寫了《胡稚威駢體文序》和《答友人論文第二書》等文，爲駢文爭地位。他認爲駢文與散文正如自然界的偶與奇一樣不可偏廢，二者同源而異流。它們的關係是雙峯並峙、兩水分流，應並行不悖。他還特別强調：「駢體者，修詞之尤工者也。」突出駢文作爲美文學的存在價值。李兆洛（公元 1769～1841 年）在嘉慶二十五年（公元 1820 年）編選了《駢體文鈔》三十一卷，選錄從秦至隋末駢文七百七十四篇。目的也是爲了矯正當時桐城派「盛推歸方，崇散行而薄駢偶」（包世臣《李鳳台傳》）的弊病。這部駢文總集實際上足以與姚鼐的《古文辭類纂》相抗衡，打破了散文的一統天下，爲駢文爭得了與散文共存的權利，即達到他所主張的「欲和駢散爲一」（《清史稿・李兆洛傳》）的目的。在此前後，阮元（公元 1764～1849

年）則進一步撇開單行，專爲駢體張目。在他的《揅經室集》中，就有《文言說》、《書梁昭明太子文選序後》、《與友人論古文書》、《四六叢話序》等文章，從文必有韻、文必尚偶兩個角度論證駢文形成的淵源及條件，說明駢文應該成爲文章的正宗。並指斥散文爲「古人直言之言，論難之語」，根本算不得文學作品。這種意見雖不能說毫無道理，但意有偏頗，立言難於圓通。

這種要求提高駢文地位、强調駢文價値的輿論，在當時還是起過一些作用的。到了淸後期，駢文的影響仍不斷增强，作者隊伍也有所擴大，包括歧視駢文的桐城派人物，如姚鼐的弟子劉開、梅曾亮都曾大量寫作駢文，他們均有駢文二卷留世。

淸代駢文，作家衆多，風格紛陳。初期有陳維崧、陸繁弨（公元？～1700 年，有《善卷堂詩文集》）、毛奇齡（公元 1623～1716 年，有《西河全集》）。淸中葉除胡天游（公元 1696～1758 年，有《石笥山房文集》）、汪中外，尚有袁枚、邵齊燾（公元 1718～1769 年，有《玉芝堂詩文集》）、劉星煒（有《思補齋文集》四卷）、孫星衍（公元 1753～1818 年，有《孫星衍詩文集》）、吳錫麒（公元 1746～1818 年，有《有正味齋集》）、洪亮吉、曾燠（公元 1760～1831 年，有《賞雨茅屋詩文集》）、孔廣森（公元 1752～1786 年，有《儀鄭堂駢體文》）等，號稱駢文八大家。後期則有劉開（公元 1781～1821 年）、梅曾亮、王闓運、李慈銘、方履籛（公元 1790～1831 年，有《萬善花室文集》）、周壽昌（公元 1814～1884 年，有《思益堂詩文集》）、董基誠（生卒年不詳，有《移華館駢體文》）、董祐誠（公元 1791～1823 年，有《董方立文甲乙集》）及趙銘（有《鶴琴山房遺稿》八卷）、傅桐（有《梧生駢體文鈔》）等。王先謙（公元 1842～1917 年）曾選此十人之文，編爲《國朝十家四六文鈔》一書，故被稱爲晚淸駢文十大家。

㈡駢文代表作家

清初期駢文以陳維崧影響最大，清中期以汪中、洪亮吉成就最高，清後期則以王闓運、李慈銘最爲著名。

1 、清初期作家

陳維崧

明末由於陳子龍、張溥復興古學，駢文開始受到重視。陳維崧在文學上的主要成就在詞的創作上，但他也是第一個大量寫作駢文的作家，他的《湖海樓文集》內共有駢文十卷。他還說過：「吾胸中尚有駢體文千篇，特未暇寫出耳。」其駢文主要學習庾信，以淵博雄肆、情藻豐富著稱；加以才力富健，能夠逢題即寫，故在當時極爲有名。汪琬稱讚其文曰：「唐以前不敢知，自開寶後七百年，無此等作矣！」因此，陳維崧對清代駢文的發展，起了開風氣的作用。

在陳維崧等一批清初作家之後，有胡天游繼之而起，使駢文更爲興盛。

胡天游

胡天游（公元 1696～1758 年），一名騤，字稚威。浙江山陰（今紹興市）人。雍正中舉副貢，後因病未能參加博學鴻詞科試，故終身未仕。他能詩詞，尤善駢文。著有《石笥山房文集》二十二卷。胡天游主要學習六朝駢文，袁枚盛讚其文「直掩徐庾」（《隨園詩話》七）。他的駢文「磊落擅奇氣，下筆驚人」，「雄聲瑰偉，足以古作者角力」（齊召南《石笥山房集序》）。駢文風格與陳維崧相近，均以才氣詞藻取勝，屬博麗一派。

2 、清中葉作家

清中葉的一些駢文作家如袁枚、邵齊燾，亦屬博麗一派。但袁枚的駢文流麗奔放，能雅能俗。邵齊燾的駢文能於綺藻豐縟之中，存簡質清剛之致，使駢文文風爲之一變。洪亮吉、孫星衍、劉嗣綰（公元 1762～1820 年，有《尚絅堂集》）都是常州人，他們的駢文風格也相近，大多表現一種清新自然的風格，用典力求靈活，造語崇尚簡潔，尤喜駢散並用，故被稱爲常州派。孔廣森、汪中等則專尚六朝，善於用駢文來抒情，寫得流麗生動，宛轉自然。因汪中係揚州人，故被稱爲揚州派的代表作家，與常州派代表作家洪亮吉並稱。二人是清中葉成就較高並頗有特色的駢文家，略加介紹如下：

汪中

汪中（公元 1744～1794 年），字容甫，江都（今江蘇揚州）人。乾隆四十二年（公元 1777 年）拔貢，後絕意仕進，一生貧困清苦。他稟性耿介，憤世嫉俗，持才傲物，識見超羣，具有「不信釋老陰陽神怪之說，又不喜宋儒性命之學」（江藩《漢學師承記》）的叛逆精神。著有《述學》六卷，《容甫遺詩》六卷。他的駢文能吸取六朝駢文的優點，情致宛轉，意度雍容，流麗生動，眞切感人。在清代駢文中格調最高，又具有鮮明的個人特色。劉台拱《遺詩題辭》評爲：「鈎貫經史，熔鑄漢唐，宏麗淵雅，卓然自成一家。」他二十八歲時寫的名篇《哀鹽船文》，是就當時儀徵沙漫洲鹽船失火，「壞船百有三十，焚及溺死者千有四百」這一悲慘事件所寫的憑弔罹難者之作。文中對無辜遇難者表示了深切的同情，進而對冥冥中莫測的命運表達了一種惶惑和恐懼之情。描寫生動，文筆高古。當時著名的學者杭世駿爲之作序，評之爲「驚心動魄，一字千金」。他的另一名作《經舊苑弔馬守貞文》，對明末名妓馬湘蘭寄予同情和哀嘆，用自己困頓依人的生涯，與馬湘蘭淪落風塵、窮愁終身的命運相對照，表達了對於茫茫命運的不平：

> 余單家孤子，寸田尺宅，無以治生。老弱之命，懸於十指。一人操翰，數更府主。俯仰異趣，哀樂由人。如黃祖之腹中，在本初之弦上。靜言身世，與斯人其何異？祇以榮期二樂，幸而為男，差無牀第之辱耳！

確實寫得感慨萬千，聲淚俱下。他的《狐父之盜頌》更是充滿了憤世嫉俗之情。文中提出世俗所謂的「盜」，其實乃是「悲心內激，直行無撓」的仁義之士，進而讚揚「吁嗟此盜，孰如其仁！」並表示「孰爲盜者，我將托焉」。這一連串驚世駭俗的見解，其實正是對當時世道人心的否定。其他像《弔黃祖文》，借禰衡得遇黃祖以反襯自己半生潦倒而無所遇。《廣陵對》係爲浙江學政朱珪所作，旁徵博引，歷敍揚州沿革變遷及死節之人，當時被認爲是天下奇文。《黃鶴樓銘》係爲湖廣總督畢沅所作。這些駢文無論敍事抒情都能做到「狀難寫之情，含不盡之意」（李詳《汪容甫先生贊序》）。作者廣泛吸收了魏晉六朝駢文的長處，寫得情致高遠，意度雍容。他不以用典屬對的博洽精巧取勝，而以感情的眞摯深沈來打動讀者。這是汪中駢文的成功之處。

洪亮吉

洪亮吉（公元 1746～1809 年），字君直，一字稚存，號北江，晚號更生居士，陽湖（今屬常州）人。乾隆五十五年（公元 1790 年）進士，授翰林院編修，旋督貴州學政，後以越職言事獲罪，充軍伊犁。赦還回籍，乃寄情山水，專意著述。他也是個學者，精於史地及聲韻訓詁之學，生平遊蹤極廣，見識豐富。他的駢文既尚情韻又工詞藻，以高古遒勁、深沈瑰麗著稱。「每一篇出，世爭傳之」（袁枚《卷施閣文乙集序》）。著有《卷施閣文集》甲集十卷，乙集八卷，《更生齋文集》甲集四卷，乙集四卷。以及《卷施閣詩集》、《更生齋詩集》、《附鮚軒詩集》總共三十八卷。他的文甲集多爲論學之文，乙集多爲駢體文，總共有十二卷之多。其中《遊天臺山記》、《城東兩壚記》、《與孫季逑書》、《出關與畢侍郎箋》、《戒子書》等比較有名。如《出關與畢侍郎箋》的第一段：

> 自渡風陵，易車而騎。朝發蒲坂，夕宿鹽池。陰雲蔽虧，時雨淩厲。自河以東，與關內稍異。土逼若巷，途危入棧。原林黯慘，疑披谷口之霧；衢歌哀怨，恍聆山陰之笛。

此文是作者奉陝西巡撫畢沅之命，爲摯友黃景仁料理喪事有關情況的匯報。這一段寫出關後行程。以寫景爲主，但充滿淒愴之感，情景交融，委婉淒惻。

3 、清後期作家

清後期駢文作者不少，但聲勢和成就仍不及清中期。其中最有名的是王闓運、李慈銘兩家。

王闓運

王闓運（公元 1833～1916 年），字壬秋，一字壬父，晚號湘綺，湘潭（今屬湖南）人。咸豐七年（公元 1857 年）舉人，太平天國戰爭期間曾爲曾國藩幕賓。清末被授與翰林院檢討。他一生大部分時間從事著述、講學和遊歷。著作很多，詩文有《湘綺樓詩集》十四卷、《湘綺樓文集》八卷、《湘綺樓詞》等多種。他在文學上的成就以詩爲最高，他詩宗魏晉，能「熔鑄而出之」

（《湘綺樓論文》）。駢文也宗魏晉，駢散兼行，長於用典使事，並喜用駢句排比，但卻寫得自然渾成，不落俗套。集中以《秋醒詞序》、《與盧生書》、《弔朱生文》、《上張侍講啓》、《桂頌》等篇比較有名。

李慈銘

李慈銘（公元 1829～1894 年），字炁伯，號蒓客，會稽（今浙江紹興）人。一生仕途不得意，五十一歲時始中進士，補山西監察御史。詩歌駢文都比較有名。他認為「文體必本駢偶」（《書凌氏廷堪校禮堂集中〈書唐文粹〉文後》），故重視駢文寫作，極力提高駢文的地位。著有《越縵堂文集》十二卷、《白華絳跗閣詩初集》十卷及《湖塘林館駢體文》二卷。他的駢文多摹擬六朝，講究詞藻，也注意立意，故詞藻華麗，但華而不縟，鍛煉精純。他尤善於用駢文寫景抒情，集中寫景文、抒情文如《夏日雨中集天寧寺記》、《極樂看海棠記》、《重五日遊龍樹寺記》、《軒翠舫記》、《息荼庵記》、《弔包邨文》、《與柯山親友書》等都比較有名。

附　註

①「明夷」是《周易》卦名，該卦第五爻有「箕子之明夷」句，意謂箕子身有明德而逢紂之惡，乃以明為暗。黃宗羲自感不遇，又不欲出仕，乃取「明夷」為名。又嚮往箕子為周武王陳《洪範》事，自序曰：「吾雖老矣，如箕子之見訪，或庶幾焉。」故又以「待訪」名書。

②魏禧與兄魏祥（後改名際瑞）、弟魏禮和南昌林時益（本明宗室子，變姓名）、彭士望，同邑李騰蛟、邱維屏、彭任、曾璨等 9 人，均攜全家上山。他們常在易堂講學，門生弟子達數十人，人稱

「易堂九子」。他們 9 家結成一個小團體，互爲生死之交，視異姓爲骨肉。開初本爲了避兵，後來則爲了恢復。朋友有難，能捨命相救。方以智明亡後出家爲僧，法名無可，曾到翠微峯參觀，感嘆說：「易堂眞氣，天下無兩。」

③「南山集案」是由於方苞的同鄉翰林院編修戴名世編有《南山集》，其中採用了方孝標（方苞叔祖）《滇黔紀聞》的史料，表彰了一些南明抗清人物，還採用了永曆等南明年號紀年。這被認爲是蔑視清王朝的不軌行爲，經左都御史趙申喬揭發，釀成爲清初一次較大文字獄。戴名世「斬立決」，方孝標戮屍，牽連被殺者近 100 人。方苞因給《南山集》寫序，被捕下獄，部審擬斬。經李光地力爲關說，康熙帝也久聞其文名，故僅在刑部獄中關押 15 個月（康熙五十年十一月至五十二年二月）後得以出獄，免死發往旗下爲奴，後又特命他以白衣入南書房，成爲皇帝的御用文人。

④義法之說，見《史記・十二諸侯年表》序：孔子「西觀周室，論史記舊聞，興於魯而次春秋。上記隱，下至哀之獲麟，約之辭文，去其繁重，以制義法。」故方苞在《又書貨殖傳後》提出：「《春秋》之制義法，自太史公發之，而後之深於文者亦具焉。」

⑤《古文辭類纂》，姚鼐編選之總集，共選從戰國至清中葉各類散文（包括少數駢文）774 篇，著重選錄《戰國策》、《史記》、兩漢散文家、唐宋八大家以及明歸有光、清方苞、劉大櫆等的古文。依文體分爲 13 類，共 75 卷。從內容上顯示了桐城派所遵循的文統。但選材範圍過窄，歷來受到人們的非議。故曾國藩特地編選了一部《經史百家雜鈔》以補姚書之失。「雜鈔」共 26 卷，對五經及史傳中單篇文章都能有所選錄，共分 11 類，選材著重於經世致用之文，範圍比較廣泛，企圖藉此挽救空洞膚淺的桐城文派，以延長他們對當時文壇的統治。

第十一章　清代詩歌

清詩是我國古代詩歌的光輝總結。清代兩百六十八年，出現了許多詩人和詩歌流派，詩歌創作極為豐富。僅據徐世昌於民國十八年（公元 1929 年）編輯的《晚晴簃詩匯》所收，就有六千一百六十八家詩人的兩萬七千六百六十九首詩①。清代詩人數量之多，超過以往各朝。清代詩人創作之富，也是歷朝詩人無法相比的②。

不僅如此，清詩在藝術方面也取得了比較顯著的成就。清代詩人不滿於元詩的纖弱、明詩的膚廓和狹隘，在技巧上兼學唐宋詩的長處，不斷追求創新。明詩之弊，其根源在於藝術見解偏激，學前人未能兼收並蓄、融會貫通。而且宗唐則排宋，甚至宗盛唐則無取於中晚唐；或者重創新者則不學習古人，學古者又忘記了創新。清人則不然，他們總結了明人之失，宗唐者一般不排宋；宗宋者更不排唐，且多兼學唐；重創造者也頗注意學習前人經驗。總之，他們比較能夠融匯貫通、轉益多師，把學習和創造結合起來，故能在變化中有所開拓。因此，清詩能夠在不同程度上反映清代的現實，並在揚長補短、推陳出新的創作過程中形成不同的風格和流派。其總的成就超過元明，追蹤兩宋，在我國詩歌史上占有重要地位。

第一節　清代初期詩歌

(一)遺民詩人

清朝入關後的一段時期，詩壇主要爲遺民詩人和由明入清並仕清的詩人所占領。前者人數衆多，著名的有顧炎武、黃宗羲、王夫之以及杜濬（公元 1611～1687 年，有《變雅堂全集》二十卷）、吳嘉紀（公元 1618～1684 年，有《陋軒集》十四卷）和「嶺南三家」之屈大鈞、陳恭尹（公元 1631～1700 年，有《獨漉堂全集》三十一卷）、梁佩蘭(公元 1629～1705年，有《六瑩堂集》十七卷）等。明末清初嚴酷的鬥爭現實對他們的詩作產生了深刻的影響。這些詩人都能面對現實，把自己在歷史巨變中的遭遇和見聞，以及廣大民衆包括他們的親朋好友的不幸命運，寫成有重大意義的詩篇，以表現他們憂國憂民的情懷和堅强不屈的鬥爭意志。他們的詩作矯正了明代前後七子虛有其表的擬古主義和公安、竟陵詩人的空疏淺薄，恢復了詩歌的風騷傳統和批判精神，爲清代詩歌的發展開拓了道路。

顧炎武

顧炎武（公元 1613～1682 年），初名絳，字寧人，號亭林，崑山（今屬江蘇）人。明代諸生，少年時參加復社，後從事反清鬥爭多年。入清不仕，以恢復故國爲志。晚年定居華陰，卒於曲沃。他既是一個卓有成就的學者，也是一個著名的詩人。留有《亭林詩文集》六卷，存詩四百餘首，其中不少寫得激昂慷慨、沈雄悲壯。如順治十年（公元 1653 年），他在《贈朱監紀四輔》一詩中寫道：

十載江南事已非，與君辛苦各生歸。愁看京口三軍潰，痛說揚州七日圍。碧血未消今戰壘，白頭相見舊征衣。東京朱祜年猶少，莫向尊前嘆《式微》。

不忘國仇、不忘恢復，是詩人一生的心願。他的抗清活動是建立在反對暴政、同情人民疾苦的思想基礎之上，因此，他「生無一錐土，常有四海心」（《秋雨》），把解除暴政、拯救民衆於水火之中當成自己的神聖職責，也作爲他詩歌中的重大主題。楊廷樞、顧咸正、陳子龍、何騰蛟等人反清不屈而死，他都寫詩哀悼，表彰他們的民族正氣。他還經常通過擬古、詠史、遊覽、即景等題材以抒寫懷抱。如《擬唐人五言八詠》六首，即以申包胥、高漸離、班定遠、諸葛亮等人爲題，或悲往事，或明素志，大多寓有不忘恢復之意，不是泛泛的擬古之作。

屈大均

屈大均（公元 1630～1696 年），初名紹隆，字翁山，廣東番禺（今屬廣州市）人。他十五歲即能詩。順治七年（公元 1650 年），清軍再陷廣州。次年，他參加抗清鬥爭，失敗後在本地海雲寺削髮爲僧，法名今種，字一靈。三十二歲還俗，北遊陝西、山西等地，與顧炎武、李因篤等往還，欲伺機圖恢復。康熙十二年（公元 1673 年），吳三桂等起兵反清，他又參與其事。不久，因失望辭歸。著有《翁山詩外》、《道援堂集》、《翁山詩略》及《廣東新語》等。

他是一位參加抗清鬥爭時間最長的詩人，也是一位抱負不凡、膽識才略過人的志士，故其詩亦多慷慨磊落之氣，意象雄偉，且時有奇思異想。他嘗自論其詩云：「余嘗以《易》爲詩，顚倒日月，鼓舞風雷，奔五嶽而走四瀆，使天下萬物皆聽命於吾筆端，神化其情，鬼變其狀：：以與造化者遊於不測。」可謂善於自道。其詩各體俱備，七古如《華頂放歌同王伯佐》云：「塵垢猶堪儔帝王，淸虛何足留箕穎！……千里金城收一掌，萬年甘露待重瞳。」是何等氣魄！《南海神祠古木棉花歌》云：「扶持赤帝南溟上，吐納丹心大火中。」自來作詠物詩者，亦少見有此不凡的寄託。五古如《大同感嘆》形容淸軍之殘暴云：「花門多暴虐，人命如牛羊。膏血溢糟中，馬飲毛生光。」揭露旣深，反襯亦奇。七律及絕句中亦有佳作，而其最擅長者則爲五律。如《雲州秋望》云：

白草牛羊外，空聞觱栗哀。遙尋蘇武廟，不上李陵臺。風助羣鷹擊，雲隨萬馬來。關前無數柳，一夜落龍堆。

又如《讀陳勝傳》云：

閭左稱雄日，漁陽適戍人。王侯寧有種，竿木足亡秦。大義呼豪傑，先聲仗鬼神。驅除功第一，漢將可誰論。

且不論其屬對之工，即就氣象、識見來說，也是超卓的。

㈡江左三大家

由明入淸而又曾仕淸的著名詩人則有錢謙益、吳偉業和龔鼎孳，人稱「江左三大家」。三人中，龔鼎孳（公元 1615～1673 年，有《定山堂集》）較少特色，影響也不大。而錢謙益與吳偉業均居於詩壇領袖地位。錢宗宋詩，吳尊唐調，二人各立門戶，都是淸代首開風氣的詩人，影響很大。以後淸詩的許多流派，都不出宗唐、宗宋兩途，都不出他們兩人影響的籠罩。

錢謙益

錢謙益（公元 1582～1664 年），字受之，號牧齋，人稱牧翁，常熟（今屬江蘇）人。人品不高，早年屬東林黨，但又依附宦官。南明時投靠馬士英和阮大鋮，出任禮部尚書。清兵陷南京，他率領文官降清，清廷卻只給他一個禮部侍郎，他嫌官小辭歸。以後又和抗清活動有過聯繫，曾寫過少量懷念故國、悔恨生平的詩篇，如「南渡衣冠非故國，西湖煙水是清流」、「故鬼視今眞恨晚，餘生較死不爭多」之類。但終因大節有虧，爲人所詬病。他著有《初學集》一百一十卷、《有學集》五十卷。

錢謙益主持詩壇近五十年，論詩反對摹擬形似，也反對片面追求聲律字句，主張寫詩要「有本」、「有物」。他激烈攻擊前後七子的詩必盛唐說，提倡宋元詩，推崇蘇軾和元好問。馮班說：「牧翁每稱宋元人，以矯王李之失。」（《鈍吟雜錄》）在錢的影響下，後來吳之振編《宋詩鈔》，顧嗣立（公元 1669～1722 年）編《元詩選》。講求宋元詩，蔚爲一時風氣。故宋犖說：「近二十年，乃專尚宋詩。」（《漫堂說詩》）錢的詩作沈鬱藻麗，才華雄健，出入李杜韓白蘇陸之間，能熔匯唐宋詩於一爐，確有一定的功力。他的七律，寫得更爲出色。如：

> 海角崖山一線斜，從今也不屬中華。更無魚腹捐軀地，況有龍涎泛海槎。望斷關河非漢幟，吹殘日月是胡笳。嫦娥老大無歸處，獨倚銀輪哭桂花。

這是作者所寫的一百二十四首《後秋興》詩之一，應寫於康熙元年（公元 1662 年）南明桂王被捕殺之後。「嫦娥」係詩人自指，「桂花」暗指桂王。這首詩抒寫明王朝殘存勢力被消滅之後，詩人希望喪失，無可奈何的痛苦心情。

吳偉業

吳偉業（公元 1609～1672 年），字駿公，號梅村，太倉（今屬江蘇）人。復社成員，崇禎時進士，官左庶子。明亡後被迫入京，屈身仕清，任國子監祭酒。一年後辭歸，終身不復出。由於出仕兩朝，名節有虧，故常自怨自艾，抑鬱悲淒。他在詩中寫道：「浮生所欠止一死，塵世無由識九還。我本淮王舊雞犬，不隨仙去落人間。」（《過淮陰有感》）「誤盡平生是一官，棄家容易變名難。」（《自嘆》）「脫屣妻孥非易事，竟一錢不值何須說。」（《賀新郎》）死前遺命以僧裝斂之，墓前豎碑曰：「詩人吳梅村之墓。」留有《吳梅村集》四十卷③，存詩約一千多首。

吳詩華艷綺麗，纏綿淒惻。明亡後更顯得蒼涼淒楚、風骨遒勁。他寫詩喜歡摹擬唐人格調，但能寫出自己的特色。其中以五七言古詩，特別是七言歌行最爲有名。追懷往事，自傷生平，是最能表現他的風格和才力的題材。如《圓圓曲》、《臨江參軍》、《松山哀》、《蕭史青門曲》、《楚兩生行》、《聽女道士卞玉京彈琴歌》、《永和宮詞》、《短歌》、《悲歌贈吳季子》等，都是他的代表之作。他用這種長篇敘事詩，記載明亡前後複雜的歷史，不僅抒發了兒女之情，更重要的是寄託了興亡之感。婉轉蒼涼，感人至深。《四庫提要》評之曰：「格律本乎四傑，而情韻爲深，敘述類乎香山，而風華爲勝。」袁枚也認爲：「梅村七言古，用元白敘事之體，擬王駱用事之法，調既流轉，語復奇麗，千古高唱矣！」（《語錄》）他的歌行體，在敘事方面受白居易的影響很深，但在用事和詞藻方面，則更接近於李商隱。他實際上是把李商隱詩色澤濃麗的特色與元白敘事詩流利婉轉的風格結合起來，使其歌行沈鬱蒼涼，氣勢磅礴，語言華麗，法度嚴整。他還注意偶句與散句間錯並用，重視音調和色彩的調和勻稱，故能做到開闔自如，音色並妙，在創作上形成了自己的獨特風格。其缺點主要是情緒低沈感傷，用典過多，略感晦澀。

㈢王士禎和「神韻」說

錢吳以後著名詩人有「南施北宋」，施乃施閏章（公元1618～1683年），宣城（今屬安徽）人。有《學餘堂全集》八十八卷，所作多南國溫柔之風。宋指宋琬（公元1614～1674年），萊陽（今屬山東）人。著《安雅堂集》二十卷，所作具北地剛健之氣。他們儘管在當時名氣不小，但對清代詩壇影響不太大。這時的一些詩人，大多喜宗宋元。不過，宗宋詩者，往往由質樸而陷於膚淺；宗元詩者，則常流於濃艷而失之纖巧。直到王士禎一出，獨宗唐人，標榜「神韻」之說，以爲作詩應以「妙悟」爲主，對當時詩壇影響極大，成爲清詩的一大宗派，王士禎亦獲得「清代第一詩人」（譚獻《復堂日記》之稱，並繼錢謙益成爲詩壇盟主近五十年之久。

王士禎（公元1634～1711年）④，字貽上，號阮亭，晚號漁洋山人，新城（今山東桓臺）人。順治時進士，本名士禛，雍正時因避諱改名士禎，後官至刑部尚書。著有《帶經堂集》九十二卷，又有選本《漁洋山人精華錄》十卷，選詩一千餘首。此外尚有《池北偶談》、《居易錄》、《香祖筆記》、《漁洋詩話》等筆記多種。

他的「神韻」說主要接受了南宋詩人嚴羽的影響，以「羚羊掛角，無迹可求」和「不著一字，盡得風流」作爲詩的最高境界。實際上是把那種比較抽象的神理韻味作爲衡量詩歌好壞的唯一標準，進而提倡一種淡遠清新、含蓄蘊藉的詩風。他編輯了《唐賢三昧集》，選錄王維、孟浩然以下四十二人詩作作爲範本。他實際上繼承了王孟韋柳一派的詩風，主要著眼於境界的淡遠和語言的含蓄。但不重視思想內容，更絕少反映社會生活。他把詩藝搞得很玄虛，單純作爲個人消愁破悶、娛情遣性的工具。故其甥婿趙執信批評他「詩中無人」，袁枚則指責其詩爲「假詩」。平心而論，他的詩在風格意境方面還是有某些獨到之處，特別是寫景紀遊詩。他善於捕捉客觀事物所激起的主觀印象，能得其神理，而不傷於刻畫。他的詩字精詞新，深入淺出，言外有意，表現出玲瓏飄逸的風神，含迴不盡的餘韻。這些詩大都可以入畫。但是，這種神韻，只宜於短詩，特別是七絕之類，長篇究非所宜。趙翼說：「專以神韻勝，但可作絕句。」因絕句本身就適合以小見大，表達一種含蓄蘊藉的情致。如：

吳頭楚尾路如何！煙雨秋深暗白波。晚趁寒潮渡江去，滿林黃葉雁聲多。（《江上》）

青草湖邊秋水長，黃陵廟口暮煙蒼。布帆安穩西風裡，一路看山到岳陽。（《送胡耑孩赴長江》）

前詩寫煙雨中渡江，後詩寫湖上水行，都富有情韻，清秀圓潤，明麗飄逸，語言流暢，刻畫景物頗爲工致，多少還有點言外之意，味外之味。但格局小，氣勢弱，內容空虛，缺乏社會意義。

可見神韻說的倡導，必然助長詩歌脫離現實的傾向。王士禎活動於清政權日趨鞏固的年代，他提倡神韻妙悟，寫作這些吟風弄月的詩篇以點綴昇平，正好表現爲所謂「治世之音」，適應了清王朝統治者的需要。

㈣宗唐、宗宋派的形成及其代表

在王士禎之後，清代詩壇就明顯地分爲宗唐、宗宋兩途。但這兩派都從不同角度對神韻說提出了補充或糾正。其中，宗唐詩派有趙執信等人，宗宋派則有查愼行等人。

趙執信

趙執信（公元 1662～1744 年），字伸符，號秋谷，晚號飴山老人，益都（今屬山東）人。十八歲中進士，官右贊善，後因國喪期觀《長生殿》劇被罷官，以後終生未仕。時人有詩「可憐一曲《長生殿》，斷送功名到白頭」，主要乃為他而發。

他是王士禎的甥婿，但曾寫《談龍錄》批評神韻說，指出：「詩當指事切情，不宜作虛無縹緲語，使處處可移，人人可用。」他主張「文以意爲主，以言語爲役；主强而役弱，則無令不從」。他較重視詩的思想內容，寫過不少現實性很强的詩篇。如《紀蝗》、《後紀蝗》、《水車怨》反映了人民在天災人禍下遭受的苦難。《猛虎行》、《虎倀行》、《兩使君》、《獍去謠》揭露了統治階級的貪汚橫暴。《吳民多》、《甿入城行》則歌頌了人民羣衆自發的反抗鬥爭。這對於忽視思想內容的神韻派詩，是一個很大的糾正。但他的詩在藝術上也有不足之處，雖清新峭拔，但思路劖刻，氣勢窄狹。《四庫提要》曾這樣評他與王士禎：「王以神韻縹緲爲宗，趙以思路劖刻爲主；王之規模闊於趙，而流弊傷膚廓；趙之才銳於王，而末流病纖小。」他著有《飴山堂詩文集》三十二卷，包括詩集十九卷，詞集一卷，文集十二卷。

清初詩壇尊唐諸流派每況愈下之時，能以清新淡雅的詩風在尊唐諸大家之外別樹一幟者，當推尊宋詩人查愼行。

查愼行

查愼行（公元 1650～1727 年），字悔余，號初白，初名嗣璉，因觀《長生殿》罹禍改名，海寧（今屬浙江）人。康熙時中學，賜進士出身。曾爲翰林，入値南書房。著有《敬業堂集》五十六卷，存詩四千六百餘首。他曾補注蘇詩，受蘇軾、陸游、楊萬里影響較大。他學宋詩，注意學其精華，反對形式模擬。《四庫提要》說他「得宋人之長而不染其弊，數十年，固當爲慎行屈一指也」，可見他在宋詩派中的成就和地位。他的詩情意綿遠，恬淡清新；狀物敍事，純用白描，但又工穩熨貼。如「雨餘忽飄雨數點，山外更添山幾層；六百里灘多過盡，也如出峽到夷陵。」（《水口》）確實寫得平易暢達，不假藻繪，而又恬淡圓熟。他還寫過一些同情人民疾苦的詩，如《禱雨祠》、《麥無秋行》、《養蠶行》、《廐陽運船行》等，都有一定意義。

其他宗宋詩人

與查慎行同時代亦尊宋詩者，尚有宋犖、吳之振等人。宋犖（公元 1634～1713 年），字牧仲，號漫堂、西陂，河南商丘人。官至吏部尚書。著有《西陂類稿》五十卷。他論詩主張尊杜甫、蘇軾、黃庭堅、陸游等人，對蘇軾更是「彌覺神契」（《漫堂說詩》）。他的詩頗有清雋之作，但多紀遊、詠物、題畫、贈答之類題材，取材於現實社會的較少。吳之振（公元 1640～1717 年）則以選編《宋詩鈔》聞名。《宋詩鈔初集》一百零六卷，是一部大型宋詩選集。共收宋代詩人一百家（其中十六家有目無書），收詩一萬二千多首。取材比較廣泛，足以讓人窺見宋詩全貌，顯示「宋詩之長」。爲清中葉以後宗宋詩派日漸崛起起了重要的促進作用。

第二節　清代中期詩歌

㈠宗唐派沈德潛及其「格調」說

由於清初宗唐各流派相繼出現，在掃除晚明詩風卑弱、恢復唐詩某些優勢方面確有貢獻，開創了淸詩的新局面。繼吳偉業、王士禛而起的宗唐派重要詩人有格調說創導者沈德潛。

沈德潛（公元 1673～1769 年），字確士，號歸愚，長洲（今屬江蘇蘇州）人。六十六歲始中進士，官至內閣學士兼禮部侍郎。著有《沈歸愚詩文集》共七十二卷，包括詩集四十四卷，以及《說詩晬語》等。他是繼王士禛之後主盟詩壇的大家，首創「格調」之說，認爲「詩貴性情，亦貴詩法」。實際上是要求詩人的性情本於溫柔敦厚的詩教，使詩歌爲封建綱紀政教服務，企圖以此來彌補神韻派忽視內容之失。他的所謂「詩法」就是講求格律、重視聲調、注意體式，實際上就是學古模擬。他推崇漢魏盛唐，讚揚前後七子，爲此特地編選了《古詩源》、《唐詩別裁》、《明詩別裁》、《國朝詩別裁》等書，以體現其宗唐復古的詩歌主張。這四種選本，特別是前三種，雖取徑稍隘，但別擇頗精，入選者多爲名篇佳作，故流傳很廣。沈德潛的詩論實際上是繼承王士禛而欲張大之，以救其空疏之失，亦即用古唐詩具體的格律聲調以矯正神韻說縹緲膚廓之弊，因此，他的主張也有一些可取之處。他提出過「法無一定，唯意所之」，「有第一等襟抱，第一等學識，斯有第一等眞詩」（《說詩晬語》）等意見，重視立意，强調詩人自身的思想意識修養，是値得肯定的。他早年未遇期間，也寫過一些反映民生疾苦的好詩。但爲官以後，就成了一個典型的臺閣體詩人，其詩以歌功頌德爲能事，形式上一味追蹤唐調，缺少獨創。

沈德潛從正面提出爲封建統治服務的主張，較王士禛的神韻說更有利於封建統治，因而博得了最高統治者包括乾隆皇帝的讚賞，他的詩歌理論曾經風靡一時，對乾嘉詩壇有較大的影響。但宗唐的詩歌流派，相襲既久，又逐漸形成新的窠臼。故清中葉也有不少詩人乃另求新的途徑：一是想提倡宋詩以扭轉宗唐之失，一是想從根本上反對崇古、泥古觀念，以抒寫性靈來對抗復古詩派。前者就是繼錢謙益、查愼行詩風的宗宋派，以厲鶚等人爲代表；後者則遙承公安派的主張，代表詩人有袁枚、趙翼、黃景仁諸家。

㈡宗宋派的特色及其代表

唐詩和宋詩，不僅是兩個朝代詩歌的總名，而且代表了我國詩歌史上兩種詩法和詩格。它們不同之處在於：唐詩主言情，即使說理，也多以抒情方式出之；宋詩喜說理，崇尚議論。唐詩多含蓄；宋詩多直露，言盡意亦盡。唐詩多重視生活感受的直接描寫和抒發；宋詩的優秀之作也來自生活，但往往先從理性上把握，然後再選擇恰當的形象。所以宋詩即令句句生動具體，總是有某種邏輯思維的潛流貫串其中，不像唐詩的意境大都以直觀形式表現出來。總之，唐詩多用感性形象來把握現實，宋詩則多借助理性思維來解剖現實；唐詩詩味較濃，宋詩詩味較淡，但卻以思想的細緻深刻、技巧語言的精益求精彌補之。由於這些原因，宋詩比唐詩好學。唐詩靠靈感，宋詩靠才學；才學可以通過努力獲得，靈感卻不能勉强。唐詩靠感性，宋詩靠理性；理性可以通過深思熟慮獲得，而感性（形象思維）卻比較難於捕捉。而且，清代學宋詩諸人，並不排斥唐詩，往往還由宋窺唐，故用力較易，又不致造成粗獷膚廓之弊。因此，宗宋往往比宗唐獲得的成就要大。

清代宗宋詩派，首先由錢謙益發其端，接著有黃宗羲、宋犖、查愼行、吳之振等繼其踵，宗宋詩派逐漸形成聲勢。進入清中葉以後，先有厲鶚、翁方綱以及桐城派詩人姚鼐及其弟子方東樹等人。姚鼐等人兼取唐宋，但更著重於提倡黃庭堅詩。嘉慶以後則有吳錫麒、程恩澤等人，他們為清後期的宋詩運動揭開了序幕。

清中期宗宋詩派影響較大的詩人是厲鶚及翁方綱。

厲鶚

厲鶚（公元 1692～1752 年），字太鴻，號樊榭，錢塘（今浙江杭州）人，一生不仕。他是乾隆年間宋詩派的代表作家。《四庫總目》說：「其詩則吐屬嫻雅，有修潔自喜之致，絕不染南宋江湖末派。」由於他生平足迹遍大江南北，名山大川，故詩作以遊覽詩最多，也最擅長，一般都寫得清麗幽逸，頗具特色。他著有《樊榭山房集》三十七卷，包括詩十九卷、詞六卷、曲四卷、文八卷。還著有《宋詩紀事》一百卷，錄宋詩作者三千八百餘家，以事存詩，以詩存人，搜錄不少有關宋詩的史料和作品，有效地促進了宋詩的研究和流傳。

翁方綱

翁方綱（公元 1733～1818 年），字正三，號覃溪，順天大興（今屬北京）人。乾隆時進士，累官至內閣學士。詩文之外，精金石考據之學。他是清代肌理說詩論的倡始人。他認為神韻說之弊在於虛而不實，格調說之弊則在於食古不化。因此他企圖用肌理說來給神韻、格調以新的解釋，以求打破拘泥一種風格的局限。他所謂的肌理，包括以儒學經籍為基礎的「義理」和結構辭章方面的「文理」。他說：「義理之理，即文理之理，即肌理之理也。」（《志言集序》）可見肌理說就是要求以學問為根底，以考證來充實詩歌內容，使義理和文理統一，思想和文辭諧合，從而達到法度靈活，內容質實的要求。這實際上引導詩人更加脫離現實，從故紙堆中尋找詩材。他的《復初齋文集》共八十一卷，詩四十二卷，約二千八百多首，其中不少是把經史、金石的考據論證寫進詩中的「學問詩」，另一類則是記述作者生平、見聞及遊蹤的詩，但亦不時參雜一些考據或議論之言，故詩味不多。片面强調詩歌的考證作用和學術價值，把經術、史料和詩强行捏合，所謂「史家文苑接儒林，上下分明鑒古今。一代詞章配經術，不然何處覓元音！」（《書空同集後十六首》）這是一種抹煞文學基本特徵的做法。他的這些詩論，不是尊唐，而是崇宋。他認爲：「宋詩妙境在實處。」（《石洲詩話》）他要求的質實，就來源於宋詩的「以文字爲詩，以才學爲詩，以議論爲詩」（嚴羽《滄浪詩話》）。他推崇江西詩派的黃庭堅，對蘇軾尤爲崇拜。曾把室名改爲「寶蘇齋」，並寫過《蘇詩補注》八卷。但他所繼承的並非宋詩的長處，更多的是宋詩的流弊。而他的一些主張和創作卻成爲後來宋詩運動的濫觴。

㈢性靈派詩人

與宗唐、宗宋相對立的性靈詩派也在乾隆年間崛起，它的倡導者是袁枚。與袁枚的詩歌主張或詩風相近者除趙翼、蔣士銓外，尚有年代略早於他的鄭燮和略後於他的黃景仁、張問陶、舒位等人，其中以鄭燮、趙翼、黃景仁等成就較高。現分述於次：

袁枚

袁枚（公元 1716～1797 年），字子才，號簡齋，錢塘（今杭州）人。乾隆時進士，做過縣令。三十三歲就辭官，在南京小倉山隨園築室，過著悠閑自在的享樂生活，幾達半世紀之久。袁枚是乾嘉時期代表詩人之一，與趙翼、蔣士銓合稱爲「乾隆三大家」。他著有《小倉山房集》八十卷、《隨園詩話》十六卷及筆記小說《新齊諧》等，存詩四千餘首。

袁枚主張寫詩要寫出自己的個性、靈感，認爲「凡詩之傳者，都是性靈，不關堆垛」。提倡直抒懷抱，寫出個人的「性情遭際」，認爲「詩有情而後眞」。他主張文學應該進化，應該有時代特色，而不應該宗唐宗宋。他提出：「詩者，各人之性情也，與唐宋無與焉。若拘拘焉持唐宋以相敵，是已之胸中有已亡之國號，而無自得之性情，於詩之本旨已失矣！」（均見《隨園詩話》）他譏諷神韻派是「貧賤驕人」，格調派是「木偶演戲」，肌理派是「開骨董店」，宗宋派是「乞兒搬家」。尤其反對格調說窒息性靈，認爲「多一分格調者，必損一分性情」（《趙耘松甌北集序》）。他也反對沈德潛的「溫柔敦厚」說，認爲這不過詩教之一端，並非最高準則，主張以孔子的「興觀羣怨」來代替。他這些主張對於當時充斥詩壇的「溫柔敦厚」的詩教和復古主義、形式主義詩風是一次有力的衝擊。

袁枚的這些主張顯然繼承了公安派的觀點，並比公安派更系統化。在把這種主張付之創作實踐方面，以袁枚爲代表的性靈派比公安派似乎前進了一步。公安派的成就主要在散文小品上，性靈派卻多少寫出了一批有特色的詩篇。如袁枚的詩就寫得淸新雋永，流轉自如，有時能提出新意，具有新的氣息。如《馬嵬驛》：

> 莫唱當年長恨歌，人間亦自有銀河。石壕村里夫妻別，淚比長生殿上多。

這首詠史詩能在舊題中翻出新意，用過去詩人寫濫了的封建帝王和妃子離別的歷史事實作烘托，表現對人民苦難的同情。

袁枚的大量寫景詩，能寫出詩人刹那間的感受，有境界，有性情，頗有飄逸玲瓏之妙，如《春日雜詩》：

> 千枝紅雨萬重煙，畫出詩人得意天。山中春雲如我懶，日高猶宿翠微巔。

他以性靈為詩，但同神韻說、格調說、肌理說一樣忽視了對現實的反映。他所說的性靈，說穿了不過是封建文人的生活情趣。他曾在詩中寫道：「但肯尋詩便有詩，靈犀一點是吾師。夕陽芳草尋常物，解用都為絕妙詞。」（《遣興》）所以他的詩多屬身邊瑣事的詠嘆和對風花雪月的吟詠，涉及社會問題的頗少。加上他才情奔放，性格浪漫，寫起詩來任性而發，因此在清新靈巧之中，總免不了有點淺薄甚至浮滑。

鄭燮

鄭燮（公元 1693～1765 年），字克柔，號板橋，興化（今屬江蘇）人。出身貧苦。乾隆時進士，做過兩任知縣。因救災事得罪上司及巨紳，憤而棄官，在揚州賣畫度日。他工書善畫，是「揚州八怪」之一。詩文也寫得很好，著有《鄭板橋集》。

鄭燮與袁枚同時代而年歲稍早，他的詩歌主張與袁枚相近，主張作家要「自樹旗幟」，「直攄血性」，要寫出個性來。更可貴的是，他比袁枚更注意詩歌的現實意義，主張詩歌應「歌詠百姓之勤苦，剖析聖賢之精義，描寫英傑之風猷」（《濰縣署中與舍弟第五書》）。他特別推崇杜甫，對陶淵明、白居易、陸游等寫實詩人也很讚賞。所以他寫過不少具有深刻社會意義的詩篇，如《逃荒行》描寫了山東農民逃荒下關東的悲慘經歷。《還家行》、《悍吏》等詩反映了農民的痛苦生活和悲慘命運。《姑惡》、《後孤兒行》則揭露了家庭生活中的封建壓迫。《私刑惡》暴露了貪官惡吏對無辜百姓的欺壓拷打。這些詩都能深刻地反映出當時社會的各種矛盾，觸及到封建統治的本質。他的詩清新流暢，自由灑脫，很少用典，但含意深厚，眞摯感人。包括他的一些題畫小詩，都具有鮮明的思想傾向和獨創的藝術風格。例如：

衙齋臥聽蕭蕭竹，疑是民間疾苦聲。些小吾曹州縣吏，一枝一葉總關情。（《濰縣署中畫竹呈年伯包大中丞括》）

咬定青山不放鬆，立根原在破巖中；千磨萬擊還堅勁，任爾東西南北風。（《竹石》

前首寫出他對民間疾苦的關切，後首則表現了他獨立的人格和堅毅不拔的意志。畫意與詩情交融，從中可窺見詩人的人品。

趙翼

趙翼（公元 1727～1814 年），字耘松，號甌北，陽湖（今屬江蘇常州）人。擔任過知府一類地方官。他是著名的歷史學家，寫過《二十二史箚記》、《陔餘叢考》等有影響的歷史著作。還著有《甌北詩集》五十三卷及《甌北詩話》等，存詩四千八百多首。他論詩特別強調發展、進化的觀點，強調詩應創新，認爲「詩文隨世運，無日不趨新」（《論詩》）。反對模擬古人，提出「李杜詩篇萬口傳，至今已覺不新鮮。江山代有才人出，各領風騷數百年。」「詞客爭新角短長，迭開風氣遞登場。自身已有初中晚，安得千秋尚漢唐。」（《論詩》）這種主張，與袁枚的性靈說相接近。

他的詩作，雖未標榜宋詩，但其精神實從宋詩中得來。儘管他沒有對詩歌內容進行一番變革，但在形式和語言技巧方面能夠加以翻新。他喜歡在詩中發一點小議論，流露一些諷刺或詼諧，不裝腔作勢，不講究格調宗法，只是像講話作文一樣衝口而出，隨意抒寫，而且並不淺露，能使人領會一點言外之意。最能表現這種風格的是他的五古，如《閑居讀書》、《園居詩》、《後園居詩》、《偶得》、《雜題》等。

> 頻年苦貧乏，今歲尤艱難。內子前致辭，明日無朝餐。一笑謝之去，勿得來相干。吾方吟小詩，一字尚未安。待吾詩成後，料理虀酸鹽。君看長安道，豈有餓死官。

這首《後園居詩》純用白描，表現出一種平鋪直敍、明白如話的風格，亦莊亦諧、似嘲似謔的情調，確實代表了他的特色。袁枚說：「耘松之於詩，目之所寓，即書矣！心之所之，即錄矣！筆舌之所到，即奮矣！稗史方言，龜經鼠序之所載，即闌入矣！」總之，他不受任何宗法的約束，全以表現自身感受爲準，故能以興會飆擧、自然神到取勝。他的這種詩風是有獨創性的。缺點是議論過多，有損詩的形象。

黃景仁

黃景仁（公元 1749～1783 年），字仲則，一字漢鏞，陽湖（今屬常州）人。只活了三十四歲。他不僅早逝，而且貧困終身，是個落魄江湖、懷才不遇的苦吟詩人。他多次應鄉試不第。乾隆四十一年（公元 1776 年）因迎駕被任命爲武英殿書籤官，他趕忙把家眷接到北京。但不知道一個謄錄員俸金是養不活家口的，結果全家困頓不堪，他也積勞成疾，肺病加劇。著名的《都門秋思》四首就是這種生活的眞實記錄：

四年書劍滯燕京，更值秋來百感並。臺上何人延郭隗，市中無處訪荊卿。雲浮萬里傷心色，風送千秋變徵聲。我自欲歌歌不得，好尋騶卒話生平。（之二）

五劇車聲隱若雷，北邙惟見冢千堆。夕陽勸客登樓去，山色將秋繞郭來。寒甚更無修竹倚，愁多思買白楊栽。全家都在風聲裡，九月衣裳未剪裁。（之三）

陝西巡撫畢沅讀過後，認爲價值千金，先寄五百金給他，迎他到陝任幕僚。但他因病情加重，死於途中。

他留有《兩當軒集》二十二卷，存詩一千零七十二首，詞二百十四首。這些詩詞正是他坎坷不遇、困頓終身的眞實記錄。他的詩都是「咽露秋蟲，舞風病鶴」（洪亮吉《北江詩話》）的哀吟。他凄涼的身世養成了他多愁善感的氣質，並形成他詩作的感傷的基調。他善於把這種感時傷世的感情表現得特別纏綿，構成一種凄苦蕭颯、哀怨婉麗的獨特風格。不僅春風秋雨、花落雁叫會觸動他的愁緒，就是滔滔的長江水，雄偉的黃鶴樓、奇巧的雜技、南京城的景色，也無不引起他凄涼的身世之感。這種個人的悲苦，實際上是社會所給予的，所以他的詩可以看作是對表面繁榮的「乾嘉盛世」的深刻揭露。如從他的名句「千家笑語漏遲遲，憂患潛從物外知」（《癸巳除夕偶成》），我們可以看到詩人已經預感到在千家笑語聲中憂患襲來的嚴重危機，這正是那個時代的眞實記錄。由於他這種多愁善感的氣質來源於社會對他的壓抑和個人遭遇的坎坷，不同於富貴閑人無病呻吟，故能給人以眞實之感，具有豐富的認識意義。

此外，蔣士銓的詩亦重性情，反蹈襲，筆力堅勁，但他主要學習黃庭堅，在創新上不如袁枚及趙翼。張問陶（公元 1764～1814 年），號船山，有《船山詩草》二十卷。他的詩題材廣泛，富有生活氣息。舒位（公元 1765～1816 年），字立人，有《瓶水齋詩集》十九卷。所作詩以歌行最佳，博麗奇崛。龔自珍曾讚其詩風爲「鬱怒橫逸」（《己亥雜詩》自注）。他還著有雜劇四種，收入《瓶笙館修簫譜》中。

第三節　清代後期詩歌

(一)晚清詩壇的衍變

進入道光以後，清代詩風又爲之一變。宗唐詩派無論神韻說或格調說均已衰落。宗宋詩派卻得到愈來愈多的響應者而成爲詩壇主流，從道光、咸豐年間的宋詩運動發展到同治以後的同光體。而與這一保守詩派相對立的有鴉片戰爭前後以龔自珍、魏源爲代表的啓蒙詩人和其他愛國詩人，有戊戌變法前後以黃遵憲、梁啓超爲代表的新派詩人，還有辛亥革命前夕以南社詩人爲代表的革命詩人。同時，復古詩派也不斷分化。同光年間分化出以王闓運爲代表的漢魏初盛唐詩派和以樊增祥、易順鼎爲代表的晚唐詩派。而同光體本身也分裂爲陳三立的江西派、陳衍的閩派和沈曾植的浙派。晚清詩壇呈現出空前複雜的狀態。

從道光初年到辛亥革命的九十年間，政治上是從專制王朝體制走向民主共和體制的過渡，在詩歌史上是從傳統的古典詩歌走向現代意義的新詩的過渡。儘管新詩沒有隨著辛亥革命推翻帝制而立即誕生，但清末一些有眼光的詩人如梁啓超、黃遵憲、秋瑾等，都爲新詩的形成作過一些可貴的探索。因此，晚清詩又呈現出明顯的過渡性，在中國詩歌史上具有不容忽視的地位。詩歌創作也相當繁榮，作家和作品數量衆多。陳衍《近代詩鈔》僅就聞見所及，採錄咸豐以來詩人三百六十九人。孫殿起《販書偶記》及其《續編》著錄道光以來刊刻的別集不下一千五百多種，其中不少是詩集或詩文合集。

㈡龔自珍

第一個衝破清中葉以來沈悶氣氛、給詩壇注入新的血液、首開風氣的詩人是龔自珍。

龔自珍是鴉片戰爭時期最敏感、最傑出的先驅者，他透過乾嘉盛世的虛假外表，相當深刻地看到了整個社會潛伏著的嚴重危機。他根據今文經學中《公羊》學派的某些包含辯證法發展變化的觀點，對現實社會進行了無情的批判。他認爲清王朝已經進入「日之將夕」的「衰世」，像一個滿身癬疥而又「臥之以獨木，縛之以長繩，卑四肢不可屈伸」的殭屍（《明良論》四）。國家危機迫在眉睫，「各省大局，岌岌乎皆不可以支月日，奚暇問年歲？」（《西域置行省議》）而當權者仍然醉生夢死，相沿爲僞，蠅營狗苟，貪污成風，敲榨剝削，無所不至（《乙丙之際著議》二）。他把這些無恥之徒比爲「蜮」，「熊羆、鴟鴞、豺狼」和「狗蠅、螞蟻、蚤蝨、蚊虻」之類殘害人民的毒蟲猛獸，主張把這些東西捕盡殺絕（《三捕》）。但他並不想依靠革命，仍然寄希望於封建統治階級和清王朝自上而下的「更法」、「改圖」。他也不要求推翻封建專制制度，僅僅是在維護這種制度的前提下實行某些改良主義的變革。

龔自珍的詩，以其進步的思想內容、瑰麗的形式，打破了清中葉以來詩壇上那種吟風弄月、無病呻吟的停滯局面。他的詩今存六百餘首，詞一百餘首。這些詩詞絕少作單純的自然風景描寫，大多著眼於社會現實，抒發感慨，議論縱橫。理想主義是他詩詞中最突出的特點。他晚年所寫的長篇組詩、共三百十五首的《己亥雜詩》就比較集中地反映了他對進步理想的追求。其中著名的一首：「九州生氣恃風雷，萬馬齊瘖究可哀，我勸天公重抖擻，不拘一格降人材。」就反映了詩人呼喚風雷，祈求新的社會力量出現，希望誕生各方面的人材進行變革，以打破封建社會「衰世」令人窒息的政治局面。爲了尋找變革現實社會的力量，他常在詩中歌頌義士豪傑、理想人物。還在詩中表示了對母愛和少年的留戀，對湖山勝境，乃至夢境、仙境和佛教勝地的嚮往。這些都代表了龔自珍所追求的朦朧的理想，乃是作爲黑暗社會的對立面而提出來的。

由於時代的局限，龔自珍找不到實現理想的正確途徑，只能依靠腐朽的封建統治階級，這是他一生中無法解決的矛盾。因此在他的詩中，雄奇奔放、高昂激越的情調裡，不時夾雜著一些悲涼憂鬱、低迴哀怨、甚至消沈遁世的感情。劍和簫常常成爲他用來代表這種矛盾心情的藝術象徵：「來何洶湧須揮劍，去尚纏綿可付簫」（《又懺心一首》）；「氣寒西北何人劍，聲滿東南幾處簫」（《秋心》）。劍象徵著詩人積極進取的鬥爭意志，而簫則寄託著他悲涼落寞的情懷。所以他說：「怨去吹簫，狂來說劍，兩樣消魂味。」（《湘月》）但是，他對理想終究是執著的、堅持不變的。他在臨死前兩年寫的《己亥雜詩》其五中，把自己的身世比作落花，表示「落紅不是無情物，化作春泥更護花」。忠於理想之心，死而不已。

龔自珍對現實社會的批判，比以往各個時代的詩人更爲深刻，因爲他開始把封建社會作爲一個整體來加以批判。在他看來，社會本來就是「一髮不可牽，牽之動全身」，當時的社會危機四伏，早已是「四海變秋氣，一室難爲春」（《自春徂秋，偶有所觸，拉雜書之，漫不詮次，得十五首》）。而統治階級仍然醉生夢死，「不論鹽鐵不籌河」，不考慮生產，只知一味搜括人民，「國賦三升民一斗，屠牛那不勝栽禾」。（《己亥雜詩》）致使生產凋蔽，就是東南富庶地區，也弄得民不聊生。他著名的《詠史》詩：

金粉東南十五州，萬重恩怨屬名流。牢盆狎客操全算，團扇才人踞上游。避席畏聞文字獄，著書都為稻粱謀。田橫五百人安在，難道歸來盡列侯？

詩歌以「詠史」爲掩蓋，對現實社會進行了深入的揭露，指出那些掌握大權、高官厚祿的名流不過是些幫閑、狎客之類無恥之徒。而一般士大夫卻無畏縮、消沈於專制高壓之下，成爲只考慮個人身家性命的庸人懦夫。在這樣的黑暗社會裡，哪會有「田橫五百人」那種不屈志士的地位呢？眞正能夠起衰振弊、經世濟民的人材，在「戮才」的封建制度下，是根本無法存身的。他還在一首《己亥雜詩》中表示對西方列强的侵略懷有無窮憂慮，並把封建社會的危機與列强的侵略聯繫起來：「津梁條約遍東南，誰遣藏春深塢逢？不枉人呼蓮幕客，碧紗幮護阿芙蓉。」詩人嘲笑了官僚們大抽鴉片的醜態，把它當作統治階級墮落的標誌來暴露。

龔自珍詩的最大特色是構思奇特，想像豐富，形式多樣，不受格律束縛。他繼承了屈原、李白等浪漫詩人的傳統，同時又受到中晚唐詩風的影響，常採用生動奇特的藝術形象、一瀉千里的氣勢、瑰麗多恣的語言，以表達他自由奔放的感情。他的詩大多是政治抒情詩，飽含著豐富的社會歷史內容。但他一般並不是抽象地說教或刻板地敍述現實政治事件，總是把政治生活中的普遍現象提到歷史的高度，以發抒自己的感慨，表達自己的願望。

他的詩在藝術表現上也有一些缺點，用典過繁，含蓄過甚，愛用僻字，不免艱深晦澀。

㈢鴉片戰爭時期愛國詩人

由於龔自珍死於鴉片戰爭後的第二年，因此他的詩無法反映戰爭過程及戰後中國的變化，而與他齊名的魏源和張維屏（公元1780～1859年，有《張南山全集》）、林則徐（公元1785～1850年，有《雲左山房詩鈔》）等人則在他們的詩篇中對鴉片戰爭作了較多的反映。

鴉片戰爭之前他們所寫的詩篇，大多缺乏現實意義，成就不高。林則徐的詩幾乎全是官場應酬之作，張維屏的詩也大多是仕宦生活的抒寫，歸隱後又多爲遊山玩水之作。魏源的早期詩歌，除《都中吟》十三章、《江南吟》十章學習白居易《秦中吟》即事名篇的寫法，富有時代精神以外，其餘詩作大多爲山水詩，表現了一種磊落慷慨的奇想，但現實性不强。正如他所說的「昔人所欠將余俟，應笑十詩九山水」。正是由於鴉片戰爭的爆發使他們的思想、感情和詩風都發生了很大的變化，「老去詩情轉猖狂」（林則徐詩），他們開始從乾嘉以來的「正統」詩風中解放出來。

用詩歌形式反映鴉片戰爭這一偉大鬥爭，歌頌人民羣衆和抗英將領抵抗侵略軍的光輝業迹，揭露諷刺清王朝和投降派貪生怕死和通敵誤國。這就是魏源、張維屏、林則徐等人後期詩歌中所貫串的戰鬥精神，是他們在鴉片戰爭時期所創作的大量詩歌的中心主題。這些詩作對當時的侈靡詩風是一個巨大的衝擊，爲近代詩歌反映重大政治事件開闢了廣闊的道路。這類詩歌如魏源的《寰海》十章、《寰海後》十章、《秋興》十章、《秋興後》十章、《秦淮燈船引》，張維屏的《三元里》、《三將軍歌》，以及林則徐的一些詩歌都是。

魏源的《寰海》之十是這樣寫的：

同仇敵愾士心齊，呼市俄聞十萬師。幾獲雄狐來慶鄭，誰開柙兕禍周遺。前時但說民通寇，此日翻看吏縱夷。早用秦風修甲戟，條支海上哭鯨鯢。

詩人對三元里人民抗擊侵略者的英勇鬥爭感到歡欣鼓舞，對投降派官員破壞人民抗敵鬥爭、縱虎歸山的賣國行徑無比憤慨。張維屏所作敍事詩《三元里》更是一篇揭露侵略軍外强中乾的醜態，譴責奕山等人妥協縱敵的罪行，歌頌廣大民衆英勇鬥爭的史詩。林則徐在鴉片戰爭失敗後遣戍途中所寫的一首酬答詩，感念國事，也是憂憤深廣：

我無長策靖蠻氛，愧說樓船練水軍。聞道狼貪今漸戢，須防蠶食念猶紛。白頭合對天山雪，赤手誰摩嶺海雲？多謝新詩贈珠玉，難禁傷別杜司勛。

這首詩措詞含蓄，情調憂憤，特別是詩人能在鴉片戰爭後即提出防止侵略者蠶食的問題，確實表現出遠大目光和愛國赤忱。

但是，他們的詩也有著不同程度的缺點。對侵略者的揭露是無情的，但夾雜一種盲目自大、以「天朝」自居的可笑的優越感。對清王朝的腐朽也頗多感觸，卻仍存幻想，認識不深。包括《三元里》這類較好詩篇，在結句中仍然提出「如何全盛金甌日，卻類金繒歲幣謀」。三人之中，尤以林則徐的忠君思想較爲突出。

這個時期還有張際亮（公元 1799～1843 年有《張亨甫全集》）、姚燮（公元 1805～1864 年，有《大梅山館集》）、朱琦（公元 1803～1861 年，有《怡志堂詩文初編》十四卷）、貝青喬（公元 1810～1863 年，有《半行庵詩行稿》八卷、《咄咄吟》二卷）等一大羣詩人，都寫過一些反映鴉片戰爭、充滿反帝愛國精神的重要詩篇。如朱琦的《關將軍挽歌》、《朱副將戰歿他鎮兵遂潰以詩哀之》、《感事》等詩，謳歌抗敵將領，記述戰爭史實，充滿愛國激情。貝青喬的《咄咄吟》是由一百二十首七絕組成的紀事諷刺詩，記述鴉片戰爭期間隨軍所見，具有强烈的現實性。這些詩人在藝術上雖多沿襲乾嘉詩壇餘波，但在開創詩歌描寫現實和擴大敍事詩的規模等方面，均有不可忽視的貢獻。

㈣「詩界革命」和黃遵憲

眞正在藝術上對傳統詩壇發起衝擊的是「詩界革命」運動和「新體詩」的創作。

詩界革命的倡導者是夏曾佑、譚嗣同和梁啓超等人，他們從光緒二十二年（公元 1896 年）起，開始試作「新學之詩」⑤。其特點是「撏扯新名詞以自表異」，如譚嗣同的「綱倫慘以喀司德，法會盛於巴力門」（《金陵聽說法》）之類，硬塞入幾個新名詞的詩篇，實在是一種捨本逐末的做法。在總結這種失敗的做法之後，梁啓超在光緒二十五年（公元 1899 年）逃亡海外時寫的《夏威夷遊記》中，才正式提出「詩界革命」的口號，要求「以舊風格含新意境」，並具體提出：「第一要新意境，第二要新語句，而又須以古人之風格入之，然後成其爲詩。」但在這方面做得較好，成爲詩界革命一面旗幟的是黃遵憲。

黃遵憲

黃遵憲（公元 1848～1905 年），字公度，嘉應州（今廣東梅州市）人。他三十八歲中擧，光緒五年（公元 1879 年）以後任駐外使館僚屬近二十年，直接接受了西方影響。他說：「取盧梭、孟德斯鳩之說讀之，心志爲之一變，知太平世必在民主也。」(《壬寅論學牋》)因而確立了「奉主權以開民智，分官權以保民生」的君主立憲思想。回國後積極參加維新運動，參加「强學會」，辦《時務報》，並在湖南試行新政，成爲維新運動的重要人物。變法失敗後，幾遭株連，光緒三十一年(公元 1905 年)病死於鄉里。

黃遵憲著有《人境廬詩草》十一卷，共六百餘首，後人復輯有《人境廬集外詩輯》，收二百餘首。他一貫强調詩歌的社會作用，反對擬古主義詩風，在詩中提出「我手寫我口」(《雜感》)的進步主張。他重視獨創，反對模擬，强調詩人應寫「古人未有之物，未闢之境」(《人境廬詩草自序》)。他的詩實踐了他的主張，確能「熔鑄新理想以入舊風格」，將新事物、新名詞、時代風貌、異域景物、社會理想，特別是將當時重大的政治事件與舊體詩意境和表現方法結合起來，做到「獨闢異境」。他的詩「持律不嚴，選韻尤寬」，形式上比較自由，風格多樣。他還大膽採用以文爲詩的寫法，即「用古文家伸縮離合之法以入詩」。因此，他能在詩歌革新運動中做出很大業績，成爲晚清詩壇上最有成就、最有代表性的詩人。

黃遵憲的詩繼承並發揚了龔自珍、魏源等人用詩歌來反映現實鬥爭的傳統。他時刻關心國家民族的命運，描寫了清末歷史上一系列重大事件，突出地反映了帝國主義與中華民族的矛盾，表現出强烈的愛國主義精神。他從十六歲(公元 1864 年)開始寫詩，特別是從八十年代投身政界以後，直到他死前(公元 1905 年)爲止，近三十年中國歷史上的重大事件，幾乎無一不在他的詩篇中得到反映。故梁啓超說：「公度之詩，詩史也。」他的詩集確實不愧是一部近代中國的編年史。光緒十年(公元 1884 年)的中法之戰，他寫了《馮將軍歌》，熱情歌頌七十高齡的老將馮子材英勇抗擊法國侵略軍的光輝戰績，並希望繼起有人，以拯救民族危亡的命運。光緒二十一年（公元 1895 年）中日之戰，幾乎每一個重大戰役都在他的詩中有所反映。他寫了《悲平壤》、《東溝行》、《哀旅順》、《哭威海》、《降將軍歌》、《度遼將軍歌》、《馬關紀事》、《台灣行》等等，或譴責日本侵略軍的暴行，或同情戰區人民的不幸，或惋惜大好河山的淪亡，或對貪生怕死的降將和失地喪師的敗將痛加抨擊，或對英勇作戰的將士熱情歌頌。中日戰爭後，民族危機愈加嚴重，瓜分之禍迫在眉睫，他寫了《書憤》等詩，對當時那種「弱肉供强食，人人虎口危」的形勢，表現了無窮的憂慮。光緒二十六年（公元 1900 年）八國聯軍之役，他也寫了《再述》、《聯軍入犯京師》、《聶將軍歌》、《和議成志感》等詩篇。在詩中雖暴露了敵視義和團運動的錯誤態度，但更多的是反映民族危機日益嚴重和統治階級的腐朽無能。「失民更爲叢毆爵，畢世難償債築臺；坐視陸沈誰任責，事平敢問救時才。」（《和議成志感》）對清王朝的腐朽無能發出了憤怒的譴責。

黃遵憲還從改良主義理想出發，對腐朽的封建制度進行批判。他在二十歲時，就批判科擧制度：「謂開明經科，所得學究耳！」（《雜感》）以後更在詩中提出了學習西方以變法圖强的政治主張：「到此法不變，終難興英賢。」（《述懷》）在他出使外國期間，還寫了《逐客篇》、《番客篇》等詩，寫出了「比聞歐澳美，日將黃種虐」的情況，揭露帝國主義的暴政，譴責清廷的軟弱，哀嘆華僑的悲慘命運。在戊戌變法前後，他還寫了一些詩篇歌頌維新派，反對頑固派。在臨死前幾個月寫的一首詩中，他進一步提出：「孰能張網羅，盡殺革命徒？汝輩主立憲，寧非愚欲迂！」「人言廿世紀，無復容帝制。擧世趨大同，度勢有必至。」（《病中紀夢述寄梁任父》）表現了他對新的世界潮流的朦朧理解，這種緊跟時代、不斷進步的精神是非常可貴的。

黃遵憲在詩體革新上作過很大努力，爲我國詩歌的發展作出了一定的貢獻。爲了摸索詩歌改良的道路，他十分注意向民歌學習，早年曾採集民歌進行加工，並試作過民歌體詩，如《山歌》、《新嫁娘詩》、《都踊歌》等，就是他向民歌學習的成果。他晚年還寫了《出軍歌》、《軍中歌》、《旋軍歌》、《幼稚園上學歌》、《小學校學生相和歌》等等，這些詩語言更爲通俗，擺脫了舊詩格律的束縛，具有民歌風味，雖然在藝術上還不夠成熟，但這是創造詩歌新形式的一次有意義的嘗試。

黃遵憲的詩在思想和藝術方面都有一些不足。他只是一個改良派，他的改良主義理想使他對帝國主義存有幻想，對清王朝特別是光緒帝不敢有二心。在藝術上他尚未擺脫舊形式，更談不到打破舊形式了。他的詩有的用典過多，企圖以此彌補形象不足，故而顯得晦澀難懂。

其他新派詩人

除黃遵憲外，新體詩的重要作者尚有康有爲、梁啓超、譚嗣同等人。

譚嗣同的詩和康、梁的早期詩歌中，也有不少反映當時重大歷史事件，抒發愛國思想之作。如中法之戰以後，康有爲對祖國山河被人宰割極其痛心，發出了「更無十萬橫磨劍，疇唱三千敕勒歌」的感慨。中日戰爭後，譚嗣同悲憤地寫道：「四萬萬人齊下淚，天涯何處是神州。」他們更多的詩是表達自己的理想抱負、抒發憂時憤世、變法圖强的決心和對腐敗政治的不滿之作。如康有爲的《出都門留別諸公》：

天龍作騎萬靈從，獨立飛來縹緲峯。懷抱芳馨蘭一握，縱橫宙合霧千重。眼中戰國成爭鹿，海內人才孰臥龍？撫劍長號歸去也，千山風雨嘯青鋒！

這是光緒十五年（公元 1889 年）詩人第一次向皇帝上書，爲頑固派所阻，不得上達，並招致物議，乃憤而離京，留別親友之作。詩人對祖國山河被列强瓜分、岌岌可危的形勢表達了深切的憂慮。自己雖有臥龍之材，但不爲時用，只好「撫劍長號歸去也」。但他渴望中國大地上能有一番風雨，渴望他自己能有所作爲。

康有爲的詩意境開闊，氣度恢廓。他曾自豪地說：「意境幾於無李杜，目中何處著元明。」他與那些模擬古人的復古派詩人不同，更强調直抒胸臆，獨闢境界，加以想像豐富，文辭瑰麗，故能表現出一種蓬勃奮激的氣勢和積極進取的精神，顯示出處於上升時期的資產階級改良派的戰鬥風貌。而譚嗣同的詩歌如《崆峒》、《夜成》、《出潼關渡河》等，顯得格調嚴正，感情眞摯，描寫景物，雄奇有力。梁啓超的詩如《讀陸放翁集》、《自勵》、《志未酬》等，則寫得明白流暢，感情豐富，多內心獨白。

㈤宋詩運動和同光體

與清後期進步詩歌潮流並行，傳統詩壇上出現了具有較大影響的宋詩運動。程恩澤（公元 1785～1837 年，有《程侍郎遺集》）是其先驅，重要作家則有祁寯藻（公元 1793～1866 年，有《𦽛䜪亭集》）、何紹基（公元 1799～1873 年，有《東洲草堂集》）、莫友芝（公元 1811～1871 年，有《郘亭詩鈔》）、鄭珍和曾國藩等人。他們崇尚宋詩，改變了長期以來崇尚盛唐的詩風。但他們宗宋也不僅僅限於宋人，而是包括了唐人中開啓宋代詩風者如杜甫、韓愈諸家。這個運動的興起，與乾嘉時期漢學的興盛有關，以文字、才學、議論爲詩的宋代詩風，特別適合這批考據學者的胃口。這一運動的主要作家大多爲學有根基的漢學家或兼攻宋學者，其基本創作傾向是「學人之言與詩人之言合」（陳衍《近代詩鈔》）。宋詩派學古並不主張亦步亦趨地擬古，也很注意吸收宋人學唐的那種另覓蹊徑的精神，追求詩歌的獨創性。

「宋詩運動」至光緒年間衍爲「同光體」，主要作家有陳三立、沈曾植（公元 1851～1922 年，有《海日樓詩集》）、陳衍（公元 1856～1937 年，有《石遺室叢書》）和鄭孝胥（公元 1860～1938 年，有《海藏樓詩集》）等人。「同光體」之名係指「同、光以來詩人不墨守盛唐者」（陳衍《沈乙庵詩序》）。同光體詩人正當洋務運動和維新變法的醞釀時期，他們一般都傾向於洋務派，也能在一定程度上同情和支持變法。至於對待帝國主義侵略的態度，除個別人物如鄭孝胥晚年充當僞滿洲國總理，墮落爲漢奸之外，其他同光體和宋詩運動的詩人大多持反對態度。莫友芝、鄭珍、何紹基、沈曾植、陳衍等人詩集中都有少量反帝愛國詩作，如何紹基晚年在上海所寫的《滬上雜書》五首就大聲疾呼：「還我中原海與天。」表現了一種驅逐列強、還我河山的愛國熱情。陳三立更爲突出，他的詩從庚子事變到日俄戰爭時期有一系列悲憤國事之作。至於同情民生疾苦之作，則包括程恩澤、祁寯藻等達官貴人在內，都有所表露。當然，由於他們缺乏新思想，藝術觀比較保守，脫離時代潮流，嚴重的民族危機和尖銳的現實問題，只能在他們詩歌中激起一點回響。總的來說，他們詩歌中的時代精神和現實內容還是比較微弱的。宋詩運動和同光體詩人中成就較高的是鄭珍和陳三立。

鄭珍

鄭珍（公元 1806～1864 年），字子尹，晚號柴翁，貴州遵義人。道光時舉人，曾官縣儒學訓導，不久去職，終身困頓。由於他困處西南山中，備嘗艱辛，能「歷前人所未歷之境，狀前人所難狀之狀」（陳衍《石遺室詩話》）。因此，社會動亂、民生疾苦，在他的詩中得到較多的反映，超過了其他宋詩運動的作者。而且，個人的悲苦、社會的凋殘，在他詩中融匯成一種淒苦沈鬱的風格，與宋詩派那種雍容典麗的風格也不相同。他反映人民疾苦的詩篇如《江邊老叟詩》、《僧尼哀》、《抽釐哀》、《南鄉哀》、《經死哀》等，能繼承杜甫、白居易新樂府的傳統。他的一些寫景名篇如《白水瀑布》、《懷陽洞》、《飛雲岩》、《遊南泉山》、《白崖洞》等，也時見精采描寫。他的某些山水詩，在秀麗的風景中也不時插入一幅幅民生困苦的社會畫面。如下面這首《晚望》：

向晚古原上，悠然太古春。碧雲收去鳥，翠稻出行人。水色秋前靜，山容雨後新。獨憐溪左右，十室九家貧。

他有《巢經巢全集》二十六卷，包括詩二十二卷。他的詩在當時影響很大，梁啓超認爲，「時流咸稱子尹詩能自闢門戶，有淸作者舉莫及」，雖「有獨到處」，不過「惜意境狹」（《巢經巢詩鈔跋》），生活面不廣，影響了詩人對社會的反映。

陳三立

陳三立（公元 1853～1937 年），字伯嚴，一字散原，義寧（今江西修水）人。光緒間進士，曾官吏部主事。後因協助其父湖南巡撫陳寶箴辦新政，進行變法，被淸廷革職。著有《散原精舍詩集》六卷。他是同光體詩人首領，寫過不少反帝詩歌，如《書感》、《孟樂大令出示紀憤舊句和答二首》、《人日》、《次韻和義門感舊聞》等詩，都寫出了對八國聯軍入侵的悲憤心情。而《小除後二日聞俄日海戰已成作》、《短歌寄楊叔玖時楊爲江西巡撫令入紅十字會觀日俄戰局》等詩，則對日俄兩帝國在中國挑起戰端表示憤慨。他還有少量斥責統治者掠奪、反映民生疾苦之作，如「露筋祠畔千帆盡，稅到江頭鷗鷺無」（《寄調伯弢高郵榷舍》）之類詩句，也間或可見。他的詩風主要取法於黃庭堅和江西詩派，並能得其神理。故其詩取境奇奧，選句瘦硬，煉字精妙。他的詩不僅爲同光體詩人所推崇，梁啓超也很讚賞，說「其詩不用新異之語，而境界自與時流異；濃深俊微，吾謂於唐宋人集中罕見倫比」（《飲冰室詩話》）。評價略高，但足以說明陳三立詩的成就。

其他復古詩派

除宋詩派外，晚清復古詩壇還有宗漢魏初盛唐及宗晚唐兩派。前者的代表作家爲王闓運，後者的代表作家爲樊增祥（公元1846～1931年，有《樊山全集》）、易順鼎（公元1858～1920年，有《琴志樓易氏叢書》），他們的詩集在內容及藝術上都有一些可取之處。王闓運的詩尤多反映時事之作，如其組詩《獨行謠三十章示鄧輔綸》即囊括了從太平天國革命前夕至同治十一年（公元1872年）的國家大事，其規模之宏闊，無與倫比。《圓明園詞》等作，也有較高的歷史價值。其詩除部分五古有模擬之迹外，多自然渾成，清新雅麗，在宗宋詩派之外別樹一幟。樊、易也有一些反映時事之作，如易之《寓臺感懷六首》、樊之《書憤》、《馬關》等，都洋溢著愛國激情。其詩尤以才氣勝。但同晚清新派詩人相比，他們的詩在藝術上較少創新，思想就更顯得陳舊了。

㈥秋瑾與南社詩人

眞正能體現時代潮流和詩歌藝術發展方向的是二十世紀初興起的革命派詩，女詩人秋瑾及南社詩人是爲代表。

秋瑾

秋瑾（公元 1875～1907 年），字璿卿，號競雄，自稱鑒湖女俠，浙江紹興人。她是近代史上著名的革命家、女詩人。年幼時目睹民族危機日益嚴重，她憂憤極深。光緒三十年（公元 1904 年）離家東渡日本，加入光復會和同盟會，從事革命活動。光緒三十一年（公元 1905 年）年底回國，創辦報刊，鼓吹資產階級革命，並策劃組織反清武裝起義，事洩被捕，從容就義。

她的詩詞多激昂慷慨之作，感情熾烈，格調雄健，主要內容多為悲嘆災難深重的祖國，抒發救國救民、為革命不惜赴湯蹈火的豪情壯志。如《對酒》詩：

> 不惜千金買寶刀，貂裘換酒也堪豪。一腔熱血勤珍重，灑去猶能化碧濤。

這類詩詞激昂慷慨，眞切感人，確從革命者肺腑中傾瀉而出，表現了一個巾幗英雄獻身祖國、萬死不辭的英雄氣概，具有强烈的感染力。

秋瑾最喜歌詠刀劍，她的詩幾乎首首有刀，篇篇有劍。以刀劍為題的就有《劍歌》、《寶劍歌》、《寶劍詩》、《寶刀歌》、《紅毛刀歌》等多篇。在她的詩詞中，刀劍是戰鬥的象徵，是流血奮鬥、不怕犧牲的決心的寄託。她歌詠刀劍，目的在於强調只有經過殊死的戰鬥，即武裝鬥爭，才能求得祖國的解放。「莫嫌尺鐵非英物，救國奇功賴爾收。」這種認識和態度正是革命派和改良派根本區別之所在。

秋瑾的詩是革命的誓言，也是宣傳革命的工具。為了更好地宣傳革命，她還寫了一些通俗化的詩歌和散文宣傳品，如《同胞苦》、《支那逐魔歌》、《勉女權歌》和《敬告中國二萬萬女同胞》、《敬告姐妹們》等。但她畢竟還是一個資產階級革命者，脫離羣衆，看不到羣衆的力量，因此常陷入「我欲隻手援祖國」這種個人奮鬥、孤高無援的境地。在層層重壓之下，單槍匹馬、孤軍奮戰，終不免帶著一種前途茫茫、愁苦憂傷的感情。

南社詩人

南社是辛亥革命前著名的文學團體，社名取「操南音不忘本」。發起人爲同盟會會員陳去病、高旭和柳亞子。宣統元年（公元 1909 年）十一月在蘇州正式成立。第一次到會僅十七人。隨著革命形勢的發展，會員急劇增加，辛亥革命後達一千餘人。到民國十二年（公元 1923 年）解散時爲止，共出版《南社叢刻》二十二集。

南社著名詩人有柳亞子（公元 1887～1958 年，有《磨劍室詩集》）、陳去病（公元 1874～1933 年，有《浩歌堂詩鈔》）、高旭（公元 1877～1925 年，有《天梅遺集》）、寧調元（公元 1883～1913 年，有《太一遺書》）、蘇曼殊（公元 1884～1918 年，有《蘇曼殊全集》）等。

進行民族民主革命以推翻清王朝、創建民國，是這個時期進步文學的中心主題。在辛亥革命之前，南社詩人的作品充滿了對清王朝的仇恨，對祖國命運的憂慮，對山河破碎的悲憤，如「傷心漢室終難復，血染杜鵑淚有聲」（宋教仁《哭鑄三盡節黃崗》）、「投身五濁犧牲少，吮血中原豺虎多」（高旭《書感步蔣觀雲皎然韻》），「聖地百年淪異族，夕陽獨自弔神州」（馬君武《自由》）之類血淚交融的詩篇。但更多的卻是感情豪壯、氣勢磅礴，充滿革命浪漫精神和强烈感染力量的詩句，像「崑崙頂上大聲呼，共挽狂瀾力不孤」（周實《民主報出版日少屏索祝爰賦四章》），「何時北伐陳師旅，撥盡陰霾見太陽」（柳亞子《弔劉烈士炳生》）之類。尤爲可貴的是他們那種爲革命不怕犧牲、誓以鮮血換取民族自由的崇高精神，如「願播熱血高萬丈，雨飛不住注神州」（寧調元《感懷》），「誓死肯從窮發國，捨身齊上斷頭臺」（陳去病《輯陸沈叢書初集竟題首》）等等，都表現了一個革命者崇高的品質。

南社詩人在藝術主張上不盡相同，有常州詞派、同光體、桐城派的崇拜者，但更多的人則提倡「唐音」和推崇明清之際一些殉國詩人和遺民詩人如陳子龍、夏完淳、顧炎武、黃宗羲、王夫之等，借宣揚他們的反淸事迹來促進種族革命。這一派詩人極力反對當時占統治地位的同光體和桐城派，但也提不出更適合時代需要的創新的藝術主張，而只能從舊的詩歌中尋找支柱。在詩歌創作中，情緒高昂，但流於飄浮，缺乏堅實的基礎；有沖決一切的勇敢精神，但也夾雜著濃厚的孤芳自賞、藐視民衆的情調。因此，隨著辛亥革命失敗、袁世凱稱帝，不少詩人對時局感到失望，陷入悲觀消沈的狀態之中。

附　註

①這個數目，已包括了御制詩 9 家共 249 首。《晚晴簃淸詩匯》僅僅是一部比較大型的淸詩選集，所選之詩，只占全部淸詩極小的一部分。

②淸代詩人一生作詩超過萬首者，大有人在。如淸高宗弘曆，一生寫詩近 5 萬首，相當於一部《全唐詩》的數量。淸末詩人樊增祥，寫詩近 3 萬首，其他如張維屏、易順鼎、姚燮都寫過萬首以上的詩篇。

③《吳梅村集》40 卷，係康熙七年吳 60 歲時，由他的學生顧湄編完。共詩 18 卷，詞 2 卷、文 20 卷。淸末又發現一部《梅村家藏稿》，係

梅村之子所編。經整理後得 58 卷。計詩詞 22 卷、文 35 卷、詩話一卷。《家藏稿》較《梅村集》多收入詩 73 篇、詞 5 首、文 61 篇及詩話一卷。這是目前最完備的一種本子，已收入《四部叢刊》中。

④王士禛死後，雍正時因避世宗胤禛諱追改名士正。乾隆時，高宗以爲「正」字與「禛」字筆畫相去太遠，又改名士禎。

⑤在「詩界革命」口號提出之前，黃遵憲於公元 1891 年就在《人境廬詩草序》中主張表現「古人未有之物，未闢之境」，提出推陳出新的一套主張。公元 1896 年，他更直接稱自己的創作爲「新派詩」。後來梁啓超在辦《清議報》、《新民叢報》、《新小說》等雜誌中，刊載了不少新派詩，並不斷發出「詩界革命」的呼聲。而「詩界革命」一詞則見於公元 1902 年由《新民叢報》連載之《飲冰室詩話》：「吾黨近好言詩界革命，雖然，若以堆積滿紙新名詞爲革命，是又滿洲政府變法維新之類也。能以舊風格含新意境，斯可以舉革命之實矣。」

第十二章　清代詞曲

清代號稱「詞的中興」，並非虛譽。詞自宋代進入高峯，元明兩代，急遽衰落，名作絕少。至淸代，詞人紛起，詞派繁多。無論作品創作、詞調硏究、理論建樹、詞學發展，乃至於詞籍整理，都取得了相當可觀的成績①，超過元明，緊接兩宋。從整個詞史上看，不愧爲振作復興的時代。詞人之衆、詞作之多，超過了以往各個朝代②。淸詞總集，舊有王昶《國朝詞綜》和黃燮淸《國朝詞綜續編》。今人陳乃乾編有《淸名家詞》初編，已刊印著名詞人專集一百種；葉恭焯編選的《全淸詞鈔》，入選詞人共三千一百九十六人，超過兩宋詞人兩倍以上，入選詞作八千二百六十多首。不僅數量多，在質量上也達到相當水平。朱孝臧以爲淸詞「獨到之處，雖宋人也未必能及」（《全淸詞鈔序》引）。評價也許過高，但淸代詞人，無論取法哪家哪派，都能不受其局限，博參約取，用功細密，決不以模擬爲滿足，力求有所創新。他們在藝術技巧方面所付出大量心血，使淸詞在整個詞史上成爲光輝的總結。

第一節　陽羨派、浙西派和清初期詞

淸初詩人大多能詞，故詞作者極多。如王夫之、吳偉業、屈大均、宋琬、龔鼎孳、尤侗、王士禎等都有詞集。而以王夫之《瀟湘怨詞》、吳偉業《梅村詩餘》和王士禎《衍波詞》傳誦較廣。三家之詞都與其詩風相近。船山詞深沈，寫得隱微曲折，芳悱纏綿；不時流露故國之思，身世之感，故朱孝臧稱之爲「字字楚騷心」(《彊村語業》)。梅村詞綺麗，又時寓興亡身世之感。而王士禎的小令風韻秀發，略近他的絕句。清初詞人，師承關係也很複雜，多出入於「花間」及北宋諸家，至朱彝尊改宗南宋，創浙西詞派，詞壇風氣始變。與朱彝尊並峙的，有陳維崧與納蘭性德。陳繼承蘇辛詞的豪放作風，納蘭則受南唐二主詞的影響，表現了淒婉風格。此三人號稱清初三大家。

㈠陳維崧和陽羨派

陳維崧(公元1625～1682年)，字其年，號迦陵，宜興(今屬江蘇)人。五十歲以前客遊四方，後應博學鴻詞試，由諸生授翰林院檢討。陳維崧是明末四公子陳貞慧之子，學有家傳，才華富麗，兼工詩文，尤以駢文及詞爲世所稱。著《迦陵詞》三十卷，存詞一千六百二十九闋，共用小令長調四百一十六調。創作之富，爲歷代詞人之冠。由於寫得太多，難免有些應酬敷衍、粗製濫造之作。但他驚人的創造力，長調小令任筆驅使的才能，確實令人嘆服。

他的詞師法蘇軾、辛棄疾，受辛詞影響尤深，風格豪放，氣魄極大，淩厲光怪，變化如神，長調小令，都能縱橫如意。故吳梅說他「氣魄之壯，古今殆無敵手」。他以豪放爲主，兼有清眞嫻雅之作。陳廷焯說他：「情詞兼勝，骨韻都高，幾合蘇、辛、周、姜爲一手。」(《白雨齋詞話》)前代詞人，凡作壯語，多用長調，而他卻能在幾十個字的小令中，豪情滿懷，慷慨高歌，絲毫不受形式的約束。像〔點絳唇〕《夜宿臨洺驛》、〔醉落魄〕《詠鷹》等名篇都能在有限的篇幅之中寄託無限的感慨。這正是陳維崧獨創之處。此外，他能用詞來反映重大的社會現實，表現民生疾苦，如著名的〔賀新郎〕《縴夫詞》寫出了清初為鎮壓南方人民的反抗，從長江下游抓縴夫運兵西去，使當地人民妻離子散、閭左騷然、丁壯流離③。把重大的社會問題寫進詞中，這是一個創舉，開拓了詞的表現領域，提高了詞的社會地位，但他的詞也存在雄爽有餘而沈鬱不足的毛病，常常發露無餘，缺少餘味。

陳維崧是清代豪放詞派的領袖，因宜興古為陽羨，世稱陽羨詞派。在他影響下的詞人有曹貞吉、蔣士銓、沈雄、陳崿等。其中曹貞吉（公元 1634～1698 年）的《珂雪詞》寫得「雄渾蒼茫」（王煒《珂雪詞序》），是唯一被收入《四庫全書》中的一家清詞，確有一定影響，其餘成就均不高。

㈡朱彝尊和浙派詞

朱彝尊（公元 1629～1709 年），字錫鬯，號竹坨，秀水（今浙江嘉興）人。他早年曾參與抗清活動，有過「落魄江湖」的經歷。五十歲始應博學鴻詞科考，授翰林院檢討，入直南書房。他博學工詞，也能詩，與王士禎並稱「朱王」。著有《曝書亭集》八十卷，其中詞七卷，共五百餘首。他曾選輯唐宋金元諸家詞為《詞綜》三十六卷，共六百六十家，二千二百五十餘首。為了避免元明詞的浮靡猥雜，他特地標榜南宋，以姜夔、張炎為宗，首創浙西詞派，成為一代詞宗，影響近百年。

朱彝尊認為作詞的最高標準是張炎在《詞源》中所說的「清空」境界，他要求避滑避俗，用力淘洗，使詞具有古雅峭拔的格調和疏淡清遠的意境。他寫的詞，機杼獨運，構思精巧，描寫細密，在字句聲律上下的工夫較深，能做到「字琢句煉，歸於醇雅」（譚獻《篋中詞》）。如下面這首〔長亭怨慢〕《雁》：

結多少、悲秋儔侶？特地年年，北風吹度。紫塞門孤，金河

> 月冷，恨誰訴？迴汀枉渚，也只戀江南住。隨意落平沙，巧排作、參差箏柱。　　別浦，慣驚移莫定，應怯敗荷疏雨。一繩雲杪，看字字、懸針垂露。漸敧斜、無力低飄，正目送、碧羅天暮。寫不了相思，又蘸涼波飛去。

這是一首詠物詞，寫得細緻綿密，淒涼哀婉，構思精深，描寫細密。詞中「紫塞門孤」、「金河月冷」和「無力低飄」等句，寫雁在環境壓力下的掙扎。「驚移莫定，應怯敗荷疏雨」，則寫雁的淒惶驚懼的心情。李符說朱詞「託旨遙深」（《江湖載酒集序》），陳廷焯說此詞乃「感慨身世」之作（《白雨齋詞話》）。這類詞深沈雋永，反映了一部分文人在清朝高壓政策下的精神苦悶，故風靡一時。但有些作品內容晦澀，格調低沈，且過分追求聲律和詞采，往往流於雕琢餖飣之弊。

朱彝尊的詞論和詞作在當時影響極大，浙西各地詞人如龔翔麟、李良年、李符、沈皞日、沈岸登都與他相互倡和，一時成風，被稱爲浙西六家。浙西詞派成了清乾隆以前詞壇的主要流派。

㈢納蘭性德及其他詩人

不屬於以上兩派，而又能以「詞人之詞」著名的詞人，當推納蘭性德。

納蘭性德（公元 1655～1685 年），本名成德，字容若，滿洲正黃旗人④。大學士明珠之子。康熙時進士，官侍衛。著有《側帽集》和《飲水詞》，道光間汪元誥合刻爲《納蘭詞》五卷、《補遺》一卷，共存詞三百四十六闋，共用九十九種詞調。

他寫詞主情致，重白描，反對模仿雕飾，受李後主影響較深，詞風也與李煜詞一樣淒婉哀傷。由於清初政治鬥爭激烈複雜，滿洲貴族、甚至皇族之間，派系林立，勾心鬥角。他厭惡這種鬥爭，所以他的詞絕少接觸社會，大多抒寫個人生活中各種閑愁和哀怨：如命運無常，人生如夢，相思之情，離別之恨，花月之感，悼亡之情等等。在這些詞中，他只求表達自己的感情和個性，既無意於聲律，也不講求形式和派別。因此，他的詞作，語言是白描的，風格是樸素自然的，內容是眞切的，情緒是感傷淒婉的，藝術造詣較高，歷來受到推崇。王國維《人間詞話》稱他能「以自然之眼觀物，以自然之舌言情。此初入中原未染漢人風氣，故能眞切如此。北宋以來一人而已」，況周頤《蕙風詞話》說他是「國初第一詞人……其所爲詞，純任性靈，纖塵不染」。

納蘭是一個多才而短命的情種，雖爲貴胄，不乏物質享受，但精神上有著不可彌補的空虛與苦悶，發爲詞章，是一片淒切哀怨之聲。如〔蝶戀花〕：

> 又到綠楊曾折處，不語垂鞭，踏遍清秋路。衰草連天無意緒，雁聲遠向蕭關去。　不恨天涯行役苦，只恨西風，吹夢成今古。明日客程還幾許？霑衣況是新寒雨。

此詞寫重到舊日分別處而引起的惆悵之情，情致纏綿，婉麗淒清，具有很強的感染力。因此他的詞流傳極廣，曾出現「家家爭唱飲水詞」（曹寅語）的情況。只是情詞低沈，過於感傷。顧貞觀說：「容若詞一種悽惋處，令人不忍卒讀。」

與納蘭性德風格相近的詞人還有彭孫遹（公元 1631～1700 年，有《延露詞》）、佟世南（有《東白堂詞》）、顧貞觀等人。其中，值得一提的是顧貞觀。

顧貞觀

顧貞觀（公元 1637～1714 年），號梁汾，無錫（今屬江蘇）人。著有《彈指詞》。他與納蘭性德交誼很深，詞風也很相近。他最著名的作品，是寄吳漢槎的兩首《金縷曲》：

季子平安否？便歸來，平生萬事，那堪回首？行路悠悠誰慰藉？母老家貧子幼。記不起從前杯酒。魑魅擇人應見慣，總輸他覆雨翻雲手。冰與雪，周旋久。　淚痕莫滴牛衣透。數天涯依然骨肉，幾家能夠？比似紅顏多命薄，更不如今還有。只絕塞苦寒難受。廿載包胥承一諾，盼烏頭馬角終相救。置此札，兄懷袖。

我亦飄零久。十年來，深恩負盡，死生師友。宿昔齊名非忝竊，只看杜陵窮瘦，曾不減夜郎僝僽。薄命長辭知己別，問人生到此淒涼否？千萬恨，為兄剖。　兄生辛未吾丁丑。共些時冰霜摧折，早衰蒲柳。詞賦從今須少作，留取心魂相守。但願得河清人壽。歸日急繙行戍稿，把空名料理傳身後。言不盡，觀頓首。

吳漢槎（名兆騫）因科場案被流放寧古塔，這兩首詞是爲了安慰對方。以詞代書，在形式上是個創格。詞中字字句句，全從肺腑中流出，婉轉反覆，只如家常說話。前首寫對方，哀嘆其遠戍之苦，命運之悲，但卻一再以未到最壞情況相寬解。後首重點寫自己，則盡力寫出自己的不幸來，目的還是爲了寬慰對方。愈是寬慰，我們愈感吳命運之可悲和二人交誼之深厚。陳廷焯認爲「可以泣鬼神」（《白雨齋詞話》），納蘭性德讀後，泣下數行曰：

「河梁生別之詩，山陽死友之傳，得此而三。」後來由於納蘭的努力，吳漢槎才在五年後遇赦歸，可見此詞感人之深。有人認爲這兩首《金縷曲》是清詞中壓卷之作，是有道理的。

第二節　常州派與清中期詞壇

清中葉後，擬古之風日熾，浙派詞盛極一時，流弊益深。同治間譚獻曰：「自錫鬯、其年出，本朝詞派始成。顧朱傷於碎，陳厭其率，流弊亦百年而漸變。錫鬯情深，其年筆重，固後人所難到。嘉慶以前，爲二家牢籠者十居七八。」這二家中，朱彝尊有理論，故能開宗立派，影響較陳維崧爲大。繼起的浙派詞人成就最大的首推厲鶚。

厲鶚

厲鶚不僅能從理論上繼續闡述朱彝尊的一些主張，而且在創作上成就亦較其他同派作家突出。當時人對他的《樊榭山房詞》評價甚高，徐紫珊曰：「樊榭詞生香異色，無半點煙火氣。如入空山，如聞流泉，眞沐浴於白石、梅谿而出之者。」（《清詞綜》）他的詞筆調清疏細巧，字句工煉，審音叶律，清幽淡雅過於朱彝尊而沈厚不如，境界也更爲窳弱。故陳廷焯批評他的詞「色澤甚饒，而沈厚之味終不足也」（《白雨齋詞話》）。他只注意形式上的音律美與辭藻美，缺少深厚的現實內容。他的詞作中大量爲紀遊、懷古、詠物之作，如〔齊天樂〕《吳山望隔江霽雪》、〔謁金門〕《七月既望，湖上雨後作》等篇，寫得清俊典麗，頓挫跌宕。在浙派詞中不失爲佳篇。

浙派詞往往以詞調圓轉瀏亮、琢句工緻精美取勝，但內容比較貧乏。從朱彝尊到厲鶚，這一缺點愈益突出。文廷式評論說：

「自朱竹垞以玉田爲宗，所選《詞綜》，意旨枯寂。後人繼之，尤爲冗慢。」（《雲起軒詞鈔序》）厲鶚之後，浙派末流，更是一味模擬，寄興不高，形成餖飣靡弱的積習，詞格也日以卑下。嘉慶時，常州人張惠言與其弟張琦及周濟等人出而矯之，故有常州派之稱。

張惠言

張惠言反對把詞當作「小道」，力圖提高詞在詩壇的地位，使詞與風騷同科。他强調詞必須以比興寄託爲主，反對瑣屑餖飣之習；主張「意內言外」、「意在筆先」。爲了矯正陽羨派的粗獷，浙派詞的輕弱，提倡詞要「深美閎約」（《詞選序》）、厚重質實。要求「以國風、離騷之情趣，鑄溫、韋、周、辛之面目」。爲了宣揚這些理論，他於嘉慶二年編輯《詞選》二卷，選錄了唐宋四十四家詞共一百一十六首。著重選了辛棄疾、張孝祥、王沂孫諸家，對於柳永、黃庭堅、吳文英諸人，則一首不選，以表明他標準之嚴格。但他過分强調比興寄託，對前人詞的解釋開穿鑿附會之風。不過，他自己創作態度比較嚴謹，一生只寫過四十六首詞。其詞氣勢雄健，風格俊逸，數量雖不多，卻頗多佳構。如〔木蘭花慢〕《楊花》借楊花形象，寓作者懷才不遇、自傷飄泊的感慨。他的〔風流子〕《出關見桃花》及〔木蘭花慢〕《遊絲同舍弟翰風作》都寫得委婉盤旋而又能微言寄諷。他的〔水調歌頭〕《春日賦示楊生子掞》五首，是一組「全自風騷變出」（《白雨齋詞話》）的組詞。其二云：

百年復幾許？慷慨一何多！子當為我擊筑，我為子高歌。招手海邊鷗鳥，看我胸中雲夢，蔕芥近如何？楚越等閒耳，肝膽有風波。　生平事，天付與，且婆娑。幾人塵外相視，一笑醉顏酡。看到浮雲過了，又恐堂堂歲月，一擲去如梭。勸子且秉燭，為駐好春過。

這首詞寫出了百年幾許、歲月如梭的慨嘆。詞人勸楊生及時遊賞，莫讓大好春光白白流逝。這種及時行樂的思想是消極的，但寫得格調高昂，感情豪邁，詞句精警。譚獻曰：「胸襟學問，醞釀噴薄而出，賦手文心，開倚聲家未有之境。」（《篋中詞》）但這個意見僅僅著眼於形式，常州派詞人的「比興」，主要還是個人生活和遭遇的曲折吐露，同樣缺少深廣的社會內容。雖然其詞風較爲厚重質實，形式也顯得「深美閎約」，但仍然掩蓋不了內容的空虛。儘管如此，他强調比興寄託，較之浙派詞追求清空醇雅，顯然在格調上高出一籌。

張惠言的同調者有張琦（公元 1764～1833 年，有《立山詞》）、董士錫（有《齊物論齋詞》）、周之琦（公元 1782～1862 年，有《金梁夢月詞》）和周濟等人，他們彼此鼓吹，聲勢頗盛。其中成就最大者當推周濟。

周濟

周濟（公元 1781～1839 年），字保緒，一字介存，號止庵，荊溪（今屬江蘇宜興）人。嘉慶十年（公元 1805 年）進士，官淮安府學教授。後隱居金陵春水園，潛心著述。他是常州詞派的重要詞論家。他發揮張惠言「意內言外」之說，進一步强調詞必須要有寄託，「非寄託不入，專寄託不出」（《宋四家詞選目錄序論》）。他還著重倡導詞的「論世」作用，要求詞人「見事多，識理透，可爲後人論世之資。詩有史，詞亦有史，庶乎自樹一幟矣」（《介存齋論詞雜著》）。他要求詞作能反映現實生活，發揮其社會功能，而不僅僅是個人感情的抒寫。這是很有價值的見解。但在他的作品中卻沒有得到很好的表現。他的《味雋齋詞》中一些較好的詞，如〔渡江雲〕《楊花》、〔蝶戀花〕「柳絮年年」等作，寄託都過於深曲，以致詞意隱晦難明。他晚年選周邦彥、辛棄疾、王沂孫、吳文英四家爲《宋四家詞選》。四家之中，有三家爲婉約派。他還主張「問塗碧山（王沂孫），歷夢窗（吳文英）、稼軒（辛棄疾），以還清眞（周邦彥）之渾化」。這表明在創作上，常州詞派最崇奉的詞人還是晚唐的溫庭筠和北宋的周邦彥。他們的詞作，還是偏重於婉約和濃艷的風格。儘管常州派詞人對詞的藝術有著新的嘗試與開拓，也取得了新的成就，但他們依然挖掘不出新的意境，仍只能回到傳統詞人的框架之中。

第三節　清後期詞壇

清代後期詞是中國詞史上的一個重要階段。這個時期詞人、詞作之多，超過清初期及中期。至於流派，更爲紛繁。除了人多勢衆的常州派繼續主盟詞壇之外，清初的陽羨派、浙西派均有餘響。追隨納蘭詞的詞人，亦有相當大的聲勢。更值得注意的是，還有一批站在時代潮流前列的詞人，他們大多是維新運動或民主革命的參加者。他們在改革詩歌的同時，也通過詞作來表現新的時代精神：或譴責清廷的喪權辱國，或軫念民生疾苦，或要求改革舊的制度，或倡言民主革命，從而抒發了中國人民不甘屈辱的英雄氣概。他們的創作，開拓了詞的表現領域，給詞壇注入了新的生命和血液。總之，清後期詞壇，不愧爲中國詞史上的「一大後勁」或「一大結穴」（葉恭綽《全清詞鈔後記》），也堪稱爲「詞的中興光大時代」（葉恭綽《全清詞鈔序》）。

㈠項鴻祚和蔣春霖

清後期道光、咸豐年間，以項鴻祚、蔣春霖爲這一時期詞壇兩大家。他們均不受浙派或常州派詞的羈絆，主要效仿納蘭詞風。他們與性德被認爲是「二百年中，分鼎三足」（譚獻《篋中詞》）的詞人。

項鴻祚

項鴻祚（公元 1798～1835 年），字蓮生，後改名廷紀，錢塘（今杭州）人。道光十二年（公元 1832 年）舉人，一生未仕，坎坷以終。他著有《憶雲詞甲乙丙丁稿》，多爲傷心之詞、愁苦之音。譚獻《篋中詞》評之云：「蓮生，古之傷心人也。蕩氣迴腸，一波三折。」（《篋中詞》）他的詞出入五代兩宋之間，與納蘭詞風格相近，具有一種清眞哀艷、婉轉幽深的特色。如〔水龍吟〕《秋聲》就以「西風」、「芭蕉雨」、「疏砧」、「斷鼓」等聲音，織成淒楚的秋聲。接下來通過孤獨的旅客倦遊時的感受，寫出「莫更傷心，可憐秋到，無聲更苦」這樣的警句，的確「幽艷哀斷」（譚獻《篋中詞》）。項鴻祚自稱：「生幼有愁癖，故其情艷而苦，其感於物也鬱而深。」（《憶雲詞自序》）

蔣春霖

蔣春霖（公元 1818～1868 年），字鹿潭，江陰（今屬江蘇）人。他一生科場不利，始終未能中舉。除作過兩任小鹽官外，大多爲人作幕。由於他沈抑下僚，一生潦倒，故其詞能從個人窮愁困頓的生活體驗中表達出眞實感情與淒苦格調。李肇增評之爲「鏤情劌恨，轉豪於銖黍之間」（《水雲樓詞序》）。他平生喜好納蘭性德的《飲水詞》和項鴻祚的《憶雲詞》，因自署水雲樓，並以之名其詞集。今存詞一百七十餘首。

他的詞作，很少花鳥的吟詠，更不作無謂的應酬，只著力詠嘆身世之悲苦。故登山臨水，亦多傷離念亂之作，寫得蒼涼沈鬱，婉約深至，備極酸辛。如〔臺城路〕《易州寄高寄泉》抒寫了仕途坎坷、窮愁潦倒的身世之感。〔蝶戀花〕《北遊道上》、〔木蘭花慢〕《江行晚過北固山》等，借途中所聞所見以抒發自己滿懷悲苦的心情。他的詞在藝術上有較高造詣，構思精巧，又工造境，注意煉字，律度合諧。在清末頗受稱譽，吳梅曾尊之爲清詞之冠（《詞學通論》）。但實際上其詞境界過於狹隘、情感亦過於消沈，極少時代氣息。

㈡晚清四大詞人

這個時期，承接常州派遺緒，而又不完全墨守常州派衣鉢的著名詞人有被稱爲晚清四大詞人的王鵬運、鄭文焯、朱孝臧、況周頤等。

王鵬運

王鵬運（公元 1848～1904 年），字佑遐，號半塘，臨桂（今屬廣西）人。同治九年（公元 1870 年）舉人，後官至禮科給事中。因支持變法，抗疏言事，乃離京南下。他是常州派的後期領袖，文廷式、朱孝臧、況周頤等人均受過其教益。在理論上他提倡「重、拙、大」之說，力尊詞體，崇尚詞格，使常州派詞論發揚光大。他著有《半塘詞稿》。

早年詞多寫身世之感。戊戌變法前後，寫過一些感慨國事、軫念民生之作，如〔祝英臺近〕《次韻道希感春》、〔滿江紅〕《送安曉峯侍御謫戍軍臺》等，蒼涼悲壯，詞風近似辛棄疾。特別是當八國聯軍攻入北京後，他與朱孝臧、劉伯崇集宣武門外寓宅，相約填詞，成《庚子秋詞》二卷。表達了這幾位詞人在民族危機空前嚴重的時刻對時局的擔憂和對國勢衰微的哀嘆，曲折地反映了侵略軍鎮壓中國人民的罪行，寫得沈鬱悲涼。這在詞的題材開拓上也是一個創造。如下面這首〔浪淘沙〕《自題庚子秋詞後》：

> 華髮對青山，客夢零星，歲寒濡呴慰勞生。斷盡愁腸誰會得？哀雁聲聲。　心事共疏檠，歌斷誰聽？墨痕和淚漬清冰。留得悲秋殘影在，分付旗亭。

這是詞人自述與朱、劉二詞友共同創作《庚子秋詞》的歷史背景：年華老大，歲暮天寒，孤燈一盞，周圍是難民哀哭之聲。三位詞友用冰水、淚水和成的墨汁抒寫國難當頭的滿腔悲憤，傷時念亂、憂國憂民之情縈繞於筆端而不能自已。這正是以往詞作中很少看到的。

鄭文焯

鄭文焯（公元 1856～1918 年），字俊臣，號小坡，又號大鶴山人，奉天鐵嶺（今屬遼寧）人，隸漢軍正黃旗。光緒元年（公元 1875 年）舉人，曾官內閣中書。著有《樵風樂府》九卷。他的詞宗周邦彥、姜夔，追求剛健清空的風格。因他精於詞律，故煉字選聲，都能穩妥綺麗。易順鼎評之曰：「體潔旨遠，句妍韻美。」（《瘦碧詞序》）但內容比較貧弱。

朱孝臧

朱孝臧（公元 1857～1931 年），一名祖謀，字古微，號彊村，歸安（今屬浙江吳興）人。光緒九年（公元 1883 年）進士，官至禮部侍郎。同情變法，後出爲廣東學政。著有詞集《彊村語業》三卷。

他的詞取徑吳文英，上窺周邦彥。能破除浙派、常州派的偏見，形成自己的獨特風格。他早年所寫之詞，頗多感懷時事之作。如〔鷓鴣天〕《九日豐宜門外過裴村別業》悼念了戊戌六君子之一劉光第，〔鷓鴣天〕《庚子歲除》、〔聲聲慢〕《辛丑十一月十九日味聃賦「落葉詞」見示感和》對庚子事變、光緒與珍妃的不幸遭遇表示感慨和同情。詞風蒼勁沈著，具有較高的藝術水平。他精通格律，講究審音，有「律博士」之稱。葉恭綽稱他爲「集清季詞學之大成」。由他整理刻印的《彊村叢書》，材料豐富，校刊精良，爲比較完善的大型詞總集，是研究詞學的重要典籍⑤。

況周頤

況周頤（公元 1859～1926 年），字夔笙，號蕙風，臨桂（今屬廣西）人。光緒五年（公元 1879 年）舉人，曾官內閣中書，南歸後入張之洞、端方幕。他致力於詞前後達五十年，曾闡述王鵬運重、拙、大之說爲《蕙風詞話》五卷⑥。他論詞在强調寄託的同時，還突出性靈，提出「以吾言寫吾心，即吾詞」，認爲「眞字是詞骨，情眞、景眞，所以必佳」。這些見解，都有相當的深度。朱孝臧曾稱讚《蕙風詞話》是「自有詞話以來，無此有功詞學之作」（龍榆生《詞學講義附記》）。他著有詞集九種，合刊爲《第一生修梅花館詞》，後刪定爲《蕙風詞》二卷。

他的詞典麗風華，細膩工貼，有較高的造詣。王國維說：「蕙風詞小令似叔原（晏幾道），長調亦在淸眞（周邦彥）、梅溪（史達祖）間，而沈痛過之。」（《人間詞話》）早年所作，淒麗在骨，中年以後，以「重、拙、大」爲宗，作風趨於沈鬱頓挫。他的詞也有少數篇什涉及多災多難的祖國，特別是在甲午戰爭期間，他曾寫下一些感時傷世、悲憤沈鬱的詞作，如〔唐多令〕

《甲午生日感賦》、〔水龍吟〕《二月十八日大雪中作》、〔水龍吟〕「聲聲只在街南」等，都能反映出作者憂時之感、慷慨之情。但他多數作品是抒寫個人哀愁，很少反映時代生活。

㈢文廷式和其他豪放派

能夠較多地反映現實生活、表現時代精神的著名詞人，當推豪放派文廷式。

文廷式

文廷式（公元 1856～1904 年），字道希，號雲閣，萍鄉（今屬江西）人。光緒十六年（公元 1890 年）進士，官翰林侍讀學士。甲午之戰時，曾劾李鴻章「畏葸，挾夷自重」。後爲李鴻章所陷，削職。戊戌政變時因支持變法，被迫逃亡日本。回國後鬱鬱以終。他是晚清著名豪放派詞人，多激昂慷慨之作。近人胡先驌認爲他的詞「意氣飆發，筆力橫恣，誠可上擬蘇辛，俯視龍洲」（《評雲起軒詞鈔》）。著有《雲起軒詞鈔》，存詞一百五十多首。

他的詞大多作於中年以後，感時憂世，沈痛憂傷。如〔翠樓吟〕《聞德占膠州灣而作》就表達了對祖國前途的憂慮，抒發報國救世之志。〔木蘭花慢〕「聽秦淮落葉」，抒寫男兒請纓、揮劍龍廷的壯懷。〔高陽臺〕「靈鵲填河」、〔風流子〕「倦書拋短枕」等，則指斥了那些誤國殃民的守舊派大臣。〔廣謫仙怨〕「玄菟千里烽煙」更是以詞作政論，縱談甲午之戰的形勢及決策。〔水龍吟〕「落花飛絮茫茫」一詞，是他集中的名篇，充分寫出了作者對世事多變、壯懷不遂、去留難決的抑鬱、憤懣之情。這些詞作，或慷慨激越、抑鬱幽憤，或神思飄逸、渾脫瀏漓。大都借景言情，托物詠志，兼有豪放俊邁、婉約深微的特點。

其他詞人

那些爲拯救祖國而奮鬥的改良派和革命派人物如黃遵憲、譚嗣同、梁啓超、秋瑾和南社詩人，他們雖然不以詞名，僅偶爾涉足詞壇，但在他們僅有的幾首詞作中，也流露出他們憂國憂民的情懷，慷慨悲歌，意氣風發。如秋瑾的《鷓鴣天》：

祖國沈淪感不禁，閑來海外覓知音。金甌已缺總須補，為國犧牲敢惜身？　嗟險阻，嘆飄零。關山萬里作雄行。休言女子非英物，夜夜龍泉壁上鳴。

詞中充滿了對祖國強烈的愛，這種愛已經不是一般人傷時憂國的嘆息，而是爲了恢復祖國河山，不惜以身殉國的戰鬥誓言。

第四節　清代散曲

㈠清代散曲的發展

清代詩詞均呈現出繁榮景象，唯獨散曲一直不振。據《全清散曲》統計：清代小令今存三千二百十四首，散套一千一百六十六篇，散曲作家三百四十二人⑦，就數量而言，趕不上元明兩代。質量上則更加不如，既乏大家，也無名篇，藝術上偏於模擬，少創新之意。在清代，不僅北散曲早已脫離音樂，成爲徒詩的一體。而且，由於花部的興起，南散曲也成了單純的案頭文學，成了文人抒情詠懷的專利品，而與廣大民間相隔絕。這勢必使散曲愈益雅化，散曲與詞的區別漸趨泯滅。

清代一些比較重要的散曲作家，多數是文學史上知名的詩人或詞人，他們寫作散曲，不過偶爾爲之，很少有像元、明兩代的那種專寫散曲或專工散曲的作家。這些詩詞作家兼寫散曲，特別是在既不考慮歌伎演唱，又不注意民間流行的情況下，總免不了要把寫作詩詞的一套方法運用到散曲上，或拘守格律，或在一字一句上爭奇鬥勝，使散曲失去曲的本色。清代的一些散曲作者或尚綺麗，或重騷雅，或尊北曲，或喜南音。大抵尊北曲者多仿效喬吉、張可久，作南曲者多模擬梁辰魚、沈璟。而內容則多以閑適、艷情爲主，極少社會內容。就清散曲的發展演進過程而言，大致可以分爲清前期（乾隆以前）和清後期（嘉慶以後）兩個階段。

㈡前期散曲

清初緊承明末散曲創作繁榮餘勢，作家作品比較多。作家中不少是文學史上知名的詩人詞人，如尤侗、沈謙、朱彝尊、徐旭旦、厲鶚、金農、黃圖珌、孔廣林、蔣士銓、吳錫麒等。他們大多爲南方人，都寫過一定數量的散曲，包括南北曲在內。尤侗、黃圖珌、蔣士銓主要寫南曲，朱彝尊、厲鶚、孔廣林主要寫北曲，餘皆兼寫南北曲。他們的作品大多爲詩人之曲和詞人之曲，一般都缺乏粗豪、潑辣、本色的特點。其中以尤侗、沈謙、朱彝尊、厲鶚較爲有名。

尤侗

尤侗（公元 1618～1704 年），字展成，號悔庵、西堂、艮齋，長洲（今屬江蘇蘇州）人。順治初年拔貢，康熙間召試鴻博，授翰林院檢討。他的散曲附於別集《西堂全集》之中，今存小令二十八首、套數二套，大多爲艷情之作。其中有十首〔南中呂駐雲飛〕《十空曲》，否定功名資財、甲第田園、飲食因緣等人世間的一切，宣傳了虛無主義，但多少包含了一些積極的警世之意。下面這首〔北般涉調耍孩兒〕《和高侍郎席上作》也是這樣：

> 乾坤百丈塵，趲春秋萬斛愁。黃雞白日寧長久？俺只見鴛鴦樓上飛蝴蝶，虎豹關前走馬牛。猛思量空消受，撇故事黃粱夢裡，弄前程傀儡場頭。

表面上看破人生，骨子裡包含濃厚的憤世之情。

沈謙

沈謙（公元1620～1670年），字去矜，號研雪子，浙江杭州人，「西泠十子」之一，洪昇之師。崇禎末為諸生，明亡後以醫為業，絕口不談政治。於詩文詞曲無所不工，尤工於詞。著有《東江別集》，其中散曲二卷，還著有《胭脂婿》、《對玉環》、《翻西廂》等傳奇。今存散曲小令三十五首，套曲二十首。

他的散曲題材比較廣泛，但以離別、閨情為主。在形式上他大量寫作集曲犯調，由於過分雕琢，顯得生氣索然。但也有部分小令雖非當行，但比較清麗。如下面這首〔北雙調落梅風〕《對月感懷》：

> 人間恨，天上影，你團圓照咱孤另。助淒涼雁兒三四聲，小樓西夜闌人靜。

朱彝尊與厲鶚

朱彝尊和厲鶚都是以詩詞作家的身分寫散曲，他們的散曲受詩詞的影響最為明顯。朱的《曝書亭集》有散曲集《葉兒樂府》，厲的《樊榭山房集》有散曲四卷。朱今存小令五十七首，厲今存小令六十二首。兩人都只寫北曲，且不寫套曲。他們的小令以寫景爲多，朱彝尊寫了二十五首〔北仙呂一半兒〕，分詠江南一帶名勝，大多意度閑雅，色澤清麗，受張可久影響甚爲明顯。在語言的錘煉、意境的塑造等方面，都顯示了相當的功力。某些小令還有一定的現實性，如下面這首〔北正宮醉太平〕：

野狐涎笑口，蜜蜂尾甜頭。人生何苦鬥機謀？得抽身便抽。散文章敵不過時髦手，鈍舌根念不出摩登咒，窮骨相封不到富民侯。老先生去休！

對於世態之庸俗、人情之險惡，作者確有很深的感受。厲鶚的小令中間有俳體，多少還有些生活氣息。如下面這首〔北正宮醉太平〕《題村學堂圖》：

村夫子面孔，渴睡漢形容。周遭三五劣兒童，正拋書興濃。探雛趁蝶受朋儕哄，參軍蒼鶻把先生弄，甘羅項橐笑古人聰。不樂於菜佣。

徐旭旦

此外的散曲作家如徐旭旦（公元 1659～1720 年），號西泠，杭州人。著有《世經堂樂府》四卷，今存小令二十七首，套曲三十二套。他不僅使散曲愈益雅化，而且是第一個大量寫集唐散曲的作家。他的二十七首小令中有十六首是用唐詩詩句拼湊而成，把散曲進一步引向了形式主義道路。

黃圖珌

黃圖珌（公元 1700～1771 年）是個專寫南散曲，特別是大量寫集曲的作家。今存小令九十首，全都為集曲。而且，他與徐旭旦一樣，都喜歡在每首小令前後加上一個簡短的序或跋。這些序跋則大多寫得雋永精練，能與曲文相互配合，是他在散曲體制上的一個創造。

孔廣林

這個時期比較有名的北方散曲家有孔廣林（公元 1764～1814 年），號幼髯，山東曲阜人。著有《溫經樓遊戲翰墨》二十卷，除收戲曲五種之外，又收小令二百九十餘首，散套二十套，是清代留下散曲作品最多的一個作家。他主要寫北曲，題材也比較廣泛，除一般抒情、遣懷、紀遊、贈別、詠事之外，還寫過一些贈人、記日和口占之作，思想陳腐，藝術上亦無甚特色。

㈢清後期散曲

清後期散曲走向進一步衰落。與前期不同的是，這時的著名詩文作家兼寫散曲的比較少了，說明散曲進一步受到冷落，而專寫散曲的作家卻較前期有所增加，如清末的一些曲學專家如吳梅、孫為霆、盧前等人⑧。此外，兼寫散曲的作者留下的作品並不多，大都屬於偶爾涉足，多為率意之作。因此，這個時期的散曲，既不能恢復元明散曲的本色，又沒有清前期散曲那樣精心錘煉，藝術水平更加下降。比較值得一提的是趙慶熺和許光治。

趙慶熺

趙慶熺（公元 1792～1847 年），字秋舲，杭州人。道光二年（公元 1822 年）進士。選延川縣令，未赴。改金華府教授，亦未到任。他一生懷才不遇，專意於詞章之學，尤工於詞曲。著有《香消酒醒曲》一卷，存小令九首，散套十一套。

他的散曲主要學明散曲家施紹莘，能得跌宕俊爽之致，清雅而又自成一格。題材主要還是對月、賞花、飲酒、懷古之類傳統題材，但大都以情爲主，並能寫出一定的深度來。特別是他的一些散套，如〔南商調二郎神〕《謝文節公遺琴》、〔南北雙調新水令〕《葛秋生橫橋吟館圖》、〔南仙呂入雙調步步嬌〕《雜感》、〔南仙呂入雙調忒忒令〕《對月有感》等套，都能狀難寫之景，抒難言之情，寫出作者心中的深沈感慨。如《對月有感》套中：

〔尹令〕廿年前胡牀抓手，十年前書齋回首，五年前華堂笑口。一樣銀河，今日無情做淚流。

〔品令〕浮生自想，多恨事難酬。花天酒地，還說甚風流！參辰卯酉，做了天星宿。江湖席帽，三載阻風中酒。只落得下九初三，月子彎彎照女牛。

〔豆葉黃〕清高玉宇，冷淡瓊樓。再休題霧鬢雲鬟，再休提霧鬢雲鬟，那裡是烏紗紅袖。生涯疏放，天涯浪遊。博得個花朝月夕，博得個花朝月夕，消受了夢魔情魔，酒囚詩囚。

許光治

許光治（公元 1811～1855 年），字龍華，號羹梅，浙江海寧人。廪貢生。一生以授徒爲業，書畫、篆刻、音樂、醫藥，無不通曉。著有《江山風月譜》詞曲各一卷，今存小令五十首，全爲北曲。他的散曲，刻意學習喬吉、張可久。他認爲喬張小令「猶有前人規矩在，儷辭追樂府之工，散句擷宋唐之秀」（《江山風月譜自序》）。但他僅能得小山之雅而未及夢符之俊。不過，他的小令中有少數間涉農事，寫得頗有風趣。如下面這首〔北中呂滿庭芳〕：

綠陰野港，黃雲壟畝，紅雨村莊。東風歸去春無恙，未了蠶忙。連日提籠採桑，幾時荷鍤栽秧？連枷響，田塍夕陽，打豆好時光。

把農村的勞動生活寫得頗有詩意。這類小令在清代極少見，值得珍貴。

下層文人散曲

其實，清後期能夠比較深入地反映現實、針砭時弊的散曲作品，主要還是那些下層文人或市井無名文人所寫的。如顧名編《曲選》中載有黃茘作〔北雙調新水令〕《鴉片詞》套，痛陳吸鴉片之危害。其末曲〔鴛鴦煞〕曰：

聰明人反睡糊塗覺，中華人反被英夷笑。甚日脫金絲，槍兒丟，盤兒壞，簽兒撩。煞板兒打得速，迷途兒回得早。鬼門關霹然打破，做一個狠英雄，把這張倒頭燈吹熄了。

很能發人深省。曾任廣西桂平梧鬱鹽法道的謝元淮也寫過〔南呂一枝花〕《感懷》套，前半歷敍他的坎坷生涯，後半描述作者目睹耳聞之鴉片戰爭情況，如其中〔六轉〕一曲：

我只見密密層層官軍防堵，每日裡熘熘剁剁操兵整伍。忽見那黑黑白白奇奇怪怪鬼酋奴，早則是大大小小齊驚遽。又只見忙忙碌碌、來來去去、兵兵將將、吁吁喘喘守吳淞門戶，驀地裡閃閃爍爍炮聲砌怒。可憐那高高下下的塘，凸凸凹凹的路，男男女女、啼啼哭哭救死奔逋，一霎時騰騰焰焰、村村舍舍盡成焦土。好一個忠勇軍門烈烈轟轟為國捐軀殉海隅！

這些描寫，頗有史詩意義。

在無名氏所作散曲中，也有一些揭露現實之作，如褚人獲《堅瓠集》中載〔南商調黃鶯兒〕小令即揭露順治十四年江南鄉試舞弊一案者：

> 命意在題中，賤貧兒、重富翁，詩云子曰全無用。切磋未通，琢磨欠功，其斯之謂方能中。告諸公：多財子貢，貨殖是家風。

語言辛辣，諷刺尖刻，頗有現實意義。此外，無名氏套曲〔南中呂駐雲飛〕《鄧通嘆錢》、《〔南呂紅衲襖〕《馮商嘆銀》都寫出了清末商品經濟的發展及金錢對社會的主宰和世風的腐蝕：「有錢呵胡言亂道全有理，無錢呵說出立國機關總枉然。」「便是義夫節婦須你完名行，便是孝子忠臣須你好立身。」這些揭露都比較深刻和典型。

㈣俗曲道情

俗曲，一稱俚曲，戲曲、曲藝界稱之爲時調。指當時民間傳唱的歌曲，即民間小調。音樂通俗簡單，內容率眞自然，有「九腔十八調」之稱，現存曲牌有一百多支，其中〔山坡羊〕、〔鎖南支〕、〔駐雲飛〕、〔黃鶯兒〕、〔耍孩兒〕被稱爲「五大曲」。但其結構旋律與同名之南北曲並不相同。此類俗曲常被吸入戲曲，曲藝之中，如秧歌、花鼓等小型戲曲。山東柳子戲主要也由俗曲和柳子兩部分組成。而俗曲部分比重更大。因俗曲通俗易懂，頗受民衆歡迎，某些下層文人也模仿寫作，如梁紹壬《兩般秋雨盦隨筆》上載無名氏〔北仙呂寄生草〕小令：

相思欲寄從何寄，畫個圈兒替。話在圈兒外，心在圈兒裡。我密密加圈，你須密密知儂意。單圈兒是我，雙圈兒是你。整圈兒是團圓，破圈兒是別離。還有那說不盡的相思，把一路圈兒圈到底。

生動詼諧，頗富民間情調。這實際上是一首時調俗曲⑨，與寄生草曲牌不合。清代不少小令實乃俗曲，特別是那些無曲牌小令。清代這類俗曲不少，惜無人全面整理⑩。收入《全淸散曲》中「揚州八怪」之一的金農（公元 1678～1764 年），他所寫的五十四首小令都是自度曲，實際上也是俗曲。至於歸莊的《萬古愁》，那更是文人所作俗曲中最著名的一篇。

歸莊

歸莊（公元 1613～1673 年），字玄恭，號恆軒，歸有光的曾孫，江蘇崑山人。曾參加抗淸鬥爭，失敗後佯狂遁世。與顧炎武齊名，有「歸奇顧怪」之稱。他喜遊名山大川，憑弔古今，常大哭不止。他把這種悲悼古今、憤世嫉俗之情，寫成長篇俗曲《萬古愁》。評論歷代史事，悲悼明朝滅亡，斥責官吏誤國，抒寫自己隱居不仕之志，極盡嬉笑怒罵之能事。如下面這段：

誇定策號翼戴鐵券兒光耀，倚狐朋樹狗黨蜩蛄般喳噪。巴掌大的兩淮供不起羣狐吵，更半壁江南下不得諸公釣。反讓那古建州做了與義帝的隆准公軍容素縞，可憐那圖雪恨的將軍做了絕救兵的李都尉辮髮纓帽。兀的不悶殺人也麼哥，兀的不悶殺人也麼哥！尚敢貪天功在秦淮渡口把威風耀。

這一段集中揭露了明亡後羣臣招朋樹黨、勾心鬥角，引狼入室、自取滅亡的種種醜態，相當深刻。全祖望評此曲云：「瑰瓌恣肆，於古之聖賢君相，無不詆訶，而獨痛哭流涕於桑海之際，蓋《離騷》、《天問》一種手筆。」（《鮚埼亭集外編》卷三十一）

清末《小說月報》曾刊載署名藐廬的〔新萬古愁曲〕，集中敍述了列強對中國的蠶食鯨吞，也很能發人深省。像下面這一曲：

> 誰知道滄桑變，風波鬧！赤帝子，夷臺皂；碧眼兒，逞天驕。鴉片一戰，便送掉了南陲隩。尼布一約，更失卻了東隅早。圓明一炬燒，烽火三邊擾，那矮人兒也割取我臺灣島。那卷鬚兒更橫奪我膠和澳。拳禍興，教堂燒，賠款動盈數百兆，到如今只贏得滿地是腥臊。

感事憤時，觸目驚心，寫出了作者反侵略、愛祖國的熱忱。

清代尚有一種說唱道情，主要以南北曲或俗曲組成⑪。當時也有一些文人染指，鄭燮即首開其端的作家。他曾於雍正七年（公元 1729 年）寫作道情十首，內容「無非是喚醒癡聾，銷除煩惱」，以醒世爲主。

徐大椿

其後則有徐大椿（公元 1693～1771 年），字靈胎，號洄溪，江蘇吳江人。他曾以諸生貢太學，天文、地理、音律、技擊，無不通曉。尤精於醫，留下醫書驗方不少。著有《洄溪道情》一卷，有道情三十八首。他的道情「警動剴切，士林誦之」（吳德旋《初月樓聞見錄》）。如下面這首《刺時文》：

> 讀書人，最不濟；爛時文，爛如泥。國家本為求才地，誰知道變作了欺人計。三句承題，兩句破題，擺尾搖頭，便是聖門高

弟。可知道三通四史是何等文章，漢祖唐宗是那朝皇帝。案頭放高頭講章，店裡買新科利器。讀得來肩背高低，口角噓唏，甘蔗渣兒嚼了又嚼，有何滋味？辜負光陰，白白昏迷一世。就教他騙得高官，也是百姓朝廷的晦氣。（據牛應之《雨窗消夏錄》）

這是對八股時文、科舉奴才的生動畫像和絕妙諷刺。這些俗曲道情，與傳統南北曲小令不同，它的體制更為靈活自如，語言通俗生動，與現實生活聯繫緊密，成為清代民間喜聞樂見的作品，因而在一定程度上取代了傳統散曲的地位。

附　註

①清代 200 多年間，詞譜、詞韻、詞話、詞選、詞總集之作不斷問世。其中最著名的，屬於律調方面的有：萬樹《詞律》、王奕清等《欽定詞譜》、仲恆《詞韻》、戈載《詞林正譜》。屬於評論方面的有：沈雄《柳塘詞話》、毛奇齡《西河詞話》、劉體仁《七頌堂詞繹》、彭孫遹《金粟詞話》、徐釚《詞苑叢談》、方成培《香研居詞麈》、吳衡照《蓮子居詞話》、周濟《介存齋論詞雜著》、宋翔鳳《樂府餘論》、張宗橚《詞林紀事》、陳廷焯《白雨齋詞話》、劉熙載《藝概》、蔣敦復《芬陀利室詞話》、況周頤《蕙風詞話》等。詞選本有：朱彝尊《詞綜》、張惠言《詞選》、周濟《宋四家詞》、譚獻《篋中詞》等。詞叢刻則有王鵬運《四印齋所刻詞》、江標《靈鶼閣匯刻宋元名家詞》、吳昌綬《雙照樓刊影宋元本詞》以及朱祖謀的《彊村叢書》等。

②據《全清詞》編纂者撰文介紹：今存清代詞人、詞作之多，超越前代甚遠。僅以清初順治、康熙二朝為例，即得詞五萬餘首，詞人逾二千一百。完全有把握地推定，一代清詞總數將超出二十萬首以上，詞人多至一萬之數。

③此詞寫作時代，一般認為「是順治十六年（公元 1659 年）鄭成功

與張煌言合兵北伐，下鎮江，圍攻南京，清廷急籌江防時作」（朱東潤主編《中國歷代文學作品選》）。疑不確。由「江口」（應爲大運河通長江之江口，即鎮江瓜洲）至南京，有幾多路程，何需拉縴？從詞中語句如「天邊」、「此去三江牽百丈」等判斷，應指長江中游以上地區而言。例如順治九年（公元 1652 年）李定國率大西軍與桂王合作，攻入湖南江西，節節勝利。清廷派敬謹親王尼堪率兵援之。形勢緊急。後尼堪在衡陽與李定國戰，被擊斃。或指康熙十二、十三年（公元 1673～1674 年）吳三桂叛亂一事。

④納蘭的先祖原爲蒙古吐默特氏，因攻占納喇部，以地爲氏，改姓納蘭。其高祖父的幼女爲清太祖努爾哈赤之后，清太宗皇太極生母。性德的曾祖父金臺石之部落後來又被努爾哈赤攻滅，金臺石自焚死，其子即性德之祖父尼雅哈歸降，劃歸滿洲正黃旗。尼雅哈之子，即性德之父明珠逐步貴顯。公元 1664 年任內務府總管，公元 1672 年任兵部尚書，公元 1675 年任吏部尚書，公元 1677 年授武英殿大學士，加太子太師，總攬朝政。

⑤《彊村叢書》共輯唐五代宋金元詞總集 5 種：《雲謠集》、《尊前集》、《樂府補題》、《中州樂府》、《天下同文》。所收唐詞別集有溫庭筠《金奩集》一家。宋詞別集 112 家，金詞別集 5 家，元詞別集 50 家，共 260 卷。所收詞集均以稀見善本爲主，每種都注明版本來源，並加以校訂，糾正或補充了不少原本錯誤及不足之處。

⑥《蕙風詞話》首先揭示作詞的要道：「作詞有三要，曰重、拙、大。南渡諸賢不可及處在是。」這一說法來源於王鵬運，蕙風引王之言，「半塘云：宋人拙處不可及，國初諸老拙處亦不可及。」蕙風對這三字分別解釋曰：「重者，沈著之謂。在氣格，不在字句。」「情眞理足，筆力能包舉之，純任自然，不假錘煉，則沈著二字之詮釋也。」拙，應該是重、拙、大的核心。「問哀感頑豔，『頑』字云何銓？釋曰：『拙不不及，融重與大於拙之中，鬱勃久之，有不

得已者出乎其中而不自知，乃至不可解，其殆庶幾乎？猶有一言蔽之，若赤子之笑啼然，看似至易，而實至難者也。』」從蕙風對拙的解釋可以推知，拙就是至眞之情，就是赤子之心的表現。故王國維《人間詞話》亦提出：「詞人者，不失其赤子之心者。」所謂大，應該是指作品意境的擴大。蕙風繼承常州派理論，反對詞爲「小道」，强調於抒情詠物之中，寄寓士大夫身世家國之感。蕙風說：「詞貴有寄託……身世之感，通於性靈。即性靈，即寄託，非二物相比附也。」對於這一詞論，趙尊岳在《跋》中概括說：「其論詞格曰：宜重、拙、大，舉《花間》之閎麗，北宋之清疏，南宋之醇至，要於三者有合焉。輕者重之反，巧者拙之反，纖者大之反，當知所戒矣。」

⑦這個數字，並不準確。因其中包括《附編》所收錄的周岸登、王季烈等 54 人，這些人雖生於清末，但主要生活創作時期在民國元年（公元 1912 年）以後，《全清散曲》收錄他們的 1148 首小令和 154 篇套曲中絕大部分算不得清代作品。

又《全清散曲》對清代相當流行的小曲、俗曲、時調、道情之類民間曲調基本未收。

⑧其中盧前（公元 1904～1950 年）一人共作小令 773 首，套數 75 篇，應爲《全清散曲》中作品最多的一家。但他的作品多數並不寫於清代。故清代仍以孔廣林作品爲最多。

⑨乾隆六十年（公元 1795 年）所刊《霓裳續譜》中「雜曲」一欄中就收有《寄生草》許多首，可知《寄生草》應是清代比較流行的俗曲。

⑩劉復、李家瑞編的《中國俗曲總目稿》所收俗曲凡 6000 餘種，皆爲單刊小册子。鄭振鐸曾搜集各地單刊歌曲近 12000 餘種。可見當時此類俗曲之多。惜大多散佚。傅惜華《俗曲總目》所收俗曲名目，亦在萬種以上。經文人釐訂整理的小曲綜輯本，主要有《時尚南北雅調萬花小曲》（乾隆九年刊本）、《霓裳續譜》（乾隆六十年刊

本）、《白雪遺音》（道光八年刊本）。但此中所收俗曲均有不同程度的雅化。

⑪道情本是道士所唱的宣傳道教或道家思想的樂曲。唐代已有《九眞》、《承天》等曲（《唐會要》卷 33）。宋代又創制了漁鼓（《宣政雜錄》），作爲道情的主要拍打的樂器。宋金元時，旣有文人創作的詞或散曲的道情，又有道士和乞食者用通俗的韻文宣唱的道情。明代又發展成敍事性的道情，主要述說道教故事，作爲勸世的說教。《金瓶梅詞話》64 回就記載有兩個搗刺小子唱的《韓文公雪擁藍關》、《李白好貪杯》兩篇道情。明末淸初丁耀古《續金瓶梅》46 回記錄了道士說唱的道情《莊子嘆骷髏》，其中就採用了散曲曲調。

第十三章　清代講唱文學

隨著清代文學的全面繁榮，清代的通俗講唱文學也呈現出繁榮的趨勢。這首先表現在品種極多。元明以來的一些講唱文學如詞話、鼓詞、彈詞、寶卷和宣卷，清代都得到了繼承和發展；現代流行的一些講唱文學品種，如評話、相聲、快板、大鼓、道情、琴書等，大多亦在清代粗具規模，奠定了發展的基礎。其次是作品多。清代流行的幾種主要講唱文學樣式，如彈詞、鼓詞、子弟書、寶卷等，保存下來的作品（主要是抄本），均在數百部以上。清代講唱文學繁榮的另一個表現是：產生了一批著名的講唱文學作家，如鼓詞作家賈鳧西，子弟書作家羅松窗、鶴侶、韓小窗，以及陶貞懷、陳端生、梁德繩、侯香葉、丘心如、程蕙英和李桂玉等一大批婦女彈詞作家。這些人中不少是講唱文學的專業作家，他們把一生的主要精力貢獻於講唱文學作品的創作上，因而寫出不少篇幅浩翰、思想藝術水平高超、影響深遠的通俗講唱文學作品。

清代講唱文學藝術水平較高、影響較大的主要有鼓詞、子弟書和彈詞幾種。

第一節　鼓詞

鼓詞是流行於北方諸省、以鼓板擊節的一種講唱文學。它大約源於唐代變文，到宋代則產生了鼓子詞，如趙令畤的《商調蝶戀花鼓子詞》和歐陽修的《十二月鼓子詞》。其形式的主要特點是用同一詞調反覆歌詠，趙令畤連用十首《蝶戀花》歌詠西廂故事，歐陽修連用十二首《漁家傲》分詠十二月景色。到元明時期，又產生了一種詞話，它是用有說有唱、韻散結合的形式來敍述一個複雜的故事。其中唱的部分，主要已不是詞調，而是一些通俗的十言、七言或雜言唱詞。這種唱詞淺明易曉，能爲廣大羣衆接受。今存詞話有明萬曆刻本《大唐秦王詞話》以及近年來新發現的明成化刊本說唱詞話十六種①。這種詞話體到明中葉以後逐漸發生演變，發展成爲鼓詞和彈詞兩個系統。鼓詞主要流行於北方，彈詞主要流行於南方；鼓詞以鼓板爲主樂，彈詞則以琵琶爲主樂。它們的腳本基本相同，都是有說有唱、以唱爲主，雜以簡短說白。但唱詞略有不同，鼓詞多用十字句，彈詞則多用七字句。

㈠賈鳧西

明末清初第一個以寫鼓詞著名的作家是賈鳧西（公元1595？～1676年？），原名應寵，自號木皮散客，山東曲阜人。明末曾官縣令、刑部郎中。入清後被迫補舊職，但不理政務，自劾免歸，以著述爲務。孔尚任說他「喜說稗官鼓詞」（《木皮散客傳》）。他的鼓詞作品主要是《木皮散人鼓詞》。內容與其他鼓詞全都敍述故事不同，而是帶有批判性質的講史。從三皇五帝一直講到明末爲止。作品深刻地揭露和嘲弄了歷代帝王將相爾虞我詐、勾心鬥角，甚至連堯舜禪讓這種被視爲千古美談之盛事也成了嘲笑的對象。作者對社會醜惡現象的攻擊則更爲激烈。如下面這段：

> 看他們爭名奪利不肯休息，一個個像神差鬼使中了瘋魔：有幾個沒風作火生出事！有幾個生枝接葉添上羅唆！有幾個抖擻精

> 神的能人心使碎！有幾個講道學的君子腳步也不敢挪！有幾個持齋行善的遭天火！有幾個作賊當鱉的中了高科！有幾個老實實的好人捱打罵！有幾個凶兜兜的惡棍搶些牛騾！總然是天老爺面前不容講理，但仗著拳頭大的是哥哥。……

充分寫出了封建社會這樣一個人吃人的强梁世界。統九騷人丁愷曾在《序》中認爲：這些鼓詞「感慨既深，言之痛切。尺幅窮萬古之變，片言發千載之覆」。這說明賈鳧西的鼓詞確有相當高的造詣。

㈡其他鼓詞

賈鳧西的鼓詞不演故事，只寫作者胸中的不平。而其他絕大多數鼓詞，均以敍述故事爲內容，且多爲金戈鐵馬、國家興亡之類重大政治事件。篇幅龐大，動輒數十本。其中不少鼓詞的題材是改編古典小說而成，也有部分直接取材歷史或現實生活。作者則大多不可考。著名的鼓詞如《大明興隆傳》、《亂柴溝》（以上二種可能爲明末或清初之作）、《北唐傳》、《呼家將》、《楊家將》、《平妖傳》、《三國志》、《忠義水滸傳》、《反五關》等等。這些長篇鼓詞大多採用詩贊體的形式②。此外也有一些篇幅比較短小的鼓詞如《繡鞋記》、《李方巧得妻》、《白寶柱借當》、《蝴蝶杯》、《二賢傳》、《三元傳》等多種。這類中短篇鼓詞中也有採用樂曲體演唱的。這種樂曲體演唱的鼓詞，除以鼓板節拍外，兼以三弦等樂器伴奏，故亦稱爲弦子書或三弦書。清中葉以後，這些以鼓板擊節的藝人和弦子書藝人開始拼檔演出，逐步演變爲藝人自擊鼓板，另有三弦伴奏的大鼓書。由於各地樂曲及方言的差異，形成了西河大鼓、山東大鼓、京韻大鼓等不同品種。

第二節　子弟書

子弟書是清代乾隆年間形成的一種講唱文學。作者大多爲八旗子弟，故稱子弟書。其腳本體制與鼓詞相近，故有人認它是鼓詞演化而成。但與鼓詞有說有唱、韻散結合的體制略有不同，它只唱不說，唱詞以七言爲主，但襯字較多，沒有說白，純用唱詞來敍述故事。子弟書也分短篇和長篇兩種，題材多取自明清戲曲小說和當時社會故事。唱詞曲調則淵源於清初軍中流行的巫歌和俗曲。當時大批旗籍子弟遠戍邊關，常利用這些俗曲、巫歌配上八角鼓擊節，編詞演唱，借以抒發懷鄉思親之情。後來流入北京，與北方鼓詞相結合，形成爲子弟書。

子弟書的曲調早期以北京東、西兩城地域爲區別，分爲東城調、西城調兩種，或稱爲東韻、西韻。因二者從風格、唱腔到內容均有所不同，故形成兩大流派：東韻曲調粗獷，唱本內容多爲激昂慷慨的歷史故事；西韻曲調柔緩，唱本內容以委婉曲折的愛情故事爲多。西韻最著名的作者爲羅松窗，東韻的著名作者爲韓小窗。

㈠羅松窗

羅松窗生平不詳，應爲乾隆年間人，是子弟書早期作家。現存子弟書可以確定是他所作的有《紅拂私奔》、《杜麗娘尋夢》、《莊氏降香》、《翠屛山》、《出塞》、《鵲橋密誓》、《藏舟》、《離魂》、《羅成托夢》、《大瘦腰肢》等十餘種。作品大多取材於當時流行的戲曲小說，以描寫愛情故事見長，文筆細膩淸麗，如《出塞》中的一段：

> 傷心千古斷腸文，最是明妃出雁門。南國佳人飄雉尾，北番戎服嫁昭君。宮車掩淚空回首，獵馬出關也斷魂。今日還非胡地妾，昨宵已不是漢宮人。風霜不管胭脂面，沙漠安知錦繡春。幸有聰明知大義，敢將顏色繫終身。為救蒼生離水火，甘教薄命葬煙塵……

深入的內心剖析，細緻婉轉的敍述，清秀雋雅的文字，說明羅松窗確有較高的文學修養和詩詞根底。

㈡韓小窗

韓小窗（公元 1828？～1890 年），本名不傳，只存筆名，遼寧開源人。他多次應考不第，在京結識了子弟書作家愛新覺羅・奕賡（署名鶴侶）等人，轉而從事子弟書創作。相傳他一生寫過子弟書五百多篇，是個高產的專業作家。今存《長板坡》、《托孤》、《千鍾祿》、《數羅漢》、《紅梅閣》以及《寶玉問病》、《黛玉悲秋》、《露淚緣》等三十餘種。他才高識廣，東韻、西韻兼寫，但以東韻爲主。作品風格多樣，既能雄奇豪放，也有沈鬱淒涼之作。他的作品除取材於當時流行的小說戲曲之外，也有不少抨擊現實的孤憤之作。這些作品至今尚有十餘種仍在東北大鼓、京韻大鼓中被改編傳唱。

子弟書留存的作品甚多，據傅惜華《子弟書總目》統計：公私收藏的刻本及抄本共有四百四十六種之多。至清代後期，子弟書傳入天津、東北等地，並與當地曲調結合。到十九世紀末年，子弟書已日漸衰竭，但部分作品則被各地大鼓書所吸收，一些曲調也被保留下來。

第三節　彈詞

(一)彈詞的起源和體制

與鼓詞、子弟書不同，彈詞主要是流行於南方諸省的講唱文學。它也是從變文蛻化而來，句法與變文相差不遠，唱詞以七言句爲主，間有加以三言襯字者。結構與鼓詞、子弟書等講唱文學純用第三人稱敍述體有所不同，它除了用敍述體（即作品中「表白」、「表唱」部分）表現故事總的進程之外，還夾雜一些如「生白」、「旦白」、「生唱」、「旦唱」之類第二人稱代言體。彈詞大約起源於明代中葉，嘉靖二十六年（公元 1547 年）田汝成的《西湖遊覽志餘》中就記載了當時杭州演唱彈詞的情況：「其時，優人百戲，擊毬關撲，魚鼓彈詞，聲音鼎沸。」正德、嘉靖間，楊愼寫過《二十一史彈詞》，但這部作品說白比重較大，唱詞亦多爲十字句，與今之彈詞不同，略近於鼓詞。此後，梁辰魚寫過《江東二十一史彈詞》、陳忱寫過《續二十一史彈詞》。這兩種彈詞均已失傳。一九六七年出土的成化本說唱詞話十六種，雖不標名彈詞，但體制格式已接近於後來的彈詞。彈詞之得名應該是由「彈唱詞話」而來，故這些成化本詞話，可能就是彈詞的最早形式。

淸代彈詞極爲繁榮，成了淸代講唱文學中成就較高、影響較大、流傳下來的作品也比較多的一種。就文學腳本而言，它是一種詞句通俗、故事性强、韻散結合的長篇敍事詩，或稱之爲詩歌體小說。作品之多、流傳之廣、題材之豐富，都超過了當時流傳的散文體章回小說。今知彈詞作品，包括有抄本刻本或知名無書者「至少有二千種之多」（譚正璧《彈詞敍錄後記》），有作品流傳的也在四百種以上③。而且，這些彈詞作品感情眞摯、描寫細膩、篇幅宏大，特別受到婦女們的喜愛。不僅彈詞的演奏者、觀賞者、作品的閱讀者相當多是婦女，而且大多數著名彈詞作品的作者也是婦女。不少彈詞作品的內容是歌頌婦女，讚揚婦女的品格和才華，爲婦女吐氣揚眉之作。中國文學的各種樣式，無論詩、詞、曲、戲劇、小說，基本上是男人的天地，婦女的才幹沒有得到充分的發揮。唯獨彈詞一類，集中了中國婦女的聰明才智。她們把自己的感情，自己的痛苦、歡樂、理想和願望，都寄託在彈詞之中。因此，彈詞作品塑造得最成功、最感人的形象，往往是婦女。故鄭振鐸將彈詞稱之爲「婦女的文學」（《俗文學史》第十二章）。

彈詞由說（說白）、噱（穿插）、彈（伴奏）、唱（唱詞）幾部分組成。作品大多數是長篇，最長的往往要說上好幾個月。一般的也得三、五天至十來天。每次開說之前往往插上一段開篇。彈詞開篇的地位和作用與話本中的入話相同，主要供藝人定場、試嗓之用。即藝人在說唱正文之前加唱一段與正文無關的短段，每篇約三、四十句，一人一事，吟詠成篇，格律似舊體七言詩。彈詞開篇直到今天還是受民衆歡迎的曲藝形式之一。

在語言上，彈詞有「國音」、「土音」之分。國音彈詞是用普通話寫的，重要作品有《天雨花》、《再生緣》、《筆生花》、《鳳雙飛》和《安邦志》、《定國志》、《鳳凰山》等。土音彈詞則用方言寫成，或夾雜一些方言土語，以吳音彈詞最多，重要作品有《玉蜻蜓》、《珍珠塔》、《三笑姻緣》、《義妖傳》等。此外，像浙江的「南詞」、福建的「評話」和廣東的「木魚歌」，都是用各自的方言寫成、流行於不同地區的土音彈詞。由於這種土音彈詞使用的是方言土語和當地的俗曲民歌，具有鮮明的地方特色，故特別受到當地民衆的喜愛。

㈡國音彈詞作品

《天雨花》

《天雨花》是清代較早的一部國音彈詞，據自序應寫成於順治八年（公元 1651 年）以前，作者署名爲梁溪（今江蘇無錫）人陶貞懷，僅知其爲女性，生平情況不可考④。作品以明萬曆至天啓間忠奸鬥爭爲主要內容，突出表現了清廉正直的官吏左維明及其女左儀貞等與權相方從哲、皇親鄭國泰以及後來的閹宦魏忠賢之間尖銳複雜的政治鬥爭，是一部政治色彩很濃的作品。它藝術地再現了代表邪惡勢力的權臣、宦官和以東林黨人爲代表的正義力量之間的殊死鬥爭。雖然左氏父女能給權奸以重大打擊，但無奈國運已盡，無可挽回，最後左維明只好載全家於舟中，沈船自殺。死節的這一段寫得異常悲壯，表達了一種極爲沈痛的民族情緒。

《再生緣》

清代彈詞中成就較高、影響也比較大的作品是《再生緣》，作者也是一位女性。陳端生（公元 1751～1796 年），字春田，一字雲貞，浙江杭州人。她出身官僚世家，二十三歲時嫁夫范菼。婚後七年，丈夫因科場舞弊，流放伊犁。十六年後丈夫遇赦得歸，她已病倒在牀，奄奄一息，不久即逝。她是著名的女詩人，著有《繪影閣詩稿》，已失傳。《再生緣》二十卷，共八十回。她只寫完前十七卷，而且前十六卷是她二十歲之前寫成的，後因母死輟筆。等到她出閣、丈夫遣戍之後，才續成第十七卷。最後三卷是由另一位女作家梁德繩（字楚生）續補而成。

《再生緣》寫的是一個內容豐富、情節曲折、充滿傳奇色彩的故事：元代昆明才女孟麗君，因才高貌美，成了雲南總督皇甫家和國戚劉家爭聘的對象。她不願屈服於劉家的壓力，抗旨拒婚，女扮男裝，毅然出走。憑著她絕世才華，得中狀元，掌兵權，任宰相。在朝中納未婚夫皇甫少華爲門生，壓倒鬚眉；與父親同朝爲臣，不顧綱常。但她畢竟是女子，在皇帝、皇后、皇太后及父母、未婚夫的重重包圍和追逼之下，終於無法掩飾本來面目，最後還是被逼回閨房中去。通過這一叛逆女性「顛倒陰陽」、「滅盡綱常」的故事，作品歌頌了中國婦女的才華和勇略，批判了封建制度的不合理，表達了在封建秩序和封建道德束縛下婦女要求自由解放，要求與男子一樣獲得平等權利和地位的強烈願望，對扼殺女性才智的封建社會提出了有力的控訴。

《再生緣》文辭優美，敍事生動，描寫細膩。郭沫若認爲：「全書波浪層出，雲煙繚繞，神龍遊戲，夭矯不羣。」陳寅恪認爲它可以與古希臘和古印度的史詩媲美（《論再生緣》《中華文史論叢》第七、八輯）。作者不僅把衆多的人物和複雜的事件組織得渾然一體，線索分明，而且起伏波折，錯落有致。人物性格、心理活動也表現得維妙維肖，真實動人。例如，第三卷描寫孟麗君與丫環榮蘭兩人女扮男裝，匆忙離家逃走一段：

> ……其時正值雞鳴候，一片春風散曉雲。棲鳥出林初動影，落花埋徑半含塵。紛紛玉兔穿山跳，對對仙禽逐樹鳴。楊柳拂衣風細細，桃花低面露盈盈。一雙主僕心驚戰，退後當先怕動身。行至松林權歇息，榮蘭曲背放鋪陳。叫聲小姐林間坐，待我槽中盜馬行。言迄如飛跑了去，松間獨剩孟千金。心害怕，意耽驚，只恐人知走不成。坐下慌張還立起，幾番不見小家丁。已然著急榮蘭至，連叫千金快起身……

主僕雙雙逃離家門，戰戰兢兢、又驚又喜的心情，歷歷如繪。而且，兩個女子各有特徵，榮蘭大膽、潑辣、機靈，孟麗君沈著、勇敢，但又不失端莊的小姐身分。

《筆生花》

受《再生緣》影響，同樣流行於閨閣中的還有丘心如的《筆生花》。丘心如爲淮安人，嫁夫張姓儒生，一生淸苦。《筆生花》刊行於咸豐七年（公元 1857 年），故事略同《再生緣》。主角姜德華，被點爲秀女，乃投水自殺，得救未死。後改換男裝，入京應試，中了狀元，官至宰相。後來與她的未婚夫文少霞經過許多波折，終於團圓。但思想藝術水平均不如《再生緣》。

《安邦志》三種

道光年間還出現了兩部篇幅異常宏大的彈詞：一是《安邦志》、《定國志》、《鳳凰山》這一組三部曲。總共有六百七十四回，可能是中國文學史上少見的篇幅浩瀚的長篇。它最早刊刻於道光二十九年（公元 1849 年），作者不詳。主要寫宋太祖趙匡胤的家世。從他的曾祖趙春熹、祖父趙少卿等人安邦定國的業迹，一直寫到趙匡胤登上帝位爲止。除規模宏大、內容複雜外，沒有太多特色。

《榴花夢》

另一部爲福州女作家李桂玉所作的《榴花夢》，寫成於道光二十一年（公元 1841 年），共三百六十卷，每卷二回，共七百二十回，將近五百萬字，是一部篇幅最爲冗長的彈詞巨著。只有抄本流傳。作品借唐代貞觀以後政治動蕩的局勢來反映淸代現實，描寫了桓、羅、梅、桂四大家族一大批人物的坎坷經歷，特別突出地塑造了一個巾幗英雄桂桓魁。作者把所能想像出來的豐功偉績都加在這位女英雄身上，把她寫成「女中英傑、絕代梟雄、千古奇人」。可見，這部作品也與《再生緣》、《筆生花》一樣是爲女性吐氣揚眉之作。作品中雖雜有少數福州方言，但多數文字仍爲「國音」。

㈢土音彈詞

1、吳音彈詞

《三笑姻緣》

方言彈詞中以吳音彈詞最多，著名作品有《三笑姻緣》，又名《點秋香》，寫蘇州才子唐伯虎與華太師府婢女秋香的愛情故事，是著名的民間傳說，至今仍在蘇州評彈中盛演不衰。

《珍珠塔》

《珍珠塔》全名《孝義眞迹珍珠塔全傳》，又名《九松亭》，原作者爲俞正峯，後經周殊士、馬如飛等彈詞藝人增益補充，流傳頗廣。作品寫相國之孫方卿，因家道中落，前往襄陽姑母家告貸，結果遭到羞辱，幸得姑母之女陳翠娥贈以傳家寶珍珠塔。後方卿得中狀元，乃化裝道士以唱道情暗諷其姑，最後與陳翠娥完婚。作品的主要意義在於比較深刻地揭露了嫌貧愛富的勢利心理，對人情冷暖的刻畫非常眞實，故而得到廣泛流傳。鼓詞、寶卷及一些地方戲均有改編本。

《義妖傳》

《義妖傳》也是一部很有影響的彈詞作品，它大約成書於乾嘉之際，是根據清初戲曲《雷峯塔》改編而成，但加强了白娘子對愛情的追求和維護理想的鬥爭，使這個傳統故事更趨成熟。

除上述作品外，吳音彈詞中的《玉蜻蜓》、《描金鳳》、《大紅袍》等，也很有名。

2、粵音彈詞

粵音彈詞又稱木魚歌，其體制與國音、吳音彈詞均略有不同。它沒有開篇及詩詞之類贊語，說白也比較少，演唱腳本叫木魚書。今知清代的刻本及抄本木魚書不下五百部，內容多樣，良莠雜陳。其中比較著名的有《花箋記》和《二荷花史》。

《花箋記》

《花箋記》應爲明末或清初的作品，共五十九段，被稱爲「第八才子書」⑤。寫書生梁亦滄與表妹楊瑤仙的愛情故事，細緻曲折，把男女青年的戀愛心理表現得非常眞摯婉曲，語言也洗練流暢，富有詩情畫意。這部作品於道光四年（公元 1824 年）由英人托馬斯譯爲英文，傳入歐洲，對歐洲文學產生過一定的影響。

《二荷花史》

《二荷花史》被稱爲《第九才子書》，是清後期的作品，凡四卷六十七則。敍述書生白蓮偶讀《小青傳》有感，夜夢小青贈以雙荷。後來結識何映荷、裴麗荷二女，歷經挫折終成眷屬，作品既表現了一夫二婦、夫榮妻貴等庸俗思想，也歌頌了青年男女反對封建禮教束縛、追求愛情自由的叛逆精神。情節曲折，結構新穎，語言流暢，是彈詞中的上乘之作。

清代後期，彈詞雖長盛不衰，但彈詞創作卻呈現衰落趨勢，能激動人心的名作大爲減少。僅鄭澹若的《夢影緣》，其女周穎芳之《精忠傳》和程蕙英的《鳳雙飛》等少數幾部比較有名。到清末改艮派和革命派興起以後，某些有眼光的作家也注意到彈詞這種羣衆喜聞樂見的藝術形式，利用它來揭露列强侵略，喚起羣衆的愛國心，因而寫出一些宣傳新思想的彈詞作品。著名的有李寶嘉的《庚子國變彈詞》，共四十回，主要揭露了八國聯軍侵華罪行。此外，陳天華的《猛回頭》雖不以彈詞命名，其內容包括不少詩歌俗曲，但其間也使用了不少彈詞體。這些作品在當時都產生過較大的政治影響。

附　註

①指公元 1967 年在上海嘉定城東發現的明代宣姓墓葬一座，出土一批明成化七年到十四年（公元 1471～1478 年）北京永順堂刊印的說唱詞話共 16 種。包括講史類：《花關索出身傳》、《花關索認父傳》、《花關索下西川傳》、《花關索貶雲南傳》及《薛仁貴跨海征遼故事》、《石郎駙馬傳》；公案類：《包待制出身傳》、《包龍圖陳州糶米傳》、《仁宗認母傳》、《包龍圖斷曹國舅公案傳》、《包龍圖斷歪烏盆傳》、《包龍圖斷白虎精傳》、《劉都賽上元十五夜看燈傳》、《張文貴傳》；傳奇靈怪類：《開宗義富貴孝義傳》、《鶯哥孝義傳》。詞話以唱詞爲主，間有說白；唱詞多爲七字句，也穿插了一些攢十字的段落。語言俚俗，錯字不少，說明這些詞話應出於民間藝人之手。

②歷代講唱文學就其韻文的文辭和歌唱來考察，可以分爲樂曲體和詩贊體兩大類。樂曲體是用樂曲來歌唱，故句式由樂曲決定，通常爲長短句；且每首樂曲均有不同的宮調曲牌。所用之樂調亦因時代不同而改變。在宋代多用詞調，金元時用北曲，明清時用南北曲。詩贊體源出唐代俗講中的偈贊詞，其韻文和詩體的絕、律、歌、行相似。但用韻較寬、平仄不嚴，接近口語。基本句式爲七言句或十言句。在演唱時，詩贊體也以歌唱爲主，念誦較少。各有一定的聲腔和歌唱法，通常不注明樂調和聲腔。

③譚正璧、譚尋《彈詞敍錄・例言》中說：「明清以來彈詞作品總數，考諸各家書所載，以及圖書館和私家藏書，估計至少可有四百種。」但列入該書敍錄者僅二百種。而胡士瑩《彈詞寶卷書目》中收錄的彈詞共二百七十餘種。

④《天雨花》的最早刻本是嘉慶甲子（公元 1804 年）遺音齋刊本，上有署名梁溪陶貞懷的《自敍》。故一般認爲陶貞懷作。但蔣瑞藻《小說考證續編》引《閨媛叢談》認爲：「《天雨花》彈詞共三十餘卷，而一韻到底，洵乎傑作也。其署名爲梁溪女子陶貞懷，而近人謂實出浙江徐致和太史之手，爲其太夫人愛聽彈詞，太史作之，以爲承歡之計。則所謂陶貞懷，似係子虛烏有，未知然否？」另，熊德基著有《「天雨花」作者爲明末女子劉淑英考》。這些都可備一說。但似不足以推翻陶貞懷之說。因其《自序》中有「寄秦嘉之札，遠道參軍；悼殰褓之殤，危樓思子」等語，這與徐致和的情況不相符。

⑤木魚書曾排列有11部才子書，即《三國》、《好逑傳》、《玉嬌梨》、《平山冷燕》、《金簪記》、《西廂記》、《琵琶記》、《花箋記》、《二荷花史》、《珊瑚扇金鎖鴛鴦記》、《雁翎媒》。

後記

本書共八編、七十四章。第一編「先秦文學」及第三編「魏晉南北朝文學」第一章由饒東原執筆。第二編「秦漢文學」及第三編六、七章由葉幼明執筆。第三編概說及二、三、五章由李生龍執筆。四、八章由郭建勛執筆。第四編「隋唐五代文學」概說及前四章由胡遂執筆。除十一章外其餘各章由劉上生執筆。第五編「宋遼金文學」六、八、十章及第四編十一章由趙曉嵐執筆。第五編其餘各章均由蔡鎮楚執筆。第六編「元代文學」、第七編「明代文學」、第八章「清代文學」均由黃鈞執筆，但「長生殿」一章由黃仁生執筆。

本書編輯體例及編寫大綱，主要由黃鈞與參加編寫的成員共同商定。馬積高負責審閱、修改全部稿件。黃鈞亦協助做了一些統一體例和修改方面的工作。在初版發行五年以來，我們得到湖南師大中文系古代文學教研室其他老師和全國各地採用本書作教材的高校同行們，例如杭州師院中文系樊淮綱、重慶師院中文系熊篤等老師，都以書面和口頭方式，向我們提出不少寶貴意見，指出原書中的一些缺陷及不夠完善之處，使得我們在這次修訂時有所遵循。我們在此一併表示感謝！

在修訂本排印過程中，台灣萬卷樓圖書公司李冀燕對全書體例及內容提出不少寶貴建議，供我們採納，使得修訂本能以嶄新面貌在海峽兩岸發行，我們對此表示最誠摯的謝意！

還應該提到的是：在本書開始編寫的時候，著名的前輩學者姜亮夫先生不辭以九十高齡，擔任本書顧問，爲我們審閱編寫原則和部分稿件，並提出不少指導性的意見，使我們受益匪淺。這次修訂時，不幸姜老已經作古，我們在此再一次表示對姜老感激之情和懷念之意。

編者 1997 年 8 月

國家圖書館出版品預行編目資料

中國古代文學史 4 ／馬積高、黃鈞編. -- 初版. -- 臺北市：萬卷樓，民 87

冊；　公分

ISBN 957 - 739 - 177 - X (第 4 冊:平裝)

1.中國文學—歷史

820.9　　87007700

中國古代文學史 4

主　　編：馬積高・黃鈞
發 行 人：陳滿銘
出 版 者：萬卷樓圖書股份有限公司
臺北市羅斯福路二段 41 號 6 樓之 3
電話(02)23216565・23952992
傳真(02)23944113
劃撥帳號 15624015
出版登記證：新聞局局版臺業字第 5655 號
網　　址：http://www.wanjuan.com.tw
E－mail：wanjuan@tpts5.seed.net.tw
承印廠商：晟齊實業有限公司
定　　價：480 元
出版日期：1998 年 7 月初版
2010 年 8 月初版四刷

ISBN 957 - 739 - 177 - X

